Series of International Studies on Chinese Culture

MODERN CHINESE WRITERS IN RUSSIA

中国现代文学作家在俄罗斯

王立业 等/著

图书在版编目（CIP）数据

中国现代文学作家在俄罗斯 / 王立业等著. —北京：北京大学出版社，2018.8
（国际中国文化研究丛书）
ISBN 978-7-301-29203-7

Ⅰ.①中… Ⅱ.①王… Ⅲ.①中国文学 – 现代文学 – 文学研究 Ⅳ.①I206.6

中国版本图书馆CIP数据核字（2018）第026346号

书　　　名	中国现代文学作家在俄罗斯 ZHONGGUO XIANDAI WENXUE ZUOJIA ZAI ELUOSI
著作责任者	王立业　等著
责任编辑	李　哲
标准书号	ISBN 978-7-301-29203-7
出版发行	北京大学出版社
地　　　址	北京市海淀区成府路205号　100871
网　　　址	http://www.pup.cn　新浪微博：@北京大学出版社
电子信箱	pup_russian@163.com
电　　　话	邮购部62752015　发行部62750672　编辑部62759634
印　刷　者	三河市博文印刷有限公司
经销者	新华书店
	650毫米×980毫米　16开本　30印张　400千字
	2018年8月第1版　2018年8月第1次印刷
定　　　价	78.00元

未经许可，不得以任何方式复制或抄袭本书之部分或全部内容。
版权所有，侵权必究
举报电话：010-62752024　电子信箱：fd@pup.pku.edu.cn
图书如有印装质量问题，请与出版部联系，电话：010-62756370

总　序

中华文明是人类历史上最古老的文明之一，并且是唯一流传至今仍生机勃勃的文明。中华文化不仅始终保持着独立的、一以贯之的发展系统，而且长期以来以其高度的文化发展影响着周边的文化。从秦至清两千年间，中国始终是亚洲历史舞台上的主角，中华文明强烈地影响着东亚国家。在19世纪以前，以中国文化为中心，形成了包括中国、日本、朝鲜、越南在内的中华文化圈。由此，中华文化圈成为与基督教文化圈、东正教文化圈、伊斯兰教文化圈和印度文化圈共存的世界五大文化圈之一。

"国际中国文化研究丛书"的主旨就是探索中国文化在世界各国的传播与影响，对在世界范围内展开的中国文化研究给予学术的观照：在中外文化交流史的背景下追踪中国文化典籍外传的历史与轨迹，梳理中国文化典籍外译的历史、人物和各种译本，研究各国汉学（中国学）发展与变迁的历史，并通过对各国重要的汉学家、汉学名著的翻译和研究，勾勒出世界主要国家汉学（中国学）的发展史。

严绍璗先生在谈到近三十年来的海外汉学（中国学）研究的意义时说："对中国学术界来说，国际中国学（汉学）正在成为一门引人注目的学术。它意味着我国学术界对中国文化所具有的世界历史性意义的认识愈来愈深入；也意味着我国学术界愈来愈多的人士开始认识到，中国文化作为世界人类的共同精神财富，对它的研究，事实上具有世界性。——或许可以说，这是二十年来我国人文科学的学术观念的最重要的转变与最重大的提升的标志。"[①] 就是说，对中国人文的

[①] 任继愈主编：《国际汉学》第5期，郑州：大象出版社，2000年，第6页。

研究已经不仅仅局限在中国本土,而应在世界范围内展开。对在世界范围内展开的中国文化研究给予观照,打通中外,揭示中国文化的普世性价值和意义,这是本丛书的思想追求。

从知识论上来说,各国的汉学家在许多具体学科的研究上颇有建树,我们只要提一下以伯希和所代表的欧洲汉学家对西域和敦煌的研究就可以知道他们的研究成果对推进中国文化研究的价值,这样的例子我们还可以举出许多。因此,对域外汉学家所做的中国文化研究的成果,应予以一种实事求是的尊重。中国文化已经成为一门世界性的学问,因此,在不少中国文化研究的具体门类和学科上,在知识论的研究方面,最好的学者并不一定在中国,他们可能是日本人、法国人、德国人等等。因此,系统地梳理各国的中国文化研究历史,如上面所讲的展开对域外中国文化研究的重要著作、流派、人物的研究,是本丛书的基本学术追求。

但域外的中国文化研究毕竟发生在域外,对其的把握仅仅从知识论的角度加以认识仍显不够,我们应注意把握这些发生在海外的中国文化研究所采取的方法论,注意从跨文化的角度,从比较文学的角度来加以把握和理解。注意其方法论,注意其新的学术视角,运用比较文化的研究方法,揭示出隐藏在其"客观知识"背后的方法论,这正是我们国际中国文化研究者的基本任务。

同时,注意"影响史"的研究。中国文化在域外的传播和影响是两个相互关联而又有所区别的领域。一般而论,传播史侧重于汉学(中国学),即他们对中国文化的翻译、介绍和研究,域外的中国形象首先是通过他们的研究和介绍才初步建立的;影响史或者说接受史则已经突破学术的侧面,因为国外的中国文化研究在许多国家仍是一个很偏僻的学科,它基本处在主流学术之外,或者处于学术的边缘,中国文化在域外的影响和接受主要表现在主流的思想和文化界。但二者也很难截然分开,因为一旦中国文化的典籍被翻译成不同语言的文本,所在国的思想家和艺术家就可以阅读,就可以研究,他们不一定是汉学家,但同样可以做汉学(中国学)的研究,他们对中国的兴趣可能不低于汉学家,特别是在创造自己的理论时。接受史和影响史也应成为我们从事国际中国文化研究的一个重要的方面。

在这个意义上比较文学和比较文化研究是我们对国际中国文化展开研究时的基本方法。

实际上汉学(中国学)的引入具有双向的意义,它不仅使学术转型中的中国本土学术界有了一个参考系,并为我们从旧的学术"范式"中走出,达到一种新的学术创新提供了一个思路,同时也对国外的中国文化研究者们,对那些在京都、巴黎、哈佛的汉学家(中国学家)们提出了挑战,正像中国的学者必须认真地面对海外汉学(中国学)家的研究一样,他们也应该开始听听中国同行的意见。任继愈先生在世主编《国际汉学》时曾提出过,要通过正常的批评,纠正那种仿佛只要洋人讲的就没错的"殖民思想",把对汉学(中国学)的引进和学术的批评统一起来,在一种平等的对话中商讨和研究,这才是一种正确的学术态度。对国外中国文化的研究成果也不可盲从,正像对待所有的学术成果都不应盲从一样。这样讲,并不是否认这些汉学家在学术上的贡献,而是现在海外的汉学家们必须考虑到他们的著作如何面对中国读者,因为一旦他们的书被翻译成中文,他们的书就会成为中国本土学者的阅读、审视和批评的对象。对于那些做中国的学问而又站在"西方中心主义"立场上的汉学家来说,现在已经到了他们开始反思自己学术立场的时候了。而那些居高临下,对中国的学术指东道西,以教师爷身份出现的汉学家则可以退场了。

当我们面对大量涌进的国外中国文化研究的成果,一方面,我们应有一种开放的心态,有一种多元的学术态度,不能有那种"画地为牢",对汉学家研究的成果视而不见的态度。同时,也应考虑到这是在另一种学术传统中的"学问",它有特有的文化和学术背景,不能拿来就用,要做比较文化的批判性研究。随着汉学(中国学)的不断引入,对汉学著作做一种批判性研究和介绍日益成为一个重要的问题,因为在不同学术传统中的概念和方法的转化和使用必须经过严格的学术批判和反思才行。如何立足中国本土的学问,借鉴汉学的域外成果,从我们悠久的文化传统中创造出新的理论,这才是我们真正的追求所在。

中国是汉学的故乡,对中国文化的学术研究中国学者自然有着国外学者不可替代的优势。在世界范围展开中国文化的研究开阔了我们的学术和文化视野,促进了我们观念和学术的发展,引进域外中国文化研究的成果是为了我们自身学术和文化的变革与发展,万不可在介绍西方汉学(中国学)走马灯似的各类新理论、新方法时,我们自己看花了眼,真成了西方的东方主义的一个陪衬,失去了自己的话语和反思的能力。因此,立足中国文化的立场,会通中外,打通古今,通过对域外的中国文化研究做建设性的学术对话,推动中国学术的发展和文化的重建,这不仅成为本丛书的主要内容,也成为我们展开这一学术活动的根本目的。

改革开放三十多年来,我们对海外汉学的研究已经取得了长足的进展,但在对域外中国文化研究的称谓上仍无法完全统一,"汉学"或"中国学"都有其自身的逻辑和思路。为兼顾各方的学术立场,本丛书定名为"国际中国文化研究丛书"。我们将海纳百川,欢迎海内外的中国文化研究者为我们撰稿,或译,或著,我们都衷心地欢迎。

张西平
2017年5月27日

前　言

中俄两国乃文化大国,都具有丰富的文化资源、深厚的文化积淀、优秀的文化传统,两国在文化领域有许多值得相互学习和借鉴的东西。但长期以来,中俄文学领域的交流一直存在着不对等现象,这种不对等早在70年前就为郭沫若所痛感:"有一点使我们感觉遗憾的,特别是我们中国人感觉遗憾的,就是中俄交流只是片面的。苏联文化给予我们的影响,真是浩浩荡荡像洪水一样向我们中国奔流,而我们中国的文化输到苏联方面的怎样呢? 这,说起来真叫我们惭愧,两相比较,真是不可同日而语。"[①] 直至21世纪的今天,这种"不可同日而语"依旧存在,表现为,国内研究界对俄罗斯文学"拿进来"的多,而将本国文学"送出去"的少;20世纪,尤其是上半叶,俄苏因为政治与文化的强势成为世界文学大国,向全世界表达着自己不竭的强大生命力,表现在中俄文学关系上,很长一段时间,俄罗斯文学是对中国现代文学作家影响最大的域外文学,而在这种强势语境下,中国现代文学对俄罗斯文学的影响实在是微乎其微,几近为零。一个毋庸置疑的现实是,对俄罗斯作家作品的借鉴与吸收可谓中国现代文学作家群的一种惯性或曰天性,而迄今为止,不曾见到有哪一位俄罗斯作家对现当代中国作家有些许的借鉴与吸纳。造成的总体境况正如罗季奥诺夫所说:"中国人对俄罗斯文学的了解远远超过俄罗斯人对中国文学的

---

① 郭沫若:《再谈中苏文化之交流》,1942年5月30日所作的演讲。

认识",时至21世纪,这位俄罗斯汉学家还在一次中国学术会议上坦言,"与政治经济的热度相比,中国文学在俄罗斯不能说是冷的,但至少是凉的。"提到中国文学在俄罗斯的翻译,这位汉学家的话语里不失一种悲观论调:"翻译逆差明显,达到了20倍,俄罗斯的80后和90后根本就不知道当代中国文学是什么,他们只了解西方文学。"① 而且他们即便有所认知,也大都停留于对中国古代文学的认知,俄罗斯汉学的"描述也是离中国现实比较远的"(阿格诺索夫语)②。中国文学之所以难以送至俄罗斯,其原因是多重的:

一是我们的国力国策长期没有跟上,热衷于经济建设的猛进而忽略了精神文化的建设,同时过于崇拜外国文化,过于强调用外国文化指导本国的文化建设,而缺乏将本国文化送出去的迫切意识,缺乏将中华自身的灿烂文化推向世界的民族自信。这一点,就连俄罗斯学者塔夫罗夫斯基都公正意识到,"中国对人类文明的文化、历史和物质贡献是不可胜数的。在17到18世纪,凡是由中国传来的事物几乎都在欧洲受到追捧。只是在经历了19世纪鸦片战争和20世纪初一系列屈辱事件后,中华文明才开始被西方小视。这使得不少中国思想家和政治家开始要求摒弃一切传统,即使是现在,很多中国历史学家仍然低估了中华文明对人类的贡献。"③

二是我们本国的翻译力量跟不上,翻译人才缺乏。现如今,我国的俄语招生缺乏高起点的生源,中学开设俄语的越来越少,大学所招的学生都是零起点,而入学后有限的时间全都用在学俄语和俄译汉上,而汉译俄几乎没机会学习和锻炼,可以说很多学校就没有教给学生汉译俄的意识,更无汉译俄技巧的培养——尤其是中国文学的汉译俄方面,故而能够胜任文学汉俄翻译的人少之又少。按理说,由中国

---

① 转引自吴学安:《中国文学翻译亟待告别"粗糙时代"》,《金融时报》,2014年12月5日。
② 《两国学者谈中俄人文交流合作》,见《中华读书报》,2010年3月23日。
③ 摘自《听,汉学家这样讲中国故事》,《人民日报》(海外版),2014年11月27日05版。

译者来承担本国文学精品的翻译任务是有一定的优势的,它既可以确保原文理解没有偏差,译本选择避免片面,同时也可"防止国外译者或有意或无心的文化误读"①,但是,我国的现实状况是,市场经济的发展,使得人心浮躁,大家无论是研究还是翻译都缺少定力,很少有人愿沉下心来熬制文学翻译精品,更不用说比较烦难的文学作品的汉译俄;在高校教师队伍中,作为学科,翻译远不如研究受到重视;在出版界,翻译稿酬一直上不去,故而很少有人舍得或能够花出精力来干这种吃力不讨好之事,而且出版社常常是不顾及译作对象而一味地催促成稿率和出版量,为了短期的经济效益,将一些粗制滥造之品急急推向国际文化市场;再同时,翻译者自身文化素质上不去,既不熟悉输出对象国的文化接受心理,又不能很好传达本国的文化本真,翻译出的作品"语言都是怪怪的,读者看过之后可能更觉得中国是个距离遥远的文化了"。②(欧凯语)。就这一点说,在中国本土,存在着名著与名译相互寻找而不得的困境,由此,中国文学"送至"俄罗斯难以落到实处。同时,中国文学向俄罗斯输送,光是译品的推出是远远不够的,必须有紧跟而上的中国文学研究。俄罗斯汉学发展的历史与现状决定了俄罗斯的中国文学译介与研究的广度与深度。阿格诺索夫指出,"俄罗斯汉学的一个问题是汉学家的人数太少,据俄罗斯科学院的资料,目前俄罗斯汉学家共有200人左右,但真正活跃的只有约50人,而且年龄偏大。而美国资料显示,美国有15000余名汉学家"。有限的人力还要面临着选择的茫然。对中国文学精品文化内涵、民族心理等认知上的雾里看花,思想意识形态的影响常常导致译者情绪化流露与宣泄。研究者就曾一针见血地指出:"影响学科发展的一个重要因素是两国政治、经济、文化关系的发展,回想一下两国处于敌对状态的时

---

① 潘文国:《译人与译出——谈中国译者从事汉籍英译的意义》,《中国翻译》,2004年第2期,第40—60页。
② 同上,第47页。

候,那时的俄罗斯汉学家要么完全政治化,为了完成政治任务去谩骂中国,要么就是研究中国的古代文学、古代文化"①。故而,汉译俄中误解、误译、误评现象的时有发生,也就在所难免,中国现当代文学得不到应有的译介也就在情理之中。

在理解俄罗斯汉学现有情况的基础上,在尊重俄罗斯汉学研究个性特征前提下,我们若能将现当代中国文学精品合乎俄罗斯需要地有选择投放,将中国本土文学研究强有力送出,对俄罗斯的中国文学研究无疑提供了一份最直接和最有说服力的参照,甚或是引导、补充与丰富,可以加深他们对中国文学的文化语境、历史背景以及作品本身内涵的理解,帮助他们对现当代中国文学进行客观与正确认知,激发他们对中国文学的兴趣,以期促进俄罗斯中国文学翻译与研究的发展与繁荣。同时,通过认识俄罗斯中国现当代文学译介现状,与俄罗斯汉学家们交流沟通,我国本土文学研究也获得了一份来自俄罗斯的反观,对于我们的文化学术建设乃至多方面的工作都是必要的。

需要强调的是,不能因为普众读者对中国文学知之甚少,我们就漠视甚或贬低俄罗斯几代汉学家为中国文学引入俄罗斯所付出的努力。俄国汉学的诞生,就是以18世纪俄国东正教驻北京传教团的比丘林为首的俄国第一批汉学家翻译12卷本中国文化典籍,并写出质量较高的著作为标志的;中国文学作品走进俄罗斯的第一部是元人纪君祥的《赵氏孤儿》这一剧作,俄译名为《中国悲剧,(孤儿)的独白》(1759)。它是18世纪古典主义剧作家苏马罗科夫由伏尔泰的法文译本《中国孤儿》(1755)转译而得,迄今已有着近260年的历史。至19世纪上半期,俄国已经培养出了一批杰出的汉学家,他们撰有大量的具有学术价值的汉学专著。在长期得不到更好的本土文本的直接输入的情况下,俄罗斯汉学队伍凭借自己的微薄力量树起了欧洲第

---

① 《两国学者谈中俄人文交流合作》,见《中华读书报》,2010年3月23日。

二汉学大国的形象。

19世纪下半期至20世纪初,中国文学作为汉学研究的一个分支得以独立成科,其标志是 В.П. 瓦西里耶夫(1818—1900)在欧洲第一次将中国文学列入大学课程,节译《诗经》《聊斋志异》,完整翻译唐人小说《李娃传》,并撰写世界第一部中国文学史专著《中国文学史纲要》。而现代意义上的中国文学研究则首起于 В.М. 阿列克谢耶夫(1881—1951),这位素被称为苏联汉学奠基人、苏联中国文学翻译与研究史上的纪念碑人物,为中国文学在苏联的翻译和研究做出了重大贡献。在他身上体现了苏联汉学界对中国文学的"寻找"。早在60多年前他就提出要打破俄国读者对伟大的中国文学"还很陌生"的"这种迷途",指出"当前刻不容缓的首要任务是使经过审慎选译的中国优秀文学作品丰富起来",并表示要以这种方式推倒"中国墙"。① 他身体力行,对中国古典文学的翻译和研究投注了近乎全部精力,以其对汉语精湛的翻译和科学的微观研究方法为后世称道。阿列克谢耶夫的翻译代表作,如司空图的《诗品》和陆机的《文赋》,尤其是蒲松龄的《聊斋》,不仅在苏联,就是在全世界也堪称最优秀的译作。与此同时,阿列克谢耶夫对中国古典诗歌的翻译研究以及对中国诗人与外国诗人的比较研究都做出了自己的特殊贡献,并对苏联中国文学翻译与研究队伍的建设、优秀汉学人才的培养起了承上启下的作用。

十月革命与中国的五四运动爆发后,阿列克谢耶夫的高足 Б.А. 瓦西里耶夫(1899—1937)以其对鲁迅小说《阿Q正传》(1925—1929)的翻译出版揭开了俄罗斯现当代中国文学译介的第一页,同年,《当代中国短篇小说集》在莫斯科著名出版社"青年近卫军"出版社出版,书中收录了鲁迅、郁达夫、腾固等中国现代作家的小说。至此,中国当代小说以批量形式与苏联读者见面。接踵而至与读者见面的便

---

① 转引自宋绍香:《前苏联学者论中国现代文学》,新华出版社,1994年,第2—3页。

是茅盾、老舍的长篇小说。至50、60年代,中苏关系蜜月时代,中国文学在苏联的翻译与研究达到了前所未有的高峰,一大批汉学家迅速成长,鲁迅、茅盾、老舍、巴金、郁达夫、叶圣陶等一大批优秀的中国当代文学作家的作品得以出版发行,或单本,或结集,且发行量十分可观。当代汉学家罗季奥诺夫曾做过统计,截至20世纪末,鲁迅作品集的出版发行量146.3万册,老舍作品集约101.5万册,张天翼的约86.2万册,茅盾作品约68万册,巴金的约55.5万册,叶圣陶的约21万册,这一排行不仅代表了苏俄汉学家的文学价值取向,同时也是历史风云变幻的见证,更是俄罗斯不止一代汉学家为中国文学在俄罗斯翻译与传播的血汗拼搏和不朽劳绩的见证。与此同时,研究成果虽整体上逊色于翻译出版,但仍有一批有分量的关于鲁迅、茅盾、老舍、田汉等研究的专著相继问世,并伴有大量的学术论文,几乎关涉20世纪的所有重要作家,其间莫斯科国家文艺出版社、《远东问题》杂志为中国现当代文学学术专著的出版和论文的发表提供了重要阵地。2004年起隔年召开的"远东文学问题"国际学术研讨会汇聚了当今中国文学研究的一切主流话题,为中国文学在俄罗斯和其他国家的研究提供了重要学术平台,也是20世纪末至今欧洲规模最大的定期学术论坛,它的每一次召开都是对中国文学国外研究的有力推动。更可贵的是每次研讨会都能生成学术价值很高的国际会议文集,有时候是一本,更多的情况下是两本或三本,为本学科研究做出了令世界瞩目的学术贡献。

俄罗斯中国文学译介250年,其间任凭世事沧桑多变,一直在顽强生存与发展着,并建立起了极富个性的中国文学研究理论体系,使俄罗斯成为世界汉学研究大国。这一成就来之不易,一方面体现了俄苏汉学对中国文学引入与普及的高度重视,同时也见证了一大批汉学精英几十年如一日的呕心沥血。仅以20世纪为例,这是一个风云激荡的时代,也是俄罗斯繁荣灾难交错的百年,俄罗斯汉学与俄罗斯文学一同走过了一条崎岖坎坷的道路。20年代的无产阶级文化派占据主流,国内战争带来的饥荒动乱,使得本国的文学精品尚不能立足,中国文学研究也就更无从谈起;30年代大清洗与肃反扩大化,很多汉学家作品被封禁,汉学家本人遭镇压,即便存活也被剥夺了译介的机会与条件。另外,第二次世界大战局势动荡让汉学家们无法专注于中国文学的翻译与研究,更不要说现代文学了。再者,30年代起,外国文学的出版要求必须与国家政治需求相符合,即政治订货,人为打造无产阶级文学和刻意寻求共产主义作家,故而进入汉学家视野的只有鲁迅、茅盾等少数左翼作家。另则,俄罗斯汉学界犯有欧洲汉学界的通病,即对中国文学研究重心在古典文学,现代文学的翻译比例历来很低,再加上特殊时期,对现当代文学研究就更是有选择的了。新中国成立之初,中苏关系步入蜜月期,两国文学交往步入繁盛,一大批中国当代文学作品,尤其是所谓的红色经典在苏联得到了翻译与研究,而且追风于两大主题,即抗美援朝与中国社会主义建设。待苏联认定的所谓社会主义现实主义文学风潮过后,一批不是以思想性取胜,而是以艺术性见长和反映平民百姓生活的作家的翻译才成了可能,所以才有了对老舍、巴金等作家的翻译与研究。50年代末,中苏关系逐渐恶化,两国间的文学交流也蒙上了浓重且逆反敌对的意识形态色彩,文化文学失却本真,即或有所译介,也已经完全被政治意图所取代,这是两国文学交往的冰封与逆反时代。"文革"结束后,中国文学的意识形态以另一种面目出现,中国的"伤痕文学"固然能唤起苏联人民对"解冻文学"的反思,但具有丰厚文学素养的苏联人民还是期待能读到具有文学价值而不是浓厚政治意识的作品,一批汉学家也开始着意寻找已经被弃置已久的中国经典文学,故而中国文学重译之风在俄罗斯汉学界曾一度盛行。但同时一个客观现象出现在我们面前,苏联读者包括研究者对中国现代文学的兴趣也已锐减。80年代中期起,苏联政局动荡,苏联文学转轨,作家们无心笔耕,汉学家们更是陷入迷惘,而苏联的中国文学研究也呈萎缩之态,即便有所研究,也都转向至中国当代文学作家的研究。苏联解体以及由此而来的整个社会的动荡,尤其是经济凋敝使得俄罗斯的中国文学翻译与研究受到重创。国家投资于翻译中国文学名著的经济实力非常有限,由此直接影响中国文学在俄罗斯受众的数量和质量,且中国文学翻译与研究队伍出现流失、老化、断代,汉语热带不来中国文学译介热,中国文学翻译与研究愈益在窘境中彳亍而行。

20世纪的俄罗斯中国文学研究,从一度辉煌步入今日低谷,是我们不愿看到的。同时,对于俄罗斯中国文学译介能达到现有成就,我们应该有足够的认知与激励。况且,对20世纪俄罗斯中国现当代文学译介状况予以研究,能获得多重的历史意义和学术价值。首先它在很大程度上解决了我们文学送出难的问题,警醒我们珍惜现有的俄罗斯人的中国文学译介。通过对俄罗斯中国文学研究的研究,一方面我们从中获得了参考和启迪,以补充、细化我们的本国文学研究,另一方面我们可以利用本土文化优势,"送出去"我们的研究,以纠正俄罗斯中国文学研究家翻译选择的偏差(有时是特殊时期政治上的刻意偏差)、文本解读的错误与文化诠释的缺位,同时补足他们的研究疏漏,指导和敦促俄罗斯的中国文学译介研究进一步发展与完善。另外,我们应该清醒认识到,作为汉学研究大国的俄罗斯,数百年的汉学研究已经使得他们的中国文学研究形成了自己特有的译介风格和理论体系,探究他们的中国文学译介,探明其审美观念和思想倾向,以此来反观和反哺我们的研究将会有诸多裨益。在将俄罗斯中国文学译介状况与成就介绍给国人的同时,将中国的本土文学研究输送给俄罗斯,是一项崭新的为当下国际文化交往所必需的文化互动。对于中俄学者来说,在此过程中,我们可以共商文化对策与补救措施,为有着悠久传统和丰厚积淀的俄罗斯中国文学翻译与研究东山再起做出我们的努力。

在研究俄罗斯的中国文学研究上,我国有一批优秀学者为此已经

做出了自己的努力,形成了坚实有力的俄罗斯汉学研究队伍。两大板块构成我国俄罗斯中国文学研究之研究的主要状貌:

一、我国学者的研究。文学家与翻译家耿济之先生是这方面的先行者。他以迪谟为笔名,于1936年在《申报周刊》第16期发表文章,题为《中国文学在苏联》,①对自1917年起的苏联中国文学译介状况予以了综述,第一次就若干古典作品和当代名作的翻译质量做出了品评。"1949年前的鲁迅研究在苏联"这一议题在我国的俄罗斯汉学研究中一直热度不减,仅对苏联鲁迅研究予以综述的就有耿济之、萧三、曹靖华、戈宝权等。中华人民共和国成立后,除了"文化大革命"时期,中国的俄罗斯中国文学研究几乎不曾中断(尽管文章与专著谈不上丰硕)。翻译家黄德嘉的文章《世界文学在苏联》(1954)以较多笔墨描述了中国文学在苏联的情况,重点介绍了以鲁迅为首的六位中国作家作品在苏出版发行的情况。温福安的《中国文学作品在苏联》②对中国的各种体裁的文学作品在俄罗斯的翻译与研究都作了详尽评述,向国内读者介绍了众多苏联著名汉学家及其研究成果,对了解苏联50年代的中国现当代文学研究做出了自己的贡献。从中苏关系恢复正常化的80年代起,苏联加大了中国文学译介的力度,中国研究者也更加密切关注苏联的中国文学翻译与研究最新动态。最著名的研究当属乐黛云主编的《国外鲁迅研究论集:1960—1980》,其中包括多篇苏联汉学家的论文翻译。1983年,戈宝权发表了《论中俄文字之交》的文章,对中俄两国文学关系做了回顾,第一次双向思考了中国文学在俄苏和俄苏文学在中国的问题。李佑良、周士林合写的文章《60年代以来苏联对中国文学的翻译研究评述》对特定时段的研究状况的特点及其成因予以了综述,议题不仅涉及译著、论著与论文,还涵盖了所举行的学术活动,可谓资料翔实全面。湖南人民出版社于1985年

---

① 第381—382页。
② 转引自《读书月报》第11期。

和1986年分别出版了《丁玲研究在国外》和《巴金研究在国外》,其中苏联部分占有很多篇幅。理然的文章《帝俄时期:从汉学到中国文学研究》对俄罗斯18—19世纪的中国文学研究予以了探踪。王亚民的《中国现当代文学在俄罗斯的传播与研究》(2007)侧重探讨了中国文学在俄苏译介的历史成因及其研究特点。高莽的若干文章,如《老舍研究在苏联》《老舍先生和俄译者》以及《俄苏的萧红翻译与研究》议题集中,提供了诸多中俄文化名人往来交流的细节。但是,必须看到的是,在此之前的研究多为概况简介与综述,抑或信息传播,或因资料欠缺,或因篇幅所限,普遍缺乏深层次的研究和作者的学理阐述。

  90年代以来的我国俄罗斯中国文学研究之研究,有成就的学者当推李明滨、李逸津、张冰、宋绍香、阎国栋,诸位学者各以其丰硕的研究成果极大地推动了中国的俄罗斯中国文学研究。李明滨经过十五年打磨,两度以《中国文学在俄苏》(1990,2011)为书名出版专著,并于2015年在此基础上修改出版《中国文学俄罗斯传播史》,全面系统地介绍了俄罗斯对中国古今文学的翻译与研究,对俄苏重要汉学家及其译介成就给予评介,其间不仅在国内俄罗斯汉学研究界引起重大学术反响,也得到了俄罗斯汉学家的高度评价。李教授在他的另一部著作《中国文化在俄罗斯》中就文学方面专门研究了俄罗斯的中国古典文论、诗词、章回小说、戏曲以及现当代文学翻译与研究。著名汉学家热洛霍夫采夫对这些著作予以了一并评价,称其"给中国读者提供了最完整的信息"。李逸津的中国文学在俄罗斯的译介研究可谓著述颇丰,从古到今,从文学到广义文化、文论、文史、古典戏曲、俗文学都有涉猎。其论文代表作有《俄罗斯中国俗文学研究述略》《俄罗斯汉学家的中国现当代文学研究》《俄罗斯白银时代文化精英对中国文化传统的吸纳》以及《1900年代以来的俄罗斯老舍研究》等。这些文章汇并成学术专著《两大邻国的心灵沟通——中俄文学交流百年回顾》，对我国相关领域研究有着诸多学术启示意义。与此同时，李逸津教授参与了多部"国外中国文学研究"的专著章节撰写。北京大学张冰教授的专著《俄罗斯汉学家李福清研究》（2015）首次对俄罗斯院士李福清的中国民间文学、俗文学、古典文学等研究进行了系统的梳理与分析。张冰教授的新论《俄罗斯汉学：以传统经典为解码的当代中国文学》（2017）围绕着李福清主编的《人到中年：中国当代中篇小说选》，对其选材和对中国当代文学实质的精准把握都予以了颇具见地的阐述。该文认为小说集的问世，为俄罗斯的中国当代文学研究提供了经典范本，标志着这位汉学家从古典文学研究向中国当代文学研究的转型，并促成了这位汉学家自80年代以来的学术研究进入全面发展和成熟时期。宋绍香的译文集《前苏联学者论中国现代文学》（1994）汇集了一批著名汉学家的相关研究文章，受到俄罗斯学者的高度赞许。俄罗斯中国文化研究权威学者李福清专门向本课题担纲人介绍了这部译著的学术意义。宋绍香的学术专著《中国新文学20世纪域外传播与研究》（2012）与《中国新文学俄苏传播与研究史稿》（2017），对一批中国现代作家在俄苏和欧美其他国家的研究景象予以了扫描。宋先生新近发表在《文艺理论与批评》2016年第3期上的论文《俄苏鲁迅译介与研究六十年》排除个别信息有误，同样是对俄罗斯鲁迅研究之研究的一份独特贡献。阎国栋侧重于俄罗斯整体汉学的研究，代表作有《俄国汉学史》（迄于1917年）（2006）和《俄罗斯汉学三百年》。这些著作对中国读者了解俄罗斯汉学的历史和现状有着非常重要的意义，其中对中国文学在俄罗斯也予以了一定的学术关注。此外，阎国栋教授近些年培养了一批中国文学在俄苏的博士研究生。应该说，90年代的俄罗斯中国现代文学研究出现诸多新的气象，但个别文本信息仍然偏于陈旧，研究本身尚不够系统。

二、推介俄罗斯学者的研究。早在1941年罗果夫就在中国发表

《鲁迅在苏联》的文章①,不仅介绍了鲁迅作品在苏联的翻译与研究,可贵之处更在于对鲁迅在苏联得到广泛翻译与研究的原因做了学理分析,归结其"进步性"和"不妥协性"正适合苏维埃青年的追求,称其是"中国文学的化身",同时对加在鲁迅身上的诸多不实之词予以了驳斥。1949—1950年间,中国出版界出现了鲁迅俄译领域绝无仅有的创举,大连和北京相继出版了罗果夫翻译的《阿Q正传》俄汉对照本,这是中国对俄罗斯翻译家翻译水平的高度认可,也为当时的全国俄语热提供了极好的俄译范本,为普众的俄语学习提供了方便。而就俄罗斯的鲁迅研究,一大批杰出苏联汉学家论中国文学在苏联的文章相继被译成中文在中国发表,如1956年第10期《人民文学》杂志发表苏联学者波兹德涅耶娃在莫斯科大学学术会议上的发言简要《苏联中国文学研究》②(邢公畹译);1982年第1期《苏联文学》杂志刊登对苏联时期《鲁迅研究》著作者彼得罗夫的访问稿《苏联对鲁迅作品的翻译与研究》,就其在苏联的研究与地位作了准确而又全面的报道;沃斯克列先斯基的若干关于苏联翻译和研究中国文学状况的文章在我国先后发表,文中对苏联的译介成就与缺点予以了客观点评;罗季奥诺夫的《巴金研究在俄罗斯》(2005)对俄罗斯的巴金研究成就与不足予以了述评,可谓资料翔实,立论坚实;罗季奥诺夫与谢列布里亚科夫合写的论文《俄罗斯对鲁迅精神世界和艺术世界的解读》是一篇颇具学术分量的论文,对于中俄的鲁迅研究都有着一定的参考价值。玛迪逊的学术论文《中国文学在俄罗斯》③以对中国文学的深厚感情向中国读者介绍了中国文学在俄罗斯的广泛普及;费德林、谢曼诺夫、李福清、索罗金、彼得罗夫、托罗普采夫的相关研究文章也不断被翻译成中文在中国发表。近年来,俄罗斯汉学中坚学者、老舍研究

---

① 《时代》1941年第14期,第7—8页。
② 第124—125页。
③ 《俄罗斯文艺》,2007年第3期,第51—56页。

专家罗季奥诺夫经常来华讲学,积极宣传俄罗斯的中国文学研究状况与成果,受到学界和各高等院校师生的广泛欢迎。这位学者自任圣彼得堡大学孔子学院院长以来,积极推进各项汉学工作,为中国文化与文学在俄罗斯的传播做出了重要贡献。

诚然,因多种条件有限,并非所有的俄罗斯的中国文学研究者的研究成果都能在中国发表,很多研究大家的学术论文和专著都没能与中国读者见面,但他们在俄罗斯本土树起了我国读者目睹不到的学术风景线,有待于我们进一步开采与译介。为中国现当代文学在苏联翻译与研究著书立说的有斯卡奇科夫和格拉戈列娃的专著《中国文学俄译本及评论目录》(1957)、利谢维奇的论文《苏联中国学研究:成果和展望》(1968)、沃斯克列先斯基的论文《苏联中国文学研究与概况》(1981)等等。还有几部俄罗斯本土的学术专著值得一提:巴斯曼诺夫、彼得罗夫、索罗金、施耐德尔、艾德林共同主编,莫斯科《科学》与东方文学出版社共同出版的费德林纪念文集《苏联中国文学研究》(1973)显示了苏联中国现当代文学、古代文学包含古代诗人的研究集体力量。莫斯科东方文学出版社出版的集体著作《20世纪俄罗斯东方文学研究》(2002)以及其中索罗金撰写的《俄罗斯中国新文学和当代文学研究》具有很高的学术权威性。彼得罗夫的《鲁迅:生平与创作概论》(1960)堪为俄罗斯鲁迅艺术研究的扛鼎之作。罗季奥诺夫的《老舍与20世纪中国文学中的国民性问题》(2006)视角独特,立意较高,且切入点准确,为俄罗斯本土的中国文学研究提供了极具学术价值的参考,更重要的是带动了一批老舍研究成果的出现。苏联科学院远东所编纂的集体著作《中华人民共和国的文学与艺术(1976—1985)》论文集(1989)和罗季奥诺夫夫妇编写的《中国文学史指南》(2003)都是俄罗斯的中国现当代文学研究重量级著作和工具书。最值得称道的是,俄罗斯科学院、莫斯科东方文学出版社2008年出版的五卷本《中国精神文化大典》的第三卷"文学、语言与文字",无疑代表了俄罗斯中国文学研究的最新成就,其中的"单元序"均可视为苏联解体后俄罗斯中国文学研究的最新且具纲领性意义的阐述。此外,如前所述的自2004年起每隔一年在圣彼得堡大学召开的"远东文学问题"国际学术会议并由此生成的大量会议论文集等等,也都不仅对俄罗斯,更对世界中国文学研究起了重要的推动作用。

可以说,苏俄的中国文学译介与研究已经被中俄两国学者积极纳入研究视野,同时通过此不能不看到,中俄双方对中国文学在俄罗斯翻译与研究的研究各有优长和短缺:

俄罗斯学者的研究态度严谨,涉猎范围较广,若干观点和中国学者达到了"天同此理,人同此情"的共通,但其不足是,重复研究较多,以巴金研究为例,几十年不变,都在重复着巴金的生平与创作道路,无一例外且角度雷同地泛泛讲述巴金与俄罗斯文学的关系,学术信息接受得不够充分,更新有待跟上。个别文章只是不停地复述故事情节,而后给上几句评语便又接着复述。另外,由于语言的阻障以及俄罗斯信息产业的滞后,他们只对中国现当代文学作品的翻译篇名做出排列或是对发行规模做出综述,尚无一人对其中国文学的翻译质量做出点评。

而中国的俄罗斯汉学研究因对本土文学的熟谙,分析较为到位,选择十分精准,但俄语水平参差不齐,第一手资料接受程度不同,时有误传出现。同时,这些研究缺乏比较方法,往往寸步不离地对俄罗斯的现有研究予以复述,作者声音不足,对俄罗斯的研究缺少参照性评定和深入分析。纵观现有研究,其研究数量与范围仍不能忠实反映俄罗斯的中国文学研究翻译与研究的实际状貌,还存在着较大的对既往研究填补和继续的空间。

现今的中国对俄罗斯20世纪中国现代文学作家研究的研究存在着论著数量的缺位、作家专门研究之研究的缺位,介绍尚欠系统,若干信息不够准确,研究不够深入,规模不够宏大。最突出的问题是,中国人译作的推出寥若星辰,俄罗斯人对现有中国文学作品俄译质量研究近乎空白。

本专著的出版顺应当前中国文化软实力在全球文化交流中空前抬升的良好态势,契合中俄两国政府和人民相互增进了解、加强交流的真诚愿望,理论性与应用性并重,无论是对我国的本土文学研究还是对高等院校的汉学教学,及至对汉译俄、语言与文学翻译教学都具有一定的学术意义和现实意义。首先,该专著的写就,有助于光大俄罗斯汉学研究传统,推动与敦促其对中国文学研究的加强与发展,为促使汉学国际化做出贡献;其次,有助于帮助国人了解当下中国文学在俄罗斯的传播与研究,提高我国国民,尤其是当下年轻人民族自信心和文化荣誉感;再次,有助于了解俄罗斯对中国作家的研究思路与方法,以利于为我们本土研究提供"他山之石";最后,不光把俄罗斯的中国文学翻译与研究介绍给国人,同时也将中国的20世纪文学研究推向俄罗斯。

本专题研究,可以为两国的中国当代文学研究提供参照与比较,造成良好的学术互动,同时为我国的海外汉学研究与教学提供蓝本。本研究旨在博采中外学者研究所长,利用笔者所掌握的较为翔实的原始资料、较为广泛的俄罗斯学术人脉以及实地走访所得的学术信息,利用全国最高外语学府的外语水平以及对中国本土文学的深入了解,对中国现代文学作家在俄罗斯的翻译与研究一并予以深入研究,并给出对策与方案。

本专著根据不同作家在俄罗斯翻译与研究的具体情况采用不同的研究理论与方法:

1. 史学研究方法。追溯俄罗斯的中国文学研究的历史,为当今俄罗斯的研究提供一盏明镜,并将本研究置放于俄罗斯汉学语境中,在历史的考量与时代影响中探究20世纪俄罗斯中国现代文学研究不同阶段的特色,以期把脉整个研究进程中的俄罗斯学者视阈中的中国现代文学形象；

2.比较研究方法。本课题力避简单的对俄罗斯学术研究的复述，在对中国文学及其中国研究熟知的基础上来指点和品评俄罗斯研究者的中国文学研究，于比较中鉴别优劣真伪；同时尽可能把中国的相关论题的中国文学研究融合其中，以协助和圆满俄罗斯的翻译与研究；针对具体作家与具体关键点，适当给出俄罗斯研究界对某个作家与俄罗斯文学关系的研究。

3.文学接受理论。这种接受是双向的，既有俄罗斯汉学界对中国文学的接受，同时也因鲁迅、巴金等与俄罗斯文学的特殊关系，而借俄罗斯中国文学研究者的视角反观书中这些作家对俄罗斯文学的接受，以期将二者纳入统一的俄罗斯汉学研究的框架中。本专著不同程度地探讨文本与读者（研究者）之间的互动关系，既有文本内的探寻，又有文本外的追问，透过接受者的"历史视界"和"个人视界"对读者对原文本的解读做出我们的界说，同时着意挖掘作品文本或译本之外的文化内涵，以期还原一个真实圆满的元作家或元文本。

4.翻译部分不局限于对中国文学作品的翻译推广和普及的综述，而是运用文化学、译介学理论对俄罗斯的中国现代文学作品的翻译状貌做出评述与分析，对作品典型句例予以翻译质量与翻译方法的评说，同时尽可能给出自己的译案。

5.运用俄汉作诗法理论探讨田汉剧本唱词在汉译俄中韵律的转换和声响的移植，并探究俄汉诗歌语言表情达意上的殊途同归。

目录

前言 ··· 1

第一章　鲁迅作品在俄罗斯

第一节　鲁迅作品译介概述 ································ 2
第二节　鲁迅研究在苏俄 ······································ 17
　　1. 鲁迅思想特征研究 ·· 20
　　2. 鲁迅艺术特征研究 ·· 34
　　3. 鲁迅与俄罗斯文学 ·· 46
　　4. 鲁迅研究中的几位重要学者 ···························· 54
第三节　《阿Q正传》翻译风格与比较 ·················· 83
　　1. 瓦西里耶夫译本（1929） ································ 85
　　2. 柯金译本（1929） ··· 86
　　3. 罗果夫译本（1945） ······································ 88
　　4. 译本比较 ·· 90
　　5. 译本总结 ·· 92

第二章　茅盾作品在俄罗斯

第一节　茅盾作品译介概述 ································· 94
第二节　俄罗斯的茅盾研究 ································· 100

    1. 主要研究者 …………………………………… 100

    2. 具体作品研究 ………………………………… 119

  第三节 俄罗斯的茅盾作品翻译 ……………………… 137

    1. 语言风格的传递 ……………………………… 138

    2. 文化内涵的再现 ……………………………… 162

  第四节 茅盾作品研究风格与特色回眸 ……………… 169

第三章 老舍作品在俄罗斯

  第一节 研究意义及研究现状 ………………………… 176

    1. 研究意义 ……………………………………… 176

    2. 研究现状 ……………………………………… 179

  第二节 苏俄老舍翻译与研究概述 …………………… 184

    1. 翻译纵览 ……………………………………… 184

    2. 研究概述 ……………………………………… 190

  第三节 主要译者和研究者 …………………………… 200

    1. 主要译者及其译作 …………………………… 201

    2. 主要研究者及其成果 ………………………… 215

  第四节 苏俄老舍翻译与研究的特色 ………………… 236

    1. 老舍俄译的整体特色 ………………………… 236

    2. 苏俄老舍研究特色 …………………………… 245

第四章 巴金作品在俄罗斯

  第一节 巴金作品译介概述 …………………………… 258

  第二节 俄罗斯的巴金研究 …………………………… 270

    1. 巴金与俄罗斯文学 …………………………… 270

    2. 主要研究家的巴金研究 ……………………… 309

第三节　俄罗斯的巴金作品翻译 ………………………………… 335

第五章　田汉作品在俄罗斯

第一节　田汉作品译介概述 …………………………………… 350

第二节　田汉作品俄译本品评 ………………………………… 356
  1.《关汉卿》译本分析 ……………………………………… 356
  2.《谢瑶环》译本分析 ……………………………………… 377
  3. 其他诗歌歌词作品译本分析 …………………………… 388

第三节　俄罗斯的田汉研究 …………………………………… 393
  1. 俄罗斯田汉作品研究的他者之见 ……………………… 394
  2. 田汉研究的多重维度 …………………………………… 400

第四节　对俄罗斯田汉研究的思考 …………………………… 436
  1. 田汉作品在俄研究的特色 ……………………………… 436
  2. 俄中田汉作品研究的差异 ……………………………… 441
  3. 田汉作品在俄研究的不足 ……………………………… 443

后　记 …………………………………………………………… 449

第一章

鲁迅作品在俄罗斯

在俄罗斯，鲁迅（1881—1936）一直被视为20世纪中国文学最重要的代表人物，也是俄罗斯最早译介并予以广泛传播与全面研究的中国现代文学作家。鲁迅自20世纪20年代即引起苏联的重视。他是中国现代文学中第一个在苏联有俄文单行本和文集出版的作家。译本发行数量巨大，自1929年至今有20余部鲁迅作品选集问世，其总发行量达到146万册，并伴有大量的学术研究。可以说，鲁迅作品在俄罗斯的翻译与研究聚焦了一个时代的俄罗斯的汉学发展与演变。他的作品在俄罗斯翻译、出版与研究发端早、传播广，且得到了苏联政府的重视与大力支持。鲁迅以其思想性与艺术性双杰，另因其对俄罗斯文学的热情传播与研究赢得了苏联人民的敬重与巨大译介兴趣。回眸近100年（主要是前60年）的俄罗斯鲁迅译介历史，对这位中国新文化旗手与文学巨匠展开翻译与研究的清一色是俄苏汉学大家，他们以精湛的翻译和见解读到的研究，不仅为中国的鲁迅研究提供了"他山之石"，也为世界鲁迅研究起了先锋与垂范作用。

第一节　鲁迅作品译介概述

鲁迅在世时，俄罗斯就有人对他展开翻译与研究。据戈宝权先生在《鲁迅在世界上的文学地位》一文所提供的信息，1925年，著名汉学大家阿列克谢耶夫的高足瓦西里耶夫便已着手翻译鲁迅的《阿Q正传》，并致信曹靖华，称鲁迅是中国的一位"伟大而真诚的国民作家！他是社会心灵的照相师，是民众生活的记录者……他不只是一个

第一章　鲁迅作品在俄罗斯

中国的作家,还是一个世界的作家"①。瓦西里耶夫对鲁迅"一见钟情"得益于与曹靖华的友谊。1924—1927年间,瓦西里耶夫被共产国际派往中国开封军事顾问团当翻译,在那里结识了顾问团中方翻译曹靖华。曹靖华建议瓦西里耶夫通过阅读中国现代文学作品来深入了解现实中国,并推荐了鲁迅的《阿Q正传》。瓦西里耶夫阅读后深受触动,立刻决定将其译成俄文。在曹的帮助下,瓦西里耶夫与鲁迅书信往来索取序、自传和照片。1925年鲁迅先生为瓦西里耶夫所译的《阿Q正传》俄文版写了《俄文译本〈阿Q正传〉序》与《著者自叙传略》并附照片。瓦西里耶夫后专门写信向鲁迅致谢,此信现存于北京鲁迅博物馆。但因多种原因,瓦西里耶夫1925年7月4日完成的《阿Q正传》译本1929年才得以在列宁格勒"激浪"出版社出版。这段名家名译的友好往来和《阿Q正传》在苏联的正式出版明证了瓦西里耶夫乃俄罗斯译介鲁迅作品的第一人,它打破了苏俄汉学界此前只埋头于翻译与研究中国古典文学的沉闷局面,将鲁迅以及以鲁迅为代表的中国现代文学作家介绍给了苏联读者。

需要说明的是,这本《阿Q正传》并非瓦西里耶夫翻译的一篇独立小说,而是以此冠名的鲁迅小说选集的一篇,全书191页,发行量为3000册。该选集收录了《呐喊》中的《阿Q正传》(瓦西里耶夫译)、《头发的故事》《孔乙己》《风波》《故乡》《社戏》(施图金译)和《彷徨》中的《幸福的家庭》《高老夫子》(卡扎克维奇译)。这部小说集的出版的划时代意义在于使鲁迅成为第一个在苏联出版作品单行本的现代中国作家,而且所收译文以其表达准确和文采斐然而备受赞誉。汉学界普遍认为该译作较好地保留了原著语言风格,出版后立即引起苏联文艺界的极大关注,同时也强化了苏联文坛对鲁迅的准确认知。当时《新世界》杂志发表弗里德的评论,称:"鲁迅是最优秀的中国现代

---

① 《京报副刊》,北京,1925年6月。

作家之一,而且在国外也很有名气。他对中国农村的了解,善于表现日常生活细节的本领,以及恰如其分的讽刺和抒情,使这位文学家的作品对欧洲读者也产生了吸引力"①。此书的出版开启了苏联翻译鲁迅的第一个活跃期,就瓦西里耶夫本人而言,也就此开启了他鲁迅翻译与教学的人生。回国后,瓦西里耶夫继续在圣彼得堡大学教授与研究中国文学,在曹靖华建议下,选用鲁迅的《孔乙己》《阿Q正传》《祥林嫂》等作品作为教材。这不啻苏联汉学教学史上的一个重要开端,使得关注四书五经的老一辈汉学专家开始关注现代中国的文学作品,也使年轻的学生了解现代中国。经考证,苏联对中国现代文学的翻译与研究历经坎坷其间几度中断,但在高校教学中鲁迅教学始终没有停顿。

莫斯科的《阿Q正传》出版与圣彼得堡的同年,即同样于1929年,由青年近卫军出版社出版,发行量为5000册,与《孔乙己》一道收入科洛科洛夫(中文名郭质生)编选的《正传:当代中国中短篇小说集》(这两篇鲁迅名作是由柯金和中国人高世华合译的)。罗季奥诺夫据译者个人经历推测,译作的完成不晚于1927年,但是一个事实却是,自他开始,苏联出现了两个《阿Q正传》的版本,可谓当时中俄文学交流史上的有趣事件。尽管柯金的《阿Q正传》质量受到质疑甚至名家否定,其间的漏译改译现象受到瓦西里耶夫的批评,说它"只能算是编译,且只介绍了主要故事情节,漏译严重,书中出现的诗也没有译出来。"②但它和瓦西里耶夫的《阿Q正传》,尤其是两个鲁迅选集的出版一道标志着鲁迅文学作品正式走进苏联读者的视野,被公认为俄罗斯现当代中国文学译介的开山之举,引起苏联文艺界的广泛关注。

---

① Китай. История, экономика, культура, героическая борьба за национальную независимость. Сборник статей под редакции академика В.М.Алексеева, Л.И.Думана и А.А.Петрова. М.—Л.: Издательство АН СССР, 1940. C255.
② 转引自瓦西里耶夫1930年写的《书评》。

第一章　鲁迅作品在俄罗斯

当年的《新世界》杂志第11期对瓦西里耶夫编选的《阿Q正传》发表书评,对其翻译质量与主旨予以高度肯定,同时称"鲁迅是中国最出色的现代作家之一,是西方最广为人知的中国作家之一"。①

进入30年代,在当时世界各国出版的百科辞书很少提及鲁迅的情况下,苏联1932年出版的《文学百科全书1929—1939》(莫斯科)第五卷"中国文学"条目里即已以"鲁迅条目"为题对鲁迅作出单独介绍(卡拉—穆尔扎撰写),从而开启了苏联在大型文学和文化辞书中书写鲁迅的传统。也就是说,自这本文学百科全书之后,鲁迅就一直被列入俄罗斯文学词典,甚至是大百科词典,如1954年的《苏联大百科全书(第二版)》由波兹德涅耶娃撰写"鲁迅条目",1967年,《苏联简明文学百科全书》由谢曼诺夫撰写"鲁迅条目",1974年,新版《苏联大百科全书(第15卷)》(莫斯科)由谢曼诺夫撰写"鲁迅条目",1976年《苏联简明文学百科全书》依旧由谢曼诺夫撰写"鲁迅条目",1980年,《苏联百科词典》有"鲁迅条目"。"鲁迅条目"以对鲁迅生平及其作品、思想与艺术特征的精炼概括与简要评价,赋予了各阶段苏联鲁迅研究以纲领性意义。

据罗季奥诺夫分类,除了1929年,余下的四个鲁迅在苏联译介的活跃期分别为1938年、1945年、1954—1955年和1971年。不过,在笔者看来,这种分期未必精准。第二活跃期应该1936—1938年更为合理。1936年是鲁迅逝世的那一年,苏联投入了较大的人力物力翻译出版鲁迅作品,聚现出鲁迅在苏联译介的新热潮。当时在苏联颇有影响的我国著名诗人萧三和苏联著名作家法捷耶夫都参与了此项工作。萧三曾经描述过在鲁迅逝世后苏联汉学界争相译介鲁迅作品的景观:"好几个中国通竟争着翻译没有译过的,已经译过的而翻译得不很好的则又翻译。因此我们得以比较,选择好的译稿;还觉得不够的,于

---

① Васильев Б.А. Рецензия // Записки коллегии востоковедов. 1930. № 4. С. 290.

是由我将较好的译稿和鲁迅的原文从头到尾校订一遍；还觉得不够，我们又请对鲁迅特别亲切，对中国抗战和中国文学非常关心的法捷耶夫——这个俄国文学的能手——将译稿从美术文字的观点再校订一遍。"①大量的前期准备，拱起了第二活跃期的顶点，即1938年，鲁迅逝世两周年的苏联纪念年，在上述中俄文化名将的联手共创之下，苏联科学院出版社莫斯科和列宁格勒两地出版了《鲁迅（1881—1936）：纪念中国伟大的现代文豪论文与译文集》。从副标题即可以看出，文集由两部分组成：第一部分是关于作家的纪念文章，第二部分是鲁迅作品的译文。译文部分选译了《阿Q正传》《奔月》《祝福》《白光》《端午节》《示众》六篇小说，其中《阿Q正传》由苏联科学院中国文化研究室集体翻译。这本文集的序里特作文字说明，这是集体的译作汇编，后经鲁多夫、萧三、史薛青润色加工，但就文笔特色不难看出，这是1937年受到镇压的瓦西里耶夫的译作，其余，像选自鲁迅《野草》的散文诗《狗的驳诘》和除《阿Q正传》之外的五篇小说均由施图金翻译，另有萧三译的《一九三三年上海所感》等，此外该文集还收录了陈绍禹的《中国人民的巨大损失》萧三的《纪念鲁迅》、史萍青的《鲁迅和中国语言文字问题》三篇文章。该文集发行量达到了10225册。凯瑟尔对这本文集发表书评，对史萍青的文章予以专门评价，称其内容丰富翔实，一方面向读者介绍了中国19世纪起的语言文字改革，另一方面肯定了鲁迅为中国文学语言的民主化与中国文字拉丁化的发展所起的巨大作用，同时指出该文的不足在于语言极其晦涩难懂②。另外，在这篇书评里，凯瑟尔对施图金的译本的艺术质量予以言辞激烈的文学批评，但客观说来，这些译作在文辞风格上与鲁迅原文还

---

① 萧三：《鲁迅在苏联》，《中苏文化杂志》，1941年文艺特刊，第23—25页。
② См. ст. Кессель М. Лу Синь. 1881—1936. Изд-во АН СССР, 1938. [рецензия] // Иностранная литература, 1938, № 7. С. 195.

是十分接近的①。该文集成为《阿Q正传》俄文本的第三个版本,尽管这个版本是以瓦西里耶夫的译本为底本完成的,严格说来,应该是瓦西里耶夫译本的修订本。

令人遗憾的是,1938年出版的一系列鲁迅作品译文集都没能启用20世纪20、30年代的译介成果,其原因如罗季奥诺夫所分析,并不在于译文有多大的缺点,而是由于各位译者悲惨的政治命运。1937—1938年,苏联爆发了大清洗运动,苏联汉学队伍遭受重创。在苏联肃反时期,瓦西里耶夫、柯金被控"从事间谍活动"于1937年相继被枪毙,卡扎克维奇和施图金于1938年被捕并分别被判处流放和劳改,卡扎科维奇被流放哈萨克斯坦,随即去世,施图金1938年被捕判五年监禁,二者的译作随之被打入冷宫,翻译研究工作被迫中断。苏联汉学界一派人去楼空的萧条景观,汉学研究队伍凋零,仅有幸存的中国现代文学译者鲁德曼翻译发表了鲁迅的《一件小事》《药》②《祝福》③,还有费德林翻译发表的《一件小事》和《药》④。30年代被打倒的汉学家的作品一直到50年代中期获得平反之后才得以启用。

二战期间俄罗斯的鲁迅译介受到严重破坏,鲁迅作品翻译可考的只有1941年第3期《青年近卫军》杂志刊登的波兹德涅耶娃和鲍格莫丽娜娅合译的小说《明天》。1945年,第二次世界大战结束,苏联在战时坚持下来的汉学教学与研究重遇生机,中国现代文学的鲁迅研究再度活跃。这一年,苏联顶级文学出版社,即国家文艺出版社以1万册的发行量出版了罗果夫主编的《鲁迅选集》,因供不应求,1952年再版。收入"选集"的有第一次翻译的鲁迅作品,如《彷徨》中的《肥皂》和《在酒楼上》,译者分别为罗果夫和齐赫文,如《野草》中的《秋

---

① Кессель М. Лу Синь. 1881—1936. Изд-во АН СССР, 1938. [рецензия] // Иностранная литература, 1938, № 7. С. 195.
② 《西伯利亚之火》,1939年第2期。
③ 《西伯利亚之火》,1940年第4期。
④ 《国际文学》,1939年第11期。

夜》《乞求者》《风筝》和《立论》，另有鲁迅与不同年代写下的杂文和书信，还有7篇重译的短篇小说，如《阿Q正传》《端午节》（均为罗果夫译）、《孔乙己》（费德林译）、《明天》和《白光》（瓦西科夫译）、《一件小事》（艾德林译）和《故乡》（波兹德涅耶娃译）。该选集的特色在于译者阵容强大（从括弧标注中可以看出，均为当时的一流汉学家担纲）从而确保了翻译水平的一流，很多篇目都成为中国现代文学俄译代表作并一版再版，在今后相当长一段时间内这些作品都成了鲁迅著作的俄译范本。就此而言，这部选集在苏联汉学界具有里程碑意义，当为汉译界的路标之作。正如我国学者张杰发现，由这部文集走出的翻译家均成为苏联鲁迅研究的中坚力量。罗季奥诺夫同时发现，罗果夫编选的鲁迅选集尤其受欢迎，不仅在苏联出版，还曾在中国出版。

中华人民共和国成立以后至50年代中期，中苏关系友好密切使然，苏联汉学呈现一派繁荣景象，鲁迅著作出版成了中国现代文学译介中的重中之重，关涉鲁迅的纪念活动也频繁举行。1949年苏联文艺科学工作者代表团来华访问，团长法捷耶夫以《论鲁迅》为题撰文纪念鲁迅，发表于1949年10月19日《人民日报》"鲁迅先生逝世十三周年纪念特刊"，文中称"鲁迅是短篇小说的能手"，"《阿Q正传》是鲁迅短篇小说中的杰作"。1950年，莫斯科真理报出版社出版鲁迅《短篇小说集》，列为《星火》丛书第10期，收录了《孔乙己》《在酒楼上》《明天》《一件小事》《故乡》《端午节》，译者分别为费德林、艾德林、波兹德涅耶娃、罗果夫等著名汉学家，还有法捷耶夫写的代序《论鲁迅》。这本名人名译的鲁迅作品集再度受到热烈欢迎，成为该年度最为畅销的外国文学作品之一。莫斯科儿童出版社出版了《故乡》单行本，收录了《故乡》《社戏》《明天》等，书中刊有一幅鲁迅木刻像和皮科夫根据小说内容所作的六幅木刻插画。同年，国家文艺出版社出版了《鲁迅短篇小说与论文集》。同样是1950年，《人民中国》俄文版第9期译载了冯雪峰的论文《鲁迅和苏联文学》等。

第一章　鲁迅作品在俄罗斯

50年代的苏联鲁迅翻译与研究以及出版就此呈现出一浪高过一浪的热烈局面。1952年,罗果夫编译的《鲁迅选集》在莫斯科国家文艺出版社出版,费德林为本文集作序,序中对鲁迅及其作品的评价堪为全面、系统、深刻,在社会上产生了非常大的反响。也就在这一年,远东阿穆尔州出版社出版了一部《鲁迅小说集》,东西相互呼应,一并受到读者热烈欢迎,带动了鲁迅作品在苏联的热销,使得鲁迅在苏联成了妇孺皆知的中国现代文学作家。宋绍香研究发现,这一局面,从50年代初一直持续到60年代中期。据他统计,1953年后的7年间,鲁迅的译作就有10项:

"(1)《鲁迅短篇小说集》,费德林、波兹德涅耶娃、罗果夫、罗加切夫译,领衔论文作者:罗果夫(莫斯科,1953);(2)《中国作家短篇小说集》,主编、序言:费德林,543页,选译鲁迅作品数篇(莫斯科,1953);(3)四卷本盲文《鲁迅选集》(教育版,1954);(4)四卷本《鲁迅选集》,科洛科洛夫等主编,第一卷:《呐喊》《野草》《彷徨》;第二卷:杂文集;第三卷:《朝花夕拾》《故事新编》;第四卷:书简(莫斯科,1954—1956);(5)四卷本《鲁迅文集》,总编:科洛科洛夫、西莫诺夫、费德林,编辑:波兹德涅耶娃,领衔文章:费德林,翻译编辑:科洛科洛夫、贾托夫(莫斯科,1954—1956),第一卷,462页,1954年版;第二卷,423页,1955年版;第三卷,319页,1955年版;第四卷,262页,1956年版;(6)《阿Q正传》中短篇小说集,罗果夫译,艾德林主编,并撰写领衔论文(莫斯科,1955);(7)《中国作家短篇小说集》,编者、主编、前言:费德林,522页,其中译有鲁迅作品(莫斯科,1955);(8)《鲁迅选集》(莫斯科,1956);(9)《阿Q正传》;莫斯科,1958年版;(10)《阿Q正传》短篇小说集,艾德林主编并作序(莫斯科,1959年)。"①

---

① 转引自宋绍香:《俄苏鲁迅译介与研究六十年》,见杂志《文艺理论与批评》,2016年第3期,第70页。

这十项中影响最大的鲁迅作品集当属于1954—1956年国家文艺出版社出版的由波兹德涅耶娃、科洛科洛夫、西蒙诺夫、费德林编选的四卷本《鲁迅文集》,四卷本文集收入了1945年文集的全部译文,同时补充进了鲁迅全部小说与散文作品、大部分杂文和信件。鲁迅当年为瓦西里耶夫的《阿Q正传》作品集俄译本撰写的《著作者自叙传略》也收入其中。该文集发行量为30000册。翻译阵容比起1945年明显壮大,除了既有的翻译大家,参与四卷本文集翻译一批译坛新杰,如彼得罗夫、帕纳秀克、马努欣、扬申娜、罗加乔夫、华克生和菲什曼等等。该文集对后世影响很大,以至于50年代末至60年代初出版的一批鲁迅文集大都采用该文集所收的文本。步入60年代,两国关系遇冷,苏联的鲁迅翻译与出版陷入茫然,除了1964年出版的内含波兹德涅耶娃新译的《理水》《非攻》《奔月》3篇小说的《鲁迅讽刺故事集》,《外国文学》和《星》杂志偶有鲁迅作品译作出现,新的鲁迅译作已经很少看到。

不难看出,苏联出版鲁迅作品的高潮聚现于20世纪50年代直至60年代中期,这期间几乎启动了苏联各地的出版社,波及各层次读者群。这种鲁迅普及或研究的盛世理当为苏中蜜月关系使然,"鲁迅"在这一时期的苏联真正是处于"天时、地利、人和"的绝佳时期。不仅仅翻译出版,这个时期苏联的鲁迅研究也同样进入了一个新阶段,具体体现为,一批副博士学位论文通过答辩,由此生成一大批富含思想与学术价值的专著,不仅在苏联国内大发行量出版,而且有的专著被翻译成世界许多种文字在国外出版发行;不仅对国内的中国当代文学研究产生了重大影响,也为世界汉学领域所瞩目,应验了热洛霍夫采夫的话:"一个中国作家在苏联具有这样的知名度和普及性,这在美国是不可设想的"[①]。继30年代末费德林的副博士论文《论鲁迅的创

---

① 热洛霍夫采夫:《鲁迅在美国汉学界》,宋绍香译,载于《汉学研究》2014秋冬卷(总第17集)第511页。

作》成功答辩并生成专著出版(1939)后,50年代始至60年下半期,直至70年代初,苏联的鲁迅研究全面开花,首先是多部鲁迅研究的研究专论和专著的出现,如1956年波兹德涅耶娃完成了题为《鲁迅的创作历程》的副博士论文答辩,并在此基础上生发出了两部学术专著,分别为《鲁迅》(1957)和《鲁迅：生平与创作》(1959),前一本被纳入青年近卫军出版社的"名人传记"丛书系列,后一部专著出版后还被译成了日文和中文出版发行。1956年索罗金以《鲁迅创作道路的开始和小说集〈呐喊〉》作为副博士论文题目通过答辩,并于1958年出版了学术专著《鲁迅世界观的形成(早期政论作品和小说集〈呐喊〉)》。此外还有彼得罗夫的《鲁迅·生平与创作概论》(1960)和谢曼诺夫的《鲁迅和他的前驱》(1967)。上述专著的作者都是鲁迅小说、杂文、信件的权威译者,严肃的翻译工作要求他们深入了解该作家的创作与心理状态、其特有的艺术风格和手法。苏联学者在翻译和研究中也都参考了当时中国学术界和文学界对鲁迅的评价与看法。在分析鲁迅的创作遗产、他的思想和审美立场演变的过程中,苏联的研究者无一不兼顾中国社会的变迁、意识形态的斗争、革命运动的发展等等。虽然他们比较重视探讨鲁迅创作的思想内容,但从不忽视研究对象是文学作品,所以在一定程度上总会涉及其创作艺术。其次,这一时期,费德林、艾德林、索罗金和波兹德涅耶娃等人写的中国文学史著作中,均设立鲁迅专章,对其创作予以论述,[①]丰富了这一时期的鲁迅教学与研究。再有,这时期以波兹德涅耶娃为代表的50年代初期鲁迅研究者,促成了研究方法的初步定型,基本采用马克思列宁主义文艺批评理论展开,研究重点多在小说的思想价值、社会意义的探讨,但针对鲁迅作品艺术特色分析涉猎较少,研究不够深入。到60年代下半期,苏联的鲁迅研究逐步展开,研究方法呈现多样化,广泛使用社会学分析、历史

---

① 参见李明滨:《中国文学俄罗斯传播史》,学苑出版社,2015年,第231页。

比较研究、影响研究、平行研究、叙事学理论等方法,出现了较具有较高学术价值的专门著作。这时候的学术论文也如雨后春笋不断出现,最著名的要数彼得罗夫的多篇论文和作品集序,和此后的论文汇集在一起,几乎独占了鲁迅研究的一切主流学术话语。

从大气候看,1956—1966年期间,中苏两国每年都签订正式的文化合作协定,制定详细的年度执行计划,其中包括文学作品的翻译出版等内容。鲁迅作为左翼作家代表,其作品更是得到最大关注,部分作品单次发行就达十万册以上。这时候的苏联社会主义计划经济,有力地促进了鲁迅研究的健康发展,使得俄罗斯的俄罗斯鲁迅研究及至汉学研究呈现出"大""专""全""强"等基本特征,保证了学术研究机构的设置完备、实力雄厚,高端、专业的学术研究队伍人才济济,在国家实力的保障下,学者可以一生坚持对鲁迅作品的研究。也正是得益于国家支持,鲁迅作品的计划性的出版与发行,其规模为其他国家所难以企及,同时也培养出了一批世界级的鲁迅研究家。苏联时期的汉学家人数众多,分布广泛,任职于苏联科学院远东研究所、东方学研究所、圣彼得堡大学东方系和莫斯科亚非学院等专业学术机构。在研究机构中汉学家可以专业分工,各司其职,针对鲁迅艺术世界的方方面面进行深入研究。由于大多数研究者任职于研究所和高校,一批学者把鲁迅研究作为大学中文专业必修课程,或是副博士学术论文的选题,绝大部分副博士学术论文多以专著形式问世,催生出专著出版一度繁荣的局面。而且苏联几次为鲁迅生辰忌日举办活动,一批批纪念文章应运而生,促成了鲁迅研究的繁盛景象。再有,大量的汉学东方学专业学术研讨会更为鲁迅研究提供了学术平台,以会议文集形式发表了大量的学术论文。

60—70年代的苏联鲁迅研究成果大于鲁迅翻译成果。谢曼诺夫当为这一时期苏联鲁迅研究新锐,除了大量的鲁迅研究的学术论文产出,1967年问世的,以博士论文为基础生成的专著《鲁迅和他的前

第一章 鲁迅作品在俄罗斯

驱》,更使他成为当时苏联鲁迅研究的翘楚,备受国内外学者赞赏。

据罗季奥诺夫考证,1971年,国家文艺出版社出版了由费德林主编的《鲁迅中短篇小说卷》,并被列入《世界文学丛书》系列。要知道,在当时,只有被公认为世界文学经典的文豪才有资格入选这部丛书,而鲁迅是中国20世纪文人中唯一享受此殊荣的中国现当代作家。该卷收录了鲁迅《呐喊》《彷徨》《野草》《故事新编》4个文集的全部作品,另有早期小说《怀旧》,很多小说启用了新的译本,如取代波兹德涅耶娃、科洛科洛夫、帕纳秀克对《彷徨》和《故事新编》的译作的是加托夫、谢曼诺夫、索罗金、索罗金娜、苏霍鲁科夫的新译本。新旧译文的艺术价值在伯仲之间,因此本次更新原因更多取决于编选者的爱好和旨趣,而不具有太多的刚性的学术需求,但却更迎合了对鲁迅素有感情的苏联普众读者的口味。1972年该文集得以再版。在罗季奥诺夫看来,新译作基本上结束了苏俄对鲁迅作品的翻译时代,此后几乎再没出现新译。

1980年代出版的鲁迅作品版本都是根据《世界文学丛书》所收译文编选的。同时我们也不能忽视1981年本《鲁迅选集》的存在,该选集由霍赫洛娃选编,精彩处在于书中艾德林的序文和彼得罗夫所做的注释,深受苏联读者欢迎,概述发行7.5万册,很快就销售一空。另外,1986年莫斯科儿童读物出版社出版的艾德林编选的《阿Q正传》的影响力同样不可小觑,编选者艾德林写下的序言对《阿Q正传》作了全面系统而又不乏新意的评析。1989年,同样是艾德林主编的《鲁迅选集》在莫斯科国家文艺出版社出版,依旧是艾德林作序,彼得罗夫作注,一如既往地广受好评,被称为俄译鲁迅著作的压轴之作。而2000年俄罗斯境内出版的鲁迅作品《故乡》,作为《中国20世纪诗歌小说集》其中一篇,并不是新的译作,也不是苏霍鲁科夫1971年的译文,而是波兹德涅耶娃早在1945年的译作旧本。

回眸苏联的鲁迅译介,自1929年,从瓦西里耶夫翻译出版鲁迅小说集《阿Q正传》至今，在俄苏至少有407篇鲁迅的作品和文章被译成俄文（其中175篇是信件）。在中国20世纪作家当中，鲁迅是第一个有俄文单行本文集出版的人，自1929年至今有20本鲁迅作品选集问世，其总发行量达到1463225册（相比较，苏俄的老舍文选一共有22本，其发行量约为1014700册。张天翼文选有11本，其发行量为862000册。茅盾文选有13本，其发行量为680600册。巴金文选有7本，其发行量为555000册。郭沫若文选有11本，其发行量约为460000册。叶圣陶文选有3本，其发行量为210000册）。

鲁迅的很多作品都有多种俄译版本。据统计，有29篇鲁迅的作品具有两种及两种以上的译文。例如：《阿Q正传》和《祝福》2篇有5个译本；《故乡》《奔月》2篇有4个译本；《自叙传略》《黎水》《铸剑》《补天》《非攻》《一件小事》《社戏》《孔乙己》8篇均有3个译本；《起死》《采薇》《聪明人和傻子和奴才》《狗的驳诘》《孤独者》《兄弟》《长明灯》《肥皂》《示众》《高老夫子》《幸福的家庭》《端午节》《风波》《明天》《头发的故事》《药》《白光》17篇有两个译本。对于同一译者，往往还存在着好几个译本，比如，波兹德涅耶娃不但对自己的译作做过修改，甚至还重新翻译。这位学者在1941年和1945年发表的《故乡》译作就是各自独立的，没有任何继承关系。

在400多部鲁迅俄译作品中，42部出版过5次及以上，包括《呐喊》《彷徨》《故事新编》集所有的小说，《野草》集的9篇散文，《且介亭》集的一篇散文和鲁迅自传。不完全统计，下列15篇小说具有10个及以上的版本。如：《阿Q正传》《呐喊》出版21次，翻译5次；《故乡》《呐喊》出版20次，翻译4次；《孔乙己》《呐喊》出版19次，翻译3次；《一件小事》《呐喊》出版18次，翻译3次；《明天》《呐喊》出版16次，翻译2次；《在酒楼上》《彷徨》出版16次，翻译1次；《祝福》《彷徨》出版14次，翻译5次；《社戏》《呐喊》出版12次，翻译3次；《风筝》《野草》出版12次，翻译1次；《风波》《呐喊》出版11次，翻译2次；《立论》

各时期鲁迅作品俄文单行本发行量详览[1]

	1929	1938	1945	1950	1952	1953	1954	1955	1956	1959	1960	1964	1971	1981	1986	1989
文集1	3000	10225	10000	150000	90000	90000	30000	100000	90000	15000	5000	30000	300000	75000	100000	100000
文集2				150000		75000				10000						
文集3				30000												
一年小计	3000	10225	10000	330000	90000	165000	30000	100000	90000	25000	5000	30000	300000	75000	100000	100000
总量	1463225 册															

[1] 此表由罗季奥诺夫提供：31 июля 2015, 22:16, 与笔者通信的电子邮件。

《野草》出版11次,翻译1次;《药》《呐喊》出版10次,翻译2次;《幸福的家庭》《彷徨》出版10次,翻译2次;《狗的驳诘》《野草》出版10次,翻译2次;《秋夜》《野草》出版10次,翻译1次。

据罗季奥诺夫的资料,俄罗斯出版较多最受欢迎的鲁迅作品中,有8篇出自《呐喊》,3篇出自《彷徨》,4篇出自《野草》。不难看出,鲁迅创作中最引人入胜的莫过于突出反映中国人内心世界和中国社会的小说。鲁迅杂文虽然大部分被译成了俄文,但是再版很少,主要原因是由于苏联读者大多并不了解中国20世纪20、30年代的文学和政治论战,所以只有汉学家对它们有兴趣。

苏联时期鲁迅作品译作创作及俄文单行本的发行量在苏联的出版进程大体上与翻译活跃时期是一致的,也具有同样的历史背景。见表如下:

各时期鲁迅作品单行本出版情况概览[①]

年代	版本次数	发行量(册)
1920	1	3000
1930	1	10225
1940	1	10000
1950	11	830000
1960	2	35000
1970	1	300000
1980	3	275000
1990	0	0
2000	0	0
总共	20	1463225

上述统计只涉及鲁迅作品俄文单行本,不包括苏联和俄罗斯出版的大量中国20世纪文学集体文集所收入的鲁迅创作。不过,正如罗季奥诺夫所说,后者的出版趋势与前者是一样的。

尽管苏联的鲁迅研究有着持久的发展,但我们也不能不看见苏中

---

① 此表由罗季奥诺夫提供:31 июля 2015, 22:16,与笔者通信的电子邮件。

关系遇冷后,鲁迅译介情况也急转直下,出版量也急剧下降。不过,与当时的政治形势正相反,鲁迅创作被纳入到1971年的《世界文学丛书》系列而公开出版,一定程度上掩盖了当时陷于低谷的两国文学交流窘状。80年代中苏关系恢复正常,固然让中苏文化交流生机再现,但是规模、气势、数量与质量远不能与50年代作比,尽管鲁迅许多单个作品被收入各种文集,但其整体出版规模再也没有恢复到50年代那样的阵容。苏联解体以后,俄罗斯20年间并没有真正意义上出版过鲁迅著作的单行本,不仅体现出俄罗斯研究界译介目标的转移,同时也是既往部分研究强化对鲁迅意识形态研究使得读者兴趣衰落的体现。20世纪末至21世纪初,天马行空于市场经济的是大众文学、西方的侦探文学、色情与暴力文学,国内的严肃文学作品都被挤向了边缘,中国现代文学则更被现下人置之脑后。正如罗季奥诺夫所说,绝大部分年轻的俄罗斯读者甚至没听说过鲁迅等中国现代作家的名字。但并不能就此就说鲁迅翻译与研究的价值已经成了昨日黄花,不再值得一提,相反,用罗季奥诺夫的话说,"鲁迅创作对俄罗斯当代读者依然保有高度的思想和艺术价值,其苏联时期的译文绝大部分也仍然不朽"。①

第二节 鲁迅研究在苏俄

苏俄时期的鲁迅研究带有如下特征:首先,受到苏俄意识形态的影响。作为左翼作家的代表、中国现代进步文学的领军人物,鲁迅在苏联比较早地受到了重视,作为社会主义现实主义作家被分析研究,即使是中苏关系紧张时期,鲁迅也因作品的革命性而作为中国现当代文学的代表入选苏联国家出版重大项目而得以出版。其次,苏俄鲁迅

---

① Серебряков, Родионов А. Постижение в России духовного и художественного мира Лу Синя.//Материалы V Международной научной конференции «Проблемы литератур Дальнего Востока» в 3-х томах. Изд. СПбГУ. 2012. т.2.С.5.

研究直接与鲁迅在中国现代文学史上的地位以及中苏俄文化交流史上的地位相关。鲁迅作为中国现代文学的代表人物,其作品的时代性、思想性和文学价值得到了苏联学界的充分重视,成为重要的研究对象。鲁迅本人积极从事中俄文学交流,译介俄罗斯和苏联的经典文学作品和文艺理论到中国,赢得了苏联人民的敬重与好感,从而加强了他在俄苏的影响。再次,鲁迅研究一直与中苏(俄)两国文化交流活动密切相关,其作品译介及研究成为两国友好关系的表现形式,得到支持。两国政府友好交流活动不仅促进了具体的译介与研究工作,也确保了研究人员的队伍的高素质、高水平,使得俄罗斯的鲁迅研究成果卓著、大家辈出、成绩斐然。由于苏联在世界上较早对鲁迅作品进行了大量的翻译与出版,出版发行数量和版本优势更为他国无法比拟,这同时也带动了鲁迅研究成就卓然,其学术文章、专业论著的数量和质量亦居于世界前列。最后,苏联时期汉学界的繁荣,直接为鲁迅研究提供了基础和保障。作为中国现代文学在俄罗斯被翻译和研究最多的作家,鲁迅研究成为现代中国作家在俄罗斯传播与译介中最重要的组成部分,需要我们对俄罗斯鲁迅研究的历史与方法予以钩沉。当年的鲁迅先生得知瓦西里耶夫翻译的《阿Q正传》在苏联问世曾如是期待:"俄国读者的眼中,也许会照见别样的情景",[①]今天我们对俄罗斯的鲁迅研究做出我们的学术梳理、分析和探究,其目的也就在于通过俄罗斯人的视网膜过滤,做出我们对鲁迅新的文化推介。

俄罗斯的鲁迅研究与翻译同步,几十年间二者并行向前,水涨船高,其研究形式的呈现也是多种多样,即序跋、论文、专著或某部论著与教材的专门章节、纪念性文章、文学百科辞典的"中国文学"词条,尤其是"鲁迅"词条,不一而足,与鲁迅翻译合力打造出成就丰硕、且令世界汉学所瞩目的俄罗斯鲁迅学。就鲁迅研究风格,佘晓琳分出两

---

① 《王希礼与俄译本〈阿Q正传〉》。

第一章　鲁迅作品在俄罗斯

种,"一种具有较多的灵活性,一种更教条主义"。^① 按这位学者的分析,后者秉持意识形态化话语,遵循政治政策指导,认为文艺应服务于政治,即用政治思想图解鲁迅的作品,美学标准并不重要,这一类以波兹德涅耶娃、索罗金为代表。前者则偏于客观评述,首先将鲁迅的作品当做艺术去分析与研究,在强调艺术的完整性的同时,注意当时社会与经济因素和作者世界观在创作中的作用,这一类研究家代表有彼得罗夫、艾德林、谢曼诺夫等。其实,分析任何一位作家作品无外乎从思想与艺术两个角度,在中国带有鲜明阶级评判倾向的鲁迅研究必然对特定阶段的苏联鲁迅研究产生重要影响,必然导致苏联的鲁迅研究一定程度上的意识形态化,但是苏联是个文学大国,苏联引进鲁迅固然受毛泽东的定论所框定——鲁迅"不仅仅是伟大的文学家,同时也是一位伟大的革命家,思想家",但既然作为作家来接受,俄罗斯的文学批评总是要关涉作家的艺术风格,如瓦西里耶夫的作品序,及至波兹德涅耶娃和索罗金的专著。同样,在"强调艺术完整性"的彼得罗夫那里同样有大篇幅论述鲁迅世界观形成及其与新文学革命的关系,所以,也正如佘晓玲所说,两类研究者都对分析鲁迅的创作思想及其与俄罗斯文学的关系予以高度重视。的确,苏联对鲁迅创作的研究多采用比较研究的方法,基本是以其创作生涯为背景展开的,注重研究鲁迅小说与其他体裁文学作品的关系比较,挖掘其思想意义和道德意义,探讨其艺术创作手法,追溯鲁迅作品与中国古典文学的关系,"……分析鲁迅小说与俄罗斯古典文学与世界经典文学的关系","以此确立鲁迅在世界文学上的地位"。^② 这位学者的视角与话语都有一定的准确性和前沿性,但她的术语界定有待调整。据笔者推论,这里的"古典"和"经典"用的是一个词,即"классика",修饰文学的用语都应该是"классическая"。这词在俄语中不单单是"古典"的意思,

---

① 佘晓琳:《鲁迅小说俄译研究述略》,《俄罗斯文艺》2016年第1期,第46页。
② 同上。

还有"经典"之义,而相对于作家鲁迅,无疑确指"19世纪至20世纪初的俄罗斯文学"。而且翻看鲁迅所有的俄罗斯文学评论,绝对找不到19世纪以前的作家。鲁迅本人是1881年生,他是从19世纪走出的人,则相对于鲁迅的19世纪文学尤其不应该翻译成古典文学,而应该实事求是地翻译成"19世纪至20世纪初的俄罗斯文学",而对欧洲文学则有可能是包括塞万提斯、席勒等在内的古典文学。就此,在中国的俄罗斯文学研究中我们不能简单地将经典文学翻译成古典文学,其实俄罗斯研究著作中出现的"经典文学"往往是指以普希金为首的"黄金时代"文学(不单指诗歌),亦即传统定义中的19世纪文学。

1. 鲁迅思想特征研究

俄罗斯的鲁迅研究与翻译起于同步,其标志是1929年瓦西里耶夫的《阿Q正传》作品序、哈尔哈托夫为《正传:当代中国中短篇小说》所写的序。

1925年,瓦西里耶夫在翻译鲁迅的《阿Q正传》时写给曹靖华的信堪为苏联最早的鲁迅小说研究文字,其间称鲁迅"不只是一个中国的作家,也是一个世界的作家"[①],并对其社会心灵与民众生活的写实予以了高度赞扬。尽管有的研究资料认为这封信并非瓦西里耶夫独立写成,而是曹靖华与其共同商议而成,是为了瓦西里耶夫与中国同行,及至与鲁迅本人联系方便而由曹靖华代写的,但主要意思的最初表达还是应该归于瓦西里耶夫。再者,1929年瓦西里耶夫主编的《阿Q正传》的出版开了苏俄鲁迅译介的先河。瓦西里耶夫写的这篇序当视为真正意义上的鲁迅研究的论文,它主要从思想上来评价鲁迅。序中瓦西里耶夫对中国新文化运动予以了高度的赞同与肯定,同时称鲁迅是"中国现实主义流派的领军人物"、社会观察家,"兼具冷静

---

① 《京报副刊》,北京,1925年6月。

沉稳的特点"。就其创作特征而言,瓦西里耶夫称鲁迅是一位风俗作家。就其创作功用,瓦西里耶夫率先发现鲁迅创作的教育功能,同时指出,鲁迅赋予了艺术以社会功利性,并对纯艺术价值的评价方法予以断然否定:"纯艺术在何时何地都没有价值,同时,任何一位艺术家都应当是自己祖国与时代之子。"① 瓦西里耶夫如是界定鲁迅的政治立场:"鲁迅是无政府主义者、个人主义者,他把社会生活的旧形式视为多余的和有毒的遗迹并予以嘲笑怀疑,获得了激进派青年知识分子的支持"②。他认为:"《阿Q正传》这部小说中,鲁迅不仅讽刺了1911年辛亥革命那场'伪'革命,而且主要抨击了旧中国文化与旧中国社会。在描绘那些普通人的同时,作家还'嘲笑'了他们的孤立无援,而这种'嘲笑'只是含泪的笑,作家始终对那些被侮辱和被损害的小人物给予极大的同情"③。此序描述的几乎全是鲁迅的思想价值,就其艺术价值仅寥寥数语,近乎一笔带过,如作序者称鲁迅艺术手法的可贵之处不在于紧张情节的构筑,而是"同时代的中国作家中没有一个能像鲁迅那样善于抓住生活细节并给予真实描述"④。

同样是1929年,莫斯科青年近卫军出版社出版了《正传:当代中国中短篇小说》,由著名学者哈尔哈托夫撰写,他曾因写《中国在沸腾:哪些势力在中国斗争?》(1926)一书而引发广泛社会影响。这位学者认为,"这本书描写出了欧洲文学鲜有的典型形象,即对中国城乡中那些毫无生活保障的打短工劳动者的描写",由此得论,中国新文学仅是社会内容"已经充满了让我们感兴趣的东西,更不用说在我们心中占有同样十分重要地位的艺术兴趣,因为我国读者对中国的写实文

---

① Васильев Б. Предисловие к кн. «Подлинная истории А-Кея» под редакцией Б.А.Васильева. Л.,Прибой. 1929. С.5.
② Лу Синь. Правдивая история А-Кея. Л.: Прибой, 1929. С.5.
③ Там же. С.6.
④ Там же.

学全然无知"①。序中可见,鲁迅创作思想性和作家世界观自俄罗斯鲁迅研究一开始就已经奠定下基调。这里对阿Q的个性特征和悲剧成因做了很多革命性的描述,认为其"物质上的贫困不由自主地导致思想上的贫瘠"。这位研究家认为,鲁迅描绘了主人公极端赤贫的生活状况,其缘由主要是中国的殖民主义造成的,而非民族劣根性和人物本身个性特征,是前者阻碍了他们发展的道路,使人民更加被压迫被欺凌,思想上更贫瘠。论及《阿Q正传》的翻译出版,这篇序给我们提供了一个与当下研究话语迥然有别的史实。序中写道:"阿Q这个典型是非常具有创意性的,在他身上汇聚了如此多典型特征,以至于这部小说问世一个月后欧洲文学,首先是英国文学,便抢先把它翻译了出来"②。这段文字颠覆了当下我国个别研究成果的定论,说是1925年瓦西里耶夫翻译完成的《阿Q正传》是欧洲最早译本,而且说即便是1929年才得以出版,但"瓦西里耶夫也算得上是欧洲译介《阿Q正传》的第一人了"③。我们知道,鲁迅的《阿Q正传》完成于1921年12月,按这里的说法,1922年1月就出版其英译本了,所以无论怎么说,甚或是曹靖华女儿说,英译本影响没有瓦西里耶夫的大,但科学的方法不是量化,注重的是事实。瓦西里耶夫仍旧不应该是整个欧洲翻译《阿Q正传》的第一人,但他是苏联翻译与作序这部鲁迅名著的第一人毋庸置疑,而且俄罗斯中国现当代文学的翻译与研究正是从这两篇译序开始的。

1931年,卡拉—穆尔扎(Г.С.Кара-Мурза)在为《文学大典》第5卷所写的题为《中国文学》一文中称鲁迅为中国的契诃夫,"是位风俗派作家、写实主义者,是他第一个把农村题材导入文学,非常鲜明地

---

① Правдивое жизнеописание. Повести и рассказы современного Китая. М.: Молодая гвардия, 1929. С.3—4.
② Там же. С.8.
③ 佘晓玲:《鲁迅小说俄译研究述略》,《俄罗斯文艺》2016年第1期,第46页。

第一章 鲁迅作品在俄罗斯

描写了被封建遗老所压迫的农民的贫穷、挣扎与无奈"①。这位历史学家认为，鲁迅的革命意义和对中国文学的贡献要比"文学创造社"更大，尽管他的作品没有对革命做直接意义上的宣传。可以看得出，卡拉—穆尔扎对鲁迅的描述是对瓦西里耶夫在序中所表观点的重述或申发。1932年出版的第6卷出现了"鲁迅"这一单独条目，简略介绍鲁迅的生平与创作，以《呐喊》和《彷徨》中的小说为评析蓝本，一方面肯定鲁迅为中国白话小说做出了贡献，同时定论，小资产阶级知识分子的阶级立场决定了鲁迅作品的"自由主义印象派"式的讽刺风格，并指出鲁迅世界观的转变过程，即从先是对革命持旁观的态度，后成为左翼作家领袖后积极翻译外国文学尤其是苏联文学而完成了自身的思想转变。就文学意义而言，这两个工具书词条开启了俄罗斯鲁迅研究的又一传统，即为各种文学工具书和文学百科大典写"鲁迅词条"，以简洁的概括和精炼评价为鲁迅"定论"，对各个阶段的鲁迅研究提供了重要参照或是学术引领。

　　如上材料可视为俄罗斯对中国现代文学和鲁迅创作研究的真正开始，其中依稀可见20世纪20—30年代初苏联文学研究"庸俗的社会学观点"弊病的影响，典型的如两个词条在介绍鲁迅创作时，尽管对鲁迅的创作成就予以肯定，但具体描述中首先对其予以"阶级"与"主义"归类，从而过度简单或直接地把文学现象与经济关系、阶级斗争、革命运动与思想连在一起。由此我们可以看出，20、30年代的苏联文学研究界，思想与世界观评说成为评论一个作家的首要话语，鲁迅研究也不例外。他们受政府观点所左右，认为决定创作思想内容和创作方法性质的首先是世界观。这种误导其实是为研究界所觉察到了的，日后的苏联鲁迅研究为避免这种状况研究家们是做了努力的，但并未能如愿。科学院1938年出版的《鲁迅纪念文集》序言依旧首

---

① Литературная энциклопедия. Т. 5. М.: Издательство Коммунистической академии. 1931. С. 249.

先从思想与世界观定位鲁迅，这篇序写道："他（鲁迅——作者）的人生道路是一条革命思想家、人道主义作家，用艺术语言不知疲倦地宣传为自主自由的中国与日本帝国主义和法西斯斗争的道路。他的历程就是从小布尔乔亚民主主义、个人主义、自由主义走向革命、无产阶级、积极参与民族解放斗争的转变"①。同时，为了满足人们日益增长的对中国历史与现状的兴趣，1940年，苏联科学院东方学研究所出版了阿列克谢耶夫院士、杜曼、彼得罗夫编选的论文集《中国：历史、经济、文化。争取民族独立的英勇斗争》。其中，彼得罗夫和萧三的论文里特别强调，作为伟大作家的道德和世界观特质的爱国主义决定了鲁迅的精神面貌②。由此看出，强化鲁迅的思想性不仅仅是个别学者的喜好，而是特定社会状况下的民众之需，同时也有赖于国家研究机构的引领。

1939年费德林的博士论文出版，名为《论鲁迅的创作》，当为苏联第一部鲁迅研究专著，尽管对后世影响不是很大，但它对鲁迅作品的全面评析，预示了苏联鲁迅研究高潮的到来。

40年代，尤其是第二次世界大战结束以后，由于大量译作的出现，鲁迅逝世十周年的纪念活动频繁，这促成了这个时候的鲁迅研究的呈现方式多以译本序跋、纪念文章等出现。这时候及至50、60年的俄苏鲁迅研究，多借鉴中国国内鲁迅研究的思想倾向，即以毛泽东思想为指导的鲁迅研究。1937年《毛泽东论鲁迅》和1940年毛泽东在《新民主主义论》中对鲁迅的长篇大论，成了这一时期研究鲁迅的指导文件，即"鲁迅的思想、行动、著作，都是马克思主义化的"；鲁迅"不但是伟大的文学家，而且是伟大的思想家和伟大的革命家"，就此很多的苏联

---

① Лу Синь. 1881—1936. М., Л.: Издательство АН СССР. 1938. С.6.
② Китай. История, экономика, культура, героическая борьба за национальную независимость. Сборник статей под редакции академика В.М.Алексеева, Л.И.Думана и А.А.Петрова. М.—Л.: Издательство АН СССР, 1940. С.534.

第一章　鲁迅作品在俄罗斯

鲁迅研究家的研究兴趣放在了"伟大的思想家和伟大的革命家身上",毛泽东最著名的一句话被波兹德涅耶娃、索罗金,甚至是彼得罗夫等研究家高频率引用,即"鲁迅的骨头是最硬的,他没有丝毫的奴颜和媚骨,这是殖民地半殖民地人民最可宝贵的性格。鲁迅是在文化战线上,代表全民族的大多数,向着敌人冲锋陷阵的最正确、最勇敢、最坚决、最忠实、最热忱的空前的民族英雄。鲁迅的方向就是中华民族新文化的方向"。法捷耶夫先后刊登于1949年10月19日中国的《人民日报》和1949年的10月29日苏联的《文学报》的著名纪念文章《论鲁迅》,也有对毛泽东《新民主主义论》鲁迅评价的援引,由此评价鲁迅的思想价值和道德价值,以及他的文学的民族性。可以说,毛泽东的鲁迅思想不仅仅为中国的,也为苏联的鲁迅研究奠定了基调,同时也为后世的鲁迅研究在一定程度上提供了启示。值得一提的是,纪念性文章也时常伴有对鲁迅创作特色的审美品评,同时运用丰足的话语评论了鲁迅与俄罗斯文学的关系。这一时期专论鲁迅和俄罗斯文学关系的著作当推罗果夫1949年在上海时代出版社出版的书《鲁迅论俄罗斯文学》,堪为苏联鲁迅学中第一部论鲁迅与俄罗斯文学的著作。

新中国成立后,苏联学者常常将鲁迅思想性与世界观纳入中国19世纪末20世纪初的社会语境予以学理审视(包括鲁迅日本留学的经历,将其定位为鲁迅政治思想和审美观形成的时期)。索罗金在1958年出版的著作《鲁迅世界观的形成》中指出:"鲁迅的启蒙思想一开始是爱国主义的,呈现民主主义的性质"[1],而"鲁迅对欧洲革命民主文学的推广具有巨大的根本性的意义"[2]。研究家侧重于"伟大的思想家和革命家"鲁迅的分析,重点论述了作家早期世界观的形成与演变,并指出鲁迅在学习的过程中渐进成长为革命作家,其创作也随

---

[1] Сорокин В. Ф. Формирование мировоззрения Лу Синя (Ранняя публици-стика и сборник «Клич»). М.: Восточная литература, 1958. C.27.
[2] Там же. C.45.

之从现实主义过渡到社会主义现实主义。在分析鲁迅早期创作时,波兹德涅耶娃在她的《鲁迅生平与创作(1881—1836)》(1959)中将1911年前的鲁迅定题为"唯物主义者、启蒙家、革命家",认为"鲁迅的处世态度是中国当时先进的革命民主界的思想体系"。鲁迅"对社会物质基础的兴趣显出,由达尔文学说奠定、通过学习医学巩固的唯物观点帮助了他把握正确的道路"①。彼得罗夫把1909年前的时段作为鲁迅革命民主思想的形成时期,认为这一阶段为鲁迅的文学活动打下了思想基础。最终,俄罗斯学者的研究共识是,鲁迅这一时期已经认识到了革命与变革的需要。费德林在1956年出版的高等学校教材《中国文学》第十章中专论了鲁迅,并指出:"从一开始鲁迅就欢迎革命,期待着革命不仅推翻满族君主及有关制度,而且也对社会生活进行民主化。"②

俄罗斯的鲁迅研究家们就鲁迅的《拟播布美术意见书》(1912)展开了饶有兴致的讨论,就此与鲁迅的美学观相勾连。戈雷金娜在专著《中国文学理论》里的《鲁迅早期美学观点》一章中认为,鲁迅在客观上是反对改良派对艺术持功利态度的,"反对梁启超在政治小说理论上的观点,反对把艺术服从于狭窄政治目标的儒家传统思想"③。根据此,戈雷金娜继续强调鲁迅的文学审美观接近于俄罗斯19世纪的民主派。她在她的《20世纪初中国美学历史》一文中指出:"鲁迅的审美观点是在英国浪漫主义理论、康德的审美观,某种程度上也是在中国传统审美观的影响下而形成的。"④波兹德涅耶娃也认为,《拟播布美术意见书》证明"作家的文学审美观点经历了演变,而且俄中文学思想的交

---

① Позднеева Л.Д. Лу Синь. Жизнь и творчество. М.: Издательство Московского университета, 1959. С.57.
② Федоренко Н.Т. Китайская литература. М.: ГИХЛ, 1956. С.464.
③ Голыгина К.И. Теория изящной словесности в Китае. М.: Наука, 1971. С.250.
④ Голыгина К.И. Из истории эстетических учений в Китае в начале XX в. (Ван Говэй и Лу Синь) // Краткие сообщения Института народов Азии. N 84. Литературоведение. М., 1965. С.103.

第一章 鲁迅作品在俄罗斯

流比汉学目前知道的更早一些"①。值得高度评价的是切尔沃娃的《关于鲁迅的〈拟播布美术意见书〉（纪念作家诞辰90周年）》一文（1971），她首先介绍了鲁迅对西方艺术和审美知识的认识。她认为鲁迅对拉斐尔、伦勃朗、高更等创作的认识，对卢梭、哈特曼、伏尔盖特、席勒、冯特、穆勒菲尔茨、朗格、梅伊曼、闵斯特柏格等文艺理论家的观点的了解主要来源于日本人的著作。"通过对不同类型文学的认识，鲁迅得出了明确但并不完整的结论。《拟播布美术意见书》的理论观点只不过是简短的笔记，未必没有简单化和理想化"②。为此，她多次与俄罗斯前辈论争，主张客观公允中立地评论鲁迅，指出："我们没有根据把年轻的鲁迅称作别林斯基审美思想的接班人（如波兹德涅耶娃），或把他视为写实审美的捍卫者（如索罗金、彼得罗夫、谢曼诺夫）"③。

意识形态统摄下的苏联是杜绝对文学予以宗教探讨的，但是鲁迅与佛教的关系仍旧有人在研究，并得出结论，鲁迅对佛教的兴趣起源于其家庭里的宗教气氛和老派学者章太炎的影响——章氏一方面提倡革命，同时又认为佛教也能救中国。彼得罗夫是第一个研究该问题的俄罗斯学者，他指出"在章太炎影响下，鲁迅于1914—1917年间认真地认识了佛经"④。他得出的结论是，"对鲁迅来说，佛经并不是解决社会问题的工具"⑤。就1914年鲁迅曾资助出版颇受中国老百姓欢迎的《百喻经》这一事实，波兹德涅耶娃特别指出：《百喻经》在作家所研究的古代图书中"与其他文本相比并没有受到多少关注和付诸精力"⑥。而孟列夫则持有不同的看法，并指出："假如我们考虑到鲁迅在

---

① Голыгина К.И. Теория изящной словесности в Китае. М.: Наука, 1971. С.87.
② Червова Н.А. «Предложения относительно распространения искусства» Лу Синя (К 90-летию со дня рождения) // Народы Азии и Африки, 1971, № 5. С.95.
③ Там же. С.98
④ Петров В.В. Лу Синь: очерк жизни и творчества. М.: Гослитиздат, 1960. С.52.
⑤ Там же.
⑥ Позднеева Л.Д. Лу Синь. Жизнь и творчество. М.: Издательство Московского университета, 1959. С.101.

其文本中多次提到文学和人类思想的大作,尤其是叙事性质的作品,就可以看到他对《百喻经》的兴趣并非偶然。"①这位学者认为,鲁迅把《百喻经》视为对老百姓教训的文集,一定程度上是从文学的角度而言,认为它是在中国小说发展史中占有一定位置的作品。

索罗金是对鲁迅世界观予以专门研究的专家,他的《鲁迅世界观的形成过程(早期杂文与〈呐喊〉集)》在此领域当为建树之作,他认为,五四运动时期"鲁迅一如1911年革命以前,主张民主启蒙;他还没有明白人类道德伦理规范是由生活的物质条件、社会生活所决定的"②。十年以后,鲁迅的思想大有进步,"现在作家把革命行动直接视为群众思想解放的最重要的条件"③。

较之于波兹德涅耶娃,彼得罗夫与索罗金在论述鲁迅世界观时出言谨慎。在《鲁迅:生平研究概论》(1960)一书中,彼得罗夫就鲁迅对人民的态度予以较为细致的分析。他指出,鲁迅虽然忧虑人民的命运,但很长时间里并没有相信群众的革命动力,在鲁迅看来,"农民不会自己争取自由,而年轻一代的中国知识分子会替他们争取"④。但同时鲁迅也看穿了知识分子的胆小怕事,缺少牺牲精神和弃旧图新的决心,面对理想与现实之间出现的矛盾往往犹疑不决,最终无法兑现作家对他们的期望值。彼得罗夫的著作脱离当时的研究俗套,没有把鲁迅简单地描述成为一个先进作家,而是一个有血有肉的人。他认为,鲁迅在1925—1927年革命前期仍然持有革命民主主义的主张,内心充满了矛盾和怀疑。这在《野草》中已经有所体现,这本文集"不仅体现了鲁迅已形成的理想和主张,而且也体现了其思想发展过程,旧

---

① Меньшиков Л.Н. Предисловие // Сутра ста притч. М.: Наука, 1986. С.45.
② Сорокин В. Ф. Формирование мировоззрения Лу Синя (Ранняя публицистика и сборник «Клич»). М.: Восточная литература, 1958. С.108.
③ Там же. С.132.
④ Петров В.В. Лу Синь: очерк жизни и творчества. М.: Гослитиздат, 1960. С.103.

第一章　鲁迅作品在俄罗斯

主张的克服和新主张的形成"①。在激烈社会斗争年间鲁迅调整了他对群众在历史上作用的态度。"革命的现实彻底颠覆了他对进化论的信心,他的疑虑被革命群众必将胜利的信心所代替"。②他认为鲁迅1927年10月移居上海以后从小布尔乔亚的革命主张走上了无产阶级及其政党的立场。

据罗季奥诺夫研究,进入70年代,苏联的中国现代文学研究家们逐渐摆脱意识形态的束缚,注意克服对以鲁迅为首的中国作家所持的偏见和简单化态度。在他看来,这方面做得比较突出的是艾德林为《世界文学丛书》鲁迅卷(1971)所作的序言。该序言中不再套用苏联汉学常见的世界观定义,把道德视为鲁迅创作主要的甚至是决定性的基础,坚持认为,尽管文学离不开道德,但鲁迅追求的是提高社会的道德水平,而不是作家自身世界观的呈现。索罗金在《中国精神文化大典》文学卷鲁迅条中指出:"作为过去'封建'的意识形态和代表它的传统文化的毫不妥协的对手,鲁迅还是主张继承古典遗产的积极方面和民间艺术"③。该部分用含蓄的文字一定程度上阐述了鲁迅世界观的价值取向:"在20年代末30年代初鲁迅了解了马克思主义的思想,读到了马克思主义著作的译文,开始与共产主义文化界的优秀代表如瞿秋白交往,开始推广国内外革命文化,反对国民党的政策及其文学界的代表"。④

苏联解体后,俄罗斯鲁迅研究逐渐低迷沉寂,然而鲁迅的思想仍是绕不过去的议题,寻求新的研究方法也势在必行,对若干理论与观点亟待予以新的界定。依罗季奥诺夫观点,在深入探讨鲁迅世界观的同时,应该看到鲁迅本人在研究苏联文学的时候在不完全忽略苏联汉

---

① Петров В.В. Лу Синь: очерк жизни и творчества. М.: Гослитиздат, 1960. С.209.
② Там же. С.237.
③ Сорокин В.Ф. Китайская литература в России. Изучение новой и современной литературы // Духовная культура Китая. Т. 3 «Литература. Язык и письменность». М.: Восточная литература, 2008. С.336.
④ Там же.

学家的相关经验的同时,也在阐述自己的观点与创新。1993年热洛霍夫采夫题为《中国人了解苏联文学的史料(20—40年代)》的论文指出,鲁迅,作为一位怀有将俄苏文学介绍给中国人的愿望的作家,却并没有盲目追随当时俄罗斯评论家的看法,在文学批评与实践中寻求以自己的理论观点和艺术经验来解读。这位研究家举例鲁迅于1928年8月在北京发表的为勃洛克的长诗《十二个》写的后记,并发现,鲁迅虽然赞成托洛茨基对艺术的理解和文学评论观点,对托洛茨基的著作比较了解,甚至把他书中的一章译成了中文,但是"在对托洛茨基的态度上,明显表现出鲁迅特有的自主与独立"。① 1928年在列夫·托尔斯泰100周年诞辰之际,鲁迅对于这位伟大作家的创作就阐发了自己的而"不是像苏联当时的评价",这"证明中国已经不拘囿于既有的观念藩篱而开始富有创造地了解俄罗斯文学的经验",② 鲁迅并没有接受将托尔斯泰创作的思想内涵视为明显反动的、只赞成其艺术性的庸俗社会学的观点。这一点表明,鲁迅既尊重俄苏的既有文学研究成就,同时又不失去自己的学术观点而人云亦云,这是鲁迅的可贵精神的体现,也是我们应当予以学术关注的鲁迅学内容。

2006年,圣彼得堡大学东方系举行的第2届"远东文学研究"国际学术研讨会以纪念鲁迅125周年诞辰为主题。热洛霍夫采夫在《鲁迅:现代中国文学与外国文学交流的创始人》一文中指出:"鲁迅跟所有伟大作家一样,不会因时间的推移而陈旧,而是历久弥新,不断以没有被充分评价的杰出品质来面对读者"③。该文称许鲁迅能够超越时代"将俄罗斯文学视为完整的一体",指出鲁迅把苏联文学和俄罗

---

① Желоховцев А.Н. Из истории ознакомления китайской общественности с советской литературой (20—40-е годы) // Китайская культура (20—40-егоды) и современность. М.: Наука, 1993. С.241.
② Там же. С.243.
③ Проблемы литературы Дальнего Востока: Сборник материалов 2-й международной научной конференции. В 2 т. СПб.: Издательство СПбГУ, 2006. Т. 1. С.220.

第一章　鲁迅作品在俄罗斯

斯侨民文学一并包容于俄罗斯文学这一概念范畴。罗季奥诺娃在《周氏兄弟与中国儿童文学的诞生》中赞许鲁迅和周作人编译的《域外小说集》所持的教育观点"为中国儿童文学备下了土壤"[①]。在这位研究家看来,正是鲁迅促进了中国人对儿童心理和教育过程观点的转变。贝列斯金的《鲁迅与中国通俗文学研究(〈目连救母〉戏)》一文指出:"虽然鲁迅的短篇小说篇幅不大,但其中可以看到有关'目连戏剧是多方面的构成中国文化遗产很重要部分'的作品。鲁迅小说和杂文所体现的对该戏演出的描述,代表了研究这出戏的主要方向。戏剧中的人民世界观的特质影响了整个鲁迅的创作"[②]。谢列布里亚科夫的论文《鲁迅1909—1918年间的生活、精神世界与俄罗斯汉学家对其的评价》则系统归纳了俄罗斯汉学界对于鲁迅相关时期的思想与世界观的研究。

如上所述,苏联时期的鲁迅研究受政治和意识形态因素影响非常显著,鲁迅研究的冷与热,直接就是大时代背景下的产物。从20年代起,鲁迅译介与研究得到重视,译本、研究者较多。30年代大清洗时期,因从事鲁迅研究的苏联学者基本都遭遇政治迫害,他们的鲁迅研究成果被否定,随之催生了新的译作者和译本问世。在选择翻译、出版对象时,政府的政治偏好发挥着绝对主导作用,尽显意识形态领域的干预力量,对此,研究界和出版界只能被动服从。在这样的政治指导下,鲁迅翻译研究大起大伏不可避免。20世纪60年代中苏关系恶化,苏联对中国现代小说译介工作立即骤然降温,作品寥寥,鲁迅译介与研究亦不例外。直至80年代中苏关系缓和,鲁迅作品才出现了部分再版。在苏联解体后的俄罗斯,当代俄罗斯的政治偏好选择使得鲁

[①] Проблемы литератур Дальнего Востока: Сборник материалов 2-й международной научной конференции. В 2 т. СПб.: Издательство СПбГУ, 2006. Т. 1. С.220.
[②] Там же. С.17.

迅作品出版再度沦于沉寂。市场化的西方价值体系偏好,使得鲁迅作品无人问津,鲁迅研究也大多局限于以往研究者研究成果的重复、继续,无有突破,更缺乏学界新秀的参与、关注。

凡此种种,直接影响了鲁迅研究的专家队伍构成以及状态。例如,鲁迅研究者大多兼任鲁迅作品的翻译者,大多出身于政府部门,或任职于外交部、社科院研究所,或任教于圣彼得堡大学东方系及莫斯科大学亚非学院,绝大多数承担过政府指导下的翻译工作。因此,苏联时期的鲁迅研究带有明显的政府色彩。例如,研究者要根据国家文艺政策要求而不断调整研究方法,50年代以马克思列宁主义文艺理论为最主要的研究方法;60年代开始结合比较研究;70年代加入叙事理论研究等。在具体研究方面,研究者常常是在遵循国家文艺政策的前提下,挖掘作家的阶级出身,注重作家的思想立场分析,着眼于作家文艺创作与政治的关系,以及作家是否最终走上了社会主义现实主义创作道路等等。在具体论述中,研究者常常给作家冠以"革命作家""进步作家""人民作家""爱国作家"等各种时代特征明显的称号;在50—60年代的鲁迅研究论述中,经常引用毛泽东、周恩来等中国领导人关于革命以及文艺工作的讲话原文以加强说服力。在鲁迅研究中,苏联研究者常以毛泽东在《新民主主义论》里对鲁迅的评价为基本思路,直接以此为参照来确定自己研究选题的不同侧重点。苏联解体后,俄罗斯出版界定位于西方价值观来调整出版政策,进而从无暇顾及中国作品到基本无视社会主义中国的作家作品,其中,鲁迅首当其冲。进入21世纪后,中俄两国积极加强经贸文化合作,情况略有缓解;然而当代俄罗斯研究者受西方意识形态影响,对信奉社会主义的中国作家作品兴趣转移;市场化的出版状况致使鲁迅作品在出版、翻译、研究备受冷落,论述寥若星辰,对已有定论的鲁迅作品论述仍然亦步亦趋地重复着中国的研究,而缺少自身的发现。

俄罗斯的鲁迅思想研究走过的是一条充满坎坷、矛盾与迂回的道

第一章　鲁迅作品在俄罗斯

路。正如我们所知,俄罗斯研究者译介结合的优良传统,显著加深了俄罗斯学界对翻译鲁迅作品的理解,而以研究促实践,不断地在出版、再版中对鲁迅译介作品反复修订,提升质量,精益求精。俄罗斯研究者一直坚持原文译述,多个译本并行则给读者提供了更多角度的参考。另外,俄罗斯学界注重译研结合,大量使用比较研究方法,保障、提升了俄罗斯鲁迅研究的质量与水平。再者,俄罗斯汉学家广泛运用影响研究、平行研究、历史比较研究等方法,着重探讨中国现代小说与中国传统文学、欧美文学、俄苏文学的关系与相互影响。在世界文学研究中,俄苏学者一直致力于将中国现代文学纳入世界文学体系,并作出了重要贡献。

但同时,值得一说的是,长期以来,为了适应对中国历史与现状日益关注的苏联社会需求,苏联模式的鲁迅研究同时存在着明显缺陷。首先,由于所有研究者都遵循苏共文艺路线要求,始终坚持以马克思列宁主义文艺理论为文学批评指导方向,以此对鲁迅作品进行分析与解读稍显片面;其次,鲁迅作品译介研究重数量与规模过于求大,一定程度影响了译本的整体质量和研究论著的学术价值。50年代苏联翻译的部分作品艺术水平不高,翻译质量没有达到应有标准,导致出版译本积压严重。① 50年代下半期,苏共中央在文艺政策中规定,出版外国文学作品时必须撰写介绍作家作品概况的序言或相关评论文章,直接导致一些公开出版发表的论述粗糙、笼统、多有重复。政府官方主导的翻译研究造成了翻译研究人员的官方背景特色,译作者及研究者大多来自隶属于政府的研究所、高校及作家协会之中国文学翻译部,刊登作品基本都发表于苏联作家协会机关刊物《旗》《新世界》《十月》《星》《外国文学》等杂志,译本出版发行大多由隶属国家机关的出版机构如国家文艺出版社、外国文学出版社、科学出版社等完成。

---

① 李福清:《中国现代文学在俄国翻译与研究》,《中国文化研究》1993年冬之卷,总第二期,第121页。

凡此种种，局限了苏俄鲁迅研究的自由发展，研究僵化，并由于政治形势的变化而呈现大起大落的非正常局面。

2. 鲁迅艺术特征研究

苏联出版的每一部鲁迅文集都附有介绍其生平和创作历程的序言。最早的序言和最早评论鲁迅的文字出现于瓦西里耶夫笔下。颇有意味的是，他在他所翻译的《阿Q正传》的《序》中将鲁迅定位为无政府主义者。同时，他运用俄罗斯文学批评模式与话语来评论鲁迅的这部作品，认为："在《阿Q正传》这部小说中，鲁迅不仅讽刺了1911年辛亥革命那场'伪'革命，而且主要抨击了旧中国文化与旧中国社会。在描绘那些普通人的同时，作家还'嘲笑'了他们的孤立无援，而这种'嘲笑'纯属是含泪的笑，作家始终对那些被侮辱和被损害的'小人物'给予极大的同情。"① 在这段文字里我们分明读得到对19世纪俄罗斯文学代表作家果戈理、陀思妥耶夫斯基的文学批评话语，这种文学批评方法是因特殊时代的刚性需求而促成，但是作为文学翻译家与研究家的瓦西里耶夫无论从主观，还是从客观上都对中国现代文学在苏联的普及及至研究做出了重大启发。即便在那篇序里我们也已看到他的学术慧眼，即发现鲁迅细节描写的天才。如果说这是瓦西里耶夫的主观发现，那么在客观上，他则为苏联读者推出了迄今"最受苏联读者欢迎的鲁迅作品《阿Q正传》"（西蒙诺夫语），对人物性格描写的评价也是空前的（费德林语）。这篇作品让苏联中国文学研究家们一下子就目睹了鲁迅的现实主义创作手法，同时也领略了这位大文豪的突出贡献，即将乡村题材带入中国文学。此外，苏联汉学对这位中国现代文豪的创作还进行过规模更大的研究。如费德林著的《中国现代文学记》(1953)、《中国文学》(1956)，艾德林著的《论今日

---

① Лу Синь. Правдивая история А-Кея, перевод с китайского языка, под ред. Б.А.Васильева. Л.,Прибой. 1929. С.5.

中国文学》(1955)等概论性的研究于20世纪50年代中期陆续问世。在这些著作当中对鲁迅创作艺术方法与创作风格的分析都占有重要位置。可以说,即便是在思想性与世界观探究被推举为至高研究的时候,苏联研究家也没有忘记对鲁迅的艺术创作方法的研究。

苏联鲁迅艺术的研究,首要是艺术方法的研究。早在1929年瓦西里耶夫就写道:"中国写实派作家的领袖是鲁迅。"①1938年发表的另一篇论文表示:"鲁迅的文学创作贯穿着极为深刻的现实主义,以概括的、鲜明的形象再现当今中国的生活。"②对于鲁迅的创作,苏联研究者一般采用了与19—20世纪欧洲文学相联系的"批判现实主义"的定义。"对当权者激烈的揭发、对深层弊病的嘲笑、对社会制度牺牲的积极同情感,这都是鲁迅短篇小说的主导特征。因此,《呐喊》和《彷徨》应该属于批判现实主义的作品"③。波兹德涅耶娃明确地指出:"鲁迅是中国批判现实主义的创始人"④。有的学者认为,自从1919年五四运动以来,"鲁迅的现实主义有了新的革命民主的性质"⑤。在上海时期"鲁迅的充满革命思想的批判现实主义有了新的特点"⑥。新中国成立以后,俄罗斯汉学家们就自觉把鲁迅与社会主义现实主义的创作方法联系起来予以艺术方法研究。费德林直接照搬周扬在1953年10月召开的第2届全国文艺工作者代表大会上的讲话,如"鲁迅是社会主义现实主义的伟大宣传者和代表"⑦。波兹德涅耶娃则同意中国学术界的观点,称"鲁迅晚年采用了社会主义现实主义的创作方

---

① Лу Синь. Правдивая история А-Кея. Л.: Прибой, 1929. С.4.
② Лу Синь. 1881—1936. М., Л.: Издательство АН СССР. 1938. С.11.
③ Сорокин В.Ф. Вступительная статья // Лу Синь: библиографический указатель. - М.: Книга, 1977. С.18019.
④ Позднеева Л.Д. Лу Синь. Жизнь и творчество. М.: Издательство Московского университета, 1959. С.242.
⑤ Петров В.В. Лу Синь: очерк жизни и творчества. М.: Гослитиздат, 1960. С.98.
⑥ Эйдлин Л.З. О китайской литературе наших дней. М.: Советский писатель, 1955. С.84.
⑦ Федоренко Н.Т. Китайская литература. М.: ГИХЛ, 1956. С.513.

法",并将《故事新编》视为其创作方法变化的表现。"社会主义现实主义决定其概括有了更大的力量,人物的社会形象更加明确,使作家能够对其时代的负面人物表示控诉,并歌颂作为创造者和战斗者的人民"①。引人注目的是彼得罗夫的稳重且谨慎的看法:"考虑到文学材料的复杂性,评介《故事新编》的创作方法问题需要进一步仔细探讨,《故事新编》属于社会主义现实主义的说法还没有足够的根据。"②

随着时代的变化,鲁迅研究的视点也在改变。中国社会状况的纷繁多变以及苏联解体,导致俄罗斯学者不再关心这位独具民族特色的作家创作中的社会主义现实主义问题。但值得指出的是,当苏联学者思考鲁迅的创作方法的时候,他们向来把主要精力集中于文学作品的分析上,目的是让作品本身说明问题,如对鲁迅小说《怀旧》(1913)的关注。他们都注意到这篇作品因是因文言文写成而遭受研究界冷落,同时也注意到鲁迅的第一篇小说并非《狂人日记》,而是这篇《怀旧》。因此,索罗金一针见血地指出,这篇作品当属鲁迅创作历程上的标志性作品,它将引起苏联读者的浓厚兴趣。索罗金于1961年将其翻译发表。遗憾的是,这部作品与在中国的命运一样,尽管被编入个别文集,但至今尚未见到有哪位评论家对此予以思想性和艺术性的系统分析,而将足够的分析和评论依旧用于《狂人日记》。中俄学者都认为1918年发表的《狂人日记》才是和中国文学新时期紧密联系在一起的,最主要的是,这篇小说与果戈理的名作同名。鲁迅本人毫不讳言对果戈理这部小说的青睐,将其视为具有强烈社会意义的作品。但是鲁迅作品的自身文学革新意义则又是果戈理所不具备的,即第一次弃绝当时占有话语霸权的文言文来写作,用活生生的、来自人民的语言来表达自己的感情和思想。但彼得罗夫等研究家还是不费吹灰

---

① Позднеева Л.Д. Лу Синь. Жизнь и творчество. М.: Издательство Московского университета, 1959. С.514.
② Петров В.В. Лу Синь: очерк жизни и творчества. М.: Гослитиздат, 1960. С.326—327.

第一章　鲁迅作品在俄罗斯

之力发现鲁迅借鉴了果戈理的"叙述方式（即日记）和社会罪恶的批评手段（即通过精神病人目睹现实）"①。艾德林在他1971年写的序言中详细并且有说服力地解释了为什么鲁迅把控诉交到一个疯人的嘴里，在他看来，在专政制度的国家只有大臣、演员或侍从丑角才敢于单独反抗。"疯人，只有失去自我保护本能的疯人才能成为令中国读者相信的人物"②。自从1917年以来，中国新文学的极为重要的任务是把白话文作为文学语言。因此，苏联汉学界也注意鲁迅创作的语言方面，他们众口一词地认为："鲁迅是中国新的文学语言的创始人。在语言和文学修辞方面鲁迅是地道的拓荒者和革命家。"③

《阿Q正传》是苏联汉学家研究的最多的鲁迅作品。除了对这篇小说的思想价值与社会意义做的大量分析，其艺术特色研究也非常丰富。瓦西里耶夫对其细节描写特征予以了定性；凯赛尔评价《阿Q正传》浅显易懂而又生动形象，透着一股温馨的幽默；罗果夫认为，其创作主题使人们想起契诃夫，尤其是高尔基的剧本《底层》，并研究认定，晚年的鲁迅受高尔基的影响更多一些；就人物的文学类型，瓦西里耶夫和弗里德均认为阿Q类似于俄罗斯民间故事中的"傻瓜伊万"，但前者认为，傻瓜伊万和阿Q的区别在于前者是幸运的，而后者是不幸的，弗里德就此看出了鲁迅这篇小说的世界性意义，称"对中国乡村的深刻了解，对日常生活细节描写的驾轻就熟，反讽、内敛的抒情使这位作家的作品对欧洲读者同样充满吸引力"。④ 而索罗金则将这部作品置于世界文学语境中予以评价，认为："在现实概括的力量上、在典型化的深度上，主人公的形象堪与世界文学中优秀的讽刺形

---

① Петров В.В. Лу Синь: очерк жизни и творчества. М.: Гослитиздат, 1960. С.151.
② Эйдлин Л.З. О сюжетной прозе Лу Синя // Лу Синь. Повести и рассказы. БВЛ. Т. 162. М.: Художественная литература, 1971. С.9.
③ Федоренко Н.Т. Китайская литература. М.: ГИХЛ, 1956. С.503.
④ Фринд Я. Рецензия. // «Новый мир».1929. №11. С.255.

象相比肩。"① 而艾德林则是以中国传统文学相观照,指出鲁迅是以讥讽的态度沿用了中国史书中"正传"这一传统形式,并且把一个最不受尊重的、经常挨打的农民短工作为作品的主人公,通过此举对公认的等级身份评价做出挑战②。鲁迅同情《阿Q正传》主人公的不幸与可怜,但同时也谴责他的因循守旧、顺从、消极和低三下四。作家嘲笑阿Q的病态心理:以幻想与自欺来安慰自己,用"精神胜利法"来化解自己的每一次失败。就此,苏联学者们就这样一个问题做出探讨:小说的主人公为什么是一个短工,而不是通过权力和道德决定旧中国生活方式的地主?索罗金认为,"对此只能有一个答案:作家认为其任务是帮助祖国人民反抗一切阻碍进步的现象,包括群众心理的弊病"③。研究家们秉承鲁迅的观点,强调,"精神胜利法"不仅对中国劳动者加以腐败影响,在官员和文化人身上也可以看到"阿Q主义"的特征。"阿Q主义"在不同社会层面表现的程度和形式是不一样的,但不管怎么样它对人民的意识和心理予以负面的影响。彼得罗夫的结论是:"阿Q主义是进步的障碍。"④ 索罗金则指出:"不愿意应对生活的困难,而尽量躲避之,是阿Q主义的主要特征。"⑤ 所有论及《阿Q正传》的俄罗斯学者都对这位同名主人公作了详尽阐述,但是"他们都一致认为阿Q主义首先是社会祸害、社会病态,也是逢迎顺从、自欺欺人和失败主义的同义词;另外,阿Q主义是由封建制度与儒家思

---

① Сорокин В. Ф. Формирование мировоззрения Лу Синя (Ранняя публицистика и сборник «Клич»). М.: Восточная литература, 1958. С.150.
② Эйдлин Л.З. О сюжетной прозе Лу Синя // Лу Синь. Повести и рассказы. БВЛ. Т. 162. М.: Художественная литература, 1971. С.16.
③ Сорокин В.Ф. Вступительная статья // Лу Синь: библиографический указатель. - М.: Книга, 1977. С.18.
④ Петров В.В. Лу Синь: очерк жизни и творчества. М.: Гослитиздат, 1960. С.118
⑤ Сорокин В. Ф. Формирование мировоззрения Лу Синя (Ранняя публицистика и сборник «Клич»). М.: Восточная литература, 1958. С.168.

第一章　鲁迅作品在俄罗斯

想所产生的中国特有的现象"①。研究俄中文学交流的施耐德又指出:"虽然如此,但我们也可以把阿Q主义与其他民族的某个或者几个现象作比较。"②他还以契诃夫的中篇小说《决斗》中的人物行为与思考,以及陀思妥耶夫斯基长篇小说中的主人公为例,证明他们的"心理保护""在很大的程度上与阿Q的想法很相似"。波兹德涅耶娃指出,鲁迅不局限于阿Q日常生活的描写,而让他经历那一时代最大的社会变动,即辛亥革命,"只有这个考验才能以绝对的深度和绝对的清晰度来揭示他的性格"③。据汉学界的评价,鲁迅的这篇中篇小说通过深刻的社会分析展示昔日的当权者和富人急于装出革命的样子以保留自己的统治地位,而劳动群众则没有认识到革命的任务与目标。"阿Q对革命的理解非常粗浅。他视之为自发暴动,而他的目标为报复仇人,并夺取他们的财富。阿Q以报仇感为唯一的指南。"④新的当权者诬告阿Q行窃并把他判处枪毙。对未庄的居民,阿Q的死刑是他罪行的绝对证据。研究者们认为,鲁迅以死刑场面的描写来探讨愚民们的心理问题。群众的无知、冷酷和对残酷热闹的病态兴趣,让鲁迅深感惊恐和忧愤。就这篇小说的心理描写,艾德林发现了其中的"欧洲因素",他一方面称赞强调,"鲁迅的心理小说对中国文学是非常创新的"⑤,因为中国文学的特点是通过人物的行为来表示其感情,但同时却又指出,"鲁迅是第一位承袭着欧洲文学的心理描写范式的作家,

---

① Шнейдер М.Е. Русская классика в Китае: Переводы. Оценки. Творческое освоение. М.: Наука, 1977. С.146.
② Там же. С.147.
③ Позднеева Л.Д. Лу Синь. Жизнь и творчество. М.: Издательство Московского университета, 1959. С.192.
④ Петров В.В. Лу Синь: очерк жизни и творчества. М.: Гослитиздат, 1960. С.127.
⑤ Эйдлин Л.З. О сюжетной прозе Лу Синя // Лу Синь. Повести и рассказы. БВЛ. Т. 162. М.: Художественная литература, 1971. С.15.

广泛使用人的内心独白、回忆、作者思考等来揭示人物心理"①。

　　苏联研究家们认为,鲁迅不仅仅运用小说,他会利用各种文学体裁表达对自己同胞痛苦境遇的理解和同情,这一点充分体现于《野草》(1924—1926)中的散文上。彼得罗夫写道,这些散文"首先表达的是很复杂的、相互矛盾的,而且既艰难又痛苦的想法与情绪。因此,《野草》呈现了非常特殊的、为抒情体裁所特有的叙述方式,即作者的内心世界、他的处世态度是通过个别的、具体的、深层个体化的情感来表达的"②。俄罗斯学者们寻求解释作家忧郁感情、他的走投无路的感觉和绝望的原因。索罗金认为,虽然"鲁迅学家还没找到产生该文集所有作品的情绪来源",但是最终结论还是很清楚的:"该文集体现了鲁迅在中国北方反动势力加强的背景下所产生的内心斗争与克服忧郁感的漫长历程。"③在此以前,彼得罗夫曾说明:"在革命引起的中国社会的根本性变化的影响下,鲁迅对许多不久以前相信的道理感到了失望,但他还没能解决以往观点与新积累经验之间的矛盾。"④罗季奥诺夫认为,彼得罗夫似乎在夸大《野草》中悲观情绪的作用,在彼得罗夫的专著中他发现这样一段描述:"因为这种情绪,第一,不意味着鲁迅放弃了对真理的追求,而只不过证明他在解决思想矛盾的临时受挫;第二,它们没有压倒《野草》中许多诗作所特有的战斗精神。健康的一面最终强于临时的绝望与悲观"⑤。对俄罗斯的学术界来说,"《野草》是真正的诗歌"⑥。鲁迅的这些诗歌是借鉴了中国伟大诗人柳宗元、苏轼、

---

① Сорокин В.Ф. Китайская литература в России. Изучение новой и современной литературы//Духовная культура Китая. Т. 3 «Литература. Язык и письменность». М.: Восточная литература, 2008. С.21.
② Петров В.В. Лу Синь: очерк жизни и творчества. М.: Гослитиздат, 1960. С.208—209.
③ Сорокин В.Ф. Вступительная статья // Лу Синь: библиографический указатель. - М.: Книга, 1977. С.22.
④ Петров В.В. Лу Синь: очерк жизни и творчества. М.: Гослитиздат, 1960. С.210.
⑤ Там же. С.217—218.
⑥ Эйдлин Л.З. О сюжетной прозе Лу Синя // Лу Синь. Повести и рассказы. БВЛ. Т. 162. М.: Художественная литература, 1971. С.26.

第一章　鲁迅作品在俄罗斯

欧阳修的创作经验,对世界文学的类似体裁,如屠格涅夫的散文诗心领神会而诞生的。《野草》的气氛充满着对道德的忧虑"①,因此,虽然碍于当时残酷时代书刊检查的条件,许多形象比较抽象、朦胧和模糊,有些表述常常重复,但是透过于此,中外读者还是能够体验得到中国文人内心的痛苦,也感觉得出他对道德理想的追求与自己的很相似。2008年索罗金在《中国精神文化大典》中指出,《野草》中"与恶势力的斗争常带有悲剧性,而斗士们则显得无比孤独。作家并没有对美好未来失去信心,坚信它终将来临"②。俄罗斯汉学家之所以对《野草》感兴趣,原因还在于,透过该文集可以读到许多"风景抒情诗与哲理抒情诗精品,领略到深刻理解大自然的艺术家鲁迅的才情。鲁迅的风景速写充满着精神、抒情感和朴素。他优先使用温柔的清淡色调,以巨大的艺术分寸把鲜艳的颜色纳入到风景。鲁迅是用人的眼睛直观大自然,在他的笔下,风景既像来自于童话,又像是对最现实世界的复现。鲁迅几乎总是用风景来表达某种情绪"③。

鲁迅的最后一部小说集《故事新编》,波兹德涅耶娃和彼得罗夫都予以了专门研究,各自在自己的专著中分别设专章来探讨这部作品集。而且在其后主编的《鲁迅的讽刺故事》(1961)中,波兹德涅耶娃既作了注解又写了作品序,对鲁迅的《故事新编》等艺术作品做了学理解读与学术分析,对鲁迅的艺术精品予以了很高的评价,这些对当时的"鲁迅热"起了推波助澜的作用。波兹德涅耶娃同时指出,该文集是鲁迅长久以来把中国历史当作呈现继承关系、批评现实的某种手段的结果,也是他多年掌握历史类型艺术的结果,即如何能够将以往时代的人物在现代语境下予以描写。俄罗斯学者经常参考中国学术界的

---

① Эйдлин Л.З. О сюжетной прозе Лу Синя // Лу Синь. Повести и рассказы. БВЛ. Т. 162. М.: Художественная литература, 1971. С.25.
② Сорокин В.Ф., Эйдлин Л.З. Китайская литература: Краткий очерк. М.: Издательство восточной литературы, 1962. С.153.
③ Петров В.В. Лу Синь: очерк жизни и творчества. М.: Гослитиздат, 1960. С.226.

观察与结论,对其时而赞成,时而批评,如波兹德涅耶娃在《作家和评论家关于〈故事新编〉的评价》的部分中所作的那样。这一系列小说的创作用了13年的时间,其间鲁迅的世界观和艺术世界发生了不少变化,因此,苏联学者们关注的是变迁过程对人物形象塑造的影响。他们力求通过鲁迅小说与古代神话、传说和历史事件的比较来展示对古典故事的重新艺术认知,借用传说批判现实、表达新的思想。在有些小说中,正面人物处于突出地位,使得描写有了更大的多面性、立体性和表现性。彼得罗夫则指出了"鲁迅创作方法的另一个新的特点:被讽刺的人物已不仅是被嘲笑和暴露弊病的工具,而且也是论战和思想斗争的武器"[①]。

这些学者不管从什么视角解读鲁迅作品,但都会对其艺术技巧予以重要学术关注。索罗金曾注意到了另一特点,在鲁迅的小说中我们几乎看不到直接的嘲笑或者对罪恶势力的控诉。"讽刺揭发一般在于作家将被嘲笑人物的言行与他自以为所代表的崇高道德作比较。另外,作家一般把这种比较的机会提供给读者"[②]。论及鲁迅杂文的意义和特点,罗季奥诺夫认为,20世纪50年代初,苏联汉学界对于鲁迅杂文的重要意义达成了共识,大家一致认为,离开对杂文的专门研究,则不可能理解作家的政治思想及其文学作品的深层意义。鲁迅杂文、杂感的思想艺术价值在俄罗斯得到了很高的评价。"在中国现代文学中,鲁迅是'杂文'的创始人。有了鲁迅的创作以后,杂文才称得上单独的文学形式"[③]。彼得罗夫进一步解释说:"鲁迅的'杂文'概念包括了政论文章、抨击性的论文、讽刺小品文、评论、跋文、后记、公开信件、发言稿、日记、文学评论、简讯、回忆录等包含对于某种现象或事件的直接

---

① Петров В.В. Лу Синь: очерк жизни и творчества. М.: Гослитиздат, 1960. С.226.
② Сорокин В.Ф. Вступительная статья // Лу Синь: библиографический указатель. - М.: Книга, 1977. С.17.
③ Петров В.В. Лу Синь: очерк жизни и творчества. М.: Гослитиздат, 1960. С.245.

第一章 鲁迅作品在俄罗斯

论述的作品。"① 在俄罗斯出版的4卷本鲁迅文集中,杂文为独立一卷。波兹德涅耶娃在后记中写道:"政论文章和文学评论在鲁迅的创作中占有重要的位置,而且与其文学创作密切相连,甚至无法把二者分开理解。"② 在编纂著名的大部头专著《鲁迅:生活与创作(1881—1936)》时,波兹德涅耶娃指出:"在中国和我国有关鲁迅的论文与专著中,文学创作与政论文章大部分是分开来分析的,因而能完整了解该作家的特质。"③ 通过认真研究,苏联汉学家们令人信服地阐释了《呐喊》和《彷徨》的思想内涵及其人物性格。例如,彼得罗夫在思考《长明灯》主人公的命运和中国农村居民的冷酷和无知时,就借鉴了鲁迅名篇《灯下漫笔》中关于农民解放道路的思想④。在波兹德涅耶娃看来,将《灯下漫笔》(1925)与《狂人日记》予以比较便可得知,鲁迅是多么看重旧中国社会制度与吃人礼教的比较,从而揭示"人吃人"的主题⑤。通过分析妇女题材及其在鲁迅社会思想中的地位,波兹德涅耶娃如是定论:"在杂文中,作家全面揭发了中国妇女奴隶化的问题,甚至暴露其阶级根源。而他的小说描述了女人如何在宗教习俗的压力下被逼死(如《明天》《祝福》)、女人反抗民意的不成功企图(如《离婚》《伤逝》)。在《纪念刘和珍君》)(1926)一文中,鲁迅则成功地展示了作为战士的中国妇女的新面貌。"⑥

彼得罗夫指出:"鲁迅的杂文富有思想和主题"⑦,他还进一步阐明鲁迅的文学遗产在中国政治社会生活中的位置:"主题的迫切性和

---

① Петров В.В. Лу Синь: очерк жизни и творчества. М.: Гослитиздат, 1960. С.245.
② Позднеева Л.Д. Публицистика Лу Синя // Лу Синь. Собрание сочинений в четырех томах. М.: Гослитиздат, 1954. Т. 2. С.43.
③ Позднеева Л.Д. Лу Синь. Жизнь и творчество. М.: Издательство Московского университета, 1959. С.176.
④ Петров В.В. Лу Синь: очерк жизни и творчества. М.: Гослитиздат, 1960. С.176.
⑤ Позднеева Л.Д. Лу Синь. Жизнь и творчество. М.: Издательство Московского университета, 1959. С.180.
⑥ Там же. С.187—188.
⑦ Петров В.В. Лу Синь: очерк жизни и творчества. М.: Гослитиздат, 1960. С.244.

多样性、与中国人民民族解放运动的极为密切的联系,还有尖锐批评的风格决定了鲁迅杂文的重要意义。"① 鲁迅的杂文有助于我们发现作家的政治立场和他在白色恐怖,以及书刊检查中所表达的社会与道德理想。波兹德涅耶娃曾沉痛指出:"遗憾的是,目前我们还无法核对每篇论文的出处"②,"有些杂文的内涵是隐蔽的,有的则差不多是公开的。这是无法通过不同时期书刊检查政策放松来解释的,这大概跟发表杂文的刊物有关系"③。1924—1927年的革命失败以后,鲁迅杂文的内容仍然取决于政治形势与中国文化事件。1931年底以来,鲁迅揭发意图投降日本法西斯的卖国政策。鲁迅的文章支持因爱国立场而受到迫害与屠杀的大学生。俄罗斯汉学家们指出,鲁迅的杂文与时俱进,"他日益暴露和鞭挞中国当权者的罪行"④。他所涉及的论题非常广泛,也很善于寻找突破口。文学表现上,他很注重修辞手段。书刊检查的条件有时候迫使鲁迅大量引用报纸语录,并通过它们的拼贴且不加上多少自己的文字,而让读者作出自己的结论。通过"大胆地使用政府通讯和文件、官员的发言稿和警察的告示,鲁迅写出了对罪恶政府的真正意义上的控诉书"⑤。

俄罗斯汉学界深信,"战斗的杂文是鲁迅反对旧社会、争取进步的可靠武器。它在作家的创作与政治社会活动中,尤其最后的10年,起到了非常突出的作用"⑥。鲁迅的论敌经常指责他太多地、太无情地批评社会各界有势力的同胞们,而且就此认为他的立场是不爱国的。"不过只要读一读鲁迅的杂文就可以看出这个看法并不正确",彼得罗夫对此还举出诸多令人信服的证据。"鲁迅一直是爱国主义者。他不

---

① Петров В.В. Лу Синь: очерк жизни и творчества. М.: Гослитиздат, 1960. C.244.
② Позднеева Л.Д. Лу Синь. Жизнь и творчество. М.: Издательство Московского университета, 1959. C.273.
③ Там же.
④ Там же. C.385.
⑤ Там же. C.394.
⑥ Петров В.В. Лу Синь: очерк жизни и творчества. М.: Гослитиздат, 1960. C.243.

第一章　鲁迅作品在俄罗斯

局限于暴露与嘲笑,而且对正面的事物毫不犹豫地予以肯定。他有正面的理想人物,即为祖国幸福而战的英雄"。① 有不少证据表明,鲁迅身体力行,对愿意为社会做出贡献和牺牲的年轻作家和大学生予以鼓励,并当他们处于困境时不惜伸出援手。学者们认为,这种对青年的关照在鲁迅的杂文中也表现出来。"自从走上文坛以来,鲁迅给文学立下的任务不仅是谴责,而且也是教育。随着他逐渐成为思想家和艺术家,他的杂文思想与艺术两方面都得以日臻完善"②。鲁迅政论所体现的公民立场和道德评价都有力地影响其同胞的社会情感,鼓励他们对文化、对幸福未来的信心。鲁迅杂文的影响力在很大程度上有着下列的解释:"在许多文章中他塑造了典型化的形象。如常见的'非良种狗''哈巴狗',体现了靠出卖灵魂吃饭的知识分子的形象,他们外表是'君子',但具有有毒的、恶劣的内心。"③ 彼得罗夫进一步说明,鲁迅有意识地追求典型化,因为通过它就可以显示某种社会或某种人的本质,可以加强讽刺和谴责的力度。波兹德涅耶娃指出:"鲁迅用个别的事件来进行概括的本领是他杂文的优点之一。"④ 她还指出:"虽然鲁迅杂文的对象一般为某个地区问题,但是通过他的个人的参与、对人与事的敏锐观察,他就能进行概括和塑造出全国性的典型人物。"⑤ 鲁迅的杂文充分发挥了他作为讽刺作家的才华。"为了达到讽刺效果,鲁迅采用夸张法或者更多的用讥讽"⑥。彼得罗夫还强调:"谴责的尖锐性、风格的简练是鲁迅杂文的主要特质。"⑦

---

① Петров В.В. Лу Синь: очерк жизни и творчества. М.: Гослитиздат, 1960. C.260.
② Позднеева Л.Д. Лу Синь. Жизнь и творчество. М.: Издательство Московского университета, 1959. C.437.
③ Петров В.В. Лу Синь: очерк жизни и творчества. М.: Гослитиздат, 1960. C.262.
④ Позднеева Л.Д. Публицистика Лу Синя // Лу Синь. Собрание сочинений в четырех томах. М.: Гослитиздат, 1954. Т. 2. C.407.
⑤ Позднеева Л.Д. Лу Синь. Жизнь и творчество. М.: Издательство Московского университета, 1959. C166.
⑥ Петров В.В. Лу Синь: очерк жизни и творчества. М.: Гослитиздат, 1960. C.265 .
⑦ Там же. C.266.

通过汉学家的译作与研究,俄罗斯的读者获得了认知鲁迅杂文的机会,将其理解为鲁迅原创的语言艺术,彰显了鲁迅作为语言艺术家的过人才华。

3. 鲁迅与俄罗斯文学

鲁迅与俄罗斯文学有着千丝万缕的关系,这一点早已经被中俄学者所共识。冯雪峰当年就曾说,"从总的精神上说,鲁迅是在中国民族生活和人民革命斗争的现实基地上开辟和建立独立的现实主义的,却又是最接近着俄罗斯文学的现实主义的"[①]。罗果夫为鲁迅的定位是:"中国新文学的奠基者,俄罗斯文学在中国的最热诚的布道者。"无论是中国学者,还是苏联学人,他们对鲁迅引进与译介俄罗斯文学的目的说法近乎同一。罗季奥诺夫认为鲁迅是为了让中国文学摆脱某种程度上的民族封闭性而给中国读者介绍其他国家的文学佳作。我国学者普遍认为,鲁迅是借俄罗斯文学指导中国新文化。与此同时,俄罗斯学者研究发现鲁迅是最早着意将俄国文学译介到中国的文人之一,两代汉学家的发现证实着冯雪峰的评述:"鲁迅和俄罗斯文学的关系,是和他的文学活动相始终的。"[②] 一如罗果夫所说,鲁迅"直至生命的终结他还在翻译俄罗斯文学"。[③]

的确,还在1903年,他就和周树人编译出版了《域外小说集》,共16篇外国小说有7篇是俄国文学作品。据曹靖华先生统计,鲁迅文学遗产的四分之一以上为俄罗斯古典和苏联文学的译作,篇幅在160万字左右[④]。正是在这位文化旗手的引领之下,"五四"之后介绍、翻译俄国文学汇聚成了当时的文坛热潮。学者朱金顺对鲁迅的俄罗斯文学

---

① 《鲁迅和俄罗斯文学的关系及鲁迅创作的独立特色》,见书:《鲁迅的文学道路》,湖南人民出版社,1980年,第45页。
② 同上,第39页。
③ Рогов Н. Лу Синь и русская литература. Литературная газета. 1954.3.18.
④ Цит.из кн.: Шнейдер М.Е. Русская классика в Китае: Переводы. Оценки. Творческое освоение. М.: Наука, 1977. С.39.

第一章 鲁迅作品在俄罗斯

作品的译介予以了高度评价,称"'五四'以来的新文学,那是在接受了外来文学的影响后,逐步发展壮大起来的。其中,俄罗斯古典文学和苏联革命文学的影响,尤为显著和重要","而在这种影响的接受和传播上,鲁迅先生是第一大功臣"①。鲁迅对苏俄文学投出如此精力和做出这般贡献,一直为苏联学者所感动,同时也因为鲁迅创作本身,一如法捷耶夫所说,"鲁迅由于他那种人道主义的性质使我们俄国人感到亲切"②。苏联汉学家们甚至认为,以崇高的敬意来报答鲁迅多年来的推广俄罗斯文学的工作,是他们的神圣义务。另外他们还以此力求给俄罗斯学术界和教育界提供有关俄罗斯文学经典作品及其世界价值的可靠信息和依据。

就鲁迅和俄罗斯具体作家的文学关系,索罗金认为,鲁迅很喜爱19世纪上半叶的伟大诗人普希金、莱蒙托夫……他被他们作品中对自由和平等的向往、对奴役的愤恨、对神圣的反抗和激昂的爱国热情所惊叹。这些诗人的作品几乎都是鲁迅首次介绍给中国读者的。鲁迅尤其推崇"以美丽庄严令西欧文学惊异"的俄罗斯文学,他一生都对俄罗斯文学充满热爱。③ 法捷耶夫依旧以人道主义为发端,认为俄国的人道主义"起源于普希金的《驿站长》,是由果戈理的《外套》而来的","而鲁迅的人道主义是由他的小说《阿Q正传》得到更完备地开掘"。但法捷耶夫精准地发现,鲁迅的创作优于果戈理,因为"《外套》的主人公是小官吏,而《阿Q正传》的主人公则是小雇农……说明鲁迅的人民性",同时我们可以补充一句,鲁迅的人物设置要比果戈理更具社会批判性,作者的主观情绪也更加忧愤深广,社会的揭露性也更来得直接与辛辣。法捷耶夫认定,鲁迅让俄国读者感到亲近的另一个原因就是他和19世纪的作家一样,都属于批判现实主义作

---

① 朱金顺:《鲁迅与俄苏文学》,《苏联文学》1981年第3期,第131页。
② 法捷耶夫:《论鲁迅》,《人民日报》1949年10月19日第1版。
③ См. ст. Сорокин В. Формирование мировоззрения Ли Синя..

家,揭发社会罪恶和同情、怜悯"小人物"的作家。这位苏联作家就此将鲁迅与契诃夫相比较,但同时认为,鲁迅对社会的批判锋芒比契诃夫更尖锐,也更具备明确的社会性质,就这一点,决定了他身不由己地接近了高尔基。法捷耶夫强调,这是"因为高尔基和鲁迅把自己的写作生涯和解放运动的先锋队,亦即现代社会最觉悟和最先进的力量——共产党结合在一起"。① 发现鲁迅与果戈理文学关系的几乎是所有汉学家。在鲁迅与俄罗斯文学的关系上,热点议题便是鲁迅与果戈理。正如彼得罗夫研究所说,"果戈理是鲁迅最喜爱的外国作家之一"。但长期以来,就鲁迅借用果戈理小说《狂人日记》为自己的作品命名这一史实,俄罗斯汉学家们可谓各抒己见,发表了各不相同的学术观点。艾德林对此表示不解:"鲁迅自己说过他的第一篇小说《狂人日记》的名称是向果戈理借用的。他为何需要这种毫不含糊的模仿?"更有甚者,热洛霍夫采夫就《狂人日记》是中国新文学肇始之作说事,毫不客气地说鲁迅小说《狂人日记》仅仅是以中国事情为素材,"是运用果戈理《狂人日记》的神韵和手法写成的",还说,"鲁迅甚至认为自己有权利模仿这篇作品,以至于连原作的名字都不改动一下"。这位研究家继续引申:"鲁迅是新文化的首创者与发起人,他的作风也无疑直接影响了他的后继者,其中影响最大的作家当属巴金。"② 不过这位研究家论断显得过于武断与简单,与之相比,艾德林的设问则含有问题意识,对解决作品著作权问题尤为必要:"不过,问题在于这是否真的是模仿?难道模仿者会真的就这么公然暴露自己对别国作家的依附吗?我们不应该那么天真,首先要看到这篇作品所能查到的根源。"③ 这位学者对《狂人日记》的根源进行了细致的分析,在追溯

---

① 法捷耶夫:《论鲁迅》,《人民日报》1949 年 10 月 19 日第 1 版,有改动。
② Желоховцев А. Традиции Ба Цзинь в современной русской литературе. // Проблемы литератур Дальнего Востока. C.40.
③ Эйдлин Л.З. О сюжетной прозе Лу Синя // Лу Синь. Повести и рассказы. БВЛ. Т. 162. М.: Художественная литература, 1971. C.9.

第一章 鲁迅作品在俄罗斯

到果戈理和中国文学传统以后,得出了明确结论:"鲁迅是一位非常民族的作家,他吸纳了中国文化,离不开传统和中国现实。不过,这个'现实'也不能不借鉴西方"①,也不能不借鉴俄罗斯文学经典的写实主义、人道主义、社会性与讽刺色彩。这位学者的论证和我国学者朱金顺达到了思想上的共鸣,而后者比前者更深刻。在朱金顺看来,"中国文学大师鲁迅,是一位思想深刻和准备充足的作家,他从一开始就不是模仿和抄袭,而是有自己的风格和技巧"。②鲁迅定是预料到了这场"文字官司",对小说的立意和动机坦陈了自己与果戈理的不同,他说他的《狂人日记》"意在暴露家族制度和礼教的弊害,却比果戈理忧愤深广"③,而且因为"'表现的深切和格式的特别'颇激动了一部分青年读者的心"④。这也是对苏联学者最好的回答。尽管时至今日,热洛霍夫采夫似乎没有注意到鲁迅的这两句坦陈话语,而仍是以此说事。其实,两篇小说立意不同,行文处理方法与写作手段也各有特色,故而产生了读者对这两部作品截然不同的认知。如果说,果戈理的《狂人日记》运用夸大与讽刺的手法鞭挞沙俄时代封建统治制度对人的迫害,寄托对"小人物"的人道主义同情,那么,鲁迅的《狂人日记》则是揭露封建制度的"吃人"本质;就人物塑造而言,二者的笔下主人公都带有与普通人不同的狂人色彩。但果戈理的《狂人日记》写的是个单纯受迫害至疯的"小人物",而鲁迅的《狂人日记》以冷峻的色彩塑造出了目标明确的反封建战士。而且,在这两部作品中,鲁迅比果戈理更具直接的社会批判性,"它向仇视人类的旧中国社会习俗发出了愤怒的抗议"。⑤但有一点是不容置疑的,那就是鲁迅对果戈理是

---

① Эйдлин Л.З. О сюжетной прозе Лу Синя // Лу Синь. Повести и рассказы. БВЛ. Т. 162. М.: Художественная литература, 1971. С.10.
② 朱金顺:《鲁迅与俄苏文学》,《苏联文学》1981年第3期,第131页。
③ 鲁迅:《且介亭杂文二集·〈中国新文学大系〉小说二集序》。
④ 同上。
⑤ Петров В. Великий писатель китайского народа. //Лу Синь. Избранное. Государственное издательство художественной литературы. Москва,1956. С.8.

十分崇拜和钦佩的,在晚年曾设法组织力量翻译出版果戈理选集,而且身体力行,正如俄罗斯学者不止一次称道的,鲁迅亲自翻译了果戈理的《死魂灵》。

鲁迅的杂文特征,在波兹德涅耶娃看来,明证着鲁迅沿袭了俄罗斯民主革命家别林斯基和杜勃罗留波夫的传统,接着又承袭了社会主义现实主义奠基人高尔基的传统,创造了自己的政论文体——短杂文,鲁迅把这种文体称为自己的"匕首和投枪"。(《这样的战士》)。

至于鲁迅与屠格涅夫的文学关系,苏联汉学家中虽有人察觉,却很少有人予以深入研究和阐述,对这一方面付诸文字较多的当属艾德林。在论著《论鲁迅小说》中,他发现鲁迅的一些关于梦的散文诗很像屠格涅夫的《世界末日》《昆虫》《大自然》《我在夜间起床……》。至于现下已成共识的鲁迅的小说《药》对屠格涅夫散文诗《干粗活的人和干细活的人》的借鉴,艾德林出言谨慎,明确表态很难断定是否有影响,只承认二者的惊人相似性在于两部作品的民族性特征。其实,这种影响是显性存在的,甚至是鲁迅本人明确承认的。这一点我们从孙伏园的《鲁迅先生的小说》[①]中得到验证,孙伏园回忆说,鲁迅明确对他说,他写《药》是从安德烈耶夫的《齿痛》和屠格涅夫的《工人和白手人》获得了创作冲动,立意上也受到这两篇作品的启发和影响。的确,在俄罗斯两位作家的作品中,尤其是屠格涅夫的散文诗中鲁迅找到了自己要表达的思想主题,就是普通大众与革命者之间的隔膜,愚民的愚昧无知和冷漠无情与革命先觉者的悲剧性牺牲。鲁迅将这种民众与革命者之间的隔膜与相互不理解写得比前二者更加"忧愤深广",在安德烈耶夫笔下,所产生的冲突只是一个商人在耶稣钉死在十字架的那一天还在想着自己的"齿痛",在屠格涅夫那里,愚民和革命者是兄弟,而愚民在革命者上绞刑架而死的时候却只想着

---

① 孙伏园:《鲁迅先生的小说》,《宇宙锋》第30期,1936年12月。

第一章　鲁迅作品在俄罗斯

投一截绞绳回家给自己家带来吉运。而在鲁迅笔下华老栓和夏瑜同为"华""夏"子孙,本是同胞,却是骨肉相残,同室操戈,所以思想主题比起前两部俄罗斯文学作品要来得更加惊心动魄:革命者的血(屠格涅夫散文诗绞杀革命者的绳索)竟然被麻木的群众拿来当药喝,于"不知不觉中,革命者为了群众的幸福而牺牲,而愚昧的群众却享用了这种牺牲!"① 这不仅仅是民众的悲哀,也是革命者的悲哀。小说比前两部俄罗斯作品更具备了社会意义,体现了辛亥革命的不彻底性。这不仅仅在立意上借来参照,在小说的构思上也接续了二者,却也正是鲁迅发展和深化了前面二者的思想旨意。正如我国学者孙乃修研究发现,"《工人与白手人》故事的重点成为《药》的起点。屠格涅夫在两个工人合计着要去搞到一截绞死革命者的绳子时戛然勒笔,鲁迅则恰恰从屠格涅夫止笔处放开并接着写下去,写这些愚昧、自私的群众如何得了人血馒头(也可看作是如何搞到绞死革命者的绳子),这人血馒头(绞绳)又是如何的不会给这些群众带来福气和好运道(小栓仍不免一死),不过这确实是更为悲惨的中国革命者的悲剧故事"。②

对鲁迅产生影响的作家远不止果戈理、安德烈耶夫与屠格涅夫,还有契诃夫、阿尔志跋绥夫等,像艾德林所说,还有高尔基。仅就革命者和愚民的隔膜与冷漠,以及愚民们白白利用革命者的牺牲,我们在高尔基的作品《丹柯的故事》中分明可以窥见这一母题的重复,只是我们尚未发现鲁迅对高尔基这部作品的借鉴,但我们权且看作是天同此理、人同此情的契合。

俄罗斯研究者们研究发现,鲁迅不仅本人身体力行,还带动和培植年轻的俄罗斯文学翻译家与研究家,鼓励他们努力学习俄文,直接读到原汤原汁的原文作品,而不要一味依赖于译文。由鲁迅和他的年轻同仁于1925年创立的未名社发表了韦素园直接从俄文新译的果戈

---

① 孙伏园:《鲁迅先生的小说》,《宇宙锋》第30期,1936年12月。
② 孙乃修:《屠格涅夫与中国》,学林出版社,1988年,第190页。

理中篇小说《外套》，在中国的外国文学翻译界影响重大，一度成为权威版本，截至1949年，该译作再版7次。苏联学者们非常注意鲁迅积极参与发起并在其中工作的《译文》杂志的内容，从中发现了鲁迅在介绍契诃夫、托尔斯泰、陀思妥耶夫斯基、柯罗连科、果戈理、屠格涅夫、高尔基等人的创作上所作出的巨大贡献。尽管俄语不好，但1930年代鲁迅借助德文亲自动手翻译果戈里的名作《死魂灵》。彼得罗夫认定"之所以选上了《死灵魂》，是因为鲁迅打算借用俄罗斯文豪的讽刺来纠正中国社会丑陋的弊病"①。鲁迅1935年2月15日开始翻译工作，而同年11月《死灵魂》的第1卷得以发表。此版本配有俄罗斯评论家的序言、图片和译文而备受苏联汉学家激赏，感佩其热烈而高效的俄罗斯文学翻译，同时钦佩其果戈理研究的严肃认真态度。鲁迅以对果戈理作品的翻译来认清俄罗斯作家的文学品质，进一步明确自身的文学使命，提倡对现实的讽刺描写。当然，鲁迅的若干论述显得对果戈理创作遗产和生平认识还不够深刻，过于依从当时俄罗斯的文学研究成果。但是，鲁迅的果戈理译本的艺术价值不容低估，该译文有机地结合了中俄两大文豪的磅礴才气。

提及鲁迅与俄罗斯文学研究，我们无论如何不应该忘记他的著名论著《摩罗诗力说》。在这部著作里，他真正起到了俄罗斯文学在中国研究的引领作用。正如彼得罗夫研究发现，他"率先向中国读者介绍了俄罗斯经典诗人普希金和莱蒙托夫的诗歌创作，指出了他们从迷恋于拜伦式英雄到走向现实主义的创作道路。鲁迅高度评价了果戈理、柯罗连科的艺术天才，赞扬俄国作家的文学成就……"②鲁迅还说，"19世纪俄国文学使欧洲读者惊讶于其美感与宏大"。他对普希金、果戈理、莱蒙托夫、托尔斯泰、阿尔志跋绥夫等一大批作家作出了精彩论断与比较研究，为中国的后世俄罗斯文学研究提供了极为重要

---

① Петров В.В. Лу Синь: очерк жизни и творчества. М.: Гослитиздат, 1960. С.340.
② 宋绍香：《前苏联学者论中国现代文学》，新华出版社，1994年，第35页，有改动。

第一章　鲁迅作品在俄罗斯

的文学批评引擎与纲领。是鲁迅最先确定了俄罗斯文学的翻译在中国的意义,这在当时"大夜弥天"的黑暗中国,无疑指明了文化前行的方向。

20世纪20年代鲁迅第一个开始组织苏联文学的翻译工程,并身先士卒,于1930年8月30日完成了雅科夫列夫的中篇小说《十月》(1923)的翻译——该小说是苏联文学中最早描写莫斯科革命事变的作品之一。该小说全文于1933年2月才得以发表。鲁迅预言这本书将具备难以得见的长久生命力,为当今与未来提供了借鉴。不过鲁迅也意识到了作者在描述革命事变时最大的失败,在于认为"赤卫队中战斗的工人是盲目行动,而实际上工人阶级的绝大部分是自觉参加革命的"[①]。1930年12月26日鲁迅翻译完了法捷耶夫的著名长篇小说《毁灭》(1927),而于1931年秋天由上海两个不同的出版社发表。鲁迅的有关序言和文章也都进入了彼得罗夫的研究视野,这位大汉学家指出:"法捷耶夫的《毁灭》和绥拉菲莫维奇的《铁流》之所以是鲁迅最喜爱的苏联文学的作品,是因为他把这两篇看作苏联文学创新精神的最鲜明的化身。"[②]

鲁迅素称俄罗斯文学为中国人民的导师和朋友,由此而积极接纳俄罗斯文学中为他所需要的东西,为中国的新文化运动所用。但是,在谈及鲁迅对俄罗斯文学的借鉴的同时,我们不应该忘记鲁迅独立创造的精神。法捷耶夫毫不讳言鲁迅的独创精神,称"鲁迅是真正的中国作家,正因为如此,他才给全世界文学贡献了很多不可模仿的作品"。[③] 用我国学者朱金顺的话说,"没有独立创造,影响也不会深刻,不会生根;没有独立创造,鲁迅便不能成为新文化运动的旗手和伟人!"[④]

[①] Петров В.В. Лу Синь: очерк жизни и творчества. М.: Гослитиздат, 1960. С.354—355.
[②] Там же. С.357.
[③] 法捷耶夫:《论鲁迅》,《人民日报》1949年10月19日第1版。
[④] 朱金顺:《鲁迅与俄苏文学》,《苏联文学》1981年第3期,第132页。

4. 鲁迅研究中的几位重要学者

纵观整个苏俄鲁迅研究,研究者大致可分成两类:一种教条主义色彩浓厚,偏重于以意识形态来品评鲁迅,另一种则力图挣脱思想意识形态的羁绊,对鲁迅思想与艺术特征一并关注,并尽可能做到客观公正。前者认为文艺应当服务于政治,研究者以波兹德涅耶娃和索罗金为代表。后者则强调艺术的完整性,同时也不忽视经济因素和作家个人世界观在创作中的作用,以彼得罗夫、艾德林、谢曼诺夫为代表。两类研究者都对鲁迅的创作思想和与俄罗斯文学的关系给予了高度关注。总体上,苏联鲁迅研究主体都是以鲁迅创作生涯为背景考虑的,注重其小说与其他体裁的关系,特别是散文诗及杂文的关系,既挖掘鲁迅小说的思想意义和道德意义,也注意探析其艺术手法以及与中国古典文学和世界经典文学之间的关系,从而尝试建构鲁迅在世界文学上的地位。

4.1 波兹德涅耶娃的鲁迅研究

波兹德涅耶娃是苏联最早写出鲁迅专著的学者。1956年,她以《鲁迅的创作历程》为题完成了博士论文答辩。而后,她在博士论文基础上滚动出版了两部专著《鲁迅》(1957)和《鲁迅:生平与创作》(1959),后一部应当视为前一部的扩展。两部著作出版后即引起广泛关注,后一部专著分别于1971年和2000年被翻译成日文、中文在国外出版。这部专著的中译本于2000年由湖南教育出版社出版发行,译名为《鲁迅评传》,译者为吴兴勇和颜雄。较之前一部《鲁迅》,《鲁迅:生平与创作》(《鲁迅评传》)议题较为丰富,研究更趋深刻,分量上也是苏联同类专著中篇幅最大的一本(大32开本,572页)。

波兹德涅耶娃的专著《鲁迅评传》共设三编九章,三编的起止时间分别为1881—1917、1918—1927和1928—1936。上编按照鲁迅的生活经历划分,即儿童时代、留学日本和辛亥革命,重点介绍分析鲁迅的思想演变和世界观形成,着笔于从思想价值上对鲁迅及其创作进行分析评价,同时对当时中国国内的鲁迅研究进行了介绍与评论。中编对鲁迅小说的形象塑造、创作形式与方法的运用等方面予以探究,其间不乏政治思想的框约。在这一编中波兹德涅耶娃对《狂人日记》给予了高度评价,认为"这部作品彰显了鲁迅在五四运动和文学革命中所发挥的巨大作用","鲁迅已经在《狂人日记》中表明了新形式和新内容战胜旧的形式和内容的不可避免性","将原原本本的现实生活和新的主人公——寻常百姓引入了文学之中",① 其文学创新性在于,"当大家还在就能否用'粗野'的民众语言创作文学作品争论不休的时候,鲁迅已经在《狂人日记》中表明了新形式和新内容战胜旧的形式和内容的不可避免性"。在这位学者看来,这部作品的社会意义则在于,它所显示的作品人物的"生活中的不良现象具有反映全社会的弊端的意义"。这位学者将《狂人日记》和鲁迅的另一部杂文《灯下漫笔》(1925)划归为同一个主题思想,即揭露社会的人吃人的道德问题。但由于七年创作时间相隔,作家的世界观发生了剧烈变化,对阶级和阶级斗争也有了更明确的概念,所以思想性更进一步。在她看来,如果说,《狂人日记》展现的只是对中国历史的一个普遍认知,即历史浸透着鲜血,那《灯下漫笔》揭示的则是过去和现在的森严社会等级,已经在号召推翻内外压迫的全部社会制度。论及别的作品,波兹德涅耶娃认为,鲁迅在《孔乙己》《祝福》《白光》中塑造了"残酷无情社会中无辜牺牲者"的形象,在《药》《头发的故事》《长明灯》《示众》里展现了"劳动者身上的落后保守、逆来顺受、奴才心态",在《肥皂》《高老夫子》《端午节》《幸福的家庭》《在酒楼上》《孤独者》中塑造了以唯利是图的庸俗、虚伪、缺乏道德感的知识分子形象。她认为,阿Q形象集中体现了中国社会的保守与黑暗,"聚现了唯有中国才有的消极现象,是对整个中国的辛辣讽刺,而且相当程度上是讽刺统治阶级。"波兹德涅耶娃还

---

① 波兹德涅耶娃:《鲁迅评传》,吴兴勇、颜雄译,湖南教育出版社,2000年,第293—294页。

认为,鲁迅在揭示旧社会黑暗的同时,也表达了对于新生力量和光明未来的希望,如《一件小事》中已经创造了一个新崛起的阶级力量的人物形象——无产者;《药》的结尾已经寓意着夏瑜的革命事业已经后继有人。在这部专著中,波兹德涅耶娃还就鲁迅的艺术特色发表了些许见解,如简洁的叙事、隐蔽的心理描写、作品的戏剧性结构,但是归结出的艺术方法在这位研究家看来,是为表达思想准确性服务的,——鲁迅作品精心塑造了具有社会主义理想特征的主人公形象,为作家晚年转向社会主义现实主义做好了准备。[1] 波兹德涅耶娃在该著"下编1928—1936"中,分层次写了鲁迅这一时期的文学活动与创作,即鲁迅与"左联"、鲁迅后期的杂文和他的《故事新编》。波兹德涅耶娃认为,作家选择历史题材的动机是为了避开国民党的镇压和政府的书刊检查,借古讽今,警醒当代。她分别以《起死》《采薇》《出关》等作品为例,揭露知识分子的虚伪懦弱、中庸保守与碌碌无为,《奔月》《补天》与《铸剑》等作品则对劳动人民的品性与道德以及勤劳善良之美德予以歌颂。她对《铸剑》中的思想性予以了高度肯定,认为在这部作品中鲁迅歌颂了反抗专制的志士。波兹德涅耶娃以《故事新编》的3年创作历史作为立论依据,认为这期间作家的世界观和创作观都发生了明显变化,从而也决定了他所塑造形象的前后期各异。在《奔月》和《铸剑》中清晰可见人民性与反人民性的斗争,而这种特征在《非攻》和《理水》表现得更加明显[2]。波兹德涅耶娃指出:"鲁迅通过墨子、大禹和他的铁铸一般地坚强的同志的形象,使中国古代的优秀传统在现代人身上得到了体现,使读者意识到,人民的领导者——共产党人就是现代的大禹和墨子。"[3] 在这里,波兹德涅耶娃广泛引用周扬、何干之、欧阳凡海、王瑶等观点,认为鲁迅晚年已经掌握了社会主义现实主

---

[1] 波兹德涅耶娃:《鲁迅评传》,吴兴勇、颜雄译,湖南教育出版社,2000年,第325页。
[2] 同上,第683页。
[3] 同上,第698页。

第一章　鲁迅作品在俄罗斯

义的创作方法,并指出,鲁迅的巨大创新作用在于,停滞在中世纪阶段的中国旧文学,经过他的作品,发展成为一种现代的文学。"①

波兹德涅耶娃的专著第一次全面深入系统地向苏联读者介绍了鲁迅。她凭借得天独厚的治学条件,在圣彼得堡大学学习时师从曹靖华,具备了很高的汉语水平,并在曹靖华先生的指点与帮助下,大学毕业后即投入鲁迅研究,其间与我国学者张锡俦组成了家庭,并于1950年来华从事翻译工作。在华期间,她得到了许广平、丁玲、胡乔木、戈宝权等鲁迅的亲友故交的帮助与支持,得到萧三、曹靖华、黎树、冯雪峰等的学术指教,凡此种种使得她掌握了大量的鲁迅研究资料,而且获得了较为丰厚的学术积累,同时加深了对鲁迅的直接认知,不仅成功完成副博士论文答辩,而且生成两部厚重的学术专著,使其具备了"材料丰富翔实,分析细致,概括性强"的特征。其著作生平研究和思想探踪相得益彰,对鲁迅的创作特点予以了详尽阐述,但着重点是突出鲁迅的革命精神,强调鲁迅及其创作的革命意义就在于"鲁迅是在中国实行革命、挣脱帝国主义和封建主义锁链的那支大军的一名战士"②,故而专著带有非常明显的时代烙印,可谓是特定时代的产物。研究方法上,她采用马克思主义的社会学批评方法,从历史唯物主义出发,在中国近现代大革命背景下,分析鲁迅的思想和创作历程,突出鲁迅的革命气节,最后指出,"鲁迅的创作道路,是从中世纪儒学经过革命浪漫主义和批判现实主义,达到社会主义现实主义的"③,由此专著的缺陷也自行显露,即作者的教条主义和庸俗社会学特征比较浓重。在论述鲁迅与俄罗斯文学关系中,研究家的视角有严重偏颇,如为凸显其革命意义,她过多地将鲁迅与高尔基联系在一起,而对作家鲁迅与果戈理、陀思妥耶夫斯基、安德烈耶夫等的文学关系没有予

---

① 波兹德涅耶娃:《鲁迅评传》,吴兴勇、颜雄译,湖南教育出版社,2000年,第131页。
② 同上,第515页。
③ 颜雄:"中俄文学之交"又一页,《鲁迅研究月刊》,2000年第3期,第69页。

以足够的分析,往往以想象取代实证,用苏联的社会主义现实主义论点强加给鲁迅研究,把俄罗斯革命民主主义文学创作方法的演变硬套在鲁迅身上,想当然地证明鲁迅是"经过革命浪漫主义和批判现实主义"而"达到了社会主义现实主义"。形成这些缺陷的主要原因是那个时代与文化背景,这些使得作者学术眼光受限和思路单一,缺乏应有的客观而又立意高远的评价。这一点尤其体现在她为《苏联大百科全书》(1954)词条的撰写上,一方面详细介绍鲁迅的革命活动与道路,以印证毛泽东的论鲁迅,即"鲁迅在文化战线上,代表全民族的大多数,向着敌人冲锋陷阵的……民族英雄。鲁迅的方向,就是中华民族新文化的方向"[①],另一方面以反帝、反封建、反压迫为视角分析鲁迅的作品,而几乎无作家艺术风格与特质的描述。条目结语是毛泽东的话,即"鲁迅不但是伟大的文学家,而且是伟大的思想界和革命家",而"伟大的思想家与革命家"在她这里胜过"伟大的文学家"。

4.2 索罗金的鲁迅研究

索罗金是苏联时期重要的鲁迅研究者之一。1958年,索罗金以论文《鲁迅创作道路的开始和小说〈呐喊〉》通过了副博士学位答辩,并在此基础上出版专著《鲁迅世界观的形成(早期作品和小说集〈呐喊〉)》。同年7月,索罗金在《文学问题》杂志发表了论文《论鲁迅的现实主义》。该文以鲁迅生平创作为脉络,以《呐喊》《彷徨》为切入点,分析鲁迅文学创作方法的形成与特点。他与波兹德涅耶娃一样,引用毛泽东对鲁迅的论述作为自己的研究基点,即"鲁迅不但是伟大的文学家,而且是伟大的思想家和伟大的革命家。"他通过梳理鲁迅的思想演变过程认为,鲁迅在学习西方思想的过程中逐渐成为革命家,鲁迅创作经历了一个从20年代末革命民主主义立场亦即"进化论"(鲁迅自称)过渡到批判现实主义,最后过渡到社会主义现实主义

---

① 《毛泽东选集》第三卷第256页。

的过程。

索罗金《鲁迅世界观的形成》(莫斯科东方文学出版社)是一部体量并不大的学术专著。本专著正文由四章构成,其实是探踪了鲁迅的生平四个阶段的经历,即"少儿时代""初执牛耳""1910—1917""五四运动与文学革命",其中有三节分别论述与解析三部作品,分别为《狂人日记》《呐喊》与《阿Q正传》。该著整体从鲁迅早期活动和创作中所表现出来的思想倾向来论述鲁迅政治观、哲学观、美学观形成的起因,其特色与创新在于它是苏联鲁迅研究中第一部对鲁迅早期作品、包括留学日本时写下的还有辛亥革命时完成的文章与作品予以详尽分析,从而获得了苏联鲁迅研究的历史性意义与价值。索罗金毫不讳言,他的丰硕研究立足于他所掌握的大量的中国人的研究资料,体现了这位研究家坦诚的治学态度和谦逊而真诚的"学品"。笔者曾就巴金作品在俄罗斯的翻译与研究与这位研究家有过几次交往,起先他总是婉拒采访和求教,最终坦言笔者,无须向我询问和所谓求教,我们的研究资料都是从你们中国来的。的确,正如李明滨先生研究发现,索罗金在50年代初曾在苏联驻华使馆新闻处工作过两年,曾在北京、上海、江苏等地广泛搜集现代文学,尤其是鲁迅研究的资料。他在给李明滨写的信中坦承:"在总体构思上我受瞿秋白和冯雪峰的影响最大,而最有意思的事实资料则是从周遐寿(周作人)的回忆录中得到的。"[1]这位研究家襟怀坦白的自白倒也是道出了俄罗斯中国文学研究的一个现实,即对中国研究成果的广博吸纳,甚至一定程度的重复。

索罗金高度评价了鲁迅《呐喊》和《彷徨》的思想艺术价值,认为这两部小说集是"现实主义艺术的典范","开辟了中国文学发展史上

---

[1] 写信日期:1988年12月21日。

一个新的上升的阶段。"①索罗金认为,鲁迅将以往长期被中国作家忽视的"新题材、新人物"带进了中国文学,深刻揭示了中国社会贫苦阶层的苦难与绝望。与以往作家不同,鲁迅突出揭示了中国封建社会"压迫者与被压迫者之间对立关系的本质"。例如,在《孔乙己》和《白光》中,鲁迅对封建儒家思想进行了辛辣的讽刺与批判,其暗含在表面恭敬背后的讽刺、强烈的对比使得讽刺力度更大,印象更加深刻,远远超出了中国古典作家吴敬梓等人的境界。

索罗金对波兹德涅耶娃关于鲁迅"在20年代末30年代初创作方法发展成为社会主义现实主义"的观点予以赞同并支持,认为鲁迅在《理水》和《奔月》里塑造了敢于反抗的正面人物形象。

在鲁迅的艺术创作手法上,索罗金认为鲁迅创作了众多的典型形象,人物性格丰富,形象饱满而富有个性,尤其长于人物内心世界的剖析,是中国古典小说重外部冲突的一种创新。鲁迅在运用现实主义创作方法的同时大量运用了生动通俗易懂的现代白话,最终使其成为中国现实主义文学的杰作。②

在专著《鲁迅世界观的形成》中,索罗金通过分析鲁迅小说,重点论述了鲁迅早期世界观的演变过程及其与俄罗斯文学和世界文学的关系。

1977年索罗金的另一部专著以油印本形式问世,名为《论鲁迅》,较之于《鲁迅世界观的形成》篇幅更小,翻译成汉语仅万余字。在这本书里,索罗金依旧把《呐喊》与《彷徨》阶级化,认为"鲁迅的贡献在于,他揭露了阶级对立在中国的独特形式"。③立足于《祝福》《故乡》和《阿Q正传》,他指出鲁迅的作品不足在于"从未在任何一篇小说中

---

① Петров В. Лу Синь. Очерк жизни и творчества. М.,Художественная литература. 1960. C.17.
② Сорокин В. О реализме Лу Синя. // Вопросы литературы. 1958. № 7. C.20.
③ Семанов В. Лу Синь. Изд. «Книга». М.,1977. C.14.

试图在现有秩序下寻求解决矛盾之道,他只是始终坚持否定腐朽的旧制度"①,继而他探讨了鲁迅在"左联"中的作用、对"阶级文学"的引领,提出所谓的"远离政治的自由创作""超乎阶级的作家"的资产阶级概念,来强调鲁迅一向坚持着革命艺术的原则。

4.3 彼得罗夫的鲁迅研究

彼得罗夫被誉为一位知识渊博的汉学家,他不仅仅熟谙中国古典文学,更精通中国现代文学,且研究作家广众,涉猎体裁广泛。除了鲁迅,他还研究小说家郁达夫、剧作家曹禺和诗人艾青,不管在俄罗斯,还是中国,他是第一个为诗人艾青写下专著的人。他的巴金研究独树一帜,为苏联时期的巴金研究提供了成功的范本。他的鲁迅教学与研究,尤其是对鲁迅的比较研究尤其显示了他的磅礴才气。他一直在圣彼得堡大学负责鲁迅课程的讲授,先后发表若干鲁迅研究论文和比较论文,如《中国人民的伟大作家鲁迅》(1956)、《鲁迅和中国诗歌》(1958)、《鲁迅和郁达夫》(1967)、《鲁迅与苏联》(1971)、《鲁迅和瞿秋白》(1975)。他的鲁迅研究专著《鲁迅·生平与创作概论》(1960)堪为研究家集大成之作,产生了尤为广众的学术影响,素以客观、全面、精深研究和准确分析为人所称道。该书设有九个章节,分别为《鲁迅人生与创作道路开端》《鲁迅与文学革命》《论〈呐喊〉》《论〈彷徨〉》《论〈野草〉》《鲁迅的杂文》《鲁迅为中国革命文学而斗争》《论〈故事新编〉》和《鲁迅与外国文学在中国》。专著开头写出了鲁迅为中国新文化运动所做出的杰出贡献,论述其政论文(亦即杂文)的进击精神,同时重点分析研究鲁迅的文学创作以及鲁迅与革命文学、外国文学的关系。但是,有别于一味强调鲁迅政治意识形态的波兹德涅耶娃和索罗金,彼得罗夫论鲁迅的主要精力投放在鲁迅艺术文本的分析上,主要以鲁迅小说集《呐喊》《彷徨》和《故事新编》为艺术蓝本,

---

① Семанов В. Лу Синь. Изд. «Книга». М.,1977. С.16.

着重探究鲁迅作品主题思想的艺术表现形式。彼得罗夫指出,鲁迅创作手法主要是批判现实主义的,他通过塑造一系列的人物形象,批判社会现实,揭露了社会的黑暗。而在创作主题上,他涉及中国农村现状、辛亥革命不彻底性的历史教训,对革命先觉者与愚民间的冷漠与隔膜以及旧知识分子的麻木和因循守旧等予以鞭挞,并探索其思想上软弱的根源。彼得罗夫由此并认定,鲁迅的现实主义具有明显的揭露特征,作品具有鲜明的反封建色彩。① 论及《野草》,彼得罗夫认为,鲁迅的散文诗集有着屠格涅夫散文诗的痕迹。同时他专章研究了鲁迅为革命文学所作的斗争,以及鲁迅和外国文学的关系。彼得罗夫认为,鲁迅的艺术手法融合了中国古典小说和西方文学的优点,语言简练,形式多样,广泛运用讽刺、荒诞等手法,注重细节和心理描写等。

"鲁迅与文学革命"是彼得罗夫这部著作中最精彩的部分之一。他回答了何为文学革命,称这一口号是1917年初的《新青年》杂志提出来的,同时认为其核心内容是反对反帝反封建的现实主义文学,支持以人民口语为标准的白话文。在他看来,《新青年》身体力行,从1918年开始全面改用白话文出版发行。彼得罗夫借用周扬的话称"五四"文学革命是"中国文学史上第一次真正的革命"。它拉近了艺术和社会、艺术和人民的距离,文学革命为中国新文学的发展奠定了基础,为其以后的发展起了重要作用。

彼得罗夫对鲁迅首批刊登于《新青年》杂志上的小说《狂人日记》(1918.4)、《孔乙己》(1919.3)和《药》(1919.4)给予了高度评价,认为这三部小说揭开了中国新文学史的第一页,从而决定了鲁迅日后以文学作为匕首和投枪,向旧中国黑暗势力展开坚决和彻底攻击的前行方向。这些作品不仅标志着鲁迅与《新青年》合作的开始,同时也拉近了鲁迅和中国先进知识分子的关系。彼得罗夫借用鲁迅对李

---

① Петров В. Лу Синь. Очерк жизни и творчества. М.,Художественная литература. 1960. C.104.

第一章 鲁迅作品在俄罗斯

大钊和胡适截然不同的态度表明鲁迅的思想文化立场。彼得罗夫研究发现,李大钊热情地向读者讲述社会主义真理、伟大的十月社会主义革命,号召中国青年把中国从封建势力和帝国主义的压迫之下解放出来,鲁迅称李大钊的作品将"将永驻,因为这是先驱者的遗产,革命史上的丰碑"①。在彼得罗夫看来,胡适是马克思主义的敌人,他诋毁阶级斗争理论,在中国知识分子中间宣传反动的实用主义思想,鲁迅与这个"帝国主义走狗"进行了坚决的斗争。彼得罗夫道:"鲁迅的观点与胡适的改良主义和形式主义观点有原则性的区别。鲁迅承认'旧白话文'具有一定的积极作用,不过他认为,白话文的源头不是旧小说,而是大众语言。鲁迅是中国文学史上现实地、明确地证明了白话文生命力的第一人,因此中国评论界认为鲁迅在文学革命中的作用如同普希金在俄国标准语发展史上所起的作用。"②"鲁迅的白话小说、杂文、诗歌在白话文的胜利中起了重要作用,正是鲁迅的文章使大众语言进入了文学领域。"彼得罗夫不同意"'五四运动'之后鲁迅就完全不再用文言文写作"之说法,在他看来,像当时大部分学术著作一样,《中国小说史略》是用文言文写的。该书的读者群是专家,白话文在学术领域取得统治地位的时间比在文艺领域晚得多,所以鲁迅被迫使用文言文。胡适否定中国古典文言文学的所有成就,维护一个非常庸俗的原则:只要不是白话文写的,就是反动的。鲁迅和胡适有本质的不同,他认可用白话文和文言文创作的前辈作家的经验,反对将标准语、文艺语言和大众的语言人为分离③,而胡适将文学革命提出的所有任务归结为用民众语言写作,忽视了新文学反帝、反封建的内容要求。胡适以反对封建文学的成规为借口,否定民族文学遗产,他

---

① 第三卷,第116页。
② Петров В.В. Лу Синь. Очерк жизни и творчества. Государственное издательство художественной литературы. М.,1960. С.75.
③ 参见《鲁迅与中国现代白话文》,文字改革出版社,1957年。

大力宣传"创新",其实不过是混在一起的形式主义和改良主义理论。与胡适观点针锋相对,李大钊和鲁迅认为,新文学不仅要有新的形式,也要有新的内容。1919年在回答"什么是新文学"时,李大钊写道,光是用白话写的文学,算不得新文学,"我们所要求的新文学,是为社会写实的文学……是以博爱心为基础的文学……宏深的思想、学理、坚信的主义、优美的文艺、博爱的精神,就是新文学新运动的土壤根基。"①

彼得罗夫发现,鲁迅的观点与李大钊的观点彼此呼应,认为这再次证明,在文学革命时期二人是"站在同一战线上的伙伴"。鲁迅不仅捍卫了白话文存在的权力,批评了封建文化的反动本质,而且为新艺术的发展制定了正确的计划。彼得罗夫指出,1918年鲁迅在论战文章中表述了自己的美学思想,该思想和他的革命民主主义观点紧密相连。鲁迅"五四"时期的文学作品体现了其进步的创作观点。

彼得罗夫就鲁迅各种体裁的作品展开了思想与艺术分析。他认为,鲁迅发表在《新青年》上的早期小说反映了文学革命的重要诉求,其主要内容在于无情揭露和批判封建势力,其主旨在于改革社会、解除人们的精神奴役,培养青年的自由、平等和爱国思想。《狂人日记》就是这方面的代表作,作家写出了一部具有极大讽刺力量的小说,即封建社会的满口的仁义道德,而其历史是一部吃人的历史。他说,在揭露"吃人"的同时,鲁迅还鞭答了那些推广人类憎恨制度和作为不公正社会制度支柱的人。鲁迅创造了一个患"迫害狂"的人,精神压迫使他的内心充满了恐惧和愤怒。不连贯的思想、恐惧、怀疑、不可思议的行为是他病症的表现。散乱的日记体形式突出了主人公内心的不安。"凡事总须研究,才会明白"的重复使人觉得主人公思维混乱、思想不连贯,被一个想法困扰。他对世界的理解使他更加神经质。"勇

---

① 北京师范大学中文系中国现代文学教育改革小组:《中国现代文学史资料》第一卷第一章,高等教育出版社,1959年,第20页。

敢、率直"是他对社会的挑战。封建地主阶级有责任维护已有的"吃人"秩序和野蛮的迷信,主人公就属于这个阶层,这加强了小说揭露"吃人"的效果。鲁迅揭露了人与人之间仇视关系的本质,用自己的小说对封建社会作出了判决。

彼得罗夫指出,鲁迅的《孔乙己》通过贫富悬殊不平等社会现象对封建社会继续予以谴责。通过一个穷酸文人的堕落揭露封建社会对人及其道德精神的残害,其结局与"狂人"毫无二致,都成了不如意生活的牺牲品。鲁迅客观辩证地看待这个人物,既有怠惰无赖的一面,也有善良、富有同情心的一面,通过这个形象展示了当时社会一个令人心酸的现实,即如王士菁所说,辛亥革命时期旧中国绅士出身的知识分子只有两条路可走:要么升官发财,要么变为穷人并丧失尊严。"爬到上面的人,自己也吃人,跌到下面的人,只好被吃。"① 孔乙己走的是第二条路,而丁举人走的是第一条路,得到了财富和荣誉。虽然鲁迅只简单提了一下他,但是读者明白,在旧社会,任何无力反抗的人都会成为像丁举人这样冷酷无情和残忍的人的牺牲品。要想得到像他这样的人的同情乃至帮助是毫无希望的,因为他们的幸福是建立在别人的痛苦之上的。

彼得罗夫对小说《药》的主题揭示深刻,令人折服。在他看来,在华老栓夫妇身上寄托着统治阶级的希望,清政府就是利用华老栓们的无知、眼界狭小、对社会不公的屈服、安于现状来维护自己的统治;统治阶级就是寄望于人民大众永远愚昧无知,在他们看来思想落后能使人们无力反抗。他们是当时社会"愚民"群体的缩影。他们落后麻木,相信迷信,坐等享用革命者的牺牲而毫无民族自觉之心。彼得罗夫认为,在《药》中鲁迅还描写了一些勇敢的人,他们在清政府统治最黑暗的时期,奋起维护人们的权利,力求解放人民,他们认为推翻清政府的

---

① 王士菁:《鲁迅传》,生活·读书·新知三联书店,1950年,第85页。

统治是实现这些目标的必要前提。他称夏瑜为黑暗王国的一线光明，为了他所爱的人民他视死如归。但是一个可悲的事实是，需要拯救的人民和挺身而出的革命者之间却是隔膜的，他们虽是"华""夏"子孙，却是互不了解与理解的。依笔者之见，郁达夫的话见证了当时一个血淋淋的事实："没有伟大的人物出现的民族，是世界上最可怜的生物之群；有了伟大的人物而不知拥护、爱戴、崇仰的国家，是没有希望的奴隶之邦"①。彼得罗夫同时指出了鲁迅主题揭示上的疏漏："鲁迅着重强调了劳动人民的思想落后，但是他完全忽略了一点：革命者也没有将劳动人民看作革命的推动力量，他们'脱离了群众。'"②。但同时他也发现鲁迅对夏瑜坟头花环的象征意义的赋予，从这花环上他看到了夏瑜事业的接续，甚至是突破了小说的总体忧郁格调。

彼得罗夫对鲁迅小说《明天》(1919)也予以了一定的分析。他赞同王士菁③的观点，"就风格而言，《明天》是《药》的继续"，但彼得罗夫的认识比后者更进一步，即《明天》是《药》的反封建主题的继续。他由此认定，"鲁迅的早期小说都具有非常重大的社会意义和现实意义，这是由小说的反封建主题决定的"④，鲁迅文学革命期间的作品带有批判现实主义之特点。

论及鲁迅的杂文，彼得罗夫首先认定其特点是高昂的战斗激情，表现为对封建旧道德与学说及封建文化卫道士的愤怒攻击，同时对旧中国的一些丑陋现象，诸如留辫子、抽大烟、裹小脚等予以讥讽和批判，抨击同胞间的内讧，号召实现全国和平，停止内战，把所有力量团结起来促进社会进步。彼得罗夫认为，鲁迅的立场是一个真正关心自

---

① 摘引自《俄罗斯文学名著赏析》(小说篇)，王立业主编，外语教学与研究出版社，2015年，第199页。
② Петров В.В. Лу Синь. Очерк жизни и творчества. Государственное издательство художественной литературы. М.,1960. С.85.
③ 王士菁：《鲁迅传》，生活·读书·新知三联书店，1950年，第131页。
④ Петров В.В. Лу Синь. Очерк жизни и творчества. Государственное издательство художественной литературы. М.,1960. С.85.

己国家人民命运的爱国者的立场。在鲁迅看来,"国粹论"妨碍了中国和其他国家的交往,阻碍了世界先进科技成果传入中国。封建统治阶级人为地建了一座"长城",来阻碍中国人民和其他国家人民的交往,保守派的国粹论加固了"长城"。鲁迅说,中国人不会因为和世界的合理交往而改变自己,也不会因此而失去民族尊严。只有具备"先进的知识、道德、个性、思想","才能站住脚"。鲁迅批判了"精神胜利"法、假想的优势和盲目乐观的思想,因为他认为,只有对已经取得的成绩的不满足、希望更上一层楼的愿望,才是进步的动力。彼得罗夫以1919年鲁迅在《新青年》上发表了一篇杂文《不满》的一段话为例:"多有不自满的人的种族,永远前进,永远有希望。多有只知责人不知反省的人的种族,祸哉祸哉!"同时鲁迅把建设新生活的希望寄托在青年人身上,他认为,青年人应该取缔旧文学、旧道德、旧家庭的统治地位,为此他们应该成为顽强的、勇敢的人,有崇高理想的人,对敌人毫不留情的人:"愿中国青年都摆脱冷气,只是向上走,不必听自暴自弃之流的话。能做事的做事,能发声的发声。"彼得罗夫进一步认为,鲁迅的《随感录》的意义也就在于此。他认定鲁迅是一个非常英勇的作家,他的斗争始于艰难时期,只有真正英勇的人才敢于在旧中国那样的条件下迈出这样的步伐。

彼得罗夫研究发现,《随感录》和鲁迅在文学革命初期写的文章的思想是基本一致的,其中,鲁迅转述了《狂人日记》中的一句话,"我们应该呼唤旧时代灭亡时刻的来临。为什么要摧毁旧时代?我回答说,'为了完全解放我们的孩子!'"

彼得罗夫发现,鲁迅在《随感录》的系列文章中和1918—1919年写的其他文章中宣传了进化理论。他在《我们怎样做父亲》一文中,用进化理论论证了家庭应该在青年人教育中所起的作用。在封建旧家庭中父权、亲权是"神圣不可侵犯的",这样的家庭已经消亡了。在此,鲁迅号召培养年轻人的首创精神和独立性。父亲的责任不仅在于赋予孩子生命,把孩子养大,而且要使他青出于蓝胜于蓝。鲁迅认为这一原则才是促进家庭和社会发展的硬道理。

难能可贵的是,彼得罗夫十分熟悉文学革命之后(1921—1927)的中国文坛状况,在他看来这时候的中国文坛,现实主义和浪漫主义两大流派起着主导作用。他对现实主义代表人物、行动纲领和文学研究会的机关刊物都了如指掌。他认为,以"为人生而艺术"为宗旨的文学研究会为中国新文学的发展作出了重大贡献。叶绍钧、许地山、王统照的作品真实地反映了中国社会的诸多方面,确立了艺术创作的现实主义方法。茅盾、郑振铎为从理论上论证现实主义和维护现实主义做了大量工作。茅盾反对"纯艺术论",他主张创立反映社会生活、时代精神的文学。他认为,中国新文学应该"担当重要的使命——唤醒民众并赋予他们力量"。郑振铎认为"被践踏的被侮辱的人的血和泪"是"文学的对象"。文学研究会成员的翻译工作也硕果累累,他们将俄国、法国等国家的文学作品介绍给了中国读者。彼得罗夫对浪漫主义社团,即以郭沫若、郁达夫、成仿吾等年轻文学家组建的创造社及其社团纲领都有阐述,认为,该社成员批评了文学功利主义,他们的自我表现和"纯艺术"原则与"为人生而艺术"的原则形成鲜明对比。他们不是描写所看到的现实世界,而是描写理想中的世界。彼得洛夫写道:"革命浪漫主义激情和对旧世界的仇恨的结合对该社成员的作品产生了决定性的影响,创造社在中国新文学发展中具有重要意义"。郭沫若为中国诗歌的发展开辟了新的道路,刘绶松说,"他是中国的第一个新诗人"。尽管创造社和文学研究会文学观点有异,但二者"以不同的方式解决了艺术创作方法这个根本问题,客观上他们都致力于创立中国新文学,总言之,他们代表了中国新文学的两个主要队伍"[①]。但彼得罗夫也清醒地看到鲁迅与文学研究会的观点一致,

---

① Петров В.В. Лу Синь. Очерк жизни и творчества. Государственное издательство художественной литературы. М.,1960. С.90.

第一章　鲁迅作品在俄罗斯

而与创造社观点分歧,对创造社的"尊贵的"做派和"为艺术而艺术"的创作主张明确表示不满:"既然是天才的艺术,那么看那为人生的艺术的文学研究会自然就是多管闲事,不免有些'俗'气,而且还以为无能。"

彼得罗夫指出,鲁迅尖锐地提出了文学革命的问题,十分关注文学的社会改革作用。他认为年轻作家的英勇是建立新的、对社会有利的文学的最重要的前提,旧中国传统文学停滞不前的原因是,以前的大部分文学家不敢正视周围人们的生活。为促进文学革命思想的发展,鲁迅1925年解释了文学在社会生活中的作用,他写道:"文艺是国民精神所发的火光,同时也是引导国民精神的前途的灯火。这是互为因果的……没有冲破一切传统思想和手法的闯将,中国是不会有真的新文艺的"。他称坚决反对封建文学的青年人为闯将。

彼得罗夫认为,文学革命时期,鲁迅发表在《新青年》上小说、诗歌和杂文不仅标志着白话文的胜利,也标志着新思想、新的艺术形式和新的创作原则的胜利。鲁迅作为中国新文学的奠基人的历史功绩在于,他否定旧文化、旧传统,反对非现实主义和纯美学流派,同时主张改革创新,支持现实主义传统的发展。这位俄罗斯文学批评家对鲁迅于文学的革命时期写下的诸如小说、杂文等作品的思想与艺术价值予以了高度评价,称其为"内容上、形式上、语言上都是新颖的"。在他看来,鲁迅对晚清小说家的创作技巧和创作手法都不满意。他认为结构松散、滥用夸张、人物没有个性是讽刺小说的不足。"为了开辟中国文学发展的新道路,鲁迅用简洁、凝练的方法写作,他所塑造的讽刺形象真实而又具有说服力",他的创作就是为了进行社会斗争。他是中国文学史上伟大的艺术家。鲁迅小说的主人公源自生活,具有独一无二的面貌,同时又体现了某个圈子里的人们的典型特点。

彼得罗夫得论,"鲁迅的创作是对文学革命的真实反映,为中国文学开辟了新的道路。20年代初文学研究会的现实主义作家和创造社的革命浪漫主义作家的文学创作也现实地反映了文学革命。尽管他们所走的道路不一样,但是目标一致,都支持新的反帝反封建文学,主张艺术符合人们的利益。郭沫若的诗歌,叶绍钧、成仿吾、王统照的中篇和短篇小说,茅盾的作品,鲁迅的一系列作品都是对中国文学的贡献①。"

彼得罗夫将《呐喊》与《彷徨》对比,认为《彷徨》延续了批判现实主义的创作方法,艺术手法更为纯熟,揭露性更强,继续关注社会主题,语言更加质朴凝练,灵活运用古语名言、成语、口头俗语、方言,巧妙结合比喻、对照、引用等多种修辞方法,寥寥几笔即可展示人物的外貌特征,通过描写人物的眼睛尤其是眼神来揭示人物的精神状态,心理描写手法十分老到。彼得罗夫认为,鲁迅将书面语和口语结合使用,既是创作中践行文学普众化的行动,也是其以文学再现旧中国社会画卷的客观需要。②

彼得罗夫认为,《故事新编》是鲁迅艺术地理解传统异说,以之批判社会不良现象,表达新思想的一种新式文学武器。他认为,鲁迅创造性地借用了中国神话传说中的情节和人物形象,并与之将自己对中国社会现实的深刻认识相结合创造出来的优秀作品。他盛赞鲁迅的文学创作技巧,认为作家在保持小说结构完整情节合理的前提下,使用了丰富的词汇将小说题材的古典元素和主题思想的现代性完美地融合在一起。彼得罗夫不同意20世纪50年代中国学界以及波兹德涅耶娃和索罗金所认为的《故事新编》表明鲁迅开始运用社会主义现实主义创作方法的观点,认为该书题材复杂,界定需要更为细致的分析。从社会主义现实主义的定义角度来看,这部作品尚无足够的证据证明作家使用了社会主义现实主义创作手法。作品中虽然出现了代表进

---

① Петров В.В. Лу Синь. Очерк жизни и творчества. М.,Государственное издательство художественной литературы. М.,1960. С.99—100.
② Там же. С.206.

第一章 鲁迅作品在俄罗斯

步力量的英雄人物,但这些人物是孤立的且来自统治阶级,而人民群众还处于被动地位,没有显示出积极性和进步性,这与社会主义现实主义"讴歌人民群众是推动历史前进的力量"这一原则不相符。他承认,鲁迅的现实主义创作方法有了进一步的发展,塑造了较为鲜明的人物形象,讽刺更加尖锐辛辣,依然具有高度的思想艺术价值。①

在具体作品分析上,彼得罗夫对《阿Q正传》予以了足够的学术关注。他认为这部作品乃"《呐喊》中,及至鲁迅全部文学遗产中最出色、最重要的作品","就其艺术概括力和思想深刻性而言,是一部非常难得的作品,堪称鲁迅现实主义文学创作的巅峰之作"。②彼得罗夫侧重于对以阿Q为首的"小人物""沉默的国民灵魂"的分析,指出主人公的"精神胜利法"的自欺欺人,对于统治阶级是毫发无损的,并借用中国学者叶静怡的话作为定论:"阿Q主义是中国社会各阶层的通病,中华民族遭受的耻辱愈重,这种病症也就愈明显。"③

彼得罗夫分析了阿Q主义的由来,指出其"精神胜利法"乃统治阶级思想的产物,它"极大地阻碍了人民的解放运动,压制了他们内在的革命反抗精神,使人们甘于做奴隶、自我欺骗,使他们不相信自己的力量。"④彼得罗夫指出,《阿Q正传》是对1911年辛亥革命的尖锐讽刺。辛亥革命没有给人民群众带来任何的实惠,却让地主与地痞流氓从中渔利。鲁迅在这部作品里嘲笑了那些伪革命分子,这些人认为,想要成为革命者,只需把辫子盘到头顶,买一块革命党的胸章就行了,而所谓"革命",只需要跑到静修庵里把"皇帝万岁万岁万万岁"的龙牌砸烂就大功告成了。在描写这些混入革命者队伍的伪君子时,在写革命的不彻底性时,鲁迅特有的讽刺变得尤其辛辣。究其艺术特色,

---

① Петров В.В. Лу Синь. Очерк жизни и творчества. М.,Государственное издательство художественной литературы. М.,1960. C.237.
② Там же. C.109—110.
③ 叶静怡:《现代中国文学史概论》,第192页,作家出版社,1955年。
④ 转引自李春雨译文《论阿Q正传》,《上海鲁迅研究》,2013年第1—2期。

彼得罗夫认为小说充满了基于真实的讽刺与夸张,同时通过阿Q鲁迅塑造出的是"集合形象"。

这篇文章的最大特色是对中国学者的学术观点旁征博引,一方面加深了他的论证力度和可信度,同时也见证了作者对中文资料的自如接受能力和将丰富庞杂的信息去粗取精、生成研究的能力。

彼得罗夫认为,鲁迅善于塑造典型形象,善于描写小人物的生活,充满了人道主义精神。正因为如此,他才能创作出一批表达人民性与爱国主义崇高思想的批判现实主义杰作。鲁迅作品既继承了中国古典小说的优良传统,也受到了俄罗斯古典文学的影响,是中国现代文学的创新与发展。

彼得罗夫的鲁迅研究主要以文学分析为主,对鲁迅的世界观、文学观和审美思想进行了系统细致的梳理和阐述,同时其结合作家的历史时代背景,研究作家与外国文学及本国文学的关系,立足文本展开比较研究,独具特色。对此,俄罗斯著名汉学家李福清称赞其研究"十分精细"[①];俄罗斯2008年版《中国精神文化大典》对彼得罗夫的这部专著给予了很高评价,称其"严谨准确,叙述有理有据","极具说服力"[②]。

4.4 谢曼诺夫的鲁迅研究

谢曼诺夫是位成果丰硕的中国文学研究家,具有广博的中国文学与历史知识,并有着著作等身的中国文学与历史研究成果。他1968年完成博士论文,1970年获得博士学位,博士论文《18世纪末至20世纪初中国章回小说的演变》于答辩前就已经作为专著正式出版

---

① 李福清:《中国现代文学在俄国(翻译与研究)》,《中国文化研究》,1993年冬之卷,总第2期,第122页。
② Сорокин В. Изучение новой и современной китайской литературы в России.// Духовная культура Китая: Энциклопедия в 5 томах./ гл.ред. И.Л.Титаренко. Институт Дальнего Востока. Т.3. Литература. Язвк и письменность./ Ред. М.Л.Титаренко и др. М.,2008. С.198.

第一章　鲁迅作品在俄罗斯

(1965)①。他先后写有专著：《中国章回小说的演变》(1970)、《慈禧太后生平掠影,1835—1908》(1976),其论文有:《论东方文学的区划问题》(1966)、《文学分期的历史因素》(1968),同时还翻译过中国文学名著：曾朴的《孽海花》、老舍的《猫城记》、刘鹗的《老残游记》等等,同时还翻译有艾芜、古华、路遥、张洁等现当代作家的作品,为他的运用历史比较方法来研究鲁迅与先前文学的关系奠定了深厚的基础。谢曼诺夫的鲁迅研究在苏联鲁迅研究史上占有相当重要的学术地位,其成就也令世界鲁迅研究界瞩目。这位研究家侧重于鲁迅的比较研究,以思维敏捷、立论坚实、视阈开阔、个性鲜明而著称。谢曼诺夫1961年开始推出鲁迅研究成果,1962年成功通过题为《19世纪和20世纪初期的中国文学和鲁迅》的副博士论文答辩,精华部分发表在当年《文学问题》杂志第8期,题为《新的经典》。他的代表作还有作为副博士论文生成的《鲁迅和他的前驱》(莫斯科科学出版社,1967),代表性论文有:《鲁迅论外国文学》(1965)、《思想家——革命家》(1966)、《鲁迅反对庸俗化者》(1972)、《鲁迅创作特征和世界"鲁迅学"》(新加坡南洋大学汉学研究中心,汉语写成,1977年,共16页),另有纪念文章:《"迅行"——为纪念鲁迅诞辰100周年而作》(1981)等等。

谢曼诺夫最重要的鲁迅研究专著当属《鲁迅和他的前驱》,这部著作先后被译成英文②和中文③,在国内外享有很高的学术声誉。

这部有副博士论文生成的著作体量并不大,共148页。主要运用比较文学手法,具体表现为历史比较、作家比较与艺术文本中的人物对比,将19和20世纪初的中国文学与鲁迅的文学关系剥茧抽丝、条分

---

① Семанов, Владимир Иванович — Википедия. См. https://ru.wikipedia.org/wiki/%D0%A1%D0%B5%D0%BC%D0%B0%D0%BD%D0%BE%D0%B2,_%D0%92%D0%BB%D0%B0%D0%B4%D0%B8%D0%BC%D0%B8%D1%80_%D0%98%D0%B2%D0%B0%D0%BD%D0%BE%D0%B2%D0%B8%D1%87

② 阿利别尔译,美国,1980年。

③ 李明滨译,湖南文艺出版社,1987年。另见王富仁译:《鲁迅纵横谈》,浙江人民出版社,1988年,此信息见李明滨:《中国文学俄罗斯传播史》,学苑出版社,2011年,第235页。

缕析地展开研究。该专著同时彰显了作者广博的中国文学与历史知识,其获得巨大学术反响得益于他对中国文学与文化的深入探究与学养积累。在此专著问世之前,著作命题中的"前驱"在具体行文中确指为李宝嘉、吴沃尧、刘鹗、曾朴,还有黄遵宪、梁启超、严复、林纾,及至章太炎等。

《鲁迅和他的前驱》由三章组成,另有前言和结语。第一章"世纪初叶"论述鲁迅早期,即19世纪末到1918年的思想与创作探索。该章各以一个议题且按时段设五个小节:1、"最初的体验",2、"启蒙运动的参与(1903—1906)",3、"探索与失败(1906—1909)",4、"革命前夕与革命期间(1903—1913)",5、"沉默的年代(1914—1918)"。该章主要介绍鲁迅早期思想演变与文学创作,其中包括文学翻译和审美批评。第二章题为"严肃批评的意义",主要分析1918—1936年间鲁迅美学思想的嬗变,体现在文学创作评论和对前辈与同辈作家的文学评价中,同时以分析鲁迅的《中国小说史略》作为立论依据。这一章的特色在于分析体裁全面,就政论文(杂文)、诗词、戏剧、小说、翻译四个方面展现鲁迅对19世纪至20世纪初各种文学体裁所持的观点。谢曼诺夫"以阐明中国新、旧文学的关系为目标"而展开第三章,即题为"革新家"的评述。以七个小节"体裁""题材、人物、思想、情绪""性格塑造的原则""景物描写和人物所处环境""结构""作者对事件的评价""语言"的篇幅,侧重于鲁迅艺术创作手法及其特征的分析。

在该专著中,谢曼诺夫对鲁迅和他的前辈作家的作品做了比较分析,以充分肯定鲁迅思想与艺术的创新。研究家指出,鲁迅在多种体裁的运用上都超越了前辈,"在散文、散文诗(《野草》)、回忆录、翻译等诸方面都取得了卓越成绩,并创造了一种中国新型的文艺政论文体——杂文"。[①] 接下来谢曼诺夫分析了鲁迅在人物选择与塑造上对

---

① Семанов В. И. Лу Синь и его предшественники. М.,"Наука", 1967. С. 94.

第一章　鲁迅作品在俄罗斯

前辈作家,尤其是谴责小说作家的超越,是由于鲁迅具有强烈的民主主义思想,以及与众不同的改造社会的方法和观念。他指出,晚清谴责小说等都把注意力集中在上层阶级的代表人物如官吏、地主及富裕农民身上,而鲁迅描写的绝大部分是下层人民,具有鲜明的民主主义思想。谴责小说里写的上层人物希望他们得到改造,而鲁迅小说里的下层人物则是启发他们起来斗争,而对上层则是无情的鞭挞。他不同意波兹德涅耶娃和索罗金所认为的"鲁迅把普通人民带进文学"的观点,认为谴责小说里也描写了普通人物,只是没有塑造出个性形象而已。鲁迅是在前者基础上进一步将普通人变成个性化的中心人物。在对待普通人民的态度上,谴责小说只是同情,而鲁迅是批评与同情结合,偶尔也有诗意和欢乐的描写,如《社戏》。双方都描写了人民的痛苦与反抗,态度却不同。对起义者,谴责小说仅限于同情,而鲁迅是彻底的革命者态度。鲁迅对革命的描写从抽象叙说转为比较具体、深刻。也正因为如此,它带来了鲁迅不同于前辈作家的艺术表现手法。正如谢曼诺夫研究发现,首先,较之于某些谴责小说靠惊险奇妙的情节吸引读者眼球,鲁迅小说的动人之处则在于艺术结构的自然而精致、事件的典型性和心理描写的深刻细腻;其次,谴责小说人物描写单调雷同,而鲁迅则追随其最富洞察力的先辈作家(曹雪芹、吴沃尧、曾朴),善于透视人物心理的复杂性与矛盾性,善于运用"自我解剖"的艺术手法表现主题;再者,鲁迅打破了传统文学严格按照时间顺序叙事的旧模式。他笔下的过去与现在互相交叉,结合得贴切自然、天衣无缝①。正如这本书的汉译者李明滨所指出,整本书"系统说明了鲁迅世界观的演变、鲁迅的艺术方法和鲁迅在中国文学史上的地位,也

---

① Семанов В. И. Лу Синь и его предшественники. М."Наука", 1967. C.120—121. 该引文由宋绍香翻译,见宋绍香:《俄苏鲁迅译介与研究六十年》,《文艺理论与批评》2016第3期,第75页,有改动。

顺带谈及鲁迅的创作同世界文学的联系"。[①]

继波兹德涅耶娃之后,谢曼诺夫是第二位为《文学百科》写鲁迅词条的苏联学者,而且多年撰写,渐进形成了自己的书写风格与学术思想。他先后参与《简明文学百科全书·鲁迅词条》(第四卷,1967)、新版《苏联大百科全书·鲁迅词条》(莫斯科,1974)、《简明文学百科全书·鲁迅词条》(莫斯科,1976)等的撰写。

与波兹德涅耶娃不同的是,谢曼诺夫从艺术视角去看鲁迅,首先把鲁迅看成是"作家、政论(杂文)家和文学研究家",而对思想家和革命家鲁迅很少谈及,只是顺带提及鲁迅参加过辛亥革命、领导"左联"等活动。在这里,谢曼诺夫对鲁迅的各种题材和体裁的作品都予以了足够的艺术分析,并以大量的艺术文本,尤其是《呐喊》与《彷徨》中的若干小说,其中包括《阿Q正传》等,还有《故事新编》为例证,指出鲁迅艺术地再现了现实生活,并作为"现代民族文学的创始人",为社会提供了一面心灵的镜子。同时他对鲁迅作品中对俄国革命民主主义者、契诃夫以及高尔基对人民的诚挚和批评态度的吸纳,同时对鲁迅的俄罗斯文学翻译成就和对苏联文学在中国的积极传播给予了高度肯定和赞扬。

4.5 艾德林的鲁迅研究

艾德林于莫斯科东方学研究所毕业,师从汉学大师阿列克谢耶夫院士,主要从事中国古代文学翻译,由以古诗词翻译见长,以其对原文高度传神的忠实翻译而赢得声誉。中国现代文学研究中,鲁迅研究当属他的重要汉学研究遗产之一。1959年他为鲁迅《阿Q正传》俄译本撰写了"序言",此后又出版了《鲁迅笔下的中国》(1969)和《鲁迅》(1986)。在这些论著中他对鲁迅的文学意义予以高度的评价,视鲁迅创作为世界文学的一个新现象,"这位作家的作品,作为一切悠

[①] 李明滨:《中国文学俄罗斯传播史》,学苑出版社,2011年5月,第240页。

第一章　鲁迅作品在俄罗斯

久优良的文学传统与鲜活的革命创新和谐结合的典范,成为粉碎封建主义的柱石及一切封建礼教和奴役人民思想的文化的最有力的武器"①。但这位汉学家鲁迅研究的代表作当为他的长篇论文《论鲁迅小说》(1971)。这不仅仅是他本人现代中国文学研究的重要成果,也是20世纪70年代苏联鲁迅研究的路标性之作。在《论鲁迅的小说》论文中,艾德林立足文本分析,将鲁迅的作品置于中国传统文学和欧洲文学的语境中予以解析。论文视界高远,知识饱满,方法独特,是一篇非常有分量的鲁迅专论。艾德林非常激赏鲁迅小说《狂人日记》,称这是中国新文学的第一篇作品,认为它打破了旧文学的结构和语言程式,运用的是接近口语的文学语言进行写作,从而开了创作心理小说之先河,同时这种写作技巧也为他本人的"五四"以后作品的写作,如《孔乙己》和《药》等提供了法宝。艾德林发现,《狂人日记》的结尾"救救孩子!"与俄罗斯作家安德烈耶夫的小说《谎言》的主人公呼喊"救救我!救我!"异曲同工。他饶有兴味地指出,鲁迅的小说以果戈理的《狂人日记》为开端,以安德烈耶夫的类似呼吁为结尾,小说的意旨也与果戈理相类似,都是"通过疯子的嘴说出那些揭露罪恶社会的话",而鲁迅借用疯子之口毫不隐讳地抗议千年不变的旧礼教。艾德林指出,伴着鲁迅成长的中国是一个毁灭人性的专制政权国家——普通人备受压迫,统治者仅仅能容忍伶人丑角发表一些揭露性言论。鲁迅选择疯子作为主人公,是因为现实中只有疯子才敢于直言而不怕丧命,承担起历史上被侮辱与被扭曲了的真理掌握者的"狂人"的角色。果戈理的狂人揭开了"小人物"的悲剧世界,而鲁迅是和历史同步前进的人,他的狂人是适应时代要求对一切被侮辱的人表达关怀的代言人。艾德林认为,"鲁迅是植根于中国传统的最具民族性的作家,离开中国传统以及中国的社会是不可能理解他的,而中国的社会现实也

---

① 宋绍香:《俄苏鲁迅译介与研究六十年》,《文艺理论与批评》2016第3期,第75页。

绕不开西方的影响。"①针对鲁迅在《中俄文字之交》中关于"俄国文学是我们的导师和朋友"的说法,他认为"我们不必过分地全然相信这些赞语的表面意思。"为了寻求建立尊重个性的社会的可能性,必须展示每个人无可替代的价值。而为了证明中国每个人都有自己的个性,鲁迅自然会去向他熟悉的俄罗斯作家学习表现技巧,后者最擅长的正是关注人的内心感受、表现人的灵魂。鲁迅"笔下的任何一种死亡都是冷酷无情、道德败坏的社会造成的谋杀。"②。和彼得罗夫一样,艾德林尤其喜欢《阿Q正传》,但不是喜欢作为思想家和革命家鲁迅的作品,而是特别赞赏这部小说的艺术创作手法,认为它是文学家鲁迅最优秀的作品之一,"它深刻的哲理和艺术的完美,令人惊叹!它完全展现了早已形成的'鲁迅创作的基本方向和艺术风格':'在描写情感方面的冷静''描写人物对话的生动、简洁、精确'以及哲学幽默、精美讽刺和'暴露之勇敢性,使这部中篇小说获得了空前的艺术之力'。总之,鲁迅作品将千百年来的人民传统与现代生活统一于一体。鲁迅的艺术创作,无论就其内容还是就其形式而言,均堪称是创新的、革命的文学"。③就此,谢曼诺夫得出结论,鲁迅作为一位伟大的艺术家是毋庸置疑的。鲁迅的艺术想象与他的生活经验息息相关。鲁迅所写的大都是他亲身经历过或是亲眼见到过的。他小说中的主人公甚至常常不以化名来掩饰,而且大多以第一人称叙事,强调作者自己的参与,就像我们在《阿Q正传》中所观察到的那样。这使得他的作品比高尔基、杰克·伦敦具有更强的自传性。

艾德林高度赞扬鲁迅心理分析小说的成就,认为这种创新,使之成功地将"西欧特别是俄国的传统与中国的小说完美地融合在一

---

① Эдлин Л. О сюжетной прозе Лу Синя. // Лу Синь. Повести. Рассказы. М.,1971. С.10.
② Там же. С.12.
③ 宋绍香:《俄苏鲁迅译介与研究六十年》,《文艺理论与批评》2016第3期,第76页。

起。"① 艾德林将鲁迅小说和散文诗作为一个整体来分析,杂文和散文诗可以当做小说的注解来看。正如佘晓琳发现,在谢曼诺夫看来,《狂人日记》是《呐喊》的序言,揭露了社会的吃人本质,其他小说都是社会的具体展现。《呐喊》与《彷徨》分别是鲁迅乡下和城里两个故乡的描摹。《阿Q正传》有农村和城市两条线索,是鲁迅身处中国社会的模型。《示众》和《祝福》里知识分子主题逐渐上升至主要位置。《在酒楼上》年青一代曾经大谈未来,但最后仍然是没有希望。《幸福的家庭》里,小女儿的天真的微笑使得小说的悲剧色彩更为浓厚。他认为,苏联学者将《长明灯》与迦尔洵的《红花》对比是合理的,但是前者的象征意义胜过后者②。

艾德林将《故事新编》的标题解读为从神话传说中提炼出新的精神实质,同时对小说集的思想价值与现实意义予以了高度肯定。他认为是鲁迅选择故事暗喻当时社会,借人物之口与社会现实展开论争,赋予了小说丰富的寓意,同时在艺术手法上尽可能贴近现实生活。《铸剑》注重细节描写却并不影响思想主题,而结尾处杀人者、被杀者和牺牲者都接受了最高的祭礼,这一场景与果戈理《外套》表达的内涵是一致的。艾德林敏锐地发现《理水》中,一群学者聚集在文化山上吃飞车定期运来的食物、说一些老生常谈的话题的场景,与俄国诗人萨沙乔尔内的讽刺诗《两个愿望》里"住在光秃秃的山巅/写着简单的十四行诗篇/向来自山谷里的居民/索取馅饼、烧酒、面包和盐"之间的巧妙的契合。

艾德林认为,鲁迅是中国最杰出的文学家,其根源并不在于他比传统中国作家优秀,更因为传统文学已经失去了部分活力,而在旧的文学日渐颓败之时,新的文学必然要迅速走进了人类生活。鲁迅作品

---

① Эдлин Л. О сюжетной прозе Лу Синя. // Лу Синь. Повести. Рассказы. М.,1971. С.14.
② 佘晓琳博士论文:《俄罗斯对中国现代小说的翻译和研究》,南开大学研究生院,2016年5月,第93页。

兼收并蓄了中国与西方的一切宝贵因素,对中国新文化运动起了推波助澜的伟大作用,同时还以自身创作引领新文化运动,在思想上和艺术方面迈向了崭新的为中国所独有的现实主义高峰。艾德林最后说,鲁迅是一位在中国深厚的文化传统中成长起来的作家,他继承发扬了中国清贫文人为追求真理而坚定不屈的精神,由此向世界文学中追求真理的战士靠近。鲁迅"揭示了中国社会在生死存亡时刻的精神状态,从而对全人类的革命运动做出了无可估量的贡献。"①

总览20世纪的鲁迅研究,作品序跋中最有名的要算艾德林为1971年版《世界文学丛书》中的鲁迅卷写的长篇序文,其中不乏对鲁迅作品的思想艺术研究。该序文见解独到,特色独具,有与欧美学术界抗衡的独立精神,在世界鲁迅研究中产生重大影响,被日法鲁迅研究界称为是一篇不可多得的学术论文。

4.6 其他研究家的鲁迅研究

4.6.1 费德林,世界著名汉学家,苏联科学院通讯院士,社会活动家,曾获东京中国学研究院名誉院士,美国政治经济学院院士,意大利艺术科学院院士。苏联汉学奠基人阿列克谢耶夫的弟子。他虽身为外交官,但汉学研究十分勤奋,通晓中国文学全史,并创下丰硕研究成果。据统计,他一生出版汉学专著35部,发表学术论文300余篇。1946年为纪念鲁迅逝世十周年,他的纪念性文章《论鲁迅文艺创作之特点》,发表在罗果夫主编的《时代》杂志特刊上,产生了较大的学术反响。他对作家鲁迅的文学才华予以充分肯定,就其作品的精神力量、风格和文体、思想性和目的性,他称鲁迅永远是一个"具备独创性和民族性的作家"。费德林极其看好鲁迅的《阿Q正传》,称其对人物性格的描写在中国文学史上是空前的,鲁迅抓到了中国社会的痛处,挖掘出了中国农村社会关系的悲剧所在。费德林的鲁迅研究素有关注

---

① Эдлин Л. О сюжетной прозе Лу Синя. // Лу Синь. Повести. Рассказы. М.,1971. С.15.

第一章　鲁迅作品在俄罗斯

语言艺术和时代相互关系的特征,认为其善于从"世界文学进程中"探索中国文学,不仅促成了自己成为一个新的文学语言的创始者,而且促成了对国内外文学精华的吸纳与发展。《伟大中国作家鲁迅》(1952)是费德林早期研究的代表作,其中对鲁迅的创作思想与艺术手法都作了高度的评价,对其创作意义作了充分的阐释。1971年,为纪念鲁迅诞辰九十周年,费德林写下有一篇纪念文章《作家的技巧及其阐释——写给鲁迅九十诞辰》,以鲁迅小说为蓝本,以自己对鲁迅小说的翻译实践为依据,对鲁迅创作的现实主义特征予以详尽阐述,并阐释了自己的鲁迅翻译观,即力求再现鲁迅作品艺术特色和文化内涵,再现鲁迅敏锐深刻的心理描写和原型到人物的肖像提炼,就此引申出汉语文学俄译的技巧问题,即翻译实践中的原作品细节的处理及至语气词的传递,还有原词修辞特色的存留等问题。

4.6.2 罗果夫。在苏联汉学家中,他是对鲁迅有着特殊感情的人,且由于身份特征,他既不是纯研究家,也不是费德林式的外交家,故而对鲁迅在俄罗斯的推介的方式也不尽相同。他是以记者身份来到中国远东地区(1937年初)的。1939年,在重庆的为纪念鲁迅逝世三周年举办的纪念会上,罗果夫出席并发言,其发言稿定稿成一篇学术论文,题为《鲁迅在苏联》,发表在中国杂志《时代》1941年第14期,成为俄罗斯文化人中第一个向中国人介绍鲁迅在苏联的翻译与研究的人,并对其状况做了学理阐述与分析,以明辨是非的责任感将加盖在鲁迅身上的一切不实之词逐一推倒,并将鲁迅作为"中国文学的化身"予以赞颂,让中国人第一次目睹苏联人视阈中的鲁迅。为了表达对鲁迅的深厚感情,1943年10月19日,罗果夫用了两周的时间,在他创办的"苏联呼声"广播电台对鲁迅的文学创作活动与成就予以播送;紧张新闻工作同时,他致力于鲁迅文集的编纂,并亲自翻译与研究。他利用自己的语言优势,在苏联、在中国分别编译了鲁迅文集,如在莫斯科出版的《鲁迅选集》,并自己作跋,题为《鲁迅的文学遗产——鲁迅选集》，在苏联国内产生了重大影响。他翻译的《门外文谈》1948年在上海《时代》杂志刊出，1949年在该杂志社还编译发表《鲁迅小说杂文书信》和《鲁迅论俄罗斯文学》。罗果夫是俄罗斯鲁迅翻译史上创造奇迹的人，1949—1950年间，大连和北京相继出版了罗果夫翻译的《阿Q正传》俄汉对照本，这是中国对俄罗斯鲁迅翻译水平的高度认可，也助兴了当时的俄语热。莫斯科国家文艺出版社于1955年出此单行本。1954年他与郭质生一同编译的四卷本《鲁迅选集》的第一卷在莫斯科出版。他在《旗》杂志1956年第7期发表文章《鲁迅的俄国朋友》，专著有《鲁迅与俄罗斯文学》，为鲁迅等中国现代文学作家向苏联的推进做出了重要贡献。

4.6.3 热洛霍夫采夫。他是一位很有学术个性的汉学家。[①] 这种个性体现在思想情绪偏激，言语直率无隐。他1966年在北京一所大学进修，适逢"文化大革命"开始，为眼前的景象所震惊，继而回国后调转研究方向，由原来的中国近现代文学改为中国现当代作家在"文化大革命"中的命运问题，发表学术专著《近距离审视中国"文化大革命"》（1973，政治出版社），以接受采访的形式讲述红卫兵对中国传统文化的破坏，以及中国文化人士在"文革"中的不幸命运。他写有论文《中国"文革"后鲁迅创作遗产的命运》[②] 和《鲁迅纪念日在中国》[③]。热洛霍夫采夫的鲁迅研究特色在于将鲁迅置于世界文学或世界汉学语境中予以研究，同时彰显鲁迅的世界地位与意义。他的代表作有《鲁迅在美国汉学界》[④]，无论是在俄罗斯还是在美国都产生了一定的学术影响。书中着重介绍了鲁迅名篇《阿Q正传》在俄罗斯的出

---

① 宋绍香：《俄苏鲁迅译介与研究六十年》，杂志《文艺理论与批评》，2016年第3期第76页。
② Желоховцев А.Н. Судьба наследия Лу Синя после «культурной революции» в Китае. // «Изучение китайской литературы в СССР». Под ред. М.И.Басманова и др.М., Изд. «Наука». 1973. С.282—305.
③ Юбилей Лу Синя в КНР.
④ См. ж. «Проблемы Дальнего Востока». 1982.3.

版情况，苏联汉学家的著作与研究在美国的反响与评价，及至翻译与研究。文中列出了代表研究家和研究著作，如谢曼诺夫的《鲁迅和他的前驱》在美国的翻译出版以及著名美国鲁迅研究家吉尔利克的高度评价，称其颠覆了美国对苏联汉学研究的偏见。文中评论波兹德涅耶娃的鲁迅研究远远超过了西方人对鲁迅的认知，同时对彼得罗夫、索罗金的鲁迅研究专著予以了高度评价，称其是对鲁迅作品研究的"重要文学贡献"。该文最后就苏联对鲁迅研究所做出的实际业绩予以高度肯定，以出版量来雄辩证明鲁迅在苏联的普及和所赢得的荣誉。

第三节 《阿Q正传》翻译风格与比较[①]

苏俄汉学界对鲁迅作品的翻译与研究历史悠久，成果丰硕。《阿Q正传》更是得到了苏俄译者及研究者经久不衰的热切关注。自1929年至今，记录在案的《阿Q正传》俄译本共有五个，其诞生时间和背景各有不同，准确性和艺术性各有高下。本节试对鲁迅代表作《阿Q正传》的五种译本进行探讨——简述其产生历史，并结合具体译例对其翻译质量进行评估。

《阿Q正传》在苏俄汉学界对鲁迅作品的翻译与研究中占有无可比拟的地位。苏联首次翻译出版的鲁迅作品就是1929年以《阿Q正传》为题的小说集。此后至今，《阿Q正传》在苏俄共产生了5种译本，共计再版20余次。无论在译本种类数上，还是在刊印次数上，《阿Q正传》在俄译鲁迅作品中都高居榜首。[②]

[①] 此节由李春雨撰写。
[②] 罗季奥诺夫等：《俄罗斯对鲁迅精神和艺术世界的探索》//《远东文学问题》，2012年第2卷，第15页。

《阿Q正传》五个俄译本初版信息

俄译本名称	译者	初版年代	出版者
Правдивая история А-Кея	鲍·瓦西里耶夫	1929	激浪出版社（列宁格勒）
Правдивое жизнеописание А-Q	米·柯金	1929	青年近卫军出版社（莫斯科）
Подлинная история А-Кея	鲁多夫、萧三、什普林岑	1938	苏联科学院出版社（莫斯科，列宁格勒）
Подлинная история А-Кью	弗·罗果夫	1945	国家文艺出版社（莫斯科）
Подлинная история А-Кью	柳·波兹德涅耶娃	1955	国家教育出版社（莫斯科）

首先需要指出的是，上表中所列的1938年鲁多夫、萧三、什普林岑集体译本及1955年波兹德涅耶娃译本严格来讲并非独立译本。

前者收录于1938年苏联科学院出版社为纪念鲁迅先生而出版的《鲁迅（1881—1936）：纪念中国现代伟大文豪论文译文集》中。该集在莫斯科和列宁格勒两地出版，发行量逾10万册。书中指出，译作为苏联科学院东方研究所中国文化研究室同人集体完成，并由鲁多夫、萧三、什普林岑共同校对。但由其文字可以断定，译者实际为1937年于大清洗运动中被执行枪决的瓦西里耶夫。与瓦西里耶夫1929年的译本相比，此版本仅在细微处有些改进：补译了部分漏译，修正了个别误译，增添了一些信息性译注——除此之外两版本毫无二致。①

后者收录于1955年国家教育出版社出版的《20世纪外国文学选读（1917—1945）》。译者署名为柳·德·波兹德涅耶娃。波兹德涅耶娃曾独立翻译了苏联国家文艺出版社1954—1956年出版的四卷本俄译鲁迅全集中的第二卷（杂文卷），并于1959年出版了鲁迅研究专

---

① 鲁多夫等：《阿Q正传》（俄译本）//《鲁迅（1881—1936）：纪念中国现代伟大文豪论文译文集》，莫斯科、列宁格勒，苏联科学院出版社，1938年。

著——《鲁迅:生平与创作(1881—1936)》。遗憾的是,收入书中的译作只是一个节选本——小说第三、四、五章整个缺失,第八章也有部分删节(阿Q在路上遇见也用一根竹筷将头发盘起的小D时的心理活动描写)。更有甚者,在仔细对照之后我们确定,译作节选部分竟然完全照搬罗果夫1945年译本。①

所以在接下来的讨论中我们将仅对其余三个独立译本进行详细分析。

1. 瓦西里耶夫译本(1929)

1929年,列宁格勒激浪出版社出版了名为《阿Q正传》的《鲁迅小说集》,这不仅是《阿Q正传》的第一个俄译本,也是鲁迅作品首次在苏联翻译出版。该书收录的《阿Q正传》为鲍里斯·亚历山大罗维奇·瓦西里耶夫所译。

瓦西里耶夫1924—1927年曾以外交官身份派驻中国,期间结识了曹靖华并通过他与鲁迅建立了联系。鲁迅应他请求,于1925年为他写了俄译本序言。1937年苏联大清洗运动中他被执行枪决,后得以平反。

瓦西里耶夫在翻译《阿Q正传》的过程中不仅得到了曹靖华的大力协助,更得到了鲁迅先生的亲自提点。所以瓦西里耶夫的译本对于文字的把握还是相当到位的,小说中的很多典故、引语、俗语、民俗文化词汇等都得到了准确传达。比如"若敖之鬼馁而""不能收其放心""斯亦不足畏也""忘八蛋""老鹰不吃窝下食""哭丧棒""照壁"等等。

在修辞风格上,瓦西里耶夫的译本尽量模仿原作,多用短句,少用连词,故译本读来脍炙人口,鲁迅味十足。不仅如此,瓦西里耶夫在分段方面也刻意模仿原作。《阿Q正传》段落短小精悍,除人物对话之外,叙述性段落一般只有一二百字。而由于俄语单词占用空间较大,

---

① 柳·波兹德涅耶娃:《阿Q正传》(俄译本)//《20世纪外国文学选读(1917—1945)》,莫斯科,国家教育出版社,1955年。

与原文同等内容的译文段落看起来会显得冗长。因此瓦西里耶夫经常故意将一段俄语译文拆成两段,所以原作307段,而译作410段。这种处理不仅复制了原作段落带给读者的那种短小精悍的视觉效果,也使语义层次变得更加丰富。

但是译作也有其不足之处。首先,译者不知出于何种考虑漏译了原作中的12句话(共304字)。1938年鲁多夫等人对其中9句进行了补译,但仍然有以下三句缺失:"……他五六年前,曾在戏台下的人丛中拧过一个女人的大腿,但因为隔一层裤,所以此后并不飘飘然,——而小尼姑并不然,这也足见异端之可恶。"(第四章《恋爱的悲剧》)"大约半点钟,——未庄少有自鸣钟,所以很难说,或者二十分",(第五章《生计问题》)"阿Q本也想进城去寻他的老朋友,一得这消息,也只得作罢了。"(第八章《不准革命》)

其次,译本存在多处不甚准确的地方,比如,将阿Q的"黄辫子"译为"红褐色的辫子",将"画花押"译为"画圈",将"士别三日当刮目相待"译为"哪怕学者离开家乡短短三天,等他回来的时候也要极其隆重地欢迎。","不孝有三无后为大"译为"人有三罪,无后为大"等。此外,还有一些与原作有出入的地方,不知是译者有意改写,还是无意疏忽。比如第四章《恋爱的悲剧》中,在向吴妈求爱失败之后,"阿Q扶着空板凳",被瓦西里耶夫译作"阿Q抱着空板凳",第六章中"赵太太慌忙说"被译作"赵太太伤心地说","赵太爷很失望"被译作"赵太太很失望"[①]等。

2. 柯金译本(1929)

柯金的父亲是外交官,1986年生于中国新疆,在沈阳接受初等教育,毕业于苏联工农红军军事科学院东方部,熟练掌握汉语和日语,

---

① 瓦西里耶夫:《阿Q正传》(俄译本)//《鲁迅小说集:〈阿Q正传〉》,列宁格勒,激浪出版社,1929年,第54页。

第一章 鲁迅作品在俄罗斯

1922年起在莫斯科伏龙芝军事科学院、东方学研究所任教,并在莫斯科中山大学、中国劳动者共产主义大学任研究员。而柯金1906年生于波兰,1926—1927年跟随莫斯科中山大学第一任校长拉狄克学习,是中国历史教研室编外研究生。他是苏联第一部中国史学专著《中国古代农业体制》的两位合著者之一,"亚细亚生产方式理论"的突出代表。1937年大清洗运动中他被执行枪决,1956年得以平反。

与瓦西里耶夫译本同年稍晚,莫斯科青年近卫军出版社以5千册的发行量出版了以《阿Q正传》为题的《中国现代文学选集》,其中收录了鲁迅的两部作品——《阿Q正传》和《孔乙己》,译者即为米哈伊尔·达维多维奇·柯金。

总体来说,柯金的《阿Q正传》译本是失败的。主要原因有三:第一,大量删节;第二,大量错误;第三,多处改写。

先看删节部分。首先,原书第一章——《序言》几乎被整个删去,译者只在篇末注释里转述了其中不到四分之一的内容,即阿Q被赵太爷打耳光的情节。对此,译者给出的解释是:"序言……充满了各种经书典故及幽默俏皮的评论,主要讲述的是中国文学的各种流派,这需要对中国现代文学有细致的了解,而俄罗斯读者未必能看得懂。"[①] 除此之外,柯金译本中还漏译了散见于原文各章节的13句话(近300字)。这些句子大多是细节描写,既非典故,也无须背景知识,不知译者何故漏译。

再来看错误。柯金译本误译连篇,多达50余处,且很多都属于低级错误。比如将"哭丧棒"译为"马鞭"[②],将"而立之年"译为"过了40岁"[③],将"大约未必十分错"译为"我们的错误大概不会超过百分

---

① 柯金:《阿Q正传》(俄译本)//《中国现代文学选集》,莫斯科,青年近卫军出版社,1929年,第347页。
② 同上,第47页。
③ 同上,第52页。

之十"①,将"寄来一封长信……排了'转折亲'"译为"寄来一封长信,上面写着'亲启'"②等等。有些误译读来令人啼笑皆非。比如,原作第五章《生计问题》中讲到阿Q爬墙偷菜的时候有这么一句:"他便爬上这矮墙去,扯着何首乌藤,但泥土仍然簌簌的掉"。在柯金译本中我们读到:"他抓着一棵黑树干爬到矮墙上去。树干上覆满泥巴,吧唧吧唧不断砸在地上"。③

除了以上两处硬伤之外,柯金还根据自己的理解对小说进行了多处改写。比如,他先将"癞疮疤"误译为"麻风红斑结的痂"④,然后在讲到阿Q对于"光"和"亮"的忌讳时,在译文正文相应处如是解释道:"因为中国人对于掉光头发的麻风病人就是这么称呼的"⑤。再比如,小说第三章《续优胜纪略》说假洋鬼子从东洋回来之后"腿也直了",柯金的译文里特地加了这么一句——"尽管他也是经常坐着"⑥,并在篇末加了注释:"旧中国知识分子体质都很弱,导致走不快,而假洋鬼子是从日本留学回来的,所以与普通读书人相比,他的腿是直的。"⑦

基于以上诸多原因,瓦西里耶夫对译本提出了尖刻批评,认为译者的大量删节和误译极大地扭曲了小说原貌,同时认为,译语有时"显得十分庸俗,与原作风格极不相称"。⑧

3. 罗果夫译本(1945)

1945年,苏联最重要的出版社之一——国家文艺出版社以1万册的发行量出版了《鲁迅作品精选》。其中收录的《阿Q正传》是由弗

---

① 柯金:《阿Q正传》(俄译本)//《中国现代文学选集》,莫斯科,青年近卫军出版社,1929年,第51页。
② 同上,第76页。
③ 同上,第63页。
④ 同上,第37页。
⑤ 同上,第74页。
⑥ 同上,第46页。
⑦ 同上,第349页。
⑧ 瓦西里耶夫:《阿Q正传》书评//《东方学者同行笔记》,1930年第4期,第295页。

第一章 鲁迅作品在俄罗斯

拉基米尔·尼古拉耶维奇·罗果夫翻译的全新译本。

罗果夫的译本在完整性、准确性和艺术性方面都达到了较高水准，因此成为《阿Q正传》的权威译本，被收入国家文艺出版社1954—1956年四卷本俄译鲁迅全集，并多次入选各大出版社发行的鲁迅选集，自问世至今在苏俄再版近20次。不仅如此，罗果夫的《阿Q正传》俄译本还曾在中国出版：上海"时代"出版社先是于1947年出版了其单行本，后又于1950年将其收入罗果夫编译的俄文版《呐喊集》中出版发行。

在译本接连再版的过程中，罗果夫不断对其进行了修改完善。在很多版本中都能见到局部的调整润色，而1971年莫斯科文学出版社出版《鲁迅选集》时罗果夫更是从头到尾对译本进行了较大改动，该版本成为罗果夫的最终版本流传下来。虽然，在我们看来，个别修改方案反倒不如原来译案，但译者这种永不自满、精益求精的治学态度无疑是值得肯定的。

罗果夫译本吸收借鉴了瓦西里耶夫译本的很多精到处理，比如上文中提到的典故、引语、俗语、民俗文化词汇等。有趣的是，瓦西里耶夫译本中的两处极具特色的译文也为罗果夫所继承：即前文提到的将第四章"阿Q扶着空板凳"译作"阿Q抱着空板凳"[1]，以及将第六章中"赵太爷很失望"译作"赵太太很失望"[7]81。这两处译文，误译不像误译，改写不像改写，非常莫名其妙，充分证明了罗果夫在翻译过程中对瓦西里耶夫译本的参照。

在此基础上，罗果夫对瓦西里耶夫译本中存在的大部分错误和不准确的地方予以了修正。比如前文中提到的"黄辫子""画花押""不孝有三无后为大"等。再比如，小说第九章《大团圆》中，阿Q在"圈而不圆"之后，自我安慰道："孙子才画得很圆的圆圈呢"，1929年瓦西里耶

---

① 罗果夫：《阿Q正传》（俄译本）//《鲁迅作品精选》（俄译本），莫斯科，儿童文学出版社，1986年，第71页。

夫译本将这句话翻译为："但是将来我的孙子会画得很圆的圈。"①1938年鲁多夫等人的校正本也未能对此作出修正②。罗果夫最初也因袭了这一错误译案。译者们之所以会有这种理解，一来是未能吃透这句话的语义，二来也许是受了阿Q此前类似"我的儿子会阔得多啦！"的想法的误导。后来罗果夫意识到这一错误，在1955年儿童文学出版社出版的《鲁迅小说集》中将其改译为："只有笨蛋才画得很圆的圈呢。"③

但颇为遗憾的是，罗果夫的最终译本中仍然遗存了少数细节性错误。这些错误多半是由于译者对汉语词汇的词义理解不够透彻导致的。比如将"甚而至于"理解为"尤其是"④；将"与其慢也宁敬"中的"慢"解释为"怀疑"⑤；将"又并不叫他洋先生"中的"又并不"理解为"又一次不"等等。不过这些小错无伤大雅，对于正确理解原文并无大碍。

4. 译本比较

在对三个独立译本有了大体了解之后，我们来从文化负载词汇翻译处理的角度对三个译本进行一下对比分析。

《阿Q正传》中存在大量的文化负载词汇，主要可以分为四类：语言文化负载词汇（经典引文、俗语谚语等）、宗教文化负载词汇（"道士""尼姑"等）、物质文化负载词汇（各种计量单位，民俗文化词汇等）、社会文化负载词汇（"秀才""状元"等）。文化负载词汇的翻译策略基本有两种：归化和异化。归化手段包括意译、替代、释义，一般无需附加注释；异化手段包括音译和直译，通常需要附加注释。对于归化和异化的得失优劣，各家翻译理论素有争议。在翻译实践中，译者经常会以一种策略为主，兼用另一种策略，因此二者通常以不同比

---

① 罗果夫：《阿Q正传》（俄译本）//《鲁迅作品精选》（俄译本），莫斯科，儿童文学出版社，1986年，第76页。
② 同上，第119页。
③ 同上，第101页。
④ 同上，第60页。
⑤ 同上，第78页。

第一章　鲁迅作品在俄罗斯

例共见于同一译本中。

对于语言文化及宗教文化负载词汇,三个译本基本都选择了异化策略,采用直译方法,必要的时候增加了注释。这种处理较为完整地传达了原作的文化内涵,再现了其文化面貌,体现了译者对于原作的忠实。对于物质文化负载词汇,三个译本均在不同情况下选择了或者归化,或者异化。至于社会文化负载词汇,柯金和罗果夫译本主要以异化策略为主,而瓦西里耶夫译本则呈现出鲜明的归化倾向。比如,《阿Q正传》中出现了一系列的与中国封建社会科举制度相关联的社会文化负载词汇:"文童""秀才""举人""状元",以及"翰林"。对于这些词汇,柯金和罗果夫均采用了音译加注的异化译法,而瓦西里耶夫则一概采取了不加注释的归化译法:"文童"——"识字的人(读书人)"[①];"秀才"——"副博士"[②];"举人"——"学者"[③];"状元"——"国家考试优胜者"[④];"翰林"——"院士"[⑤]。

我们认为,瓦西里耶夫的这种处理是极不妥当的。因为,中国封建社会素有"学而优则仕"的传统,读书与仕途直接挂钩,以上这些名词所表示的,与其说是文人身份,不如说是潜在官阶。文童之爹之所以受人尊重,举人老爷之所以百里闻名,都是由于他们的"潜官员"身份。而在俄罗斯历史上则没有这种传统,学者或者院士的声望都源于社会及人民对于学问本身的尊重。所以,严格说来,瓦西里耶夫的译法,于原作是一种曲解,对读者是一种误导。更何况,单从学位层面的含义来看,译者选用的俄语对应物与汉语之间的对应也只是大概的,而并非完全对等关系。比如,上文提到的"士别三日当刮目相待"中

---

① 瓦西里耶夫:《阿Q正传》(俄译本)//《鲁迅小说集:〈阿Q正传〉》,列宁格勒,激浪出版社,1929年,第19页。
② 同上,第19页。
③ 同上,第29页。
④ 同上,第22页。
⑤ 同上,第66页。

的"士"瓦西里耶夫也翻译成了"学者",导致"士"与"举人"对应同一个俄语词,造成了混乱。与此相比,柯金和罗果夫所采取的音译加注的办法则更为妥帖。

5. 译本总结

在客观存在的5个《阿Q正传》俄译本中,只有3个是真正独立的译本:1929年瓦西里耶夫译本,1929年柯金译本和1945年罗果夫译本。在上文中,我们对3个译本分别做了介绍,并就文化负载词汇的翻译对其进行了对照分析,下面我们来做一个综合点评。

就译本的完整性而言,罗果夫译本最为完整;瓦西里耶夫译本略有删节,但不伤及原作筋骨;柯金译本大量删节,对原作损伤较大。就准确性而言,罗果夫译本准确度最高;瓦西里耶夫译本次之;柯金译本大量误译,对原作造成了扭曲。就艺术性而言,罗果夫译本与瓦西里耶夫译本各有胜场,但瓦西里耶夫译本更加接近原作修辞风格;柯金译本虽然译语流畅,但自由发挥过多,与原作风格相去最远。就受认可程度而言,罗果夫译本被公认为权威译本,先后再版近20次;瓦西里耶夫译本共出版2次(算上1938年鲁多夫版);柯金译本受到严厉批评,仅出版1次。综合而言,《阿Q正传》三个俄译本中,罗果夫译本最优,瓦西里耶夫译本次之,柯金译本最次。

回顾80余年的《阿Q正传》俄译史,我们既能看到对原作不负责任的删节改写,对他人译作的剽窃据取,也能看到对原作高度忠诚、对译作精益求精的治学作风。杜甫所谓"文章千古事,得失寸心之"或许也可用来对《阿Q正传》的俄译史做一个注脚吧。

第二章

茅盾作品在俄罗斯

茅盾作品在俄罗斯已经有80余年的译介史。早在1934年俄罗斯汉学界已经开始对这位在中国文学界占据独特地位的人物进行研究，时至今日，成果斐然。在俄罗斯汉学视阈中的茅盾不仅仅是一位优秀的中国现代作家、文学批评家、翻译家和社会活动家，还是一位俄罗斯文学的积极接受者。系统研究茅盾及其创作在俄罗斯的翻译与研究，符合我国21世纪将中国文化推向海外、推向世界的重大国策，同时也有助于我们借"他山之石"对这位文化巨擘予以海外推介。

第一节　茅盾作品译介概述

茅盾（原名沈德鸿，字雁冰，1896—1981），中国现代卓越的文学家、文学批评家和翻译家。他一生创作了多部享誉国内外的小说、散文和戏剧。在这些作品中茅盾真实呈现了中国现代社会的各个历史时期和社会阶层，通过艺术的手法描绘出恢宏的历史长卷。众所周知，文学是社会生活的镜子，中国现当代文学产生于20世纪中国社会大动荡和世界文学潮流汹涌激荡的历史大背景之下，它被深深地刻上了时代的烙印，兼具时代感和复杂性。身处异域的俄罗斯学者理所应当地希冀从文学中获悉中国的社情民意，一探20世纪中国社会的究竟。因而具有时代特性的中国现当代作家和作品就是他们关注的重点，而极具书写时代的意识、并将挖掘时代本质作为创作目的的茅盾则是重中之重。

1934年，涅克拉索夫翻译的《春蚕》在俄文版《世界文学》上发表，开启了俄罗斯茅盾研究之滥觞。距今八十余年的茅盾研究历程中，

第二章　茅盾作品在俄罗斯

出现了多位茅盾研究专家、学者,出版了多部学术专著,发表了多篇学术文章。当然,俄罗斯茅盾研究成果之丰富并不是一蹴而就的,大致可分为20世纪30—40年代、50—60年代和70年代至今三个阶段。

20世纪30—40年代,随着中苏文化交流的需要,苏联出现了新一批汉学家,他们或是到中国进修学习,或是作为苏联和共产国际派驻中国的顾问和翻译参与中国革命。这一代学者以自己的亲身经历加深了对中国的认识,并撰写和发表了一系列有价值的著作,从而推动了汉学的发展。茅盾及其作品在此良好态势下被翻译和介绍到苏联。茅盾作为中国现代文学的领军人物,于20世纪20年代初登文学殿堂,并在30年代便已进入俄罗斯学者的视野。此阶段的俄罗斯研究者以翻译茅盾作品为手段,关注文学作品中反映出来的社会信息,以此作为了解中国并将中国带入国内的窗口。其中最大的成就莫过于1937年鲁德曼和浩夫合译的茅盾最知名的作品《子夜》的出版。当然,也有一些研究者着力对作品的艺术性进行分析与探讨。例如:1935年王希礼为长篇小说《动摇》俄译本所做的序言和1936年鲁德曼的《中国革命作家——沈雁冰》及其刊载于《子夜》俄译本之前的《茅盾的创作道路》。在1935年《动摇》俄译本的序言中,王希礼客观性地分析了茅盾的不足,如作家没有完全消除掉自己的小资产阶级的幻想、本人立场存在动摇和作品不精练等,但我们在行文中体会到王希礼对茅盾的这部作品更多的是肯定。他揭示了茅盾的创作特点是"力求创造出由详细研究过的形象所构成的社会关系的广阔的全景和生活的巨大画面"[①],并指出他的作品中客观地包容着许多揭露性的事实材料对中国读者的意义重大。鲁德曼在《中国革命作家——沈雁冰》中却更多的指出了《蚀》的不足,认为三部作品结构线条的粗糙、描写手段的缺失和青涩显而易见,在布局上过于狭隘且个人化,主人公的

---

① Колебания. Роман. Пер. С. Сина. Под ред. Б. А. Васильева и В. Г. Рудмана. Л. Гослитиздат, 1935, С.5.

心理和他们家庭关系的分析等问题没有得到解决,小说社会意义非常有限等等,但对茅盾的另一部作品《子夜》却给予高度评价,将之称为"宏大的多层次小说",认为在这部小说中茅盾摆脱了之前作品中所带有动摇和怀疑,逐渐"成长为不断完善的革命艺术家"。虽然几位研究者的观点严肃客观,但对茅盾创作审美层面的研究在本阶段并不丰满。

1949年新中国成立以后,中苏关系进入"老大哥"和"小老弟"的时代,苏联汉学界对新中国诞生表现出了极高的热情,许多研究机构和高校更加重视对中国的研究,高校为培养更多汉学人才,广泛招生并增设有关中国文学的专业。这一阶段的茅盾的俄译本明显增多。1954年《茅盾短篇小说选》出版发行,这是茅盾在俄的第一部短篇小说集。不久后的1956年,莫斯科国家文艺出版社出版三卷本《茅盾选集》和《茅盾精选集》,其中收录了茅盾的多部长篇小说,如《动摇》《虹》《子夜》和《三人行》,以及多篇短篇小说和论文。这两本翻译专著的出现,标志着作家在俄的研究初具规模。与此同时,茅盾作品的研究热潮进一步延续。与上一时期相比这一时期的作品研究文章明显增多,除对长篇小说研究外,有一部分学者开始对茅盾的短篇小说给予重视,整体的研究深度和广度也明显加深。

研究者在原有基础上继续关注《子夜》。如费德林在1954年《相见中国作家》提及《子夜》对俄罗斯研究者的重要性,认为茅盾的作品是"20年代及30年代初中国生活的独特的百科全书"[①]。利希查的《茅盾的创作道路》中首次对作家塑造的典型人物——吴荪甫展开细致研究。与此同时作者还提及了茅盾《子夜》创作的一个重要方面,即对高尔基的借鉴,在笔者看来,事实也正是如此。茅盾自己就曾承认无论是创作题材的选择,还是人物的选取他都受高尔基的影响颇

---

① Федоренко Н. Т. Встречи с китайскими писателями. – Новый мир, 1954, № 9, C. 197.

第二章　茅盾作品在俄罗斯

深。除了《子夜》，另一部长篇小说《腐蚀》在60年代也进入了俄罗斯研究者们的视野。艾德林对小说采用的日记体形式选择高度赞赏，认为日记体在此处是主人公表达内心煎熬最好的方式。在形式选择上索罗金与艾德林的看法相一致：作者以第一人称进行叙述，采用了一种年轻女孩日记的特别形式展开人物心理描写。但同时索罗金又客观指出了小说中社会背景的缺失、情节发展过于跳跃、叙述不连贯等问题。除了长篇小说，短篇小说也是这个时期俄国研究者所关注的焦点。这些短篇小说较多是作家在1932年到1937年创作的。研究者们对茅盾的短篇小说评价颇高，在《茅盾小说集》的序言中乌利茨卡娅认为茅盾在他的短篇小说中鲜明生动并令人信服地描写出中国的现实，并塑造了中国社会各阶层的典型代表人物、解释了他们的性格和思想。与此同时，巴甫洛夫在《红星》上发表书评《伟大中国人民的声音》，彼得罗夫在《真理报》上发表《生活的真实》都介绍了茅盾的短篇小说作品。苏联著名作家卡达耶夫指出："《林家铺子》这篇小说以纯粹的巴尔扎克般的技巧描绘出以林家为代表的阶级的破产和灭亡的图画。"[①] 反映农村题材的农村三部曲也进入研究者视野。索罗金认为在农村三部曲中茅盾展现出了新的艺术潜能，即用短小的篇幅表现深刻的时代主题。作家的风格越发动态化，描写也更为饱满，集中的且为数不多的对话与发展中的事件相一致并创造出了强大的内部紧张度。同时索罗金也注意到在三部曲中出现的农民方言，认为这是刻画人物必不可少的一部分。利希查则详细介绍了老通宝、多多头等人物形象，肯定作家在人物塑造方面的创造性。整体来说，较之于长篇小说的研究，对作家短篇小说往往只是一笔带过，其研究没有达到应有的深度。

除上述提及的资料外，这一时期还出现了大量的文章和专著，如

[①] 《一九五四年下半年卡达耶夫在〈真理报〉上发表的评论》，《作家通讯》，1955年4月5日总第12期。

罗果夫1956年发表在《旗》杂志上的文章《茅盾》、费德林1957年为庆祝茅盾60岁生日所写文章《茅盾》、彼得罗夫的《才能与劳动》，以及利希查的多篇作品，包括《茅盾》（1956）、《茅盾与中国二三十年代文学中的现实主义问题》（1968）和《茅盾的早期创作》（1968）等等，这些文章将作家整个创作活动作为研究对象，叙述了不同时期作家的创作，并在字里行间对作家进行评价。

这一时期茅盾研究的最大成就莫过于1962年索罗金《茅盾的创作道路》的出版，我国学者李明滨称其"不但在苏联，而且在整个中国国外都是第一本专门论析茅盾的书。"[①] 著作全面介绍了茅盾的生平和创作活动，与既往俄罗斯研究的最大区别在于，第一次系统介绍了茅盾及其作品，并将俄罗斯的茅盾接受推向了高潮。值得一提的是，索罗金并没有将茅盾局限于作家的范畴之下，而是多角度评价包括社会活动、翻译经历和文学批评在内的多样矛盾。这本专著开启了茅盾国外专著研究的先河，对整个茅盾域外研究意义非凡。

70代开始随着中俄经济贸易和文化交流日益密切，俄罗斯汉学生机勃勃，汉学著作学术价值不断提升，引起国际学术界的重视。但与此同时，随着苏联的解体，原有的俄罗斯汉学体系被打破，在一定程度上改变了研究重点和研究模式。这一时期茅盾研究的特点，一方面是作品阐释的系统化和专业化，另一方面则是翻译作品和研究文章的减少。在作家1981年离世以后，除了俄罗斯包括塔斯社在内的媒体和多位汉学家发文悼念并举行纪念活动之外，翻译作品只有一部由索罗金主编的《茅盾精选集》在1990年出版。较之于50—60年代，此阶段的研究虽略显单薄，却更为深入。例如在1972年的《茅盾创作中的高尔基》中，利希查进一步论述了茅盾和高尔基的关系。与此同时，在另一篇文章《茅盾笔下的女性形象》中，利希查指明了：茅盾在

---

① 李明滨：《中国文学在俄苏》，花城出版社，1990年，第222页。

第二章　茅盾作品在俄罗斯

创作中乐于选择女性形象展现时代特征,同时他善于用心理描写刻画女性形象。这是关于茅盾关注的女性话题的系统阐释。1972年戈列洛夫发表题为《茅盾小说〈子夜〉中对自然描写的几点观察》,这是俄罗斯茅盾研究全新的视角。除此之外,索罗金在1972年为俄译本《腐蚀》所做序言《艺术家与时代》、1990年《茅盾精选集》中的《伟大的一生》,都以茅盾整个创作活动为研究对象,叙述其不同时期的创作,并在字里行间对这位艺术家予以评说。

关于1990年以后茅盾在俄研究止步的原因,笔者认为是多方面的。

1991年苏联解体,随之而来的是多方面的变化。苏联时期的路线、方针、政策、文化及学术思想被全面废弃,社会思想和社会价值走向多元化,其中也包括俄罗斯学术界的行为规范。学术界渐摆脱苏联时期受官方意识形态束缚的消极影响,研究者们开始寻找新的研究课题,开拓新的研究方向和研究领域,运用新材料确立新观点,有力促进了俄罗斯学界研究成果的繁荣。但与此同时,苏联时期学界广泛关注的20世纪中国现代作家受到冷遇,其中就包括茅盾。究其原因,是因为茅盾等一批中国现代作家因其本身所处的时代,以及作品中体现出来的浓浓革命气息,都是新型俄罗斯汉学所不能包容的。

同时,由于社会的转型和体制的变迁,在社会价值多元化背景下的文化快餐时代,面对电视、网络等现代传播媒介的挤压,俄罗斯社会对文学的社会需求急剧萎缩,因而新俄罗斯时代对中国文学的研究远远没有苏联时期繁荣,与20世纪50—60年代的热潮相比更是天壤之别,就是与同期的俄罗斯汉学其他学科的研究状况相比,也远远不如。根据《苏联解体之后的俄罗斯中国学研究》中关于1991年俄罗斯学界中国现代文学的研究成果综述显示,只有几位作家或戏剧家的研究列入其中,如田汉、艾青和萧红等,这种局面是与苏联解体前完全不同的。罗季奥诺夫在给李逸津的信中写道:"现在我国读者对中国文学还存在一些偏见,觉得它有很强的政治性,但这种文学的时代早就过去了。"

除此之外,苏联解体后,新一代俄罗斯知识分子的兴趣和关注点直接影响着中国文学在俄罗斯的介绍、传播和接受,关乎中国文学在俄罗斯的形象和地位。此时的俄罗斯处于西方资本主义价值体系的社会语境当中,成长起来的青年一代恰恰对高举社会主义旗帜的中国是心存隔阂的,他们忽视并排斥翻译和研究中国现当代文学。

第二节　俄罗斯的茅盾研究

1. 主要研究者

1949年新中国成立以后,中国文学研究在苏联异常火热。在短短的十年中,苏联汉学界就建立起了一支近千人的中国文学研究队伍,其中费德林、利希查和索罗金是茅盾的主要研究者。他们积极地将同时代的作家茅盾介绍到苏联,为茅盾文学的域外研究增添了浓重笔墨。

1.1 费德林和利希查

尼古拉·特罗菲莫维奇·费德林作为苏联著名的中国文学研究者之一,他与鲁迅、茅盾、老舍和赵树理等人交往密切,较早地研究了这些作家及其创作。值得一提的是,他是将茅盾在俄罗斯予以全面介绍的第一人。1956年莫斯科"知识"出版社出版了一本由他编纂的小册子《论茅盾》。在这仅31页的小册子中,费德林从不同角度对作家进行了介绍,有茅盾的童年生活、家庭教育,有作家与革命结缘并一生为革命奋斗的具体经过,有作家文学主张不断变化的轨迹,有作家多部作品的介绍和评价,有作家与俄罗斯结下不解之缘的经历等等。这本小册子是系统介绍茅盾的最早俄文资料。除此之外,费德林还发表了文章《相见中国作家——茅盾》(1954)和《茅盾——记作家六十岁寿

第二章 茅盾作品在俄罗斯

辰》(1957),并在1955年和1956年编辑出版了《茅盾文集》和三卷本的《茅盾选集》。费德林多次来访中国,与茅盾交流密切,并通过对茅盾作品俄文版的选编熟知其创作。他本人对茅盾的态度显露在文章的字里行间,可以说他对茅盾的接受是切实深刻的,对茅盾的评价是客观公正的,这些也是我们对他的研究进行系统分析的原因。

无独有偶,利希查同为这一时期茅盾的主要研究者。与费德林不同的是,利希查的努力是默默无闻的。我们在各种俄罗斯中国文学研究资料中都未曾找到过关于他更为详细的资料,不过在20世纪五六十年代的苏联杂志上,他的名字经常是与茅盾联系在一起的。1956年的《论茅盾》、1958年的《茅盾的早期创作》、1959年的《茅盾的创作道路》和1968年的《茅盾和二三十年代中国小说中的现实主义问题》,这四篇文章呈现了利希查在不同时期对茅盾的不同体会,从一般意义上的认识茅盾,到个别问题的深入研究,都见证了这位学者研究的系统化和专业化。

费德林和利希查共处于苏联中国文学研究氛围之下,因而对茅盾的看法在某些方面是一致的,但却各自有着不同的研究角度和考察方法。综观这两位学者的研究成果,不难发现:他们都关注了茅盾及其作品的时代性问题,但不同之处在于,费德林关注的是其题材和主题的时代性,而利希查则是将关注点集中于作家塑造的人物形象的时代特征;在研究手法上,费德林更偏重于凸现人格精神的宏观评述,而利希查则选用了从作品出发的微观品评。

1.2 费德林:凸现作家品格以及对作品选材时代性的宏观评述

从《相见中国作家——茅盾》中我们得知:费德林与茅盾多次见面,两人之间有着深厚的友谊。茅盾向他讲述了当时中国的形势、自己的创作和构想,而费德林则多次为茅盾寄送苏联最新的书籍,并有了为茅盾写传的想法。显然,费德林是在认识和了解了茅盾之后才开始研究他的,即"知其人",而"阅其文"。随后,费德林又发表了几篇关于茅盾的文章,但其中并没有茅盾作品的详细介绍,而是更多关照于作家人格的个性层面,即在不同时期影响作家品格形成的不同因素。他仿佛进入了作家的内心世界,试图描述其心路历程。作为一个异域研究者,他诉求于"茅盾是什么样子的"和"他为什么是这个样子的"。他立足于自己情感、找寻作家的本质。因而,在费德林的《论茅盾》中充满了他对作家的真实态度和思想体验,既有感性的认同,又有理性的论证。

《论茅盾》等多篇文章均是从作家的家庭环境谈起,同时贯穿着环境对茅盾文学创作的影响。"环境"在此处有两层含义:一方面是狭义上的,茅盾的周边;而另一方面则是广义的社会大环境,即时代的变迁。费德林将狭义上的环境对茅盾的影响分为家庭环境(主要来自母亲)、鲁迅及其作品、俄国古典及苏联文学,并认为这些都影响着茅盾作家人格特性的形成。

"茅盾的母亲使他从小便爱读、爱背诗文名篇。他之所以成为作家,全是靠着母亲。"在母亲的影响下茅盾在十岁前就读了很多文学和历史著作,丰富的阅读与他的年龄是很不相称的,这对于培养他的审美趣味和对祖国文学的热爱有很大益处。与其他研究者的文章不同,费德林没有用大量笔墨介绍茅盾维新派父亲,而是认为茅盾是在母亲的影响下,受到了古典文学的熏陶,为他的文学创作打下了基础。

在走入社会、从事编辑工作之后,工作的便利使茅盾获得了接触先进文学的机会,"鲁迅的作品给茅盾留下了深刻的印象……对鲁迅及其他中国作家作品的热情关注,在茅盾的创作发展中起到了相当大的作用。就在这时,他热爱自由、热爱祖国的思想得到发展,他的社会政治观点和文艺观点也形成了。"[①] 费德林认为:作为我国新文化运动的主力军,鲁迅的文字为茅盾指明了文学前进的方向。诚然,初登文

---

① Федоренко Н. Т. Мао Дунь. М., Знание, 1956, С.5.

第二章 茅盾作品在俄罗斯

学殿堂的茅盾是迷茫的,当时的他来到了一个全新的世界,鲁迅指引了作家人格的正确方向是毋庸置疑的。

除此之外,身为苏联中国文学研究者的费德林非常看重俄国文学对茅盾创作的影响,"同俄国古典文学的接触,同托尔斯泰、屠格涅夫、契诃夫、高尔基等作家作品的接触,使茅盾产生了对俄国人民、对它的自由斗争、对俄国文学艺术的深厚感情"①,"在自己的全部创作过程中,茅盾孜孜不倦地学习俄罗斯批判现实主义作家和苏联社会主义现实主义大师们的作品,他是在列夫·托尔斯泰、安东·契诃夫、马·高尔基的影响下成为一个现实主义作家的。"② 我们知道,茅盾在文学道路的选择上并非一帆风顺,他曾错误认识自然主义和写实主义,但最终成为现实主义作家,俄国文学对他的巨大影响是不能忽视的。

费德林在《论茅盾》中着力介绍了这三方面对茅盾的影响,看似简单陈述,却用意深远:来自母亲的古典主义文学熏陶和积淀使茅盾具备了作家的情怀;鲁迅本人和他的作品为茅盾指明了走新文学道路的创作基调;俄国和苏联文学传统的力量在一定程度上最终确立了茅盾的作家品格——现实主义。

除了展现茅盾作家品格形成的原因,费德林也特别关注茅盾作品的时代性。作家是反射环境的镜子,环境经常是以一个全新的方式转投到创作当中,这个环境当然也包括时代。费德林认为当时中国瞬息万变的时代给作家们刻上了印记,而茅盾和他的作品正是这一时代最具代表性的发言人。从作家创作题材的选择入手,费德林宏观评述了其作品中浓浓的时代性。

费德林如是评价茅盾的创作:"茅盾的作品是20世纪中国20年代和30年代初期社会生活的独特的百科全书。大概没有一个中国作家,像茅盾一样,展现了中国当代社会的如此广阔的画面,描绘了如此

---

① Федоренко Н. Т. Мао Дунь. М., Знание, 1956, С.8.
② Там же. С.17.

众多的现实人物群像,提出了这么多的社会问题。"① 他清晰地指明了茅盾创作的分期是与中国现代史发展的阶段一致的:"1919年的五四反帝爱国运动,1924年至1927年的第一次国内革命战争,1927年至1936年的第二次国内革命战争,1937年至1945年的抗日战争,中国现代史发展的这几个基本阶段,也是茅盾思想成长和创作道路的几个主要阶段。"② 这位学者认为,综合起来的茅盾创作正是1919年前后到1949年前夕现代中国的社会风貌的图景。费德林的观点很有道理。众所周知,茅盾的创作十分重视题材的选择,他充满着尽可能全面真实展示中国社会现实的艺术情怀,竭力主张选取代表时代的重大事件,用一生的创作绘制成了时代的巨幅画卷。在研究中,费德林具体分析了不同时期茅盾彰显时代性的作品。

五四运动是我国新文学的开端。费德林认为茅盾是热情支持1919年发生的五四反帝反封建运动的。在这个过程中茅盾看到了新时代的到来,并在这次运动的冲击下正确地认识周围的社会现实,"他开始用新的经验和知识充实他的头脑,创作了多部以五四运动后期的历史事件为题材的作品。"③ 1927年茅盾发表了他最初的一些文学作品,出版了三部曲《蚀》。在三部曲里,茅盾全面展现了中国革命遭到失败、国民党反动派大批屠杀革命者、动摇分子叛变革命的白色恐怖年代。费德林高度评价三部曲《蚀》:《蚀》的出版在中国文学界是一件大事,因为这个三部曲是反映中国现代尖锐社会问题的第一部巨著。虽然费德林的评述中没有对小说中的北伐战争、工农运动、土豪劣绅、国民党内部领导人的详细介绍,但这部小说题材的时代性是毋庸置疑的。

第一次国内革命战争时期是茅盾创作的新起点。费德林认为这

---

① Федоренко Н. Т. Мао Дунь. М., Знание, 1956, С.3.
② Там же.
③ Там же. С.5.

一时期茅盾创作的长篇小说《虹》、中篇小说《三人行》、长篇小说《子夜》《第一阶段的故事》等等新作品都来源于多变复杂的中国形势，散发着浓郁的时代气息："国内新的革命高潮成为很多作家艺术灵感的源泉，茅盾也是如此，作家将中国五四到五卅历史进程中的诸多热点问题和题材都写进了作品。"①费德林宏观总结了茅盾的早期作品："可以看出他的文学创作的一些基本特征，这主要是表现当代有重大意义的社会现象，描绘社会各阶层的典型代表，反映他们的性格、环境和思想。"②简言之，茅盾在书写时代。

在第二次国内革命战争时期，茅盾完成了具有划时代意义的杰作——《子夜》。瞿秋白曾高度评价《子夜》："这是中国第一部写实主义的成功的长篇小说……1933年在将来的文学史上，没有疑问的要记录《子夜》的出版。"③费德林引用了此评价并进一步指出《子夜》格外有力地表现了茅盾的艺术才能。"在这部小说里，茅盾作为一位现实主义艺术大师，善于真正地以艺术手段描绘出二十年代末和三十年代初的巨幅生活画卷，这个时期正是中国人民最重要、最困难的历史时期。"④在这部小说中，茅盾更自觉地充分反映大上海面貌：外国资本向中国的输入、外国资产阶级和中国资产阶级的冲突、争取劳动人民权利的斗争新高潮，都在上海的背景下被表现出来。费德林体会到的《子夜》是反映当时中国三十年代初期各种尖锐矛盾斗争的集合体，是波澜壮阔社会生活的真实写照。

关于抗日战争以后茅盾的创作，费德林主要介绍了当日本侵略中国东北之后茅盾写的一系列著名的短篇小说和随笔，"茅盾用自己的创作记录下这一时期的典型事态，后来收入了《第一阶段的故事》和

---

① Федоренко Н. Т. Мао Дунь. М., Знание, 1956, С.15.
② Там же.
③ 瞿秋白：《子夜和国货年》，《瞿秋白文集》文学编第2卷，人民文学出版社，1986年，第71页。
④ Федоренко Н. Т. Мао Дунь. М., Знание, 1956, С.18.

《速写与随笔》两书。他发表政论文章,进行团结作家共同抗日的繁重组织工作。"① 寥寥数字同样表达了茅盾基于一个艺术家承载着的祖国和人民的使命——描写时代。

作为苏联杰出的中国文学研究者和茅盾的主要评介者,费德林的研究符合茅盾创作的客观实际,并能够深层体味中国作家的品格魅力,具有敏锐把握和宏观概括作家创作取向的能力,在苏联及后期的俄罗斯茅盾研究中意义非凡。

1.3 利希查:从作品出发体察茅盾笔下人物形象时代特征的微观品评

较之于费德林评述的恢宏,利希查的研究则更侧重于具体文本的分析。茅盾的作品是时代的缩影,这是不争的事实,但利希查认为这是通过作家笔下生动的各式各样的人物来体现的。他的细致阐述可分为两部分:其一是茅盾笔下的人物形象具有鲜明的时代性格;其二是时代赋予了他们悲惨的命运。这是利希查基于熟知中国国情而得出的结论:处于动荡的社会环境之中的不同阶级,无论是资产阶级、新型女性还是新农民,他们经历了当时中国社会的不同发展阶段,时代的特性也深深地在他们性格形成的过程中留下了烙印。同时,时代的局限性也决定了他们不够强大,悲剧性的结局在所难免。

首先,在利希查的研究中频繁出现的词语是"小资产阶级知识分子的代表"。是的,在当时的中国文学史上这无疑是一个新兴的群体。自创作进入成熟阶段以后,茅盾塑造了一系列民族资本家的形象,如吴荪甫、朱吟秋、孙吉人、王和甫等等。尽管塑造这些人物形象并非是作家创作的重点,只是为了突出主题而存在,但利希查却透过复杂的社会现象,清晰地体会到了形象群所特有的光彩。其中《子夜》的中

---

① Федоренко Н. Т. Мао Дунь. М., Знание, 1956, С.21.

心人物吴荪甫无疑是这位研究者最为关注的人物之一。

利希查高度评价《子夜》中出现的以吴荪甫为代表的一系列人物形象,认为吴荪甫是目前为止(1956年)中国现代文学中在说服力和生动性上都无与伦比的人物。首先他从吴荪甫的能力和性格谈起。"《子夜》中的吴荪甫是不凡的,他是中国民族资产阶级阵营的代表",作家赋予了吴荪甫高于同阶层人民的才能,吴荪甫是民族工业资本家。利希查认为"塑造民族资产阶级商人形象曾是当时中国文学的新任务,正如这一阶层对于当时的中国一样。但是茅盾却做到了。"利希查看到了茅盾描写的吴荪甫与其他人物的区别——他是商界中的佼佼者,游历过欧美,受过西方现代价值观念和科学知识的熏陶,希望中国也能走上资本主义的发展道路,他乐意以自己实际行动有力地推动中国的现代化进程。与此同时,利希查还深入分析了吴荪甫的时代特征,他说:"《子夜》中的吴荪甫是作为民族资本家的代表,他摆脱了对封建阶级的依附性,他的成功是自己争取来的。因而,他不再显示出对封建势力的软弱和妥协,有时还会表露出对封建地主的鄙薄和轻视。"① 在这点上,笔者认为研究者的观察是非常细致的,因为茅盾在这一点上写得非常隐蔽,我们仅仅从那段吴荪甫根本就不把他的舅父——曾沧海放在眼里的描写中才能体会得到。在这段文字中茅盾用细腻犀利的语言刻画了这位年轻实业家对曾沧海的鄙夷,表明了在中国新形势下,封建阶级已经几近消亡,资产阶级试图以经济实力去充当社会的主宰。

对于吴荪甫的结局,研究者认为是悲剧性的,这种悲剧不仅仅是个人的悲剧和阶级的悲剧。利希查首先分析了他失败的个人原因:"吴荪甫这类民族资本家,他们拥有主宰一切的强烈愿望和刚愎自用、自负的性格,他们敢于冒险争取,却不注意观察社会发展的方向,他们没有

---

① Лисица. Б. Я. Творческий путь Мао Дуня. Писатели стран народной демократии сб.статей. вып.3., М., 1959, С.39.

察觉周围变动着的时代现实——民族资本主义在当时的中国没有存活的土壤,以上种种最终使他走向悲剧的命运。"① 当然,吴荪甫的自私、无情和残暴等自身缺陷是他失败的一部分原因,但利希查评价的潜台词指明,人物所处的社会和时代才是造成他悲剧命运的主导因素。

利希查对吴荪甫这个人物进行了细致的分析,他的观点在一定程度上代表了俄国中国文学研究的立场和态度,即时代赋予了《子夜》中心人物吴荪甫试图推翻旧制度的能力,但同时也是时代让他走向了失败。

其次,新型女性形象的塑造。新型女性是茅盾整个创作活动中较为完整的形象系列,这在同时代作家中是少有的。笔者发现,利希查在分析三部曲《蚀》和长篇小说《虹》时,对作品中出现的女性形象都作了一番考察,主要观点是:时代赋予了她们冲破封建旧制度下妇女悲惨命运的能力,但时代也让她们体会到了困惑、痛苦和无奈,她们心中留有时代的伤疤。

利希查说:"《幻灭》中的慧、《动摇》中孙舞阳、《追求》中的章秋柳等人物,是与中国传统女性不同的新型女性。她们热情的欢迎革命的到来,但同时革命失败的挫折又使她们极度悲观痛苦……慧、孙舞阳性格开朗,工作努力,身上具有时代赋予她们的革命性。"② 一言以蔽之,茅盾笔下的女性形象已不满足于仅在自己的家庭中扮演好妻子和好母亲的角色,而是想到了投身社会,成为社会革命中的活跃分子。利希查同时分析了三部曲中各位女性琐碎的个人行为。静和慧参加了声势浩大的武汉第二次北伐誓师;孙舞阳——妇女协会的成员,她经历了革命高潮中的群众大会和革命失败后反革命武装的血腥屠杀;

---

① Лисица. Б. Я. Творческий путь Мао Дуня. Писатели стран народной демократии сб.статей. вып.3., М., 1959, C.39.
② Там же. C.25.

第二章　茅盾作品在俄罗斯

梅行素的一句"我也有一个理想,我不肯做俘虏"的话,道出了当时中国所有女性的共同心声:摆脱封建势力,要做在社会中有用的人。利希查陈述着:她们每个人都与时代紧紧地粘连在一起。事实也恰恰如此,茅盾笔下的女性形象是时代的一部分,作家试图用她们来表现自己想改变命运的主张。

与此同时,利希查又写道:"革命受到挫折后,章秋柳感到非常悲哀,整日在挣扎苦闷当中……革命的失败让她们迷失了前进的方向,她们开始悲哀、颓废,这无疑也是革命、时代带给她们的。"他看到了茅盾对当时社会的失望:时代没有赋予这些新女性足够的力量。这符合当时中国的客观实际,大革命失败后中国社会开始巨大变化,革命的失败带走了人们所有的希望。作品中刚刚觉醒的新女性开始苦闷和迷惘,而这无疑是时代动荡的产物。

最后,新农民形象。

除了都市文学,茅盾还创作了农村题材的《农村三部曲》——《春蚕》《秋收》和《残冬》。利希查对茅盾在作品中塑造的农民的形象进行了考察。其中一位就是具有时代感的农民——多多头。

"多多头是老通宝的儿子,他并不认同父亲的观点,但是他还并不知道如何才能改变自己的处境。他坚决不愿意和父亲一样靠养蚕致富。"[1]茅盾在描写老通宝时,将注意力分散到了已经有觉醒意识的多多头身上。他是与传统农民形象老通宝不同的新农民。他有了向现有困难的生活反抗的念头。时代的进步使老通宝和多多头在思想上产生了差别,他们父子之间经常发生冲突,利希查认为这种冲突是遵循旧观念的农民与要求新生活的农民之间的思想冲突,它反映了时代的进步和人们意识的觉醒。除了这种觉醒意识,他还认为这位新农民

---

[1] Лисица. Б. Я. Творческий путь Мао Дуня. Писатели стран народной демократии сб.статей. вып.3., М., 1959. C.30.

已经拥有一定改变现状的能力,并付诸实践:"苦难的生活使多多头多了些叛逆的精神。他强烈的想推翻旧的一切……要求改变现状,虽然他的思想还不明晰,但他的身上已经蕴藏了反抗社会的巨大决心和力量。"① 虽然,利希查并未用实例向我们证明自己的观点,但我们却在通读农村三部曲后不得不对他的观点表示认同,例如,多多头否定老通宝传统农民生活观点,否定了他们迷信守旧的传统思想。他带领乡亲们抢大户的粮食,他与同村的几个农民突袭住在土地庙里的联合队,夺了他们的枪。显然这些举动还谈不上是自觉革命,但毕竟反映了多多头等年轻农民,已经从老通宝一辈的狭隘观念的听天由命观点中解脱出来,开始走上反抗斗争的道路。这是当时中国农民的新变化,这种变化体现了当时的时代精神。

韦勒克认为:"一部文学作品的最明显的起因,就是它的创造者,即作者。因此,从作者的个性和生平方面来解释作品,是一种最古老和最有基础的文学研究方法。"② 费德林和利希查就是用了最古老最有基础的研究方法,关注到了茅盾作品中的时代性,不同之处在于,费德林关注的是选材的时代性,利希查——人物形象的时代性。费德林更偏重于凸现人格精神的宏观评述,而利希查则选用了从作品出发的微观品评。虽然研究方法侧重不同,但他们都向我们呈现了对作家创作活动及思想的整体认识和深入理解。

1.4 索罗金的《茅盾的创作道路》与叶子铭的《论茅盾四十年的文学道路》

中国现当代文学研究一直是索罗金所特别关注的领域。他先后研究过鲁迅、茅盾、叶圣陶、老舍等多位现当代作家。他在1972年重

---

① Лисица. Б. Я. Творческий путь Мао Дуня. Писатели стран народной демократии сб.статей. вып.3., М., 1959. С.31.

② 雷·韦勒克、奥·沃伦:《文学理论》,生活·读书·新知三联书店,1984年,第68页。

第二章　茅盾作品在俄罗斯

译《腐蚀》，同名书还收录了他所翻译的《春蚕》《秋收》《残冬》和《林家铺子》；1991年主编《茅盾选集》，收录了《腐蚀》《动摇》《我走过的道路》《林家铺子》《一个真正的中国人》和《水藻行》等茅盾的多部作品。他曾多次与茅盾会面，与作家畅谈中国现代文学，在交流过程中索罗金多次向茅盾分享自己对其作品的理解和认识，并于1962年出版了俄罗斯首部茅盾研究专著——《茅盾的创作道路》。这本著作全面介绍了茅盾的生平活动，不但在苏联，而且在整个中国之外都是第一本专门论析茅盾的书。无疑，这本专著的出现将俄罗斯中国文学研究内的茅盾接受推向了高潮，索罗金也无愧于茅盾研究集大成者的美誉。我们在此处无意于详细叙述这本专著，因为索罗金对作家和作品的相关观点会在其他节中都有所体现，我们要做的是将之与我国的一部茅盾研究专著《论茅盾四十年的文学道路》（叶子铭著）进行比较。当然，我们主要意图仍是突出索罗金《茅盾的创作道路》，但在比较的视野下，关照其他多种因素，会更立体的体现这本专著的特色和价值。

诚然，国内的茅盾研究专著非常庞杂，而我们之所以选择叶子铭的《论茅盾四十年的文学道路》进行比较，一方面是索罗金《茅盾的创作道路》的前言中特别提及了这本国内专著，并给予很高评价："年轻研究者叶子铭的《论茅盾四十年的创作道路》是众多茅盾研究中最新最全面的。"[①] 我们有理由认为，索罗金在进行创作之前阅读了、并在很大程度上参考过这部作品。实际上，这本专著也恰恰是我国最早全面分析茅盾的研究专著，最早由上海文艺出版社在1959年出版，并在1978年修改再版。而索罗金的《茅盾的创作道路》出版于1962年，可以说这两部虽不是同一国度出版的茅盾研究专著同属于一个时期，这也为我们的比较提供了可能性。以下笔者将从形式和内容两个方

---

① Сорокин В. Творческий путь Мао Дуня. М., 1962. Издательство восточной литературы, С.3.

面予以分析。

第一，形式上的异同。

两部专著在叙述逻辑上是相同的。不论是叶子铭还是索罗金都是在掌握较丰富的材料的基础上,比较系统地以时间为序叙述了茅盾几十年的文学活动;除了重点分析他的创作以外,还介绍了茅盾各个时期的文学主张、翻译工作等。同时,这两位作者都关注了不同时期的历史背景以及茅盾与革命斗争的密切关系,并在此基础上评论茅盾的文学活动,清晰呈现了茅盾的社会活动、思想发展道路以及他的创作的现实意义。在叙述逻辑上,都是按照时代大背景——作家小环境及创作过程——作品介绍——作品分析——评价的模式展开,不同之处在于重点的选择。叶子铭更为关注茅盾作品中所反映出的艺术特色,在分析中会针对当时中国其他研究者的已有评价给出更多的主观态度;而索罗金则更多描述当时中国的社会大背景,在研究作品时往往从作品中的人物形象入手,细致入微、面面俱到。除此之外,对作家和作品的评价也是相对宏观的,较之于作品介绍,篇幅较小。

两本专著都是历时性的评判。叶子铭在《论茅盾四十年的创作道路》中没有孤立的分析茅盾的个别作品,而是结合五四运动之后四十年的各个历史时期的特点和茅盾当时所处的地位,将中国革命的发展与茅盾的成长结合在一起,评析茅盾的文学活动和文学创作,历时性地评论他各个时期作品的个性与特点、成就和不足。索罗金的《茅盾的创作道路》也是如此。该书分几个方面来谈论这位当代中国大作家的创作,每个时期都以大量笔墨来介绍不同时期中国革命形势日益发展的情况,并叙述与时期相对应的作家本人的成长过程,从早期探索谈到成熟的创作,以茅盾自己的创作以及文学思想、文字主张为据,在肯定茅盾的一批优秀作品和塑造出正面人物形象的同时,指出其创作中的不足之处。

第二章　茅盾作品在俄罗斯

虽然这两部专著皆以时间为序,但章节划分上,两位研究者有着不同的处理。叶子铭在论著中将茅盾的文学分期分为步入文学领域以前(1896—1916)、早期的文学活动(1916—1926)、创作的苦闷、摸索时期(1927—1929)、转变期创作(1930—1931)、创作发展期(1932—1937)、抗战时期(1937—1945)和抗战胜利后(1946年以后)。全书的目的是在着重突出茅盾在新民主主义革命时期的文学活动和思想、创作的发展历程的同时,"又适当兼顾茅盾一生的思想发展和文学活动的情况"[①]。可以看出,他的分期是非常细致明朗的。而索罗金的全书分为:文学活动开端、为人生的文学、早期创作、重新上路、中国社会的史诗和战争时期的茅盾创作几个部分,并没有明确的分期,在笔者的研读过程中,尽力将此专著各部分明晰:"文学活动开端"这一章主要是介绍茅盾的生平,以及1916年至1924年的编辑工作;第二章"为人生的文学"则是将1925年之前茅盾的文艺批评活动进行概述,分析这一时期的文艺理论批评文章;第三章的"早期文学创作"是对三部曲《蚀》的重点研究,也就是茅盾1927年的文学创作;第四章"重新上路"是对《虹》《三人行》《路》以及短篇小说集《野蔷薇》和历史小说的评析,属于1929年到1931年;第五章"中国社会的史诗"则是对1932—1937年的《子夜》,农村三部曲《春蚕》《秋收》和《残冬》的集中分析;"战争时期茅盾的创作"涵盖了1937至1945年内的《第一阶段的故事》《腐蚀》等多部作品。索罗金的章节处理存在一些问题。首先,索罗金虽然按照时间顺序论述,但在茅盾各个时期的特点的把握上有所偏差,如第三章的《蚀》和第四章介绍的短篇小说集《野蔷薇》虽然写于不同年份,但创作两部作品时的茅盾都处于无限苦闷和对文学重新探索阶段,都笼罩在悲观的情绪之下,因而应该放在一起进行评述。其次,分期不准确也使索罗金的叙述有些混乱。

[①] 叶子铭:《论茅盾四十年的文学道路》,上海文艺出版社,1949年,第11页。

第二章作者整体概述了步入文学创作之前的茅盾的文艺批评,其意图是让读者明晰茅盾早期的文艺理论建设。茅盾1921年进入文学研究会,文学研究会的宣言中明确提出了"文学要反映人生"的现实主义主张,因而第二章中的茅盾是在文学研究会的框架下的,即从1921年到1926年。而这与第一章介绍的内容显然有所重合。

第二,内容上的异同。

一部是我国最早全面研究茅盾的专著,一部是俄罗斯乃至国外最早最系统的茅盾论述,这两部作品的意义和价值都是毋庸置疑的,但在内容上,笔者认为两部作品存在区别。

首先,对茅盾所处的文艺界环境的介绍。分析任何一个作家的文学活动,都离不开文艺界的大背景。叶子铭在《论茅盾四十年的文学道路》中缺少在当时文艺界的环境下论述茅盾的文学道路。正如上文所言,两部专著均不乏对社会大环境的描写、对政府当局的评述,但叶子铭对茅盾身处的文艺界却只是只言片语,比较零碎的论述。虽然叶子铭提到:"茅盾是'五四'新文学运动的积极参加者和倡导者,我国现代革命文艺战线上的一名杰出的老战士"[1],可是却没有联系具体事例来充分地验证这一重要的结论。因此,在评价茅盾在整个文艺界地位、成就和贡献时稍显空泛。而相对而言,索罗金却始终在对文艺界的论述中保持完整体系,对文学研究会、左联等文学团体的成立,文学进步人士如鲁迅、瞿秋白等对于茅盾思想发展的积极影响,甚至对当时封建旧文学的反扑和资产阶级反动文人的一些勾当都进行了详细叙述,避免了孤立地叙述茅盾的文艺活动,恰如其分而又深刻地阐明了这些活动的全部意义。笔者认为索罗金在此方面的论述对于茅盾这样一位从踏入工作岗位就活跃在文艺界的重要作家来说,是十

---

[1] 叶子铭:《论茅盾四十年的文学道路》,上海文艺出版社,1949年,第1页。

第二章　茅盾作品在俄罗斯

分必要的。

其次,茅盾同一时期的他人作品介绍的缺失。这是叶、索专著中都存在的问题。茅盾秉承的现实主义文学态度,使他将社会和自己完全反映在作品之中,他的文学道路是具有一定代表性的。他的一言一行均受到瞩目,因而当《蚀》这部作为一个向往革命的小资产阶级知识分子在革命暂时失败后、存有浓厚消沉失望基调的作品出现时,相比于赞美之言,它受到的更多是批评。叶子铭在对《蚀》进行评析时,特别对当时的批评之声给予回复,而索罗金也对中国研究者的声音予以反馈。但两位研究者都没有以当时中国文坛的实际情况为佐证:只要翻阅一下当时的文艺刊物和书籍,会看到一些基本倾向和《蚀》相似的作品。如果两位作者能再进一步介绍一下其他作家的情况,就能更全面地理解当时有相当一部分作家思想上都陷入了与茅盾相同的境地,也就可以理解《蚀》的出现绝不是茅盾一人思想上的错误,也就会更深刻地展现茅盾后期对《蚀》的反思。同样,在论述《子夜》时,两位作者也都没有结合同时期左联作家其他长篇小说进行考虑,没能将茅盾置于中国文学史发展的特定文化语境中予以考究,因而不能很具体地证明茅盾在写作这部小说时不仅自己在思想上或者艺术上都有较多的准备,而且他所达到的成就是比当时其他一些长篇小说要高的,因此也不能更确切地评价这部力作在我国社会主义现实主义文学史上的重要地位。

第三,重点与全面的差异。

叶子铭在《论茅盾四十年的文学道路》中对茅盾不同时期生活、创作和社会活动都有所偏重,即突出重点。例如第六章"创作上的发展时期"中分为题材的扩大、30年代的画家、创作发展路上的里程碑《子夜》几个小标题,细读之后我们发现其实作者主要叙述的还是《子夜》这部作品。这种集中的论述,使读者能够清晰地把握一定时期内茅盾的活动重点,但与此同时,对其他内容关注的减少,会令一些作品的分析过于表面。例如,叶子铭在对茅盾后期的《腐蚀》《清明前后》等作品分析时就过于简单,比起对前期作品的论述来,令人有近乎草率之感。难能可贵的是,作为外国批评家的索罗金,其阐述更具多维性,除了茅盾早期的相关文章,关于茅盾的作品在索罗金的《论茅盾的创作道路》中都有所体现,且都有较为详细的论述。甚至对于叶子铭所忽视的内容,如中华人民共和国成立以后,茅盾在对各色各样修正主义文艺思想的批判、对年轻一代作家的培养以及对于作家创作的指导等等方面都有介绍和评论。

除此之外,在叙述的重点作品上,二人也有所不同。按照篇章的多少,叶子铭最为关注的是《子夜》,索罗金虽然对《子夜》也很关注,但对三部曲《蚀》投入的精力也是不容忽视的。

第四,对个别作品评价的差异。

以三部曲《蚀》为例。茅盾的三部曲作品产生于五四运动到大革命时期,当时文坛在小说创作方面的成绩非常有限,且主要集中于短篇小说方面,比较有影响的中长篇小说还很少。而《蚀》是第一部用三个连续中篇构成的大型作品,因此受到人们的广泛关注。《蚀》三部曲的出现震动了当时的文坛。在内容上它及时而迅速地反映了大革命时代的现实,真实反映了小资产阶级青年在大革命时代向往光明和幻灭彷徨的精神面貌。但对这部作品的意见是存在分歧的。叶子铭在《论茅盾四十年的文学道路》中客观评价了《蚀》:"当然,我们说《蚀》的基调是悲观的,对当时的革命形势估计是有错误的……但是我们不能够因此就全盘否定这部作品。"他在后面的论述中分析了三部曲《蚀》的艺术价值和现实意义,认为"《蚀》是作者以大革命时代的生活经验作基础写成的,它仍然忠实地表现了大革命时代局部的历史现实,描写了小资产阶级青年的精神面貌,表现他们在革命斗争中

第二章　茅盾作品在俄罗斯

的弱点。因此,它仍具有一定的教育作用。"①而索罗金作为异域研究者,对《蚀》的态度是不同的。他一方面肯定了作品的价值:"《蚀》是中国现代文学史上第一部表现小资产阶级在革命中地位的作品……展现了人物的复杂性和多样性"②,但更多的是从微小部分对这部作品中的不足更为重视。例如,索罗金认为虽然三部作品以共同的中心思想为基础,按照时间顺序进行叙述,但却没有在内容达成统一;虽然有些人物出现在其中的两部之中,但却毫无相关,同时虽然具有浓厚的时代色彩,但从中只能看到人生的悲剧。在这部作品中,没有刻画一个正面的积极人物,没有批判当时小资产阶级中的悲观情绪,在一定程度上没有真实地反映时代,以及它不能算是一部成功的现实主义小说等等。显然,俄罗斯研究者还停留在这部小说刚刚面世时中国读者的态度和观点,研究在一定程度上存在滞后性。

第五,索罗金专著中的独特内容。

除了以上内容,索罗金的《茅盾的创作道路》中还有一些是叶子铭的论著中没有涉及的,展现了他出于中国文学研究角度考虑的独特视角。

首先,文中多次提及茅盾对俄苏文学的翻译、宣传,并对于俄苏作家对茅盾创作特色形成所发挥的影响给予特别关注。茅盾是我国早期宣传西方文学的佼佼者,而作为苏联中国文学研究者,索罗金更为关注的是茅盾对俄苏文学的态度,"在茅盾的早期文章中能够看到他对我国文学的高度评价。毫无疑问,茅盾如朋友般对待俄苏文学"③。显然,他对于茅盾的做法是赞许的。索罗金认为苏联革命现实主义作家高尔基对茅盾的影响是巨大的。他特别引用了作家在《关于高尔基》中的观点:"普罗文学并不是革命口号的图解,而应该像高尔基的

---

① 叶子铭:《论茅盾四十年的文学道路》,上海文艺出版社,1949年,第64页。
② Сорокин В. Творческий путь Мао Дуня. М., Издательство восточной литературы, 1962. С.32.
③ Там же. С.37.

作品那样血肉丰满。"他认为茅盾在后期强调深剖社会历史的规律与表现深厚的生活内容，也都是从高尔基的革命现实主义创作中收到启示的。"在文学创作中高尔基对茅盾的影响也是巨大的，茅盾看到了高尔基现实主义艺术成就的取得在于以恢宏的眼光着力进行细节的描写"，"茅盾作品内容覆盖生活的多个方面：苦闷的小资产阶级知识分子、生活困窘的劳苦大众、勾心斗角的大资本家等等，但其作品描写重心却在心理现实上，如《子夜》对吴荪甫在公债投机、企业活动和家乡事业等方面的复杂心理活动。"当然，索罗金的论述无疑是准确的。除了高尔基，索罗金认为屠格涅夫塑造典型人物的方法也为茅盾所关注。索罗金翻译了茅盾在《自然主义与中国现代小说》的一段话："小说像选取一段人生来描写，其目的不在此段人生本身，而在另一个内在的根本问题。批评家说俄国大作家屠格涅夫写青年的恋爱不只是写恋爱，是写青年的政治思想和人生观。"[①]他指明茅盾的《蚀》三部曲中学习了屠格涅夫的现实主义手法——将人物和环境结合起来描写。"人物的刻画处于典型环境之中，他们的命运被展现得淋漓尽致，作家通过笔下青年对爱情的追求及幻灭、方罗兰等官僚在婚姻中的动摇，如实地反映时代的特点。"[②]我国著名的左翼批评家钱杏邨也就说过《幻灭》的结构得益于《前夜》不少。从《蚀》三部曲、《虹》《子夜》到40年代的《腐蚀》等作品，茅盾的创作表现出的是对宏观时代进程的把握，在一定程度保持了他与屠格涅夫的某种内在的联系。不过在笔者看来，这也许是天同此情，人同此理，却并非茅盾的本愿："记得我的《幻灭》发表了后，有一位批评家说我很受屠格涅夫的影响，我当时觉得很诧异，因为屠格涅夫我读得最少，他是不在我爱之列的。"[③]

---

① 茅盾：《自然主义与中国现代小说》，《中国现代文选论第二册》，贵州人民出版社，1984年，第37页。
② Сорокин В. Творческий путь Мао Дуня. М., 1962. Издательство восточной литературы, С.37.
③ 茅盾：《茅盾论创作》，上海文艺出版社，1980年，第26页。

第二章　茅盾作品在俄罗斯

其次，书中还用大量笔墨指明茅盾在社会大背景下的创作的巨大作用："既揭露统治者反人民、反正义的罪恶，批判小资产阶级革命的摇摆性；又描绘和表现工农大众包括革命者为自由解放、为公理和正义所做的斗争。"[①] 俨然，在索罗金眼中，茅盾并没有局限于文学的范畴，而是考察了他作为一个社会活动家的方方面面。虽然书中有些观点稍有偏颇、仍需探讨，但却在当时乃至今日为读者了解茅盾的作品和认识茅盾的创作，提供了毋庸置疑的帮助。

2. 具体作品研究

俄罗斯学者们普遍将茅盾作品中的思想性与时代性合为一体，即茅盾作品的社会价值是对时代的真实反映，是时代的记录者。

我们在上一部分中对比分析了两位研究者——费德林和利希查，他们的研究是非常具有代表性的。费德林从宏观分析入手，认为茅盾非常重视题材的选择，他怀有大规模描写中国现实的艺术胸怀，在作品中留下时代的画卷。而利希查则深刻体会了茅盾所主张的"人是时代舞台的主角"，认为他把作品表现时代的重任全部放到了人物身上。他们的观点与大部分研究者的考察结果相一致。诚然，茅盾就是主张"文学是时代的反映"，"真的文学也只是反映时代的文学"。俄罗斯学者们抓住了茅盾试图在作品中表达的本质思想——展现时代特征。因为对于时代性这一点前面已有所涉及，在此处不再赘言，让我们转入到俄罗斯学者对茅盾作品本身艺术价值的认同。

2.1 长篇小说研究

茅盾的各部小说都在俄国广泛流传，研究范围最广的是长篇小说，这也不难理解——长篇小说是茅盾最擅长、同时也是让他闻名中外的体裁。笔者将选取《蚀》《虹》《子夜》和《腐蚀》几部最具代表

---

① 李明滨：《中国文学在俄苏》，花城出版社，1990，第223页。

性的长篇小说,展现茅盾作品艺术价值在俄罗斯的研究成果。

一、三部曲《蚀》

《蚀》是茅盾走入文学创作的第一次尝试,由《幻灭》《动摇》和《追求》三部构成。虽然被称为三部曲,但这三部作品是相互独立的,在人物和情节上并没有直接的关系。它描述了小资产阶级知识分子在第一次国内革命战争时期的心路历程,他们的生活与内心的挣扎。在研究过程中,俄罗斯学者着重指出了茅盾塑造人物的最大特点是人物心理的刻画。作家将心理描写作为小说创作的重要艺术关注点,读者不仅可以鲜明地感受到作品中人物外在的声音面容,而且还可以进一步窥见他们隐秘的精神世界。索罗金认为:《动摇》和《追求》是具有开创性的。在鲁迅和其他20年代初的中国作家的焦点中往往只有2—3个人物,而茅盾已经开始在两部作品中塑造一个社会阶层的集体群像。茅盾的《蚀》三部曲带有现实主义和自然主义描写复杂交织的特点,利希查认为茅盾艺术创作方法的卓越之处就在于通过对人物心理的刻画描绘现实动荡的社会问题。书中很多地方都是通过对不同心理状态的描写,将人物淋漓尽致地展现。茅盾对《幻灭》中主人公章静的塑造,受到了俄罗斯学者的广泛赞誉,"读者和批评家们认为章静这一女主人公人物的塑造毫无疑问是成功的。茅盾通过不同时期章静的心理变化来完成人物的塑造。心理分析在当时还是一种新的艺术手法。茅盾俨然已经通过这部作品成为心理描写的大师……通过心理分析刻画的这一人物时至今日仍不失它的重要意义。"《幻灭》中主人公章静想逃离苦闷的环境,开始新的生活。但是模糊的愿望、对奇迹出现的幼稚想法是她终究不能解脱。索罗金眼中的章静并不是她的模样、穿着,而是她的内心感受。心理状态取代了外部特征,成为人物的代名词。"在中国文学的背景下,小说结构缜密,事态的发展与女主人公的心理发展同步。"方罗兰是《动摇》的中心人物,索罗金在介绍了方罗兰的基本情况之后,认为"最能表达方罗兰本质的就

第二章　茅盾作品在俄罗斯

是他的一段内心独白,那是无辜女子被迫害之后内心的恐惧,充分显示了他软弱的本质。"而利希查在总结三部作品时指出,与《幻灭》相比,《动摇》中茅盾对人物心理的刻画才能更加突出,在方罗兰、方太太和胡国光等多位人物身上都有所体现。例如,《动摇》中的方太太,虽然与《幻灭》中主人公静性格相似,但是茅盾已将她的内心世界刻画得更为丰满和复杂。

茅盾作为语言大师,在这部最早的作品中语言的使用并不纯熟。索罗金指出了作家在创作语体风格选用上的混乱,他写道:"在第一章中静的肖像描写时作家使用了传统小说中的语言'身段很优美,服装极优雅,就只脸色太憔悴了些'等等。读者可以感觉到这是中国传统小说中所特有的描绘语言,而在第三章中静和慧的外貌描写却使用了浪漫的风格,毫无疑问是来自于欧洲文学。"① 与此同时,"与传统的中国小说不同,小说开始于人物的对话。但是静未来的丈夫在介绍自己时却使用了传统文学的模式:姓——名——字"②,针对这一问题产生的原因,研究者认为是由于经验不足造成的,并且类似的错误在作家之后的创作中没有再出现。利希查肯定了茅盾在《动摇》中对直接引语的使用:它帮助了作家深刻揭示主人公的内心世界,赋予了叙述的生动性和自然化。并且,他还认为,茅盾语言的选用,鲜明体现了他对人物的态度。例如:对他否定的人物,多出现刻薄的语言,对他所喜爱的人物,则语言更为柔和。简言之,这位研究者欣赏茅盾赋予语言的多重色调。

二、《虹》

长篇小说《虹》创作于1929年的4月至7月间。作品以主人公梅分别在四川和上海两地的生活经历为轴线,反映了五四到五卅这段历

---

① Сорокин В. Творческий путь Мао Дуня. М., Издательство восточной литературы, 1962. С.38.
② Там же. С.3.

史时期中国社会的巨大变化,以及知识分子处于新旧势力和新旧思想交替中的动摇、矛盾和斗争。《虹》是在俄罗斯广受好评的一部作品。利希查说:"小说《虹》是茅盾掌握现实主义创作手法道路上的巨大进步。在中国文学中第一次出现了年轻知识分子为解放女性而进行的斗争和革命。"①

小说塑造了梅这一鲜明的女性形象。索罗金眼中茅盾笔下的梅是不同于其他女性的新女性,是茅盾小说中最具魅力女性:"她是茅盾思想发展,乃至中国先进文学史上的重要现象。"正如利希查所言,茅盾塑造的是新的女性形象,不同于受压迫、受屈辱的中国传统女性,她是一位革命者,却不乏诗意和对爱情的憧憬。这在中国有着非常重要的正面作用和社会意义。同时,索罗金认为茅盾塑造梅的主要手法还是心理描写:"作家没有逃避复杂的内心冲突,而是大胆地分析女主人公的内心世界,他的心理描写的高超技巧展现出来。"②茅盾出色地描摹出梅行素思想性格的发展和心路历程,浓缩了整个时代的主要倾向。除此之外,索罗金指出了茅盾作品中环境描写的重要性,"《虹》的环境描写是作品的一大亮点。它以各种色调精细地再现多姿的大自然风貌,而活生生的风景画,又是同人物的内心活动相协调。作者笔下的种种景色,无疑都是为了衬托主人公梅的痛苦和沮丧。"③乌利茨卡娅更是对自然描写大加赞赏,"全书环境描写非常精彩。我最喜欢的是第一章。在这一章中,作家轻重合一,描绘出了一幅瞬息万变的图画,就好似主人公梅冲破万难仍勇往直前的人生。"④

在结构上,索罗金指出,与三部曲以时间为序展开作品不同,

---

① Лисица. Б. Я. Творческий путь Мао Дуня. Писатели стран народной демократии сб.статей. вып.3., М., 1959. С.40.
② Сорокин В. Творческий путь Мао Дуня. М., Издательство восточной литературы, 1962. С.52.
③ Там же. С.53.
④ Рассказы. перевод с китайского Л. Урицкой. М., Гослитиздат, 1960, С.4.

第二章　茅盾作品在俄罗斯

《虹》采用了半倒叙的处理方式。他认为这是中国传统文学中所没有的,来自于茅盾对世界文学的吸收。《虹》的第一章写了梅离开四川到上海,第二章到第七章回叙的是梅在四川成都、重庆等地的活动,第八章开始再描写梅在上海的斗争活动。这种手法的使用无疑增添了小说的艺术色彩。除此之外,利希查发现了次要人物的活动构成了小说的另一条线索,这条线索与主人公梅的活动主线互相牵制,有力地推动情节的发展,有助于主题思想的揭示。显然,研究者对于《虹》这部小说的结构框架是肯定的,整个俄罗斯学界,对《虹》的整体评价也颇高,研究者关注作家人物的塑造和结构的处理,成果虽有些表面,但终究代表了一定阶段这部作品在俄罗斯的被认知情况。

三、《子夜》

《子夜》是茅盾创作进入成熟阶段的代表作,也是我国现代文学史上具有划时代意义的杰作。它写于1931年10月,截稿于1932年12月,全书共三十万字。索罗金称《子夜》为"中国社会的史诗",是"使茅盾成为中国一流作家的作品"。他认为:"《子夜》是茅盾第一次坚定地彰显革命文学理论与实践的力量。"利希查则将之看成是一个标志:"从小说《子夜》开始,中国小说从传统的分析单个社会问题转向对一个时代垂直面的关注。"《子夜》是茅盾多种写作手法的融合体,它远远超出了一本小说的价值,以下是俄罗斯学者们对作品艺术性的解读。

首先,俄罗斯学者普遍认同茅盾的"典型环境塑造典型性格"。"茅盾利用详尽的上海金融业的环境塑造了吴荪甫与众不同的形象。茅盾在他周围精妙地展示了复杂的关系和情形,这不仅有助于我们拓宽对人物的想象,同时也让我们随着每一章节的进展而加深对他的印象……我们看到的吴荪甫是所有斗争中的竞争者,在与工人的冲突中、在资本的游戏中等等。我们看到了他如何对待自己的妻子和亲人,如何对重大事宜做出决断。在总体上我们知晓他对中国现实的态度和人生理想。然而我们在细节中更能体会这个真正的上海商业巨子的形象,观察这个拥有旺盛生命力和政治野心的、具备所有成功可能性的吴荪甫是如何走向失败。"① 索罗金的这段评述,正是茅盾用典型的环境塑造典型的性格的分析。而利希查用具体实例也对此表示了认同:"在《子夜》的第七章当中作者首次将吴荪甫放置于交易所、家乡和工厂的交错斗争中。这其中我们看到了不同的吴荪甫:或是沮丧的,或是挣扎的,又或是兴奋的。"② 的确,我们不得不承认,茅盾选在典型环境中细致刻画出吴荪甫是非常明智和成功的,作家将主人公放置在了一个广阔复杂的历史背景之下,展示他在政治斗争、经济形式以及家庭生活各个方面的复杂心态,性格特征更为鲜明,使得这一人物形象至今仍如此鲜明。

与《蚀》和《虹》一样,在《子夜》中茅盾也用细腻的心理描写表现人物性格。与直接的人物描写相比,茅盾更乐意也善于通过人物心理的感受来表现。而在刻画人物心理方面,研究者们认为茅盾经常通过描写自然环境予以实现。"茅盾善于用中国古典文学中的写作技巧,将景物和人物结合在一起(情景交融——笔者注),在一章中以某种自然现象与人物的思想、心理和行动密切联系在一起。"③ 利希查又以第七章为例继续说明,"开头作者描述天气的阴沉,而此时的吴荪甫正在担心公债投机能否成功;接着出现了大雾小雨中的昏暗,正是吴荪甫在工厂方面的事故引起的不安急躁;当吴荪甫和李玉亭谈话之后,心中的苦闷与'天气阴暗到几乎像黄昏'的景色相衬。"④ 对于茅盾来说,景色和天气的描写是重要的表现手法。它们不仅仅明晰局势,也可以展示人物的性格和内心状态。

---

① Сорокин В. Творческий путь Мао Дуня. М.,Издательство восточной литературы, 1962. С.66.
② Лисица.. Б. Я. Творческий путь Мао Дуня. Писатели стран народной демократии сб.статей. вып.3., М., 1959, С.50.
③ Там же.
④ Там же.

第二章 茅盾作品在俄罗斯

《子夜》的结构是小说最为成功的方面。索罗金分析了全文,认为从第二章开始,小说的结构明显复杂起来。内容的发展穿插着很多线索。同时,他认为《子夜》类似于小说《追求》,但是和《追求》不同的是,在《子夜》中所有的线索都围绕着一个主要线索展开。这条主要线索就是吴荪甫与赵伯韬的矛盾与斗争。茅盾以其精湛的才能使众多人物皆围绕着小说的中心思想和艺术规划展开。所有人物关系,所有的人物命运的转变都艺术地环绕着主要矛盾的发展。利希查认为茅盾在结构上的处理受到了红楼梦的影响,"《子夜》是以吴荪甫的创业发展为主线,在他周围还有一些与他有直接关系的矛盾,主线与这些矛盾共同构成了整篇小说的结构。这显然是受到了《红楼梦》的影响。"[①]

在《子夜》的语言使用上,利希查认为:"《子夜》中有很多口语化的表述,这些口语简洁活泼、富有生气和表现力。除了一般的口语,作品中还包含着许多中国俗语。它们是中国所特有的文化的载体,通俗幽默,简洁灵活,风趣形象。这些词语与环境融为一体,将人物的行为表现得更为具体。"索罗金则是注意到了小说中文言文词语的运用,"茅盾在小说中根据人物、情景和事态发展的变化,使用了一些中国古老的文言文词语,我们不能说他是对封建文学的反流,相反,这些文言文词语的使用显得非常自然、简练,同时也具有一定的讽刺意味。""我们在《子夜》中时常会看到一些英文的使用,如'Light, Heat, Power!'这些都是茅盾有意为之,在中文中穿插英文,在塑造了人物的形象的同时也反映了30年代中国半殖民地的时代特征和上海这一城市的复杂处境。文章在这些词语中也显得活泼有趣,增加了艺术表现力。"[②] 正如前文所言,茅盾是语言大师,他经常在一部作品中使用

[①] Лисица. Б. Я. Творческий путь Мао Дуня. Писатели стран народной демократии сб.статей. вып.3., М., 1959, С.53.

[②] Сорокин В. Творческий путь Мао Дуня. М., Издательство восточной литературы, 1962. С.68.

多种语言形式,这一方面与他接受的新学教育有关,而另一方面则是他处于新旧文学交替时的反映。可以说这部作品中的语言构成是极为复杂的,对此的论述一定程度上也体现了研究者们对汉语和中国文化的了解是较为深入的。

四、《腐蚀》

《腐蚀》创作于1941年夏天,是茅盾在抗日战争期间写的第二部长篇小说,它也是在《子夜》后的另一部取得巨大成就的长篇小说。作品通过主人公赵惠明的生活经历,揭示抗日战争进入相持阶段青年知识分子何去何从的问题。如同《子夜》,这部作品在俄罗斯也有一定反响。

茅盾以日记的形式进行创作,增强了作品的真实感,同时在艺术手法上极适合于心理分析手法的运用。也正因为如此,与茅盾其他的作品相比,《腐蚀》中的人物心理描写是最细腻的。索罗金在分析这部小说一开始就指明:"和其他的作品一样,在《腐蚀》中茅盾也用了心理描写来刻画人物,但不同的是,选取的方法是对西方小说的借鉴。西方小说中通常较多的用较长的篇幅来描写人物心理,在这个漫长和复杂的过程中,主人公的点滴情绪会被描写出来。《腐蚀》中当赵慧明告发小昭之后,有一长段的心理描写,这就是西方文学中所经常见到的。"① 茅盾对西方小说的借鉴展现了主人公内心的复杂情绪。《腐蚀》中心理描写是最主要的刻画人物的手段,因侧重于揭示人物的内心世界,所以对赵慧明这一形象的塑造整体而言留给了我们更多想象。可以说,在这部小说中,作家的写作重心从对客观现实的精准描绘转移到对人精神世界的细腻刻画。

至于《腐蚀》的结构,索罗金认为:"在茅盾所有的小说中,《腐

---

① Сорокин В. Творческий путь Мао Дуня. М., Издательство восточной литературы, 1962. С.99.

第二章 茅盾作品在俄罗斯

蚀》是在结构上最紧密、情节发展也最紧张的一部。"①同时他认为《腐蚀》实际上有两条线索,一条是赵惠明个人的心理感受,另一条是复杂的时代社会矛盾。他高度评价茅盾的这种构思:"这在逻辑上是一种将复杂的情节结构纳入心理结构中的复合结构,是把中国的各种矛盾,其中包括民族、阶级和社会矛盾交织在心灵之中,使得主人公的心理具备鲜明的社会性和时代性。"②《腐蚀》采用了日记的文体,片段似的展示事情发展,但不乏紧凑,以赵慧明走上特务道路后的挣扎矛盾为主线,同时精心安排了许多人物和故事,主线突出,细节清晰。

同时,俄罗斯学者也注意到了《腐蚀》中的语言特色。"从《腐蚀》中,我们看到茅盾追求的是简练、深刻、节奏感强烈的语言。除此之外,作者还将对话置于作品当中。《腐蚀》中人物的对话是富有个性的,作者根据人物性格的需要分配不同的对话样式。"③索罗金还指出在作品中使用了大量的带有民族特色的古语,却也不乏欧洲语言。他认为虽然茅盾如此行文丰富了自己的文字,但同时也为读者理解造成了不便。

《腐蚀》是茅盾国内版本最多的一部小说,而相较于当时国内大部分政治意义上的解读,俄罗斯学者们还是本着对待文学作品的态度,从人物心理分析、结构设置和语言特色角度进行研究,体现了研究者们严谨科学的治学态度。

在俄罗斯学者眼中,茅盾是逐渐成长为语言大师的。三部曲《蚀》语言的使用并不纯熟,甚至创作语体风格选用上还很混乱。而到了《子夜》的创作中,虽然也使用了多种语体,如口语化的表述、中国俗

---

① Сорокин В. Творческий путь Мао Дуня. М., Издательство восточной литературы, 1962.С.101.
② Там же. С.99.
③ Там же. С.102.

语和文言文词语,甚至还有英语,但这些不同类型的词语都出现在了它们对的位置,不仅没有混乱,反而增强了整部小说的魅力。对于《腐蚀》中的语言特色俄罗斯学者认为是简练、深刻、节奏感强的,同时个性化的对话增强了作品中人物性格和身份的辨识度。

在结构上,研究者们主要关注到了《虹》《子夜》和《腐蚀》。《虹》采用了半倒叙的处理方式增添了小说的艺术色彩,同时作品中由主人公梅和次要人物活动两条线索构成。《子夜》的结构是小说最为成功的方面。内容的发展穿插着很多线索,这些所有的线索都围绕着一个主要线索——吴荪甫与赵伯韬的矛盾与斗争展开。至于作品《腐蚀》,它的采用了日记的文体,片段似的展示事情发展。但它是紧凑的,也是主线和多条副线的结合,其中主人公的心理感受也作为其中一条线索展现复杂的时代社会矛盾。

2.2 短篇小说研究

俄罗斯学者开始关注茅盾的短篇小说是从20世纪50、60年代开始的。这些短篇小说较多是作家在1932—1937年创作的。在作品中茅盾塑造了一批生动的艺术形象。俄罗斯研究者们对茅盾的短篇小说评价颇高。在《茅盾小说集》的序言中乌利茨卡娅认为茅盾在他的短篇小说中鲜明生动并令人信服地描写出中国的现实,并塑造了中国社会各阶层的典型代表人物、解释了他们的性格和思想。与此同时,巴甫洛夫在《红星》上发表书评《伟大中国人民的声音》,彼得罗夫在《真理报》上发表《生活的真实》。在大量的作品中《林家铺子》和农村三部曲研究最为广泛。《林家铺子》完成于1932年,描述了一·二八事变前后上海附近的一小市镇上的林家小店受到压迫,一直垂死挣扎但最后仍难逃倒闭命运的故事。苏联著名作家卡达耶夫指出:"《林家铺子》这篇小说以纯粹的巴尔扎克般的技巧描绘出以林家伟代表的阶级的破产和灭亡的图画。"利希查将此短篇称之为茅盾最优秀

第二章　茅盾作品在俄罗斯

的创作之一,肯定其作品中协调的结构、动态的紧张性、对细节的把握和语言的准确;乌利茨卡娅则关注到作者通篇所表现出的对平民百姓、对穷人的同情和怜悯;索罗金感受到的是作者叙述语言上的从容,"不带一个感叹号",叙述的图景符合事件发展的逻辑规律。读者跟随作者的思维在感受,或悲伤或愤怒。农村三部曲包括《春蚕》《秋收》和《残冬》则生动地反映了30年代初期半殖民地半封建旧中国农村的破产。索罗金认为在农村三部曲中茅盾展现出了新的艺术潜能。作家的风格越发动态,描写也更为饱满,集中的且为数不多的对话与发展中的事件相一致并创造出了强大的内部紧张度。同时索罗金也注意到在三部曲中出现的农民方言,认为这是刻画人物必不可少的一部分。利希查详细介绍了老通宝、多多头等人物形象,肯定其人物塑造方面的创造性,指出茅盾在这篇小说中是以成熟的现实主义小说能手、人民典型形象的塑造者出现的。整体来说,俄罗斯研究者对作家短篇小说的研究已经达到了一定的深度。进入70年代以后,虽然茅盾作品的译作出版只有两部——1972年索罗金选编的《腐蚀·短篇小说》和1990年《茅盾精选集》,但其中都不乏短篇小说的影子,足以看出研究者们对作家短篇小说的重视。短篇小说的研究成果主要是体现于索罗金的学术文章和专著中,因而本部分笔者将主要以索罗金的成果为参照。

　　茅盾30年代短篇小说是作家创作中的新阶段,在茅盾的整个创作生涯中占据重要的位置,其中的"农村三部曲"和《林家铺子》则是索罗金最为关注且成果丰富的部分。

　　农村三部曲和《林家铺子》创作于1932—1933年。三部短篇小说《春蚕》《秋收》和《残冬》构成了茅盾除《蚀》外的另一个三部曲——农村三部曲。作家按照农民生活的时代节奏,展现了时代变化。在《农村三部曲》中作家展现了半封建半殖民地社会中农村和农民,描写了当时中国平民百姓的痛苦遭遇和不幸生活,但同时也表现了中国农民阶层的觉醒和反抗。

首先,索罗金肯定茅盾在创作题材选取上的才华。"作者的笔墨触及中国当时社会生活的各个方面,同时选取了当时中国的典型内容进行创作。"①《春蚕》中的主人公是一个养蚕的蚕农老通宝。作家通过老通宝一家走向破产的过程,概括了旧中国广大农民的共同命运,将中国30年代初期中国农村经济的贫困和破产的真实图画展现在读者面前。研究者认为作家是熟悉蚕农的生活,但选取这一题材更主要的原因是蚕农反映的生活面更为广阔。"蚕农靠养蚕卖丝为生,蚕丝与城市、国际市场乃至国民政府的经济等多个方面都联系紧密,选择蚕农这一典型形象更有利于将30年代的社会矛盾和各个阶层的社会生活全面展示。"②至于《林家铺子》的故事发生地点的选取,索罗金也体会到了作家的精挑细选。"在上海附近的一个小镇,这个小镇一方面与城市相连,同时又与农村相连。在当时的中国,很多上海市民来到这里逃难。因而,当时中国的整个社会面貌都可以异常鲜明地在这个小镇得到体现。"③

继而,索罗金对《春蚕》和《林家铺子》中的情节和人物设置进行了详细叙述。《春蚕》用一个丰收成灾的故事,有力地揭示了当时中国农村经济破产的根本原因——帝国主义侵略和国民党压迫。故事的主人公老通宝一家作为一个典型的农民家庭受到各个阶段研究者的关注。索罗金看到的老通宝和他儿孙们都是忠厚善良、勤劳持家的农民,他们希望依靠自己的双手平平稳稳地过日子。虽然感觉到了世界的变化,但他还是选择了安于现状。索罗金认为在小说中,作家一方面赞扬了老通宝勤劳淳朴的品质,但同时也批判了他的迷信落后、保守固执和对现实不切实际的想法,"比起老通宝,茅盾更为赞赏老

---

① Сорокин В. Художник и время. М., Художественная литература, 1972. С.3.
② Там же. С.7.
③ Там же. С.10.

第二章　茅盾作品在俄罗斯

通宝的儿子多多头。多多头是一个觉醒了的青年农民，他继承了父亲的勤劳和淳朴，扬弃了父亲的迷信和落后。他对现实有着比较清醒的认识，他知道单靠勤俭劳作在当时是不可能过上幸福生活的。对于父亲老通宝的封建迷信，多多头也不相信。他同情荷花。在《秋收》里，他领导几个村子的农民'吃大户''抢米囤'，和反动势力进行斗争。最后，在《残冬》里他和其他农民一起村来了地主的武器，走上了武装反抗的道路。"① 从研究者的分析，我们看出，索罗金把握了茅盾《春蚕》中的两大脉络人物，并从根本上理解了作者的写作意图。

《林家铺子》是茅盾重要的短篇小说，它与《春蚕》齐名，在《林家铺子》中茅盾向我们讲述了一个市镇商人——林老板的悲剧。小说以当时中国上海附近的小镇为背景，通过描写林家铺子的苦命挣扎和最终倒闭，反映了国民党统治下中国商业的萧条和市镇商人的没有出路的必然结果。索罗金认为在《林家铺子》中作者用精湛的写作手法表现了林老板铺子的倒闭过程并揭示了倒闭的原因——国民党当局对林老板的敲诈勒索、农民生活困苦没有购买力等等。善于经营的林老板，在商业萧条生意清淡的情况下，有办法招来顾客，生意比同行要好，尽管如此，林家铺子仍不免于倒闭。茅盾写了林家铺子就是在这种状况下受不了一重又一重的打击才倒闭的。而对于茅盾重点突出的原因，研究者认为虽然小说描写了当时社会上的各种矛盾，但却是有所侧重。"作家并没有对林老板剥削贫苦百姓进行细致描写，而是揭示出林家铺子倒闭的最主要最直接的原因是帝国主义的侵略和国民党反动派的压迫。"②

除此之外，索罗金还体会到了茅盾在写作这两部短篇小说《春蚕》和《林家铺子》时的积极心态。"通过描绘30年代初期从市镇到农村的一幅广阔的生活画面，在作品中已经完全没有写《蚀》时的苦

---

① Сорокин В. Художник и время. М., Художественная литература, 1972. С.8.
② Там же. С.11

闷沮丧,他是积极的。在《春蚕》中他虽然描写了以老通宝为代表的农民的破产,但同时他也写了新农民多多头们的反抗斗争。在《林家铺子》中茅盾写商人的悲剧,也给他们暗示出路。"①

2.3 个别问题的系统化研究

到70年代以后,茅盾重点作品的原貌在俄罗斯全面展现了出来。关于作品的一些问题被广泛讨论,并基本上在俄汉学界达成了共识。

一、利希查论"茅盾笔下的女性形象"

人物的塑造是茅盾作品的核心,他塑造了小资产阶级、时代女性、农民阶级和大资本家等各式各样的人物群体,这在我们之前的章节也有所涉及。鲁德曼是俄汉学界首位从茅盾塑造千姿百态的人物形象进行剖析的研究者,而利希查则最为细致分析了作家笔下生动的各式各样的人物,并认为茅盾笔下的人物形象身上有着鲜明的时代性格,同时时代赋予他们悲惨的命运。到了茅盾研究的更深入阶段,利希查在研究基础上,更深入分析了女性形象。

利希查开篇指明茅盾是1919年五四运动中妇女解放问题的表达者,是妇女评论研究的组织者之一,并首先列举了茅盾一系列与妇女解放有关的文章,之后从创作入手,体察作品中的各位女性形象。"茅盾的第一位女主人公是《幻灭》中的静。早期的茅盾创作有两个主题:号召知识分子投身革命和使女性熟悉社会活动。《幻灭》在内容和艺术表现上的创新之处是深刻的内心刻画。"②他认为这种刻画来自于屠格涅夫对茅盾的影响。在研究者的这一点结论上我们认为是有待商榷的,因为利希查如此论断的理由仅仅是因为茅盾在早期多次宣传屠格涅夫。很明显,两位作家的女性形象是不同的。屠格涅夫笔下人物是

---

① Сорокин В. Художник и время. М., Художественная литература, 1972. С.12.
② Лисица Б.Я. Женские образы в творчестве Мао Дуня. Теоретические проблемы изучении литератур дальнего востока. Издательство наука главная редакция восточной литературым.,1974. C. 36.

第二章 茅盾作品在俄罗斯

时代中的特例,而茅盾的则是中国现实的产物,是中国社会中的典型。除了三部曲,利希查同时又指出,茅盾在短篇小说中揭示女性的内心世界。"这些小说包括《自杀》《诗与散文》《一个女性》和《创造》等等,茅盾有意识地选择女性主人公,并选择在性格形成的年龄,在这个年龄断上,性情的改变是非常强烈的。"① 在《一个女性》中,茅盾通过描写现实和心理手法的交融将年轻女性琼华在半封建的中国中的悲剧展现得淋漓尽致,利希查认为这篇小说在思想性和艺术性上和莫泊桑的《人生》有相似。而针对茅盾早期作品中所揭示的问题,研究者认为这是与挪威戏剧家、诗人易卜生相似的,即对小市民、小资产阶级知识分子的批判和提倡妇女的解放等等。"作家在《创造》中批判了一个自私自利、妄图把自己的妻子塑造成他想要的模样的小市民,但同时也给出了我们完美的结局:妻子在开化之后离开了丈夫,实现了解放。"② 在谈及长篇小说《虹》的创作时,利希查指明茅盾继续选择了展现社会矛盾,将一位年轻女性的命运作为叙述的中心,并认为作家的选择并不是偶然的,而是因为"作家重视女性在社会中的地位:女性在社会中的作用很大程度上能够体现社会是否成熟、各个阶层的生活是否公正。"利希查看到的主人公梅是一位行动者,她不同于三部曲中以内心活动占主体的静。梅完成了其他女性人物准备和能做的事情,她能够摆脱过去的束缚,勇于为自己的未来奋斗。心理描写大师茅盾展示的梅的形象是复杂的:她有时代赋予的最初的内心挣扎和动摇,同时也具有与家庭传统观点和社会道德伦理争辩的勇气。除此之外,利希查还指出了茅盾在艺术手法上的进步和突破:结构变得紧密坚实,情节更为动态,心理分析没有与女主人公的个人命运隔绝开来。虽然研究者的

---

① Лисица Б.Я. Женские образы в творчестве Мао Дуня. Теоретические проблемы изучении литератур дальнего востока. Издательство наука главная редакция восточной литературым.,1974. С. 36.
② Там же. С.37.

论述略显零散，但我们可以得出一个主要结论，即茅盾在创作中乐于选择女性形象展现时代特征，同时他善于用心理描写刻画女性形象。对此，中国学者陆文采、王建中所著的《时代女性论稿》是我国茅盾女性研究的扛鼎之作。彭安定在序言中指出："以'女性视角'为'全方位'的剖析和诠释范型，总体地、综合地、分别地、具体地来揭示茅盾的艺术世界和人物画廊，这大概是第一部专论。"[①] 作者把从《蚀》到《锻炼》还有剧本《清明前后》的时代女性全部纳入审视范围，将其细化为四种类型。除此之外，作者还将茅盾的女性形象和其他作家进行对比分析，突出其人格魅力。很明显，这本研究专著的较之于利希查更为深刻，但同时我们也要意识到：利希查已经注意到了这些女性人物的时代特征，并将茅盾的创作放置了发展变化的态势之下，这是值得肯定的。对于茅盾塑造女性最常见的心理描写，利希查也研究颇深。我们可以说这位研究者抓住了这个问题的核心部分。

二、戈列洛夫论"茅盾小说中的自然描写"

自然描写一直在茅盾作品中占有一席之地。索罗金和乌利茨卡娅都曾赞赏《虹》中的环境描写，利希查则非常细致地以《子夜》第七章中自然环境描写为例，指出了自然景色在《子夜》中的重要地位和对人物心理刻画的积极作用。1972年戈列洛夫发表题为《茅盾小说〈子夜〉中对自然描写的几点观察》，这是茅盾研究中对自然环境作用的系统研究。

茅盾是公认的风景描写大师，在小说《子夜》中，除了人物肖像和室内布局，他十分注重自然描写。戈列洛夫从小说中的几处灵动的自然图景入手，明晰了作家的创作方式和创作的语言特色。

戈列洛夫指明了《子夜》中环境描写的基本功能：小说《子夜》中的自然描写通常并不直接影响情节的发展，它只是作者进行创作的补

---

① 陆文采、王建中：《时代女性论稿》，沈阳出版社，1993年，第3页。

第二章 茅盾作品在俄罗斯

充手段,一方面生动展现人物生活及内心世界,另一方面作为整部小说的另一条线索,贯穿于作品当中,对作品的结构起到了辅助作用。除此之外,研究者从自然图画的动态性、注重细节描写的艺术和富于表现力的语言等方面挖掘了自然环境在作品中的艺术涵义。

首先,戈列洛夫对文本进行了细致的分析,举例说明了《子夜》中自然图画的动态性:"小说中没有静态的自然图画,茅盾的自然描写常常伴随着人物的出现,自然环境与动态的人物活动融为一体。自然图景常常与主人公的个性有关,自然描写的感情基调经常与人物的感受相协调。"[①]即使没有人物出现,自然图画中也会出现大幅度具有动态性的自然现象,它们与事态发展相关,并与之相协调一致。除此之外,戈列洛夫指出茅盾《子夜》中的自然现象常常是作为情绪铺垫而出现,并以第十三章中的暴风雨描写为例进行说明:"此处的暴风雨描写极大地渲染了紧张情绪,表现工厂内部的暗涌。暴风雨的描写片段会使读者不自觉地产生一种压迫感,为后续事态的发展进行了情感准备。"[②]

其次,戈列洛夫认为茅盾善于从微小事物入手,充分发挥细节的艺术表现力,他认为这是对俄国作家契诃夫所提倡的"微小部分重要性"的回应。这种细节的艺术表现力应用于自然环境描写,不仅仅是对自然现象特征的逻辑性描述和艺术性展现,还体现在文中常见的短小环境描写片段,或者是天气状况的一段注释,"茅盾作品中的环境描写呈现出高度简洁性和紧凑性,它们分散于小说的各个部分,与波荡起伏的情节相得益彰。"[③]对于小说中未出现的空间环境描写,戈列洛夫指出这受制于茅盾的写作水平。

再次,戈列洛夫分析了《子夜》中环境描写语言的特点。其一,研

[①] Горелов В. И. Некоторые наблюдения над описаниями природы в романе Мао Дуня «перед рассветом, литература и культура Китая (сборник статей к 90-летию со дня рождения академика Василия Михайловича Алексеева), С.331.
[②] Там же. С.331.
[③] Там же. С.332.

究者认为小说中的自然描写很少包含作家的观点与评价。茅盾尽量不表达自己对所描写事物的态度，即使描述中有所包含也是极为简练的。其二，富于表现力的语言的使用。在描写生动的环境时，戈列洛夫发现茅盾往往选用较为有影响力和表现力的言语方式来调动读者的情绪。在环境描写的表达中经常出现修饰语和艺术上的对比。"在这里，茅盾并不是将外部世界的现象与人物的内心直接关联，而是通过'像'和'似的'等词语来增强语句的形象性。"① 与此同时，戈列洛夫认为《子夜》环境描写的特点和作家创作的成功之处又在于整部小说中的环境描写是光、色与音的相织。大量色彩与音响词语的广泛应用使自然现象生动多样、变幻无穷。除此之外，戈列洛夫也关注到小说行文中多次出现的叠词现象，"这些词语看起来是不需要的，可是确是增强情感表达的有力手段。特别是汉语中所特有的形容词和副词的重复极大地增强了语言的情绪感染力，并使整个文本更有韵律性。"② 其三，修辞手法的应用。研究者指出了茅盾经常使用的两种修辞手法——暗喻和拟人。"暗喻和拟人多次在文中出现，茅盾用它来刻画自然现象的特征。这两种修辞手法的运用使读者眼中的自然生动起来，不再是平面的展现。"③

中国学者庄钟庆的《茅盾的创作历程》同样也关注了《子夜》的自然环境描写部分。中俄两国学者都认为小说中的自然现象如暴风雨、闪电等的自然现象描写与作品的思想内容紧密结合，极大地加深了事态发展的氛围。但庄钟庆还特别提及了茅盾的自然环境描写手法在一定程度上继承了中国古典文学的传统。

---

① Горелов В. И. Некоторые наблюдения над описаниями природы в романе Мао Дуня «перед рассветом, литература и культура Китая (сборник статей к 90-летию со дня рождения академика Василия Михайловича Алексеева), С.332.
② Там же. С.335.
③ Там же.

第二章 茅盾作品在俄罗斯

第三节 俄罗斯的茅盾作品翻译

秉承阿列克谢耶夫开创的学术传统,俄罗斯学者们兼具译者和研究者的双重身份,坚持走翻译与研究相结合的路径,并遵循译本先行、研究随后的模式,因而回顾整个俄罗斯茅盾接受状况,不难发现,庞大创作研究的前提是多部优秀的俄译本出现。

20世纪30—40年代的翻译。1934年涅克拉索夫翻译的《春蚕》发表于第3、4期合刊的俄文《世界文学》上。这是我们迄今见到的最早的茅盾作品的俄译文。同年伊文翻译的《子夜》片断《罢工之前》和1935年普霍夫由英文转译的《子夜》之一章"骚动"都以节选的形式对《子夜》进行了推介。而茅盾最早的文学作品三部曲《蚀》直到1935年才被俄罗斯研究者所关注,标志是《动摇》的发表。1937年,浩夫、鲁德曼翻译的《子夜》由列宁格勒国家文艺出版社出版,至此茅盾最知名的作品《子夜》才得以完整地与俄罗斯人民见面。1944年,莫斯科出版的《中国短篇小说集》中收入了奥沙宁翻译的《林家铺子》,这是茅盾被俄译的第二篇短篇小说。

20世纪50—60年代的翻译。50年代开始茅盾的短篇小说被广泛翻译出版。1952年,鲁德曼重译《春蚕》和《林家铺子》。1954年,《茅盾短篇小说选》出版发行,这是茅盾在俄的第一部短篇小说集。除了俄罗斯读者所熟知的《春蚕》和《林家铺子》以外,这部小说集还收录了多篇茅盾第一次被翻译介绍的短篇小说,如《赵先生想不通》《微波》《夏夜一点钟》《第一个半天的工作》《儿子开会去了》《列那和吉地》和《喜剧》。这些短篇小说的翻译说明俄罗斯研究者已不再局限于对其几部代表作的挖掘,而是逐渐扩大了对茅盾的研究范围,从另一角度也说明俄国学者体会到了茅盾作品的重要性。1956年,莫斯科国家文艺出版社出版了由费德林主编的三卷本《茅盾选集》和《茅盾精选集》,这两本翻译专著的出现,标志着作家在俄的研究初具规模。三卷本选集第一卷为《动摇》《虹》（首次翻译出版）；第二卷为《子夜》；第三卷为《三人行》（首次翻译出版）、短篇小说及论文，同时《子夜》和数篇短篇小说被收录到《茅盾精选集》中。在查找资料的过程中我们发现，在中国当代文学界首屈一指的作家——鲁迅的四卷本选集俄译本也于1956年出版，这在一定程度反映出茅盾在俄罗斯研究者心目中的重要地位。到60年代，俄译本《腐蚀》面世，是由伊万科于1968年翻译完成（在1972年索罗金重译——笔者注）。

20世纪70年代至今的翻译。这一时期只有一部由索罗金主编的《茅盾精选集》在1990年出版。这部翻译专著中收录了茅盾在俄罗斯较为有影响力的作品，如长篇小说《动摇》（谢列布里亚科夫译）、《腐蚀》（伊万科译），短篇小说《林家铺子》（苏霍鲁科夫译）、《春蚕》（乌利茨卡娅译）、《一个真正的中国人》（叶戈罗夫译）和《水藻行》（普什尼亚科瓦娅译）等等。除此之外，精选集中还收录了由瓦连京诺夫翻译的茅盾最后的长篇作品《我走过的道路》的节选，这在俄罗斯还是首次。

翻译是外国作家作品在异域传播的最主要手段，异域读者初识一位外国作家也许可以通过报刊的介绍，但真正熟知并深入了解作家本人及其创作必须是通过作品的译本。译本质量的高低，译作对原作忠实度以及作家风格的揭示在很大程度上决定着外国作家作品能否被读者和研究者顺利接受。因而我们必须对茅盾作品的俄译本进行分析。下面我们以长篇小说《子夜》和短篇小说的俄译本为例，分析译本中茅盾独特语言风格的传递和特色文化内涵的再现。

1. 语言风格的传递

作为世界知名的中国现代作家，虽然茅盾一生创作了多部具有代表性的作品，但具有里程碑意义却只有一个，那就是《子夜》。瞿秋白高度评价《子夜》："这是中国第一部写实主义的成功的长篇小说……

第二章 茅盾作品在俄罗斯

1933年在将来的文学史上,没有疑问的要记录《子夜》的出版。"《子夜》真实地反映旧中国30年代初期波澜壮阔的社会生活,主题鲜明、深刻,艺术上具有气势雄浑而又精密细致的独特风格,是思想性与艺术性的完美结合。《子夜》是最能代表茅盾写作天赋的作品,因而我们对《子夜》的俄译本分析势在必行。

茅盾的多部作品被翻译成英、俄、法、德、日等二十多个国家的文字,在世界上广为流传。其中《子夜》是翻译语种最多的。据资料显示,英译《子夜》的全文虽在1936年由史沫特莱组织完成,却因抗日战争爆发而未能出版。其他一些出版《子夜》全译本的国家大致为:德国——1938年,日本——1951年,蒙古——1957年,匈牙利——1955年,波兰——1956年,朝鲜——1960年等。可见,1937年出版的俄译本是《子夜》世界范围内的首个译本,从侧面反映出俄罗斯学者对茅盾的关注。1952年,莫斯科国家文艺出版社出版了苏联学者鲁德曼重译的《子夜》。1955年《子夜》再次收入《茅盾选集》,但不同于1952年版本的是,该译本是由鲁德曼和乌利茨卡娅合译的。

1952年版的鲁德曼翻译的《子夜》俄译本出版后,报刊评论总体看法是翻译质量不高,因而苏联作家协会对鲁德曼进行了严厉批评,并在1953年苏联作家协会向苏联文化部文艺出版局建议,将这本书重新翻译,并经校阅后出版。因此,莫斯科国家文艺出版社在出版《茅盾选集》时,要求鲁德曼重译。鲁德曼改译后,先交出三章,作家协会和出版社便请两位中文专家审核。两位专家没有给出肯定的回答。在1954年3月,经另一位作家协会会员特·沙维托夫的介绍,转请当时在苏联的嵇直校阅。嵇直在仔细校对后,认为"译者俄文优美,翻译忠实;错处全经改正,应任其继续工作。"在得到肯定后,鲁德曼继续翻译,嵇直负责校阅。但当鲁德曼翻译到《子夜》第十三章时,不幸发生了:1954年5月18日凌晨鲁德曼因心脏病暴发,蓦然逝世。继而乌利茨卡娅翻译了余下的六章。嵇直对整个译本进行了校对并对该译本给予高度评价:"《子夜》在中国文艺中是一部代表时代的作品,而如果它的俄文译本也能获得苏联读者的同样好评,那么,此功不能不归于鲁德曼了。"

该译本在俄罗斯范围内受到广泛好评,并作为《子夜》的最终俄译本,收录于1956年由费德林主编的三卷本的《茅盾选集》第二卷当中。同时,根据笔者研读,由鲁德曼和乌利茨卡娅合译的《子夜》是所有茅盾作品俄译本中最优质的版本,它代表了俄罗斯学者的语言能力和学术水平,因而在本节中笔者将从语言学层面,细致探讨俄译者对茅盾原作语言风格的传递。

语言风格的翻译是文学翻译中的重点与难点。法国著名作家福楼拜曾说过,对于一部文学作品来说风格就是生命。风格翻译是否成功是决定一部译著是否具有生命力的关键。再现原作的风格,即保存了原作的生命;反之,无异于断其生命之源。我国近代著名的思想家、翻译家严复在《天演论》译例里说到"译事三难:信、达、雅。"① 其中的"雅"字本义其实就是桐城派文人倡导的古雅风格,注意文采和修辞。1933年,林语堂在《论翻译》一文中提出了翻译的三重标准:"忠实标准、通顺标准、美的标准。"大体上和严复的三字标准相一致,认为翻译艺术作品"应以原文之风格与其内容并重",这也是译者对艺术的责任。茅盾本人在谈及译文的处理时,也以"能保留原文的情调与风格"为目的。上述诸位翻译名家关于翻译标准的言论无不涉及文学翻译的本质——风格翻译问题,指出了风格在文学翻译中的重要性,因而考察《子夜》俄译本中作家语言风格是否被译者准确把握与传递是非常必要的。

茅盾是公认的语言大师,在其里程碑作品《子夜》中他将自己的语言才能发挥到极致,不仅赋予了小说深刻的思想内涵,同时也使其

---

① 严复:《天演论·译例言》,《严复文选》,百花文艺出版社,2006年,147页。

第二章　茅盾作品在俄罗斯

更具艺术魅力。语言风格是作家的世界观、个性特点及创作意象、创作手法形成并达到娴熟的标志。国内学者对《子夜》的语言风格多次探索，虽观点不尽相同，但一致认为《子夜》的语言风格包括以下几个方面：一、妙用古语词汇；二、多用口语表述传神；三、辞格达意丰富；四、句法细腻严谨。本节笔者将从此四种语言特点入手，探讨俄译者对俄译本语言风格的把握和传递。

一、古语词汇的翻译

茅盾从小就涉猎和研究我国文学典籍，这为其创作奠定了雄厚的语言基础。在《子夜》中他广泛使用古语词汇和句式，或是揭露讽刺，或是表现庄重，为小说增色不少。下面通过一些实例来对俄译者的处理进行分析。

到现在，曾沧海的地位降落到他自己也难以相信：双桥镇上的"新贵"们不但和他比肩而南面共治，甚至还时时排挤他呢！①

С того времени положение его пошатнулось: «новая знать» Шуанцяо не только распоряжалась в городке наравне с ним, но даже все время оттирала его на задний план.②

曾沧海是"南面而治"的"土皇帝"，可是"新贵"们崛起，动摇了他的"统治"，并且要排挤他，因此他怀恨在心。此例句中茅盾用了古语"比肩而南面共治"，恰如其分地揭露了新老土皇争位的情势，又细致地刻画了曾沧海这位土皇帝威权失坠时的内心烦恼，达到了辛辣嘲讽的目的。译者用"распоряжаться...наравнесним"对"比肩而南面共治"进行意译，"наравнесним"表达了"土皇帝"与"新贵们"的势均力敌，而"распоряжаться"的选用也非常恰当，该词意为发生动摇、不再坚固，显露出曾沧海心中对自己权势渐失的烦恼和对"新

---

① 茅盾：《茅盾全集·小说三集》，人民文学出版社，1991年，第93页。
② Перед рассветом. Роман. Пер. с китайского В. Рудмана и Л. Урицкой, М., Гослитиздат, 1956. С. 85.

贵"们的畏惧。

又如：

末了，这才恭而敬之地踱到儿子跟前交还这证书，连声郑重嘱咐。①

Затем с важным видом подошёл к сыну, вернул ему билет и проникновенным голосом сказал...②

该句中描写了曾沧海的动作、神态。"恭而敬之"大多数用来表达对某人、某物的极度尊重，有时也被使用在诙谐语态之中。作家用"恭而敬之的踱到儿子跟前"，惟妙惟肖地刻画出他向儿子交还"国民党党证"时的动作、神态。而俄译文则使用了"с важным видом"的表达，存在对该古语理解的错误，"с важным видом"意为"傲慢地对待某人或某物"，和"恭而敬之"的意思恰好相反，笔者拟译为"с большим уважением"。

冯云卿虽尚未蒙惠顾，却也久闻大名，现在听得他诉苦，就不免存下几分戒备之心了。③

Фэн Юнь-цин сам ни разу не испытал его метода, но громкое имя Ли Чжуан-фэя было известно ему давно.④

例句中的"未蒙惠顾"实为尖锐的讽刺。从下文看，这个"惠顾"实为：李壮飞串通教唆冯云卿献出女儿，施用美人计，大做公债的何慎庵，撺掇冯云卿再做公债。这哪里是惠顾，明明就是以女儿来谋得利益。译文中"не испытал его метода"的使用虽基本达意，但在表达讽刺的语义层面上略显薄弱。

除了一般性古语，茅盾在《子夜》中还选用了大量的古成语。我

---

① 茅盾：《茅盾全集·小说三集》，人民文学出版社，1991年，第101页。
② Перед рассветом. Роман. Пер. с китайского В. Рудмана и Л. Урицкой, М., Гослитиздат, 1956. С. 100.
③ 茅盾：《茅盾全集·小说三集》，人民文学出版社，1991年，第222页。
④ Перед рассветом. Роман. Пер. с китайского В. Рудмана и Л. Урицкой, М., Гослитиздат, 1956. С. 208.

第二章　茅盾作品在俄罗斯

们来看下面的例句。

（1）外国的企业家果然有高掌远蹠的气魄和铁一样的手腕,却也有忠实而能干的部下,这样才能应付自如,所向必利。①

Иностранные предприниматели — люди талантливые и дальновидные, и рука у них железная; но это дает им возможность справляться со своими делами и получать верную прибыль.②

（2）什么匪祸,都是带兵的人玩忽,说不定还有'养寇自重'的心理。③

Что же касается бедствия в Шуанцяо, все произошло из-зи нерадения военного нечальства, у которого, наверное, был расчет: «Будем держаться только до тех пор, пока существуют бандиты».④

（3）"就算我做诗的时机不对,也不劳张小姐申申而詈呵!"⑤

Допустим, что случай для составления стихов неподходящий, но сестрице Чжан вовсе не следует расходовать энергию, чтобы поносить меня за это.⑥

（4）打从今年元旦起,所谋辄左！⑦

С первого дня нового года неудача следует за неудачей.⑧

---

① 茅盾：《茅盾全集·小说三集》,人民文学出版社,1991年,第144页。
② Перед рассветом. Роман. Пер. с китайского В. Рудмана и Л. Урицкой, М., Гослитиздат, 1956. С. 138.
③ 茅盾：《茅盾全集·小说三集》,人民文学出版社,1991年,第173页。
④ Перед рассветом. Роман. Пер. с китайского В. Рудмана и Л. Урицкой, М., Гослитиздат, 1956. С. 163.
⑤ 茅盾：《茅盾全集·小说三集》,人民文学出版社,1991年,第24页。
⑥ Перед рассветом. Роман. Пер. с китайского В. Рудмана и Л. Урицкой, М., Гослитиздат, 1956. С. 30.
⑦ 茅盾：《茅盾全集·小说三集》,人民文学出版社,1991年,第222页。
⑧ Перед рассветом. Роман. Пер. с китайского В. Рудмана и Л. Урицкой, М., Гослитиздат, 1956. С. 207.

我们来看下这些古成语的原意：

(1) 高掌远跖：比喻开拓、开辟。(люди талантливые и дальновидные)

(2) 养寇自重：养寇以自重，养寇是保留敌人，自重是使自己的地位显得更为重要。就是故意放着敌人不打，故意留着敌对势力或对立面，用以牵扯另一方，以此使自己的地位变得重要。(Будем держаться только до тех пор, пока существуют бандиты)

(3) 申申而詈：重复地喋喋不休地骂。(поносить меня)

(4) 所谋辄左：非常不幸。(неудача следует за неудачей)

茅盾在这四个句子中所使用的是非常古老的中国成语，在作品中使用这些词语为作品增添了一抹特殊的色彩，但对于中国读者来说，理解这些词语还要借助工具，因而可以想象会给俄国译者带来多大的困难。这些古成语是不可直译的。即便采取加注的办法，也只是费力不讨好：一则会造成行文拖沓，影响阅读；二则，这种附带信息于小说主旨并无甚紧要，即便以注释的方式强加给读者，也属于冗余信息，无甚裨益。所以译者在这些成语的处理上译者均采取了意译，通过简洁的译文传达了成语的本意，割舍了成语的四字构成，而没有过多地纠缠于此，避免了如俗语所说的，"捡了芝麻，丢了西瓜"。

二、口语表述的翻译

鲁迅说："将活人的唇舌作为源泉，使文章更加接近语言，更加有生气。"《子夜》中作者采用大量富有表现力的口语，反映社会生活，逼真传神，因此作品富有浓郁的时代生活气息，具有强烈的时代感和真实感。

茅盾善于准确地描写不同阶层的语言，包括工人、农民、资产者、土财主，因为不同阶层的人物在语言表述上是存在很大差异的。以下我们将选取文中出现的代表不同阶层的语言进行译本分析。

工农的语言：

第二章 茅盾作品在俄罗斯

阿金的丈夫赶上去对准那老头儿的脸上就是一拳,咬紧着牙齿说:

"老狗!你也要命么?"

"打死他!咬死他!曾剥皮!"

忿怒像暴风似的卷起来了。但是那位佩手枪的青年走过来拦住了众人,很威严地喝道:

"不要闹!先要审他!"

"审他!审他!老剥皮放印子钱,老剥皮强夺我们的田地!——"

"老狗强占了我的老婆!叫警察打我!"

"他叫警察捉过我们许多人了!我们要活活地咬死他!"①

Муж А-цзинь подбежал, ударил его кулаком в лицо и заскрежетал зубами.

— Еще жить хочешь, старый пес!

— Бейте его до смерти! Грызите Цзэна-живодера!

Ярость людей поднялась, словно шквал, глаза метали огонь. Казалось, люди растерзают Цзэн Цан-хая. Но молодой парень с револьвером остановил их.

— Не шуметь! Прежде будем судить его!—строго сказал он.

— Судить! Судить! Этот старый живодер занимался ростовщичеством. Он отнимал у нас нашу землю!

— Старый пес увел мою жену и еще подослал полицейских избить меня!

— По его доносу полиция арестовала много наших людей. Разорвать его в клочья!②

---

① 茅盾:《茅盾全集·小说三集》,人民文学出版社,1991年,第113页。
② Перед рассветом. Роман. Пер. с китайского В. Рудмана и Л. Урицкой, М., Гослитиздат, 1956. С. 101.

茅盾描写工农的语言,其逼真达到了惊人的程度。这段文字即使不加说明,也可以由此联想出场景中各种人物说话时的神色、动作,绘出群情震怒的场景。这主要是因为作家描摹各种任务的口吻惟妙惟肖的缘故。这段话使用了一连串的口语词汇,如"老狗""曾剥皮""老剥皮"等等。下面我们来看俄译文。译文中口语词汇和句式与原文是对应的。"старый пес"对应"老狗";"Еще жить хочешь"对应"你也要命吗";"Цзэн-живодер"对应"曾剥皮"。最妙的是译文中命令式的翻译,"Не шуметь""Судить"对应着"别吵""审他",用动词不定式完成命令式是典型的口语句式。俄译者较为完整地传达了原文人物的语言和语态。

贵妇人的语言:

"珊? 珊能够代替我么? ——不能么? 她心里有什么人罢? 嗳,我的痴心! ——听说陇海线上炮火厉害,打死了也就完了! 完了! ——可是,可是,他不说就要回上海么? 呵! 我怕见他! 呵,呵,饶恕了我罢,放开我罢! 让我躲到什么地方去罢!"①

«Пэй-шань？ Сможет ли Пэй-шань заменить меня?—спрашивала она себя в отчаянии.—Не сможет？ Кто у нее на уме？ Ах ты, глупое мое сердце! Говорят, на Лунхайской дороге был ужасный бой. Если он убит, тогда конец, всему конец!... Но разве он не сказал, что вернется？ Нет! Страшно... страшно увидеть его... Помилуй меня, отпусти, дай спрятаться куда-нибудь!...»②

这段描写精彩地表现了吴少奶奶矛盾的精神世界。这里,因爱恋雷参谋,吴少奶奶想以阿珊做替身,继而,她由情痴而生绝情之

---

① 茅盾:《茅盾全集·小说三集》,人民文学出版社,1991年,第177页。
② Перед рассветом. Роман. Пер. с китайского В. Рудмана и Л. Урицкой, М., Гослитиздат, 1956. С. 166—167.

第二章　茅盾作品在俄罗斯

念,貌似决绝却隐痛难除。作家用自问自答的形式层层揭开她矛盾内心的最深处,在行文上用多个短句表达情绪的转换。再来看俄译文。这段译文的处理恰到好处,即使没有看原文,我们也可以体会出女主人公矛盾的心境和痛苦的情绪。译文选用了口语味浓烈的自言自语,"Сможет ли... —Не сможет?""Но разве он не сказал, что вернется？　Нет!",同时和原文一样译者用明快有力的短句体现了人物瞬息万变的思绪,当我们将原文和译文对照,会发现在处理上俄译者非常细心。"呵！我怕见他！"一句译文为"Нет! Страшно... страшно увидеть его...",译者将原文的语气词换成了语气更为强烈的"Нет!",并用"Страшно... страшно"来加强原文的"怕见",虽和原文存在差异,但却精妙地摹拟的语气,得体地加强了情绪表达。

资产者的语言:

"也许不要紧,可是,可是,风色不对。我们还没布告减工钱,可是,工人们已经知道了。她们,她们,今天从早上起,就有点——有点怠工的样子,我特来请示——怎样办。"

— Может быть, все это пустое, но... но... положение совершенно необычное... Не успели еще мы объявить о снижении заработной планы, как работницы откуда-то узнали об этом. Они... Они... сегодня с самого утра уже понемнож... немножку начали саботировать. И я... пришел, чтобы просить распоряжения.

这一段是账房先生莫干丞向吴荪甫汇报请示的片段。茅盾刻意描摹了账房先生惶急和讨好,语气上的重复和停顿,选用了"也许""还""已经""有点"等加强申辩、婉转意思的口语词,并使用了"可是,可是""她们,她们""有点——有点"来表现他的唯唯诺诺。奴才向主子报告时的窘相得以完全展现。俄译者采用直译的方法,选用了大量口语词汇和句式,如"Может быть(可能)""все это пустое(无关紧要)""но... но...(但是……但是)""Они... Они...(她们……她们)""понемнож... немножку(有点……有点)"。虽然不加修饰,但莫干丞向主子汇报时的语气和神态表现得非常完整。

值得注意的是,作家有意识地利用口语的描写来表现资产者的故作姿态。我们来看下面三个例子。

(1)他把他那尖利的眼光向四周围瞥了一下,然后用出最庄重最诚恳的声调来,对那一百多女工训话:

"大家听我一句话。我姓屠的,到厂里也两年多了,向来同你们和和气气;……我没有摆过臭架子。我知道你们大家都很穷,我自己也是穷光蛋;……一包丝要净亏四百两光景!大家听明白了么?是四百两银子!……厂家又不能拉屎拉出金子来,一着棋子,只有关厂!关了厂,大家都没有饭吃;……就为的要顾全大家的饭碗!……大家也总得想想,做老板有老板的苦处!老板和工人大家要帮忙,过眼前这难关!你们是明白人,今天来上工。你们回去要告诉小姊妹们,不上工就是自己打破自己的饭碗!……我早就辞过职了,吴老板还没答应,我只好做一天和尚撞一天钟!你们有什么话,尽管对我说,不要怕!"[①]

—Слушайте все! - начал он торжественно и в то же время вкладывая в свои слова всю теплоту, на которую был способен.—Я, Ту Вэй-йо, работаю на этой фабрике свыше двух лет и всегда ладил с вами. Месяц тому назад господин У назначил меня своим заместителем, но я вовсе не кичусь этой должностью. Я знаю, что вы очень бедны, да и сам я гол, как яйцо, и, когда есть возможность, я всегда помогаю вам. Но сейчас цена на пряжу упала и хозяин терпит убытки. На каждом пикуле пряжи он теряет четыреста ланов серебра. Понимаете?

---

① 茅盾:《茅盾全集·小说三集》,人民文学出版社,1991年,第437—438页。

第二章　茅盾作品在俄罗斯

Четыреста ланов серебра, а в переводе на нынешние деньги - шестьсот юаней. Хозяин не может испражняться золотом! У него один выход - закрыть фабрику. Но тогда вы все лишитесь пищи. Известно ли вам, что в районе Шанхая объявленлокаут более чем на двадцати фабриках？ Наш хозяин влез в долги и даже заложил собственныйдом, чтобы только не закрыть фабрику. Так он заботится, чтобы у вас была чашка риса. Он был вынужден снизить заработную плату на двадцать процентов, потому что у него нет иного выхода. Если вы поразмыслите, сами поймете, что быть владельцем фабрики - тоже нелегкое дело. В трудную минуту хозяева и рабочие должны помогать друг другу. Вы люди понятливые и разумные, поэтому и вышли на работу. Передайте сестрам: если они не приступят к работе, то сами себя лишат последней чашки риса. ... Я уже просил его освободить меня, но он пока не соглашается. Мне остается мириться с этим. Все наболевшие вопросы можете обсудить со мной!①

（2）我以家严和尊府的世谊而论,认为像朋友谈天那样说起什么工会,什么厂里的情形,大概不至于再引起人家的妒忌或者认为献媚倾轧罢！②

Я имею теперь право в память долголетней дружбы моего отца с вашим досточтимым родителем так же просто, как это принято между друзьями, беседовать о том, что представляет собой так называемый профсоюз и каково положение дел на

---

① 　Перед рассветом. Роман. Пер. с китайского В. Рудмана и Л. Урицкой, М., Гослитиздат, 1956. С. 410—411.
② 　茅盾:《茅盾全集·小说三集》,人民文学出版社,1991年,第141页。

фабрике. Это, вероятно, ни в ком не вызовет зависти и никто не назовет меня подхалимом.①

（3）"三先生，天亮之前有一个时候是非常暗的，星也没有，月亮也没有。"②

— Господин У, перед рассветом ночь бывает особенно глубокой, это потому, что не видно ни луны, ни звезд.③

例句（1）是屠维岳对女工的训词，例句（2）和例句（3）为屠维岳和吴荪甫的对话。

例句（1）中屠维岳语言话通俗，净是阿谀奉承，皆为完成吴荪甫交给的任务。

作家精心描写了屠维岳有意利用的口语色彩，这些口语的表达使屠维岳奴才的虚伪诡诈得到了最充分的展现。俄译文中同样保留了原文中使用口语的风格，如"向来同你们和和气气"对应"Ладитьс вам"，"我没有摆过臭架子"对应"я вовсе не кичусь этой должностью"，"我自己也是穷光蛋"对应"да и сам я гол, как яйцо..."，"厂家又不能拉屎拉出金子来"对应"Хозяин не может испражняться золотом!"，"自己打破自己的饭碗！"对应"сами себя лишат последней чашки риса"，"我只好做一天和尚撞一天钟"对应"Мне остается мириться с этим."，"大家也总得想想，做老板有老板的苦处！"对应"Если вы поразмыслите, сами поймете, что быть владельцем фабрики – тоже нелегкое дело."但在处理上有时因为过于忠实原文而会造成读者接受的困难，如："我自己也是穷光蛋"，译者用"яйцо"来代指了"穷光蛋"，这个语义在俄语中是不存在

---

① Перед рассветом. Роман. Пер. с китайского В. Рудмана и Л. Урицкой, М., Гослитиздат, 1956. С. 135.
② 茅盾：《茅盾全集·小说三集》，人民文学出版社，1991年，第411页。
③ Перед рассветом. Роман. Пер. с китайского В. Рудмана и Л. Урицкой, М., Гослитиздат, 1956. С. 386.

第二章　茅盾作品在俄罗斯

的,势必会给读者带来莫名其妙之感,笔者拟将之改为"голодранец（穷光蛋,乞丐）"。类似的还有"自己打破自己的饭碗!",这里的饭碗是指"工作",而不是真正意义上的饭碗(чашка риса),不如直接用"работа"来得直接。同时,"我只好做一天和尚撞一天钟"也不准确,"做一天和尚撞一天钟"在俄语中有对应的表述:"прожил день - и слава богу"。译者的翻译虽然表达了原文的意思,但不如直接使用俄语中固有的俗语搭配给读者的印象深刻,冲击力大。

再来看例句(2)和(3)。和例句(1)的口语色彩浓烈不同,在这两个例句当中屠维岳措辞娴熟,语义双关,显然是一种狷傲自负的口气。俄译者对这两段的处理也颇为合适,虽是对话,却丝毫没有显露出口语的词汇和句式。

同时,茅盾还恰到好处的作品中使用了口语味浓烈的谚语,收到了以一当十的表达效果。我们选取了其中的几个例子进行分析。

(1)羊毛出在羊身上①

Овечья шерсть добывается②

(2)硬做不如软来③

Мягкость предпочтительнее строгости④

(3)豆腐扮成了肉价钱⑤

Варили-варили бобовый сыр и до того доварили, что оно бошелся дороже мяса⑥

---

① 茅盾:《茅盾全集·小说三集》,人民文学出版社,1991年,第45页。
② Перед рассветом. Роман. Пер. с китайского В. Рудмана и Л. Урицкой, М., Гослитиздат, 1956, С. 49.
③ 茅盾:《茅盾全集·小说三集》,人民文学出版社,1991年,第61页。
④ Перед рассветом. Роман. Пер. с китайского В. Рудмана и Л. Урицкой, М., Гослитиздат, 1956, С. 63.
⑤ 茅盾:《茅盾全集·小说三集》,人民文学出版社,1991年,第398页。
⑥ Перед рассветом. Роман. Пер. с китайского В. Рудмана и Л. Урицкой, М., Гослитиздат, 1956, С. 375.

(4)让别人家杀鸡,吓我们这里的猴子!"①

Пусть другие фабрики спрва расправятся со своими рабочими, тогда и нашим не будет повадно.②

(5)好汉不吃眼前亏③

Порядочный человек никогда зря не подвергает себя опасности.④

(6)人情要卖给熟面孔⑤

Добро хочется сделать прежде всего друзьям.⑥

(7)冤家宜解不宜结⑦

С врагами лучше не связываться.⑧

这七个句子译本首先是非常准确地将这些口语味浓烈的谚语表达了出来,其次译者并没有单一的选择直译或意译,而是根据句子的情况适当作出调整。

例句(1)(2)和(3)原句中的三例俗语出现的都是最常见的事物和容易理解的概念,这些事物和概念出现在译文中并不会给异文化持有者造成费解,加之上下文的辅助解释,其表意更加清晰。所以直译不仅不会给译文读者带来理解上的困难,反而能以新鲜的意象表达激发译文读者。(4)(5)(6)和(7)译者采取意译的方法,舍弃原语俗语的形式、意象和蕴涵,用直接、明了的表达揭示俗语的意义。虽然损失

---

① 茅盾:《茅盾全集·小说三集》,人民文学出版社,1991年,第464页。
② Перед рассветом. Роман. Пер. с китайского В. Рудмана и Л. Урицкой, М., Гослитиздат, 1956, С. 437.
③ 茅盾:《茅盾全集·小说三集》,人民文学出版社,1991年,第471页。
④ Перед рассветом. Роман. Пер. с китайского В. Рудмана и Л. Урицкой, М., Гослитиздат, 1956, С. 444.
⑤ 茅盾:《茅盾全集·小说三集》,人民文学出版社,1991年,第45页。
⑥ Перед рассветом. Роман. Пер. с китайского В. Рудмана и Л. Урицкой, М., Гослитиздат, 1956, С. 49.
⑦ 茅盾:《茅盾全集·小说三集》,人民文学出版社,1991年,第434页。
⑧ Перед рассветом. Роман. Пер. с китайского В. Рудмана и Л. Урицкой, М., Гослитиздат, 1956, С. 408.

第二章　茅盾作品在俄罗斯

了俗语的趣味性和语言色彩,但却可使读者清晰明了原文涵义,提高的阅读兴趣,提高其审美愉悦。译者的处理既再现了茅盾作品独特的语言魅力,又丰富了俄文表达。

三、辞格的翻译

茅盾在《子夜》中多次娴熟自如的运用辞格,匠心巧运。辞格的运用,不仅使小说瑰丽多姿,同时也使作家的表达蕴含深厚。这些辞格,是作品主题思想、人物形象、故事情节、环境描写的重要组成部分,跟作品总的情调、气氛融为一体。这些辞格具有耐人体味的艺术魅力,像宝石般闪耀着光彩。

首先,茅盾常常运用比拟、比喻、排比等辞格,描写典型环境。我们来看下面一段文字:

天空挤满了灰色的云块,呆滞滞地不动。淡黄色的太阳光偶然露一下脸,就又赶快躲过了。成群的蜻蜓在树梢飞舞,有时竟扑到绿色的铁纱窗上,那就惊动了爬在那里的苍蝇,嗡的一声,都飞起来,没有去路似的在窗前飞绕了一会儿,仍复爬在那铁纱上,伸出两只后脚,慢慢地搓着,好像心事很重。①

На небе сгрудились неподвижные серые облака. Изредка показывалось бледно-желтое солнще и быстро пряталось.

Над верхушками деревьев стаями кружились стрекозы, то и дело налетая на оконные сетки и вспугивая ползущих по ним мух. «Вэн-н!» -- звенело в воздухе. Мухи разлетались в стороны, кружили перед окнами и, не найдя выхода, опять садились на сетки окон. Вытянув задние ножки и неторопливо потирая их одна о другую, они, казалось, раздумывали о каких-то очень

---

① 茅盾:《茅盾全集·小说三集》,人民文学出版社,1991年,第178页。

важных делах.①

自然界的一切,在不同气候条件下,具有千差万别的特征,从中选择一些特征,加以描绘,就会造成特定的意境,酿成特定的气氛,从而为特定的写作目的服务。上面描绘的图画,就是幅暴风雨前夕风景画。茅盾抓住乌云、阳光、蜻蜓、苍蝇在暴风雨前夕特有的情状,采用比拟的手法进行了精确刻画。作家既分别细描"挤满""躲过""飞舞和扑""飞绕和搓着"的传神动作,又分别加上"呆滞""偶然""赶快""竟""没有去路似的""好像心事很重"等修饰或描写的词语,使神情毕现。整幅图画从正面有力地衬托了吴荪甫的心境:"独自一人在那里踱方步,他脸上的气色和窗外的天空差不多。"

在对该段风景描写的处理上,俄译者选择了直译法,直接选用了"сгрудиться(聚到一起)""Из редка показываться(偶然显露)""быстро прятаться(快速躲避起来)""кружиться(打转、盘旋)""налетать(飞着撞上)""вспугивать(惊起)""потирать(轻轻、不时地揉搓)"等动词,如实地呈现了这幅风雨欲来图。物被写得像真正的人一般了,灰暗沉闷、压抑焦躁的气氛异常浓烈。

又如:

没有风。淡青色的天幕上停着几朵白云,月亮的笑脸从云罅中探视下界的秘密。黄浦像一条发光的灰黄色带子,很和平,很快乐。一条小火轮缓缓地冲破那光滑的水面,威风凛凛地叫了一声。船面甲板上装着红绿小电灯的灯彩,在那清凉的夜色中和天空的繁星争艳。这是一条行乐的船。②

这里正是高桥沙一带,浦面宽阔;小火轮庄严地朝北驶去,工业的金融的上海市中心渐离渐远。水电厂的高烟囱是工业上海的最后

---

① Перед рассветом. Роман. Пер. с китайского В. Рудмана и Л. Урицкой, М., Гослитиздат, 1956. С. 167.
② 茅盾:《茅盾全集·小说三集》,人民文学出版社,1991年,第490页。

第二章　茅盾作品在俄罗斯

的步哨，一眨眼就过去了。两岸沉睡的田野在月光下像是罩着一层淡灰色的轻烟。①

Стояла тихая, безветренная погода. На синем небе неподвижно застыли белые облачка. Из-за них улыбалась луна, подсматривая тайны мира.

Весело и спокойно текла Хуанпу, словно сверкающий желтый пояс.

По зеркальной поверхности реки, издавая величественные гудки, медленно плыло суденышко. Палуба его освещалась красными и зелеными электрическими лампочками, которые в светлой ночи, казалось, соперничали с огнями звезд.

Пароходик совершал увеселительную прогулку. Сейчас он находился в районе Гаоцяоша, где река значительно расширялась. С важным видом пароходик шел на север.

Промышленный и финансовый центр Шанхая постепенно удалялся. Пронеслись мимо и высокие трубы гидроэлектростанции. Это был последний страж промышленного Шанхая.

Уснувшие прибрежные поля при свете луны казались матовыми; они были словно окутаны серой дымкой.②

作者在描绘这幅画时，虽和上一段一样采用比拟，但是选择的词汇，都是精确地体现"欢快""宁静"的词汇，因此造成跟前一幅画截然相反的风貌，构成迥然有别的格调。这幅画，夜色宁静、和乐，气氛明快。这跟"行乐"多么谐调！然而这幅行乐夜景图跟"行乐"

---

① 	Перед рассветом. Роман. Пер. с китайского В. Рудмана и Л. Урицкой, М., Гослитиздат, 1956, С. 482.
② 	Там же. С. 453—454.

的吴老板们的心境,构成强烈的对比,淋漓尽致地反衬出竞争失败后老板们无聊、烦闷、颓废、悲哀的心情。相较于上段译本,此段俄译本虽基本还原了原文,但在语言的处理上却稍有不妥。首先,茅盾使用了一个短句"没有风"确定了这段描写的基调,简洁明快、一语双关,而译者却选择了细致解析该句,造成了不必要的繁复,不如"Безветренно"一词以蔽之。除此之外,"黄浦像一条发光的灰黄色带子,很和平,很快乐"一句,作家明显意为突出句子的补语部分:"很和平,很快乐",因而我们拟将俄译本改为:"Хуанпу текла, словно сверкающий желтый пояс, спокойно, весело."

其次,茅盾运用排比、双关、层递、夸张等,展现人物心境。作品中难于描状的心境,通过巧妙设喻取譬,使境界全出。例如:

不错!也是这么浓雾般的细雨的早上,也是这么一切都消失了鲜明的轮廓,威武的气概,而且也是这么他坐在汽车里向迷茫的前途狂跑。①

Да! Однажды, точно в такое же туманное, дождливое утро, когда все вокруг потеряло свои яркие очертания, он, У Сунь-фу, с таким же величаво- воинственным видом восседал в машине, которая стремительно мчала его к неясной цели!②

一连串"也是这么"句排比,强调惨淡的风景依旧,然而此时此刻吴荪甫的地位已非昔比,对手也非昔比,他的心境自然迥别,从"也是这么""也是这么"仿佛听到人物在自言自语,在抒发无限感慨。俄译者在语义表达和用词上都很准确,译文中出现了两个"такой"的变化形式,不过我们认为译文还可以进一步接近原文:

Да! Однажды, точно в такое же туманное, дождливое

---

① 茅盾:《茅盾全集·小说三集》,人民文学出版社,1991年,第542页。
② Перед рассветом. Роман. Пер. с китайского В. Рудмана и Л. Урицкой, М., Гослитиздат, 1956. С. 483.

第二章 茅盾作品在俄罗斯

утро, и в такое время, когда все вокруг потеряло свои яркие очертания, и с таким же величаво-воинственным видом, он, У Сунь-фу, восседал в машине, которая стремительно мчала его к неясной цели!

又如：

她很小心地越过了警戒线，悄悄地到了陈月娥住的草棚附近。前面隐隐有人影。玛金更加小心了。她站在暗处不动，满身是耳朵，满身是眼睛。①

Она осторожно прошмыгнула мимо цепи полицейского заграждения и едва слышно подкралась к лачуге Чэнь Юе-во.

Впереди мелькнула чья-то тень. Женщина замерла в темноте, вся превратившись в слух.②

简直是神来之笔，作家运用高超的写作技巧表现了工人运动的领导发人之一党员玛金的警觉性。俄译者采用了意译法，舍弃原语的形式，直接表达了意义，但却降低了语言色彩。

再如：

每逢有什么脚步声从她房外经过，她就尖起了耳朵听，她的心不自然地跳着；她含了两泡眼泪，十分诚心地盼望那脚步声会在她房门口停住，而且十分诚心地盼望着就会来了的笃笃的两下轻叩，而且她将去开了门，而且她盼望那叩门者竟是哥哥或嫂嫂——或者林佩珊也好，而且他们是来劝她出去散散心的！③

Всякий раз, когда около двери сальни раздавались шаги, она напрягала слух, и сердце ее, казалось, вот-вот выскочит

---

① 茅盾：《茅盾全集·小说三集》，人民文学出版社，1991年，第456页。
② Перед рассветом. Роман. Пер. с китайского В. Рудмана и Л. Урицкой, М., Гослитиздат, 1956. С. 435.
③ 茅盾：《茅盾全集·小说三集》，人民文学出版社，1991年，第515页。

из груди.

Чуть не плача, она с трепетом ожидала, что шаги остановятся у ее комнаты, в дверь два раза тихонько постучат, она откроет и увидит перед собой старшего брата, невестку или Линь Пэй-шань. Они придут, чтобы убедить ее выйти погулять, подышать свежим воздухом.①

四小姐关在房里"静修",企图摆脱尘世,但她"在房里就像火烧砖头上的蚯蚓似的没有片刻的宁息"。文中使用了三个"盼望",她眼巴巴地盼望,十分急切中包含诸多悲苦。俄译者采用直译法,用"с трепетом ожидала"引导从句,以一敌三,将四小姐的种种期盼精确表达。

四、长句的翻译

《子夜》中大量地使用了长句,它使作者吸收外语句法的一些特点,而锻造出的句式。它结构复杂而组织严密,事物内涵具体同时浸透作者的爱憎。可以说,长句的句法严谨,是《子夜》语言的又一鲜明特色。

茅盾常常通过不同的方式,使句子变得复杂。虽然这样的方式可以提升情绪的表达,但也给译者带来了困难。

·定语扩展

像闪电似的到交易所里一转而现在又向益中公司去的汽车里的吴荪甫,全心神在策划他的事业,忽然也发现自己的很大的矛盾。②

У Сунь-фу молнией облетел зал биржи. И сейчас, полный деловых замыслов, он снова мчался в машине в кредитное общество «Ичжун». Вдруг он открыл в своем сердце вопиющее

---

① Перед рассветом. Роман. Пер. с китайского В. Рудмана и Л. Урицкой, М., Гослитиздат, 1956. С. 500.
② 茅盾:《茅盾全集·小说三集》,人民文学出版社,1991年,第334页。

第二章 茅盾作品在俄罗斯

противоречие.①

例句中用"像闪电似的到交易所里一转而现在又向益中公司去的汽车"这个复杂的偏正词组,限制主语"吴荪甫",——从活动、处所两个方面限制陈述对象,就使陈述对象具体突出,强调吴荪甫为事业而奔忙而费心的一面,又与后面他发现自己的矛盾形成对比,整个句子结构紧凑,表达严密。译文并没有遵照作家的原文,而是还原了吴荪甫所做的事情:闪电般到交易所,而后又坐车去益中公司。译文对结构的处理弱化了语言的力量,我们拟将此段译为: У Сунь-фу, молнией облетевший зал биржи и сейчас снова мчащийся в машине в кредитное общество «Ичжун», вдруг открыл в своем сердце вопиющее противоречие.

· 状语扩展

也许就在自己正亦感得孤独的悲哀这简单的原因上,四小姐对于失意怅惘的范博文就孕育了深刻的印象罢?②

И не потому ли, что сама она испытывала тоску и одиночество, так глубоко трогало ее безнадежное отчаяние Фань Бо-вэня?③

在运用长修饰和限制语时,作家往往对被修饰或限制的事物及其行为,倾注着爱憎。例句中作家之所以从原因、对象两方面,限定"孕育"这一行为,是因为对四小姐充满着同情。四小姐处境孤独,内心苦闷,由于"同病相怜",她对失意怅惘的范博文"孕育"了深刻的印象。这样写,更强调了四小姐本身"孤独的悲哀"。这是作者的同情拨响的弦外之音。俄译者保留了原文中的原因成分,但同时却改变了

---

① Перед рассветом. Роман. Пер. с китайского В. Рудмана и Л. Урицкой, М., Гослитиздат, 1956. С. 314.
② 茅盾:《茅盾全集·小说三集》,人民文学出版社,1991年,第162页。
③ Перед рассветом. Роман. Пер. с китайского В. Рудмана и Л. Урицкой, М., Гослитиздат, 1956. С. 154.

句子的结构，在译文中没有出现"孕育"一词，而是将四小姐的主观行为转成了被动：范博文的失意惆怅深深地触动了她，减弱了作家要表达的情绪和思想。

· 并列成分做句子成分

汽车的喇叭叫，笛子、唢呐、小班锣，混合着的"哀乐"；当差们挤来挤去高呼着"某处倒茶，某处开汽水"的叫声；发车饭钱处的争吵；大门口巡捕暗探赶走闲杂人们的吆喝；烟卷的辣味，人身上的汗臭：都结成一片弥漫了吴公馆的各厅各室以及那个占地八九亩的园子。①

Автомобильные гудки, звуки траурной музыки флейт, соны и малых гонгов, крики суетливых слуг: «Кому подавать чай?», «Куда нести крем-соду?», споры у кассы, где выдавали чаевые, брань полицейских и тайных агентов, отгонявших от ворот зевак, едкий дым сигарет, запах пота – вес смешалось вместе, разносясь по залам и комнатам дома У и по всему саду, занимающему площадь около девяти му.②

本段描写非常精彩。作家最为直接写出令人厌恶的事物："哀乐""叫声""争吵""吆喝""辣味"和"汗臭"，并用多种词语进行修饰，极具画面感，读者的每一种感官都被作家的文字所感染。在此段译文中，译者在后面忠实了原文，形成了强烈的语势，但第一句却并不准确，为保留原意，笔者拟将之译为：Траурная музыка, смешанная с автомобильными гудками, и звуками флейт, соны и малых гонгов.

同样是并列成分，下面的句子中俄译者把握得则很准确。

他看见有些好好的企业放在没见识、没手段、没胆量的庸才手里，

---

① 茅盾：《茅盾全集·小说三集》，人民文学出版社，1991年，第32页。
② Перед рассветом. Роман. Пер. с китайского В. Рудмана и Л. Урицкой, М., Гослитиздат, 1956. С 36.

第二章 茅盾作品在俄罗斯

弄成半死不活,他是恨得什么似的。①

У Сунь-фу знал, что некоторые прекрасно оборудованные предприятия захирели в руках владельцев, не имевших ни опыта, ни изворотливости, ни смелости, ни всей душой ненавидел подобных людей.②

例句中,用"没见识、没手段、没胆量"这个排比结构,修饰"庸才",就扩大了"庸才"的内涵,揭示了平庸的各个侧面,突出了平庸的程度,强调了吴荪甫对"庸才"的憎恶。如果不用这个排比结构,就要写成若干小句。这样,如果弄不好,结构就会松散,表达就会乏力。俄译者很好地保持了原文的结构,准确表达了作者的意图。

他痴痴地看着林佩珊的长眉毛,圆而小的眼睛,两片猩红的略略张开的嘴唇,半露的白牙齿,发光的颈脖,隆起的胸脯,——他看着,看着,脑膜上掠过许多不很分明的意念。③

С глуповатым видом он уставился на Линь Пэй-шань, любуясь ее длинными бровями, большими глазами, полураскрытыми ярко-красными губами с белой полоской зубов, нежной шеей и резко обрисовывающимися грудями. Он все смотрел на нее, а в голове его мелькали обрывки каких-то мыслей.④

茅盾热衷于细致入微的描写女性,该例句就是比较典型的代表。作者用了偏正词组排比,突出了描写林佩珊外貌特征。俄译者对该句采取了直译,忠实了作者突出女性的本意。

---

① 茅盾:《茅盾全集·小说三集》,人民文学出版社,1991年,第81页。
② Перед рассветом. Роман. Пер. с китайского В. Рудмана и Л. Урицкой, М., Гослитиздат, 1956. С. 82.
③ 茅盾:《茅盾全集·小说三集》,人民文学出版社,1991年,第152页。
④ Перед рассветом. Роман. Пер. с китайского В. Рудмана и Л. Урицкой, М., Гослитиздат, 1956. С. 145.

本节我们从古语、口语、辞格和长句四个角度探讨了茅盾在作品《子夜》中表现出来的语言风格,并结合译例分析了译者对于原作语言风格的把握和再现。总而言之,译者恰当地结合了直译与意译两种策略,在译作语言的准确性和可读性二者之间把握住了平衡,译文比较成功。

2. 文化内涵的再现

短篇小说一直是俄罗斯茅盾研究的重中之重,尤其是茅盾的农村三部曲中的两部《春蚕》和《秋收》以及《林家铺子》,被多次出版。而与此同时作品中的浓厚的文化气息,也提高了俄罗斯汉学家的翻译难度。因而我们将选取这三部作品进行译本分析,体会俄罗斯学者对其中文化意蕴的解读。

中俄两国在不同的民族发展历程中形成了迥异的文化,而词语则是这种文化迥异的微观体现:在一种文化中存在的某些词语并不总是出现在另一种文化当中,甚至即使出现,其意义也并不不同。这些词语就是文化负载词。"文化负载词是特定文化范围内的词,是民族文化在语言词汇中直接或间接的反应。"① 文化负载词的独特性和复杂性常常使译者很难实现原文与译文的完全对等,是整个语际交际和跨文化交际中的主要障碍之一。如何处理汉语中的文化负载词是俄罗斯汉学家们翻译茅盾作品过程中不可回避的问题。

2.1 体现独特的社会生活

《春蚕》《秋收》以及无俄译本的《残冬》共同构成了茅盾的农村三部曲,它们反映了中国30年代初期半殖民地半封建旧社会农村的破败景象。三部曲围绕老通宝一家养蚕的事件展开,因而文中有大量的养蚕专业术语,这些专业术语无疑使作家的创作达到了真实可信。

---

① 胡文仲:《跨文化交际学概论》,外语教学与研究出版社,1999年,第64页。

第二章　茅盾作品在俄罗斯

但与此同时,这些语言的使用也给译者带来了不便。养蚕是中国文化中所独有的社会生活,而文中出现的养蚕术语则是中国的社会文化负载词,只有极为熟悉中国环境的译者,才能准确把握文中要义,表现中国独特的文化特征。根据我们对俄译本的分析,首先译者对文中该类词语的理解是较为深刻的。例如:

谁也料得到这些"宝宝"上山前还得吃多少叶。①

Каждый шелковод заранее прикидывает, сколько понадобится листьев до того, как у гусениц начнется «подъем».②

"宝宝"一词在其他句子中译者使用了"драгоценнейший(宝贵的)",而此处则使用了"гусеница(毛虫)",可见译者对蚕的整个成长演变过程有着深刻的了解和研究,因此根据蚕所处的时期不同所选用的词汇也不一样,以便读者能够更好地理解和接受。此外,根据词典,"上山:指蚕的上蔟,即将老的家蚕上草束吐丝结茧。"而在俄语中并没有与其完全重合的文化概念,也就是常见的文化信息不对等现象。在上面例子的翻译中,译者使用了"подъем"来翻译"上山",同时在脚注中对"подъем"的涵义进行了详细的阐释,这样既符合作者的本意,同时也达到了通顺、连贯的效果,巧妙地回避了由于信息缺失所造成的误解和误读。

又如:

(1)什么话！你倒先来发利市了！年年像去年么？③

Что это за речи такие! Заладила свое: «как в прошлом да как в прошлом!».④

---

① 茅盾:《茅盾全集·小说二集》,人民文学出版社,1991年,第327页。
② Избранное. пер. с кит./Сост., вступ. ст. В. Сорокина. Л., Худож. лит., 1990. С.25.
③ 茅盾:《茅盾全集·小说二集》,人民文学出版社,1991年,第322页。
④ Избранное. пер. с кит./Сост., вступ. ст. В. Сорокина. Л., Худож. лит., 1990. С.19.

(2)并且他还要忙着采茧,还要谢"蚕花利市",他渐渐不把茧厂的事放在心上了。①

Занявшись сбором урожая и церемонией «возблагодарения божества», старик мало-помалу забыл о кокономотальных фабриках.②

《春蚕》一文中出现了两次"利市",但表意却略有差异。"利市"本指取之有道,吉利、喜庆、好运气;在例句(1)中的"发利市"是指说吉利话。但在这里是反话,是对四大娘说不吉利话的否定。然而在译文中却出现了严重的信息缺失:"заладить"是指重复说、反复说(Начать говорить, повторяя одно и то же),译者受主观因素的影响误将发利市等同于发牢骚,与原意大相径庭;在例句(2)中"利市"是指财神,蚕花利市就是蚕农祭拜蚕神,请求蚕神保佑。在处理这类文化概念的翻译问题时,译者根据作者的原注以及自身对文化概念的理解,采用了一种相对合理的处理方式,即直接选用了注释中的意义(возблагодарение божества),这样既保证了译文的流畅性,同时也有助于增强读者对文章的理解。

再如:

老通宝从桑林里走出来,到田塍上,转身又望那一片爆着嫩绿的桑树。③

Дойдя до межи, старик оглянулся и снова залюбовался нежнозелеными листочками шелковицы.④

"田塍"意为田地为了隔开田亩或行走而筑的稍高于地面的埂子,被译为"межа"(Межа – граница земельных участков, узкая

---

① 茅盾:《茅盾全集·小说二集》,人民文学出版社,1991年,第334页。
② Избранное. пер. с кит./Сост., вступ. ст. В. Сорокина. Л., Худож. лит., 1990. С.25.
③ 茅盾:《茅盾全集·小说二集》,人民文学出版社,1991年,第317页。
④ Избранное. пер. с кит./Сост., вступ. ст. В. Сорокина. Л., Худож. лит., 1990. С.14.

第二章　茅盾作品在俄罗斯

полоса необработанной земли),文化特征相似,基本达意;

除了对社会文化负载词的准确把握和巧妙处理,译者在某些文化负载词的处理上,也存在不妥之处。例如:

二三十人家都可以采到七八分,老通宝家更是与众不同,估量来总可以采一个十二三分①。

В двадцати-тридцати семьях сбор коконов удался на семьдесят-восемьдесят процентов, а в семье Тун-бао даже выше: можно считать, процентов на сто двадцать-сто тридцать.②

过去农村养蚕,蚕农按照蚕在大眠时的单位重量计算蚕茧产量,称为"斤采斤";六分蚕收到七斤茧,称为"七分";如十二斤茧则叫"十二分"。而译文中则使用了"процент"来翻译"分"显然不准确,与原文相去甚远。可见由于中俄两国计重单位和文化传统的差异,导致翻译过程中出现了误译。

又如:

"大眠"以后的"宝宝"第一天就吃了七担叶,个个是生青滚壮。③

Все гусеницы были как одна, здоровые и зеленые, и в первый же день после большой спячки сгрызли семь даней листьев шелковицы.④

"生青"是指青得通体无杂色,呈半透明,像碧玉一样。而"滚壮",常常用来形容白嫩、结实、健壮。译文中选用了"здоровый"(健康)和"зеленый"(绿色),虽然基本达意,但缺少了许多韵味,没有生动形象地将一个富有生机的蚕宝宝展现在读者的脑海中。

---

① 茅盾:《茅盾全集·小说二集》,人民文学出版社,1991年,第332页。
② Избранное. пер. с кит./Сост., вступ. ст. В. Сорокина. Л., Худож. лит., 1990. C.31.
③ 茅盾:《茅盾全集·小说二集》,人民文学出版社,1991年,第327页。
④ Избранное. пер. с кит./Сост., вступ. ст. В. Сорокина. Л., Худож. лит., 1990. C.25.

2.2. 表现丰富的文化内涵

在整个农村三部曲中，出现了大量朴实、简练的口语和具有地方色彩的比喻，它们是中国丰富文化内涵的表现，属于社会文化负载词的范畴。这些口语和比喻的运用使读者在朴素的语言中体会到了丰富的形象和迷人的魅力，但同时也给译者造成了困扰和翻译中的不准确。例如：

真是天也变了！①

Прямо-таки светопреставление!②

这里的"天"暗示的是国家或社会的深刻变化，而且特指坏的方面的变化；而译文中，则是"简直就是世界末日！"由此可见，由于译者受自身文化体系和社会背景的限制，致使信息表达上出现了偏差，进而选用了富有宗教色彩的"世界末日"，而并非强调国家或社会的变化和事态的变迁过程。

又如：

而这些特殊的待遇，也就是老通宝的"驯良思想"的根基。③

Это особое отношение к старику явилось главной причиной его покорности перед богачами.④

句中的"驯良思想"是指由旧有的土地关系所形成的传统封建思想，不仅体现了当时农民面对权贵和富人阶层时的妥协，也表现出对社会变化的恐惧。俄国译者将"驯良思想"简单译为"驯服于财富"，回避了当时中国所处的社会环境以及普众的思想观念，造成了表达的不准确。

---

① 茅盾：《茅盾全集·小说二集》，人民文学出版社，1991年，第312页。
② Избранное. пер. с кит./Сост., вступ. ст. В. Сорокина. Л., Худож. лит., 1990. С.7.
③ 茅盾：《茅盾全集·小说二集》，人民文学出版社，1991年，第349页。
④ Избранное. пер. с кит./Сост., вступ. ст. В. Сорокина. Л., Худож. лит., 1990. С.50.

第二章　茅盾作品在俄罗斯

再如：

当真没有,黄道士,丝瓜缠到豆蔓里！①

Да нет, это в самом деле не так. Хуан-«монах», верно, перепутал.②

"丝瓜缠到豆蔓里"是浙北地区的一个俗语,是指搞错事体,听错闲话,视听混淆,张冠李戴。俄国译者使用转译的方式用一个词"перепутать",虽然在表意上没有问题,但俗语的翻译还是应尽最大可能保留源语言的风貌和语言形式,或是通过加注释的方式丰富译文。

他又觉得病后第一次看见生人面却竟是这个"白虎星"那就太不吉利。③

И то, что первым посторонним человеком, которого он увидел после болезни, оказалась именно эта «Звезда белого тигра», Тун-бао воспринял как самое дурное предзнаменование.④

"白虎星"是指那些会给人带来灾祸的人,此处特指因命里星宿不好而对夫家不利的女人。俄国译者采用直译的方式来处理此处的翻译略显草率。因为译者的文化环境中并无与"白老虎"相对应的概念,因此译文读者无法理解"白老虎"的特殊含义。因此,采用直译与加注相结合的方式会更好。

当然,译本中也不乏对文化负载词的准确处理。如：

小宝的阿爹死不肯,只看了一张洋种！老糊涂的听得带一个洋字就好像见了七世冤家！洋钱,也是洋,他倒又要了！⑤

У нас дед – всему голова и, хоть убей, только на один лист иностранной грены соглашается. Услышит, старый дурак,

---

① 茅盾：《茅盾全集·小说二集》,人民文学出版社,1991年,第350页。
② Избранное. пер. с кит./Сост., вступ. ст. В. Сорокина. Л., Худож. лит., 1990. С.51.
③ 茅盾：《茅盾全集·小说二集》,人民文学出版社,1991年,第343页。
④ Избранное. пер. с кит./Сост., вступ. ст. В. Сорокина. Л., Худож. лит., 1990. С.43.
⑤ 茅盾：《茅盾全集·小说二集》,人民文学出版社,1991年,第319页。

слово «иностранный» и так выходит из себя, будто кровно обидели всех его предков! «Доллар» тоже слово иностранное, а от доллара он небось не отказывается.①

"死不肯"是指坚决不同意、坚决不肯,"死"表示程度之深,并非译文中的"хоть убей"(Клятвенно заверяю, что невозможно понять)不可理喻、无法理解。作者在这里使用了独特的语法,而译者使用了与"死"本义相同的"убить",可见译者在语法习惯的理解上出现了偏差。此外,围绕"洋"字的对话,"生动而又俏皮,既反映出老通宝固执的性格,又符合说话者的身份与地位"。译文中"洋钱"直接译为"доллар",不仅与中国当时的国内货币单位做了区分,也使用了相对应的文化概念,表达得十分形象、贴切。"洋钱,也是洋"译者翻译为"«Доллар» тоже слово иностранное",通过译者巧妙的转换,基本上达到了生动、俏皮的效果,国外读者也更容易接受,并引起共鸣。

又如:

断子绝孙的林老板,又倒了铺子;我十个指头做出来的百几十块钱丢在水里了,也没响一声。②

Хозяин Линь (чтоб у него не было ни сыновей, ни внуков!) закрыл свою лавочку, и мои сто с лишним юаней, добытых трудом вот этих рук, словно в воду канули и даже не булькнули.③

"断子绝孙"和"十个指头做出来的钱"为俗语,俄国译者用直译的方式翻译出了这一极富口语色彩的俗语,并表达出人物内心的愤慨和无奈。

---

① Избранное. пер. с кит./Сост., вступ. ст. В. Сорокина. Л., Худож. лит., 1990. C.16.
② 茅盾:《茅盾全集·小说二集》,人民文学出版社,1991年,第285页。
③ Избранное. пер. с кит./Сост., вступ. ст. В. Сорокина. Л., Худож. лит., 1990. C.12.

第二章　茅盾作品在俄罗斯

再如：

有朝一日捉去杀了头,这才是现世报！①

Поймают их за такие дела и голову снимут. Вот и будет справедливое возмездие!②

"现世报"源于儒家思想,是指人做了坏事就会得到应有的惩罚。译文基本达意。

茅盾以上三部短篇小说中作者运用了大量具有中国文化底蕴的文化负载词来加强文学语言的张力,进而形象生动地反映出人物的真实生活状态和人文背景,让读者身临其境,真正融入作品中。但与此同时,也确实给跨文化的翻译造成了困难,俄译者在处理过程中还原了一部分文化状况,但文化传递不准确的现象也时有发生。

第四节　茅盾作品研究风格与特色回眸

在中国现代文学的殿堂里,茅盾如一座丰碑屹立不倒,他的创作为20世纪乃至今日的中国文学所做出的贡献是无法估量的。而与之相运而生的茅盾研究也恰似另一座丰碑从20世纪开始绵延至今。茅盾的域外研究作为茅盾研究的一个重要组成部分也理应被关注和重视,其中就包括成果斐然的俄罗斯茅盾研究。

1934年,涅克拉索夫(Н. Некрасов)翻译的《春蚕》(《Весенний шелк》)在俄文《世界文学》上的发表,开启了俄罗斯茅盾接受之滥觞。在几十年的研究历程中,俄罗斯出现了多位茅盾研究专家、学者以及多部专著和众多学术论文与文章,并形成了自己的研究风格和特点。

一、偏重社会历史分析

苏联时期的学者对中国文学的研究注重研究作家与人民、时代的

---

① 茅盾:《茅盾全集·小说二集》,人民文学出版社,1991年,第345页。
② Избранное. пер. с кит./Сост., вступ. ст. В. Сорокина. Л., Худож. лит., 1990. С.47.

关系,在研究方法上偏重于社会历史分析。这一研究方法是由俄罗斯民族传统的现实主义历史渊源以及苏联时期社会主义现实主义的文学追求所决定的。因而这一时期的研究学者们往往对作家的宏观背景材料进行深入的挖掘。作家所处的时代和社会、他所接受的文学传统社会生活的特点,同时代人对他的影响,以及他对后代的影响等等,都被列入他们的研究视野,面面俱到,论述范围极为宽泛,进而不免有过于宏观,主线不明朗的问题。但与此同时,我们注意到,俄罗斯学者们对此种研究方法的使用,较为真实地反映了作家的原貌。如,研究学者鲁德曼评价茅盾为革命作家,他认为茅盾是在革命中成长出来的作家。鲁德曼写于20世纪30年代的文章深刻剖析了茅盾如何在新文化运动、俄国社会主义革命、五四运动和两次国内革命的影响下不断地成长。他以异域研究者的视角叙述茅盾在革命浪潮中的成长过程,指出从走上工作岗位开始,茅盾一直努力地寻求着将自身与革命统一起来的途径,并适时调整自己,自觉地根据各个时期的不同历史任务来规划自己的角色,以便符合革命的需求。他殷实细致地还原了真实的茅盾。又如,20世纪50—60年代多位研究学者对文学理论家茅盾进行了研究。俄罗斯学者们将目光聚焦于新文学时期茅盾的文学思想和主张,对茅盾新文学时期从"为人生"到为"无产阶级"文艺思想的考察,体现出了茅盾的文艺思想动态变化,并看重他早期对中国文学批评所作出的贡献。他们的研究符合茅盾的文学现实,同时他们对其文学理论思想的考察也在一定程度上促进了俄罗斯学界更为全面地认识茅盾。显然,俄罗斯学者们已经意识到文艺理论是茅盾一生中不可缺失的部分,较之于之前的单纯从作家角度对茅盾进行考察发展了一大步。再如,俄罗斯学者们经常将关注点聚焦于影响茅盾创作的相关因素。在社会历史研究方法的指导下,研究学者们甚至从茅盾的童年开始进行考察,从其父亲、母亲和教师入手,发掘影响其创作的一切可能性。这种对研究对象历史全方位寻访手段是整个俄罗斯汉学

第二章　茅盾作品在俄罗斯

严谨科学的治学态度的集中体现,也是俄罗斯茅盾研究逐渐丰满的重要手段。

二、对作品中时代性的高度关注

20世纪的俄罗斯的中国文学研究已经不再局限于中国古典文学,中国现代文学的翻译与研究也已成为俄罗斯汉学所关注的重要对象。这既是历史的必然,也是时代的需求。文学是社会生活的镜子,中国现代文学是在20世纪中国社会大动荡和世界文学潮流汹涌激荡的历史大背景下产生的,它被深深地刻上了时代的烙印,研究学者们希望从这段文学中获取中国社情民意,因而,对记录时代脉搏和书写时代历史的茅盾及其作品高度关注。作为现实主义作家,茅盾始终将笔触伸向时代最敏感的神经,触及社会的痛处,也触及民众的痛苦。在创作的各个阶段,茅盾都努力抓住当时的时代特征,亦即这个时代人民最为关心的问题,用艺术形式尤其是长篇小说表现出来,从而记录每个时代的波澜壮阔。这也恰恰是俄罗斯学界最为感兴趣的地方。

如,早在20世纪30—40年代,鲁德曼就将茅盾置身于中国的革命大潮中,将茅盾的革命活动和文学创作并驾齐驱,认为茅盾的革命活动和文学创作是交错进行的,茅盾是从探讨文学开始革命,而与此同时,十月革命和五四运动又反过来促使他更有目的、更深入地去钻研文学。鲁德曼对茅盾作品的介绍,无一不关注其社会全景式的描绘,揭示出其紧密把握了社会革命特征和时代脉搏的创作思维。他认为茅盾在走上文学创作道路之后一直保持着记录中国革命的写作意识。

又如,20世纪俄罗斯茅盾的主要研究者费德林和利希查,他们共处于苏联汉学的氛围之下,因而对茅盾接受在某些方面是一致的,即他们都关注了茅盾及其作品中的时代性问题。但不同之处在于,费德林关注的是其题材和主题的时代性,而利希查则是将关注点集中于作家塑造的人物形象的时代特征;在研究手法上,费德林更偏重于凸现人格精神的宏观评述,而利希查则选用了从作品出发的微观品评。

费德林这样评价茅盾的创作:"茅盾的作品是20世纪中国20年代和30年代初期社会生活的独特的百科全书。大概没有一个中国作家,像茅盾的作品一样,展现了中国当代社会的如此广阔的画面,描绘了如此众多的现实人物群像,提出了这么多的社会问题。"[①] 费德林认为当时中国瞬息万变的时代特征给作家们刻上它的印记,而茅盾和他的作品正是最能代表这一时代的"发言人"。费德林在自己的文章中从作家创作题材的选择入手,宏观评述了其作品中浓浓的时代性。

较之于费德林评述的恢弘,利希查的研究更侧重于具体文本的分析。茅盾作品的时代性是通过作家笔下生动的各式各样的人物来体现的。利希查在研究文章中细致分析了以下两点内容:首先,茅盾笔下的具有时代特征的人物形象身上有着鲜明的时代性格;其次是时代赋予他们悲惨的命运。根据利希查所关注的这两点内容,我们可以说他是了解中国国情的。因为处于动荡的社会环境之中,无论是资产阶级、新型女性还是新农民,他们的能力都是不够强大的,时代的局限性注定了他们悲剧的结局。而与此同时,他们经历了当时中国社会的不同发展阶段,时代的特性也深深地在他们性格形成的过程中留下了烙印。由此可见,俄罗斯学者们对历史的高度关注是极为必要的,他们抓住了茅盾创作中的核心要义之一——时代性。

三、对茅盾的多身份考察

进入20世纪50年代以后,俄罗斯的茅盾研究更具综合性和系统性。俄罗斯学者增强了茅盾研究的广度和深度,出现了多声部共鸣的局面。首先,研究学者们认识到了茅盾作为作家以外的身份。除了对其名著、名篇与创作道路、文学成就的分析评论外,一个经历过挫折但却从未停止脚步的文艺理论家标签已经贴到了俄罗斯学者眼中的茅盾身上。进入20世纪50年代以后多位研究学者的文章及专著中都涉

---

① Федоренко Н. Т. Мао Дунь. М., Знание, 1956, С.3.

第二章 茅盾作品在俄罗斯

及了茅盾的文艺批评,如:1954年乌利茨卡娅为《茅盾小说选》所作的序言、罗果夫的《论茅盾》(1956)、费德林介绍作家的小册子《茅盾》(1956)和《茅盾——纪念作家六十岁生日》(1957)、利希查《论茅盾》(1956)和长篇文章《茅盾的创作道路》(1959)以及索罗金的专著《茅盾的创作道路》(1962)等等。从上述研究中我们可以看出,这一时期研究学者们仍然以宏观概述为主要研究方法。但与上一阶段不同的是,文艺批评被看成是茅盾走上创作道路之前的重要阶段被介绍出来,显然,俄罗斯学者们已经意识到文艺理论是茅盾一生中不可缺失的部分。但略显遗憾的是,俄罗斯学界未将茅盾一生的文艺批评予以详尽论述,而是将研究精力集中于茅盾文艺批评生涯中最活跃、最有建树的时期:新文学初期(1916—1931),主要呈现了茅盾的整体文艺观的流变,即从最初的革命民主主义"为人生"的文艺观再到"为无产阶级"的文艺观。与此同时,研究学者们肯定了文学理论家和批评家茅盾对我国现当代文学所做出的两方面贡献:茅盾对鲁迅进行了研究并做出了比较符合客观实际的肯定的评价;茅盾是中国现代文艺批评的领军者和实践者。众所周知,批评家茅盾是先于小说家茅盾出现的,即使文学创作已然带给他享誉国内外的声名之后,茅盾仍然不断地考察文学状态,进行文艺理论批评。研究学者们对茅盾多身份的考察有利于茅盾形象在俄更为全面地得到展示。

四、创作研究局限于名篇小说

作家是茅盾的第一文学身份,俄罗斯学者当然还是更多地将茅盾界定于作家的范畴之内,对其作品展开了思想性和艺术性的研究。除了小说,茅盾的创作还涵盖文学的其他领域,如在散文领域,他创作了《白杨礼赞》《风景谈》等高质量的散文作品,成就仅次于鲁迅。在20世纪30年代,他的散文曾被读者称为是"认识人生、学习写作的最好课本";在戏剧领域,茅盾很早就开始关注戏剧的发展,在《小说月报》等刊物上介绍外国戏剧、戏剧家和戏剧思潮,并形成自己的一套明确的戏剧理论体系。茅盾公开发表的唯一话剧《清明前后》是抗战以来第一个用民族工业问题作题材的剧本,剧本创作使用了他写小说惯用的细腻深刻手法,艺术地复现了1945年3月轰动重庆的"黄金案"。剧本中的每个人物的形象都非常鲜明,给读者留下了深刻的印象。但遗憾的是,纵观整个俄罗斯茅盾研究,研究学者们只是将注意力集中于茅盾的名篇小说,对其散文、剧本等其他体裁的创作研究是荒芜的。

在俄罗斯绵延八十年的茅盾研究如一道亮丽的色彩,丰富了作家的整个研究图景。研究者毫无例外地以茅盾及其作品为依据展开研究,相较于单纯的本国研究,茅盾创作在俄罗斯的研究受到包括语言、文化、政治环境等更多方面因素的影响,因而对其进行详细概述和整理分析无疑扩大了整个茅盾研究学科的内涵和外延,意义非凡。

第三章

老舍作品在俄罗斯

作为20世纪中国最杰出的作家之一,老舍在中国现当代文学史上占据着毋庸置疑的重要地位。其饱含人道主义精神和深具现实批判力度的作品早已走出国门,在世界范围内广泛流传,受到各国读者与研究者的推崇与关注。在世界各国对老舍的翻译与研究中,苏俄起步较早,成绩斐然,对世界范围内的老舍研究贡献甚多。本章拟对老舍作品在俄罗斯传播与接受的历程和状貌进行梳理,分析介绍代表性译者和学者的成果,并通过对比揭示苏俄老舍翻译与研究的特色、优长与不足。

第一节 研究意义及研究现状

1. 研究意义

议题"老舍作品在俄罗斯"的重要性体现在以下三方面:作家老舍在中国现当代文学史的重要地位,老舍在世界文坛的知名度和影响力,俄罗斯在老舍翻译与研究领域所取得的重要成绩。

老舍(1899—1966),原名舒庆春,字舍予,北京满族正红旗人。作为20世纪中国最杰出的作家之一,他与同时代作家茅盾、巴金等人一起,继鲁迅之后,为中国现代文学开辟了新天地、开拓了新内容、开创了新形式。老舍与茅盾、巴金的长篇小说创作构成了中国现代长篇小说创作的三大高峰。作为从大杂院走出的平民作家,老舍的作品语言通俗易懂,取材贴近普通人民生活,在中国现当代文坛独树一帜。其作品语言以北京方言为基础,俗白、凝练、纯净,带着前所未有的、清

第三章　老舍作品在俄罗斯

新的幽默风,开启了"京味儿"小说的源头。老舍创作的成功"标志着我国现代小说(主要是长篇小说)在民族化与个性化的追求中所取得的巨大突破"。①

老舍的作品不仅极具中国民族特色,蕴含着丰富的民族文化内涵,而且充满着人道主义关怀,受到世界各国读者与研究者的喜爱和关注。"老舍部分作品已翻译成28种语言,居中国现代作家之首"。②世界范围内的"老舍热"持久不衰,使得老舍研究成为海外汉学,特别是海外中国现代文学研究中蓬勃发展的重要方面。

老舍是苏俄最为热爱、关注最多的中国现代作家之一。老舍的作品以其小人物主题折射出的人道主义关怀,市民社会批判主题所秉持的批判现实主义文学传统,与俄罗斯文学两大光辉文学传统相契合,与苏俄读者在"期待视界"上达到融合,令苏俄人民倍感亲近。《骆驼祥子》《月牙儿》《猫城记》等作品的译作广为流传,成为苏俄翻译文学中的经典。

苏联人民不仅喜爱老舍的作品,更加尊崇老舍的人品。新中国成立以后,老舍曾长期担任北京市中苏友好协会副会长,并于1954、1957、1959年三度随团出访苏联,参加第二、第三届苏联作家代表大会和苏联十月革命四十周年庆祝活动。其间他撰写多篇文章歌颂中苏友谊,强调"苏联的今天就是中国的明天"。这些文章被译成俄文,增强了作家在苏联的知名度以及苏联人民对作家的好感。60年代初期,当中苏关系出现裂痕、反苏风气渐盛之时,老舍不仅没有中断与苏联学界的联系,还经常做客苏联驻中国大使馆。热洛霍夫采夫指出,在写作《神拳》的时候,老舍并没有像有人期待的那样,将八国联军的罪行全部推到俄国哥萨克身上,借此做反苏宣传,而是尊重了客观历史事实,此举更是

---

① 温儒敏:《论老舍创作的文学史地位》,载《中国文化研究》,1998年第1期,第90页。
② 李越:《老舍作品英译研究》,知识产权出版社,2013年,第7页。

赢得了苏联学界的广泛尊重①。"文化大革命"中,作家赍志以殁,苏联学界深切缅怀。1969、1974、1979年,即老舍诞辰70、75、80周年之际,苏联学界举办了隆重的悼念活动,《苏联文化》《消息报》《真理报》《文学报》《外国文学》等主流报刊纷纷发文纪念。正如著名汉学家司格林教授戏言:在苏俄"没有'老舍热',因为从来没有凉过"。②

这种持续不断的关注铸就了翻译与研究的双丰收。截至目前,据笔者统计,被译成俄语的老舍作品不下126种,几乎涵盖了作家各个时期、各种体裁的全部重要作品。在苏俄对中国现代文学的翻译出版方面,就译作单行本数量而言,老舍位列第一;就总发行量而言,老舍仅次于鲁迅,远高于其他人③。

俄罗斯对老舍作品的翻译,无论在译作种类、覆盖面上,还是在译作质量上,在世界各国都名列前茅。我们不妨将其与英译情况做一对比。就翻译规模而言,"老舍作品英译数量众多,居中国现代作家作品英译之首。迄今为止,有7部完整长篇小说、4部中篇小说、34篇短篇小说、5部戏剧、8篇散文英译本问世,名著均有多译本"。④而据笔者统计,老舍俄译作品有10部长篇小说、3部中篇小说、32部短篇小说、7部戏剧、74篇文章。由此可见,在各类作品的翻译数量上,俄译都超过英译或者与其持平。唯一不比英译的是单个作品的译本种数:老舍很多作品都有多个英译本,而俄译中只有剧本《方珍珠》、短篇小说《末一块钱》和《大悲寺外》各有两个译本,其余作品均只有单一译本。但需要指出的是,英译作品非一国之功,不仅有包括英美在内的

---

① Желоховцев А.Н. Судьба творческого наследия Лао Шэ. - Проблемы Дальнего Востока. 1979, №2, С.196.
② 曾广灿:《老舍研究纵览(1929—1986)》,天津教育出版社,1987年,第145页。
③ См. Родионов А. А. Постижение духовного и художественного мира Лу Синя в России // Проблемы литературы Дальнего Востока, 2012 T.2., C.10. 该文统计数据如下:鲁迅俄译作品单行本共20种,总印数1463225册;老舍共22种,1014700册;张天翼共11种,862000册;茅盾共13种,680600册;巴金共7种,555000册;郭沫若11种,460000册;叶圣陶共3种,210000册。
④ 李越:《老舍作品英译研究》,知识产权出版社,2013年,第2页。

第三章　老舍作品在俄罗斯

英语国家的译入行为,也包括中国(包括中国香港、中国台湾地区)的译出行为。将这个因素考虑在内的话,苏俄翻译老舍的规模远远超过任何一个英语国家。

与翻译出版的规模相对应,苏俄老舍研究领域也是硕果累累。苏俄老舍研究至今已有80余年历史,一共产生了4篇副博士论文、3部专著、1部研究资料索引,以及包括评论、综述和回忆录在内的170余篇研究文章。苏俄学界从本民族文化积淀和文学传统出发考察老舍创作,凭借文化他者的审美敏觉,得到了很多别具慧眼的结论,发现了很多中国学界习焉不察的细节,对于中国乃至世界老舍研究界无疑是一种补益。

总而言之,苏俄汉学界对于老舍的翻译与研究成绩斐然,非常值得全面系统地分析介绍。该议题具有十分重要的理论和现实意义。从大的方面来讲,老舍作品是中国文化的一个极佳载体,分析老舍作品在俄罗斯的翻译与研究,有助于我们了解俄罗斯对中国文化的整体态度。通过分析老舍作品在中俄的接受变异,可以更好地了解中俄文化系统的异同。从小的方面来讲,这对于中苏两国老舍研究界都不无借鉴意义。对苏俄老舍翻译与研究80余年的历程进行梳理,总结成果,揭示不足,可以反哺苏俄老舍研究界,助其扬长避短,再创佳绩。对于中国学界而言,了解俄罗斯对老舍翻译与研究的成果,可从中获得启迪,活跃思维,促进研究。总之,可以促进中俄两国老舍研究界的交流,进一步揭示老舍作品的普世价值。

2. 研究现状

总体而言,俄罗斯学界对本国老舍翻译与研究的史学梳理和理论概括尚未正式展开。俄罗斯汉学界绝少对老舍俄译进行研究,截至目前,只有一篇相关论文——沙特拉夫卡在2010年发表的《当代中国作家作品中专有名词的俄译问题——以老舍俄译作品为例》——论及老舍作品称谓语俄译的一些典型问题,但其讨论比较空泛,不够深入。在"研究之研究"方面,除了1983年出版的《俄文老舍研究资料索引及译作出版目录》带有资料汇总的意义之外,只有一篇学术论文——米诺娃的《〈猫城记〉在俄罗斯批评界的研究演变》(见《斯拉夫文化问题》,乌苏里斯克,2008)。该文回顾了俄罗斯对《猫城记》的评价史,将其划分为两个阶段:30—60年代中期为一致否定批判阶段,60年代后期转为正面评价。在笔者看来,研究者的划分过于笼统,与实际情况不符,对评价转变的原因也未能阐释清楚,为此曾专门用俄语撰文与之商榷。①

中国学界对于苏俄老舍翻译与研究的梳理总结取得了一定成绩,但是仍有不足。国内老舍俄译研究的现状远逊于英译研究。在英译研究方面,从翻译策略、翻译原则到翻译技巧都出现了大量的学术论文和学位论文。有学者根据知网摘要检索结果统计,计有博士论文1篇、硕士论文38篇、期刊论文69篇②,还有专著两部③。相比之下,俄译研究成果则寥寥无几,只在2014年出现了一篇硕士学位论文——《〈骆驼祥子〉中文化缺省现象的俄译研究》(姜薇,上海外国语大学,2014)。该论文从文化翻译理论中的"文化缺省"现象入手,对《骆驼祥子》的俄译本进行了分析,在分析俄译者处理技巧得失的基础上进行了理论升华,总结出翻译文化缺省现象时建议遵循的三点原则(语篇连贯、语用经济、美学价值),对老舍作品俄译有一定的借鉴意义。此外,笔者在《俄语学习》杂志发表的一篇论文——《汉语文学作品中的俗语俄译策略——以〈我这一辈子〉的罗季奥诺夫译本为例》(载

---

① См. Ли Чуньюй.«Записки о кошачьем городе» в России: перевод и изучение. -В кн.: «Сборник материалов VI Международной научной конференции». Санкт-петербург, 2014. С.84-96.
② 李越:《老舍作品英译研究》,知识产权出版社,2013年,第3页。
③ 两部专著分别为李越:《老舍作品英译研究》,知识产权出版社,2013年;张曼:《老舍翻译文学研究》,上海交通大学出版社,2016年。

第三章　老舍作品在俄罗斯

《俄语学习》2014年第1期),总结归纳了汉语俗语俄译的常用技巧。

以上两篇论文均存在文本选择的局限性:仅限于单部作品的研究,而未将其他译者译作纳入考察范围。同时,研究者们出发的视角也是单一的,无法对一部译作进行多角度的全面观照。总之,老舍俄译研究成果数量与老舍俄译成绩相差悬殊,几乎是一片空白。全面而系统地研究老舍俄译对于揭示俄译特色、探讨相关翻译原则、总结规避常见误译等都具有重要的理论和现实意义。

与老舍俄译研究相比,中国学界对苏俄老舍研究的成果比较了解,且持高度肯定态度。主要途径有以下几种:

一、翻译引进苏俄学界的重要成果。这一现象主要出现在80年代,当时中国学界刚从"文化大革命"的十年浩劫中恢复元气,国内老舍研究经历了长达十年之久的空白期,而苏联在此期间赶超了中国学界,其研究成果自然受到中国学界的重视。苏联知名汉学家的一批重要研究成果被译成中文,在老舍研讨会上宣读或在文学研究期刊上发表。此类成果包括:施奈德的《怀念友人——为纪念老舍八十诞辰而作》(倪家琛译)、索罗金的《老舍(1899—1966)》(李成果译)、费德林的《老舍及其创作》(耿学礼译),以上3篇论文均发表于1984年在青岛召开的全国第二次老舍研讨会上;基里尔洛夫的《与现实决裂——〈离婚〉俄译本后记》(耿学礼译)发表于1986年在北京召开的全国第三次老舍研讨会上。此外,安季波夫斯基的专著于1987年被翻译到中国,改名为《老舍早期创作与中国社会》(宋永毅译,湖南文艺出版社,1987年)。

二、中俄学者共同参加老舍研讨会。在1986年第三次全国老舍研讨会上,安季波夫斯基、博洛京娜、司格林参会并做学术发言。1999年,在北京举办的第二届国际老舍学术研讨会上,有四位俄罗斯研究者与会,包括老一代汉学家索罗金、司格林,中年一代研究者博洛京娜,以及年轻一代的佼佼者、司格林的研究生罗季奥诺夫。他们分别提交了论文《俄罗斯眼中的老舍》《老舍与幽默》《火车驶向何方——论抗战前夕老舍小说〈"火"车〉的思想艺术特色》《老舍小说〈二马〉中的中国民族伦理及心理特点》。进入21世纪以来,这种面对面交流的机会当然更多,双方还共同举办国际研讨会,比如2014年,为纪念老舍诞辰115周年,圣彼得堡大学东方系与中国老舍研讨会共同举办"第六届远东文学问题国际研讨会"暨"老舍诞辰115周年纪念研讨会"。

三、中国学界对苏俄老舍研究进行梳理和总结。宋永毅的《苏联老舍研究概述》(见宋永毅著《老舍与中国文化观念》,学林出版社,1985)是这方面的第一篇力作。作者本人是杰出的老舍研究者,同时通晓俄语,其对于苏联学界研究成果的把握比较到位,既肯定了苏联老舍研究的优长,也指出了其不足,同时揭示了中苏两国老舍研究的异同。曾广灿著《老舍研究纵览》(1989年)和石兴泽著《老舍研究:六十五年沧桑路》(1997年)主要是对中国老舍研究进行再研究的著作,但均开辟专章介绍国外老舍研究成果,对苏联的研究情况均作了专节分析。曾著补充了安季波夫斯基、博洛京娜、司格林等苏联学者在1986年第三次中国老舍研讨会上的学术发言,石著则主要参照宋永毅的论文。以专著为基础,石兴泽后来又发表了两篇论文——《中国与日本、苏俄老舍研究比较论》(载《中国现代文学研究丛刊》,2000年第6期)、《中国与苏俄老舍研究比较》(载《贵州民族大学学报》,2014年第6期)。此外,宋绍香的专著《中国新文学20世纪域外传播与研究》(2012年)中也专节介绍了"老舍文学在苏俄"。

以上列举的论著大部分出现于20世纪80—90年代,所覆盖的材料基本截至苏联解体之前。即便一些发表年代较新的论文,如石兴泽的《中国与日本、苏俄老舍研究比较论》(2000)、《中国与苏俄老舍研究比较》(2014)、宋绍香的《中国新文学20世纪域外传播与研究》(2012)等,也未将俄罗斯时期的研究成果纳入考察范围。限于篇幅

第三章 老舍作品在俄罗斯

和材料,学者们得出的某些结论看似合理,实则以偏概全。比如有学者认为,苏俄老舍研究界最突出的特点是"注重社会学分析",且"没有因苏联解体而得到彻底转变"。①笔者认为不然。与中国学界曾经出现的一样,政治社会学批评方法在苏俄老舍研究中一统天下的局面仅仅是特定时代背景下政治意识形态严密控制的产物,并非一以贯之的。自80年代以来,苏联学界的批评方法日趋多元,苏联解体以后,俄罗斯学界在文学批评上努力实现与西方文艺批评理论"接轨",大量引进和采用当代西方文艺批评理论、研究方法、审美标准乃至表述方式。这一转变通过对比苏俄不同时期老舍研究代表者安季波夫斯基、博洛京娜、罗季奥诺夫等人的研究即可发现。

四、中国学界对苏俄老舍研究资料的整理汇总。1982年,舒济在《国外翻译研究老舍文学作品概况》(载《中国现代文学研究丛刊》,1982年第3期)一文中概述了苏俄译介老舍的情况,列举了部分重要的俄文文献。曾光灿等编纂的《老舍研究资料》(北京十月文艺出版社,1985年)一书包含了世界各国老舍研究资料目录索引,其中苏俄部分主要参照了苏联1983年出版的《俄文老舍研究资料索引及译作出版目录》,但并未全部包纳。该书于2010年由知识产权出版社再版,仍未增加苏联解体之后的新材料。不仅如此,该书部分关键信息有失准确。比如,《骆驼祥子》在苏俄仅有一个译本,出自译者罗日杰斯特文斯卡娅("罗日杰斯特文斯卡娅"为其夫姓)之手,1981年该译本再版时,译者对译本做了较大改动,并更换署名为莫尔恰诺娃("莫尔恰诺娃"为其父姓)。而《老舍研究资料》将其误以为两位译者。②

不言而喻,掌握全面而详实的第一手俄文资料是本研究顺利开展的首要前提。为此,笔者于2013年9月至2014年3月份访学俄罗斯,在圣彼得堡国家图书馆、圣彼得堡大学图书馆、莫斯科国家图书馆等

---

① 石兴泽:《中国与苏俄老舍研究比较》,载《贵州民族大学学报》2014年第6期,第41页。
② 曾广灿、吴怀斌:《老舍研究资料》,知识产权出版社,2010年。

馆所广泛搜罗,基本掌握了截至2014年的苏俄老舍翻译与研究的所有资料。以此为基础,笔者于2015年5月提交了博士学位论文——《老舍创作在俄罗斯》。该论文较为全面、系统地梳理了苏俄老舍翻译与研究的历程,论文附带的两个附录:《老舍俄文研究资料目录(1934—2014)》和《老舍作品俄译目录(1934—2014)》是目前国内最全的相关目录索引。同年10月,《俄罗斯文艺》刊载《老舍作品在俄罗斯的传播与研究》,作者白杨。2016年,李逸津《1990年代以来俄罗斯的老舍研究》发表于《天津师范大学学报》(社会科学版)第1期。这些论述中对于当代俄罗斯老舍翻译与研究的情况多有涉猎。

第二节 苏俄老舍翻译与研究概述

由于特殊的历史渊源,苏俄对于中国现当代文学的翻译与研究与中俄两国双边关系的历史演变密切相关,几乎所有作家作品都概莫能外。不过,由于作家作品的倾向性不同,在"文革"动乱期间的遭遇各异,其在苏俄的传播也呈现出不同形态。本节拟对苏俄老舍翻译与研究的历程进行梳理概括,主要结合时代背景和中俄两国关系演变介绍不同历史时期老舍翻译与研究的密度、关注点、成果数量及形态等。通过本节,我们可以对老舍在俄罗斯翻译与研究的整体状貌有一个清晰了解。

1. 翻译纵览

1944年,苏联出版了《中国短篇小说集》,共收录了7位作家的8部短篇,除了茅盾的《林家铺子》、张天翼的《华威先生》和老舍的《人同此心》之外,其他作家作品均名不见经传。文学作品的研究必然受到时代需求的影响。战争时期,苏联方面翻译老舍的《人同此心》,所看重的与其说是作品的文学价值,不如说是其宣传功能。《人同此心》

第三章　老舍作品在俄罗斯

由老舍创作于1938年,即便在作家抗战时期的文学作品中也并非上乘,但小说歌颂了中国人民同仇敌忾的高昂斗志,契合苏联在伟大卫国战争时期的宣传需要。或许正因如此,译者波兹德涅耶娃特地将俄译名改为《В захваченном городе》("在被占领的城市中")。这种特殊的时代背景和价值取向也影响了苏联对于作家老舍真正价值的认识。在抗日期间介绍中国文艺的文章中,苏联对于老舍的社会活动和文学创作鲜有提及,只是偶尔将其列在"老一代作家"或者"文协领导人"名单里一带而过。在老舍已有作品中,除《人同此心》之外,也只有《残雾》《火葬》获得只言片语的评述。这不难使我们得出结论:在抗战时期,苏联对于文学家老舍的认识是极其模糊的。

新中国成立之后,老舍的作品也不是第一批译入苏联的,而是在解放区文学、无产阶级革命文学之后才开始被发掘。这都是苏联对作品进行政治合理性筛选的结果。直到1953年,《中国作家短篇小说选》(国家文学出版社)中收入了老舍的三个短篇:《月牙儿》(季什科夫译)、《听来的故事》(罗日杰斯特文斯卡娅译)、《且说屋里》(博斯特勒姆译),由此开启了50年代俄译老舍大潮的序幕。

1954年,老舍作为中国作家代表团副团长访苏,参加苏联第二届作家大会。老舍根据此次访苏印象撰写了一系列歌颂中苏友好的文章,均被译成俄文发表在苏联主流报刊上。仅1954年此类文章就有五篇:《这是我们的生活》(《文学报》,9月14日)、《这是我们的明天》(《文学报》,11月7日)、《回答〈文学报〉问卷》(《文学报》,12月8日)、《新年新成就》(《消息报》,12月30日)、《致苏联友人》(《劳动报》,12月31日)。这些文章的发表标志着苏联学界对老舍关注度的提高,也反过来增强了苏联读者进一步了解作家的愿望。

1954年,苏联国家出版社推出首部《老舍短篇小说集》,发行量高达9万册,由《月牙儿》的译者季什科夫担任编辑并作序,集内除了他本人所翻译的《上任》《月牙儿》《善人》《也是三角》之外,还收入了罗日杰斯特文斯卡娅翻译的《黑白李》《邻居们》《微神》、博斯特勒姆翻译的《柳家大院》。同年，季什科夫还翻译了老舍的戏剧名作《龙须沟》。季什科夫和罗日杰斯特文斯卡娅两位译者都曾有幸得到老舍本人的帮助与指点。1954年老舍在苏期间与季什科夫有过亲切接触，为他解释了不少北京方言方面的疑难。罗日杰斯特文斯卡娅与老舍见过面，在她最早翻译的作品中有两部是老舍亲自推荐的——《微神》和《骆驼祥子》。[①]

1956年是俄译老舍工作的第二个丰收年。国家文学出版社出版了两种老舍译作，发行量均高达9万册。第一种是由罗日杰斯特文斯卡娅翻译的《骆驼祥子》（俄译名为«Рикша»〈人力车夫〉）。第二种是新的《老舍选集》，除已有的短篇小说和《龙须沟》译本之外，集内还收入了罗日杰斯特文斯卡娅新译的《牺牲》《一封家信》《大悲寺外》《歪毛儿》，哈通采夫斯基翻译的剧本《方珍珠》和三篇时事政论文章。这些译作构成了1957年两卷本《老舍文集》的主体内容。

两卷本文集出版之后，老舍俄译的第一个高潮进入消退期。接下来的几年间，新译作屈指可数：1958年出版了反映抗美援朝的纪实长篇小说《无名高地有了名》（罗高寿译，军事出版社），1961年出版了《全家福》（尼克里斯卡娅译，艺术出版社）、《女店员》（托罗波夫译，收入《当代戏剧》一书）。不难看出，这些作品都是老舍新中国成立以后的作品，均以反映社会主义新建设，配合政治运动宣传为目的，而老舍1949年以前创作的其他作品则没有继续翻译。这是因为，在中苏友好期，苏联对中国现代文学的翻译是遵从政治合理性，以中国官方评价为导向的。须知，1949年以后，老舍解放前的旧作在中国出版得很少，除了《骆驼祥子》和《离婚》的删改本之外，只有1951年开明书店出版的《老舍选集》（内收4部短篇）和1956年人民文学出版社

[①] 参见乌兰汗：《老舍先生和俄译者》，载《新文学史料》，1999年第1期。

第三章 老舍作品在俄罗斯

的《老舍短篇小说选》(内收13部短篇)。苏联此前翻译的短篇基本与这两个文集中的篇目一致。1957年两卷本老舍俄译文集出版以后,苏联译界对于老舍1949年以前的旧作翻译基本中止。①

直到1965年,时隔多年以后,苏联才将视线回归老舍旧作。这应该与60年代以来老舍创作有所降温,新作产生较少不无关系。1965年,科学出版社出版了新的《老舍短篇小说选》,由范加尔编辑,内收8个短篇:《断魂枪》(范加尔译)、《末一块钱》(施奈德译)、《开市大吉》《"火"车》《老字号》《不成问题的问题》(苏哈鲁科夫译)、《同盟》《马裤先生》(谢曼诺夫译)。1966年,长篇小说《小坡的生日》由儿童文学出版社发行5万册,译作由罗日杰斯特文斯卡娅与霍赫洛瓦娅共同完成。1967年,罗日杰斯特文斯卡娅翻译的《离婚》由艺术出版社出版,印数同样为5万册。这三个年份构成了新一轮的小高潮。

1966年中国爆发"文化大革命"。中苏两国关系的公开恶化对中国现当代文学翻译的规模和走向产生了极大影响。体现在老舍翻译上,标志性的事件是《猫城记》的译入。1969年,《猫城记》由谢曼诺夫翻译,发表在《新世界》杂志第6期,该期杂志发行量突破13万册。同年,《猫城记》又由科学出版社出版单行本,发行量5万册。1969至1989年间,俄文《猫城记》在苏联先后再版6次,累计发行量68万余册。在中苏交恶、两国间正常的文学交流几乎中断的背景之下,此种出版热潮堪称绝无仅有。与之相应,《猫城记》一度被苏联学界捧上神坛,此前附和中国学界对其思想政治错误进行批判否定的苏联学者纷纷改口。译者谢曼诺夫将《猫城记》称为"20世纪中国讽刺文学的最高峰"②,而费德林则指出,《猫城记》表明"老舍不仅是讽刺家,还

---

① 只在1959年莫斯科出版的《中国作家短篇小说》(两卷本)中收入了老舍两部1949年以前短篇:《末一块钱》(罗日杰斯特文斯卡娅译)和《眼镜》(谢曼诺夫译)。
② Семанов В.И. Эволюция Лао Шэ - сатирика. - В кн.: Теоретические проблемы изучения литератур Дальнего Востока: тез. Докл. Пятой науч. Конф.(Л., 1974). М., 1974, С.70.

是预言家"①。

"文革"十年期间,中国现当代文学在苏联的翻译规模极度缩水,老舍也不例外。1969年《猫城记》翻译之后,十年之内,除1974年翻译了老舍的三篇文艺批评之外,再无新的译作问世。直到1979年,谢曼诺夫才翻译了老舍的另一部长篇《赵子曰》。至于为什么选择这部作品,施奈德在译序中透露了一些消息:"老舍在这部小说中描写的很多情节与60年代'文化大革命'时期的中国惊人相似。比如学生殴打校长……要求取消考试。"②可见,译者与学者看取《赵子曰》的视角与《猫城记》是一致的,也是为了彰显老舍作品的"预见品格",从侧面抨击"文化大革命"时期的中国。根据比较文学接受学的观点,这种译作文本的选择和作品解读的角度都是时代背景之下"文化过滤"的结果。

"文化大革命"结束之后的1978年,作家被恢复名誉,国内老舍研究重新开始。《四世同堂》重归读者视野,《正红旗下》《鼓书艺人》首次出版。这些发现让苏联学界对老舍的创作更新了认识,为翻译出版带来了新的契机。《正红旗下》在苏联被誉为"天鹅绝唱",费德林曾感叹:"《正红旗下》让我们对于老舍生命的最后几年做出新的评价,让我们得出结论,作家是在自己创作力最鼎盛的时候离世的。他对小说的秘而不宣无疑是政治原因所造成的。"③

或许正是基于这种认识,1981年,莫斯科进步出版社在"世界当代小说大师系列丛书"的框架下出版了新的《老舍选集》,由范加尔主编,费德林作序,发行量高达10万册。此举意义非同小可。须知,该系列是苏联晚期规格最高的文学系列丛书之一,自1971至1991年存

---

① Федоренко Н.Т. Лао Шэ и его творчество. - В кн.:Лао Шэ, Избранное. М., 1981. С.7.
② Шнейдер М.Е. Слово о Лао Шэ. - В кн.: осень в горах: Восточный альманах. Вып.7. М.,1979. С.92.
③ Федоренко Н.Т. Лао Шэ и его творчество. - В кн.:Лао Шэ, Избранное. М., 1981. С.6.

第三章　老舍作品在俄罗斯

在了20年，入选作家均为享誉世界的小说家。在中国现当代作家中，获此殊荣的只有两位：老舍和巴金，但后者入选该系列是在1991年，比前者晚了整整十年，足见苏联对老舍推崇之深。

出于丛书性质考虑，此次选集收入的作品以小说为主，包括长篇小说3部：《骆驼祥子》《猫城记》《正红旗下》(沃斯克列先斯基译)，短篇小说3部：《月牙儿》《大悲寺外》《断魂枪》。这些作品都是作家创作中公认的精品，足见编选者眼光独到。此文集中收录的《老牛破车》（索罗金译）并非全本，而只是与入选小说作品相关的篇目，是作家对小说创作经验的总结。费德林在文集序言中盛赞该书为"青年作家所写的创作自白，包含珍贵的自传材料以及关于杰出中国小说家成长道路的最有意思的解读"。①

该文集发行量达10万册之多，但仍然供不应求，第二年又加印10万册（改由莫斯科彩虹出版社发行）。这也再次证明了苏联读者对老舍作品的喜爱程度。1986年，《鼓书艺人》俄译本由莫斯科彩虹出版社发行5万册。1988年谢曼诺夫翻译的《二马》也得到出版。1991年，莫斯科文艺出版社又推出了新的《老舍选集》，由罗日杰斯特文斯卡娅主编，索罗金作序，发行量达10万册。该文集共收录作品14种，包括长篇小说3部：《离婚》《猫城记》《骆驼祥子》，短篇小说9篇：《月牙儿》《阳光》《微神》《大悲寺外》《一封家信》《断魂枪》《老字号》《开业大吉》《邻居们》，戏剧1部：《茶馆》（全译本)，文艺批评集1部：《老牛破车》。同年，莫斯科儿童文学出版社将《小坡的生日》与新译作品《牛天赐传》(谢曼诺夫译）集合出版，主要面向青少年读者群，印数10万册。这样，在苏联存在的最后一年，俄译老舍作品单年度总发行量达到20万册，创下新高。

苏联解体以后，老舍作品的翻译出版工作陷入低谷。这主要是因

---

① Федоренко Н.Т. Лао Шэ и его творчество. - В кн.:Лао Шэ, Избранное. М., 1981. С.6.

为,国家宏观调控书籍出版的体制不复存在,中国现代文学作品不再有国家主导出版社作为后盾,在市场经济条件下,出版社不得不转向商业化,生产更为畅销的快餐类文化产品,绝大部分中国现代文学作品被束之高阁。老舍俄译作品的翻译出版工作虽没有完全停滞,但也被迫转为依托一些高校出版社,印数也极其有限。

从1992年至今20余年间,老舍既有译作再版的情况十分罕见,仅有《猫城记》和《正红旗下》两种。新的老舍译作更是寥寥无几,较为重要的只有两种:由司格林编译的《老舍幽默小品集》(1997,圣彼得堡大学出版社)以及罗季奥诺夫翻译的中篇小说《我这一辈子》(2012,收入《20世纪中国小说选》,圣彼得堡大学出版社)。两位译者均于圣彼得堡大学东方系任教,两本译作之所以能够出版,均有赖本校出版社的支持,且印数极其有限:前者仅1000册,后者仅500册。2013年,笔者在圣彼得堡大学东方系进修时,罗季奥诺夫对笔者介绍说,《我这一辈子》他早在2007年就译完了,但直到5年后才找到合适的机会出版,新时期老舍作品翻译出版之艰难由此可见一斑。

更新换代后的读者群阅读兴趣的转移,出版社对于利润的诉求——这些不仅是老舍作品,也是整个中国现当代文学所面临的问题。中国政府积极提倡本国文化走出去,对中国现当代文学在俄罗斯的翻译与出版给予政策、资金方面的支持,收到了一定成效。2013年中俄两国政府间"100本交换书"项目顺利开展。2014年,俄方推出了第一期的成果,其中就包括以《猫城记》命名的新的老舍选集。该文集由沃斯克列先斯基主编,除《猫城记》外,还收入了《二马》《正红旗下》《茶馆》,以及沃斯克列先斯基翻译的《自传难写》《我的母亲》《小型的复活》等几篇散文。可惜的是,印数同样只有区区1000册。

2. 研究概述

如上节所说,老舍作品是相对较晚才被大规模译介到苏联的。与

第三章　老舍作品在俄罗斯

此相应,苏俄学界对老舍及其创作的研究也起步较晚。这在很大程度上也是由于意识形态与时代背景等因素的限制。自30年代以来,苏联学界一直密切关注中国文艺的发展,发表了很多文章,积极宣传"中华全国文艺界抗敌协会"在文艺战线为民族解放斗争所做的贡献。然而,在这些文章中出现频率最高的是茅盾、郭沫若、田汉,以及以丁玲为代表的解放区作家,至于老舍,则要么只字不提,要么只说他是"文协"领导人之一。直到1944年,苏联国内才出现第一篇较为详细地介绍老舍创作的文献,即收入了老舍《人同此心》的《中国短篇小说集》的后序。在该序文中,作者对入选的七位作家分别作了简要介绍,将其划分为老中青三代,并将老舍、茅盾二人尊为"老一代大作家"。文章概括介绍了老舍的创作历程——从战前的长篇小说创作到抗战期间的戏剧创作(《残雾》)和诗歌创作(《剑北篇》),并精到地指出了老舍作品的语言风格——"形象生动,北京口语,通俗易懂"。① 除此之外,30—40年代介绍老舍创作的俄文文献可谓少之又少。实际上,早在1934,旅居中国的俄侨汉学家巴拉诺夫就在于哈尔滨出版的俄文专著《现代中国文学》中对当时已经蜚声中国文坛的老舍给予了相应的定位与评价。这是有史可考的第一篇老舍研究的俄文文献,但是对苏联国内学界并未产生很大影响。这也从反面证明,50年代以前苏联学界对老舍的认知与其在中国文坛的崇高地位是极不相符的。

　　这种状况直到新中国成立之后才得到根本改变。作为社会主义阵营的两个大国,中苏两国在20世纪50年代进入了前所未有的亲密时期,文化领域交流密切。在当局文化政策的引导下,苏联方面开始大规模翻译中国现代文学。50年代中期,苏联对于老舍的翻译工作尤为突出。这主要是因为:首先,新中国成立后,老舍长期担任北京市中苏友好协会副会长,积极投身于中苏文化交流合作,曾三赴苏联

---

① Краткая биографическая справка. В кн. «Китайские рассказы». М., 1944. С.149.

访问并多次撰文歌颂中苏友好，在苏俄学界和读者群中知名度较高。其次，在老一代作家当中，几乎只有老舍的创作在新中国成立后仍然保持了相当规模和水准，新作迭出，力作不断。苏联学界对老舍高度关注，一边翻译旧作，一边追踪新作，很快就颇具规模。

与翻译出版热潮相呼应，苏俄老舍研究也出现了第一个高峰期。该时期出版的宏观论述中国现代文学的专著，均对老舍创作给予了相应篇幅和评价。如费德林的《中国文学简史》（1956）、艾德林的《中国新文学：发展概要》（1960）、索罗金与艾德林合著的《中国文学概论》（1962）等。对比此前产生的宏论专著——费德林的《中国现代文学概要》（莫斯科，1953）、艾德林的《今日之中国文学》（作家出版社，1955），可以明显看出，苏联学界对老舍在中国现代文学史的地位有了更加充分的认识。

1953年，《苏联大百科全书》再版，增添了"老舍"词条，以此为标志，苏俄老舍研究进入专论时期。20世纪50年代中期至60年代中期，介绍老舍创作的俄文文献约40种，其中接近半数与老舍译作出版有关，如译本的前言后序、书评等。书评以针对《龙须沟》和《骆驼祥子》两部作品的最多。这些书评基本是对作家作品印象式的描述，或者读后感分享，有些尚未步入学术的门槛，但对于老舍作品的宣传有很好的作用。而译作的前言后序多为著名汉学家所写，得益于对中国现代文学全面而深入的了解，他们对老舍创作特色及文学史地位的把握较为准确。费德林为1956年《老舍作品集》、1957年两卷本《老舍文集》，彼得罗夫为1956年《骆驼祥子》俄译本所写的序言均可视为综述老舍生平与创作、概括作家创作特色的优秀论文。

这一时期还出现了一些专论老舍的学术文章，其中最值得一提的是谢曼诺夫的《老舍戏剧》（见《人民民主国家作家》一书第四卷，1960，第5—76页）和安季波夫斯基1963年的《老舍早期长篇小说》（见《中国语文问题》一书，1963，第24—59页）。两篇论文都是综合性质的宏篇大论。前者长达70页,几乎覆盖了老舍全部戏剧作品(从《残雾》到《全家福》),无论对单部剧作的评价,还是对老舍戏剧整体特色的揭示都有很多精彩见解。后者也有35页,逐一考察了老舍创作初期(1926—1936)的全部长篇小说。这两篇长文均具综合研究模态,无论在研究视野的鸟瞰气魄上,还是在文本细读的精审功力上,同时期中国老舍学界都难出其右。

此后,安季波夫斯基对于老舍早期创作的研究继续深入,1964年提交了苏联汉学界老舍研究领域第一篇副博士学位论文,1967年出版了苏联第一部老舍研究专著——《老舍早期创作:主题、人物、形象》(莫斯科,科学出版社)。这部专著比中国第一部老舍研究专著早了16年,在世界上也是较早的老舍研究专著之一。① 该专著分为四章:

第一章:伦敦时期的创作(1926—1929)(《老张的哲学》《赵子曰》《二马》)

第二章:长篇小说《猫城记》——老舍和世界观和创作中重要的里程碑

第三章:早期短篇小说

第四章:作家创作中民主趋势的深化(《离婚》《骆驼祥子》)

安季波夫斯基通过对老舍不同时期作品主题、人物、思想进行分析与对比,对作家创作初期世界观和创作倾向的发展演变进行了梳理,指出:老舍早期创作走过了一条从启蒙主义(伦敦时期的三部长篇),到放弃启蒙主义(《猫城记》),再到民主主义倾向加深(《离婚》《骆驼祥子》)的道路。从本书的章节设置即可看出,《猫城记》是研究者最主要的用力点所在。在当时中苏学界一致认定《猫城记》犯有思

---

① 世界最早的老舍研究专著还包括1966年波兰学者斯鲁普斯基的《一位中国现代作家的历程》(布拉格,1966);中国国内最早的老舍研究专著出现于1983年:《老舍研究论文集》和《老舍小说研究》。(参见曾广灿:《老舍研究纵览(1929—1986)》,天津教育出版社,1987,第107页。)

想错误而进行批评否定的情况下,安季波夫斯基依托文本,据理力争,对《猫城记》给予高度评价,体现了可贵的学术品格。不过,限于时代的拘囿,安季波夫斯基在研究中过分依赖于社会政治学批评方法,影响了其对老舍创作的文化内涵的揭示。关于安季波夫斯基的研究成果我们将在第三节详细阐述。

就规模而言,苏联老舍研究的第一个阶段(50—60年代中期)是成绩斐然的。但从研究方法来看,由于社会主义意识形态的严密控制,政治社会学几乎是苏联学界唯一的理论工具。即便涉及艺术领域,也多半围绕人物形象是否真实、语言是否符合人物身份等问题展开,囿于形式技巧的视域,而缺乏对整体美学风格的把握。苏联老舍研究者基本秉持社会政治学批评原则,注重作品的镜子(反映社会现实)和鞭子(抨击社会弊端)的作用,由此表现出对于作品政治思想的过分看重。

此外,鉴于中苏两国在该时期的密切关系,苏联学界对于老舍作品的整体评价基本与中国学界保持一致。在新中国成立后很长时间的老舍研究中,艺术审美被搁置一旁,社会政治学批评则大行其道。在老舍1949年以后的新作中,《龙须沟》《方珍珠》等歌颂社会主义新生活的作品备受吹捧,而非应时之作的《茶馆》则备受冷落。至于老舍1949年以前的旧作,学者们多诟病其政治思想上的缺点和不足。与此相似,《龙须沟》《方珍珠》在苏联也备受欢迎,而《茶馆》则未得到应有的重视。在评价老舍旧作时,苏联学界也基本参照中国学界观点,其对于《猫城记》和《骆驼祥子》思想局限性的认定即是明证,比如认为《猫城记》"充满了悲观主义,未能发现正在崛起的革命力量和人民的健康力量",[①]《骆驼祥子》"同样具有严重不足,仍然没有发出投身斗争、革命的积极号召"[②]等。

---

① Федоренко Н.Т. Лао Шэ. - В кн.: Лао Шэ. Рассказы; пьесы; статьи, - М., 1956, С.5.
② Там же. С.6.

第三章 老舍作品在俄罗斯

60年代中期,中苏友好宣告破裂。1966年,老舍在"文化大革命"中赍志以殁,苏联学界对于老舍的研究进入新时期。对于该时期苏联老舍研究的动机与成果应该一分为二地去看待。一方面,毋庸讳言,苏联在这段时期拔高老舍,不乏与中国搞政治斗争的因素,而部分学者也的确迎合了当局需要,借题发挥,发表了一些抨击中国政府的过激言辞。这突出地表现在围绕《猫城记》发表的一系列文章上。但另一方面,必须承认,这种现象只是个案,绝非主流。更多的学者是出于对作家的敬爱和追思、对其作品的喜爱,在研究过程中保持了较高的学术自觉,取得了值得肯定的成绩。20世纪60年代中期至80年代初期,苏联老舍研究界共发表相关文献60余种,其中包括一篇副博士学位论文、一部专著和一部研究资料索引。在同时期中国老舍研究几乎一片空白的情况下,苏联学界取得的这些成绩弥足珍贵。

这段时期苏联的老舍研究是在对作家的深切缅怀中进行的。1969、1974、1979年,即老舍诞辰70、75、80周年之际,苏联学界举办了隆重的悼念活动,并在《苏联文化》《消息报》《真理报》《文学报》《外国文学》等主流报刊上发表了多篇悼念文章,以《人民的儿子》《人道主义作家》《无法抹去的历史》《无法夺去的生命》《怀念老舍》等为题,表达了对作家的高度肯定和深切怀念,以及对夺去作家生命的文化浩劫的强烈谴责。这些文章大部分出自汉学家和老舍研究者之手,其中很多人与老舍有过交往。施奈德是最后一位与老舍见过面的苏联汉学家。1974年,他在《无法夺去的生命》一文中指出:"和所有伟大的艺术家一样,老舍有两个生命。一个被残暴无知的红卫兵夺去了,而另外一个则是任何人永远无法夺去的,它与作家的伟大作品和事业同在,万世长存!"[①]

安季波夫斯基在这一段时期继续从事老舍研究,仍然专注于老

---

① Шнейдер М. Лао Шэ - жизнь, которую не отнять. - Лит. газ., 1974, 25 дек.,С 15.

舍早期创作。谢曼诺夫的研究主要围绕《猫城记》以及老舍的讽刺风格展开。这一时期研究成果最为突出的是博洛京娜。她是苏联老舍研究界的第二位副博士和第二部专著的作者。其研究主要集中于老舍战争年代(1937—1945)的社会活动与创作,这在当时世界老舍研究中同样是一个空白点。1978年,她以此为题提交了副博士论文,而后历时五年将其拓展为专著——《老舍战争年代的创作(1937—1949)》(莫斯科,1983)。博洛京娜介绍了老舍在战时对"文协"的巨大贡献,梳理了老舍战时创作的发展历程,结合具体历史背景对其作品的思想意义和审美价值进行了分析评价。该专著也分四章:

第一章:老舍与中华全国文艺界抗敌协会

第二章:老舍短篇小说及戏剧中的个体、社会、战争

第三章:长篇小说《火葬》中的解放战争英雄主义

第四章:生活真实及其在《四世同堂》中的反映

笔者认为,博洛京娜研究成果的历史贡献有二:一是首次足够全面地反映了老舍在战争年代的社会活动和创作,以科学理性的评价有力反驳了当时资本主义国家学者(如美国学者夏志清、伯尔契等)对老舍战时作品艺术价值的贬低,以及"文化大革命"时期中国学界对作家的诬蔑和诋毁。二是首次将《火葬》《四世同堂》等作品介绍到苏联,并对其思想意义和艺术价值给予高度评价,这在苏俄乃至世界老舍研究史上都具有填补空白的意义。

70年代以降,随着苏联当局意识形态控制弱化,文学创作和批评方法都出现多元化,由社会政治方法转向艺术审美批评,研究者开始有意识地使用一些当代西方文艺批评手段。比如博洛京娜在自己的研究中就考察了很多具体的文学学问题,如个性概念、主人公问题、社会和心理分析手法、典型化方法、体裁特点、艺术描绘手段、叙事学研究方法等等。对此我们将在第三节详细介绍。

1983年,苏联书籍出版社出版了《俄文老舍研究资料索引及译作

第三章　老舍作品在俄罗斯

出版目录》。在中国现当代作家中,苏联只为鲁迅和老舍两人出版了类似索引。这种有意识的资料搜集整理工作标志着苏联老舍研究进入成熟阶段。1987年,苏俄学界产生了第三篇老舍研究领域的副博士论文,以《老舍创作的最后阶段》为题,作者为阿布德拉赫曼诺娃。该论文在选题上与安季波夫斯基和博洛京娜的研究相互衔接,恰好覆盖了整个老舍创作。研究者紧密结合50—60年代中国政治文化生活变化,在动态发展中对老舍新中国成立以后的创作轨迹进行了梳理,得出了较为客观的结论。不过,与前二者相比,阿布德拉赫曼诺娃的研究稍显稚嫩,甚至带有主观臆断的缺点。我们将在第三节对此展开论述。

苏联解体以后,政治动荡,经济滑坡,研究队伍的自然减员均对俄罗斯老舍研究产生了不利影响。但总体而言,研究领域并不像翻译出版领域那样萧条,仍然取得了较大成绩。自苏联解体至今的20多年间共出现文献约50种。其中包括一篇副博士学位论文和一部专著。更值得一提的是,此间收入"老舍"词条的各类辞典、百科全书多达11种,此种盛况,前所未有。

新时期老舍研究成果数量最多、质量最高的,首推罗季奥诺夫。他师从司格林教授,自1990年代末以来,陆续发表了很多重要成果。其研究涉及面较广,其中,国民性问题研究是最重要的方向之一。2001年,他以此为题提交了副博士学位论文,后于2006年出版了专著《老舍与20世纪中国文学中的国民性问题》。该专著由五章构成:

第一章:"语境"(综述中国现代文学对国民性问题的探讨)

第二章:"学生"(论述1925—1932年间老舍早期创作及其对国民性问题的初探)

第三章:"大师"(1933—1937年间老舍创作的逐步成熟及其对国民性问题的多样探讨)

第四章:"公民"(1937—1949战争期间老舍以笔为枪的爱国创

作及其对国民性问题的深入思考）

第五章："象征"（1949—1966年老舍创作的最后阶段及其对国民性问题的反思）

在笔者看来，该专著的学术价值主要体现在两个方面：第一，以国民性批判为主线纵贯老舍整个创作。此前的苏俄老舍研究大多只针对单一作品或者单一创作阶段，除了少数综论和文集前言之外，很少以特定主线纵贯整个创作的综合性论述。第二，运用民族心理学理论对老舍作品所刻画和批判的中国国民性格特点加以分析，这在中国和西方学界并无先例。可以说，该专著不仅为俄罗斯老舍研究开创了新局面，对于世界老舍研究也不无参考意义。

更为可喜的是，由于意识形态的控制不复存在，当代俄罗斯老舍研究排除了政治因素的干扰，研究方法和理论依据日益多元化。比如，俄罗斯学界继续发挥比较文学的优良传统，研究刘易斯·卡罗尔对老舍创作的影响[1]，研究老舍与鲁迅、伊万诺夫创作中的"人群"概念的异同[2]，研究《猫城记》与乌托邦杰作《我们》对"自由"和"幸福"的不同诠释[3]，等等。这些文章有意识地运用比较文学中的影响研究或平行研究方法，通过将老舍创作与本国或者外国作家作品进行对比，辨识老舍创作渊源，揭示老舍创作特色。

运用统计学方法。比如，在《老舍创作中的死亡主题》[4]一文中，罗季奥诺夫通过统计发现：《四世同堂》中出场人物共143个，其中31个死亡，死亡率达22%；主要人物39人，其中15人死亡，死亡率更是

---

[1] Родионов А.А. О влиянии Льюиса Кэрролла на творчество Лао Шэ. -В кн. Материалы международного синологического семинара. – СПб.: СПбГУ. Востфак, 2004. С. 210.

[2] Анитина Г.П. Концепция "толпа" в творчестве Лу Синя, Лао Шэ и Вс.Н.Иванова. -В кн.: Литература и диалог культур, М., 2006. С.15-18.

[3] Там же.

[4] Родионов А.А. Мотив смерти в творчестве Лао Шэ. - В кн.: Востоковедение, филологические исследования, межвузовский сборник. М., 2006. С.137-156.

第三章 老舍作品在俄罗斯

高达38%。不仅如此,小说中没有像《猫城记》和《火葬》中那样的战斗场面,但所有人都是非自然死亡,且死法各异。充斥的尸体给人造成一种印象,仿佛死亡在寸步不离地狩猎着每个人。相比之下,小说中只有一个新生命的诞生。罗季奥诺夫认为,老舍之所以渲染如此浓郁的死亡氛围,"一方面是战时情况的如实反映,另一方面也是为了完成作品最重要的任务——对传统价值观的解构"。①

在体裁研究方面,出现了对《正红旗下》《猫城记》等作品进行体裁定性的论文,也有学者概括老舍创作的体裁范围。此外还有人物原型研究,如罗季奥诺夫的《僧影:一个形象的历史》全面分析了对老舍命运产生过重要影响的宗月大师(刘寿绵)在老舍不同作品中的"在场"。《老张的哲学》中救助李静的董善人、《四世同堂》中促使钱墨吟完成思想转变的和尚、《正红旗下》中的定禄等人都和宗月大师一样,乐善好施,具有鲜明的佛教倾向。罗季奥诺夫据此推测,如果《正红旗下》完稿的话,定禄的结局应该是出家为僧。②

此外,俄罗斯学界积极引入西方新兴理论工具。比如,出现了一些从语言学角度或研究美学角度入手对老舍作品进行观照的尝试。前者比如沃洛霍娃的《〈骆驼祥子〉中行话的词汇语义特点》(2009)、别利亚耶娃等人的《汉语致歉言语策略(以老舍作品为例)》(2012)。后者如西涅茨卡娅《〈我这一辈子〉的新生》(2014)。虽然这些论文从立论到结论都有待商榷,理论运用也尚不圆熟,还不能称为成熟的语言学和研究美学研究,但确实反映出新时期俄罗斯研究者看取文学作品的视角日益多样化的趋势。

总之,新时期俄罗斯的老舍研究体现出当代学术界视野宽广、思路

---

① Родионов А.А. Мотив смерти в творчестве Лао Шэ. - В кн.: Востоковедение, филологические исследования, межвузовский сборник. М., 2006. С.137-156.
② Родионов А.А. Тень монаха: история одного образа: сборник материалов VI Международной научной конференции. СПб., 2014. С.149-154.

开阔的优势。然而,同时应该看到,缺乏稳定的、高水平的老舍研究队伍是当前制约俄罗斯老舍研究发展的瓶颈,是亟待解决的问题。以新千年为界,俄罗斯老舍研究队伍落差明显。在20世纪最后十年,老一代老舍研究家,如索罗金、司格林、博洛京娜、谢曼诺夫等人还陆续发表了一些成果,而进入21世纪以来,这些学者相继隐退、离世,老舍研究队伍受损严重。新世纪以来的十余年间,发表老舍研究论文的学者有20余人,但其中发表两篇及以上论文的只有沃斯克列先斯基、罗季奥诺夫、米诺娃三人。其他绝大部分学者对于老舍研究而言,只是过客,而非归人。而且这些人多为年轻学者,其论文稍显稚嫩,有待提高。

第三节 主要译者和研究者

上节对苏俄老舍翻译与研究七八十年的历程进行了梳理概括,勾勒出了老舍在苏俄传播的整体状貌。本节力图在此基础上,由表及里,对代表性译作和研究成果进行具体评述和微观分析。

对于老舍作品在俄罗斯的传播,译者和研究者,作为特殊的接受者群体,可谓功不可没。他们正像一座座桥梁,将老舍作品与千百万的普通读者联系起来。七八十年来,在苏俄老舍翻译与研究领域涌现出了一大批杰出的翻译家和研究家,其译作和研究成果代表着苏俄老舍翻译与研究的最高水准,对代表性译者和研究者及其成果的系统介绍可以帮助我们直观揭示苏俄学界的成绩、特色和局限。

本节分两部分,第一部分"主要译者及其译作"结合译例分析,评价译作质量,揭示不同译者的翻译风格、翻译策略。第二部分"主要研究者及其成果"通过对比中国及其他国家同时期的类似成果,界定苏俄学者的成绩、特色与局限性。

第三章　老舍作品在俄罗斯

1. 主要译者及其译作

苏俄参与老舍作品翻译的译者近20人，其中不乏优秀译者，如季什科夫(《月牙儿》等)、司格林(《鼓书艺人》等)、沃斯克列先斯基(《正红旗下》等)、罗季奥诺夫(《我这一辈子》)等。但从译作数量、质量以及影响力来看，最主要的老舍俄译者有两位：罗日杰斯特文斯卡娅、谢曼诺夫。

罗日杰斯特文斯卡娅一共翻译了15部老舍作品，包括长篇小说3部：《骆驼祥子》(1956)、《小坡的生日》(1966，合译)、《离婚》(1967)；短篇小说11部：《阳光》(1969)、《微神》(1957)、《黑白李》(1957)等；戏剧两部：《西望长安》(1957)、《茶馆》(1957年第一幕，1991年全本)。

谢曼诺夫共翻译了7部老舍作品，包括长篇小说4部：《猫城记》(1969)、《赵子曰》(1979)、《牛天赐传》(1986)、《二马》(1988)；短篇小说2部：《眼镜》(1959)、《同盟》(1965)、《马裤先生》(1965)。

老舍被译成俄文的长篇小说共有10部，其中7部出自罗日杰斯特文斯卡娅和谢曼诺夫之手，足见二人对老舍俄译贡献之大。不仅如此，二人的翻译水准也均受到高度肯定，罗日杰斯特文斯卡娅翻译的《骆驼祥子》、谢曼诺夫翻译的《猫城记》都已成为苏俄翻译文学中的经典，广泛流传。不过，由于工作经历、教育背景、性格气质等方面的差异，二者在文本选择和翻译技巧上差别很大。罗日杰斯特文斯卡娅青睐老舍的"京味儿"系列，尤其擅长传递老舍语言的俗白口语特色，在翻译策略上表现出鲜明的归化倾向；谢曼诺夫则更倾向于老舍的幽默讽刺类作品，长于品味和把握原著语言的幽默讽刺意味。下面结合实际译例进行细致分析。

1.1 罗日杰斯特文斯卡娅与"京味儿"系列

罗日杰斯特文斯卡娅长期担任口译工作，20世纪50年代曾有机会接触周恩来总理。她曾不无自豪地说，翻译老舍是周总理亲自给她指的路。① 长期的口译实践对她的文学翻译风格产生了重要影响。她从不拘泥于原作词汇和语言形式,而注重表达原文神韵。老舍先生说过:"我无论写什么,我总希望能够充分地信赖大白话。"② 这在《骆驼祥子》《离婚》《茶馆》等"京味儿"杰作中体现得最为鲜明。这些作品最重要的特色之一就是使用北京方言。在翻译方言词汇时,译者经常特意选择译入语中的方言词汇与之对应,"以俗译俗",复制原文的语气和神韵。下面几个译例均出自她所翻译的《骆驼祥子》:

1. "先生并没说什么呀,你别先倒打一瓦!"(3:60)

– Ведь господин тебя не ругает, так и не суйся раньше времени.③

2. 也许虎姑娘一怒,对老头子说几句坏话,而把那点钱"炸了酱"。(3:54)

Да и Хуню чего-нибудь ему наговорит со зла – и плакали денежки.④

3. "地道窝窝头脑袋!你先坐下,咬不着你!"她说完,笑了笑,露出一对虎牙。(3:53)

Соломенная твоя башка! Сядь, не съем же я тебя, – осклабилась Хуню, обнажив торчащие вперед зубы.⑤

例1的背景是祥子在曹先生家拉包月,一天夜里回家不小心绊倒,摔坏了车,摔伤了曹先生。曹先生人好,并没责备祥子,但祥子自己却羞愧难当,主动提出辞工赔钱。例句是高妈安慰祥子的话。译

---

① 乌兰汗:《老舍先生和俄译者》,载《新文学史料》,1999年第1期,第54页。
② 老舍:《老舍全集》(19卷),人民文学出版社,2013,第17卷,574页。本章所引用的老舍全部著述均出自该文集。以下省略注释,仅在引文后标注卷数和页数,比如(15:68)意为15卷第68页。
③ Рикша./Пер.Е.Рождественнской – В кн: Избранные произведения. М.:Худож. лит.,1991. C.378.
④ Там же. C.373.
⑤ Там же. C.372.

第三章 老舍作品在俄罗斯

文中使用的 соваться 属于口语词汇,意为"仓促""贸然行事",не суйся раньше времени 就是劝祥子不要过于自责,贸然自行决定。原文中的"倒打一瓦",又作"倒打一耙",本意是反咬一口,但联系上下文来看,祥子是出于自责,主动承担责任,没有"反咬一口"的意思,因此译文是准确的。例2是祥子的心理独白,"把钱'炸了酱'"是怕刘四爷把钱私吞,不还给自己,这句话不仅俏皮生动,而且符合祥子的身份、性格。译者将其译为"плакали денежки",плакали 是动词 плакать(哭泣)在口语中的特殊用法,只用过去时,表示期望、愿望等落空了、泡汤了。"денежки"是"деньги"的指小表爱,也是口语用法,如同北京方言中的儿化韵。例3中的 башка 属于俗语词汇,对应原文中的"脑袋"。сломать голову 是俄语中的惯用语,意思是"想破脑袋",以被动行动词"сломанная"修饰脑袋,意思是笨。因此,以"сломанная твоя башка!"来对应"地道窝窝头脑袋!"实在是再恰当不过了。以上三例的译文均和原文一样生动形象,口语色彩浓郁,堪称佳译。

老舍京味儿作品中的人物个个满口地道"京片儿",生动形象,简洁有力。《离婚》中的张大嫂、马老太太以及《骆驼祥子》中高妈等人的"老妈妈论"更是可圈可点。对于这些片段的精彩翻译为罗日杰斯特文斯卡娅的译作增色不少。下面通过《离婚》中的一个典型片段来进行分析。

那个丫头片子,比谁也坏!入了高中了,哭天喊地非搬到学校去住不可。脑袋上也烫得卷毛鸡似的!可是,那个小旁影,咳,真好看!小苹果脸,上面蓬蓬着黑头发;也别说,新打扮要是长得俊,也好看。你大哥不管她,我如何管得了。按说十八九的姑娘,也该提人家了,可是你大哥不肯撒手。自然哪,谁的鲜花似的女儿谁不爱,可是——咳!不用说了;我手心里老捏着把凉汗!多咱她一回来,我才放心,一块石头落了地。可是,只要一回来,不是买丝袜子,就是闹皮鞋;一

个驳回，立刻眉毛挑起一尺多高！一说生儿养女，把老心使碎了，他们一点也不知情！（2:313）

— Эта красотка хуже всех! Поступила в среднюю школу, расшумелась, разревелась. Хочу жить при школе, и все! Тоже кудри, завила, ну прямо барашек! Но до чего хороша! Личико румяное, как спелое яблоко, прическа пышная, одета хорошо, глаз не отведешь. Дагэ и в ус не дует, а я вся извелась. Сючжэнь скоро девятнадцать; пора думать о семье. Девушка хорошенькая, свеженькая, как цветочек! Недолго и до беды. Что говорить! Сердце ноет, как подумаю. Только и успокаиваюсь, когда она домой приезжает. А приедет, сразу начинает просить то шелковые чулки, то туфли. Откажешь — надуется. Разве дети понимают наши страдания?[①]

这段话出自张大嫂之口，其性格与《骆驼祥子》中的高妈很相似，两人的话语也如出一人。这段话淋漓尽致地表现出了老舍俗白口语风格最突出的三个特点——口语化、形象、简练。译文基本再现了这些特点。

先来看口语词汇和句式的对应：красотка 对应"丫头片子"；"а я вся извелась"（口语，意为"异常苦恼"）对应"把老心使碎了"；"Хочу...и все!"对应"非……不可"；"Только и...когда..."对应"多咱……才"。最妙的是对"哭天喊地"的翻译。原文中的"哭天喊地"是个通俗成语，为并列结构，用来形容吵闹的程度。译者则使用了两个并列的近似词语与之对应：расшумелась, разревелась。这两个词都是口语，前者表示"吵闹起来"，后者表示"号哭起来"。而且两个词语合辙押韵，读起来朗朗上口，与原文在语用功能及表达效果上达

---

① Развод./Пер.Е.Рождественнской — В кн: Избранные произведения. М.: Худож. лит.,1991. С.40.

第三章 老舍作品在俄罗斯

到了高度一致,实为佳译。

再看语言形象上的对应:译者将"也烫得卷毛鸡似的"译为"прямо барашек"(像个卷毛羊一样),同样形象生动。"小苹果脸儿"和"鲜花似的女儿"分别译成"Личико румяное, как спелое яблоко"和"Девушка хорошенькая, свеженькая, как цветочек!"不仅保留了原文中的形象,而且特地选用指小表爱的词汇来对应原文中儿化韵的意指功能。

在用语简练上译文也毫不逊色于原文。原文中的"一个驳回,立刻眉毛挑起一尺多高!"既简练有力,又形象生动,译者将其译成"Откажешь – надуется."надуться 为口语词汇,意为"噘嘴,板着脸,生闷气"。与原文相比,译文在形象性上略有不及,但在简练经济上略胜一筹。

译者尽量以相同语体色彩的词汇来对应原语成分,兼顾形象性和简练,在无法兼得时,优先保证简练,即可读性和表现力,同时适当选择错位补偿,使译作与原作在更大的语篇单位上取得风格、色彩上的对等。比如,原文中两个形象性的短语在译文中没有得到对应:"一块石头落了地"和"眉毛挑起一尺多高"。译者将这两个表达简单译成"успокаиваться"(放下心来)和"надуться"(噘嘴生气)。然而,在另外两处,译者以译入语中的形象表达"и в ус не дует"(俗语,字面意思"连胡子都不动",转意"不理会,满不在乎")和"глаз не отведешь"(口语,字面意思"不动眼珠地看",即"看不够")来对应原文中平平常常的"不管"和"真好看!"

通过上述分析不难发现,罗日杰斯特文斯卡娅十分擅长把握老舍语言俗白、形象、简练的特点,并恰到好处地在译文中再现这些风格。她的很多译作都十分优秀,其中《骆驼祥子》更是堪称经典。1957年苏联《文学报》对《骆驼祥子》俄译本评价甚高,称"译者的语言非常优秀"。①

从翻译策略来看，罗日杰斯特文斯卡娅表现出鲜明的归化倾向，这应该与其长期的口译实践也不无关系。译者对于老舍作品中的很多异域色彩鲜明的俗语、文化典故、文化概念等都采取了归化译法。比如在《离婚》俄译本中，以"гороскоп"（占星）代替"八字"②，以"божество"（神明）代替"月下老人"③等等。最极端的例子是以"бокс"（拳击）代替"太极"。

《离婚》中有一个名叫"吴太极"的主要人物。此人为附庸风雅而痴迷太极，老舍以太极拳作为塑造这一人物形象的主要手段，几乎每次人物出场都会提到太极。而罗日杰斯特文斯卡娅为了追求译语的简洁，将作品中所有提到太极的地方都替之以"拳击"：

> 吴先生的拳头那么大，据他自己说，完全是练太极拳练出来的，只有提太极拳，他可以把纳妾暂时忘下。太极拳是一切。把云手和倒撵猴运在笔端，便能写出酱肘子体的字。张大哥把烟斗用海底针势掏出来，吴先生立刻摆了个白鹤亮翅。谈了一点来钟，张大哥乘着如封似闭的机会溜了出去。(2:338)

> Как говорит господин У, кулаки у него стали такими большущими благодаря боксу. Стоит только заговорить с ним о боксе, и он, хотя бы на время, забудет о наложнице. Бокс для него все! Даже когда он пишет, то прибегает к хукам и апперкотам, своим любимым приемам, именно поэтому и получаются у него такие огромные иероглифы. Чжан Дагэ с трудом выудил из кармана трубку, а господин У принял позу

---

① Белоусов Р. Судьба рикши. - Лит. газ., 1957, 14 февр.
② Развод./Пер.Е.Рождественнской – В кн: Избранные произведения. М.: Худож. лит.,1991. С.20.
③ Там же. С.24.

«летящего журавля» [1]Проговорив о боксе больше часа, Чжан Дагэ, улучив момент, улизнул.[①]

[1] : [одна из позиций в традиционной китайской борьбе].

太极拳是中国传统武术的精髓,博大精深,深奥难解。在原文中提到了很多太极拳中的招式动作,如云手、倒撵候、海底针、白鹤亮翅、如封似闭等,这些动作译者未必确知其详,即便知晓,表达起来也绝非易事。为方便起见,译者采取了归化策略,以拳击中的动作——短侧拳(хук)和上勾拳(апперкот)来代替云手和倒撵候。不难发现的是,对于小说中提到的"白鹤亮翅"这个浅显易懂,形象生动的招式,译者选择了保留,将其译为"летящий журавль"(飞翔的仙鹤),并加注释说是中国传统武术中的一个招式。这表明,译者以拳击代替太极的翻译处理应该是情非得已,主要是出于理解和表达上的困难。

但不管译者基于何种考虑,依笔者之见,这种处理并不合适。首先,太极拳和拳击分别是东西方的代表性体育项目,文化色彩差异巨大。更何况,西方的拳击是20世纪20年代才传入中国,作为30年代老北京思想守旧的官僚,吴先生习练拳击恐怕不大可能。最重要的是,以拳击代替太极大大削减了原文的讽刺意味。作家对于吴先生的描写是极尽揶揄讽刺之能事的。吴先生有两大特点,一是"假装正直":"吴先生是以正直自夸的,非常的正直,甚至于把自己不正直的行为也视为正直"(2:320);二是"附庸风雅"。吴太极原本行伍出身,转业之后,习练太极拳和写"酱肘子体"的书法都是为了表明自己"弃武修文",因此太极拳不宜替之以拳击,否则讽刺意味顿减。这在下面这段译例中体现得最明显:

吴太极挺着腰板坐下追想过去的光荣。想着想着,双手比了两个拳式子,好像太极拳是文雅的象征,自己已经是弃武修文,摆两个拳式

---

① Развод./Пер.Е.Рождественнской - В кн: Избранные произведения. М.: Худож. лит.,1991. С.64.

似乎就是作文官考试的主考也够资格。(2:367)

  Предавшись воспоминаниям о былой славе, господин У встал в позицию и сделал пару апперкотов, как будто они были признаком изысканности. Вообще, боксерские приемы служили веским доказательством того, что господин У выдержал самый трудный экзамен на чиновника.

  太极轻柔和缓,拳击刚猛暴力;习练太极可以自封雅士,而习练拳击则仍是一介武夫。译者显然也感觉到了拳击与太极在文化色彩上的差异,因此在翻译时对原文做出了相应的调整:将"弃武修文"省略,并将"摆两个拳式似乎就是作文官考试的主考也够资格"改译为"会打拳击就可以通过对于官员最严格的考核"。这样一来,译文对于吴太极附庸风雅、迂腐可笑的讽刺意味就大大减少了。

  总体而言,罗日杰斯特文斯卡娅在自己的译作中较好地复制再现了原作的语言风格和神韵,译作质量达到较高水准。不过,对于归化策略的过分偏爱在赋予译作语言可读性的同时,对原作的文化信息和异域色彩损伤较大,使译作在艺术性和文化性上受到一定损失。

1.2 谢曼诺夫与幽默讽刺系列

  谢曼诺夫是中国文学研究家、翻译家。他重点关注中国白话讽刺小说,曾将晚清四大谴责小说中的两部译成俄文:《老残游记》(1956)、《孽海花》(1990)。对于老舍作品的翻译,他同样以幽默讽刺类作品为主。通过对照阅读,笔者发现,得益于对汉语语言文化的深刻了解,谢曼诺夫对老舍作品中幽默讽刺内蕴的把握非常到位。下例取自《赵子曰》:

  '好!快着!说走就走,别等起风!'莫大年催着赵子曰快走,只恐欧阳天风起来,打破他的计划。(1:256)

  Хорошо, только собирайся быстрее, пока ветра нет. На самом деле, Мо Да-нянь боялся не ветра, а Оуян Тянь-фэна[1], который мог расстроить его планы.

[1] Игра слов: Тяньфэн – букв:. Небесный ветер.

谢曼诺夫在原作中发现了一个文字游戏，以为莫大年所说的"别等起风！"是一句双关语，真意是"别等'欧阳天风'起来！"其实，作家未必有这层意思，中国读者在读到这句话的时候也未必会做出如译者那样的联想。但从这个译例不难看出，谢曼诺夫对于汉语言文字有一种敏锐，而这恰恰是把握老舍作品幽默与讽刺意味的关键。除此之外，广博的中国文化背景知识也给译者提供了很大帮助。比如《牛天赐传》中的一个例子：

牛老太太要考考老师，问先念什么书？老师主张念《三字经》，并且声明《三字经》和《四书》凑到一块就是《五经》。

牛老者以为《五经》太深了些，而太太则以为不然："越深越好哇！不往深里追，怎能做官呢！"（2:563）

所谓"四书"，指的是《论语》《孟子》《大学》《中庸》，"五经"指《诗经》《尚书》《礼记》《周易》《春秋》。原文中说"《三字经》和《四书》凑到一块就是《五经》"自然是大谬不然。更可笑的是，牛老太太要考老师，老师胡说八道，牛老太太也浑然不觉，而牛老者更是不知所谓。三个人，一个故作高深，一个强不知以为知，一个干脆什么都不懂。一个细节把三个人转着圈儿地骂了一遍，却丝毫不露声色，这正是老舍幽默讽刺艺术的高明所在。译者如果不能洞察其中的荒唐所在，单从文字表述上是察觉不到讽刺意味的。因此，关于四书五经的背景知识是准确把握并传递原文讽刺意味的关键。从译文和译注来看，谢曼诺夫做到了这一点。

谢曼诺夫不仅是主要的老舍俄译者，同时是一位杰出的老舍研究者。他对老舍的研究也集中在幽默讽刺方面，先后撰写了《讽刺家、幽默家、心理家》（1969）、《讽刺家的演变》（1974）、《老舍论幽默与讽刺》（1977）等论文，详细论述了作家创作中的幽默与讽刺风格的发展演变。

谢曼诺夫指出，老舍的幽默和讽刺才能是秉性天成："'笑'是老舍的需求和天性，是其创作最深层次的特点之一。"①他还认为，幽默与讽刺是密不可分的："讽刺作品都应该是带'笑'的。至于所谓的'无笑的讽刺'（сатира без смеха），或者是因为没有把握讽刺作品的实质，或者是因为讽刺作家过分沮丧。无笑的讽刺，顶多只能算作心理批判"。②老舍持同样见解："讽刺与幽默是分不开的，因为假若正颜厉色地教训人，便失去了讽刺的意味，它必须幽默地去奇袭侧击，使人先笑几声，而后细一咂摸，脸就红起来。"（17:675）

谢曼诺夫将老舍的《猫城记》与世界三大科幻讽刺作品——《一个城市的历史》（俄国，萨尔蒂科夫·谢德林，1869—1870）、《月球上的第一批人》（英国，赫伯特·威尔斯，1901）、《企鹅岛》（法国，阿纳托尔·法朗士，1908）进行了对比。他指出，这四部讽刺杰作都是幽默的，但作家们的幽默风格各异：谢德林的幽默尖锐，富于杀伤力；威尔斯的幽默平缓、冗长，带有英国人卖弄学识的顽皮；法朗士的幽默带有法国人的轻松和机智。老舍的幽默总体上讲与法朗士最相近，但又揉进了谢德林式的杀伤力，"同时老舍还具备中国讽刺家所特有的简练、不露声色，于平凡中见幽默的本领"。③

谢曼诺夫进一步指出，由于中国生活的极度悲惨，以及对于喜剧的历来排斥，中国的讽刺整体而言是有些乏味的，包括鲁迅在内。在中国的讽刺作家当中，只有"老舍真正做到了将幽默与讽刺熔于一炉。他突出了幽默的社会意义，同时借助幽默使讽刺活泛起来。"④

---

① Семанов В.И. Лао Шэ о сатире и юморе.- В кн.: теоретические проблемы изучения литератур Дальнего Востока, М.,1977. С.202.
② Там же. С.200.
③ Семанов В.И. Некоторые европейские соответствия в "Записках о кашачьем городе" Лао Шэ. - В кн.: интернациональное и национальное в литературах Востока: Сб. Статей. М., 1972. С.161.
④ Семанов В.И. Лао Шэ о сатире и юморе.- В кн.: теоретические проблемы изучения литератур Дальнего Востока, М., 1977, с.199-208. - библиогр.: 24 назв. С.203.

应该承认,谢曼诺夫的这种看法是正确的。中国现代讽刺小说,在30年代涌现出两派——"左联"青年作家和京派作家。京派作家侧重世态讽刺,"左联"青年作家偏重于政治讽刺。中国学者吴福辉认为:京派的所谓世态讽刺,主要是对社会风习、人生病态的拨正,重印象,擅长主观深远的抒发,幽默、喜剧色彩强;左翼青年作重政治批判,更多涉及社会制度与政治斗争,重观察,讲究客观细致的描写、冷峻的讥讽,悲剧色彩浓。而由于更迭动荡的年代对于战斗讽刺的偏爱,"左联"青年作家的讽刺成为主流派。①

得益于译者和研究者的双重身份,谢曼诺夫的译作质量普遍较高。他所翻译的《猫城记》在特殊历史时期曾经掀起一股"猫城热"。

1.3 其他译者译作

除罗日杰斯特文斯卡娅和谢曼诺夫之外,还有两位译者也值得介绍——司格林和沃斯克列先斯基。

司格林翻译的老舍作品主要有两种,一是长篇小说《鼓书艺人》(1986),二是《老舍幽默小品集》(1997)。司格林出生在中国,精通汉语和曲艺,其译作质量过硬,体现出深厚的汉语言文字的功底。这充分表现在他对于歇后语和幽默文字的翻译上。

众所周知,歇后语因其独特的构成形式和双关、谐音等特点,几乎是不可译的。在遇到歇后语时,译者通常都会知难而退,舍弃原文语言形式,直接传递其内容信息。比如,在《骆驼祥子》中,高妈数落祥子,说他"小胡同赶猪——直来直去"(3:67),又说他是"客(怯)木匠——一锯(句)!"(3:193)。罗日杰斯特文斯卡娅舍弃歇后语形式,直接将两句话译为:простодушный② (直肠子)和 Такой же тюфяк,

---

① 吴福辉:《中国现代讽刺小说的初步成熟——试论"左联"青年作家和京派作家的讽刺艺术》,载《北京大学学报(哲学社会科学版)》,1986年第2期,第68—69页。
② Рикша./Пер.Е.Рождественнской – В кн: Избранные произведения. М.:Худож. лит.,1991. С.383.

как и прежде① (和原来一样窝囊废)。

《鼓书艺人》中也使用了一个歇后语:"狗长犄角——羊(洋)相"(6:174)。此歇后语谜底中带有一个谐音——羊相和洋相。司格林的处理堪称佳译: собака надела туфли – выкаблучивается!②。译者自创了一个俄语歇后语,不仅传神地表达出了原文俗语的意思,而且别出心裁地在谜底中加入了一个双关:译文中的 выкаблучиваться 为俗语,意为"炫示自己""故意惹人注意",其词根恰好为 каблуки(鞋的高跟)。所以译文字面意思是"狗穿鞋子——惹人注意",但又可以理解为"狗穿上高跟鞋,炫耀高跟"。

基于汉语言文字特点的幽默元素也是棘手的翻译难题。在司格林翻译的《老舍幽默文集》中就有不少这样的例子。司格林对于其中一些译例的处理同样不乏精彩之笔,体现了译者的匠心独运:

比如说起"胡涂"来,我近几日非常的高兴,因为在某画报上看见一段文字——题目是《老舍》,里边有这么两句:"听说他的性情非常胡涂,抽经抽得很厉害。从他的作品看来,说他性情胡涂,也许是很对的。""抽经"的"经"字或者是个错字,我不记得曾抽过《书经》或《易经》。"(13:720)

在原文中,攻击老舍的文字误将"抽筋"写作"抽经",作家以此为笑料,将"抽经"拆解为"抽""经"。显然,如果直译或音译势必会啰里啰唆,不得要领。司格林巧妙地选择了"归化植入"的译法,依照原文幽默的构成原则,以笔误译笔误,将судороги(惊风,抽风)误写成 шудороги(笔误,并无此词)。将原文中的"抽经抽得很厉害"和"'抽经'的'经'字或者是个错字,我不记得曾抽过《书经》或《易经》。"分别译成了:"Шудороги у него бывают очень

---

① Рикша./Пер.Е.Рождественнской – В кн: Избранные произведения. М.:Худож. лит.,1991. С.485.
② Сказители./Пер. с кит и предисл. Н.Спешнева. - М.: Радуга, 1986. С.198.

第三章　老舍作品在俄罗斯

сильные." "что касается «шудороги», то тут, видимо, опечатка. Схватывали ли меня шудороги или нет."① 这样就避免了使用注释,将原文的幽默效果不留痕迹地移植到译作中,使译作本身带有了幽默趣味,是十分成功的译例。

沃斯克列先斯基是《正红旗下》的俄译者。这部小说以浓郁的老北京民俗风情著称,译者以传递文化为己任,其翻译务求完整,几乎没有遗漏任何一个文化细节,不仅传达了字面意思,而且尽己所能加上了详实的注释,以帮助译作读者了解中国文化。从这个角度来讲,译者功不可没。比如下面这句话:

姑母有了笑容,递给大姐几张老裕成钱铺特为年节给赏与压岁钱用的、上边印着刘海戏金蟾的、崭新的红票子,每张实兑大钱两吊。(8:459)

Тетя, расплывшись в улыбке, протянула старшей сестре несколько новеньких красных билетов из меняльной лавки Лао Юйчэна. Такие билеты с изображением отрока Лю Хая и золотой жабы [1] обычно дарили на счастье в праздник Нового года. При желании их можно было обменять на деньги, причем каждый билет стоил два чоха.②

[1] : Лю Хай - персонаж китайских мифов и сказаний, изображался в виде отрока, играющего с трехпалой золотой жабой. Воспринимался как символ благополучия.

原文不仅包含丰富的民俗文化信息,而且洋溢着喜庆祥和的气氛。"刘海戏金蟾"是核心意象,能带给读者形象鲜明的联想。译者

---

① Юмор: Юморист.миниатюры/Пер.Н.А.Спешнева- СПб.:Изд-во СПбГУ, 1997. С.16.
② Под пурпурными стягами. /Пер. Д.Воскресенского. - В кн: Избранное: Сборник. М.: Прогресс, 1981. С. 315.

的翻译和注释都是准确的。译作带有鲜明的原语文化色彩,能使译文读者在阅读过程中领略中国传统文化习俗。

遗憾的是,沃斯克列先斯基对于原文的语气和弦外之音时常领悟不透,以至于小说中很多微妙的揶揄讽刺在译作中未能传达出来。比如,小说中的大姐婆婆是没落贵族旗人的代表,好逸恶劳,讲究吃穿。小说中说:

她打扮起来的时候总使大家感到遗憾。可是,气派与身份有关,她还非打扮不可。该穿亮纱,她万不能穿实地纱;该戴翡翠簪子,决不能戴金的。于是,她的几十套单、夹、棉、皮、纱衣服,与冬夏的各色首饰,就都循环地出入当铺,当了这件赎那件,博得当铺的好评。据看见过阎王奶奶的人说:当阎王奶奶打扮起来的时候,就和盛装的大姐婆婆相差无几。(8:453)

"该穿亮纱,她万不能穿实地纱;该戴翡翠簪子,决不能戴金"这句话中的"该"字应该理解为省略了关系连词"如果"的条件句:"如果该穿亮纱,她绝不会穿实地纱;如果该戴翡翠簪子,决不会戴金的。"译者由于对这种口语句式不熟悉,所以将虚词"该"字理解成了实词"应该",将这句话译成了:

Она, к примеру, должна была носить летнее платье лишь из шелка определенного качества, волосы закалывать шпилькой, но не золотой, а нефритовой.①

(俄语译回中文:比方说,她只应该穿特定质地的丝绸织成的夏裙,发髻应该戴簪子,但不该是金的,而是玉的。)

这样一来,原文中讲究打扮的大姐婆婆到译文中变成了不会打扮,不仅会影响译语语篇连贯,对于人物的讽刺意味也大打折扣。此类例子还有很多,总之,《正红旗下》俄译本并不尽如人意,还有较大

---

① Под пурпурными стягами. /Пер. Д.Воскресенского. – В кн: Избранное: Сборник. М.: Прогресс, 1981. С. 308.

的提升空间。

2. 主要研究者及其成果

苏俄老舍研究迄今已有八十余年的历史,在这短暂而漫长的时期内,涌现出了一大批杰出的老舍研究者,他们本着对作家作品的热爱,凭借严谨、认真、深入的研究,获得了大量重要成果。时过境迁,其中有些成果在今天看来已显陈旧,但其在当时时代的历史贡献是不可抹杀的。更重要的是,作为异文化持有者,苏俄学者从本民族文化视野出发,得出了很多对当今中国学界仍不乏启示意义的结论。因此,本节的目的主要有两个:一者肯定苏俄学者的历史功绩,二者发掘苏俄成果的现实意义。当然,囿于时代的局限和个人水平的差异,苏俄老舍研究中也经常出现一些"文化误读",表现出不同程度的局限性,对于这些我们也将直言不讳。但不是为了揭短,而是挖掘原因——个体的或环境的,历史的或文化的。

在笔者看来,苏俄老舍研究者们有一个很显著的优点——集中深入。他们的研究一般都有明显的侧重,如同执着的挖井人一样,找到一个点,就不断深入,直至掘出甘泉。比如,费德林、索罗金等老一辈汉学家侧重于对老舍创作的宏观把握,二人在20世纪50年代为老舍译作所做的长篇序言对于把握老舍创作全貌大有裨益,在某种程度上奠定了苏俄老舍研究的基调。《猫城记》的译者谢曼诺夫主要研究老舍的幽默讽刺艺术,《鼓书艺人》的译者司格林重点关注老舍与民间说唱文学的关系,等等。

除了这些学者以外,苏俄老舍研究界还有一些老舍研究"专家"——先后产生了四位副博士,分别是安季波夫斯基(1964)、博洛京娜(1978)、阿布德拉赫曼诺娃(1987)、罗季奥诺夫(2001)。前三位研究者分别以老舍创作单一阶段(早期创作、战争时期创作及新中国成立后的创作)为研究客体。其研究首尾相接,恰似一部"苏俄老舍研究三部曲",涵盖了老舍的整个创作过程。罗季奥诺夫的研究则在前三位学者的分段史研究的基础上,对老舍创作进行宏观把握和鸟瞰,以国民性批判主题为红线,贯穿整个老舍创作,从局部到整体,从分期到宏观,正反映了苏俄老舍研究不断深入发展的过程。

从研究内容上来讲,以上四人的研究可视作苏俄老舍研究的主体板块。从提交副博士论文的年份来看,其间隔均在十年左右,因此,从某种程度上讲,四人分别代表着苏俄老舍研究在不同历史阶段的水平和特色,了解了他们的研究就等于掌握了苏俄老舍研究的骨架。

2.1 安季波夫斯基与"老舍早期创作"研究

安季波夫斯基的研究主要围绕老舍早期创作展开。其成果集中体现在1964年发表的副博士论文以及1967年出版的专著《老舍早期创作:主题、人物、形象》中。该专著是较早的老舍研究专著之一。1987年,该书由宋永毅翻译到中国,引起较大反响。

善于使用比较方法探究创作渊源是苏联汉学界的整体特色之一,这部专著也不例外。施奈德对其如是评论:"专著再现了作家艺术个性的形成过程。研究者将老舍与其同时代中国作家,如鲁迅、许地山、叶圣陶等人进行比较,既指出了这些作家的共性,也强调了老舍创作风格的独特性。书中还卓有成效地研究了外国作家,特别是老舍所熟悉和喜爱的英国、俄国、法国经典作家对其创作的影响。"[①]

安季波夫斯基对世界老舍研究的最大贡献之一,在我们看来,是对《猫城记》的正名。早在1963年,当中苏学界对《猫城记》一致否定批判时,他就撰文为《猫城记》做出了辩护。他结合小说创作的时代背景,认为老舍当时对国内形势感到绝望,未能正确认识到共产党人的先进性是情有可原的。"类似缺点是瑕不掩瑜的,更何况作家对其

---

① Шнейдер М. Рец. На кн.: Антиповский А. Раннее творчество Лао Шэ. Темы, Герои, Образы. М., 1968. - Лит.газ.,1969,5 марта, C.14.

着墨甚少。"① 不仅如此,他还从讽刺文学的体裁特点和批判现实主义文学传统出发,对《猫城记》的思想艺术价值给予了高度肯定:"就其创作倾向和艺术魅力而言,《猫城记》完全可以与世界最伟大讽刺家的最优秀作品相媲美",小说"鲜明体现了一位人道主义、民主主义作家、爱国者的才能……老舍完全有权利将其与但丁的'地狱游记'相提并论。"②

安季波夫斯基的这种态度在当时来说是难能可贵的,对于苏联学界也产生了一定影响。而在60—70年代之交,当《猫城记》在苏联风靡,学者们纷纷抛出不无政治图解色彩的"预见说"时,安季波夫斯基从未跟风发表过类似言论。这充分体现了安季波夫斯基独立自主、不盲从的学术品格。

不过,受自我时代的局限,安季波夫斯基的著述也包含明显的缺陷——过于依赖社会政治学批评。他总是从阶级属性入手分析老舍作品中的人物,几乎为每一部作品都列出了人物阶级身份表。由此出发,研究者得出了一些牵强,甚至谬误的结论。

比如,安季波夫斯基将《老张的哲学》中的老张、蓝小山和孙占元分别视为中国民族资产阶级、买办资产阶级和封建残余势力的代表,将老张与孙占元之间的矛盾解释为"新兴资本主义与封建残余势力的不懈斗争"③,认为"老舍艺术地再现了中国资本主义发展的两种倾向"④。对于《老张的哲学》的创作主旨,安季波夫斯基认为,作品鲜明的揭示了资本主义现实中最典型的现象——资产者贪财好利的商人本性,认为老张向经济和政治统治者的攀爬之路是对19世纪末20世

---

① Антиповский А.А. Ранние романы Лао Шэ. - В кн.: Вопросы китайской филологии. М. 1963. С.59.
② Антиповский А.А. Раннее творчество Лао Шэ, Темы, Герои, Образы. - М.: наука, 1967. С. 126.
③ Там же. С. 28.
④ Там же. С. 27.

纪初中国资本主义生产关系形成的复杂、矛盾过程的反映。

再如,在《二马》开篇,老舍描写了伦敦工人抗议示威的情景:"打着红旗的工人,伸着脖子,张着黑粗的大毛手,扯着小闷雷似的嗓子喊'打倒资产阶级。'把天下所有的坏事全加在资本家身上,连昨儿晚没睡好觉,也是资本家闹的。"(1:383)这段话明显带有嘲讽语气,然而,研究者却从阶级理论出发,认为老舍对工人的描写说明作家已经注意到了工人运动在世界经济危机期间的发展壮大,作家已经尝试对无产阶级的历史作用进行思考。① 对于《骆驼祥子》中虎妞与祥子的关系,安季波夫斯基解释为剥削与被剥削:虎妞从祥子身上获取肉体享乐,而祥子与虎妞的结合是出于违心的交易,想利用虎妞的钱换上自己的车。② 凡此种种,不一而足。

作为一种批评方法,社会政治批评本身并无可厚非,对于那些与社会变革、革命活动紧密相关的中国现代文学甚至是得心应手的,特别是针对社会政治型的作家作品。比如"社会剖析派"创始者茅盾的《子夜》《林家铺子》《春蚕》等作品完全符合马克思主义经典作家"主要人物是特定阶级和倾向的代表","在其现实性上,是一切社会关系的总和"等关于创作原则的著名论断。但问题在于,老舍是一个文化伦理型作家,他并不习惯从社会政治的角度再现现实,而是擅长从人性、文化的视角切入社会生活乃至整个人生,因此,片面地从社会政治批评入手对老舍作品进行解读自然会显得牵强附会。

无论《老张的哲学》《二马》,还是《骆驼祥子》,老舍都主要是从人性剖析、文化批判的角度出发的。其中的人物与其说是特定阶级的代表,不如说是特定价值观念和文化传统的代表。《老张的哲学》中

---

① Антиповский А.А. Раннее творчество Лао Шэ. (1926-1936). Автореф. Дис. Насоиск.учен.степ.канд.филол.наук. - М.,1964. -С.6
② Антиповский А.А. Раннее творчество Лао Шэ, Темы, Герои, Образы. - М.: Наука, 1967. C. 175.

第三章　老舍作品在俄罗斯

明确指出,老张和蓝小山的区别在于其所代表的时代和文化不同:"老张代表的是正统的18世纪的中国文化,而小山所有的是20世纪的西洋文明。"(1:138),二人骨子里一样卑鄙无耻、见利忘义,只不过方式方法不同。至于老张和孙占元,老舍将其分别定义为"蓝脸的恶鬼"与"黄脸的傻好人"(1:126)。老张之所以能够将孙占元玩弄于股掌之间,绝非像安季波夫斯基所说的,是由于新兴资产阶级相对于封建残余势力的"进步性",而是因为老张卑鄙、狡猾、无耻,而孙占元厚道、简单、好坏不分。至于《二马》,老舍说得更明白:其中所有人物都是某种民族性的象征。老舍通过马威父子在英国伦敦的种种遭遇试图揭示的是中英两国民族性方面的差异,而非社会体制方面的差别。

每个时代都有对文学的不同诉求,这不仅左右着文学创作,也决定了文学批评的尺度和思维型范。安季波夫斯基在研究过程中表现出的对于社会政治学尺度的过分执着当然是受到自我时代的局限。由于相同的意识形态和思想政治背景,中国学界在很长一段时期内也是社会政治学批评一统天下。对于虎妞与祥子的关系,中国学者也和安季波夫斯基一样,将其认定为"车主与车夫"的关系。比如樊骏在1979年仍然认为:虎妞与祥子之间的矛盾"是一场严重的阶级冲突……绝不是一般的思想感情上的隔膜,而分明是阶级关系上无法调和的对立。"[①]直到80年代中期,当文学不再被当成为政治服务的工具,学术研究界涌现出一股"文化热"时,人们才开始发掘老舍作品中丰富的文化底蕴,对作家的文化视角给予充分肯定。学者对同一问题的看法有了根本性的转变。比如,樊骏认为,《骆驼祥子》中的刘四爷与其说是剥削阶级代表,不如说是流氓恶霸,但在1979年发表的论文中,他以此来佐证老舍"不善于从政治的角度来表现人物"的弱点[②];

[①] 樊骏:《论〈骆驼祥子〉的现实主义——纪念老舍先生八十诞辰》,载《文学评论》,1979年第2期,第30页。
[②] 同上,第36页。

而在1996年,他却以此强调"文化视角、文化剖析与批判是老舍创作的一大特色"①。

2.2 博洛京娜与"战争年代老舍创作"研究

博洛京娜从70年代中期开始从事老舍研究,一直专注于作家在战争年代的社会活动和文学创作,先后发表了一系列论文,涵盖了老舍战争年代的社会活动、戏剧创作、通俗文艺创作和小说创作。1978年她以此为题提交了副博士论文,并在此基础上于1983年出版了专著《老舍战争年代创作》。她对老舍战争年代的创作的研究是全面而深入的。其研究成果,特别是其专著在当时具有填补空白、扭转认识偏差的意义。

在新中国成立后,中国学界对于老舍1949年前的旧作一律贬低,不单是1937年以前政治思想局限性较为明显的作品,对于战争期间的创作也不例外:要么避而不谈,要么吹毛求疵。就连《四世同堂》这样的杰作,"虽然也空泛地说它'反映了中国人民抗日战争期间艰苦斗争历史',但马上又莫名其妙地指责它'也同国统区其他许多小说创作一样,还不能本质地描写时代生活中的矛盾与斗争,黑暗的暴露多,光明的描绘少。"②更有甚者,"为适应这种'革命文学史'的需要,以至真实的历史事实,都只能被'削足适履'。如老舍在抗战中实际上领导了'文协',竟只字不提,连在'理事'名单中都未出现"。③这种情况一直到"文革"结束以后才得到扭转。

英美等国在60—70年代对于老舍抗战期间的小说创作评价甚低。伯尔契将老舍抗战时期的体裁选择,乃至整个艺术探索都简单地归结为功利主义,将老舍的作品仅仅视为宣传工具。夏志清认为长篇

---

① 樊骏:《认识老舍》(上),载《文学评论》,1996年第5期,第12页。
② 宋永毅:《老舍与中国文化观念》,学林出版社,1985,第279页。
③ 同上。

第三章 老舍作品在俄罗斯

小说《火葬》中只有公式化的爱国宣传①,而《四世同堂》则简单地将人物体系划分为好人与坏人②。博洛京娜对于这些论断给予了有力的驳斥。她不仅高度评价了老舍战争时期小说的社会意义和宣传作用,而且肯定了其审美艺术价值。

长篇小说《火葬》创作于1943年,至今在国内仍未得到充分研究。博洛京娜则在深入研究的基础上对小说给予了高度评价。她认为,《火葬》标志着作家创作方法的重大进步:"这部小说展现了老舍积极的人道主义和人民性立场,是反映抗日战争时期中国人民英雄精神的最早的杰作之一。"③

夏志清将《火葬》斥为简单的爱国宣传,认为其中对于沦陷城市和游击战争的描写是完全不现实的,特别是结尾处,石队长的牺牲是"一种无谓的献身"。④博洛京娜对此表示坚决反对,指出结局"在心理上是可信的",一位爱国战士为祖国的解放献出自己的生命,是战场上常有的事情,是"典型环境下的典型人物,其描写是完全符合历史真实的"。⑤悲剧与死亡在老舍此前的创作中屡见不鲜,但与战前相比,《火葬》中悲剧性的最主要特点是积极性,与英雄主义紧密相连。

博洛京娜是将《四世同堂》介绍到苏联的第一人。长篇巨著《四世同堂》在中国长期受到冷落,除了"在发表时出现零星评论文章"之外,"直到80年代才真正进入研究视野"。⑥博洛京娜对于《四世同

---

① Болотина О.П. Творчество Лао Шэ в 1937-1945 гг.(вопросы историографии). -В кн.: историография и источниковедение стран Дальнего Востока. Вып. 1.сер.ист.Владивосток,1975. С.3.
② Болотина О.П. Лао Шэ. Творчество военных лет (1937- 1949). отв. Ред. В.Ф. Сорокин. М., 1983. – 231 С. 209.
③ Болотина О.П. Творчество Лао Шэ в 1937-1945 гг.(вопросы историографии). -В кн.: историография и источниковедение стран Дальнего Востока. Вып. 1.сер.ист.Владивосток,1975. С.16.
④ Там же. С.20.
⑤ Там же.
⑥ 石兴泽:《老舍研究:六十五年沧桑路》,山东文艺出版社,1997,第46页。

堂》的深入研究提前于中国学界。从70年代中期开始,她先后发表了一系列关于这部作品的专论文章:《老舍长篇小说〈四世同堂〉中的个体与时代》(1976)、《老舍的心理描写技巧——以〈四世同堂〉为例》(1980)、《三部曲〈四世同堂〉中的中国社会问题》(1980),在1983年的专著中也对其进行了专章论述。

美国学者夏志清等人对《四世同堂》评价不高,认为老舍"将人物划分为好的(爱国的)和坏的(附敌分子),过于粗疏"。① 博洛京娜则指出,两极阵营分化是符合中国战时真实的。就像老舍本人在《火葬》序言中所指出的:"今天的世界已极明显的分为两半,一半是侵略的,一半是抵抗的,一半是霸道的,一半是民主的。"(3:327)老舍借助正反面人物的矛盾冲突,真实地反映了战时中国社会进步力量与反动力量之间的对抗。

老舍说过:"战争正是善与恶的交锋。"(3:327)这里的"恶"不仅指侵略者,也包括形形色色的叛徒、汉奸、走狗、卖国贼。《四世同堂》的最主要的艺术冲突就是爱国阵营与侵略者及其走狗的尖锐对立。老舍在小说中刻画了一系列叛徒卖国贼形象:大赤包、冠晓荷、蓝东阳等等,所有叛徒和汉奸都遭到了报应。作家的创作目的在于教育同胞英勇顽强,警示弱者和动摇者,因此必然对恶进行严惩,消灭一切恶的代表。在这一点上,《四世同堂》和《火葬》是一脉相承的。"报应主题在《火葬》中就清晰地展示出来……作者想借此表明侵略战争的必然失败,以及一切支持侵略者的国内势力必然消亡。"②

博洛京娜反对中国学界对于《四世同堂》"揭露黑暗有余,描述光明不足,教育意义不够"③的指责,明确指出:《四世同堂》的教育意义

---

① Болотина О.П. Лао Шэ. Творчество военных лет (1937-1949). отв. Ред. В.Ф. Сорокин. М., 1983. С. 209.
② Там же. С.191.
③ 转引自宋永毅:《老舍与中国文化观念》,学林出版社,1985,第279页。

和历史意义是难以估计的。"① 这主要表现在对于正面人物的塑造上。其中有三个人物形象最为重要：老诗人钱墨吟、祁家老大瑞宣和老三瑞全。这三个人可以分别视为老中青三代的代表。作为最积极的年轻人的代表，瑞全义无反顾地投身革命。而钱墨吟和祁瑞宣的抗战道路则曲折复杂：前者本是文人墨客，因痛失亲人，以复仇的动机投身斗争，最后回归积极的、刚性的和平观；后者则痛苦挣扎于国与家、忠与孝的两端，最后明白国家本为一体，保国即是卫家，从而使孝的概念得到升华。作家对于两人思想转变的展示具有说服力和艺术真实性。

博洛京娜指出，老舍并没有将人物简单化，将其作为社会精神的传声筒，而是创造出了艺术上可信的人物形象，真实地记录下了中国具体的历史时刻。她对《四世同堂》给予高度评价，认为小说是关于抗日战争的最深刻、最富层次的著作，不仅在老舍本人的创作中占有重要地位，也是整个中国现代文学史上的杰作。

与此同时，博洛京娜也指出了小说的一些艺术缺陷。比如，作家过于频繁地以政论方式表达自己的观点，如关于日本战争政策、关于世界与文化、关于战争与和平等等。其中有些是叙述者的抒情插笔，"这些议论带有强烈的说教色彩，让人感觉作家似乎不太相信读者能够独立得出结论"。② 大部分则是小说人物，特别是作者的代言人——钱墨吟和瑞宣的长篇大论，由此导致两位正面人物表现出"说得多，做得少"的性格缺陷。

笔者同意博洛京娜的这一观点。因为小说毕竟不同于政论，所谓"诗贵含蓄"，按照研究美学"召唤结构"理论，好的文学作品应该在意象结构中留出"意义空白"，留给读者联想与再创造的回旋余地。如果写得太满、太实，一览无余，就使读者陷入被动接受的地位，难以激

---

① Болотина О.П. Лао Шэ. Творчество военных лет (1937-1949). отв. Ред. В.Ф. Сорокин. М., 1983. C.211.
② Там же. C.210.

发其创造性参与和阅读的积极性。

博洛京娜还认为:作家对瑞全形象的塑造存在重大缺陷——前后用力不均。在小说第一部的前12章,作家充分展示了这个热血青年丰富的内心世界和充沛的情感。但是自第一部第12章瑞全参军之后,直到第三部的第20章才再次出现。作者对瑞全的思想转变及其在军队的经历等均未做交代。故此,博洛京娜认为,瑞全的形象远不如瑞宣和钱诗人血肉丰满、真实可信。

依笔者之见,这种挑剔并无道理。首先,小说的核心艺术任务是对传统文化价值观念进行反思,这就决定了作家笔下的中心人物是祁瑞宣和钱墨吟,通过他们的挣扎、蜕变来反映战争对于传统价值观念的重新冶炼。因此,义无反顾的瑞全在作品艺术构思中的重要性无法与二人相提并论,在塑造笔力上主次有别是必然的。再者,《四世同堂》旨在通过沦陷的北京城的八年煎熬来反映抗战的艰辛。作家刻意将目光聚焦于一座城,一条胡同,一个家庭,就是为了达到最大限度的艺术聚焦,让读者和小羊圈胡同里的居民一样,被"困在"沦陷的北京城里,以真实的"在场感"体验亡国奴的"惶惑""偷生"和"饥荒"。祁家人无从知晓瑞全的生死,读者自然也不例外。如果像博洛京娜所说的,去正面反映瑞全在根据地的斗争和成长,势必会分散笔墨,削弱作品表现的深度与力度,同时破坏读者与人物同呼吸共命运的"入境"体验。

从研究方法的多样性来看,博洛京娜与安季波夫斯基相比有了较大进步。研究者突破了单一社会政治学的拘囿,积极借助西方叙事学研究手段,从艺术时空、人物与叙述者的关系、叙事时距等问题看取《四世同堂》,得出了一些不但在当时,即便今日仍颇有新意的结论。

比如,博洛京娜认为,作品的艺术空间可以看成三个同心圆:世界与中国,北京与城郊,胡同和祁家。"小说中共有100多个人物,其中所有人都与小羊圈胡同,更准确讲,与四世同堂的祁家人有关……

第三章　老舍作品在俄罗斯

因此,从祁家的门槛出发,道路延伸到北京、中国乃至世界各地,一家四代人的命运与千百万人的命运紧密联系起来,反映着全人类共同的苦难与悲喜。"①

小羊圈胡同的特殊形态在作品中被多次强调。博洛京娜从神话原型批评着手,对这一形象做出了新颖独到的阐发:"在中国的神话传说中,葫芦起到了类似诺亚方舟的作用,相传在大洪水中伏羲女娲正是靠葫芦得救。而在作品中,羊圈胡同恰好就是主人公们的诺亚方舟,况且,离胡同不远还有一座名为'护国寺'的寺庙。"②这无疑又是一个别具只眼的洞见。

博洛京娜对三部曲的叙事时距进行了分析:第一部(《惶惑》)的故事时间从1937年7月到同年12月,只有半年不到;第二部(《偷生》)从1938年春讲到1940年夏,两年多一点;第三部(《饥荒》)从1940年夏到1945年,长达五年。不难发现,三部曲的叙事时距在不断缩短,叙事节奏不断加快。可见作家的重心在于展示抗战期间最艰苦难耐的时期。在每部书内部,叙事时距变化也很大。在《惶惑》中,仅1937年7月28日北京城沦陷这一天就占用了七章的篇幅。博洛京娜认为,"故城沦陷"这样的转折性事件给作家提供了探讨人物性格的绝好时机,这样的处理是符合作品的艺术构思的。

与此同时,研究者认为,小说对于部分情节的叙事节奏处理不当。特别是在《惶惑》中,部分情节太过铺陈。比如第21章描写号称沟通中西、实则不土不洋的冒牌医生的情节过分渲染,夸张讽刺,但是该情节游离于作品本事之外,与整体构思无关紧要,使得原本就略显缓慢的行文更加拖拉。相反,在《偷生》中,有些事件交代得过分潦草,一

---

① Болотина О.П. Лао Шэ. Творчество военных лет (1937- 1949). отв. Ред. В.Ф. Сорокин. М., 1983. С.186.
② Болотина О.П. Проблемы китайского общества в трилогии Лао Шэ "Четыре поколения одной семьи"- В кн.:общество и государсткво в Китае: одиннадцатая науч.конф.: Тез. и докл. Ч.3. М.,1980. С.139.

带而过,未能充分展开,比如爱国者地下党人运动等等。① 不得不承认,博洛京娜的这些意见是中肯的。

总之,博洛京娜对于老舍战争年代创作的研究在当时时代具有扭转偏差、填补空白的重要意义,对世界老舍研究做出了重要的历史贡献。她在研究方法多样性方面相对于安季波夫斯基表现出明显的进步,这也反映了20世纪70—80年代苏联老舍研究的整体趋势。其依据西方叙事学理论得出的部分结论在今天读来仍有耳目一新之感。

2.3 阿布德拉赫曼诺娃与"新中国成立后老舍创作"研究

阿布德拉赫曼诺娃是苏联学界的第三位老舍研究副博士,其研究承继前两位学者,主要围绕老舍1949年以后的创作展开,同样提出了一些在当时而言具有进步意义的观点。不过,相比包括其后的罗季奥诺夫在内的另外三位副博士,阿布德拉赫曼诺娃的研究略显薄弱,其全部研究成果仅有1987年发表的三篇论文:《论老舍的文学审美观》(载《远东问题》,1987年01期)、《戏剧家老舍》(载《莫斯科大学学报》东方学版,1987年03期)、《老舍创作的最后阶段》(副博士学位论文摘要,莫斯科,1987)。此外,阿布德拉赫曼诺娃在学术研究上有欠严谨,不乏主观臆断之举。以下试从成绩和不足两方面评述研究者的成果。

在1987年发表的副博士论文中阿布德拉赫曼诺娃指出:当前世界各国对于老舍在新中国成立以后的创作都估计不足。在中国,囿于庸俗社会学批评,在很长时期内未能公正评价老舍创作。即使在1978年老舍被恢复名誉以后,仍有一些研究者带着简单化的社会学观点和偏见看取老舍作品。西方国家研究者则大多毫无理由地贬低老舍作品的文学价值,将50—60年代的老舍描述为中国当局政策的盲从者或鼓吹者。苏联文献多将老舍描述为"文化大革命"的牺牲品,

---

① Болотина О.П. Лао Шэ. Творчество военных лет (1937- 1949). отв. Ред. В.Ф. Сорокин. М., 1983. С.190.

第三章 老舍作品在俄罗斯

没有认识到他同时还是一个决不妥协的斗争者。

她认为,对于老舍新中国成立后的创作应该分成两个阶段去看待:在50年代初期,中国致力于建设社会主义,作为一个底层出身的人,一位民主主义者、爱国者,老舍是打心眼里为人民革命在中国的胜利而高兴。受政治热情鼓舞,老舍创作了一系列政策宣传性文艺作品,反映新中国的新气象,讲述在新旧世界观碰撞下新人的诞生。"尽管部分作品表现出模式化、无冲突化的缺点,但老舍在这一时期的创作是中国当代文学中不可或缺的一部分,促进了社会主义原则在新中国社会生活以及艺术创作中的确立。"① 而在50年代中后期,官方政策中的左倾主义和民族主义倾向加强,企图消除文学与艺术作品的审美本质,老舍与此做了斗争,以其文艺批评和文学创作进行了直接批驳或者隐蔽驳斥。60年代中国发生了"文化大革命",老舍以死相抗争,彰显了对"舍生取义,杀身成仁"的儒家君子道德规范的忠诚。

研究者的这些论述推翻了当时资产阶级汉学家关于老舍在新中国时期妥协主义或者虚无主义立场的论断,对爱国作家老舍的精神面貌及社会信念给予了高度肯定。这种结论的大方向无疑是正确的,在当时也具有进步意义。

此外,阿布德拉赫曼诺娃对老舍新中国成立后的剧作也进行了深入分析。其对《茶馆》的评价尤其值得一提。由于种种原因,《茶馆》在苏联长时间内没有受到重视。对该剧进行较为细致分析的唯一文献是谢曼诺夫于1960年发表的长文《论老舍戏剧》。但其中对于《茶馆》的评价并未超出一般性的评价。80年代,《茶馆》风靡世界,为苏联学界重新审视这部作品提供了契机。

阿布德拉赫曼诺娃揭示了《茶馆》基于"马赛克原则"的创新性

---

① Абдрахманова З.Ю. Последний этап творчество Лао Шэ (1949-1966 гг.): Автореф.дис.на соиск.учен.степ.канд.филол.наук:/МГУ им.М.В.Ломоносова, Ин-т стран Азии и Африки. - М.,1987.-26с. Библиогр.:С.25-26 (8 назв.) С.23.

结构:"从结构上讲,《茶馆》是一系列按照'马赛克原则'拼凑在一起的鲜明场景,人物不断更换,每个场景都展示出作品整体构思的新侧面。看似独立、彼此割裂的事件,当统一观照时,都反映出某个时代的共性。"① 研究者还指出:《茶馆》是中国传统美学与世界当代文学元素的有机结合。一方面,在《茶馆》中创造性地折射了传统章回小说的一些诗学特点,比如表面上的片段性,形象体系的分支性,情节主线的相对独立性,言语的简洁性。另一方面,通过房屋、大院、旅店等群居性场所的不同过客来反映社会是当代小说和戏剧创作中的常用手法之一,比如高尔基的《在底层》、曹禺的《日出》、夏衍的《上海屋檐下》等等。

总之,阿布德拉赫曼诺娃的论述中不乏新颖独到的见解,但是,其研究存在一个很大的缺陷,就是不够全面深入,甚至给人一种印象,即研究者经常预先做出一个可行性论断,而后再去寻找例证,为此甚至不惜断章取义,以偏概全。

比如,阿布德拉赫曼诺娃在《老舍文艺观》一文指出:"有时候老舍所反对的观点实际上是当时主导政策的体现,因此他不得不最大限度地伪装自己'大逆不道'的观点。比如,他想要论证一个最基本的文学批评原则——研究作品要兼顾内容和形式。为此,他没有选择政论体裁,而是选择了评论。老舍分析了京戏《将相和》大获成功的原因。他在赞美演员精湛演技的过程中,逐步地渗透了自己的主要观点,即这部戏成功的真正原因是创作者坚持艺术作品思想教育意义和艺术完美的统一。"② 阿布德拉赫曼诺娃的这段论述看似有理有据,其实根本不符合事实。她所提到的文章是老舍于1951年发表的《谈〈将

---

① Абдрахманова З.Ю. Лао Шэ - драматург: (Кит. писатель, 1899-1966)//Вестн. Моск.ун-та.Сер.13,Востоковедение. - 1987. - №3, С.42.

② Абдрахманова З.Ю. О литературно-эстетических взглядах Лао Шэ, - в кн.: проблемы Дальнего Востока. 1987, №1,С.108.

第三章　老舍作品在俄罗斯

相和〉》一文。这篇文章主要是针对京戏发展的,提出京戏改编既要注重教育性,又要"卖座",以便保证"艺人们的生活"。况且,在文章发表的1951年,国内文艺政策尚不至于那么左,老舍根本没有必要费尽周折来伪装自己"大逆不道"的观点。

类似的主观臆想、以偏概全的例子在阿布德拉赫曼诺娃的论述中并不罕见。她称"在《养花》(1956)、《百花齐放的春天》(1958)、《猫》(1959)等文艺随笔中,老舍使用了寓言、隐喻暗示等手法,表达了对中国革命与文化命运的担忧"。①这无疑是捕风捉影之谈。种种带有明显倾向性的论断表明,阿布德拉赫曼诺娃过分执着于老舍"毫不妥协的斗争者"的形象。她称老舍"很快意识到了文化政策中愈来愈明显的庸俗社会主义和左倾激进主义的危害,他的整个文学批评活动都是反对这些思潮的"②。这实际上是对老舍"清醒斗士"形象的绝对化、理想化。若果真如阿布德拉赫曼诺娃所说,老舍就不会为应付"剧本荒"而放弃自己擅长的小说题材,不会为"赶任务"而牺牲艺术,或许老舍的整个创作和个人命运都会是另外一番样子了。总之,这种学术上的不严谨导致阿布德拉赫曼诺娃的结论过于简单、理想化,未能对老舍新中国成立后矛盾复杂的生平与创作做出足够全面客观的概括。

2.4 罗季奥诺夫与"老舍国民性主题"研究

罗季奥诺夫是当代俄罗斯老舍研究界的领军人物。其研究范围颇广,但以国民性主题方面的研究最为集中和深入。2001年他以此为题提交了副博士学位论文,随后又将其扩充加深,于2006年出版了专著——《老舍与20世纪中国文学中的国民性问题》。③罗季奥诺夫

---

① Абдрахманова З.Ю. Последний этап творчество Лао Шэ (1949-1966 гг.): Автореф.дис.на соиск.учен.степ.канд.филол.наук:/МГУ им.М.В.Ломоносова, Ин-т стран Азии и Африки. - М.,1987.-26с. Библиогр.:С.25-26 (8 назв.) С.9.

② Абдрахманова З.Ю. О литературно-эстетических взглядах Лао Шэ, - В кн.: проблемы Дальнего Востока. 1987, №1,С.112.

③ Родионов А.А. Лао Шэ и проблема национального характера в китайской литературе XX века. – СПб.: Изд-во «Роза мира», 2006.

高度评价老舍对20世纪中国文学国民性主题所作出的贡献。他注意从历时性和共时性两个轴向审视老舍创作,很好地揭示了老舍在这一问题上的创作演变。

1925—1932是老舍创作的第一阶段。在国民性批判主题上,《二马》和《猫城记》是这段时期最为突出的两部作品。总体而言,这一时期老舍对于国民性的揭露是从启蒙主义立场出发的。作家将国民性改造视为中国现代化最重要的条件之一,为此必须批判性地继承传统文化价值观并以西方文明的价值观作为补充。

1933—1937年是第二阶段。中国政府和军队面对日军侵略时的软弱无力,导致了老舍启蒙主义思想发生危机。作家意识到:想要消除国民劣根性,光靠揭露批判是不够的,必须寻找原因和改造途径。对于该问题的探索经历了两个阶段:1933—1934年,老舍主要在传统文化及其价值观念上找原因(《离婚》《牛天赐传》);而在1935—1937老舍则将目光更多地转向了毁灭性的社会秩序上(《骆驼祥子》《我这一辈子》)。

1937—1949年是第三阶段。老舍在国民性主题方面的创作致力于反思抗日战争对于国民性和传统文化价值观的影响。总体而言,抗日战争提高了老舍对中国人民国民性和传统价值观潜力的评价。三部曲《四世同堂》通过祁瑞宣、钱墨吟两位主人公的蜕变,揭示了"植根于传统文化的国民性和价值观经过战争的熔炉重新冶炼,被净化和现代化,与此同时保持了自己不可复制的民族独特性。"①

最后一个阶段是新中国成立后的创作。新中国成立的初期几年,老舍主要歌颂中国人精神面貌的新变化,对于劣根性的批判退居二线,因为作家相信它们很快就会消亡。而在60年代初期创作的《正红旗下》中,作家回归到历史题材和国民性批判主题。作家从历史唯物

---

① Родионов А.А. Лао Шэ и проблема национального характера в китайской литературе XX века. – СПб.: Изд-во «Роза мира», 2006. С.160.

第三章　老舍作品在俄罗斯

主义的角度出发,揭示了满族旗人性格缺陷形成的根本原因。罗季奥诺夫认为:"《正红旗下》是20世纪中国文学史上最为独特、最为深刻的作品之一。在老舍之前及同辈人中间,没有任何人如此清晰地展示了历史和社会原因对国民性格变化的影响。"①

与中国学者对该问题的研究相比,罗季奥诺夫研究最大的创新之处在于,他没有将该问题视为一个单纯的文学问题,而是将其视为一个跨学科问题,以文化学、人类学、民族心理学等学科为理论依据进行探讨。他广泛参照西方文化学家和人类学家(W. Eberhard, Ho D.Y.F., Hsu F.L.K., Hu H.C., Stover L.E., Yang M. M.H)、中国香港和中国台湾民族心理学家(黄光国、金耀基、项退结、杨国枢等)对于中国人独特心理现象的研究成果,结合文本精细研读,将作品放置于中国文化与习俗的特定语境中予以学理考辨,着力开掘其思想内涵,既参考前人研究,又不盲从现成结论,以宽宏的视阈、独特的理论运用,对老舍着重批判的国民性格作出了准确概括和深刻分析。对于一些特有的中国民族心理现象,比如"面子"和"人情"等,做出了尤为精到的论述。

中国人好面子是天下闻名的(俗语所谓"死要面子活受罪")。鲁迅曾将"面子"称为"中国精神的纲领"②,林语堂也将"面子"称为统治中国的三大女神之一(其余两个是"命运"和"感恩")。老舍对中国人的"面子问题"同样给予了高度关注,"面子是老舍众多人物最重要的行为动机之一。"③早在《二马》中老舍就一针见血地指出:"中国人的'讲面子'能跟'不要脸'手拉手走……中国人的事情全在'面子'底下蹲着呢,面子过得去,好啦,谁管事实呢!"(1:503)在《骆驼祥子》中嘲笑伪革命者阮明的行为时,老舍说:"面子,在中国是与革

---

① Родионов А.А. Лао Шэ и проблема национального характера в китайской литературе XX века. – СПб.: Изд-во «Роза мира», 2006. С.205.
② 鲁迅:《鲁迅选集·杂文卷》,山东文艺出版社,1990年。
③ Родионов А.А. Лао Шэ и проблема национального характера в китайской литературе XX века. – СПб.: Изд-во «Роза мира», 2006. С.76.

命有同等价值的。"(3:103)

研究"面子"现象对于了解中国人行为心理具有不言而喻的重要意义。然而,颇具意味的是,"中国人的面子最初是由西方人研究的"。[①]1894年,旅居中国22年的美国基督教传教士亚瑟·亨·史密斯在《中国人的性格》一书中归纳了26种典型的中国人特质,排在第一位的就是"面子要紧"。他还说:"一旦正确理解了'面子'所包含的意思,人们就会发现'面子'这个词本身是打开中国人许多重要特性之锁的钥匙。"[②]而中国学者将"面子"作为研究对象直到20世纪40年代才开始。[③]这个事例也充分证明了一点:即异文化持有者对于某一文化系统现象所表现出的敏觉常常超越该文化持有者。或许出于同样的原因,对于老舍作品中提到的"面子问题",很多中国学者虽亦有涉及,但鲜有以民族心理学等理论为依据对这一现象寻根究底、深入探讨者。而罗季奥诺夫却以其文化他者的敏觉对此做出了卓有成效的尝试。

罗季奥诺夫首先对老舍作品中出现的三个近义词——"面子""脸"和"脸面"进行了理论概括和区分。他认为,"面子"是周围人对个体社会成就的评价,关乎个体的社会地位和权威,但不一定与其道德品质有关。"脸"则是社会对于个体道德原则的评价,即个体行为与社会通用准则及其内在理想的符合度。"脸"是一种感到羞愧的能力,不仅来自于外部谴责,而且来自于内部自省。与"面子"相比,"脸"更加侧重于道德层面。然而,"脸和面子相互交织,在意义上部分重合。丢脸可能会导致丢面子,反过来,老舍作品中也经常出现为

---

① 燕良轼等:《论中国人的面子心理》,载《湖南师范大学教育科学学报》,2007年11月第6期,第119页。
② 亚瑟·亨·史密斯:《中国人的性格》,乐爱国、张华玉译,学苑出版社,1998年。
③ 参见燕良轼等:《论中国人的面子心理》,载《湖南师范大学教育科学学报》,2007年11月第6期,第119页。

了长面子而主动不要脸的情形。"① 至于"脸面",则是"面子"与"脸"的综合体,"是对个体精神道德和社会成就的综合评价。"②

"面子问题"及其社会影响是老舍作品主要情节之一,贯彻老舍创作始终,在讽刺剧《面子问题》中得到了最淋漓尽致的展示。美国研究者 P. Boxpa 认为:"如果有人想了解中国社会的"面子问题",那么恐怕没有哪本书能比《面子问题》更具参考价值。"③ 此言不虚。老舍对于每个人物的塑造都离不开"面子"二字。剧中人物大致可分为三类。第一类,面子的奴隶,如佟景铭——"世家出身,为官多年,毕生事业在争取面子"(9:281)。第二类,面子的操纵者,以面子为手段达成自我目的,如于建峰、方心正、单鸣琴。单鸣琴的"面子理论"无耻至极——"面子就像咱们头上的别针,时常的丢了,丢了,再找回来,没关系!"(9:333)第三类,面子的摒弃者,如秦剑超、欧阳雪、赵勤。欧阳雪说:"你们讲面子,我们当医生和护士的讲服务的精神!"(9:296)这三类人基本上覆盖了所有的人群,作家通过对比对于"面子问题"的不同态度,在褒贬之中亮明了自己的观点。在老舍看来,面子是负面性的,会助长虚荣腐败、铺张浪费,消灭真诚。

与面子紧密相连的另一个中国民族心理现象是人情。有中国学者指出:"'人情'是面子生存的基本支柱。"④ 罗季奥诺夫将人情定义为一种"对资源获取限制的补偿机制",其存在的必要性是由于"中国的权力与物质资源掌握在少数人手里,且缺乏法律保障"。⑤ 不过,中国的人情并不总跟利益直接挂钩。在中国,人情是一种生活方式,代

---

① Родионов А.А. Лао Шэ и проблема национального характера в китайской литературе XX века. – СПб.: Изд-во «Роза мира», 2006. С.77.
② Там же.
③ Там же. С.152.
④ 燕良轼等:《论中国人的面子心理》,载《湖南师范大学教育科学学报》,2007年11月第6期,第120页。
⑤ Родионов А.А. Лао Шэ и проблема национального характера в китайской литературе XX века. – СПб.: Изд-во «Роза мира», 2006. С.67.

表着一种非正式的、情绪化了的关系,是对正式人际关系的一种补充。通过人情建立"关系"较少通过金钱,多半是交换礼物或者请客吃饭。关涉双方会努力寻求彼此间的共同点：共同的熟人、同行、同乡,甚至同姓。人情一般都是一种持久的人际关系,施受双方经常互换角色。"总体而言,老舍对于人情的态度是否定的。对于真挚的友谊(李应和王德、李子荣和马威、四虎子和牛天赐等等)老舍从来不界定为人情。"① 人情主题见诸于老舍创作的各个阶段,在《离婚》《面子问题》《生日》《不成问题的问题》等作品中,人情更是中心主题之一。

人情在《离婚》主人公张大哥身上得到了鲜明的揭示。张大哥谙熟人情世故,"办四十整寿的时候,整整进了一千号人情,这是个体面,绝大的体面,可是不照样给人家送礼,怎能到时候有一千号的收入？"(2:358)然而,在这种表面火热的人情背后隐藏的是虚情假意。在张大哥的儿子以共党嫌疑被捕以后,一众同僚袖手旁观,冷漠疏远,甚至落井下石,作家借此展示了人情关系的肤浅和虚伪。由此可得出结论："令张大哥引以为傲的整个北京文化,连同它的礼节、规矩和行为模式,都仅仅是贪婪追求的幌子。对于这些人情行为模式的遵守导致虚情假意,降低善恶分辨能力,导致全社会的腐败和社会制度的无效性。"②

在抗战时期创作的短篇小说《不成问题的问题》中,人情的危害性得到了更加尖锐地揭露和批判。树华农场主任丁务源,将一个原本前途大好的农场管理得乌七八糟,年年亏损,然而,上至场长、股东,下至普通工人,都把他当成大好人。丁务源屹立不倒的法宝就是人情："人事,都是人事；把关系拉好,什么问题也没有！"(8:52)丁务源搞人情只是为了保住自己的地位,谋取私利。人情关系带来的不仅是经

---

① Родионов А.А. Лао Шэ и проблема национального характера в китайской литературе XX века. – СПб.: Изд-во «Роза мира», 2006. С.67.

② Там же. С.106.

第三章　老舍作品在俄罗斯

济的亏损,同时也对工人的精神造成了腐蚀,使原本勤劳正直的农场工人变得好吃懒做、损公肥私。

笔者以为,丁务源和张大哥两个形象有强烈的可比性。二者都是人情的卫道者,都擅长搞关系,而且手段方法也大同小异:请客、送礼、人情往来。不同之处在于,张大哥古道热肠,而丁务源则狡猾无耻;张大哥是热情助人,而丁务源则是谋取私利;张大哥对于人情是下意识地遵守,而丁务源则是有意识地利用。如果说张大哥的人情里还多少带有"人情味"的一面,那么丁务源的人情则是一种无耻的功利性手段。作家对于二者的态度大不相同:对于丁务源,作家是鲜明的揭露和批判,将其视为人情法则的恶意操纵者;对于张大哥,作家则在批判中包含着同情,因为他也是这种文化传统的牺牲品。如果说在《离婚》中,老舍主要批判的是人情背后的肤浅和虚伪,那么在《不成问题的问题》这部抗战时期的作品中,作家则将人情视为社会腐败和国家衰落的罪魁祸首。

作为传统文化价值观的表现,面子和人情并非全是糟粕,也有其合理内核。中国学者燕良轼等人认为:"面子与自尊、尊严是互为表里的关系……自尊与尊严是每个民族都有的,只是在传统中国人那里得到畸形发展。"[①]罗季奥诺夫同样认为,脸面源自儒家对于耻和礼的看重,而人情原本是对个体遵守社会行为规范的要求。令作家忧虑的是这些行为心理的畸形发展,以及别有用心之人对它们的恶意操纵。在老舍作品中,一些恪守传统观念的"傻好人"经常成为恶意操纵者的傀儡和牺牲品。比如《老张的哲学》中的赵姑母、《离婚》中的张大哥等等。

在中国学界,老舍与国民性的课题也远未穷尽,近几年呈现方兴未艾之势。从中国知网收录的文献来看,以此为题的论文,仅全国优

---

① 燕良轼等:《论中国人的面子心理》,载《湖南师范大学教育科学学报》,2007年11月第6期,第120页。

秀硕士学位论文就产生了五篇,且都在2005年以后。论者的切入点和理论支撑从论文题目即可看出。① 与中国学界的这些最新研究成果相比,罗季奥诺夫所选取的民族心理学视角仍有其新颖独到之处,其研究成果仍有重要的借鉴意义。

第四节　苏俄老舍翻译与研究的特色

1. 老舍俄译的整体特色

特色产生于对比。为了准确地把握老舍俄译的整体特色,不妨选取老舍英译作为参照物。一方面是因为英语使用广泛,且老舍英译成果同样丰硕,另一方面是因为国内老舍英译研究已经相当充分,从翻译策略、翻译技巧到翻译原则都有大量研究成果。

英译过程包含译入和译出两种模式,二者在翻译原则上大相径庭。中国内地和香港地区的译出活动均强调忠实于原作,而目标语国的译入活动则经常对原作进行篡改。最为典型的例子是美国译者埃文·金对《骆驼祥子》和《离婚》的篡改。《骆驼祥子》英译本不仅增添了大量性爱情节,而且改变了祥子的悲惨命运,让他从白房子中救出小福子,成就了"happy end"式的大团圆结局。埃文·金次年着手翻译《离婚》,再次如法炮制,对原作彻底改译:老李与马太太终成眷属,老李太太与丁二完美结合,原作中离婚不得的一众人等都得偿所愿。此举令老舍极度气愤,诉诸法庭。但篡改之风并未因此息止,1964年《猫城记》首次译成英文时也遭到刀砍斧削。

---

① 分别为:《另类视角下的国民性——从性际关系看老舍的改造国民性》(彭晓波,广西师范大学,2005)、《老舍小说改造国民性主题的再思考》(张升,山东师范大学,2007)、《从民俗文化视野看老舍对国民性的批判》(赵欣,青岛大学,2010)、《论老舍小说中的国民性改造》(连欢欢,陕西师范大学,2013)、《论老舍教育题材小说对国民性的反思与建构》(刘娇娇,南京师范大学,2014)。

第三章　老舍作品在俄罗斯

与此形成鲜明对比的是，俄译最大的特色在于"完整"，强调"忠实"于原作。笔者将90%左右的老舍俄译作品与原作进行了对照阅读，发现几乎所有译作都最大限度地忠实于原作，除个别不可译的语句之外，原作中的每句话都能找到相应的译文。发现较大规模删译现象的只有谢曼诺夫翻译的《猫城记》一部。而且，删译现象在谢曼诺夫这里也带有个案性质，在他翻译的七部老舍作品（四部长篇、三部短篇）中仅《猫城记》出现删节。为了探究译者这种处理的动机和效果，特将其与《猫城记》1964年英译本进行对比。

《猫城记》1964年英译本出自美国汉学家詹姆斯·杜教授之手。译者对原作进行了整章整段的刀砍斧削，以至于原作27章，译作只有20章。原作前四章讲述的是叙述者如何来到火星，遭遇猫人并被俘虏的经过。这部分内容想象奇特，描写精彩，是小说科幻历险色彩最为浓郁之处。译者将其整个删除，刻意淡化小说的幻想色彩，使其更像是对黑暗现实的直接披露。原作第23章是对爱国者大鹰的集中描写，译者仅保留该章两段内容。大鹰象征着猫人国的希望，是猫城黑暗王国里的一束强光，其舍生取义的壮举是全书低沉悲怆的主旋律中最慷慨高昂的曲调，是全书的最强音。译者对这些内容的删减极大削弱了原作流露出的爱国主义情怀。

在大幅删节的同时，译者保留并夸大了书中对社会现实的讽刺、对政治黑暗的揭露、对共产主义和共产党的影射，并断章取义地为小说增添了大量尾注，援引的皆是西方媒体对中国夸大失真的丑化报道，借此披露中国法律黑暗、男女不平等、教育制度腐朽、民主虚伪、中国人品质恶劣，等等。比如，在小说描写猫人不诚实、无信用的地方，译者援引了一份题为《美国人眼中的亚洲人》的社会调查资料，称在181位受访的上层美国人中"有64个人给予中国最严厉的批评，在一张评价表上他们分别选择了'不诚实、狡猾、不可靠、爱投机、过分精明'等词语描述中国人。的确，很多对中国有了解的西方人都认为这正是他们印象中的中国人,有些中国人还对上述恶习无比骄傲。"①

这种"有感而发"无疑是西方人对于中国人形象的恶意丑化。这不禁让我们联想到老舍在《二马》中所说:"没钱到东方旅行的德国人、法国人、美国人,到伦敦的时候,总要到中国城区看一眼,为是找些写小说、日记、新闻的材料。……中国城要是住着二十个中国人,他们的记载上一定是五千;而且这五千黄脸鬼是个个抽大烟,私运军火,害死人把尸首往床底下藏,强奸妇女不问老少,和做一切至少该千刀万剐的事情的。……于是中国人就变成世界上最阴险、最污浊、最讨厌、最卑鄙的一种两条腿儿的动物!"(1:391-392)

总之,大量删改和借题发挥从本质上篡改了原作。译者的这种处理有其时代背景:当时正处于冷战时期,中美关系处于低谷,政治意识形态差异鲜明。译者借由小说攻讦中国社会黑暗、政治腐败、国民性弱点,对中国社会主义政治意识形态进行歪曲宣传。詹姆斯·杜将小说"视为可利用的社会学与文化教材,旨在使美国读者或目标语读者了解中国社会及现实的黑暗,扩大负面影响,老舍的作品成了意识形态较量的牺牲品,满足了目标语社会主流意识形态的需要"。②

谢曼诺夫翻译《猫城记》时(1969)正处于中苏政治斗争最为激烈的时期,考虑到苏联学界此前对于《猫城记》近乎一致的忽略与否定,此时译介《猫城记》当然也难免政治因素。译者在小说翻译过程中一反常态地对原作进行缩译,显然也与特殊的时代背景不无关系。但是,在对照分析了俄译本对原著的具体删节之后,笔者发现,俄译者与美国译者的处理有着本质上的区别。

与詹姆斯·杜刀砍斧削式的删减不同,谢曼诺夫的删译是抽丝剥茧式的,译作在章节设置上一如原作。被删译的地方除个别片段之外,绝大多数为句子或句子成分,散见于全书各个章节,共180余处,

---

① 转引自李越:《老舍作品英译研究》,知识产权出版社,2013年,第188页。
② 李越:《老舍作品英译研究》,知识产权出版社,2013年,第188页。

第三章　老舍作品在俄罗斯

计5000余字。除此之外,谢曼诺夫对散落全书各个章节的36处段落(原文约7千字)进行了三分之一的缩译。这样一来,删译和缩译的篇幅共计12000字左右,大概占原文(87000字)七分之一的比例。从内容性质上来看,这些删译片段和缩译段落主要为三类:叙事细节、心理描写、议论抒情。试通过几段具有代表性的译例进行分析。

我的眼前完全黑了;黑过一阵,我睁开了眼;像醉后刚还了酒的样子。我觉出腿腕的疼痛来,疼得钻心;本能的要用手去摸一摸,手腕还锁着呢。这时候我眼中才看见东西,虽然似乎已经睁开了半天。我已经在一个小船上;什么时候上的船,怎样上去的,我全不知道。大概是上去半天了,因为我的脚腕已缓醒过来,已觉得疼痛。我试着回回头,脖子上的那两只热手已没有了;回过头去看,什么也没有。上面是那银灰的天;下面是条温腻深灰的河,一点声音也没有,可是流得很快;中间是我与一只小船,随流而下。(2:150)

Когда я открыл глаза, то почувствовал себя точно после похмелья. Закованные ноги ломило, боль отдавалась в сердце. Не сразу я понял, что нахожусь в лодке. Как я попал в нее, когда? Но это все пустяки – главное, что нет горячих лап и вообще никого вокруг. Надо мной серебристо-пепельное небо, внизу – маслянистая темно-серая поверхность реки, которая беззвучно, но быстро несет мою лодку.

(俄文译回中文:当我睁开眼时,我觉得像喝醉了酒一样难受。戴着镣铐的脚腕折了,钻心的疼。我一下子没反应过来,原来自己在一条小船上。我是怎么上的船?什么时候呢?不过,这些都不重要,重要的是——周围没了那些热乎乎的爪子,只剩下我一个人了。上面是银灰色的天空,下面是温腻深灰的河,河水悄无声息,载着小船急速行进。)

将原文与译文进行对比,可以发现,原文中部分语句在翻译过程中完全被删除了，部分句子则被缩译。译文中有一句话为我们揭示了译者的出发点："Но это все пустяки – главное, что"。显然，译者在翻译时是经过了自己的筛选，所略细节看来就是他所认为的细枝末节（пустяки）。从原文与译文的叙事效果来看，译文没有原文那么细腻生动，如临其境，但是更加紧凑，加快了叙事节奏。

在原著中，老舍常以细腻生动的心理描写反映主人公丰富的心理活动和细微的情绪变化。而在译文中，这些心理描写细节都被译者进行了简化处理。如下例：

拿起石罐想往墙上碰；不敢，万一惊动了外面的人呢；外面一定有人看守着，我想。不能，刚才已经放过枪，并不见有动静。后怕起来，设若刚才随着枪声进来一群人？可是，既然没来，放胆吧；罐子出了手，只碰下一小块来，因为小所以很锋利。我开始工作。(2:153)

Но грохнуть кувшин о стену я не решался, боясь привлечь сторожей. Нет, они не услышат: ведь я только что стрелял из пистолета, и никто не появился. Осмелев, я отбил от кувшина тонкую острую пластинку и принялся за работу.

（将俄文译回中文：但是我不敢将石罐往墙上碰，怕招来看守。不，他们肯定听不到——我刚才还放了一枪，也没人出现。我壮起胆子，从石罐上敲下一小片薄而锋利的瓦片，开始行动。）

上面引用的这段原文是叙述者刚到火星、被猫人俘虏之后企图逃跑的情节。原作中的叙述者是一个心思细腻之人，再加上身处危险陌生的外星环境，举手投足都小心翼翼。从原文的描写能够看出叙述者情绪的复杂变化，每个分号和句号都是一种心理状态的转折：冲动—犹豫—怀疑—后怕—下定决心。而译文则将原文对事发当时心理状态的还原转变为事后的回忆与陈述（动词的过去时态也是一种标志）。译文包含的心理变化要简单得多：犹豫——下定决心。

此外，原文包含大量的议论，有些是小说人物（主要是小蝎）的话

第三章　老舍作品在俄罗斯

语,有些是叙述者"我"的抒情插笔。这些话大多是有感而发,体现了作者的观点和主张。这构成了《猫城记》的一大特色。译文对这些议论文字也进行了选择性删节。下面这段话中的删译片段是字数最多的一处:

我明白了,呀呀夫司基比小蝎的"敷衍"又多着一万多分的敷衍。我恨猫拉夫司基,更恨他的呀呀夫司基。

吃惯了迷叶是不善于动气的,我居然没打猫拉夫司基两个嘴巴子。我似乎想开了,一个中国人何苦替猫人的事动气呢。我看清了:猫国的新学者只是到过外国,看了些,或是听了些,最新的排列方法。他们根本没有丝毫判断力,根本不懂哪是好,哪是坏,只凭听来的一点新排列方法来混饭吃。陶业绝断了是多么可惜的事,只值得个呀呀夫司基!出售古物是多么痛心的事,还是个呀呀夫司基!没有骨气,没有判断力,没有人格,他们只是在外国去了一遭,而后自号为学者,以便舒舒服服的呀呀夫司基!

我并没向猫拉夫司基打个招呼便跑了出来。我好像听见那些空屋子里都有些呜咽的声音,好像看见一些鬼影都掩面而泣。设若我是那些古物,假如古物是有魂灵的东西,我必定把那出卖我的和那些新学者全弄得七窍流血而亡!（2:243）

Я понял, что это слово означает для него приспособленчество, в тысячу раз более подлое, чем у Маленького Скорпиона. Кошкарский с его восклицаниями стал мне омерзителен, но дурманные листья располагают к апатии, и я не надавал своему гиду пощечин. С какой стати мне, китайцу, вмешиваться в дела людей-кошек?

Не попрощавшись с Кошкарским, я вышел, и мне чудилось, будто за мной вдогонку несутся стенания похищенных реликвий.

（俄文译回中文：我明白了,这个词所表示的"敷衍"比小蝎更无耻一千倍。兴高采烈的猫拉夫斯基让我感到恶心,但迷叶令人心灰意冷,我没有去扇他嘴巴子——我一个中国人,何苦管猫人的事呢?

我没和猫拉夫斯基道别就跑了出来,仿佛觉得那些被偷的古物的哀号和呻吟从背后袭来!）

不难发现,原文中的很多部分在译文中完全没有得到体现。这些内容是叙述者的抒情插笔,一连串的感叹号和语句重复充分表现了"我"对于猫人国新学者的强烈失望,对于古文明被愚昧践踏的痛心疾首。将这些抒情语句删除,译作在情绪上就显得平缓许多。译作中的"我"比原作中的"我"更理智、更冷静。但二者只是性格气质上的差别,而并非态度立场上的对立。和原作中一样,译作中的"我"对于猫人同样是"哀其悲惨,恨其糊涂"的。这与英译本对叙述者形象的扭曲有本质差异:在1964年的英译本中,"我"更像是一个冷眼旁观者,带有优秀人种的优越感,将猫人的亡国灭种视为落后民族的必然下场。

总之,谢曼诺夫对于原著的删节是针对细枝末节的"点烦"处理,对于全书的主干内容,译者则表现出高度忠实。此外,俄译本中并无类似英译本借机发挥、篡改原作的情形。译者删减的初衷是使译作变得更紧凑、更简洁、更尖锐、更符合讽刺文学规范。打个比方,《猫城记》原作是一棵枝繁叶茂的大树,在谢曼诺夫那里仍然是一棵树,而在詹姆斯·杜那里则被砍成了一根原木。谢曼诺夫只不过修剪了大树的枝枝蔓蔓,主干和根脉却完好无损。这样一来,大树失却了丰满,却不减挺拔。而詹姆斯·杜却将这棵树连根拔起,刀砍斧削,变成一根毫无生机、徒具利用价值的原料。二者在动机和做法上的差别不言而喻。

法国社会学家埃斯卡皮认为:"翻译总是一种创造性的叛逆。"[1]

---

[1] 埃斯卡皮:《文学社会学》,王美华、于沛译,安徽文艺出版社,1987年,第137页。

第三章　老舍作品在俄罗斯

如果说"创造性"是译者以自己的艺术创造才能接近和再现原作的一种主观努力,那么"叛逆性"则是译者为了某种主观愿望而造成的译作对原作的客观背离。谢天振将"创造性叛逆"概念作为理论基础引入译介学,将其主体界定为译者、接受者和接受环境,并从有意识与无意识、归化与异化等角度进行了理论阐发。

"创造性叛逆"理论有其开拓意义,对于肯定译者的主体性作用、体现翻译文学的创造性价值等都有积极作用,引起学界的广泛关注和好评。[①] 比如,按照传统翻译研究的观点,庞德翻译的中国古诗错误百出,不足为训,然而译介学却从创造性叛逆的角度出发,肯定了庞德译诗对于中国古诗在西方的传播以及对于意象派诗歌发展所作出的贡献。与此同时,也有一些学者提出疑问,担忧译介学研究一味肯定创造性叛逆,会导致"一味追求创作而有意偏离原作",从而"违背了翻译的根本目标"。[②] 对于庞德译诗的肯定从某种意义上是"给后人指出了一条通往'将军'的成功之路——不守规则。"[③]

笔者以为,这些学者的担忧不无道理。"创造性叛逆"这个术语带有确定无疑的肯定意味,将译作对于原作的一切背离不加区分地称之为"创造性"的,无异于鼓励译者去创造、去叛逆,结果很有可能导致胡译乱译大行其道。《猫城记》1969年俄译本和1964年英译本对于原作均有背离,但英译者和俄译者在动机、做法、效果等方面均有明显差异。所以,我们认为,"创造性叛逆"应该有一个"度"的约束。

谢曼诺夫的处理没有对原作造成肢解、歪曲,在可接受限度之内,可以称之为"创造性叛逆";而詹姆斯·杜的处理则是将原作支离破

---

① 比如方平:《翻译文学——争取承认的文学——喜读谢天振新著译介学》,载《中国比较文学》1999年第2期;朱微:《具有开拓意义的翻译研究新著——评谢天振著译介学》,载《中国翻译》2000年第1期;董明:《文学翻译中的创造性叛逆》,载《外语与外语教学》2003年第8期等。
② 许钧:《"创造性叛逆"和译者主体性的确立》,载《中国翻译》2003年第1期,第6—11页。
③ 林彰:《译学理论谈》,载许钧主编《翻译思考录》,湖北教育出版社,1998年,第564页。

碎,面目全非,称之为"叛逆"尚可,但"创造性"却无从谈起,只能视为对原作的篡改。这一点从译者接受情况亦可得到佐证。谢曼诺夫的《猫城记》一经出版,立刻畅销,成为"苏联读者几乎最爱读的书"(索罗金语)。更能说明问题的是,罗季奥诺夫曾对笔者指出的谢曼诺夫所做的删节表示惊讶,称他此前对此完全没有觉察。而詹姆斯·杜的译本作为特殊时代背景需求的产物,六年之后就被新的英语全译本取代,后者在世界各地的图书馆藏量七倍于前者。① 这也表明,类似詹姆斯·杜对原作的篡改根本经不住时间的考验。

综上所述,与老舍英译相比,俄译的最大特色就是"忠实",对原作很少进行删改,即便有,也是翻译技巧层面的处理,而非内容上的篡改。之所以如此,原因是多方面的,包括译者的主观态度、接受者的期待视野、接受环境等等。

译者对于原著者和原作的态度是很重要的一环。苏俄的老舍译者都是资深的翻译家、中国文学研究家,其中很多专注于老舍译介,其对老舍及其作品的感情绝非埃文·金和詹姆斯·杜等人可比。比如,埃文·金对原作《离婚》的评语是"如不修改,一文不值"。② 詹姆斯·杜则视《猫城记》为社会学资料,对于其文学价值不以为然:"该作品在风格上极为重复,甚至混乱。整部小说缺乏缜密构思,跟西方文学界那些更加高明的讽喻作者相比,作者的讽喻不够微妙和细致。"③ 英译者对原著的不以为然与俄译者的高度推崇别如天壤。

接受者,即译本读者的期待视野对于译者的处理也有极大影响。以《骆驼祥子》和《离婚》两个英译本的改写为例。《骆驼祥子》和《离婚》都改成了美国读者所喜闻乐见的"大团圆"结局,同时加强了

---

① 李越:《老舍作品英译研究》,知识产权出版社,2013,第189页。
② 转引自李越:《老舍作品英译研究》,知识产权出版社,2013,第182页。
③ 夏天:《〈猫城记〉1964年英译本研究》,载《外语教学理论与实践》,2012年第2期,第83页。

性描写力度。尽管如此,埃文·金翻译的《骆驼祥子》在美国获得畅销百万册的销售奇迹,他操刀篡改的《离婚》译本在销路上也远胜于老舍亲自参与的忠实于原著的译本。这都是美国读者的期待视野和审美趣味所决定的。相比之下,苏联读者则拥有"小人物"文学基因、批判现实主义文学的传统和人道主义传统、以及在苏联意识形态约束下对于性的拒斥。从大的方面来讲,中苏两国同属于社会主义意识形态和马克思主义文学理论体系,较之于英美等西方资本主义国家,中苏两国人民的审美需求显然共性多于差异。

从接受环境来看,亚、非、拉丁美洲文学在英美文学系统的地位相对边缘化,英美等国对于这些边缘文学的翻译态度相对随意,在20世纪早中期的中国文学译介过程中,删译、改译、节译等翻译"折射"现象成为常态。俄罗斯则不然,其翻译理论界,无论语言学派还是文艺学派,都强调"对等"。文艺学派注重"艺术"层面的对等,而语言学派则优先追求语言层面的对等。但无论哪个学派,都以"对等"为目标,要求忠实于原作。

2. 苏俄老舍研究特色

苏联时期的老舍研究带有鲜明的意识形态性,在很大程度上受制于中苏两国关系的冷暖亲疏。对此事实,部分苏联学者在苏联解体之后坦言不讳。2000年《猫城记》再版时,译者谢曼诺夫在前言中说:"早在60年代初我就迷恋上了这部小说,当时小说还被当成是禁书,我把它翻译出来,却不得不束之高阁,因为在当时出版的希望一丁点都没有。因为,第一,我们的政府,尽管当时已经开始与中国政府展开论辩,仍然尽量避免出版与中国官方立场相左的东西;第二,译本的出版可能会给老舍本人带来麻烦;第三,《猫城记》也让我们联想起我们的现实。"①

如今,中俄两国翻译界早已摆脱了20世纪60—70年代过于政治化的语境,学术研究中的意识形态控制和政治干扰不复存在,两国的老舍研究均走上了正常化的学术轨道,能够以冷静客观的态度看取老舍及其作品。中苏两国十分相似的老舍接受与研究史从正反两方面告诉我们,文学批评和一切学术研究一样,需要良好的时代氛围。无论文学创作,还是文学批评,一旦过于贴近政治,就会沦为其附庸,而正如老舍本人所说:"以文艺为奴仆的,文艺也不会真诚地伺候他。"

任何研究都是一个不断发展、不断完善的过程。苏俄老舍研究由单篇作品、单一创作时期的封闭式研究转到对创作整体特色的宏观把握,从单一社会政治学批评到批评视角和方法多元化,从依附于政治意识形态到自觉独立的学术研究,走过的是一条不断拓宽的道路。在这条道路上不断前行的研究者,各具不同的教育背景、学术经历、气质性格,因此在研究过程中从不同视角出发,得出了不同结论。惟其如此,苏俄老舍研究才丰富多彩。但与此同时,共同的民族文化基因、文学传统、历史积淀决定了苏俄老舍研究呈现出一些贯穿始终、恒定不变的共性,包括一些思维方式、学术研究传统等等,这就表现为苏俄学界的特色。其中最鲜明的一点就是对比较文学研究方法的运用。

"比较"作为一种意识和方法于俄罗斯民族而言是根深蒂固的。这是由俄国独特的民族性结构所决定的。俄国地跨欧亚大陆,文化身份兼具东西方性,文化基因中融合了斯拉夫文明和基督教文明,在融合的过程中一直伴随着强烈的民族身份认同的现实需要。俄罗斯正像一只双头鹰一样,一直在欧亚、东西方文明之间摇摆、比较、选择。俄罗斯文学产生和发展的客观历史也决定了比较文学的研究思路。俄罗斯文学以模仿西方文学为开始,直到普希金时代才逐渐获得自己

---

① Семанов. В. Предисловие.// Лао Шэ, Записки о Кошачьем городе, М., 2000. С.3.

第三章 老舍作品在俄罗斯

的民族形式与内容。因此,比较视野下的影响研究在俄国学界就成了自然而然的事情。1822年维亚泽姆斯基在《论普希金的中篇小说〈高加索的俘虏〉》一文中就论述了普希金创作中的"拜伦主义",同时呼吁培养民族主义的审美倾向。作为一门学科,比较文学在俄罗斯历史悠久,根基深厚。1870年,俄国比较文学之父维谢洛夫斯基在彼得堡大学开设的"普世文学"课(курс "всеобщая литература")实际上已经是严谨规范的比较文学研究。此后,比较文学"并没有像其他很多人文学科和社会科学那样,因为制度更迭或废或立,而是一直保持着地域性特征和特有的生命力。"①

在老舍研究过程中,比较文学的研究范式一直存在。苏俄学界从一开始就注意从"影响研究"的角度论证外国文学对老舍创作的影响。彼得罗夫在1956年就指出:"外国文学,特别是一些英语作家,对老舍早期创作产生了重要影响。"② 安季波夫斯基在1967年的专著中也指出:"影响老舍的不仅有资本主义的社会现实,还有西欧文学(英国、俄罗斯、法国文学),其中给未来作家留下印象最深刻的作家是马克·吐温、康拉德,特别是狄更斯。"③ 狄更斯对于老舍早期创作的深刻影响是苏俄研究者普遍认同的。他们认为,《老张的哲学》的文本结构(即多条并不总是服从于同一故事的情节主线)、对主人公的小丑式描写以及充斥于作品之中的幽默,都是从狄更斯的《匹克威克外传》那里借鉴而来的。安季波夫斯基还指出,《老张的哲学》与狄更斯的另外一部代表作《艰难时代》也有极大渊源。两部作品在内容设置和人物体系上十分相似,小说人物都是生活在恶棍主人公(格兰德与老张)的统治之下。不同之处在于,《艰难时代》充斥着毫无希望的

---

① 林精华:《俄国比较文学百余年发展历程与俄罗斯民族认同》,载《当代外国文学》,2003年第4期,第84页。
② Петров В.В. Лао Шэ и его творчество. - В кн.: Лао Шэ. Рикша, М.,1956. С.4.
③ Антиповский А. Отражение социальных противоречий в раннем творчестве Лао Шэ. - В кн.: литература и фольклор народов Востока. М., 1967. С.195.

走投无路,而《老张的哲学》则不时透露出一些宽容嘲弄的意味。甚至连《老张的哲学》这一名字也有可能化自《艰难时代》的别称——《格兰德的哲学》。① 除了狄更斯之外,苏俄学者经常性地将老舍作品与果戈理、萨尔蒂科夫—谢德林、康拉德、路易斯·卡罗、马克·吐温等人的作品相勾连,论证西方文学对于老舍创作的影响。不得不说,这种影响研究是十分符合老舍创作实际的。

相比之下,中国学界对老舍创作中的西方渊源的认识要晚得多。根据石兴泽在《老舍研究:六十五年沧桑路》一书的介绍,中国学界一直将老舍作为一位"纯民族传统作家",直到20世纪80年代,郝长海、宋永毅等人才"初步梳理了外国文学对老舍文学创作的影响以及老舍对外国文学的借鉴","揭示了一个被审美错觉掩盖的事实","引起'轰动效应'"。② 事实上,早在30年代,中国最早的老舍研究者,如朱自清、李长之等人就注意到了老舍与西方作家,比如与狄更斯、劳莱·哈代等人创作的关系。③ 此外,在30—40年代讲述创作经验的文章中,老舍本人也不止一次提到西方作家在语言、结构、人物塑造、心理描写等方面对其创作的影响。但40年代以降,老舍创作中的西方文学元素逐渐被人忽略,"纯民族传统作家"的审美错觉逐渐落地生根。在我们看来,原因或许有以下几点。第一,随着老舍创作日趋成熟,其作品与外国文学作品直接对应式的联系不复存在,西方文学的影响被作家内化为自我创作特色的有机组成部分。在老舍真正民族形式的作品中,西方文学影响依然存在,但已经很难辨识了。第二,老舍抗战时期以宣传抗战、新中国成立后又以"服务工农兵"为主旨,创作了大量通俗文艺,获得了"人民艺术家"的桂冠,进一步强化了其作为

---

① Антиповский А. Отражение социальных противоречий в раннем творчестве Лао Шэ. - В кн.: литература и фольклор народов Востока. М., 1967. C.195.
② 石兴泽:《老舍研究:六十五年沧桑路》,山东文艺出版社,1997年,第58页。
③ 曾广灿:《老舍研究纵览(1929—1986)》,天津教育出版社,1987年,第28页。

"纯民族作家"的形象。第三，新中国成立以后，由于意识形态的控制，西方资产阶级文学受到排斥，自然不便过多谈及老舍创作与西方文学的联系。老舍本人对此也绝少提及。正因如此，80年代中国学界对老舍创作的西方文学渊源的发现才如同"发现新大陆"一样新奇。

而苏俄学界则得益于本能的比较视野和自觉的比较文学意识，始终对老舍创作中的西方文学因素有着清醒认识。不但在各种研究中捎带论述，而且还有很多严谨规范的比较文学方面的论文。比如前文已经介绍的，谢曼诺夫1972年的文章《老舍〈猫城记〉的欧洲渊源》就是这方面的力作。① 他从影响研究和平行研究两个方面揭示了世界讽刺大师之间的传承借鉴与各自特色。罗季奥诺夫在另一篇论文中主要从影响研究的角度分析了刘易斯·卡罗尔的"爱丽丝系列"对于老舍整个创作，特别是对长篇童话《小坡的生日》的影响。

卡罗尔是牛津大学的数学教授，其代表作包括《爱丽丝漫游奇境记》(1865)、《爱丽丝镜中记》(1871)。作家间彼此影响一定是出于创作气质上的相近。罗季奥诺夫指出，两位作家都对但丁的《神曲》推崇备至。老舍本人将《神曲》奉为圭臬，而路易斯的创作无疑也受到了这部作品的影响。"《爱丽丝镜中记》也许是但丁《神曲》之后谋篇布局最符合数学逻辑的，如同一盘棋局。"②

罗季奥诺夫认为："《小坡的生日》是直接在卡罗尔爱丽丝系列的影响下写成的。"③ 这种影响首先体现在作品语言上。卡罗尔童话小说中的语言是最好的英语范例，其鲜明的口语性、大众性、易读性对老舍文学语言原则的形成起到了不可估量的作用。老舍本人曾经在《我的

---

① Семанов В.И. Некоторые европейские соответствия в "Записках о кашачьем городе" Лао Шэ. - В кн.: интернациональное и национальное в литературах Востока: Сб. Статей. М.,1972. С.152-161.
② Родионов А.А. О влиянии Льюиса Кэрролла на творчество Лао Шэ. -В кн.: Материалы международного синологического семинара. – СПб.: СПбГУ. Востфак, 2004. С. 210.
③ Там же. С.213.

"话"》(1941)和《读与写》(1943)两篇文章中谈到卡罗尔对其作品语言的影响。其次,两部作品使用了相同的故事模式(通过某种介质进入与现实截然相反的奇幻之境)和叙述视角(孩子的眼光和心理逻辑)。此外,《小坡的生日》中有很多似是而非的逻辑和机智俏皮的问答,罗季奥诺夫认为这也是受"爱丽丝系列"的影响。但笔者认为,这是老舍幽默特色的一部分,从其创作伊始就具有的,并不一定由卡罗尔而来。

尽管有众多相似之处,但罗季奥诺夫指出,《小坡的生日》与"爱丽丝系列"在文本受众和思想内容上有本质不同。爱丽丝是写给小孩和家长的幻想童话,靠机智俏皮和妙趣横生的内部逻辑吸引读者。而《小坡的生日》则是借助童话故事讽刺中国人性格缺陷和中国社会弊病。《小坡的生日》在谋篇布局上比爱丽丝简单得多,但在思想内容上却深刻得多。小坡等人也不像爱丽丝那样消极被动,而是积极行动的。由此,罗季奥诺夫得出重要结论:"老舍即使在幻想作品中也是现实作家。"[①]

不难发现,对于西方文学的熟谙以及对比较文学方法的自觉运用帮助苏俄研究者找到了或明或暗、奔流涌动、最终归入老舍创作之海的西方源流。与此同时,苏俄学界将老舍创作放置于中国传统文学和五四新文学的背景之下进行观照,得出结论:西方文学并非老舍创作的唯一渊源,中国传统文学和五四新文学都对老舍的创作产生了影响。

比如,苏俄学者认为,《老张的哲学》和《赵子曰》是对中国封建文学中的历史哲学体裁的讽刺性模拟,作家借以达到幽默效果的手段之一就是对僵死的文言进行戏仿。《赵子曰》这个书名本身就是对"孔子曰"这一熟语的讽刺性模拟。[②] 至于《小坡的生日》,安季波夫

[①] Родионов А.А. О влиянии Льюиса Кэрролла на творчество Лао Шэ. -В кн.: Материалы международного синологического семинара. – СПб.: СПбГУ. Востфак, 2004. C.213.

[②] Петров В.В. Лао Шэ и его творчество. - В кн.: Лао Шэ. Рикша, М.,1956. C.4.

斯基认为,小说运用了吴承恩、吴敬梓、蒲松龄等优秀作家的传统,比如小坡梦境中的猴国极有可能是化用了中国家喻户晓的美猴王的故事。① 而谢曼诺夫则目光独到地指出,小说采用镜面成像的写法讽刺现实世界的手法与李汝珍的《镜花缘》一脉相承。②

苏俄学者一致认为,老舍小说与传统白话小说关系最为紧密的是《正红旗下》。沃斯克列先斯基称《正红旗下》是"一种复杂的体裁混合体,包含了回忆小说和自传体小说、心理小说和历史风俗小说,这种体裁的特殊性促使作家借用传统白话小说的多种手法"。③ 比如作品的语言、对于人与事的讽刺性描写、部分叙述方法、描人状物的修辞手段、讽刺性人物形象及漫画式的怪诞情节等,都具有传统白话小说的风格特点,很像冯梦龙、李渔、吴敬梓、李宝嘉等人的作品。这种特点让《正红旗下》不但迥异于同时代作家的作品,即便在老舍本人的作品中也独树一帜。阿布德拉赫曼诺娃则发现,小说结构比较松散,人物相互牵带而出,或者浮现在讲述者记忆中,这种结构很类似中国传统的章回小说。但老舍赋予了这种章回小说结构很强的统一性,由中心人物将枝桠斜生的情节串联起来。④

五四新文学对老舍的影响主要体现在创作思想方面。苏俄学者认为,老舍在《黑白李》中塑造的白李形象明显受到了当时流行的革命文学的影响。在近代作家中,苏俄学者认为,鲁迅对老舍产生了重要影响,特别是《阿Q正传》及"精神胜利法"。正如老舍本人在《鲁

---

① Антиповский А.А. Раннее творчество Лао Шэ. (1926-1936). Автореф. Дис. На соиск.учен.степ.канд.филол.наук. - М.,1964. C.7.
② Семанов В. Лао Шэ и его герои, - В кн.: Лао Шэ, День рождения Сяопо, История небесного дара, М., 1991. C.4.
③ Воскресенский Д.Н. Художественное своеобразие романа Лао Шэ и традиция старой прозы: роман "Чжэнхун Цися" ("Под пурпурными стягами") - В кн.: теоретические проблемы изучения литератур Дальнего Востока. М., 1982. C.50.
④ Абдрахманова З.Ю. Последний этап творчество Лао Шэ (1949-1966 гг.): Автореф.дис.на соиск.учен.степ.канд.филол.наук./МГУ им.М.В.Ломоносова, Ин-т стран Азии и Африки. - М.:1987. C.23.

迅先生逝世两周年纪念》一文中所说："像阿Q那样的作品,后起的作家们简直没法不受他的影响;即使在文字和思想上不便去模仿,可是至少也要得到一些启示与灵感。它的影响是普遍的。"(17:163)老舍在自己的创作中进行国民性批判时,多次借用了鲁迅所提出的精神胜利法。比如赵子曰的"简捷改造论"、孱弱的牛天赐幻想自己是"黄天霸"等等。罗季奥诺夫分析对比了祥子与阿Q的相似与不同。他认为,两人身上都体现着精神胜利法,虽然具体表现不同,但"实质上都是被逼进死胡同的牺牲品的自我保护机制"。①

总之,比较文学的影响研究帮助苏俄学界清晰而全面地揭示了老舍创作的渊源。需要指出的是,在论述不同文学传统对老舍创作的影响时,苏俄学界反复强调,老舍没有机械模仿,单调重复,而是在吸取精髓的基础上融会贯通,将其有机地融入到自己的创作中去,从而形成了独具特色的个人风格。老舍的借鉴是创造性的,如俄国学者所说："是作家基于独特的审美需求和目的,对艺术传统的创造性改良和反思,是中国优秀小说家独特艺术风格的体现。"②

除影响研究之外,苏俄学界在作品分析中广泛使用比较方法,以便完成以下两个任务:第一,界定老舍及其作品在中国现当代文学史的地位。苏俄学界在研究过程中经常有意识地将老舍与鲁迅进行比较。作为中国现代文学奠基人,鲁迅在苏俄学界享有崇高地位,在某种程度上是一个标杆,经常作为中国现代作家研究中的参照物。作为中国现代文学的两位大家,老舍与鲁迅在创作上既有鲜明差异,也有很多共性。比如,罗季奥诺夫认为,在国民性格的揭示上,老舍对中国现代文学的贡献几乎与鲁迅并驾齐驱,在两个方面甚至超越了鲁迅。

---

① Родионов А.А. Лао Шэ и проблема национального характера в китайской литературе XX века. – СПб.: Изд-во «Роза мира», 2006. С.125.
② Воскресенский Д.Н., художественное своеобразие романа Лао Шэ и традиция старой прозы: роман "Чжэнхун Цися" ("Под пурпурными стягами") - В кн.: теоретические проблемы изучения литератур Дальнего Востока. М.:, 1982. С.51.

第三章 老舍作品在俄罗斯

一是运用中外对比进行心理分析。鲁迅国民性揭示的场景一般局限于乡村或小城,在国人内部进行。而老舍在《二马》中,将中国人放到了英国伦敦,通过中外对比来揭示中国人的劣根性,这在整个中国文学史上也具有创新意义。二是对"人群心理"挖掘的深度和描写的可信度。在对国民性进行批判时,鲁迅与老舍不约而同地探讨了"人群"现象。在《阿Q正传》和《骆驼祥子》中都有行刑示众的场景。不过,鲁迅在《阿Q正传》中是以阿Q的眼光看众人,而老舍则直接正面描写围观人群。而且,老舍对人群心理的刻画比鲁迅更为透彻。在《老张的哲学》《猫城记》、散文《一天》中都揭示了人群强大的负面同化作用(罗季奥诺夫将其定义为"人群症候")。比如,在《我这一辈子》中,老舍令人信服地描写了失控的人群是如何将老实巴交的顺民瞬间变成疯狂野兽的。

第二,揭示老舍创作的特色。为了揭示老舍戏剧创作的特色,阿布德拉赫曼诺娃将其与戏剧大家曹禺进行比较,并指出,曹禺经常通过戏剧解说来揭示人物的细腻心理和情绪变化,而老舍则主要通过情节和对话。比如在《茶馆》剧末,掌柜王利发上吊自杀的结局出人意料,几乎是毫无征兆的。但仔细揣摩就会发现,人物自杀的念头并非突然产生的,而是一点一点慢慢成熟的。作家从未对此明确指出,而是将其隐藏于人物的对白和动作中。研究者由此得出结论:"老舍戏剧风格的特点是潜文本的广泛运用。他将戏剧作者的文本控制在最小,要求读者积极进入作品的艺术世界,咀嚼文本未尽之意。"[1]

在另外一篇讲述老舍文艺批评观的论文中,阿布德拉赫曼诺娃选择了文艺批评家茅盾作为参照物,将二人对于同一部作品——西蒙诺夫的戏剧《俄罗斯问题》——的评论进行了对比。茅盾当时已经脱离创作,担任中国文化部长一职,他在题为《〈俄罗斯问题〉的教育

---

[1] Абдрахманова З.Ю. Лао Шэ - драматург: (Кит. писатель, 1899-1966) //Вестн. Моск.ун-та.Сер.13,Востоковедение. - 1987. - №3, С.43.

意义》的文章中仅仅注重戏剧的社会意义和宣传作用。"在评论中我们找不到任何关于作品的分析,作品只被当作一个由头,引出对美国生活方式和侵略性对外政策的批判。"① 而老舍的《在观看了优秀戏剧〈俄罗斯问题〉之后》一文则细致分析了剧作的主题、内容和形象,还讲述了在中国排演俄罗斯戏剧的困难,甚至还对比了剧场以及电影院的不同版本,阐述了对主人公妻子形象的不同解读,并给出了自己的解释。老舍在文中同样涉及了剧作的思想教育意义,而且,得益于对人物悲惨命运的分析,资本主义美国的形象显得愈加鲜明而广阔。通过对比,研究者得出结论:"如果说矛盾的文章是充满火药味的政论文章,那么老舍的文章则更像从容不迫的促膝长谈。"②

综上所述,俄苏学界对于比较文学的研究方法使用起来得心应手,帮助俄苏老舍研究厘清了众多问题。这是俄苏老舍研究界基于民族文化心理的得天独厚的优势。

至于说到共同的缺憾,我们同意学者宋永毅的看法。他指出,俄苏,特别是苏联时期的论述,常常有一些颇有新意的观点,碍于文章篇幅和概述性质未能得到展开。③ 比如,在为《猫城记》俄译本所做的序言中,谢曼诺夫指出:"作为抒情作家和心理作家老舍与鲁迅比肩,而作为幽默作家和讽刺作家甚至超过鲁迅。"④ 谢曼诺夫对于鲁迅和老舍的创作,特别是二人的讽刺风格都有深入研究,其专著《鲁迅与其先驱》详细阐述了鲁迅对于清末白话小说讽刺传统的继承。可惜的是,或许是囿于篇幅或者文体限制,研究者未对这一论断做出任何佐证。还有很多类似的思想的闪光点未被深入挖掘,得出更具普遍意义

---

① Абдрахманова З.Ю. О литературно-эстетических взглядах Лао Шэ, - в кн.: проблемы Дальнего Востока. 1987, №1,С.108.
② Там же. С.109.
③ 宋永毅:《苏联老舍研究概述》,载宋永毅著《老舍与中国文化观念》,学林出版社,1988年。
④ Семанов В.И. Сатирик, юморист, психолог. (предисловие). - В кн.: Лао Шэ. Записки о кошачьем городе. М., 1969. С. 4.

第三章　老舍作品在俄罗斯

的结论。比如,费德林和谢曼诺夫都曾触及老舍戏剧的小说化特质。

费德林在解读《龙须沟》独特结构时指出,这部三幕剧实际上糅合了三个短篇。每个短篇都讲述了一家人的命运:程疯子一家、车夫丁四一家、王大妈母女。这三个短篇由一个贯穿全剧的灵魂人物统一起来:泥水匠赵老。他存在于三个短篇之中,将其整合成一部戏剧。费德林认为《龙须沟》做出的这种"小说式结构"别出心裁。不过,我们认为,串连三部短篇的与其说是赵老这个人物,还不如说是"龙须沟"这个象征,剧中所有人的命运都与龙须沟息息相关。旧的龙须沟是吞噬人命的旧社会,旧龙须沟被填埋象征着旧社会被埋葬。

谢曼诺夫则认为,《龙须沟》开篇对恶劣环境的描写体现出小说家老舍的特色。这段描写与其说是戏剧作者的说明,不如说是"独立的、强有力的小说片段",与高尔基在小说《母亲》中对工人区的描写异曲同工:二者同样细腻真实,都揭示了恶劣环境与人物命运的因果联系,让人们相信,不能再继续这样生活下去了,必须改变这种环境。谢曼诺夫指出,小说片段式的风景描写在老舍的戏剧中屡见不鲜,使得老舍的戏剧作品比其他戏剧家的作品更具可读性。[①]

应该说,谢曼诺夫和费德林都敏锐地发现了老舍戏剧创作中的小说元素,二人的发现无疑是极富审美敏觉的洞见,只可惜论者未将思路拓展开来,得出更加普遍性的结论。事实上,很多小说戏剧并举的俄国作家,比如屠格涅夫、契诃夫等都带有这种特点。屠格涅夫的《乡村一月》等剧本的剧情提示整理出来就是很好的散文。而契诃夫的《海鸥》更被认为首开小说化戏剧的先河。小说家出身的老舍在创作戏剧时也不自觉地带有小说技法,反过来,戏剧创作的经验也反哺了老舍小说的创作。小说与戏剧的贯通是老舍在跨文体创作中的一大特色,这一特色目前已经成为学界的共识。

[①] Семанов В.И. Драматургия Лао Шэ. - В кн.:писатели стран народной демократии. Вып.4. М., 1960. С.18.

第四章

巴金作品在俄罗斯

中国现代文学作家在俄罗斯

追溯巴金作品在俄罗斯的80年翻译与研究,我们可以窥见俄罗斯20世纪中国作家翻译与研究所走过的一条不平坦历程,其间有政治因素的影响,经济萧条的羁勒,也有俄罗斯本国汉学力量的变迁。这一切使得巴金作品在俄罗斯的翻译大于研究。尽管巴金与俄罗斯汉学界建立了密切创作联系和个人友情,翻译了大量的俄罗斯文学作品,并在自身创作中体现出对俄罗斯经典文学的承继与借鉴,但俄罗斯的巴金研究最终没能获得全面系统展开,其成果也没能兑现俄罗斯汉学家们的期待值。

第一节 巴金作品译介概述

巴金作品第一次"走进"俄罗斯是在1937年(3月25日),《在国外》杂志第9期第209页刊登了他的一则短篇小说《狗》,俄文译名为《Кто я такой?》(《我是何许人也?》),俄译者为 Ю. 萨维里耶娃。该篇根据英译本由英文转译,英译本刊登在1936年出版的美国记者、作家埃德加·斯诺的编译本《活的中国——现代中国短篇小说选》(伦敦哈拉普书局)中。这一作品的翻译,我国学者宋绍香称之为"拉开了欧美译介巴金的序幕"[①],但不容置疑的事实是这个序幕在苏联并没有拉开。这篇小说并没有在苏联引发巴金作品俄译的热潮,相反却再无声息。除了 O. 费什芒的《反映民主主义与反动势力作斗争的最新中国文学》(《列宁格勒大学学报》1948年第8期,120—126,忆作家:鲁迅、郭沫若、茅盾、曹禺、姚雪垠、巴金、老舍、艾青、田间、夏衍等)一

---

① 宋绍香:《中国新文学20世纪域外传播与研究》,学苑出版社,2012年,174页。

第四章 巴金作品在俄罗斯

文中将巴金作为作家群中的普通一名顺带论及,其余再没见到只字巴金评论。这种状况一直持续了多年,其间巴金早已经成为中国顶尖作家,新文学巨匠的地位早已经确立,而在俄罗斯却一直是"默默无闻",无人问津。俄罗斯汉学家罗季奥诺夫提供了这样一个信息,与其他中国作家相比较(如茅盾,他的《子夜》(1933)在中国出版只四年就被翻译成俄语,且大发行量出版),巴金的代表作《家》1931年就已经在中国出版,并且产生了极为广泛的影响,但俄罗斯直至1955年才出了俄文本,整整晚了24年。究其原因,这位学者认为,这是当时历史背景和政治形势对文坛的影响,而并不是苏联汉学家不知道或低估巴金的作品[①]。在这位学者看来,首要原因是30年代肃反扩大化,诸多汉学家受到镇压,即便存活也被剥夺了翻译与研究的机会与条件;另外,第二次世界大战局势动荡让汉学家们无法专注于中国文学的翻译与研究,更不要说现代文学的翻译与研究了;再者,30年代起,外国文学的出版要求符合政治需要,即政治订货,人为打造无产阶级文学和刻意寻求共产主义作家,故而汉学研究中鲁迅、茅盾、艾青、郭沫若、丁玲等左翼作家作品成了汉学家们译介的热点,而当时素被苏联认为是奉行"爱人"人生哲学与无政府主义理念的巴金无形中被主流政治文化排斥在外,其翻译与研究被耽搁了下来。再者,苏联汉学传统的重心在于中国古典文学,现代文学的翻译比率历来很低。据可靠资料提供,高校里现代文学只讲鲁迅,再加上特殊时期,对现当代文学研究就更是有选择的了。新中国成立之初,吸引苏联汉学界的是两大主题的中国文学作品,即抗美援朝与中国社会主义建设,前者如魏巍的特写集《谁是最可爱的人》(C.马尔科娃翻译并作序,国家文艺出版社,1957年,131页)以15000册规模出版,老舍的《无名高地》(A.罗加乔夫翻译,索罗金作序,莫斯科军事出版社出版,1958),同时还有发表于1954

[①] 参见罗季奥诺夫:《巴金研究在俄罗斯》,《文艺理论与批评》,2005年第6期。

年第10期《十月》杂志上的巴金小说《黄文元同志》（俄译为《一位四川青年》，译者 A. 加托夫，112—119页）；后者如周立波、赵树理、丁玲等的若干作品备受青睐。尽管巴金这篇写抗美援朝的作品也在苏联发表，但这类主题的作品的知名度远不如魏巍等作家。而且正如我们所知，他的主流作品都是在1949年前完成的，与当时的社会发展热潮和文化热点需求并不十分接轨和合拍，只有待苏联认定的所谓社会主义现实主义文学风潮过后，巴金、曹禺、老舍的作品翻译才又流行起来。

国内外不止一位学者将巴金进入俄罗斯汉学家的视野归为1954年作家赴雅尔塔参加了契诃夫逝世50周年的纪念会。的确，这次赴会为巴金亲近俄罗斯文学并让俄罗斯学者认识巴金提供了极好的机会，但是促成巴金为俄罗斯学者实质性了解在一定程度上得益于他1955年对奥廖尔举行的屠格涅夫学术会议的参与。巴金作为唯一的中国代表，向会议提交了一篇题为《伟大而有力的影响》的书面报告，主要论述屠格涅夫的艺术创作对中国社会与文学所产生的影响，从而成为中国研究家中向俄罗斯同行介绍中国俄罗斯文学，尤其是屠格涅夫研究的第一人，也是我国学者中第一个直接参与俄罗斯屠格涅夫学术活动的人。一定程度上可以说，这与此同时真正开启了俄罗斯学者对巴金的文学关注，从而引发了对其翻译与研究。

短篇小说《一位四川青年》乃俄罗斯第一次发表由中文直接翻译成俄文的巴金作品，其中的译者序是苏联巴金研究的最早文字。尽管这篇序主要着眼于对巴金生平与创作的泛泛性介绍，但促成了一个事实是，苏联大规模翻译与研究巴金的时代就此到来，汇聚成了众所周知的50年代下半期的苏联"巴金热"，表现为出版频度的密集、出版单位的权威、发行量的巨大，最重要的是围绕着巴金译介的都是当时苏联最大的汉学家。继《一位四川青年》之后，1955年，由 H. 费德林主编的《巴金短篇小说选》以16万5千字的规模由国家文艺出版社出版发行，集中包括《奴隶之心》《煤坑》《五十多个》《月夜》《鬼》《雨》

第四章　巴金作品在俄罗斯

《长生塔》(均为穆德罗夫译)、《狗》(孔金、兹沃诺夫译)、《黄文元同志》(加托夫)共九篇短篇小说。该书由 B.彼得罗夫作序《序·巴金短篇小说集》,序中简单勾勒了巴金的生平,着重介绍了被收入文集的作家短篇小说。这篇序是彼得罗夫研究巴金的第一篇文章,他也是当时苏联对巴金创作评论的第一人。同年,同出版社,编者、主编、作序人均为 H.费德林,出版了《中国作家短篇小说集》(164页),收入作品除了巴金的《奴隶的心》和《雨》(均为 Б.穆德罗夫译)、《狗》(孔金、兹沃诺夫译),其他则为鲁迅、郭沫若、茅盾、丁玲、叶圣陶、老舍、柔石、艾芜的作品。顺便说一下,这一年9月8日的《真理报》还发表了巴金论述中苏友谊的文章《友情》。1956年,依旧是莫斯科国家文艺出版社出版了巴金的代表作《家》(人民文学出版社1954年版本),翻译者、作序人与作注人均为 B.彼得罗夫,序的题目为"巴金早期创作及其长篇小说《家》",以其对巴金生平与创作的全面论述引起学界广泛注意。此部译作以9万册规模出版发行。1957年是巴金作品俄译丰收年。这一年国家文学出版社连续出版了3本巴金的书,印刷量同为9万册。第一本为《爱情三部曲,短篇小说集》,包括《雾》《雨》《电》(译者:罗日杰斯特文斯卡娅),《一件小事》《短刀》《发的故事》(三篇译者:伊瓦申科),《沉落》《能言树》《废园外》(三篇译者穆德罗夫),还有一篇是《范国进和何全德》(译者霍赫洛娃),共7篇短篇小说,彼得罗夫作序"巴金的创作"。《爱情三部曲》后又转译成立陶宛文。第二本就是《春》(译者雅罗斯拉夫采夫、林彼得),而第三本是《秋》(译者Б.穆德罗夫)。就此,苏联读者结识了巴金30年代的代表作,即《爱情》三部曲和《激流》三部曲。1959年,依旧由费德林主编,彼得罗夫作序"巴金的创作道路",莫斯科国家文艺出版社出版了两卷本《巴金文集》,当为50年代巴金翻译的总结性译品,具有里程碑意义。译者多为当时苏联汉学界名声赫赫的翻译大家,如孔金、兹沃诺夫、穆德罗夫、乌利茨卡娅、伊瓦先科、契尔卡索娃、罗日杰斯特文斯卡娅、加特夫、霍赫洛娃。第一卷收录作品有《爱情三部曲》(《雾》《雨》《电》)和短篇小说17篇,除前述《狗》《煤坑》《五十多个》《雨》《一件小事》《短刀》《发的故事》《沉落》《能言树》《废园外》《范国进和何全德》外,另有新译的《怀念》《活命草》(两篇译者乌利茨卡娅),《寄朝鲜某地》《坚强战士》《一个侦查员的故事》《爱的故事》(四篇译者:契尔卡索娃),共17个短篇。第二卷收录了新译本《憩园》(译者:伊瓦申科)和《寒夜》(译者罗日杰斯特文斯卡娅)。此次发行量仅为1.5万册,其原因在于很多作品1957年已经发表。显而易见,50年代中后期是俄罗斯巴金翻译高峰,至此,巴金的代表作都被译成了俄文。与此同时,彼得罗夫为巴金作品写下的四篇作品序,也将苏联的巴金研究引向深入与系统。另外,巴金的有关苏联的文章和特写也汇成文集《友谊集》于1959年出版,文集扉页上写的是"献给……敬爱的苏联朋友们"。集中的文章定性了他和苏联朋友们的友情:他"深切地了解从共同的理想、共同的目标和共同的事业中产生的友谊的意义"。彼得罗夫就此肯定,当时作为中苏友协上海分会副会长的巴金为发展和加强中苏两国人民之间的友好联系而贡献了许多力量。

根据俄译本,《家》又相继被转译为亚美尼亚文、乌兹别克文(1960年,译者为纳斯里迪诺夫)和乌克兰文(1976年,译者为奇尔科)。彼得罗夫应邀为乌克兰文译本写下后记,题为《中国作家巴金及其长篇小说〈家〉》。

俄罗斯汉学界做过统计,截至1959年,巴金的各类作品在苏联的印刷总量(杂志上发表的单篇作品除外)达到了54万册。据罗季奥诺夫所作的排名,当时的八大中国经典作家中,巴金作品的翻译出版量为第四,前三位是鲁迅(87.8万册)、张天翼(59万册)、茅盾(55.1万册),在其后的有郭沫若(40.8万册)、老舍(27.8万册)、叶圣陶(21万册)、曹禺(16万册)。巴金出版的总量并无惊人之处,但巴金的作品是在短短六年间达到了如此数量,其翻译出版密度是十分可观的。阿

第四章　巴金作品在俄罗斯

列克谢耶夫①的评价最初是就巴金在欧美的普及状况而言,而这时候也完全可以用在50年代末的苏联,即巴金创作早已经在中国的境外赢得了应有的普及。至于巴金为何在如此短的时间在苏联得到这么密集的译介,而且赢得如此广众的读者群,罗季奥诺夫如是指出:"巴金作品受到了对社会主义中国的现实与过去感兴趣的广大苏联读书界的热烈欢迎。特别使我国读者喜欢的是巴金主人公强烈的社会正义感、其道德上的清白、纯正的全人类感情、自我牺牲的能力、对真理的追求。作家的语言以不凡的表现力和感染力引起瞩目。虽然巴金的小说在社会批评方面很尖锐,但是它们并没有患上当时文学所流行的口号化、公式化和狭窄的政治服从之病"②。依笔者之见,重要的还有在巴金的作品中,苏联读者频繁读到巴金对俄罗斯文学的无限深情,对俄罗斯文学经典作家的借鉴与吸收尤其让他们感到新鲜与亲切。就艺术方法而言,在巴金的作品中苏联读者不仅能发现屠格涅夫、托尔斯泰和契诃夫的艺术痕迹,还不可思议地发现在一个东方古老国度,在一个著名中国作家笔下会有对俄罗斯传统如此热情的迷恋和师承。正如彼得罗夫研究发现,甚至能在巴金的作品里读到作品人物对俄罗斯经典作家及其作品人物的话语的援引。巴金自己曾经说过:"在我的作品中苏联读者会找到某种熟悉的东西,不仅能够感觉到革命前俄罗斯伟大作家对我创作产生的影响,同时还能够确信,旧中国年轻人的感情与思想和革命前俄罗斯年轻人的理想与期望很接近"③。与此同时,苏联读者还通过媒体报道了解到,巴金是俄罗斯文学在中国的自觉布道者和积极译介者,因此对巴金怀有极大的友情与

---

① 鉴于国内对阿列克谢耶夫的名字屡屡混淆,此处特作申明:此章节提及的阿列克谢耶夫(1896—1981),全名为米哈伊尔·帕甫洛维奇·阿列克谢耶夫,苏联时代的文学大师,苏联科学院院士,一生从事苏联与西欧文学研究和比较研究,而非俄罗斯汉学大师,通讯院士瓦西里·米哈伊洛维奇·阿列克谢耶夫(1881—1951)。
② 参见罗季奥诺夫:《巴金研究在俄罗斯》,《文艺理论与批评》2005年第6期。
③ Ба Цзинь. Предисловие автора к русскому изданию. // См. кн. «Ба Цзинь. Сочинения в двух томах». М.,1959. Т.2.С.35.

兴趣。他们期待看到，巴金的作品还会再出现新的译本，期待中国作家巴金在俄罗斯得到更为系统和专门的研究，最起码应该有一部专门的学术研究专著。然而众所周知的中苏关系的裂痕和社会的动荡阻碍了巴金在苏联的翻译与出版，此后近三十年巴金的作品几乎没有新的出版，以至于巴金已出版的作品成了珍品，市面上很难见到。与此同时，研究上值得一说的仅仅是，彼得罗夫已经搜集了相关资料，甚至都已经列好了提纲，准备为巴金写一部研究专著，但最终这位研究家的计划没有付诸实现。唯有一本莫斯科大学的尼克利斯卡娅的书《巴金的创作概述》于1976年出版发行，却因时间差和作者的兴趣所在，尚谈不上是一部完整的巴金研究专著。尽管如此，苏联人民对巴金的尊敬与喜爱并没有完全消失，巴金研究家和热爱巴金的苏联人民还是默默注视着巴金的创作和他在中国的命运，时不时有零星的论巴金的文章见诸苏联的报刊，如 B. 彼得罗夫《朝向社会主义现实主义道路的中国文学》(《星》，1954年第10期，164—174页)、П. 茹尔巴的文章《在劳动中，在战斗中——忆马烽、魏巍、巴金等》(《文学报》，1955年11月15日)，有的报刊甚至关注着"文化大革命"中的巴金。《文学报》1968年3月13日第九版刊登文章《"文化革命"的日常景观——巴金的"罪行"》，报道中国"文化大革命"对文艺工作者的持续迫害，同时转载上海《文汇报》报道群众集会批斗著名作家巴金的消息。文章就《文汇报》所称巴金为"反对毛泽东思想"的"老牌反革命分子"之言论为巴金鸣冤辩白，称他是苏联读者所熟悉的伟大中国作家，塑造过一大批革命者形象，并担任多种文化职务等等。1973年刚刚获得解放的巴金获得了部分翻译权利，巴金根据仅有的一点自由随即便根据俄文原版重译屠格涅夫小说《处女地》，虽思想负担十分沉重，工作条件极为艰苦，却顶住一切外来干扰，第二年就将其翻译出版。这一切都在彼得罗夫和热洛霍夫采夫的研究中得以呈现。也就在这个时候，巴金的命运尚

第四章　巴金作品在俄罗斯

未明朗,尼克利斯卡娅发表了她的著名论文《论巴金的个性形成》[①],预示着巴金即将重回俄罗斯汉学研究界。在此基础上,这位研究家用了两年的功夫,向读者奉献上了俄罗斯第一部巴金研究专著《巴金创作概论》[②],此专著为俄罗斯巴金研究的重大学术事件,产生了极为广众的反响。很多书评对这本书的巴金研究价值予以充分肯定,同时也指出了个别不足。1985年1月17日,《苏联文化报》第8期第7版报道了中国作家协会第四次会议,专门报道了巴金再次当选为副主席。除了报纸,一些重要文化杂志,乃至会议文集都陆续出现论巴金的文章。苏联学者陆续发表巴金研究的文章,例如《远东问题》1983年第4期刊登热洛霍夫采夫的《爱国作家巴金》[③]等等,足见苏联人民对巴金的关注;苏联解体后,巴金研究的文章也不断出现,如1996年,在莫斯科出版了第二期国际学术会议"中国社会与国家"文集,刊登了德柳欣题为《巴金与"文化大革命"》的文章。此外,在巴金及其作品离开苏联的日子里,一些民间纪念活动时常有见。1974年4月莫斯科国际友谊宫举行了纪念巴金70周年诞辰晚会,苏联《真理报》(1974年4月27日第117期)对此予以专题报道,彼得罗夫到场作了题为《巴金:生平与创作》的报告,引起较大的学术反响和文人们对巴金的深刻铭记。1984年巴金80周年诞辰,莫斯科"友好之家"自发举行庆祝活动,我国驻苏大使馆参赞高世坤亲自到场,并赠予苏中友好协会中央理事会理事艾德林教授最新版的巴金选集。《苏联妇女》第七期以整版篇幅刊载著名巴金研究家彼得罗夫的文章《念巴金》,文章追忆了作者与巴金友好文学交往,展现了巴金的独特人格魅力和艺术成就的不朽。

1991年由索罗金编纂作序,由"虹"出版社出版发行了《巴金选集》,该书被列入"当代小说大师"系列。参与翻译的汉学家有索罗

---

① См. ж. «Вопросы китайской филологии». М.,1974. №3.
② Изд. МГУ.1976.
③ См. ж. «Проблемы Дальнего Вотоска». И.,1983.3.

金、罗日杰斯特文斯卡娅、穆德罗夫、费奥克吉斯托娃、索罗金娜,以及译坛新秀尼基金娜。书中收录长篇小说《寒夜》;中篇小说《灭亡》和《雾》(译者同上),另有《灭亡》(译者:索罗金);8篇短篇小说,包括上述《狗》《煤坑》《五十多个》《长生塔》《废园外》(以上诸篇译者不变),还有《马赛的夜》《蒙娜丽莎》和《丹东的悲哀》(此三篇译者:费奥克吉斯托娃)、《随想录》和《怀念肖珊》等23篇,分别由索罗金和尼基金娜翻译。颇有意味的是这本书为《寒夜》《雾》《随想录》《短篇小说集》配了许多漫画式插图,精要地诠释了作品的中心思想,堪为作品的点睛之笔。主编索罗金对巴金的《随想录》予以了专门评价,称其为一部用真话建立起来的揭露"文革"的"博物馆"的大书,是一部力透纸背、能够代表当代文学最高成就的散文作品。索罗金的书序名为《遥远里程的路碑》。其实,在这本书问世之前,《远东问题》杂志于1990年第2期已经提前刊登了后来收入这本书的《随想录》中的若干篇随笔,同时刊发的还有索罗金这篇序。序中索罗金对巴金总体创作特征做了精要勾勒,对作家代表作作了简要介绍,另外号召俄罗斯读者认真读一下这期杂志的几篇巴金文章精选——这几篇精选分别为索罗金翻译的《将心交给读者》《自我分析》《怀念萧珊》。索罗金在序中称《随想录》是巴金"在特殊情形下找到的新的思想情绪的喷发口",是"痛苦思索与深刻总结的结晶,其间蕴含着心灵之痛和希望之光"。这本书的《随想录》部分在苏联非常受欢迎,其缘由在于,巴金在这本书中所谈的对"文化大革命"的看法完全与20世纪经历多次动荡的俄国读者心绪相契合。但尽管如此,只因当时苏联经济下滑,政治动荡,出版社境况不佳,这本广受欢迎的书只出了15000册,而今这本书除了两个都市图书馆,很少再能找得到。1991年,苏联文学出版社列宁格勒分社同样也想出一套巴金作品选,译者均为列宁格勒大学东方学系名流学者和著名校友翻译家,编者为谢列布里亚科夫,翻译人员为司格林、布什涅科娃、叶戈洛夫,甚至篇目都已经敲定:《家》

第四章 巴金作品在俄罗斯

和索罗金本没有收进去的《随想录》剩余部分,另有9—10个短篇小说。尽管这组作品前景被人看好,但后因局势不稳定和出版社改组而计划泡汤。2004年,巴金100周年诞辰之际,出版巴金选集再度提到议事日程上来,但还是没能落到实处。故而,自1991年以来至今再没出过巴金作品。不久前,因课题需要,笔者委托罗季奥诺夫先生帮我下载巴金俄译本《家》,但无果而终;罗告诉我,现在网上没有推出巴金的《家》的译本,但是2016年计划已定,《家》再版一次,究竟还有无别的作品跟上,暂不得知。令人欣慰的是,2016年,巴金代表作《家》如约出版于莫斯科东方文学出版社。此当视为巴金作品在俄罗斯回暖的重要标志,一定程度上实现了罗季奥诺夫的学术期待:"不管怎样,伟大作家的创作一定要回到俄罗斯。"

着力让巴金重回俄罗斯的最大学术举措,莫过于2004年6月22—26日,俄罗斯圣彼得堡大学东方学系主办的国际学术会议"远东文学问题——纪念巴金诞辰100周年"。这是汉学家们在经济下滑的当时倾己所能,为迎接巴金"到来"精心准备的一道学术"盛宴",同时也是助力巴金作品在俄罗斯研究的前所未有的大动作。会议得到中国驻圣彼得堡总领事馆的支持,同时得到中国饭店"哈尔滨"圣彼得堡分店的资助。共有7国50多位代表参加了这次会议,并同期出版两本会议文集,分别为《远东文学问题》和《从民族传统到全球化,从现实主义到后现代主义》。与会宣读并被收入论文集的俄罗斯汉学家论文有三篇,依次为E.谢列布里亚科夫教授的主题报告《善良与正义的探寻——纪念卓越的中国现代作家巴金诞辰100周年》、H.扎哈洛娃的《巴金的随笔》、A.热洛霍夫采夫的《现代中国文学中的巴金传统》。此次学术会议的标志性意义,正如大会秘书长罗季奥诺夫在发言中所说,旨在以庆祝巴金百年华诞为契机,恢复苏联60—80年代的传统,即定期举办远东各国文学的理论与实际问题的国际学术会议,同时恢复《远东文学问题》的办刊传统①。

谢列布里亚科夫教授依据最新生平资料与自传性随笔,认定巴金的生活与文学活动乃是一种对善良、真理与人道主义理想的永恒探索。巴金继承了中国古代精神与艺术传统的精华,在全力打造一种现实主义小说的同时,成功地借鉴了西方文学的经验。如今,巴金的作品依然具有很高的审美价值,它促使读者相信人类自然与文化最美好的一面。

莫斯科国立语言大学的扎哈洛娃教授作了题为《巴金的随笔》的学术报告。她发现,20世纪20年代起在中国流行并为中国文学体裁所特有的各类散文,成为五四新文化时期重要文学载体,对巴金的文学风格与创作手法起了重要影响,使得他能够将现实生活中的所经所历自如运用进自身创作,并从鲁迅的杂文、小品文等中汲取很多思想精华和艺术营养。

热洛霍夫采夫的报告指出,中国现代文学开始于1919年的文化运动。其标志是鲁迅发表了基于果戈理小说《狂人日记》而写的短篇小说《狂人日记》,而后巴金发表了基于屠格涅夫短篇小说《初恋》而写的短篇小说《初恋》和基于契诃夫《第六病室》的《第四病室》。他认定对巴金影响最大的是法国作家左拉。鲁迅与巴金以欧洲文学,尤其是俄罗斯文学指导中国的新文化运动实践,从而构成了中国文学欧洲化的最初传统。

这一年10月,同样是在圣彼得堡,俄中友好协会举办了纪念巴金100周年诞辰的晚会,这一纪念会当认为是6月份国际学术会议的延续。前来参加晚会的有圣彼得堡学习汉语的大中学生。著名汉学研究家谢列布里亚科夫和司格林两位教授应邀出席,并分别就自己的切身经历发表了以"我与巴金"为题的学术演讲。这再一次体现了俄罗斯学界对巴金的学术关注和友好情谊。

---

① 王立业:《巴金百年诞辰纪念会在俄举行》,见《中华读书报》2004年8月18日。

第四章　巴金作品在俄罗斯

毋庸置疑，俄罗斯人民对巴金自50年代起就怀有深厚感情。2005年，当巴金逝世的消息传到俄罗斯，当年与巴金有过交往的学者与工作人员，以及热爱巴金作品的读者纷纷表达对巴金的痛苦追思之情，深情回忆50年代末巴金在苏联人民心中的地位，一再强调巴金与俄罗斯文学有着血乳交融的联系，并将巴金定位为中国文学和俄罗斯文学相互关系的伟大体现者与表达者。巴金研究家和翻译家索罗金对巴金的文学成就给予了很高的评价，称巴金是"苏联人民最喜爱和最尊敬的一位中国作家"，"中国屈指可数的最伟大作家"，"早已经跻身于世界文学巨匠的行列"。"巴金先生是一位伟大的爱国者，更是一位伟大的国际主义者"[1]。著名中国文化研究专家李福清则对巴金作品的思想与艺术做了精彩点评："巴金的写作风格文字简约，饱含丰富的人文主义色彩，从中可以清晰地体察出屠格涅夫、托尔斯泰、赫尔岑的影响，这与巴金当年从翻译这些文学巨匠的作品开始走上文学之路，有着千丝万缕的联系。巴金不仅仅是中国现代文学的大师，同时也是推进俄罗斯文学与中国文学联系的集大成者"[2]。当年曾经担任《苏联妇女》主编的克留奇科娃老人饱含痛苦地接受记者采访，似乎巴金的逝世勾起了她对苏联最大的巴金研究家彼得罗夫的缅怀："当年的《苏联妇女》杂志，几乎每一期都有介绍中国作家的文章发表，其中由列宁格勒大学著名的汉学家、巴金问题专家彼得罗夫教授所撰写的介绍巴金及其作品的文章，曾经受到很多苏联读者的欢迎。我至今保留着曾经介绍巴金作品的那一期《苏联妇女》杂志，那是我心中的最爱，是我最宝贵的财产。我可以告诉你的是，当年苏联的大学里，大学生都是通过阅读巴金等人的作品，开始了解中国社会、了解中国人民的……巴金和他的作品是连接俄中人民友谊的纽带，巴金在俄罗斯

---

[1] 姜辛：《在俄罗斯读者心中巴金有着神圣位置》，东方网—文汇报，2005年10月20日08:25。
[2] 转引出处同上。

读者的心目中,有着不可动摇的神圣的位置"①。

这些事实似乎在诠释着罗季奥诺夫所期待的公正,即这样一位在苏联和俄罗斯享有广泛声誉,有着深厚的读者基础,却因历史或诸多人为原因迟迟才得到译介,却仅仅几年时间又中断译介的中国大作家,他如果不能重归俄罗斯汉学研究,还其圆满文学面貌,那真是俄罗斯汉学研究界的一大憾事。

第二节 俄罗斯的巴金研究

1. 巴金与俄罗斯文学

如果说,"巴金与俄罗斯文学"在中国研究界只是一个常见的议题,那么在俄罗斯巴金研究界近乎成了永恒的主题,翻看俄罗斯汉学家的每一篇论巴金的文章,都离不开巴金与俄罗斯文学这一母题。完全可以说,巴金与俄罗斯文学的关系构成了俄罗斯巴金研究的重要组成部分。俄罗斯研究家们众口一词地认定,巴金之所以成为一名伟大的作家,离不开俄罗斯文学的巨大影响,同时一致将其视为巴金走向苏联的一个重要因素。

俄罗斯汉学界基于以下三个方面论述巴金与俄罗斯文学的关系。

1.1 巴金:俄罗斯文学的布道者

的确,巴金"走入"俄罗斯,离不开俄罗斯文学这一媒介,其第一步是得益于契诃夫。1954年巴金赴雅尔塔参加契诃夫逝世50周年的纪念活动,其间巴金与当时颇为知名的苏联作家、文艺学家和汉学家频繁交往与交流,座谈中免不了表达对契诃夫和俄罗斯文学整体的热爱和赞颂、对俄罗斯经典作家的崇拜。回国后,他还出版了单行本《论契诃夫》。同样,我们完全有理由推论,当时已经成为著名屠格涅

---

① 姜辛:《在俄罗斯读者心中巴金有着神圣位置》,东方网—文汇报,2005年10月20日08:25。

第四章 巴金作品在俄罗斯

夫翻译家的巴金也一定会表达出对屠格涅夫的敬仰之情和对屠格涅夫创作的真知灼见,并引起俄罗斯屠格涅夫研究界对他的浓厚兴趣。就在第二年,也就是1955年10月(8日),屠格涅夫故乡奥廖尔盛情邀请巴金参加在那里举办的屠格涅夫学术例会。在这次例会上,巴金作为唯一的中国代表,向会议提交了一篇题为《伟大而有力的影响》的书面报告,主要论述屠格涅夫的艺术创作对中国社会与文学所产生的影响,从而成为中国研究家中向俄罗斯同行介绍中国屠格涅夫研究的第一人,也是我国学者中第一个直接参与俄罗斯屠格涅夫学术活动的人,同时也为他走入俄罗斯迈开了实际上的第一步。尽管巴金本人因忙于国内诸多事务没能亲自到会,特委托当时正在列宁格勒大学上学的余绍裔代为宣读,但是巴金的报告引起了很大的学术反响,引起了俄罗斯屠格涅夫研究界的高度重视,巴金本人受到了很高的文学礼遇。《奥廖尔真理报》(1955年10月第202期)以整版篇幅报道了例会实况,同时刊载了巴金报告的主要内容。例会组委会致信巴金,感谢他参加奥廖尔举办的纪念屠格涅夫的学术活动,并征询巴金,请他同意将他的会议报告全文收入该年度例会文集。巴金很快作答:

敬爱的同志:

十一月二十二日来信收到,敬悉一切。谢谢您的好意。您要把我那篇短文在博物馆刊物上发表我完全同意(Я вполне согласен, чтобы моя статья была напечатана в сборнике музея)。倘若您需要,我以后还可以把与屠格涅夫有关的中国方面的材料陆续寄给你们。谢谢您寄来的关于 Записки охотника(《猎人笔记》)的书。

请接受我的敬意。

此致
敬礼

巴金

Ба Цзинь
1955年11月6日

巴金的简短回信同样受到奥廖尔人的高度珍视,并影印刊载于当年出版的《屠格涅夫的〈猎人笔记〉(1852—1952)文章与资料》一书中。短信原稿随即被收藏于奥廖尔市国立屠格涅夫文学博物馆。1994年总馆员亚历山大·伊万诺维奇·波尼亚托夫斯基将这封信的手稿赠送于屠格涅夫斯帕斯科耶—卢托维诺沃庄园图书馆——现今为卢托维诺沃屠格涅夫纪念馆与国家自然保护博物馆"稀有书籍"基金会珍藏,收藏号为 N2577。同时,巴金的学术报告被更名为《屠格涅夫创作在中国》,全文收录于1960年由奥廖尔图书出版社出版的《屠格涅夫(1818—1883—1958)文章与资料》一书。

巴金的报告一开始向俄罗斯同行汇报了屠格涅夫在中国的翻译情况,以此证实屠格涅夫在中国享有巨大的文学声誉,并深受中国读者的爱戴。究其原因,巴金令人信服地指出:"是因他对创作严谨而又认真的态度,是因他'伟大而丰富的语言',是因他无与伦比的写作技巧,是因他生花妙笔之中蕴含着的音乐性,尤其是因为他对祖国的热爱和对真理的追求。"[①] 巴金从屠格涅夫作品中看出了为俄罗斯文学所独具的"为人生"的文学。在他看来,"中国读者热爱屠格涅夫,就如同热爱俄罗斯19世纪一切其他现实主义作家。在他的作品中他们看到了许多为他们所熟悉的人物。屠格涅夫非常了解和出色描绘了他所处时代的知识分子的生活,在旧中国经常可以看到像罗亭、拉甫列茨基、阿尔卡狄、聂日达诺夫这样的人。屠格涅夫的高度概括力和他的描写天才常常让读者欣喜若狂。"

接下来,巴金一语道出了他本人与屠格涅夫的文学情缘,这种情缘构成了他翻译与艺术接受屠格涅夫的强大原动力。他坦言道:"多少年来我一直热爱着屠格涅夫,并且身不由己地置身于他的影响之

[①] Ба Цзинь. О творчестве Тургенева в Китае. - Кн.: И.С.Тургенев (1818—1883—1958) Статьи и материалы. Орловское книжное издательство.1960. С.388.

第四章　巴金作品在俄罗斯

下。"这影响体现于其心理描写与风景描写以及与之相伴而生的语言描写与叙事艺术。巴金写道,屠格涅夫迷人之处在于"善于用极其简练的文笔描写人的深刻复杂的感情,用真诚的热爱之情描写俄罗斯祖国大自然的美丽,但他从不用多余的字句冗繁这种描绘,也不分散笔力去描绘细枝末节。他擅长于用点墨之笔描画出他构思中所必不可少的风景,这种风景与人的内在情感时而相融相谐,时而对立反衬。屠格涅夫是杰出的短篇小说大师,他的叙述自然、紧凑、动人。"巴金以作家的视角感悟作家屠格涅夫,一步到位地点明了屠格涅夫艺术世界的奇丽与超拔。在这里,巴金是用"心灵"在表述一个艺术家的真知灼见,远胜过日后"代言人"与"思想家"的巴金,远比用"理性"或"片断"来框定屠格涅夫的巴金来得真实、自然、可信。文至末尾,巴金欣慰地告知俄罗斯同行:中国有一批知名作家,亦即他的文学同辈,都受到屠格涅夫的影响。正是读了屠格涅夫的长篇小说,这一代中国作家在很多作品中学会了描绘典型形象。

《屠格涅夫(1818—1883—1958)文章与资料》一书由苏联科学院院士、著名俄罗斯文学家米哈伊尔·阿列克谢耶夫(1896—1981)主编。这本书共分三个专题,第二专题为"屠格涅夫与东西方民族文学"(第一专题为:屠格涅夫生平与创作历史资料,第三专题为:屠格涅夫与奥廖尔地区),该专题收录了来自美国、中国、荷兰、南斯拉夫、波兰、匈牙利、保加利亚、朝鲜等各国代表的文章。令我们惊喜的不仅仅是巴金的文章被列为头篇,而且主编阿列克谢耶夫亲自执笔,单为巴金一个人的文章写了一篇很长的编者按,同时还在巴金文章的末尾留下以注代跋的若干文字。

"编者按"中阿列克谢耶夫对巴金的生平与创作作了详尽介绍,对巴金的文学地位及其各个时期的创作都予以了论述,称巴金是一位享誉国内外的大作家,是中国当前最大的小说家之一、苏联人民的老朋友。他同时认定,给巴金带来广泛文学声誉、使他跻身于中国经典文学大师之行列的是他的三部曲《家》《春》《秋》(《激流三部曲》)。在这位研究家看来,就社会意义和艺术质量而言,这三部曲不仅在他的创作中,而且在当时整个中国文坛占据了很高的文学地位。如果说,巴金的早期作品中以巨大的热情描写中国年轻人的生活,那么在他的《激流三部曲》中,则描绘了广阔的社会画面、旧礼教桎梏下的中国家庭发生的故事。批评家用极富联想性的文字将巴金的此部小说与屠格涅夫的创作含蓄地挂连在了一起:"小说真实描写了'父与子'的斗争,讲述革命前夕高氏家族中年轻一代走上革命道路的故事。"

"编者按"结尾重申了巴金这篇文章的学术意义,并号召俄罗斯屠学界好好读一读这篇短文,将其视为一个作家的坦诚自白。

就巴金报告中最后一句谦词,即目前中国的屠格涅夫研究才刚刚开始,以及随文所附的中国作协短信所言中国的屠格涅夫研究还面临着诸多困难等,阿列克谢耶夫发表了自己的看法,他充分肯定中华人民共和国成立以来中国翻译家、作家与批评家在研读屠格涅夫方面所营造出的良好态势,对鲁迅、郭沫若、茅盾的屠格涅夫研究与接受予以高度评价。此番学术活动的参与为巴金赢得了多重文学盛名,这一切为巴金的《家》在俄罗斯出版,为推进俄罗斯人对巴金的认识与了解起了实质性的促进作用。

"编者按"向俄罗斯读者介绍了巴金对俄罗斯文学,尤其对屠格涅夫作品的热情而又优质的翻译,并介绍了巴金作品在俄罗斯的翻译出版以及读者群情况。"编者按"数次援引巴金研究家彼得罗夫的观点,客观论证巴金创作风格的形成"不仅得益于中国经典文学,也得益于俄罗斯文学经典的有力影响,最主要的是得益于屠格涅夫的强有力影响。"在向人们介绍巴金是屠格涅夫的伟大翻译家的同时,这位院士强调说:"巴金将赫尔岑、迦尔洵、高尔基的作品翻译成汉语,但他最爱的俄罗斯作家一直是屠格涅夫"。阿列克谢耶夫用彼得罗夫的话

第四章　巴金作品在俄罗斯

说,"巴金对屠格涅夫笔下的人物有着持久不衰的兴趣,展现这些人物对中国青年精神世界的觉醒所产生的作用",正是他的那部长篇小说《家》为这方面提供了鲜明的范例。这部小说描绘了"高氏家族中的第一位叛逆者的形象",即第一个意识到"行将死亡的旧式家族的内部腐朽与崩溃"的年轻人觉慧形象。他奋力挣脱,"将自己的命运与争取未来幸福的革命斗争紧紧结合在一起,力求开辟一条通往光明与自由、为自己和兄弟谋得知识的道路。"阿列克谢耶夫用作品的艺术实例来论证巴金对屠格涅夫创作的艺术接受,他以《家》中觉慧对屠格涅夫与托尔斯泰的小说的沉迷为例,得出结论,正是这些俄罗斯文学大师的作品,帮助他确立了自己的人生道路。批评家推出《家》第十二章(俄文译本第120—121页)一个意味深长的场景,即觉慧手捧屠格涅夫的小说并大声念道:"爱,是一件伟大的事业,伟大的感觉",还有"我们是青年,不是畸人,不是愚人,应当给自己把幸福争过来"等,认为正是屠格涅夫小说的这一页"给觉慧灌注了新的力量和为人的权利而斗争的信念……"。阿列克谢耶夫用彼得罗夫的话来表明,"巴金的主人公为理想而斗争着,常常和屠格涅夫作品中的主人公达到了共鸣",同时他引用了巴金翻译的,1950年出版于上海的屠格涅夫小说《处女地》(跋)中的精彩词句:"……名著终究是名著,甚至是我的笨拙译笔都遮挡不住屠格涅夫笔下放射出的灿烂光芒。尽管有人说,屠格涅夫的书在这个时代不适合广泛阅读,因为里面充满了一种让人悲伤难过的调子,但我由衷地建议大家多读一读屠格涅夫的小说,尤其是这部小说,它给了我们看到希望的可能",这番话对于理解巴金对他如此爱戴的屠格涅夫的借鉴与吸收同样适用。

巴金有关中国屠格涅夫研究情况的报告与文章,对苏联整个外国文学研究界产生很大影响,同时,也勾勒出了巴金与俄罗斯文学互动关系的大致轨迹,即俄罗斯文学界对巴金的青睐首先在于巴金对俄罗斯文学的丰富认知与高度评价上,他高度认可俄罗斯文学对他本人创作所产生的巨大影响,他是中国作家中的第一个也是唯一一个不遗余力地向俄罗斯同行介绍中国人民对俄苏文学的深厚感情的人。

　　如果说,巴金以屠格涅夫为起点宣传和张扬俄罗斯19世纪经典文学,并热情介绍屠格涅夫在中国的译介情况,那么50年代末,在苏联已经获得赫赫声名的巴金则开始多次撰文畅谈苏联文学对当今中国的影响和中国人民对俄罗斯文学的热爱。我们发现,巴金的俄罗斯文学宣传常常就进行在俄罗斯土地上,对苏联文学的赞叹之情常常流淌在给苏联作家的书信中,或是面对面的恳谈中。这种"送上门"的赞词无疑赢得了苏联人的极大好感与激赏,苏联文化人一次次称他为苏联人民的伟大朋友,为巴金作品在俄罗斯的推广起到了极大的作用。如,1959年3月4日,在写给波列沃依的信中,巴金用激昂而又深情的语言盛赞波列沃依的代表作《真正的人》对苏联文学和世界文学做出的伟大贡献,信告波列沃依,他的三次访问中国给中国人民带来怎样的鼓舞和建立了多么伟大的友情。巴金尤其以激昂的文字对苏联文学予以了讴歌,称,"在现代世界文学中,苏联文学一直放射最大的光芒","突破第一次世界大战后那种悲观、绝望、痛苦、呻吟、欺骗别人、装饰自己的资产阶级文学的霉臭,发散出新的健康的气息,唤醒了无数年轻的灵魂。第二次世界大战后逃避现实、钻牛角尖、在无出路中找出路的厌世文学以及满足于官能享受的变态文学风行欧美,使得人们或意志消沉,坐待毁灭,或则尽情享乐,加速灭亡"。接下来巴金用诗一样的语句慨叹道:"苏联文学正如同一轮不断上升的红日,照彻人民的心灵,带来光明和希望,鼓舞人们前进"。面对苏联老朋友,他情怀满涨地对苏联文学的未来发出畅想:"全世界亿万的人都把苏联文学作品当作他们最好的伴侣"[①],同时对波列沃依本人进入

---

① 巴金写给波列沃依的信发表于1959年第2期的《收获》(78—81页),苏联《外国文学》杂志于1960年第1期将这两封信放到一起,题为"Два письма. Борису Полевлму"一并刊发。

第四章　巴金作品在俄罗斯

1959年列宁文学奖候选人名单表示热烈的祝贺。这封信写于苏联第三次作家代表大会召开前夕。该信很快收到波列沃依的热情回信[①]。信中波列沃依深情转达苏联人民对巴金的爱戴："我们苏联人都知道您,把您看作是我们苏联文学的好朋友。我们知道您为了将我们文学中引以骄傲的精英作家,像普希金、屠格涅夫、契诃夫、高尔基和其他作家介绍给中国人民做了大量工作。我们高度珍视您的长久友情,由此我怀着十分喜悦的心情告诉您苏联读者有多么喜爱中国文学!"经由波列沃依推荐,《外国文学》杂志随即约请巴金于第三次苏联作协代表大会召开前夕在该年度第3期文学评论栏目撰文,巴金写了篇题为《伟大的文学》的文章。在这篇文章中,巴金再一次对苏联文学极尽赞扬,充分肯定苏联文学的世界意义,称"苏联文学取得的每一项成绩都对世界文学产生了深刻影响",是"世界人民光明与希望的象征"。他指出,苏联、苏联人民、苏联文学是不可分割的一个整体。新人构建新的国家,缔造新的文学。同样,新的文学教育一代新人,新的文学展示新人和新的生活,正是这种崭新现象给新的文学带来了巨大荣誉,并对全世界产生了巨大影响。

在高度赞扬苏联文学的普世价值的同时,巴金再一次对西欧英美资产阶级文学予以极力否定,认为这样的文学带给人只能是失望、绝望与悲观。在他看来,欧美文学是供人消遣娱乐、毒害人的意志的精神鸦片,唯有在苏联文学中当代青年才能吸收到许多宝贵的精神财富,汲取人生与前行的力量。由此我们也可以明白巴金虽然常年滞留欧洲却把绝大部分精力用于俄苏文学的翻译与研究原因之一所在。巴金说,我们当代年轻人读苏联文学作品并不是为了消磨时光,打发人生的空虚无聊,我们国家已经没有逍遥逗乐的年轻人,我们的年轻人翻看苏联文学是为了学知识,在书中寻求帮助。他们和作品中的人

[①] См.ж. Иностранная литература.1960.№1.

物共度同样的人生。苏联文学的主人公是为人类求解放与斗争不惜牺牲自己生命的人,这些人物与中国人的精神需要非常吻合。这些主人公精力充沛,乐观向上,总是将自己的利益与祖国和人民的联系紧紧联系在一起,为祖国和人民勇于牺牲,这样的英雄无疑成了中国年轻人的楷模。巴金以苏联文学作品中的人物为例子,来证实苏联文学中的人物形象如何感染和激励着中国年轻人,其中提到了中国的马特洛索夫——志愿军战士黄继光,正是在苏联英雄精神激励下用自己的身体堵住敌人的枪眼;提到了中国的麦烈西耶夫[①]张文良,火线受伤,十天九夜爬回到自己部队。巴金还提到了西蒙诺夫的《日日夜夜》对志愿军战士作战士气的鼓舞,甚至许多中小学生从《卓娅和舒拉》中深受教育,捧读着小说对英雄母亲说:"我们也是您的儿女"。保尔·柯察金的英雄业绩鼓舞着许多中国年轻人投身于英雄事业。巴金最后说,这些对中国年轻人产生重大影响的苏联文学作品不胜枚举。随便你问哪一位中国读者,请他谈谈苏联文学的时候,他都会回答你:"苏联文学继承并发展俄罗斯现实主义文学最优秀的传统,苏联文学描画出了人类新生活的壮丽图景"。就此,巴金得出结论,"正因为如此,中国读者把苏联文学看成是启明星,从中汲取有利于工作与生活的力量和信念,从而充满希望,并就此明白生活与工作的意义,明白如何卓有成效地为祖国和人民服务。苏联文学对于中国读者来说,不仅有益,而且必须,因为我们的祖国在自身的社会主义建设的实践中运用的是苏联建设社会主义的经验。新中国文学的确立同样走的是苏联文学道路、社会主义现实主义文学的道路。"他明白无误地告诉苏联同行:苏联文学所体现的新生活特征已经开始在中国文学中呈现,现在到处可见苏联文学所塑造的新的杰出人物,这就是我们中国读者为什么如此热爱苏联文学、苏联人民和伟大的苏联的缘由所在。

[①] 波列沃依小说《真正的人》的主人公。

第四章　巴金作品在俄罗斯

在这篇文章,巴金再一次谈到俄罗斯现实主义大师普希金、果戈理、莱蒙托夫、屠格涅夫、契诃夫、高尔基等的书自青年时期起就对他本人产生的巨大影响:教会了他热爱生活,憎恶不合理的社会制度,相信人类的美好未来!

1.2 巴金:俄罗斯文学的翻译家

彼得罗夫、谢列布里亚科夫、热洛霍夫采夫、索罗金等几乎所有对巴金有所研究的俄罗斯汉学家,都不约而同地盛赞巴金的俄苏文学翻译。巴金所翻译的作家人名,汇总起来,可谓长长一串,他们是:克鲁鲍特金、普希金、迦尔洵、屠格涅夫、斯特普尼亚克、高尔基、阿·托尔斯泰、爱罗先珂、赫尔岑、薇拉·妃格念尔、亚·柏克曼和艾玛·高德曼。热洛霍夫采夫等,还把波兰剧作家廖·抗夫也列入其中,原因可能在于该作家的剧本《夜未央》写的是俄国虚无主义者的生与死。我国学者周立民研究发现,巴金对俄罗斯文学作品的翻译先于他的创作本身,标志性纯文学作品翻译为迦尔洵的短篇小说《信号》(又译《旗号》)[①]。巴金笔名的第一次启用并非如俄罗斯学者所说,于他的处女作小说《灭亡》,而是译作《脱洛斯基的托尔斯泰论》[②],由此可见,巴金的文学生涯起步与成名皆始于俄罗斯文学翻译。纵观巴金的译作遗产,他不仅翻译了克鲁鲍特金的大部分著作,更是翻译了屠格涅夫的许多作品,同时还有赫尔岑的大部头作品《往事与随想》。研究巴金对这三位俄罗斯思想家与艺术家的翻译,也就可以得见巴金的整个俄罗斯文学翻译的思想与艺术风格。

俄罗斯近乎所有巴金研究文章都在重复着一个事实,即巴金最早接触的俄罗斯作品是克鲁鲍特金的一系列书籍和文章,而第一部译作也是克鲁鲍特金的《伦理学的起源和发展》(1928)。翻译这部著作是巴金的叛逆性格和对自由的渴望使然。他素来厌恶自己的封建礼教

[①] 转引自《草堂》(署名佩竿),成都,1923年1月。
[②] 1928年10月《东方杂志》第25卷第19号。

大家庭,而"对当时反帝反封建五四运动新思想产生强有力共鸣",对"中国进步知识分子反对封建文化、争取进步、争取现实主义文学和新的文学语言的斗争"①非常向往。一个偶尔的机会他读到了克鲁鲍特金的《告少年》的节译本,十五岁的、还是成都外语专科学校学生的巴金被这本小书所营造的渴求自由的氛围,以及高度的思想性以及清新的文风完全俘获,并感到前所未有的震撼,说它说出了年少的他想说却又说不清楚的话,从而顿悟"什么是正义,这正义把我的爱和恨调和起来"(彼得罗夫语)。正是怀着追求自由的理想,巴金翻译了克鲁鲍特金的《伦理学的起源和发展》,随即翻译出克鲁鲍特金的《我的自传》(又名《一个革命者的回忆录》)(1930)。七年以后巴金亲自动手重译了克鲁鲍特金的《告少年》,更名为《告青年》,后改名《自由与面包》②(1940)。克鲁鲍特金作品的翻译对巴金的成长影响是双重的,正如彼得罗夫所说,第一是无政府主义思想加剧了他同本阶级决裂,去解放被压迫者,他正是怀着这个目的甚至参加了带有无政府主义色彩的秘密团体"均社"③。可以说,克鲁鲍特金书中充满矛盾的无政府主义和民主主义给巴金的整个思想及其精神世界带来了复杂而长久的影响。第二,正如巴金自己所表白,他翻译克鲁鲍特金不仅仅是把他当作理论家和思想家,而且是当作文学家。也就是说,最初,巴金翻译克鲁鲍特金这些作品在一定程度上是将其当作文学作品,最起码是有着很强思想性的文学作品去投入精力的。第三,这一点也决定了巴金一生的翻译选择,同时也决定了外国作家对他影响的接受,确定了他翻译外国文学作品的意图和目的:正如周立民所说,"巴金不是从纯文学的角度来译介这些作品的,而是从思想、精神和情感的角度来

---

① Петров В. Творческий путь Ба Цзиня. //Ба Цзинь. Сочинения в двух томах. М.,1959. С.6.
② 上海平明书店1940年8月版,商务印书馆1982年12月重印。
③ Петров В. Творческий путь Ба Цзиня. //Ба Цзинь. Сочинения в двух томах. М.,1959. С.6.

第四章　巴金作品在俄罗斯

接受、喜欢它们,并把它们介绍给中国读者的"①,用巴金自己的话说,"用捡来的别人的武器战斗"。在巴金的译著遗产中我们发现,他翻译的很多作品就其艺术价值并不很高,也不很出名,但他翻译目的是从这些作品中寻找思想上的共鸣,即他更看重的或许是其思想性。如他翻译左拉,是看中了左拉的为真理和正义而斗争的精神;翻译迦尔洵是感佩其作品中的人道主义;即便是翻译艺术家作家屠格涅夫,他在一定程度上更看中的是屠格涅夫笔下"父与子"两代人的思想斗争:翻译《父与子》以及其中的虚无主义,使人领悟到中国反封建的必要性,翻译《门槛》是为革命者的革命抉择与伟大气节所感染;翻译赫尔岑的《往事与随想》更是由于作为无政府主义者的巴金将其视为俄国虚无主义者先驱去景仰。周立民发现了俄罗斯汉学界没有发现的事实,即巴金即便是喜欢这些作家也是深受克鲁鲍特金所写的著作《俄国文学史》的影响。就此可以说,巴金与克鲁鲍特金结下了一生的不解之缘。正如俄罗斯研究家们一致认为(首先是中国研究家们研究确认的),巴金笔名中的"金"字便是取自克鲁鲍特金汉译名的末字。而且,在从事无政府主义活动的时候,巴金毫不隐瞒地宣称自己是一个克鲁泡特金主义者,克鲁鲍特金的平等、互助、自我牺牲的伦理观念成为巴金一生恪守的道德信条。

如果说,翻译克鲁鲍特金是为了寻找精神上的领袖,那么翻译赫尔岑则是巴金为了寻求人生与创作上的精神支柱。难怪他要把赫尔岑的《往事与随想》当作"有生之年的最后一项工作去完成"。步入耄耋之年的巴金清楚记得他第一次读这本书的感受:"那时我还没写完我的第一部小说《灭亡》。尽管我还很年轻,我的心却燃起一团炽热的火焰——我有满腔的激情要表达,我有爱与恨要写出。我有血和泪,它们浸透了我的每一页稿纸和每一个词,我自己都没有发现,我已经

---

① 周立民:《巴金与俄罗斯文学在中国的译介与传播》,《黎明职业大学学报》,2010年9月,第16页。

置身于赫尔岑的影响之下"①。巴金援引了屠格涅夫论赫尔岑的《往事与随想》的话,这句话也表达了巴金的思考:"这一切都是用血和泪写成的,它们像火,径自在燃烧,却也照亮别人的心。"从这个时候起,巴金把大部分精力投入到赫尔岑的翻译与研究中去。比方说在他的《俄国社会运功史话》一书中我们能读到许多有关赫尔岑的文字。"文化大革命"中,巴金被剥夺了写作权利,并被关进了牛棚,是赫尔岑与屠格涅夫给了他活下去的力量。"文革"后期,巴金得到了部分解放,即不允许创作,但可以搞一点翻译,巴金便随即投入《往事与随想》的翻译,通过这部他喜爱的作品来表达自己的爱憎之情。他说《往事与随想》"前几卷描述沙皇尼古拉一世统治下的俄罗斯的情况","我越译下去,越觉得'四人帮'和镇压十二月党人起义的尼古拉一世相似","我每天翻译几百字,我仿佛同赫尔岑一起在十九世纪俄罗斯的暗夜里行路,我像赫尔岑诅咒尼古拉一世的统治那样咒骂'四人帮'的法西斯专政,我相信他们横行霸道的日子不会太久,因为他们作恶多端,已经到了千夫所指的地步了。"②赫尔岑把巴金不能表达的话说出来了,成为巴金表达自己感情的另一条渠道。俄罗斯学者德柳欣为巴金对赫尔岑及其《往事与随想》的一番炽情深深感动,写道,"'文化大革命'中,巴金和其他中国作家一样,遭到了无耻侮辱,被加上过莫须有的罪名。……却在这种情况下翻译了赫尔岑的《往事与随想》,这怎能不令人赞扬呢?要知道这是真正的创作功绩!"③

但正如阿列克谢耶夫所说:"巴金将赫尔岑、迦尔洵、高尔基的

---

① Ба Цзинь. 50 лет жизни в литературе. 1980.(Выступление с речью). С.4.
② 转引自 Серебряков Е. В поисках добра и справедливости (К столетию со дня рождения выдающегося современного писателя Китая Ба Цзиня). // Проблемы литератур Дальнего востока. СПб.,2004. С.13.
③ Делюсин Л.. Ба Цзинь и «культурная революция». // 27-ая конференция «Общество и государство в Китае». М.,1996. С.153.

第四章 巴金作品在俄罗斯

作品翻译成汉语,但他最爱的俄罗斯作家一直是屠格涅夫"①。这位院士无疑是在说巴金翻译的最多的是屠格涅夫。尼克利斯卡娅也说:"巴金翻译的最多的还是屠格涅夫的作品。"② 巴金翻译屠格涅夫有着四十多年的历史。据史料记载,巴金对屠格涅夫的翻译是从他的散文诗开始的,先是《门槛》,而后是《俄罗斯语言》,继而对屠格涅夫散文诗的兴趣一发不可收拾,决定把屠格涅夫的散文诗全部翻译出来,但因忙碌而未能实现,只译了十几首就搁了下来,只是后来又有了继续。如果说,巴金对《门槛》的情结表现于对作品女革命者的无畏与不屈精神的崇戴,那么,作家在译《俄罗斯语言》时则获得了游子思乡的爱国情怀的巨大同感,引起了巴金对屠格涅夫不懈的精神追随。巴金回忆道:"1935年我在日本东京非常想念祖国,感情激动、坐卧不安的时候,我翻译了屠格涅夫散文诗《俄罗斯语言》。他讲'俄罗斯语言',我想的是'中国话'。散文诗的最后一句:'这样的语言不是产生在一个伟大的民族中间,这决不能叫人相信'。我写《火》的时候常常背诵这首诗,想它是我当时'唯一的依靠和支持',一直想着我们伟大而善良的人民。"③ 在这本书的另一篇文章《还魂草》里,在后来发表的《自由与快乐地笑了》一文中,巴金不惜文墨,几度重温那段与《俄罗斯语言》"相依为命"的艰难时光:"我坐下来翻译屠格涅夫的散文诗,又借用它来激励自己,安慰自己。我想到了我们的语言,我的勇气恢复了,信心加强了。我也想说:'在疑惑不安的日子里,在痛苦地担心祖国命运的日子里,只有你是我唯一的依靠和支持'。我也想说:'要是没有你,那么谁看见我们故乡目前的情形而不悲伤绝望呢?'我也想说:'然而这样一种语言不产生在一个伟大的民族中间,这决不能叫

---

① Ба Цзинь. О творчестве Тургенева в Китае. – Кн.: И.С.Тургенев (1818—1883—1958) Статьи и материалы. Орловское книжное издательство.1960. С.387.
② Никольская Л. Ба Цзинь (очерк творчества). МГУ. 1976. С.9.
③ 巴金:《关于〈火〉》,见《创作回忆录》,人民文学出版社,1982年。

人相信！'"① 这两段回忆文字可分解为"俄罗斯作家屠格涅夫——中国作家巴金""法国与俄罗斯——东京与中国""俄罗斯语言——中国话"三大话由，把两国文豪的身处异国、心系祖国、忧国忧民的赤子之情同样而又均等地展现在读者面前，从而接通了两国文豪心灵世界的桥梁，告示巴金与屠格涅夫因爱国情怀的一致，由此导致在一定程度上两位艺术家思想与艺术航向的平行。如果说，郁达夫的国外乡愁体现于对祖国的恨铁不成钢的忧怨情怀，巴金的思念则一如屠格涅夫，充满了对伟大民族必将复兴的坚定信念和希望祖国及早富强的忧国忧民之情。遗憾的是，巴金的这种爱国情怀似乎较少被纳入中外学者的研究视野。目前见到的相关文章只有俄罗斯学者热洛霍夫采夫的《爱国作家巴金》，但整篇文章却没有作家的一个生平实例或理论阐述来论证巴金的爱国。这篇专论巴金爱国思想抑或爱国情结的文章，写足了巴金对无政府主义的狂热崇拜，写尽了巴金的欧化，却自始至终没有提到巴金爱国的一个字眼，最终也没看出评论家该写的巴金爱国情结。

　　令巴金骄傲的是他对屠格涅夫的作品译得最多。有数据统计，巴金一生翻译过两部长篇小说，就是屠格涅夫的《父与子》和《处女地》，译过三个中篇，其中两个出自屠格涅夫之手（《木木》《普宁与巴布尔》），译有散文诗58篇，其中51篇是屠格涅夫的作品，此外还译过俄罗斯著名学者伊·巴甫洛夫的传记作品《回忆屠格涅夫》。巴金的屠格涅夫翻译里程是坎坷艰辛的，无论是国难当头，还是身家不幸，他都没有动摇对屠格涅夫执着的爱，从没忘记计划或着手翻译屠格涅夫的作品。十年动乱中，巴金完全被剥夺写作权利，被批斗，被抄家，被下放至干校劳动，经历着妻子萧珊的病逝，但他用自己翻译过的屠格涅夫作品中民粹派来慰藉自己伤痕累累的精神，坚挺过这段艰难时

---

① 《巴金文集》，第277—288页。

第四章　巴金作品在俄罗斯

光。1973年7月,巴金接到通知,对他"敌我矛盾作人民矛盾处理,不戴帽子",巴金随即便开始改译屠格涅夫描写民粹派历史的长篇小说《处女地》,同时开始翻译赫尔岑的回忆录《往事与随想》,两项工作一并进行。在巴金看来,屠格涅夫与赫尔岑是紧紧相连的一体,巴金运用屠格涅夫对赫尔岑《往事与随想》的评价:"这一切全都是用血和泪写成的:它像一团火似的燃烧着,也使别人燃烧……"来一并评说两位大作家的作品,以此觅得情感与精神的共鸣。

俄罗斯学者众口一词称巴金是一位出色的文学翻译家,但研究家们关注的是巴金翻译的范畴、数量,巴金的翻译精神以及俄罗斯文学与文化翻译对巴金创作所产生的影响,但如何出色,除了阿列克谢耶夫的"编后记"里肯定巴金对屠格涅夫的翻译"优质"外,再无对巴金翻译质量的提及,体现了俄罗斯汉学队伍的薄弱,以及由此带来的翻译家巴金在俄罗斯研究的短缺。面对此,笔者认为,有必要借助国内对巴金翻译质量的研究,对俄罗斯相关领域的巴金研究予以敦促与启示,同时兑现不光是把俄罗斯的中国文学研究介绍给国人,而且将中国的当代文学和中俄比较文学研究推向俄罗斯汉学界这一多重文化使命。国内对巴金的屠格涅夫翻译研究近年来取得了一定的进展,据周立民发现,巴金的文学翻译已经进入了两本有影响的中国文学翻译史书,或设专章[①]或设专节[②]着重探讨巴金的俄罗斯文学翻译。周立民本人也写有专论巴金文学翻译的论文《解读巴金思想世界的另一个视角——从巴金的译文看他的思想发展》[③]。同时,以文本为实例,对巴金的屠格涅夫翻译做出专门研究的是王友贵的《巴金文学翻译初探》[④],就巴金翻译屠格涅夫小说《父与子》所独具的译风,即信实与

---

① 《中国翻译文学史》第14章,《巴金对俄国现实主义的译介》,孟昭毅、李载道编。
② 《中国20世纪外国文学翻译史》第5章中的一节。
③ 该文被收入文集《另一个巴金》,大象出版社,2002年3月。
④ 见书:《新世纪的阐释——巴金国际学术研讨会论文集》,福建教育出版社,2002年,248—265页。

顺达阐发了自己颇有见地的看法。作为例证,这位学者将巴金的译本与著名俄罗斯文学翻译家石枕川的译本作了比较分析,遂得出结论,两个译本均"十分流畅明白"。但细而观之,则是风格各异:石译简练,文笔老到圆熟,巴金则单纯清丽,"淡淡的诗意的叙述性声调,使小说有一种清纯明透的单纯美"。王友贵形象地将二位译作比作两个女子,石译成熟老到带几分圆滑,而巴金的"女人"则自然清纯秀丽,不施粉黛,妩媚可人。王文以《父与子》第四章中阿尔卡狄(巴金译,石译为"阿尔卡季")向巴扎罗夫夸赞自己的父亲为例。原文是 Отец у меня золотой。巴金是这么译的:"我父亲是一个很难得的好人",而石枕川先生则将其译为:"我父亲可是个金不换"。这么一比,区别显而易见。从"形"上看,巴金的文字平顺自然,与屠格涅夫的平素叙事风格谐和淡雅形成一致,相比之下,石译倒是因自身的成熟老练导致风格的把握上分寸略失精当,显得略过,故而丢失了屠格涅夫的"平和雅致的气质";从作品的"神"推敲,仍是巴译本较好体现了作品人物阿尔卡狄的真诚朴实的性格,而石译本则把人物稚嫩、单纯、善良、热情的原有特征都给遮盖了,倒让人感觉到这个小伙子有几分卖弄、炫耀、油滑,甚至几分玩世不恭,抑或对善良父亲的揶揄,从而与原文的原有旨向相左。王友贵自觉不是搞语言出身,在肯定"石译简练,字面正确明白"的同时,便中断评说,寄望专家评判,并点出张张页页,说让有兴趣的读者去进行对比。其实,王友贵推出的石译本的这一译例起码有三处可推敲。一是这个主人公的名字,笔者看来,巴金译的"阿尔卡狄"更贴近原文的字母组合与发音;另外,就 золотой 这一性质形容词的意思传达,笔者觉得巴金略高一筹。这个词直译意思是"贵重的,难能见到的",巴金将其译成"一个很难得的好人"将这个词的两层含义一并收入,形成形神"不隔",相比之下,石译本在表达上显得略过。再则,译句中的虚词语气词"可是"也显得没来由,故而使得译本中的人物特征与原文本意"隔"得越发远。相比之下,倒是巴金

第四章 巴金作品在俄罗斯

翻译得恰如其分,准确到位,不仅仅译文顺达,作者的用意也把握得非常准确,较好托出阿尔卡狄的真诚朴实,以及对父亲的爱。究其原因,应该是因石先生的中文功底非常深厚,不经意间,将自己的风格、才气与喜欢用术语习语等习惯带了进去,无形中使得译文与原文之间隔障着一层烟雾,反而看不清原作的本来面目,同时也削弱了屠格涅夫清新与自然之美。论俄文功底,巴金全然不能与石先生相比。巴金译屠格涅夫,主要是从康斯坦斯·嘉奈特夫人的英译本转译过来。由此可以说,巴金翻译屠格涅夫的成功,在一定程度上取决于嘉奈特夫人英译本的成功,得益于嘉氏译本的"文笔清丽,平稳,端庄,用词平和",得益于她的风格"外表平易浅近,内含一种四平八稳、矜持的高贵气质",得益于她"译屠格涅夫在风格上大体是般配的"。[①] 但是巴金的个别失误也常常源自嘉奈特夫人的失误。王友贵依旧取《父与子》第四章为例,描写巴维尔·彼得罗维奇,石译为:"人过三十,这种风度和气派便大半消失的了",而巴金则译为"二十岁"。如果说如此低等错误源自巴金跟着英译本盲人摸象,以讹传讹,那么在屠格涅夫的小说《木木》中则源于译者巴金俄语知识有欠,发生了理解上的错误,尽管他是英俄两种版本对着译,但此等"悲剧"还是在所难免,前译作的疏漏带来了后译作的失误:小说中有这样一句话:Ну да. По-моему, лучше бы тебя хорошенько в руки взять,巴金译为:"嗯,好的,照我看还是揍你一顿好些"[②]。巴金没有看懂"взять(кого)в руки"这一俄语固定表达,所以他便理解成"将你拿到手边",那必定是打了,而且把充当状语的表行为方式的副词"хорошенько"也给弄拧了。相比之下,冯加的译文准确传神:"嗯,好吧。要我看,最好对你严加

[①] 王友贵《巴金文学翻译初探》,见书《新世纪的阐释——巴金国际学术研讨会论文集》,福建教育出版社,2002年,第256页。
[②] 《屠格涅夫中短篇小说选》,人民文学出版社,1983年,第10页。

管教。"① 但翻译是一门遗憾的艺术,十全十美的译作可谓没有。正如王友贵先生所说,一两个细小的例句不足以说明巴金的翻译的整体质量,我们要探讨的是巴金翻译屠格涅夫作品的总体风格。但就此我们看到彼得罗夫在一系列作品序所称道的巴金本身语言的质朴与诗意,同时也深深感觉得到巴金用平白质朴的文字组合传达出屠格涅夫平易自然的风格已经十分可贵,"一方面,译作的叙述节奏、语言声调、词句的节奏形象、色彩、感情强度至少跟嘉氏英译非常一致,也跟前述屠氏风格大致吻合。退一步说,即使巴金跟屠氏风格有些错位,这个责任也只能有嘉氏来承当。"② 同时还应补充说,巴金的翻译个性的形成和艺术成就的取得,并不能一味归功于嘉奈特夫人。据王友贵考察发现,巴金在翻译《父与子》时已经是以俄文本为主。颇有意味的是,巴金从"俄文本"翻译的中文风格与嘉氏英译颇为相近,同样清顺优美,温平隽永,而且更胜一筹的是,汉译中的阿尔卡狄所固有的纯真、好奇与敏感更为生动突出。

巴金是一位成功的屠格涅夫翻译家这个定论毋庸置疑,他的屠氏翻译成就有目共睹,他的屠氏翻译作品深受广大读者尤其是青年读者的喜爱。巴金的译笔常常是惊人的形神兼备,这不能不唤起人深思。笔者看来,巴金的成功一是取决于对屠格涅夫的热爱;二是在于翻译态度端正,翻译动机正确。在巴金看来,翻译不仅仅是学习语言的需要,更主要的是与思想家对话,找寻出路,向文学家学习,用圣哲大师之口"讲自己的心里话",宣泄自己情感的岩浆;三是翻译技巧高明,这种高明来自两个方面,一是作家译作家所独有的艺术共通,二是得益于他优美的文字表达,正如高莽研究所识,"巴金对翻译有自己的

---

① 转引自《俄罗斯文学名著赏析》(小说篇),王立业主编,外语教学与研究出版社,2015年,第108页。
② 王友贵《巴金文学翻译初探》,见书《新世纪的阐释——巴金国际学术研讨会论文集》,福建教育出版社,2002年,第259页。

第四章　巴金作品在俄罗斯

一套见解,要准确,也要用文学来表达情感,表现原著的韵味,不能完全死抠字句。"① 就巴金的翻译的成功还有一个因素,就是巴金对翻译对象的成功选择,是翻译家对作家的成功匹配起了特定的作用。

巴金翻译文学作品有一把价值尺度,用高莽先生的话说"他翻译的作品和他的思想都是吻合的"。② 巴金的自白更是一语道破:"我只介绍我喜欢的文章"。他首先是选择自己喜欢的作家,选择与自己审美品位相契合的作品,然后才进入翻译。同时一旦选准了作家与作品,这种"偏爱"便变成巨大的创作力量,原作与巴金译作之间便产生生命之火的碰擦。由于巴金对屠格涅夫的真热爱,巴金对屠格涅夫的作品便有了真熟悉,从而进入翻译时动了真感情,豁出真生命,故而才能穿透语言的阻障,才不愁感情无法用语言表达,加之译者与作者的品位与气质、二者的审美直觉与译者的翻译热情天然契合,常常达到了一种"天同此理,人同此心"之艺术上的无意识共通。巴金的选题极富个性化,对于巴金本人个性与思想观念形成非常具有借鉴性意义。我们看到,早期,他选择的是追求个性自由解放,走出黑暗牢囚的无政府主义,喜欢译写民粹派的作品;他所选择的文学翻译,不是一味根据作家的文学地位高低,而是凭着自己的艺术直觉和审美喜好而定。他不选择艺术地位比屠格涅夫高的思想家作家陀思妥耶夫斯基、哲学家作家托尔斯泰,甚至不问津清凉素朴的契诃夫,他的原则是自己不喜欢的不选,不对自己品味的不碰,不让自己怦然心动的不译。正因为屠格涅夫作品的温尔雅致、平和自然、浅近清丽唤起了他诸多的艺术与思想的共鸣,他才更加驾轻就熟地进入原作家的角色,进入原作形象的角色,进入译本读者的角色,逼真生动地传达屠格涅夫的艺术风貌,创造出原本与译本形神"不隔"的绝佳翻译境界。

巴金的屠格涅夫翻译说明一个道理:翻译家翻译作品,首要的是

---

① 转引自郑业:《用文学和真话涤荡心灵垃圾》,人民网,2003年。
② 高莽:《巴金与俄罗斯文学情结》,《中华读书报》,2003年11月26日。

选择,适合译屠格涅夫的翻译家未必能译得好陀思妥耶夫斯基,一个理性的、感情漠然的学究很可能无法忠实传达屠格涅夫的艺术真谛,但同时,即便是理性抽象的人面对屠格涅夫也常常是诗情迸发,即便是冷静与理性的梅列日科夫斯基读了屠格涅夫也会变成时而激情奔涌时而柔情缱绻的诗人;由此可以说,翻译乃至研究屠格涅夫,不宜一味板着面孔,冷漠对号,不要无端地把他往学术高度上拔,更不要强加于他以学术目的,要小心翼翼地尊重作家的艺术本相,正如俄罗斯学者库尔良茨卡娅指出,屠格涅夫的作品是经不起研究家冷静肢解的[①],它必须先交付读者,让他们去感觉,去回味,去创造,去补充,去圆满,就这层意思而言,译者应该做好作者的第一位读者,应用感情的炽焰让艺术本真出炉,以赢得读者。

萨弗利在《翻译与艺术》中提出了优秀译者三要素,即"同感、知觉、勤勉与责任感"[②]。如果"作家译作家"是巴金文学成功翻译屠格涅夫的要素之一,使他具备了得天独厚的艺术知觉、高超的艺术技巧与相通的审美品位,那么崇高的使命感与时代责任感则是巴金翻译成功的最终保证。洋为中用,引进世界文学精品,让其服务于本国文学,丰富与推动本国文学健康发展,是巴金赋予自己的神圣使命。纵观翻译家巴金的一生,他是不幸的,政治风雨与人生坎坷夺走了他许多宝贵时光,同时他又是幸运的,社会总体环境为他静心创作创造了条件,他可以不为社会浮躁而心动,不为功名利禄等去抢干急活;他坐得住冷板凳,吃得了苦,埋头奋战,精益求精,为架构世界文化交流的桥梁万难不辞,奋斗至老,这一点在当下是多么可贵,是多么值得我们肃然起敬!

1.3 巴金:俄罗斯文学创作的接受者

在应约为俄罗斯译本《巴金文集两卷本》写的文字中,巴金坦陈

[①] 参见王立业:《屠格涅夫与陀思妥耶夫斯基心理分析比较》,《国外文学》,2001年第3期。
[②] 转引自《巴金新世纪的阐释——巴金国际学术研讨会论文集》,福建教育出版社,2002年,第263页。

第四章　巴金作品在俄罗斯

道："翻译赫尔岑、屠格涅夫、迦尔洵、高尔基等人的作品同样给我带来了巨大益处"①。尼克利斯卡娅如是指出："巴金对俄罗斯文学持有一生的兴趣②。"据这位研究家研究发现，在接触无政府主义思想家的作品的同时他也"结识"了一批俄罗斯作家。这些作家对他一生的创作产生了至关重要的影响，就连巴金自己也承认："假如不读俄罗斯经典作家的作品，我则不可能成为一名真正的作家"。③这些经典作家中依尼克利斯卡娅看，占据第一位的是屠格涅夫、列夫·托尔斯泰、契诃夫④。这三位作家中的每一位的创作都在他的作品中留下了鲜明印记。

正如巴金自己所说："托尔斯泰对文学与生活的认真态度对我产生了不小的影响。在我十九岁的时候我第一次读了托尔斯泰的《战争与和平》《复活》和其他一些短篇小说⑤，现在看来我能成为一个长篇小说家明显与我第一次阅读托尔斯泰作品有关。在他的创作中我首先看到了一条通往真理的道路，并促使我拿起了笔……"⑥也正如美国巴金生平研究家奥利加·朗研究发现，正是从列夫·托尔斯泰起，巴金对俄罗斯文学产生了日渐浓厚的兴趣。这位研究家在他的一篇文章中记录了巴金对他的朋友、法国耶稣会教父让·蒙斯特尔列特对整体俄罗斯文学所说的赞语："我热烈地爱着他们，因为俄罗斯人的生存状况使我想起我们中国人那时候的生存状况。俄罗斯人的性格、愿望和旨趣在某种程度上跟我们很相似。"在中国人的心目中托尔斯泰就是农民利益的保护者，而中国就是一个农业国，因此在民族习性

---

① Ба Цзинь. Предисловие автора к русскому изданию. // «Ба Цзинь. Сочинения в двух томах».Т.1. М.,1959. С.35.
② Никольская Л. Ба Цзинь (очерк творчества). Изд.МГУ. 1976. С.9.
③ Ба Цзинь. Предисловие автора к русскому изданию. // «Ба Цзинь. Сочинения в двух томах».Т.1. М.,1959. С.35.
④ Никольская Л. Ба Цзинь (очерк творчества). Изд.МГУ. 1976. С.9.
⑤ 均为英文版。
⑥ 转引自什夫曼《列夫·托尔斯泰与东方》，莫斯科科学出版社，1971，第107—108页。

上会有许多共同的东西。和托尔斯泰一样,巴金也是地主老爷出身,完全读得懂托尔斯泰所描写的农村与农民状况。

巴金也是一个成就卓越的长篇小说家,也曾经谈及托尔斯泰对他的影响:他从托尔斯泰那里学到了许多艺术手法,关涉人物的外在肖像与人物的内心世界关系的问题。在巴金看来,托尔斯泰具备他所不及的心理描写技巧,他的与中国民族传统相共鸣的道德自我完善思想在巴金拜读托尔斯泰作品过程中都会对他产生潜移默化的影响。①

不止一位俄罗斯研究家们发现,巴金代表作《家》受俄罗斯作家托尔斯泰和屠格涅夫影响最明显。据可靠资料证实,巴金在动笔写《家》之前,仔细研读了托尔斯泰的《复活》,还把阅读《复活》的感受写到了《激流三部曲》总序的开头:"几年前我流着眼泪读托尔斯泰的小说《复活》,曾在那扉页上写了'生活本身就是一个悲剧'这样一句话。"② 学到了塑造人物的方法,他笔下的鸣凤分明有玛斯洛娃的影子。无论是塑造人物的手段还是细节运用,到处都有托尔斯泰的痕迹。鸣凤当属中国的玛斯洛娃,这个在中国文学史上熠熠生辉的女性形象是和托尔斯泰的玛斯洛娃有机联系的。作家从聂赫留朵夫与玛斯洛娃两次会面中获得灵感。据我国学者汪应果认定,大年夜的祝福像极了《复活》中复活节中的祈祷,甚至连"讨饭的小孩"和"乞丐"都相互对应,还有就是,当鸣凤胆怯地表达自己对觉慧的爱慕时,鸣凤默默坐在屋内,而觉慧站在窗外的那段描写也与《复活》中的聂赫留朵夫站在窗外的描写如出一辙,连描写的文字也是十分相像。此时此刻两个人各不相同的心理活动也与《复活》男女主人公的心态得到了相同手段的揭示。甚至是玛斯洛娃接受爱情的方式也与鸣凤相似,体现在内心

---

① См.кн.: Лев Толстой и литературы Востока. ИМЛИ РАН, «Наследие». Москва, 2000. С.95—96.
② 转引自Петров В. Творческий путь Ба Цзиня.// Ба Цзинь. Сочинения в двух томах. М.,1959. С.4.

第四章 巴金作品在俄罗斯

的激动与外表的矜持相对立,乃至聂赫留朵夫的忏悔与离家外出也与觉慧的自责和离家出走相类似。用这位研究家的话说,"只是觉慧比聂赫留朵夫更纯洁、更激进因而也更可爱罢了"①。巴金自己也曾坦承,他向托尔斯泰学习了如何使他笔下的人物的外表、打扮和举止,同人物精神生活相协调。②对托尔斯泰男女主人公塑造手段的借鉴,赋予了巴金男女主人公,尤其是鸣凤丰富的艺术内涵。当然了,巴金对托尔斯泰的师承并不止于《家》和男女主人公的形象塑造,他的小说《灭亡》中的人道主义力量、很多散文作品中的向善与向爱不同程度地体现着托尔斯泰的道德理念。

1990年4月,苏联驻上海领事馆总领事斯特罗科专程前往中国著名作家巴金的寓所,代表苏联最高苏维埃主席团将一枚苏联最高荣誉勋章——苏联人民友谊勋章授予巴金。巴金动情地说:"感谢苏联人民授予我人民友谊勋章。这使我想起50年代多次访问苏联的往事。人民友谊是我一生奋斗的目标。我为促进中苏文化交流发展和两国人民的友谊少有贡献。但是我始终记得,十四五岁的时候,俄罗斯文学唤醒了一个中国青年的灵魂,使我懂得热爱文学,追求人民的友谊,使我在六十年的创作生涯中始终保持一个艺术家的良心。直到今天,列夫·托尔斯泰仍是我最敬爱的老师。"③

巴金对契诃夫作品的解读与理解是经过一个过程的。只是到抗战后期,有了生活积淀的巴金才真正读懂契诃夫,并以自己的独特视角认知契诃夫的人物世界。"……随处可见契诃夫的主人公,他们在哭泣、在叹息、在凄楚地微笑、奴性地请求饶恕,苟且度日或是慢慢走向衰亡。从没想过自救,也从没想过要搭救他人。他们只是无忧无虑

---

① 汪应果:《巴金:心在燃烧》。见曾小逸:《走向世界文学》,湖南人民出版社,1985年,第268页。
② 见Желоховцев А. Ба Цзинь – писаиель- патриотист. // ж. Проблемы Дальнего Вотсока. М.,1983. С.4.
③ 原载1990年4月21日《文艺报》。

地絮叨着已经逝去了的美好生活,或者是充满美好憧憬的未来。我和他笔下的人物同坐一张桌子旁,一起看戏,一起上街购物,在客厅里谈论着天气……"①

《激流三部曲》结尾部分有这样一段描写。当克安、克定闹买房子的时候,年轻人流露出十分惋惜的神情,而琴却说出了一番契诃夫人物才说的诗情话语,应该去一个"比花园,比家更大的地方"。这使我们不禁想起契诃夫剧本《樱桃园》结尾,同时还让人感觉得到作品与契诃夫小说《新娘》结尾相呼应,不仅让作品整体呈开放式结构,同时也获得类似的象征意义。如果说,契诃夫在《樱桃园》借人物之口宣称:"整个俄罗斯是我们的花园",那么高家的花园也该是整个中国的缩影。另外,巴金《寒夜》中的"小人物"形象塑造,被不止一位学者所称道,并与契诃夫的《一个小官员之死》相比较,都在刻画"小人物"的日常琐事。热洛霍夫采夫在不止一篇文章中指出巴金对契诃夫小说《第六病室》的模仿,并几乎不改名地将自己的小说定名为《第四病室》②。我国学者汪应果认为,此乃两位作家跨越国度相对应的典型范例。

彼得罗夫还发现了巴金作品中的浪漫主义情调是受到了高尔基早期短篇小说的影响,这些作品以出色的艺术力量表现了人对美好生活与幸福的理想。巴金在评论高尔基的题为《热烈的心》的一文中写道:"高尔基自然是现今一个伟大的做梦的人。这《草原的故事》就是他美丽有力的神话。它的价值,凡是能够做梦的人都会理解……这本书是我过去的生活里一个小小的纪念物。我每一次翻阅它,我就会开起一种新的感情。在这里面我看见了我的爱和恨,我的希望和失

---

① 回译自НикольскаяЛ.. БаЦзинь (очерктворчества). Изд.МГУ. 1976. C.8.// Ба Цзинь. О Чехове. Шанхай,1955. C.47.

② 转引自Желоховцев А. Традиция Ба Цзиня в современной китайской литературе.// Проблемы литератур Дальнего Востока. СПб.,2004. C.39; Ба Цзинь – писатель-патриот.// ж. «Проблема Дальнего Востока». М.,1983.4.

第四章　巴金作品在俄罗斯

望。他仿佛成了一个友谊的信物。我自己确是爱这本小书的。因为它好像是一面镜子,使我从它可以看见我自己的本来面目"。的确,巴金的文学观与思想观包含着从高尔基那里得来的精神养料,他的《随想录》体现出的是高尔基《不合时宜的思想》的敢说真话的勇气,他的《家》有着高尔基小说《阿尔达莫夫家的事业》创作意旨的浸染,他的人品与文品的统一的追求和对文学功利作用的强调无疑受到高尔基短篇小说的影响。

彼得罗夫指出:"在论及巴金的创作风格时,不能不指出这种风格的形成不仅受中国古典文学的有力影响(譬如长篇小说《家》就使人感受到是受18世纪大作家曹雪芹的《红楼梦》的影响),而且还受俄国经典文学的有力影响。"[1]这位研究家同时认为,巴金的翻译工作在很大程度上加深了这种影响。他翻译了高尔基1931年出版的早期短篇小说集《草原故事》以及关于回忆托尔斯泰、契诃夫、勃洛克的文章,翻译了赫尔岑(《往事与随想》片段)和迦尔洵(《红花》)的作品,巴金最喜欢的一位作家是屠格涅夫……"巴金还写了评论这位大作家的文章。这位作家以不容置疑的文学成就影响了巴金的创作"[2]。巴金与屠格涅夫文学关系的具体体现,还是中国学者任辛说得更为明了:"在写作方法和艺术风格上对巴金影响最大的恐怕要数屠格涅夫了……只要我们把屠格涅夫的六部长篇小说同巴金30年代创作最旺盛的时期的长、中篇小说详加比较,就可以看出其影响是'潜移默化'和'深入骨髓'的。从主题的选择,题材的提炼,人物性格的塑造,叙事的角度,一直到文体风格的形成,都有着惊人的相似之处"[3]。

巴金与屠格涅夫同为贵族出身,类似的家庭背景以及相似的追

---

[1]　Петров В. Творческий путь Ба Цзиня. //Ба Цзинь. Сочинения в двух томах. М.,1959. С.6.

[2]　Там же. С.46.

[3]　任辛:《论外国文学对巴金的影响》,见巴金国际学术会议论文集《巴金与中西文化》,谭洛非主编,四川大学出版社,1992年,第158页。

求自由的经历与愿望,铸就了巴金与屠格涅夫对所处社会环境与制度的一样的不满,凝结成两个国度作家的文字与感情类同的"汉尼拔誓言"。巴金如是说:"我的敌人是什么? 一切旧的传统观念,一切阻碍社会进化和人性发展的人为制度,它们大都是我最大的敌人。我永远忠实地守着我的阵营,并且没有作过片刻的妥协"①,屠格涅夫则道:"这敌人就是农奴制度。我把一切东西都收集并归纳在这个名称下面,我下定决心与这一切战斗到底,我发誓永不与之妥协"②。正因为有感于"看见地主的专横和农奴生活的惨苦"③,两位作家都爱憎分明地描写了封建制(巴金笔下)与农奴制(屠格涅夫作品中)时期的被统治者与统治者、被压迫者与压迫者之间的尖锐对立与矛盾、"小人物"的无权地位(屠格涅夫《木木》中的家奴盖拉希姆与巴金《家》中的婢女鸣凤)、对封建礼教王国的憎恶乃至仇恨(屠格涅夫《木木》中的女庄园主和巴金《家》中以高老太爷为首的"父辈")。

追求自由与民主是两位大作家共有的前行目标。屠格涅夫擅长用对立的手法写两代人的矛盾与斗争,即平民民主主义者和贵族自由主义者之间的思想冲突。如果说,屠格涅夫的思想情绪集中体现在小说《父与子》中,那么巴金的这种爱憎分明的情感则表现于反映"父"与"子"、表现民主激进思想与封建卫道士、新旧两代人的势不两立的小说《家》(《激流三部曲》)中。两部作品都获得了高度的社会概括意义。正如彼得罗夫所说,巴金以一个"小小家庭的生活就反映出了社会发展的矛盾,主要是反映出了呼唤中国前进的新生力量与拖着中国倒退的旧势力之间的冲突"④。而巴金则说,"屠格涅夫想通过主人公的形象把迅速嬗替中的俄罗斯社会文化发展的各个阶段加以典型

---

① 巴金《写作生活底回顾》,《巴金短篇小说集》第一集,开明书店,1936年2月初版。
② Цит. из кн. И.С.Тургенев Жизнь. Искусство. Время.Москва «Советская Россия».1988. С.34.
③ 巴金《〈蒲宁与巴布林〉译后记》,见《巴金序跋集》,2002年,第364页。
④ Петров В. Творчество Ба Цзиня и его роман «Семья». /Ба Цзинь. Семья.М.,1956.

第四章　巴金作品在俄罗斯

化的艺术概括"①，再现"俄国历史发展新阶段出现的两代人——贵族知识分子历史作用的结束与新人（平民知识分子）的出现——之间的矛盾和斗争"②。1978年巴金为自己译本新版作序，与其说在论述屠格涅夫的《父与子》，不如说在为自己的《家》作诠释。序中写道："……一百多年前出现的新人巴扎罗夫早已归于尘土，可是小说中新旧两代的斗争仍然强烈地打动我的心。……旧的要衰去，要死亡，新的要发展，要壮大；旧的要让位给新的，进步的要赶走落后的——这是无可改变的真理。……重读屠格涅夫的这部小说，我感到精神振奋，我对这个真理的信念加强了。"③正因为作家巴金对屠格涅夫小说的独特理解以及不可抗拒地置身于屠格涅夫的影响之下，父辈与子辈的这种冲突和斗争才成为巴金在创作《激流三部曲》过程中清醒地牢牢抓住的思想主题。它常常变幻成"新"与"旧"的交锋和"子辈"终将战胜"父辈"的信念。小说一开头：

一阵风把他（觉慧——作者）手里的伞吹得旋转起来，他连忙闭上嘴，用力捏紧伞柄。这一阵风马上就过去了。路中间已经堆积了落下来未融化的雪，望过去，白皑皑的，上面留着重重叠叠的新旧脚印，常常是一步踏在一步上面，新的掩盖了旧的。④

但由于两部小说的社会背景不完全相同，国情与体制有别，以及作家本身的世界观各异，表现在两部作品中的"父"与"子"、"新"与"旧"的关系常常又显得不可类比。巴金的"父与子"有血缘关系的本来意义上的父与子的斗争，而在屠格涅夫那里已经没有血缘的外壳，两代人的斗争已经越出家庭的范围。其次，正如孙乃修研究指出，巴金笔下的"子辈"的斗争要比屠格涅夫笔下的"子辈"艰难得多，所承

---

① 《巴金序跋集》，花城出版社，1982年，第477—478页。
② 孙乃修：《屠格涅夫与中国》，学林出版社，1988年。
③ 《巴金序跋集》，花城出版社，1982年，477—478页。
④ 巴金：《家》，四川人民出版社，1982年。

受的重压不仅仅是封建社会的,而且还有宗法制家庭的。在旧中国,三纲五常为人基准,君叫臣死,臣不得不死;父叫子亡,子不得不亡。在囚笼般的"家"里,父辈对子辈具有绝对的专治权和支配权,他们任意地压制子辈,残害子辈。他们自己"男盗女娼",却硬性规定"子辈"做他们理解中的虚伪的"正人君子",甚至恣意践踏与掐灭他们的感情与爱情。在巴金的《家》里,"子"与"父"绝对不可正面交锋,更无法探讨问题,一切父辈说了算,所以子辈常常是忍耐屈从(觉新)或以泪洗面(淑贞、婉儿),听凭青春与生命消损。作者在《秋》中借人物之口控诉道:"这不是斗争,是暴虐"。彼得罗夫如是解读《家》中"子辈"的使命,即子辈要想获得尊严与人格,必须挣脱"家"的篱藩,抑或自杀抗议,抑或离家出走。"可喜的是,这个家庭的子辈中最终出现了一个像觉慧这样的无畏战士,他最早看出这个垂死的家庭已经从内部开始瓦解。"① 他的反抗尽管如彼得罗夫所说,是"消极的,只为了自卫,还没有转为对旧势力主动进攻",但在那种社会、那种家庭,他的出走已经是向父辈发出的最坚决的挑战,"是走向为争取青年的权利进行真正斗争的第一步"②,同时也为整个"子辈"开辟了一条通往自由与光明的道路。而屠格涅夫笔下的"子辈"和"父辈"则站在平等的地位上,不仅仅可以和"父辈"唇枪舌战地辩论,而且还可以公开决斗。以上促成了两部作品总体情调的不同,小说《家》整个情调是悲怆、感伤的,而结尾因了觉慧的觉悟小说的悲苦凄凉揉进一丝昂扬敞亮。颇有意味的是,屠格涅夫的《父与子》却与巴金《家》小说的结尾却掉了个个儿。

屠格涅夫的《父与子》前半截阳刚、英气。然而正当觉慧充满热

---

① В.Петров. Творческий путь Ба Цзиня. //Ба Цзинь. Сочинения в двух томах. М.,1959. С.18.

② В.Петров. Творчество Ба Цзиня и его роман «Семья». /Ба Цзинь. Семья.М.,1956. С.12.

第四章　巴金作品在俄罗斯

望与期待奔向新生时,屠格涅夫的子辈却走向了终亡,痛惨发出俄罗斯"明明不需要我"的绝望的控诉,最终倒在荒郊孤坟,不甘地注目坟外的世界,作品的结尾由此蒙上凄凉与感伤;而《家》临近结尾,代表"父辈"的高老太爷终于寿终正寝,面对着这具僵尸,觉慧感慨良多:"觉慧把祖父瘦长的身子注意地看了好几眼,突然一个奇怪的思想来到他的脑子里:他觉得躺在他面前的并不是他的祖父,他只是整整一代人的一个代表。他知道他们祖孙两代永远不能够互相了解的,但是他奇怪在这个瘦长的身体里究竟藏着什么东西,会使他们在一处谈话不像祖父和孙儿,而像两个敌人。他觉得心里很不舒服。似乎有许多东西沉重地挤压在他的年轻的肩上。他抖动着身子,想对一切表示反抗"。小说第33章,作者点睛了屠格涅夫式的主题:"他相信,所谓的父与子之间的斗争是快要结束了,……胜利是确定的,谁的力量也不能够把这胜利给他们夺去了"[①]。而小说《父与子》的结尾,"父辈"以及父辈的继承人却无一例外地有了一个兴旺的归宿,唯独"子辈"的代表民主主义的战士巴扎罗夫不甘地躺在孤坟里,陪伴他的只有衰老孤单的爹娘。屠格涅夫本人挑起了父与子,亦即先进青年的思想和保守贵族思想不可调和的纷争,却以被他赋予极大同情的"子辈"死亡、被他以讽刺的笔锋去挞伐的"父辈"兴旺而落下帷幕。出现这样的矛盾,我们似乎只能从屠格涅夫本人的世界观上找答案。屠格涅夫本人不是革命民主主义者,而是温和的改良主义者,因此他对巴扎罗夫这样的平民知识分子抱着既同情又批评的矛盾态度。他不相信也不愿意看到自下而上的"虚无"带来时代的变革,巴扎罗夫对社会、对艺术、对爱情的全盘否定是没有根基也是没有出路的,他充其量担负着"扫清地面"的作用,所以他只能定格于"新人"而不能转化为革命者,只能在革命的"门槛"边结束其使命。

---

① 巴金:《家》,上海开明书店初版,1933年5月,见《中国新文学大系(1927—1937)》(9),上海文艺出版社1984年版,第78页。

巴金对屠格涅夫的评论与创作吸收，最常见的有两点，除了描写新旧两代人的斗争，便是爱情，或革命环境中的爱情，抑或热洛霍夫采夫与彼得罗夫说的"革命与爱情"，或徜徉在情感世界中少年少女的纯洁理想的爱情，准确一点说，爱情事件中的男女主人公形象。众所周知，屠格涅夫是描写女性形象的高手，是"理想女性的爱情歌唱家"（杜勃罗留波夫语）。就巴金对屠格涅夫笔下女性形象的借鉴和夸赞，俄罗斯巴金研究家尼克利斯卡娅说："巴金还追随屠格涅夫为俄罗斯妇女唱过赞歌，他在许多优秀作品里都怀着深情和敬意描绘斯拉夫女性的深沉感情，这并不是偶然的。他高度评价她们的无畏和坚贞不屈的精神"。① 在巴金看来，屠格涅夫长篇小说中的女性形象大都沉着矜持高贵优雅，"有着完备教养和东方特色的俄罗斯女性的优美形象"。她们比男性更清醒，更积极主动，更善于行动。她们常常是为理想之爱而存在，同时她们的爱常常是男性情感与道德意志的试金石。无独有偶，彼得罗夫研究发现巴金小说中，"构成故事核心的不大的爱情事件主要是为了表现人物性格。爱情是考验主人翁生命力的试金石"②。另外，对于屠格涅夫爱情描写中的女性形象，巴金有着清醒的认识。他写道："我以前喜欢读屠格涅夫的长篇小说。他的女主人公总是比男主人公强，她们有勇气，有毅力，而他们却能说不能行，没有胆量，没有决心"③。为此，他在创作中塑造出了一批中国式的"屠格涅夫家的姑娘"和与之构成反衬的"屠格涅夫家的男人"。巴金《海之梦》中的女主人公，出身于贵族家庭而走上了一条革命的道路，使人不由得想起屠格涅夫《前夜》中的叶莲娜。李佩珠（爱情三部曲）、琴、高淑英这些与封建礼教作斗争，努力奔向自由，投身理想的新女性也与

---

① Л.Никольская. Ба Цзинь (очерк творчества). Изд.МГУ. 1976. С.10.
② Петров В. Творческий путь Ба Цзиня. //Ба Цзинь. Сочинения в двух томах. М.,1959. С.22.
③ 巴金：《在门槛上——回忆录之一》，《水星》，第2卷第3期，1935年6月10日版。

第四章　巴金作品在俄罗斯

"屠格涅夫家的姑娘们"都有诸多相同的地方。同时,我们从《雾》中的周如水身上分明见到罗亭的影子,对心爱的姑娘(张若兰)不敢爱,又像拉夫列茨基一样,对自己不爱的妻子不敢抛,最后屈从于传统道德,去履行自己的义务而重过那墓地般的生活。正是面对昔日恋人梅的依恋和妻子瑞珏的真情,觉新表现出一种软弱与犹豫。让人扼腕的是,巴金笔下的女性为争得自由与爱情要付出数倍于"屠格涅夫家的姑娘们"的努力与奋争,因为巴金小说事件多发生在封建礼教社会。子辈中的男性们已经处于被宰割与残害的地位,那么封建礼教下的女人们则生活在底层的底层,她们的社会地位要比男人低得多,她们没有任何自由,没有丝毫主宰自己感情与命运的权利。相比之下,"屠格涅夫家的姑娘们"都受过极好的教育,在爱情上享有充分的自由,她们的婚姻固然有父母的参与,但十有八九都是当事的姑娘们最后决定自己的命运。所以当她们目标锁定,便可以大胆出击,尽情表白,这时候的她们,对爱情追求表现得执著而坚定,热烈且忘我,即便是"飞蛾扑灯"也在所不辞,舍却个性也心甘情愿,她们给人的感觉是非他不嫁,绝对爱到地老天荒。

　　但我们也不能不看到,这种光灿绚烂的爱情确如多采夺目的肥皂泡,经不起任何风吹草动,随即破灭。屠格涅夫家的姑娘们实际上经不起任何感情上的挫败,只要不如意,她们随即舍却爱情本身,她们此前积攒的深挚爱情甚至不足以给他们的心上人提供一个解释、道歉,乃至懊悔的机会,要么决绝离开(阿霞、丽莎),要么神秘失踪,再无消息(阿霞),或者是很快另觅得感情栖所——另嫁他人甚至不惜嫁给庸人俗流(娜塔莉亚、齐娜伊达、杰玛),要么神秘死去(克拉拉、薇拉),死后也不得让男人安宁(克拉拉、米利奇)。与女人们相比,屠格涅夫的男人们却背负沉重的道德负担。孙乃修分类,屠格涅夫笔下的男性,一类是以坚强的道德意识羁勒自己的情欲(恩、罗亭、拉弗列茨基),一类则是被情欲冲动所操纵而失足迷途(萨宁、利特维诺夫)。

但无论是哪一类,爱情错失后他们都是全力补救(恩),懊悔终身(恩、萨宁、阿拉托夫),而后身陷永久的孤苦零丁之中,大有一种"曾经沧海难为水,除却巫山不是云"的悲壮情怀,似乎唯有此才能惩罚自己的过错,以一生的独守来祭奠自己的初恋。恩先生错失阿霞后,悲不自控,对自己责怨交迭。风华正茂的他,从此无心他恋:"我认识了别的一些女人,但是在我的心里被阿霞所唤起的那些感情,那些热烈的,那些温柔的,那些深沉的感情,我再也不能感觉得到了。不!没有别的眼睛可以代替那一双曾几何时满含爱情望着我的眼睛,没有别一颗心曾经偎在我的胸前,使我的心感受到那么的欢乐,那么甜蜜的陶醉!我被处罚在无家可归的流浪者的孤独生活里度着沉闷的岁月,然而我像保存着神圣纪念品似地保存着那枝枯了的天竺花——就是她有一次从窗口丢给我的那枝花。那枝花至今还留着淡淡的芬芳,可是那枝掷花给我的手,那只我只有一次能够紧紧地按在我嘴唇的手也许早已在坟墓里腐烂了……"①萨宁(《春潮》)身处孤独暮年仍对初恋有着宗教般的虔诚与坚守,其景其情,不仅感动了杰玛,甚至感动了作家本人,让他重又回到初恋恋人身边,远赴国外(美国),去寻找未知的爱情"新大陆"。面对自己疼爱的主人公,屠格涅夫不惜把自己的情感命运分流给了这个萨宁。屠格涅夫事后给出的理由是,舍不得让萨宁太凄惶,因为他毕竟忠实于自己的初恋。更有甚者,当阿拉托夫(《死后》)意识到克拉拉的死与自己有关时,他从此便苦熬在生与死的边界,不断地懊悔与自责,最后完成了"生不能同室,死也要同穴""爱大于死"的人生壮烈一幕。就此,我们似乎又有理由觉得,在情感的王国里,屠格涅夫家的男人们强于女人们,更能唤起人的惋惜与同情。他们比女人忠贞,他们诚实,毫不作假自己的感情,至死恪守自己那份无声的爱的承诺或以一生的代价弥补并不是他们自己造成

---

① Тургенев И.С. Ася. М.,2009.

的"过错"。巴金笔下的女主人公与屠格涅夫家的姑娘们不同之处在于,她们一旦认准了自己的感情寄托所在,便会勇敢地越过千难万苦,而不移志,将这份感情珍惜至死。如果爱情不成,她们宁愿死去,也不愿被高老太爷当人情将自己送进残灭的感情、让人生不如死的活棺材。同时,在巴金笔下我们还看到另类有别于屠格涅夫家的姑娘们的女性,梅表姐与觉新分手后,即便已经另嫁,依旧暗恋着已经成为别人丈夫的觉新,直至抑郁而死,而屠格涅夫的丽莎(贵族之家)对感情的抉择则是,若不全有,宁愿全无。另外,与屠格涅夫笔下的男人相比,因为巴金作品中固有的男性中心意识,巴金笔下的男主人公与其说是在封建宗法制家规家法的强控下,倒不如说是因自身的软弱,常常让对他们产生感情的女性以守难和死亡的方式,为他们的反抗承担起替死鬼和控诉物,抑或清醒剂的作用,即便他们心爱的女主人公(鸣凤、梅、瑞珏)为情而亡,唤起的只能是男主人公有限的悲悯,由此派生两种情形,一是为了"家"的繁衍和责任,他们只能忘掉相爱女子对他们的感情,而去经营他们以传宗接代作载体的"家",去经营新的感情(觉新),二是女人(鸣凤)的死成全了男人(觉慧)的新生,不过是促使他与旧家庭决裂走向反叛之路的力量与起点。用学者李玲的话说,巴金的男人们充其量将"放弃"视为"只是自我的软弱,而不是自我的罪恶"[①]。

巴金对屠格涅夫的长篇只译了两篇,为长篇小说家屠格涅夫写下的文字却很多,并将这种人物塑造模式运用到(哪怕是局部)自己的创作中去。其实巴金或与妻子萧珊一起,对屠格涅夫中小体裁作品翻译甚多,但却为此留下文字很少。这就是说,巴金的着眼点更多投注在长篇小说家屠格涅夫身上,对中短篇小说家屠格涅夫却无暇顾及。这应该说与时代局限有关。当时人们都是在极力寻找与放大文学作

---

① 李玲:《巴金前期小说中的男性中心意识》,见文集《巴金新世纪的阐释》,福建教育出版社,2002年。

品的教育功能,而其中的审美功能却一概视为"小资情调"。人们硬是从艺术家屠格涅夫身上挤出个思想家屠格涅夫来,强化他的社会思想意义,而对代表着屠格涅夫艺术成就高峰的一大批中短篇小说长期置若罔闻。如果巴金对屠格涅夫中短篇小说同样予以精心研读的话,依笔者看来,他就不会如此简单而绝对地这么评说屠格涅夫笔下的男女主人公了。况且就连屠格涅夫的长篇小说中女主人公在爱情上也并非总是比男主人公强,反之,这些女人依旧避免不了她们固有的弱势,常常是既不坚定也不坚强,在爱情初萌时,常常显得目标不明确,自信心不足,心智不成熟,表现为情感的弱者。"屠格涅夫家的姑娘们"总想找个领袖式的男子汉,为她们指引目标,明确方向,常常是两次往还,便将爱情直接逼近男主人公,便不停地问她们的意中人:"告诉我,我该做些什么?""我该怎么办?""我的翅膀已经长出来了,但是我不知道该往哪儿飞……告诉我……"其实在那个混浊、近乎黑暗的年代,那些优秀的男主人公尽管在奋力寻找理想的彼岸,但他们自己也同样不知道路在何方,也就是说,连他们自己也不知道该往哪儿飞,她们的急切询问也只能是无异于问道于盲。于是悲剧出现了,就因为恩先生没有说出在阿霞看来该说的三个字便决然离去;克拉拉对阿拉托夫一见钟情,就因为男主人公没反应过来,便服毒自杀。如果说,巴金笔下的爱情的夭亡源自罪恶的旧礼教,那么屠格涅夫笔下的爱情悲剧则汇聚着浓厚的屠格涅夫本人的主观情感——爱情的宿命与失望。

　　巴金爱情描写有这样一个特点,这个特点为学者李欧梵所关注,即"巴金和屠格涅夫一样,他小说的主题是爱情而不是政治"[①],有人说得更确切:在巴金的《爱情三部曲》里"从头至尾只看见爱情"[②]。对此,巴金用屠格涅夫为自己的爱情描写作注:"据说屠格涅夫用爱情骗

---

① 李欧梵:《现代中国作家的浪漫主义一代》,坎布里奇,1913年,273页。
② 同上,273页。

第四章　巴金作品在俄罗斯

过了俄国检察官的眼睛,因此它的六本类似的连续的长篇至今还被某一些人误看作爱情小说。我也许受到了他的影响……我也是从爱情这个关系上观察一个人的性格。"① 显而易见,巴金写爱情是为塑造人物性格服务的,和屠格涅夫的描写动机如出一辙,即"爱情是检验人物的生命力和意志力的试金石。"② 巴金的观点是:"把一个典型人物的特征表现得最清楚的并不是他的每日工作,也不是他的讲话,而是他的私人生活,尤其是他的爱情事件。"③ 正因为如此,巴金写了一桩桩爱情故事,同时也塑造出了历史激变中典型人物的典型性格,并与革命这一概念捆绑在一起,写出了"革命加爱情"的新型情感理念。有意思的是,美国学者内森·茅波士顿,对巴金写了那么多爱情故事发出了疑问,说巴金作品只写了爱情,没写情欲,认为"性的魔力未被研究"是巴金作品的一大缺陷④。无独有偶,屠格涅夫的爱情作品也一直遭到与此同样的诟病,以至于勃留索夫说,屠格涅夫是写情的高手,写性的低能。更有甚者,一位叫斯塔索夫的人,直接找到屠格涅夫,问:"你写了那么多爱情,却为什么总也看不到性的描写。"对此,屠格涅夫含蓄作答:"各人有各人的写法,这个嘛,你问普希金去吧!"一听就明白,屠格涅夫这么写爱情,是继承了普希金的描写传统。文学在这里拉起了连环扣,巴金让问屠格涅夫,屠格涅夫让问普希金,历史惊人的相似,却也反映了文学接力传承的一个事实,国别文学的天然交汇。读诗体小说《叶甫盖尼·奥涅金》,普希金写足了塔吉亚娜的怀春之梦,写尽了梦中一对青年男女的耳鬓厮磨,然而普希金却就此收笔,转向另一个话题,不再继续在一些人看来应该有的性的赤裸描写。屠格涅夫在《春潮》中写了萨宁与波洛佐娃的更房情事,要是换作个自

---

① 《巴金文集》第3卷,人民文学出版社,1958,第538页。
② Петро В. Творчество Ба Цзиня и его роман «Семья». /Ба Цзинь. Семья.М.,1956.
③ 《巴金文集》第3卷,人民文学出版社,1958,第538页。
④ Желоховцев А. Ба Цзинь – писатель-патриот.// ж. «Проблема Дальнего Востока». М.,1983. С.4.

然主义作家,该是多么充分的肉欲描写,可是屠格涅夫偏偏是一笔带过,不作任何直接的场景描绘。正如孙乃修研究指出:"……巴金笔下的女性虽然也有着新型的恋爱观和道德观,但又不像茅盾笔下的女性那样有着明显的性解放味道、肉欲的追求甚至带有放荡不羁的劲头儿,巴金笔下的女性大都有着相当浓厚的东方式的温柔、娴雅、内向的气质,很有些屠格涅夫笔下女性的那种风度,即体现出时代的崭新道德观、恋爱观与源远流长的民族女性心理素质和文化教养富有魅力的完美统一"①。屠格涅夫继承了普希金,同时巴金继承了屠格涅夫,他们描写的不是男女的肉体之欲,更多描写的是精神之爱。所以,这一派文学的爱情描写都很"卫生""干净",像一泓秋水,清澈纯净,净化着人的心灵。就巴金的爱情描写,彼得罗夫所给结论比较传统,也更接近俄罗斯人对屠格涅夫爱情描写的研究。这位研究家用巴金自己的创作独白说开去,即"用恋爱来表现一些人的性格"②。

不少评论家,如俄罗斯的彼得罗夫、谢里布里亚科夫、我国学者孙乃修等,提及巴金小说的心理描写众口一词地说他继承了屠格涅夫"隐蔽心理学"的心理描写原则,这也难怪,巴金本人在盛赞屠格涅夫心理描写诗意化手段时同时强调自己多年来身不由己地置身于屠格涅夫的影响之下。的确,巴金笔下的人物心理活动过程不是单靠作家详尽描述的,往往借助于人物的外在动作与极具心理内涵的行为表现来传达,并略去心理过程的描写而只写心理活动的结果,与此同时还有景物的烘托与反衬(巴金语)。这一点我国学者孙乃修在其专著《屠格涅夫与中国》中给予了丰富的例证,尽管个别例证还可以商榷,但他由"隐蔽心理学"推导出"心理情感感官化"是颇耐人寻味的,并由此视之为"巴金和屠格涅夫在人物内心情绪的揭示上表现出来的一

---

① 孙乃修:《屠格涅夫与中国》,上海学林出版社,1988年,第307页。
② Петров В. Творческий путь Ба Цзиня. //Ба Цзинь. Сочинения в двух томах. М.,1959. С.28.

个很突出的美学特色"①。但依本文作者观点,"感官"仍属隐蔽心理描写留给读者的外在现象范畴。屠格涅夫隐蔽心理学的内核和目的在于通过隐蔽描写,唤起读者的联想性,让读者根据作者提供的哪怕是一丝外在表现,去想象,去再造,去补充,最终去完善人物心理的揭示。所以,屠格涅夫的小说一如阿赫玛托娃的抒情诗,具有丰富的联想特征,是一种洛特曼所诠释的美的本质要义的体现,即丰富的信息特征和艺术留白。诚然,巴金在心理描写方面对屠格涅夫确有诸多借鉴,但同时我们也不应该忽视,巴金是在中国文化土壤中成长起来的作家,他自幼受到中国文学艺术潜移默化的影响,中国戏剧人物的手眼身法无一不淋漓尽致地传达着人物特定环境下的特定心理,正是靠人物的外在表现推动着剧情的发展,并展示其心理流程。另外人物的各色面具与场景道具已构成了人物心理的固定符号。巴金自小就迷恋中国戏剧,长期的浸染与影响,使他学会运用隐蔽法写角色心理当属顺理成章之事。至于借助风景写人的心理,更有中国的唐诗宋词为世界文学作了表率。倒是巴金笔下的大自然温文女气,的确透露着屠格涅夫的优雅婉丽幽静之美,同时散发着屠格涅夫式的"迷人的忧郁",从而把人物的柔肠与内心矛盾烘托得浓烈,反衬得鲜明。

另外,为中俄学者②津津乐道的是巴金对屠格涅夫小说第一人称叙事方式的模仿与借鉴。我国学者孙乃修和谢列布里亚科夫同时引用巴金的一段创作自白,"当我学着写短篇小说的时候,屠格涅夫是我的主要老师。我那些早期讲故事的短篇小说很可能是受到屠格涅夫的启发写成的。"而尼克利斯卡娅则认为屠格涅夫以第一人称写小说并不是受到屠格涅夫一个人的影响,同时还有鲁迅叙事风格的传

---

① 孙乃修:《屠格涅夫与中国》,学林出版社,1988年,第311页。
② Серебряков Е. В поисках добра и справедливости (К столетию со дня рождения выдающегося современного писателя Китая Ба Цзиня). // Проблемы литературы Дальнего Востока. С.14;2.Никольская Л. Ба Цзинь(очерк творчества). Изд.МГУ. 1976. С.11; 3. 孙乃修:《屠格涅夫与中国》,学林出版社,第310—312页。

承,但二者都赋予了他的小说感情色彩和抒情风格。巴金回忆在同萨特交谈时,后者盛赞了鲁迅的短篇,而巴金完全赞同萨特,即"写自己不太熟悉的人和事情,用第一人称写更方便"的观点。但同时巴金以屠格涅夫的观点来诠释鲁迅的叙事风格:屠格涅夫喜欢第一人称讲故事,并不是因为他知道得少,而是因为他知道得太多,不过他认为只要讲出重要的几句话就够了。随即说,鲁迅也是这样,他对中国旧社会知道得多,也知道得深。孙乃修不仅写出了巴金运用屠格涅夫第一人称叙事的现实,而且交代了运用这种方法的原因和艺术功效。在他看来,巴金性格热情,"总有着倾吐不尽的语言,喜欢直抒胸臆而很少含蓄、减省",同时巴金觉得"这种叙述角度使他与作品中的人物取得最大程度的一致,他的内心情感更易得到充分的倾吐",同时,"由于屠格涅夫的深刻影响以及这种影响和巴金本人的性格特点产生了亲切的共鸣,这种第一人称的叙事方式从一开始便水到渠成、毫不费力地成为巴金短篇小说中最重要的艺术手段和特点"。

的确,在巴金的作品中,无论是在人生思考上,主题选择上,艺术手法运用上,都能找到许多与欧洲作家和俄罗斯作家相同与相通之处。不止一位俄罗斯研究家称巴金是一位欧化作家,但巴金并非任何一位外国作家,包括屠格涅夫的简单复制。用彼得罗夫的话说,"巴金虽然继承了中国文学和世界文学的优良传统,但是他从来不模仿前人或同时代人的风格。他作为一个真正的艺术家,在文学上走的是自己的独立的道路"[①]。他所身处的民族文化土壤,决定了他为自己独有的创作手法的确立,体现于东方女性形象的塑造、人物心理肖像和自然景物的描画都充满了中国民族文化的气息。尼克利斯卡娅说得没错,"巴金是中国的屠格涅夫"[②],但他是"中国的"。

[①] Петров В. Творческий путь Ба Цзиня. //Ба Цзинь. Сочинения в двух томах. М.,1959. С.26.
[②] 转引自曾小逸:《走向世界文学》,湖南人民出版社,1985年,第269页。

2. 主要研究家的巴金研究

巴金研究与翻译在俄罗斯近乎同步,但相较于"翻译",巴金研究成果则要逊色许多。俄罗斯巴金研究队伍过于薄弱,为巴金研究投放精力的研究家太少,研究领域的广度与深度也显见不足,除去"巴金与俄罗斯文学",巴金研究的议题也相对贫乏。纵观整个俄罗斯的巴金研究,最重要的巴金研究成果当属彼得罗夫的四篇作品序,作为巴金专论,这四篇论文对苏联及至解体后的俄罗斯巴金研究起着纲领性和指导性的作用。俄罗斯巴金研究领域的唯一一部学术专著是尼克利斯卡娅的《巴金创作概述》。此外,便是热洛霍夫采夫、索罗金、谢列布里亚科夫的零星论文或文章。

笔者在圣彼得堡搜集巴金研究资料时,罗季奥诺夫多次推荐美国研究家奥尔格·朗的研究著作,言谈间感觉得到俄罗斯巴金研究家们非常认可这位美国学者的研究成果。这位研究家对巴金笔名的由来之说很是影响了俄罗斯巴金研究家,以至于巴金本人的道白似乎都没能更改由他而来的约定俗成。奥尔格·朗在他的著名论著《巴金和他的著作——两次革命之间的中国青年》[①]中首先对巴金本名李芾甘做了研究,认为"给他取名芾甘的人是有感于另一个典籍。这两个字取自《诗经》,意思是'舒适的避难之所',至于其1929年在第一部长篇小说(《灭亡》)署名巴金,表达了他对无政府主义的信仰,对无政府主义的两位领袖巴枯宁和克鲁泡特金的崇拜。'巴'是巴枯宁的第一个字,'金'是克鲁泡特金的最后一个字。"尼克利斯卡娅沿袭了奥尔格·朗的说法,说:"作家的笔名取自'巴枯宁'和'克鲁泡特金'"。重复着奥尔格·朗这一说法的还有索罗金等人,这些研究家将这一说法都定格在巴金早期对克鲁泡特金作品的痴迷,用尼克利斯卡娅的话说,对无政府主义的狂热崇拜。这一说法固然符合巴金的生平特征,

---

① 坎布里奇,1967年,第7页。

但是作家本人的道白理应被予以足够的尊重。巴金在1957年9月27日致彼得罗夫的信中对自己的名字作了明白注解："一九二八年八月我写好《灭亡》要在原稿上署名，我想找两个笔画较少的字。我当时正在翻译克鲁泡特金的《伦理学》，我看到了'金'字，就在稿本上写下来。在这时候我得到了一个朋友自杀的消息，这个朋友姓巴，我和他在法国Cha-teau-Thierry同住了一个不长的时期。他就是我在《死去的太阳》序文中所说的'我的一个朋友又在项热投水自杀'的那个中国留学生。我们并不是知己朋友，但是在外国，人多么重视友情。我当时想到他，我就在'金'字上面加了一个'巴'字。从此'巴金'就成了我的名字。"其实，尼克利斯卡娅是知道这一典故真相的，她在她著作的第7页第15注中明确指出："'巴'字取自他的同学的姓，但为了纪念巴枯宁……"，但在具体行文中还是接受了奥尔格·朗的观点，以显示巴金"对无政府主义何等的热心"①。索罗金因袭了热洛霍夫采夫的结论②，还对巴金的"巴"字带有另一种诠释，说"巴"乃四川"巴蜀"，这个笔名意味着巴金乃"四川的金子"，而巴金正是四川人③。热洛霍夫采夫说："中国人的笔名往往具有多种含义，巴金也不例外。"④另外，奥尔格·朗还有一个观点就是，巴金这个笔名第一次用于1929年作家出版的第一部长篇小说《灭亡》，似乎所有的俄罗斯研究家都以这个观点展开对巴金的创作史研究。而我国巴金研究家周立民却研究发现，"巴金"这个笔名第一次用于他的译作，而不是小说处女作《灭亡》。这篇译作刊登于1928年10月10日出版的《东方杂志》第25卷第19号上，名为《脱洛斯基的托尔斯泰论》，三个月后，《灭亡》

---

① НикольскаяЛ. БаЦзинь(очерктворчества). Изд.МГУ. 1976.
② См.ст. ЖелоховцеваА. БаЦзитнь: писатель – партриот. //ж. ПроблемыДальнегоВотсока.М.,1983. № 4. С.140.
③ Сорокин В. Вехи большого пути. См. кн. «Ба Цзинь.Избранное: Сборник» М.,Радуга. 1991. С.6.
④ Желоховцев А. Ба Цзитнь: писатель – партриот. //ж. Проблемы Дальнего Вотсока.М.,1983. № 4. С.141.

第四章　巴金作品在俄罗斯

才开始从《小说月报》第20卷第1号(1929年1月出版)上连载①。这个事实似乎在提醒一个现实：巴金的创作与思想的发展是与他翻译俄罗斯学界的文学思想是密不可分的。

2.1 彼得罗夫的巴金研究

维克托·瓦西里耶维奇·彼得罗夫(1925—1987)是苏联最先翻译巴金长篇小说的汉学家，也是俄罗斯巴金研究的先行者，他为各种巴金译本所作的序对巴金的生平创作作了全面的论述，也成了俄罗斯巴金研究的纲领性论著和研究范本。

彼得罗夫与巴金未谋面就已经神交一年，亦即1956年12月，中国出版印刷业代表团去列宁格勒访问，无意间发现了巴金《家》的俄译本，随即带回上海寄给巴金。巴金发现译本中有一个错误而与彼得罗夫建立了联系，这封信的落款日期是1957年1月18日，而也就从这个时候起，巴金与彼得罗夫之间建立了书信往来关系，一直到1996年2月7日。2003—2004年，笔者在俄罗斯普希金俄语学院访学，曾造访彼得罗夫的遗孀娜塔莉娅·彼得罗娃，并应其请求，为彼得罗夫整理大量的著作遗稿和研究家生前交往的所有中国文化名人名单，同时经娜塔莉娅允许复印了彼得罗夫与巴金的全部通信手稿。其中彼得罗夫写给巴金的全部信件已经由笔者指导研究生王芳将其全部翻译成中文，刊登在《巴金研究集刊卷三·一双美丽的眼睛》(上海三联书店2008年10月)。在彼得罗夫与巴金相处的九年间，他们不止一次见面与互访。1957年11月，巴金随中国人民劳动代表团前往莫斯科参加十月革命四十周年庆典，两位神交多日的好友终于见面于列宁格勒的"莫斯科宾馆"。一年以后在塔什干召开的亚非作家会议上，彼得罗夫与巴金又不期而遇。1959至1960年彼得罗夫在北大进修期间，二人数次在北京和上海会面。彼得罗夫和巴金的最后一次见面是在1965

---

① 周立民：《巴金与俄罗斯文学在中国的译介与传播》，《黎明职业大学学报》，2010年9月，第14页。

年，当时彼氏随苏中友协列宁格勒代表团访问上海。从1957年1月18日到1966年2月7日两位文人保持了积极的通信联系，正如罗季奥诺夫在《巴金研究在俄罗斯》中写道：由二人的通信内容看得出，这已经不是两个普通同行之间的交往，而是两个好友之间的频繁书信往来。巴金在信中耐心地回答彼得罗夫提出的一切有关于自己以及其他作家的创作问题，巴金还利用自己的人脉关系不遗余力地为他搜集旧书籍等其他各种研究资料。彼得罗夫和巴金的交往不仅为他研究中国著名的现代作家及其作品搜集了大量准确的第一手资料，而且也拓宽了他的视野，加深了他对中国文化的了解。在巴金的帮助下，彼氏才对包括巴金在内的很多作家的作品做出那么深刻而又全面的解读。尤其需要强调的是，二人的深厚友谊使得彼氏搜集到不少罕见的关于巴金创作的第一手资料，使得彼得罗夫的巴金生平与写作背景研究非常准确、可信，故而成了后人研究的重要参照。

彼得罗夫与巴金的常年书信来往和一次次互访，保证了这位俄罗斯研究家对巴金的人生道路、艺术世界及其思想真谛的准确把握。尽管他写有过专著《论艾青》《论鲁迅》，而由于人生短暂，没来得及汇总出《论巴金》的专著，但是他对巴金的潜心研究、精诚翻译，以及独到的立说，在俄罗斯汉学界赢得了极高的学术地位。他翻译巴金的长篇小说《家》被著名汉学家李福清奉为"最忠实、最流畅"的俄文译本，他的诸多巴金研究理论受到著名东方学学者阿列克谢耶夫的多次援引，成为诸多汉学家论巴金的立论之本。

彼得罗夫的巴金研究主要体现在他的四篇作品序里，分别为《序言·巴金短篇小说集》(《巴金短篇小说集》，莫斯科：国家文学出版社，1955年)、《巴金的创作及其长篇小说〈家〉》(巴金《家》，莫斯科：国家文学出版社，1956年)、《巴金的创作》(巴金《爱情三部曲，短篇小说》，莫斯科：国家文学出版社，1957年)、《巴金创作道路》(《巴金文集两卷本》两卷，莫斯科：国家文学出版社，1959年)。四篇序的意义

第四章　巴金作品在俄罗斯

在于：俄罗斯巴金研究的最早文字是彼得罗夫写下的，即第一篇作品序中《序言·巴金短篇小说集》；彼得罗夫所作的序的意义还在于为日后的苏联巴金研究提供了纲领性和学术权威性蓝本；彼得罗夫研究的意义还在于他第一次使得巴金作品在俄罗斯的研究趋于系统化和专门化。但四篇译序，尤其是后两篇，因完成时间太接近，重复较多，只是"词句稍有不同，基本观点没有大变"①。

在《巴金的创作及其长篇小说〈家〉》一文中，彼得罗夫将巴金的早期创作置于"文学革命"的思想影响下。他的《家》和老舍的《骆驼祥子》叶圣陶的《倪焕之》一道，"或多或少地鼓动了读者的反抗情绪，至少是更增加了读者对现实的不满情绪"②，在当时特定的历史阶段起了一定的积极作用。

谈到巴金小说《灭亡》，彼得罗夫指出其创作主旨在于表现出身有产阶级的年轻人与本阶级决裂，反抗本阶级，为追求真理和正义而倾心革命。但是杜大心的缺点在于他否定现实，但对未来缺少积极的行动纲领，用小资产阶级知识分子的眼睛来审视革命，他的思想是接近虚无主义和无政府主义的。小说的自相矛盾渊源于作家本人脱离革命运动，缺乏对无产阶级生活的认识和马克思主义的理解，说明作家本人正迷恋于无政府主义。彼得罗夫指出："在早期创作中巴金对所描写的时间和现象缺乏从无产阶级思想出发的阶级评价，这个缺陷是他早期作品中的浪漫主义激情所无法补偿的"③。彼得罗夫将小说《海底梦》视为《灭亡》与《新生》的继续（该小说塑造了一位女革命家的形象，描写她如何为了革命和人民利益牺牲个人幸福的故事），并结合一系列作品，如《雪》《萌芽》《春天里的秋天》《爱情三部

---

① 刘麟：《巴金与彼得罗夫》，《中国现代文学研究丛刊》，1993年第2期，第302页。
② Петров В. Творчество Ба Цзиня и его роман «Семья». // Ба Цзинь. Семья. М.,1956. C.5
③ Петров В. Творческий путь Ба Цзиня. // Ба Цзинь. Сочинения в двух томах. М.,1959. C.6.

曲》(《雾》《鱼》《电》)等来概括巴金30年代作品的总体表征,其特点是"题材广泛,用现实主义手法表现生活,朴素的、富有感情色彩的语言",同时,作家"勇敢地揭露了社会矛盾,满带愤怒地反对了压迫、谎言与愚昧"。

彼得罗夫将主要笔力用于分析长篇小说《家》。在这位研究家看来,这部小说所持的批判精神如同鲁迅作品一样,目标是击破封建制度的最后一批堡垒。巴金以自己的作品表示与鲁迅同仇敌忾,对封建压迫、传统道德毫不妥协,予以猛烈反击。这就使得巴金的作品和鲁迅作品在思想精神上非常接近。两位文豪一同揭露伪善与愚昧、丑恶与残忍,为的是让青年一代在斗争中获得幸福与自由的未来。彼得罗夫文学批评涵盖了《家》中所设的各类主题,其中对以高老太爷和冯乐山为代表的罪恶封建卫道士的统治予以鞭挞,对觉慧的叛逆精神予以赞扬,称在他身上最鲜明地表现出青年思想的觉醒和精神的解放,表明他们认识到自己是一支能够保卫中国生活中的新事物的力量。研究家对《家》中的妇女在封建家庭中的无权地位予以了实例论证,并对众多女性形象的社会代表性进行了分析,尤其对鸣凤的忠贞、忘我、执着的感情追求予以了充分肯定,同时对《家》中的婚姻与家庭问题展开分析,认为这个主题的推出是巴金对旧制度的尖锐批判。《家》中对典礼仪式、节庆婚丧、家庭陈设等等都予以了研究性关照,凡此种种,在彼得罗夫看来,《家》汇聚出了一部中国旧社会生活的百科全书,同时他对《家》的艺术特色做了非常出色的点评,称这部作品将容易流于记事的家庭纪事写成了一部极具艺术感染力的文学作品,体现了作者不同凡响的艺术修养和才华。作品写得感情真实,富有热情、心理揭示充分而又含蓄,景色描写中情与景或交融,或反衬,具有强大的心理评价功能,人物肖像描写也十分出色,十分注重细节的捕获,这一点彼得罗夫认为是受了屠格涅夫的影响。同时他还点出了《家》中的语言非常动人,无论是浓郁的抒情还是细腻的描写,都很真切动人,

第四章　巴金作品在俄罗斯

富有诗情,尽管个别处显得过于感伤。

在《巴金的创作道路》一文中,彼得罗夫首先充分肯定了巴金的艺术才华与文学成就,称其为"为中国现代文学发展作出重大贡献的作家",称其在三十年的创作道路上,始终以他的作品表达着他追求真理追求自由和光明的革命精神,以及同情被压迫人民的人道主义精神和反对不合理社会制度与封建礼教的战斗愿望。

在这篇长文里,彼得罗夫比任何一篇序都详细地介绍了巴金的生平,有趣的是,彼得罗夫的巴金研究总也是浸润了俄罗斯文学的批评视角与理论。他对巴金童年生活的叙述使我们想起托尔斯泰的《童年》《少年》和《青年》三部曲——贵族子弟尼科林卡从童年到青年的成长过程,反映了贵族地主家庭的生活和作者早期的思想探索。托尔斯泰作品里过惯了养尊处优生活的主人公,成人时才发现,人与人之间的关系,并不像他原来认为的那样建立在爱的基础上的,而是复杂的经济关系的反映,经济上的贫富之差会使最亲近的人们疏远。于是,他发现了人生的新使命,即不断地在道德上进行自我完善,发扬天性固有的爱和善,以"改正全人类,根绝人间的一切罪恶和不幸"。而巴金也自小在母亲的仁爱教育之下"爱一切的人,不管他们贫或富","帮助那些在困苦中需要扶持的人","同情那些境遇不好的俾仆,怜恤他们,不要把自己看得比他们高"[①]。但是他看到的生活中的现象却恰恰相反,贫富悬殊,人与人相互压榨,相互仇恨。但不同于托尔斯泰笔下的尼科林卡,巴金深刻明白封建家庭的基础根本不是爱,从而萌生了对虚伪的儒家道德的抗议。

彼得罗夫并没有着意将巴金的思想成长归结于俄罗斯两位无政府主义思想家,也不完全归功于欧洲文学和俄罗斯文学,而认为巴金有自己的民族土壤,他不是任何人的复制,他的出现是中国历史与革

---

① Петров В. Творческий путь Ба Цзиня. // Ба Цзинь. Сочинения в двух томах. М.,1959. С.7.

命的必然。即便留学国外,他也没中断对反帝反封建的"五四"带来的新思想的接受。中国进步知识分子反对封建文化、争取进步、争取现实主义的斗争从未间断地唤起他的同情,无政府主义思想只是助燃了他对封建礼教的仇恨和激发他对公平正义新生活的向往。

在这篇文章里彼得罗夫减弱了对《灭亡》《新生》和《海底梦》一代青年的批评力度,而对他们的命运挣扎所遇到的徘徊与软弱予以了理解,但依旧指出他们的弱点是缺乏革命的韧性和纲领,巴金的青年主人公"他们最相信的是自己,而不是人民群众。这样,他们就常吃败仗。……他们实际上刚刚站到了革命的门口"①。彼得罗夫的论断使人想起屠格涅夫《父与子》中的巴扎罗夫。

彼得罗夫对《家》的分析较之以前进一步深化,对其真实性和批判性有了明确的认知。他对《家》的定位是,"一部对阻碍社会前进的垂死秩序作无情判决的真实作品"②,"这不单是一部自传,还是用现实主义方法再现了当年中国典型的旧父权制家庭的败落史",其重要社会意义在于"从广阔的社会角度而不是狭隘的自传角度对生活素材进行加工"③。我国学者刘麟发现,在这篇文章里彼得罗夫删去了在《巴金创作与他的长篇小说〈家〉》中对巴金"站在抽象的人道主义和小资产阶级的革命立场而不是站在无产阶级革命立场"这句话,这一删除避开了当时对文学作品的评论一味强调作家阶级根源的挖掘,并也避免了时代对作家的苛求,即一定要作家像某个政党那样向读者指明道路④。这一改动淡化了文学作品的意识形态化,符合《家》的思想与艺术本真,也完全符合作家本人的思想观念与文学主张,即宣传和教育可以成为文学,但文学不是宣传与教育。彼得罗夫从语言特征、

---

① Петров В. Творческий путь Ба Цзиня. // Ба Цзинь. Сочинения в двух томах. М.,1959. С.9.
② Там же. С.17.
③ Там же. С.18.
④ 刘麟:《巴金与彼得罗夫》,《中国现代文学研究丛刊》,1993年第2期,第302页。

第四章　巴金作品在俄罗斯

景物描写、心理刻画诸方面充分肯定了巴金《家》的艺术高超性。他写道:《家》的语言特点"极为质朴而明快,感情色彩浓厚而富有表现力,还广泛运用了各种造型手段。景物描写和抒情插话之所以吸引人,并不因为色彩浓艳,而是因为有深刻的心理描写。巴金描绘人物肖像时,寻找的是帮助读者洞察人的心灵。巴金人物肖像画就是在画'灵魂的镜子'"。①

这篇序中,彼得罗夫还对巴金其他题材和体裁的作品予以了研究,指出巴金的散文得益于鲁迅的影响而写得语言流畅,联想丰富,具有一定的思想性。他的抗日战争的作品就其思想性是服务于中国人民民族解放事业的。抗战后的作品评论以《寒夜》的评说最为出彩,称这部作品和《第四病室》《憩园》等作品主旨一样,为被不合理的社会制度摧残的人说话,展现"小人物"在当时的社会制度下备受折磨的不幸人生。彼得罗夫定位《寒夜》为一部描写家庭矛盾的小说,但虽然是个人悲剧、家庭纠葛,却是总体社会冲突、整个腐败至极的社会悲剧的缩影。1949年后的作家创作被彼得罗夫高度称赞,说这是中华人民共和国成立后巴金为社会主义建设作出的重要贡献,也是作家站稳无产阶级立场的明证。

总体上彼得罗夫对巴金的评价与中国学者的观点一致,尤其应该指出的是他对《家》的体裁特色分析、语言分析,准确而真实地传达了原作者巴金的风格和语言特征,而且风景描写和心理分析功能等都很准确到位,但在分析高老太爷、觉新、觉慧上都欠深刻,显示了对中国文化历史与日常现实的认知有局限。

1984年为纪念作家诞辰80周年,俄罗斯汉学家们在苏联友好之家举行庆祝巴金80寿辰的晚会。彼得罗夫为此将自己有关巴金的报告整理成文,题为《念巴金》刊发在《苏联妇女》杂志1984年第7期。

---

① Петров В. Творческий путь Ба Цзиня. // Ба Цзинь. Сочинения в двух томах. М.,1959. С.21.

中国现代文学作家在俄罗斯

文中详细讲述了他与巴金的友情和相处经历。彼得罗夫的回忆文章向我们展示了巴金的巨大人格魅力：一个"爱人""爱书"的文人，同时也是一个待人谦和，热心助人，讲义气守信用的人，一个善解人意的大写的中国人，一个完全值得信赖的好朋友。彼得罗夫讲述了巴金自幼对俄国和俄国历史的浓厚兴趣，称其为苏维埃政权国家在中国的热情颂扬者和宣传者。彼得罗夫由衷感佩作为中苏友协上海分会副会长的巴金为中苏人民的友谊做出的不懈努力和巨大贡献，讲述了巴金对俄罗斯文学，尤其是十九世纪经典作家的无限热爱。在彼得罗夫看来，巴金正是从优秀的俄罗斯作家的创作中使自己的精神得到发育成熟。他引用了巴金在其文章《伟大的革命伟大的文学》中所写文字证实他对俄罗斯经典作家的热烈崇拜和深情爱戴："我记起来了，我那一代人多么喜欢俄罗斯现实主义文学大师们的作品，而且从他们的作品中学到了热爱生活，憎恨不合理的社会制度，相信人类的美好未来。果戈理、托尔斯泰、屠格涅夫、契诃夫、高尔基……他们给了我们多少的快乐和痛苦、希望和勇气啊！"彼得罗夫惊喜地发现，巴金笔下的年轻主人公也像作者本人，都喜欢在俄国作家的作品中对他们所关心的生活和斗争问题做出回答。彼得罗夫如数家珍地清点了巴金的俄罗斯文学翻译。最让彼得罗夫感动的是他与巴金在上海购书的经历。每次去上海都是巴金主动充当彼得罗夫的购书向导，每每帮他做参谋讲价格。在他的帮助下彼得罗夫买到了大量他寻觅已久而不得的珍贵书籍。彼得罗夫清楚记得，有一次他在一家书店旧书收购部的橱窗里发现了他心仪已久的30年代中期出版的文艺年鉴，可是他几次与店主协商想买下这一套书，可是店主回答他这套书不出售，只放在橱窗里展出。他求助于巴金，仅三天就解决了问题，但当买到手后又发现这套书不完整，原是四卷本年鉴却缺了一本。巴金在自家的书藏里找到了这一部，并于下一次见面时递给了彼得罗夫，并说："请拿走吧，它对您来说更需要。"别后20年，彼得罗夫每想到这段经历，每当在书

第四章 巴金作品在俄罗斯

架上见到这一套年鉴,都满怀感激之情想起巴金,感念他有对朋友有求必应的善良心肠。

文章末尾,彼得罗夫说:"巴金的名声早已越过中国国境。他的长篇小说家《家》被译成了日文、英文、法文、德文、捷克文、波兰文、匈牙利文出版。巴金的散文作品也被译成了世界许多其他的文字。巴金在苏联是十分闻名的。从1937年起,苏联读者就开始读到巴金的作品,那时《国外》杂志第9期刊登了巴金的短篇《狗》,俄文的译名为《Кто я такой?》,1955年由著名苏联汉学家费德林编辑并在莫斯科出版了《巴金短篇小说集》。继这部不大的短篇集之后俄罗斯出版了《家》《春》《秋》《爱情三部曲》《憩园》《寒夜》等。1955年出版了两卷本《巴金作品集》。所有这些版本的印数是可观的。组成著名的《激流三部曲》的长篇小说各有9万本印数……所有这一切都是苏联人尊敬这位杰出的中国作家的表示。"彼得罗夫对巴金70年代末接连出版新作予以高度赞扬,称其是"真正的文学创作的功绩"。

2.2 尼克利斯卡娅的巴金研究

俄罗斯汉学界对巴金的作品有着充分的了解,巴金作品思想的充盈和艺术世界的丰富多彩都曾激起苏联汉学界对他的兴趣。但因多种原因对巴金的研究一直未能与他的实际地位相符,除了彼得罗夫的三篇作品序,唯一一部专著则是尼克利斯卡娅的《巴金创作概论》。尽管只有区区132页,它却为俄罗斯的巴金研究填补了空白,对作家三十年的文学创作予以了较为系统的研究。

著作第一部分以"巴金创作个性形成问题"为题,这部分曾经作为独立论文在专著问世前两年在《中国语文学问题》杂志上(莫斯科,1974年)全文登载过。该章节以对巴金的总体创作特征的概述作为著作的开端,指出,巴金与人民忧患与共,并将其对人民的全部思想感情倾注于笔端,而获得了极其广众的反响,由此"巴金的作品成了众人的财富"①……就此,研究家指出了俄罗斯对巴金研究的欠缺,阐明该专著的现实性和必要性。

和别的研究家一样,该章对巴金如何"走进"俄罗斯予以了探踪,指出,巴金是以他的长篇小说《灭亡》(1929)为标志踏入文坛的(就这一点,我国学者周立民予以了纠正)。这位女研究家指出,巴金着力于30年代进步新文学的缔造,但是巴金比任何一位中国作家都更受到俄罗斯经典文学的影响。欧洲文学,尤其是俄罗斯文学浸染对巴金的个性,尤其是艺术风格形成起着至关重要的作用,同时,尼克利斯卡娅也以一定的篇幅介绍了巴金对俄国革命家、无政府主义这克鲁泡特金和巴枯宁十分崇拜,并对由此生成巴金的文学笔名这一尚存细节争执的事实。尼克利斯卡娅同时强调指出,巴金对俄罗斯思想家和文学家的长期而大量的翻译对其创作个性形成也同样起到了潜移默化的作用。尼克利斯卡娅在著作中,关注巴金在文革中的生活状况与不幸遭遇,谈到了巴金1978年接受的法新社的采访(采访中讲述了作家如何受到非人的待遇与压迫)。但尼斯科里尼斯卡娅强调,稍微获得一点自由,工作条件尚无改善,巴金便随即开始俄罗斯文学的翻译,可见巴金对俄罗斯文学怀有怎样一种深厚而崇高的感情!

要说的是,尼克利斯卡娅可贵之处在于,她并没有像其他研究家一味夸大俄罗斯文学对巴金的影响。她不仅赞同了彼得罗夫的观点,强调本民族经典文学,尤其是曹雪芹(《红楼梦》)对巴金个性形成的滋养,同时还强调,鲁迅等对巴金的影响同样不可忽视,就此对巴金与鲁迅的文学关系做了较为充分的阐述,我国学者称其为"有其自己的独到的见解"②(理然语)。她先以二人的同名小说《一件小事》为例,指出鲁迅对巴金的影响表现在"'小人物'与社会准则主题的确立以

---

① Никольская Л. Ба Цзинь (очерк творчества). Изд.МГУ. 1976. С.4.
② 转引自张立慧、李今编:《巴金研究在国外》,湖南文艺出版社,1986年,第355页。

第四章　巴金作品在俄罗斯

及从非人道主义和民主主义立场出发对主题的处理"①,同时以叙事中鲁迅以旁观者视角和巴金的以亲历者的视角不同,以此凸显巴金情感饱满的创作个性。这位研究家还就巴金的《家》《憩园》与鲁迅的《药》《示众》对比看愚民的麻木不仁,用巴金的《爱的十字架》与鲁迅的《在酒楼上》来比较二位作家所写的社会制度对人的残害,用巴金的《家》与鲁迅的《故乡》相比凸显人物肖像描写特征,指出鲁迅注重的是社会方面,而巴金凸显的是人物心理上,等等。最后,研究家得论:"巴金和鲁迅的相近之处,是共同的创作方法(他们作品中的批判现实主义优势发展成社会主义现实主义),对共同问题的关心和对未来的向往,从国际主义立场出发对事物的评价和对问题的解答,对民族传统的继承和对外国文化特别是俄国文化的借鉴……"。同时尼克利斯卡娅认为,巴金"鲜明的独特的风格是在个人的经验和自身生活感受的基础上形成的"。②

尼克利斯卡娅著作的第二部分与第三部分以巴金的小说《家》《爱情》《玫瑰花香》《电椅》《月夜》《神·鬼·人》和《长寿塔》《火》《寒夜》等小说为蓝本,分别研究巴金30—40年代和50—60年代的创作。但基于多种原因,尼克利斯卡娅只研究了巴金的部分作品,还有很多重要的代表作没能纳入自己的研究视野,如《春》《秋》《死去的太阳》《海底梦》《雪》《新生》等,对巴金的处女作《灭亡》分析的文字给予的太少,对巴金的散文很少提及,对巴金的《随想录》几乎没有触碰。但尼克利斯卡娅的书的优点也不容忽视,该书为认知巴金的创作提供了极其宝贵的原始资料。同时,尼克利斯卡娅吸收了前人彼得罗夫的研究成果但又没有拘囿不前,她对彼得罗夫的若干研究中的疏忽予以补正,并对若干观点表达了自己的学术看法,正如我国学者刘麟对尼克利斯卡娅学术专著的中肯评价:至于觉慧出走后的前途亦

---

① Никольская Л. Ба Цзинь(очерк творчества). Изд.МГУ. 1976. С.19.
② Там же. С.25.

即所谓青年反抗旧社会的道路问题,尼科利斯卡娅的《巴金》(创作概述)一书,表达了直截了当的十分明确的见解。在这位研究家看来,巴金描写高家四年的生活,似乎为了追踪觉慧心理上的变化。作家呼唤青年们走向新的生活和斗争,虽然他没有写出人物今后的命运,但有一点是明白的,那就是他选择了革命的道路。……刘麟称尼科利斯卡娅这一论点可谓"青出于蓝"。他指出,尼克利斯卡娅的书"对巴金和《家》的分析,在她的同行中受到肯定,其中不少地方投射着彼得罗夫的光影,例如巴金与鲁迅的比较论、《家》的'自传说'、《家》中人物的分组选择和连类而评(觉新三兄弟,梅和瑞珏,鸣凤和婉儿,高老太爷和冯乐山,等等),甚至彼得罗夫一时的疏忽之被重复(把屠格涅夫的《春潮》划归巴金译书之列)①,都令人感到这部著作对于先行者的继承性,显露了彼得罗夫的有力的影响。"②

2.3 索罗金的巴金研究

索罗金,俄罗斯科学院东方学研究所高级研究员,于1991年主编了一本书,名为《巴金选集》,是苏联解体前的最后一本巴金文集。正文前所作的序《伟大历程的路标》既是他唯一一篇巴金研究专论,也是整个俄罗斯巴金研究的总结性论文。但依笔者之见,该论文对作品的情节复述大于对其评论。

索罗金将巴金创作置于世界文化语境中予以研究,指出:"中国最大作家之一巴金的创作道路长达六十多年,其间,中国乃至全世界都经受了巨大变化,作家自然也在很多方面发生变化,其中包括他的创作内容,他的艺术手法。不变的只是面对人类时作家的道德意识、对真理与正义的追求、对作为一个文学创造者将全人类从一切来自社

---

① 其实是马宗荣翻译。
② 刘麟:《巴金与彼得罗夫》,《中国现代文学研究丛刊》,1993年第2期,第303页。

第四章　巴金作品在俄罗斯

会和精神的奴役中解放出来的思想的忠诚。"①

索罗金充分肯定和高度评价巴金的文学成就。和其他研究家一样,研究家从巴金早期创作展开研究,明确指出,早年的巴金思想上接受的是无政府主义,思想与艺术一并产生兴趣的是列夫·托尔斯泰与赫尔岑,而在艺术方法上借鉴并对他产生最大影响的是屠格涅夫与契诃夫,在国内文人中对他影响最大的是鲁迅,表现在社会揭露和人物心理剖析方面。巴金将国内外接受的思想与艺术影响灌注到自身文学创作主题的选择、形象的塑造和情感的抒发上。不过,在提到对屠格涅夫作品的翻译列序时,索罗金重复着彼得罗夫不小心出现的讹错,将屠格涅夫中篇小说《春潮》依旧列为巴金的翻译。

索罗金在序言中特别介绍了由他本人翻译、并且第一次与俄文读者见面的巴金中篇小说处女作《灭亡》。研究家首先分析杜大心这一形象,认为作家赋予这个人物有力而又富有激情的天性、复杂的性格,忘我地为别人分担痛苦更为那些没能发现自己苦难根源而不知道奋起的人感到痛心。索罗金认为,小说最精彩部分当为青年工人张为群死刑的描写。而杜大心为给战友复仇,献出了自己年轻的生命。论者对杜大心的死的现实价值发出了叩问,作家对此虽未做出语言的回答,但却给予了事实上的证明,他的死唤起了后继者的生,深深爱着他的李淑静踏着他的血迹走上了革命道路。爱情与事业的关系在这里得到了革命性的诠释。就彼得罗夫认为的杜大心性格是矛盾着的这一观点,索罗金作出了自己的不同阐释,认为杜大心形象"具有内在的完整性",因为"杜大心与经常与之冲突的那些矛盾,都在不违背自己的原则下得到了合乎逻辑的解决。"② 他认为杜大心之所以要采取自杀式的激烈行动,"最终驱使他的不只是一个为朋友的死报仇的努

---

① Сорокин В. Вехи большего пути. //Ба Цзинь. Избранное: Сборник. М., «Радуга».1991. С.5.
② Там же. С.8.

力,还有引起社会共鸣的希望,①而最终这也的确唤起了资产阶级家庭的千金小姐挣脱自己的家庭牢笼。《家》中的觉慧目标明确地投身革命,继续他的心上人未竟的革命事业。

在分析小说《死去的太阳》时,索罗金认为巴金对《灭亡》中无政府主义的个人恐怖行为是持否定态度的,同时认为《新生》中的主人公从否定一切的虚无与消极态度走向自觉的革命道路,以希望的曙光已经呈现这一现实来抨击以往苏联文学评论把巴金早期小说说得阴暗一片、充满无信仰无希望的消极悲观。主人公虽然死去,但他发出的号召并没有喑哑,而是鼓励后人为信仰而出征,个人与集体就融合无间。

和苏联其他巴金研究者一样,索罗金同样认为30年代是巴金的创作活跃期。作家写下了一批反映矿工生活的小说,如《煤坑》《沙丁》《萌芽》。作家如实描写了煤矿工人的艰难境遇和工作环境的恶劣,就此而产生出的反抗情绪。作家没有指出其出路何在,但反抗行为本身却给人带来了希望。索罗金对这种写法表示理解,写惯了小市民生活的作家毕竟对农民心理缺乏深入了解。就历史小说《马拉的死》《丹东的悲哀》《罗伯斯庇尔的秘密》等作品,索罗金沿袭了尼克利斯卡娅的观点,即作家对用暴政与恐怖手段来解决社会问题给予了否定。对作家的《雾》《雨》《电》这一《爱情三部曲》,他认为这是一部为青年而写的大作。作家写出了一代年轻人寻求生活道路,追求个人幸福和服务于社会的觉悟,同时呼吁对这些刚刚走上生活的年轻人予以指点和帮助。索罗金和其他的研究家一样,对《家》给予了非常高的评价,说这部带有自传色彩的小说写出了一个宗法制封建家庭的内部分化和必然衰亡。文中还对巴金的《寒夜》作出了评价,称作品在一定程度上借鉴了契诃夫的"小人物"主题,但同时也有鲁迅、郁达

---

① Сорокин В. Вехи большого пути. //Ба Цзинь. Избранное: Сборник. М., «Радуга».1991. С.9.

第四章　巴金作品在俄罗斯

夫的影响,纠正了热洛霍夫采夫等人一味强调这部作品受俄罗斯文学的影响,尤其是对契诃夫《一个小官员之死》的模仿之说。文中同时还对《小人小事》《憩园》《第四号病室》等作出了个性化评说,在他看来,这些作品,尤其是《寒夜》,作品的背景已经迥别于从前,巴金的思想意识已经有了很大的提高,"正在共产党的领导下,同那旧世界的力量进行着最后的和坚决的斗争。"作家已经用昂扬的心绪和明朗的调子来描写那些不幸成为旧世界牺牲品的"小人物",并对他们的未来前途有了明确的认识。最后,索罗金对作家文革后写下的《随想录》倍加称赞,称其道出了对作家祖国、对全世界都有着重要意义的真话。

2.4 热洛霍夫采夫的巴金研究

热洛霍夫采夫,俄罗斯科学院远东研究所研究员,研究生涯中共为巴金写下两篇专论文章。一篇是《爱国作家巴金》,发表于杂志《远东问题》1983年第4期,另一篇的题目是《当代中国文学中的巴金传统》,则为2004年纪念巴金100周年诞辰的国际学术会议上的报告。

与其他巴金研究家一样,热洛霍夫采夫在《爱国作家巴金》中首先肯定了巴金对无政府主义的信仰,表现为对俄罗斯无政府主义理论家克鲁泡特金和巴枯宁,尤其是对前者的崇拜,并指出巴金笔名也正来源自这种崇拜,同时也决定了作家早期创作上主题的选择、人物性格的塑造等等。在反对片面夸大巴金的欧化倾向、以污蔑巴金是脱离民族根基的作家的同时,热洛霍夫采夫也肯定了欧洲文学,尤其是俄罗斯文学对巴金的深刻影响。他依据奥尔格·朗的研究发现,巴金的中篇小说《雪》受到了左拉《萌芽》手法的影响,《海底梦》借鉴了屠格涅夫的《前夜》,三部曲的《火》的结尾是屠格涅夫《父与子》的结尾艺术再现,《第四病室》类似于契诃夫的《第六病室》。至于巴金身上为什么会出现如此的"欧化"和"俄化"倾向,这位研究家一再引用西方研究家的观点,即"中国知识分子对俄国文学的兴趣是由他们对日益高涨的俄国革命运动的同情引起的"，按布里耶尔的观点，即"俄国和中国小说家的心灵太相像了"。同时他用巴金的答法国耶稣教徒让·思蒙特的问话做结："俄国人的性格、报负和兴趣，多少和我们自己有些相像"①，但同时他又坚决同意彼得罗夫的观点，即巴金对国外文学的接受并不是全盘复制，是基于民族文化土壤的有选择接受，从而走出了一条属于自己的路子，并且成为一名名副其实的现代作家。

热洛霍夫采夫以作家巴金的第一部小说《灭亡》为例，指出巴金能在当时正酝酿着革命的中国能一举成名，得益于他爱情与革命的主题选择，这也是其作品在30年代广受欢迎的缘由所在，以至于使得这位中国作家终生成为青年人的代言人。热洛霍夫采夫认同奥尔格·朗的评价："巴金的作品为我们描绘出了一幅转型时期的中国青年人的综合肖像，这肖像可以与十九世纪欧洲文学中西方青年的肖像作比"，这些人物形象的塑造为推动中国革命进步的"左倾"氛围形成与营造革命情绪作出了自己的贡献。巴金常年如一日，静心写作，不追风，不功利，对文学的本质一直有着清醒的认识：文学有宣传教育的功能，但宣传教育不能代替文学，在这位研究家看来，这是作家巴金获得成功的重要缘由之一。

热洛霍夫采夫文章旁征博引，但对巴金积极酿造革命情绪、却从没有写过共产党人感到费解。他借用鲁迅对巴金的评价寻找解释，即巴金从没有反对过党员作家和革命文学；他在干着自己的事业，有益于中国革命运动和整个进步文学的事业。他赞同奥尔格·朗的发现，即革命胜利和中华人民共和国成立后的巴金作品，包括再版的作品，尽量抹去无政府主义的色彩，尽量不公开表达他的无政府主义思想。文章结尾部分追述了巴金在"文化大革命"中的创作活动，尤其对巴金于艰难困苦之境仍在翻译赫尔岑的《往事与随想》和屠格涅夫小说

---

① 奥尔格·朗:《巴金和他的著作》,第235、237、248页。

第四章　巴金作品在俄罗斯

表示了景仰之情。同时他也以奥尔格·朗、李欧梵、内森·茅等的批评话语为例,指出西方的巴金研究的片面性和矛盾性,而对苏联的巴金研究持一种高度肯定的态度。

2004年6月22—26日在圣彼得堡大学东方系为纪念巴金100周年诞辰召开国际学术会,热洛霍夫采夫出席会议并做了题为《当代中国文学中的巴金传统》的学术报告。报告中指出,1990年开始的中国当代文学风格多样,众语喧哗,打破了过去意识形态一统天下的僵化局面。文章肯定了中国文学史恢弘广大,无所不包,即便是历史急剧变革时期也不曾与文学传统相剥离。热洛霍夫采夫回顾了五四开始的中国新文化运动:它带来白话文盛行,一大批中国文学的仁人志士广泛吸纳欧洲文学,尤其是俄罗斯文学。在他看来,中国新文学对欧洲文学,尤其是俄罗斯文学模仿是直露无隐的、毫不扭捏与客套的。在他看来,鲁迅和巴金都是积极吸纳俄罗斯经典文学的范例。中国新文学肇始之作,即鲁迅写于1918年四月的小说《狂人日记》就是以中国事情为素材,巴金同样如此,屠格涅夫写了《初恋》,他也就来了一篇一样名字的中篇小说。巴金在整体创作上积极吸纳了左拉、屠格涅夫、契诃夫等欧洲作家的创作经验,同样也只用的是中国素材。他还列举了巴金对屠格涅夫散文诗《门槛》名不更改立意不变的无遮掩模仿(其实并不完全如此,巴金的是《在门槛上》,只是把屠格涅夫的《门槛》作为自己作品的序)。这位自负的文学评论家言下之意是说中国目前的新文学正在回归五四新文学的老路抑或传统,即对欧洲文学,尤其是俄罗斯文学的紧迫吸纳,言语间流露出一种傲慢与偏见。他丝毫不提及十八世纪初的俄罗斯文学本身也是在吸纳别国文学而起步,杰尔查文的《纪念碑》模仿乃至抄袭了贺拉斯的《纪念碑》,而且这种"纪念碑"也直接传给了普希金、霍达谢维奇、勃留索夫等等。世界文学的发展并不是孤立封闭的,而是环环相扣,接力而上的。五四中国新文学并非要刻意露骨模仿俄罗斯文学,而是一种革命风潮的影响与期盼。鲁迅怀着对俄苏文学的一种敬重,视其为"导师和朋友",以"盗取天火给人间的普罗米修斯"之迫切愿望将俄罗斯文学作品译介给中国人,旨在让其文学指导中国的文化实践,同时在对十九世纪经典作家的吸收借鉴上体现着一种文学上的革命表态。

巴金也正是发自心底对屠格涅夫爱戴,才以屠格涅夫的中篇小说《初恋》为自己的小说冠名,绝不是简单的篇名的重复,其叙事手法也是如出一辙。巴金对此有过专门的创作表白:"开头大家在一起聊天讲故事,轮到某某,他就滔滔不绝地说起来","我喜欢他(屠格涅夫)这种写法,我觉得容易懂,容易记住⋯⋯写的时候我自己也感觉到亲切、痛快"[①]。巴金选择这种叙事方式同样也是他喜欢直抒胸臆的性格,以及借主人公之口充分倾吐自身内心情感的审美旨趣使然。两篇作品就其立意还是有所区别的,巴金的《初恋》写的是家长式专制对美好初恋的扼杀,而屠格涅夫的《初恋》则是因为小主人公因自己的初恋对象成了父亲的黄昏恋恋人无疾而终,写成了美好感情对人格的重塑。

谈及巴金与契诃夫的文学关系,他说二者完全相吻合的作品目前尚未发现,他说他只发现契诃夫写有《第六病室》,而巴金写了《第四病室》。但尽管如此,他引用了巴金的一创作表白,说他"假如没有读俄罗斯经典作家的作品,则成不了一名真正的作家"[②]。

热洛霍夫采夫同时还论述了巴金对左拉作品的借鉴与模仿,借用尼克利斯卡娅的研究指出巴金的小说《雪》与左拉的长篇小说《萌芽》有异曲同工之处,指出巴金的奠基之作《激流三部曲》中的首推作品《家》明显有对左拉的模仿,甚至用中国学者温儒敏的定论作为依据,巴金是"受到了左拉《卢贡·马卡尔家族》影响,试图描写一个家族的衰落和人的个性的泯灭长篇巨著的影响"。

---

① 巴金:《谈我的短篇小说》,《巴金文集》第14卷,第458页。
② 《巴金文集》第2卷,第35页。

第四章　巴金作品在俄罗斯

　　在热洛霍夫采夫看来,鲁迅与巴金的创作所展现出来的五四新文化的积极一面为20世纪中国文学提供了范例。但热洛霍夫采夫同时又指出:"在鲁迅、巴金那样的作家那里的文学背景,远不是所有人都喜欢的,一些中国知识分子甚至感到恐惧。"①他引用汉学家阿列克谢耶夫院士在1935年8月写的,但直到2003年才发表的一段话说:"欧洲主义在完全不正常的气氛和环境中,在革命的中国蔓延。人们的选择失去了标准,对外来文化毫无节制、毫无选择、不假思索地争相引入。报纸成了卖身投靠、厚颜无耻到没了底线的东西,过于夸大和追捧西方媒体(尤其体现在广告和谤书中)。文学突然间一拥而上,对欧洲的所有流派极尽模仿,将这些散发着世俗恶臭的东西乱糟糟地搅浑在一起。他们过于看重偶尔成功带来的时尚,当然还有因众多'国耻'导致的普众性的张皇失措、颓唐悲观。令人难以忍受的长篇大论占满了全部醒目的文学评论空间,而且普及到了艺术和社会生活之中,甚至文字也都遭到了令人难以置信的曲解,对此很难想得出原初的式样。"②热洛霍夫采夫自认为:"这一大段摘自70多年前写的文章的引文一点也没有过时。它不仅准确地描述了五四文学革命,而且还与中国当代文学的现状惊人的类似。"③

　　接下来,热洛霍夫采夫对当代中国文学现状提出了尖锐的批评。他说:"可以肯定,中国文学在20世纪80年代完成了自身发展中的周期循环,90年代它又在新的层次上重复20世纪20、30年代的文学状况。在今天的中国,欧洲主义的确淹没了中国的社会思想,人们又看到了所有陈腐的欧洲文学思潮与流派,并搅合成一堆不可思议的腐烂

---

① Желоховцев А. Традиции Ба Цзиня в традиции современной китайской литературе.// Сб. научных статей «Проблемы Дальнего Востока». СПб.,2004. С.39.
② В·М·Алексеев. Труды по китайской литературе в двух томах. М., «Восточная литература» РАН. 2002. Т.2.С.276.
③ Желоховцев А. Традиции Ба Цзиня в традиции современной китайской литературе.// Сб. научных статей «Проблемы Дальнего Востока». СПб.,2004. С.38.

之物。在中国出现了销量几百万册的年轻作家,其中的少女作家乐此不疲地描写与成年人的性事,并以自然主义式的爱情愉悦的细节来招揽年轻人。严肃的作家也不愿意承认这些人是自己的同行。而为了继续进行报酬丰厚的文学活动,这些年轻人也并没有觉得必须要加入中国作协。"①

热洛霍夫采夫指出:"新的中国畅销书的年轻作者们以西方同行为榜样的热情与勤奋,并不比70多年前鲁迅、巴金等五四文学革命的奠基人效法果戈理、屠格涅夫、左拉等19世纪欧洲文学经典作家的创作经验要少。但这里最为重要的就是应致力于将中国当代文学视为世界文学行列中的一员,视为世界文学的组成部分,而不是在同别国文学相比较时,将自己看得一无是处。"②热洛霍夫采夫的分析和忠告,对于当代中国文坛继承、捍卫和发扬"五四"以来由鲁迅、巴金等老一代作家开创的光荣传统,纠正现代化道路上的种种偏颇与不良倾向,有一定的借鉴作用,同时也善意告示我们,传统固然要继承,但它更多属于过去,对于当今的中国文学发展来说,将外国文学一味"拿进来"的传统既非正确选择,也绝非再是主流。而将自己的本民族文学"送出去"才是当今中国文学发展的必须,和世界各国文学平起平坐是中国文学不可忽视的民族自觉和文化现实。中国文学当前应该做的就是弘扬自己的文化,立足于世界文学之林的同时,展示自身精华,提振民族精神与士气,不光将自己的文学"送出去",还要努力加强对别的民族文学的影响力。

2.5 其他作家与研究家论巴金

除了彼得罗夫,巴金的至交朋友还有苏联作家鲍里斯·波列沃依。作家与巴金首次相会于1955年的契诃夫纪念会议,之后塔什干

---

① Желоховцев А. Традиции Ба Цзиня в традиции современной китайской литературе.// Сб. научных статей 《Проблемы Дальнего Востока》. СПб.,2004. С.41.
② 译文摘自李逸津:《两大邻邦的心灵沟通》,黑龙江人民出版社,2010年,第231页。

第四章　巴金作品在俄罗斯

亚非作家会议上他们也不期而遇,后来波列沃依作为苏联作家代表团成员到达中国,他们有了亲密无间的交往,并从此开始了书信往来。苏联《外国文学》杂志1960年第1期以《两封信》为标题,刊载了巴金写给波列沃依的信和波列沃依写给巴金的回复。两封书信中不仅仅可以看到两颗友好的心在碰撞,也可以感觉得到两国文化使者友情交流的同时字里行间烙有鲜明的时代印记。巴金回忆过与波列沃依的几次见面,回忆两个人在塔什干的友好交谈,回忆他曾绘声绘色向波列沃依描述中国的人民公社的稻子如何高产,说是水稻密植到小孩可以站到上面而不掉下来的程度。据巴金自己说,这番话直听得波列沃依两眼放光,快活地随即表示:"我一定要再到中国去"。但是在波列沃依回给巴金的信中我们并没有见到波列沃依的接话。

波列沃依的信一开头讲述了自己接到巴金来信后的激动心情,由此引申说,正是中国文字,正是中国文学,帮助了苏联人民明白与珍视中国人民的伟大心灵,认知中国人民的苦难的深重及其希望的宏大。波列沃依抒情地表述着他和巴金,也可以说是苏联人民与中国人民的深情厚谊:从莫斯科到上海,纵有山水阻隔,但是我们的心却是近在咫尺。他在信中回忆他是怀着怎样的激动的心情在苏联各出版物上寻找上海无产阶级是怎样去斗争,去了解广州公社如何在围困中组织战斗,了解中国红军的作战情况,第一批解放区人民的生活状况……波列沃依还向巴金描述了他是以怎样的激动之情朗诵马雅可夫斯基的诗作:"于是我, / 诗人的喉咙 / 跑了调, / 耶利哥城嗓门 / 大声点 :/ 上海 / 被广州的 / 工人与士兵守住!"

信中波列沃依深情转达苏联人民对巴金的爱戴:"我们苏联人都知道你,把你看作是我们苏联文学的好朋友。我们知道你为了将我们文学中引以骄傲的精英作家,像普希金、屠格涅夫、契诃夫、高尔基和其他作家介绍给中国人民做了大量工作。我们高度珍视您的长久友情,由此我怀着十分喜悦的心情告诉您苏联读者有多么喜爱中国文学!"

接下来波列沃依如数家珍地讲述中国文学在苏联的情况。据他所说,当时的苏联已经出版了550多部中国书籍,有鲁迅的、茅盾的、郭沫若的、赵树理的、老舍的、刘白羽的,自然还有巴金的,出版总数约2700万册,并翻译成了苏联各民族文字。他说,中国现代作家占据着世界作家中最受苏联读者喜爱和阅读的作家之列。波列沃依说,苏联读者对中国作家的热爱丝毫不亚于中国读者对苏联作家的喜爱。波列沃依的信中还提到了三位苏联作家旅游中国回来后都写了游记[①],告诉巴金这三本书以可观的发行量在苏联发行,很快就被抢购一空。波列沃依认为,这并非作者的写作技艺的高超,而是这三本书像是一扇小小的窗口,透过此,苏联人民以热切期待之心力求从中看到作者旅行于伟大国度所留下的深刻思考,力求领略在中国共产党领导下的新中国的万千气象,领略中国人民是如何生活,如何创造新的欣欣向荣的社会主义生活。

波列沃依的信不仅表述了他对巴金的个人友情,更重要的是希望通过巴金转达他本人和全体苏联人民对作家的爱和对崭新中国的向往。整封信写得热情洋溢,情绪饱满。

谢列布里亚科夫身为圣彼得堡大学教授,他和彼得罗夫一样,和巴金有着深厚的友情和较为频繁的交往。50年代中期,谢列布里亚科夫曾陪同列宁格勒作家代表团访问上海。但是谢列布里亚科夫专事北宋词人陆游的研究,没能腾出更多精力研究巴金。2004年,为纪念巴金100周年诞辰,圣彼得堡大学主办了巴金国际学术研讨会,作为东方学系主任,巴金的老朋友,他做了一篇题为"善良与公正的探寻:纪念中国现代杰出作家巴金诞辰100周年"的报告,并作为巴金

---

① 这里指的是 Б.А. 嘉林、Б.Н. 波列沃依和 С.П. 扎雷金于50年代中期旅游中国,分别写下并出版《坚实的子房》(1959)、《旅行中国三万里》(1959)、扎雷金的《在友人的国度》(1958)和《巨人的觉醒》(1959)。

第四章　巴金作品在俄罗斯

学术会议的开篇。

在这位评论家看来,"巴金的各类体裁和随笔都再现了他个性确立与发展的复杂而又矛盾的过程,这些作品反映着作家心灵世界的嬗变。"① 就此,评论家分别对巴金的人品、文品等发表了自己的看法,对巴金与俄罗斯文学的关系作出了详尽分析并对巴金创作的世界意义阐述了自己的观点。

在与现下人的对比中,谢列布里亚科夫对巴金的人格魅力作出了归纳:"人们常常对自己的冷漠和怠惰、缺点甚至是恶习予以开脱,凡事总是归咎于恶劣的社会和不良的生活状况。巴金首先为自己提出了硬性要求,并给自己确立崇高的道德目标。做到这一点并不容易,作家的人生几乎贯穿整个20世纪,而无论是在中国还是全世界,这都是一个以重大历史变革和激烈政治事件为标志的世纪。"②

谢列布里亚科夫对巴金的生平与创作作了描述,同时阐明了巴金与俄罗斯文学的不可分割的关系。和其他汉学专家一样,谢氏首先强调俄国思想与俄国文学对巴金世界观、创作个性的形成有着重大影响,如实记录了巴金十五岁时对自己出身于贵族家庭而苦恼、寻求出路而不得的苦闷的特殊处境,而恰在这时读到了克鲁泡特金的《告少年》,并由此顿悟何为正义。其实,那个时候的巴金并没有把克鲁泡特金当做思想家和理论家来看,在他心灵深处他是把他当做文学家来认知的。但巴金的早期无政府主义思想来自克鲁泡特金却又是不争的事实。巴金也正是怀着追求光明的理想,在似懂非懂的情况下,翻译了克鲁泡特金的《伦理学的起源和发展》(1926),同时对克鲁泡特金和巴枯宁的兴趣一直保持到40年代,其间从不避讳称自己是"无政府主义者"。

谢列布里亚科夫专节分析了巴金长篇小说代表作《家》。在他看

---

① См. сб. н.ст. Проблемы литератур Дальнего Востока. МПб., 2004. С.6.
② Проблемы литератур Дальнего Востока. МПб., 2004. С.6.

来，这部作品力求展现五四运动历史大变革时期人的行为、情绪与心理，展示既有的社会与道德观念在正在被颠覆。艺术家巴金感兴趣的是人在大变革年代的行为，他善于捕捉人物的反抗思想情绪，并于动荡社会中寻找自己的出路。小说写出了年轻人的觉醒和精神上的成长，歌颂了年轻人摧毁旧世界建设新世界的坚强决心。

在盛赞小说所取得成就的同时，谢列布里亚科夫借用巴金的话："我不是传道者，我不能清晰地指出路在何方，但是读者自己会找到这条路的"。令谢列布里亚科夫感佩的是，巴金从来不把自己的想法强加给读者，他的作品从来不停留于标语与口号，他和读者一起思考复杂的人生现象，在他的作品中有一种道德指向，帮助人思考和寻求答案。

谢列布里亚科夫指出，在《激流三部曲》和《爱情三部曲》中，巴金关注的是年轻人的命运问题，它是由人的道德品质和周围生活环境所决定的。他在他所钟爱的短篇小说的创作中成果颇丰，写下了大约100篇短篇小说并结集出版。他的短篇小说有着浓重的抒情因素，赋予作品一种特殊的亲切可信的音调、温情而又忧郁的情致，正像屠格涅夫的短篇小说多以第一人称叙事为特征，给读者留下的印象像是作者在用他的真实平易的讲述在娓娓叙谈自己的经历。他认为，巴金的小说是个人与社会的特殊合成，在他的作品中严肃的社会与道德问题守护着日常生活情境。

对巴金在晚年倾吐内心真言的五卷本《随想录》，谢列布里亚科夫指出：作家以与读者谈心的形式来畅谈人生之意义、善与美的重要，指点当前，回忆"文化大革命"的点点往事。五卷本融汇了作家对世界的道德探索。谢列布里亚科夫认为，巴金的《随想录》保持了他特有的创作方式，文笔抒情，思想与感情的表达无拘无束，和读者朋友交谈毫不做作和牵强。《随想录》从头至尾像谈论自己的亲人朋友轻松自如，毫不做作。巴金推心置腹地向读者讲述这场文化劫难如何给人带来损失与痛苦。谢列布里亚科夫教授在报告最后总结说："在

21世纪,他(巴金)的作品开启了精神顿悟、理想高尚与思想纯洁的世界,它们符合当今读者的道德要求,并能带给读者以深层的审美愉悦。"① 在充分肯定赫尔岑对巴金影响的同时,谢列布里亚科夫一针见血地指出:赫尔岑、列·托尔斯泰都给过巴金思想上慰藉与激励,而"屠格涅夫的写作方法、心理描写和作品中的社会激愤之情很合乎巴金的心意。"②

俄罗斯的巴金研究虽然取得了一定的成绩,但诸多方面有待进一步跟上,批评话语的单调阻碍着巴金研究水平的质的飞跃。时至21世纪初,巴金研究在个别研究家里还停留于生平介绍,研究主题除了巴金与俄罗斯文学关系的研究,很少有高屋建瓴的宏观研究和细致准确的文本研究。

俄罗斯的巴金研究秉承俄罗斯汉学研究传统,严谨、细致、深入,但是我们还是应该看到,由于历史与时代的局限,对巴金的作品还是涉猎得不够全面,且评价,尤其是早期评价还带有思想意识形态的痕迹。巴金的思想与艺术世界是多元的,他的人道主义思想,他的景物描写、心理描写等都是有着深厚民族基础的,在强调作家的欧洲性同时,不能把巴金的若干艺术特征都归结于俄罗斯文学的影响。基于以上理由,应该指出,俄罗斯的巴金研究规模逊色于巴金作品的俄译。

第三节 俄罗斯的巴金作品翻译

巴金的主要作品早在50年代中后期就已经全部被翻译成俄语,且出版频率高,发行量大,同一部作品会有不止一个译本,或者是一个

---

① 转引自李逸津:《两大邻邦的心灵沟通——中俄文学交流百年回顾》,2010年,黑龙江人民出版社,第235页。
② 同上书,第237页。

译本会多次再版。更为重要的是,围绕着巴金作品翻译的都是苏联当时的顶级翻译大家,他们的倾心倾力,确保了巴金小说的俄译质量,为俄罗斯的巴金研究提供了准确的文本和重要的蓝本,从而与巴金研究造成了良好的互动,一方面带动了研究,研究也完善了翻译。同时,大量的翻译实践也造就了一大批精英翻译家,铸就了他们不同的翻译风格与方法。

但是,由于人文环境的不同,各民族心理的认知差异,翻译作为异质文化接触的媒介,反映着不同文化之间深刻的差异,反映在译者对原作品的语境理解和语言对象国国情文化的认知与熟谙上。我们试从读者的角度对俄罗斯巴金翻译文本予以解读,运用翻译学理论探讨译本的各种处理方法。

众所周知,巴金是个深受俄罗斯文学影响的作家,他不止一次直接沿用俄罗斯作家的作品名作为自己小说的冠名,如屠格涅夫的小说《初恋》和散文诗《门槛》,如契诃夫的《第六病室》,他富于联想性地给自己小说取名为《第四病室》。有时候他将作家作品中的一个关键词用来给自己作品冠名,据热洛霍夫采夫考证,巴金的第一部小说《灭亡》就取名于雷列耶夫长诗《纳里瓦依科》的诗行,取其中的一个单词,即:《Погибель》,原诗为:

…
Известно мне:погибель ждет
Того, кто первый воостает
На утеснителей народа
…
我知道,谁第一个站出
反对人民的压迫者,
灭亡就是等待他的结局。

但是自索罗金开始,这个作品的标题一直被翻译成"Гибель",

第四章　巴金作品在俄罗斯

直至2004年国际学术会议所作的报告里依旧称之"Гибель"。尽管热洛霍夫采夫不止一次指出其为误译,将其纠正为"Погибель"①,但是翻译界和研究界依旧我行我素。的确,гибель 和 погибель 还是存在着语义差别,前者指遭受残酷的迫害、无情的虐待而死亡,而гибель 则指因失事而死亡。基于此,热洛霍夫采夫指出,巴金援引了这几行诗并将其翻译成汉语,并印刷在作品的扉页上,是有其创作意图的,同时也是小说的立意所在,它表达作家对"为了幸福与民主甘愿选择灭亡的英雄"的敬重。这种翻译明明存在着一种语义上的空缺,但是,热洛霍夫采夫的纠正并没奏效。在俄罗斯的巴金作品翻译和研究中自始至终也没见到哪位翻译家或研究家在具体实践中予以更改,看来,首先是已经约定俗成的译案不宜改动,二则也许汉学家们认为"гибель"语义上也能理解得通,三则也许认为现有方案作为标题比较鲜明简洁。

类似的译例还出现在研究家尼克利斯卡娅笔下。B.波塔恩科和 A.斯尼吉尔采夫曾以《论著作》②为题,对尼克利斯卡娅的专著《巴金创作概观》写出书评。在充分肯定其优点的同时,他们对尼克利斯卡娅书中所提的巴金两部小说的翻译发表了自己的不同见解,一部是《寒夜》,既定译法为《Холодная ночь》,尼克利斯卡娅则译为《Студёная ночь》,另一部则是《火》,现有翻译为《Огонь》,而尼克利斯卡娅却冠名为《Пламя》。这篇文章的两位作者将尼克利斯卡娅的这种翻译归为研究家这部专著的不足之处。其给出的理由是这些都是已经出版了的作品名,言下之意,若无十分必要,就不要轻易改动,尽管他们也承认,尼克利斯卡娅这么翻译文学性更强一些,但他们坚

---

① Желоховцев А. Ба Цзинь: писатель-патриот.// ж. Проблемы Дальнего Вотсока. 1983.№4. С.140.
② Потаенко В. И Снитерцев А. О Книге. //ж. Проблемы Дальнего Востока. 1978.4. С.180.

称,既有的译名已经在苏联约定俗成,被众人所接受,就没有必要再翻译。看来苏联翻译界同样讲究先入为主,若无十分必要,他们是不随意触动和更改既有的,尤其是已经有了广泛影响的翻译方案,以免五花八门之举而乱了业界的定规。

俄罗斯文学中总是赋予作品人物特定的寓意。比方说,普希金为突出《驿站长》的身份以驿站名为他冠名,果戈理的小说《外套》为写出主人公社会地位,他为其取名为踩踏于人之下的"小鞋子",契诃夫的《一个官员之死》为刻画其性格,作家用软骨爬虫为他命名,这样的文学事例不胜枚举,更有甚者,俄罗斯新近出版了不止一本《陀思妥耶夫斯基作品人物姓氏词典》,大有形成俄罗斯文学中的姓氏文化之趋势。而在巴金笔名的含义上俄罗斯也各有立说。其实巴金本人早就给出了交代,但尼克利斯卡娅虽早已知晓并理解巴金所说(即汉字的"巴"取自巴金一个同学的姓),但仍旧在研究专著中强调,这个"巴"是为了纪念巴枯宁,第二个字为"金",公认来自克鲁泡特金姓氏的最后一个音节"кин"。索罗金并未为巴金的"巴"字著说,却面对面对笔者说,这个"巴"字应该是来自四川的别称"巴蜀",意在强调巴金是四川的一块金子。其实,"金"字他是同意尼克利斯卡娅观点的,也是巴金本人所承认的,即来自克鲁泡特金的"金",但他从上海人那里得来信息,说汉语中的"кин"没有对应发音,所以就把"кин"发成"цзинь"了。其实这也没那么绝对,我们不妨回译一下普希金(Пушкин)和利普金(Липкин)的"金",我们都将"кин"翻译成了"金",不知巴金翻译成 Ба Кин 是否也能成立。这倒也体现了俄罗斯汉学界充分尊重汉语发音习惯去翻译巴金姓氏的严谨治学精神。

在众多的巴金翻译家中,彼得罗夫的翻译成就是有目共睹的,他是第一个将巴金代表作《家》翻译成俄文,也是第一位为巴金创作写出专论的人。他高超的翻译水平得到俄罗斯汉学界的公认,可以说,

第四章 巴金作品在俄罗斯

他的第一流汉学家的地位在一定程度上是这部不朽译著奠定的。彼得罗夫长期潜心汉文学与中国历史研究,多次到中国访学和随作家代表团到中国访问,尤其是与巴金的长期亲密无间的友谊,使他加深了对中国习俗文化的了解,在与巴金的交流中,得到中国大作家的真传,尤其是巴金将诸多创作经历与感受无保留讲述给这位苏联挚友,确保了彼得罗夫的巴金翻译与研究的质量,使得他成为一名卓越的苏联汉学家。毋庸置疑,苏联巴金作品翻译大家当首推彼得罗夫,就《家》的翻译,著名汉学大师李福清亲口告诉笔者,彼得罗夫的翻译是最优秀的。

彼得罗夫成为俄罗斯最成功的巴金翻译家,首要因素得益于巴金本人的指点和帮助。1956年彼得罗夫翻译的《家》在国家文艺出版社出版后,有个别段落一直让这位翻译家感到不甚满意,与巴金有了书信交往后,他便多次向巴金请教最佳翻译方案,不止一次详细求教《家》的若干段落中的语言难点,请巴金讲述小说的创作背景和经历,巴金总是耐心地一一作答。彼得罗夫翻译《家》的第38章末尾处一副对联的下联感觉很吃力,也不满意,遂求教巴金,巴金随即给彼得罗夫去信予以解答,但因当时还不知道彼得罗夫的准确地址,不敢冒昧将信发出,巴金只好把信寄到莫斯科国家文艺出版社东方部姓凌的同志那里,遗憾的是彼得罗夫并没有收到,于是巴金于1957年1月18日再次去信,重又解释小说中写到的一副对联的下联,即:"家人一同哭,永絮怜才,焚须增痛,料得心萦幼儿,未获百般顾复,待完职任累高堂",巴金将其处理成散文句式的白话文,如下:"我们全家的人都同声哭你。我可惜你的才华,想到你我兄妹间的友爱,更使我悲痛。我料想你一定舍不得离开你年幼的儿子,你自己不能够好好地照料他,只得麻烦你丈夫的母亲来代替你照顾孩子了"。巴金特地注明,"永絮"指晋才谢道韫的故事。"焚须"指唐李勣给生病的姊姊煮粥烧掉胡须的故事。"高堂"一般指父母,有时特别指母亲,并说明文中的"你"是指瑞珏,而"我"则指瑞珏的哥哥。巴金一边感谢彼得罗夫为翻译他的小说花费许多功夫,同时为增加彼得罗夫对作品的感觉,寄过两张剪报(笔者获得了彼得罗夫遗孀娜塔莉娅赠予的剪报复印件)。报上有孙道临扮演的觉新、张瑞芳扮演的瑞珏、黄宗英扮演的梅表姐、王丹凤扮演的鸣凤、张平扮演的觉慧,还有魏鹤龄扮演的高老太爷。得益于巴金的耐心帮助,这段文言文的难点得以化解,一段艰涩难懂的文言文变成了晓畅直白的白话文,而且个别可能会给彼得罗夫继续造成费解的词句也得到了巴金的解释,从而确保了使得彼得罗夫高度准确地传达了原文,不仅是文字,更重要的是内在气韵:

Все родственники плачут, жалеют талант, жгут волосы, усиливая боль; рассчитывают на прощение и горюют о новорожденном, еще не приняли траур, когда кончат дела, побеспокоят ваш высокий дом.

彼得罗夫的巴金翻译文笔圆熟,译笔流畅,译法灵活,就如同我国学者高莽评论巴金的俄译:"巴金对翻译有自己的一套见解,要准确,也要用文学来表达情感,表现原著的韵味,不能完全死抠字句。"[①] 彼得罗夫的俄译和巴金的汉译,二者的译风和译路完全配对,都是借助于流畅的语言表达,在忠实于原文精神的前提下,根据特定的上下文和特定的内涵灵活处理文字,最大限度地达到了原文与译文的形神不隔,即便在遇到思想转达确实受到阻碍的情况下,作家常常以神似代替形似,确保情感与思想的高层次忠实传达。

原文:

"输了吗?"觉慧问道。

"嗯,"剑云含糊地应了一声,就把头调开了。

"多少"觉慧追问一句。

[①] 转引自郑业:《用文学和真话涤荡心灵垃圾》,人民网,2003年。

第四章　巴金作品在俄罗斯

译文：
——Проиграл？——спросил Цзюэхой. По одному виду Цзяньюня он догадался об этом.

——Да, —— невнятно пробормотал Цзяньюнь, словно не желая, чтобы его расспрашивали, и отвернулся.

——Сколько？—— Цзюэхой хотел непременно все выспросить и как будто нарочно ставил Цзяньюня в затруднительное положение.

我们认为，彼得罗夫这里翻译得非常出彩。彼得罗夫没有拘囿于字数的对等，而是不停地利用加字法，把字面之外之意，亦即隐性信息不露行迹地"找回来"，极大地增强了读者与他一同吃透原文的可能性。"По одному виду Цзяньюня он догадался об этом"（看样子他就已经猜出了这件事情），如果光一个"赢了吗"，俄罗斯读者有可能感到突兀，最妙的是当在"剑云含糊地应了一声"和"就把头调开了"中加上了一句"словно не желая, чтобы его расспрашивали"，似乎是出于难为情，而不想让别人打破砂锅问到底，以文中作注方式把原文没有点出来的"剑云此时不耐烦也不想让别人知道他的心事的心理"完全做了补足，也写出了剑云此时此刻的不快和窘迫。这些心理状态与反应中国读者是不难理解的，但是俄罗斯读者则未必。在这里我们看到，翻译的过程始于源语，终于目的语读者，而作为语言中介者的彼得罗夫，竟然能忠实而完备地把源语文本的隐性信息传递给目的语读者，堪为彼得罗夫的精彩译笔。再者，觉慧当然明白剑云的心情，但是他故意不放过调侃剑云的机会，因为他讨厌总不是自觉自愿陪着跟他过不去的老一代人在一块打麻将。"追问"（выспросить）两个字表明觉慧不满意于剑云的行为，并明白剑云为什么"把头调开"和不愿意让觉慧"追问"的意思。但是俄罗斯读者并不具备中国特色极浓的智力格局和文化论据，为了避免交际阻塞,彼得罗夫运用加字法将隐藏在原文背后的意思"刨"了出来展示给俄语读者,既解决了狭义上下文问题,又兼顾了宏观上下文。

加字法构成了彼得罗夫翻译巴金《家》的最常见手法,也是隐性信息传递的最佳援手。我们随手拈来一段,即可看出。如作品一开头:

风刮得很紧,雪片像扯破了的棉絮一样在空中飞舞,没有目的地四处飘落。左右两边墙脚各有一条白色的路,好像给中间满是水泥的石板路镶了两道宽边。

译文:Дул низкий ветер. Снежные хлопья, похожие на клочья ваты, беспомощно кружились в воздухе и бесцельно опускались на землю. У стен по обеим сторонам улицы намело сугробы, и они двумя широкими белыми полосами окаймляли грязную дорогу; ...

彼得罗夫翻译得非常传神,字字紧扣,但同时为了表现雪花飘落的单调寂寥,翻译家比原文多加进了"беспомощно",为俄文读者增加了他们所习惯的语义表达。虽从文字眼上与原文有了距离,却补足了原文的隐性信息和未尽之意。

由此看出,翻译远不是简单的一种语言到另一种语言的文字转换,它同样属于一种创造性劳动。一位好的翻译家,不仅仅要通晓两个民族的语言,而且要具备丰富的人生体验和多方面的知识,熟谙对象语言国家的文化国情人文风俗等等,同时还要具备一定的翻译知识。根据内容和选题翻译文本可分为论证文翻译、科技翻译和文学翻译,其中最难的就是文学翻译。为了让语言对象国读者读懂译文,并且得到一种文学上的享受,还必须要考虑目的语读者的接受审美。为此,不仅需要最大限度地传达出原文所含信息,同时还要忠实体现原作者的风格、手法、意图,以及作品审美意义和文化内涵等等。通读译文,我们觉得彼得罗夫基本上做到了这一点。

首先,彼得罗夫大胆而又自信地删去原文中被视为必须而对译文

第四章　巴金作品在俄罗斯

读者却可有可无的信息,同时并不影响译文读者对作家意图的理解并以此深化他所理解的《家》。

原文:是的,他也曾作过才子佳人的好梦,他心目中也曾有过一个中意的姑娘,就是那个能够了解他、安慰他的钱家表妹。

译文是: Цзюесинь, как многие одаренные юноши, часто видел красные сны. В сердце у него тоже была девушка, которая нравилась ему — двоюродная сестра, умевшая понять его и утешить.

回译过来是这样的:

觉新就像许多有才华的青年一样,经常做着美梦,在他的心中也有一位姑娘,就是能够理解他安慰他的表姐。

我们发现,在这个不大的片段里,巴金把着重点放在觉新爱"能够理解他给他安慰的梅表姐"上,这是他的美梦,但是彼得罗夫并没有把"才子佳人"译出来,而且句式上也没能忠实传达原文的式样(он также фантастически мечтал о любви как талантливой юноши и красивой девушки),也没有翻译出"钱家"这个字样,但这丝毫不影响他已经充分传达出他想和读者一起分享的信息。尽管我们可以分步解析文中的才子佳人,在这篇小说的上下文里,其实指的是他和梅表姐的幸福婚姻,"才子"就是觉新,"佳人"就是梅表姐。但在这里若有过多用笔,译者就得对译文读者做出很多解释,非但不能让读者尽快接受源语信息,而且会分散目的与读者的注意力,冲淡其审美感受。巴金本人在这里也只是对读者强调觉新有一个美梦,他爱梅表姐。彼得罗夫故意避开梅表姐的姓,即"钱",因为他清楚梅表姐的姓在这里不具备任何特别意义。因为在下文里他会根据原作者的交代和意图,不断直接或间接给出的是"梅"名,而非"钱"姓。总之,彼得罗夫在这里给出了最好的译案,是基于对小说内容的充分理解和对中文文化意图的揭示上的。

另外,应该指出的是,《家》是一部充满激情的小说,在这里作者爱憎分明,为谁高兴,为谁痛苦,在这里一清二楚。在翻译过程中,彼得罗夫圆熟老道地传递原文这种情感。

原文:

"你快说!什么事?"觉慧惊慌地问。

张惠如的呼吸稍微平顺了一点,但是他依旧激动地说话,声音因为愤怒和着急在发颤:"我们给丘八打了!……"

译文是:

— Что случилось ? — Цзюэхой не на шутку взволновался.

Чжан Хойжу, немного отдышавшись, возбужденно заговорил. Голос его дрожал от возмущения и тревоги:

— Сегодня нас избила солдатня...»

"丘八"本是对士兵的蔑称。为了表达张慧茹对公然作恶于大学生的士兵们的愤怒与不满,巴金没有用"士兵",而是用丘八。

在这里,彼得罗夫非常理解人物与作者的情感,也跟原作者一样,没有翻译成士兵,而是译成丘八。这样译者传达的不仅仅是原文信息内容,而且是借助于选词择义传达作者的情绪与情感。

而且,小说《家》生动传神地展现了辉煌的中国文化。熟谙翻译技巧的彼得罗夫善于精确传达文化内涵,极大可能地接近目的语读者的接受心理,接近俄罗斯民族的文化特质。

原文:但是……近年来,祖父偶尔也跟唱小旦的戏子往来,还有过一次祖父和四叔把一个出名的小旦叫到家里来化妆照相……

译文: Однако и сейчас дед имел связь со знаменитой актрисой на амплуа сяодань, однажды дед вместе с четвертым дядей привели ее домой, наряжали и фотографировали.

"往来"的俄语表达,彼得罗夫没有用中立意义的表达"иметь дело",而是用"иметь связь",隐含着二者有一种暧昧关系

第四章　巴金作品在俄罗斯

(интимная связь)，仅一个词的运用，使得两种文本达到了"形神"上的不隔。彼得罗夫在这里用拼音法翻译小旦这个词，并以作注形式向译文读者作解释，这是作者的高明之处。作者没有必要再把"小旦"这个词单独再作详解，因为势必关涉到一大堆中国戏剧知识，如"生""旦""净""末""丑"。"小旦"一词之前已经有了身份的大致解释，本身已经是一种中国文化内涵的揭示，对于外国读者来说已经达到了信息通畅，而避去了繁冗的刨根。

再者，文学方面一方面要求译者保留原作的民族色彩，同时要展现出译者的创意与创新；既要尊重原作的民族文化传统，又要让译文读者读懂，同时抓住主要环节，而尽可能略去可有可无的细枝末节。

原文：

他醒悟似地欢呼起来："二哥，我看懂了！"

觉民惊讶地看他一眼，问道："什么事情？你这样高兴！"

译文：

— Цзюеминь! Теперь я понял!

— В чем дело？ Почему ты так радуешься？ — удивленно уставился на него брат.

中国的辈分称谓明确，不像俄罗斯那样直接称名，尤其对年长于自己的，一般不直呼其名，更不要带上姓。但是俄罗斯人却不是这样，为了让俄罗斯读者习惯于阅读，译者按照俄罗斯习惯改成了直呼其名，这固然迎合了译读者，却没能顾及保留原文的生活习俗。但高明的译者在一开始的时候已经对这种区别做了交代，使得他能放心自如地按照俄罗斯的习俗来处理以顾全译读者的阅读心理。这是非常聪明理智的处理。在上文中已经出现了的"兄弟"(брат)，便是对源语读者和目的语读者都做的巧妙兼顾，这一点十分难得。

再看另一段。原文：

"你总是这样不爱收拾，屡次这样说你，你总不听。真是江山易改，本性难移！"觉民抱怨道，但是他的脸上仍然还带着笑容。

译文：

…никогда не признаешь порядка. Сколько раз я внушал это тебе, а ты не слушаешься. Верно говорят: горы легче передать, чем характер, — ворчал Цзюэминь, но без всякого раздражения.

中国成语"江山易改，本性难移"意思是，改变一个人的本质比移走一片江山还要难。"江山"的直义是山，但转译还可以作为政权，而本性并不是只指人的性格，更多时候指人的本质，该成语内涵在于"人的本性难以改变"，语出明代冯梦龙《醒世恒言》第三十五卷："看官有所不知。常言道得好，江山易改，禀性难移。"但在这里，无论是原文，还是译文，都绝非实指，而是亲昵形容，一种虚说，就同巴金《秋》的第五章："琴伸起手在淑华的头上轻轻地敲了一下，又好气又好笑地说：'这真是江山易改，本性难移。'"，都不是冯梦龙笔下的一种严肃警醒。这里译者的分寸拿捏是恰如其分的，与特定的上下文和人物心境是形神兼备的，较好地传递出了年轻人的生气勃勃与温和。最后的"без всякого раздражения"（没有一丝的气恼），而不是死抠文字眼地排列出："他的脸上仍然还带着笑容"，体现出译者彼得罗夫高超的语言水平和机智的翻译处理。

《家》是一部现实主义作品，在当代中国文化史上占有重要的地位，无论在中国还是在国外都广为流传。为了翻译好这一国际文学名著，必须对原作者思想特征、行文构思与艺术风格有较好的把握，而且要对20世纪20年代的中国成都的风土人情、风俗习惯有很好的了解。彼得罗夫得益于过硬的汉学功底，非常熟悉中国历史与文化，准确理解了作者的构思，这一切确保了他的《家》的翻译成功。读彼得罗夫翻译的《家》，我们发现他的译文具备很多优点，值得我们学习，而即便出现极个别误差是完全可以理解的。丘特切夫说过，"语言一经表达就会出错",任何一个民族语言的有限和无限都会造成语言表达的力不从心。

纵观巴金作品在俄罗斯的翻译,彼得罗夫、索罗金等一批汉学大家竭诚努力,为俄罗斯读者提供了丰硕而精美的巴金作品译本。

第五章

田汉作品在俄罗斯

田汉,中国现代戏剧的奠基人,中华人民共和国国歌的词作者,优秀的戏剧改革家和社会活动家。长期以来,因特殊的历史原因,他在中国文学界的地位与其所取得的成就不甚相符。颇有意思的是,田汉的剧本与歌词创作在俄罗斯却得到了很多研究。以他人为镜,可观己,可正身。对田汉作品在俄罗斯的翻译与研究予以研究,以此为镜,我们则会从另一个角度体味本民族文化特色,借俄人之视角对田汉作品予以新的文学定位和文化推介。

第一节 田汉作品译介概述

田汉这位现代作家,在中国文学史上的地位有些特殊。特殊在他极有名,亦特殊在他默默无名。有名,因为普罗大众皆知他是中华人民共和国国歌的词作者;无名,因为除去专业的研究者,鲜少有人知道他的戏剧家、诗人、戏曲改革家、散文家身份。但这样一位作家,其戏剧作品俄译本的译者却皆师出名门,其作品在俄罗斯获得了视角广阔、覆盖较为全面的关注。

田汉与俄罗斯的文化因缘是双向的。一方面,田汉在俄罗斯受到关注,其作品被俄国学者翻译研究,另一方面,田汉本人素对俄罗斯社会、文化与文学有着浓厚的兴趣。田汉追述道:"十月革命爆发那年我19岁,刚到东京读书,由日本的报刊上知道俄国发生了震动世界的大革命……我曾为当时神州学会的会刊《神州学丛》写过一篇文章叫《俄国革命的经济原因》,对这一伟大革命的必然性做了一些幼稚的分析,这篇文章曾引起当时在北京的李大钊同志的注意……曾写信来

第五章 田汉作品在俄罗斯

鼓励过我……我对俄国革命有很大的向往。"[①]田汉工作后与苏联大使馆多有联系,曾任中苏友好协会总会理事。1949年4月田汉受邀在莫斯科参加全苏对外文化关系协会举办的苏联科学文化界人士联欢会,5月1日在莫斯科应邀参加"五一"节红场检阅,在莫斯科、列宁格勒参观了博物馆、图书馆等,5月10日回国。这是田汉初次到访俄国。1957年11月他随中国劳动人民代表团再次访苏。除却政治层面的接触,田汉与苏联文艺界工作者交往亦多,他曾与苏联作家西蒙诺夫讨论过戏剧问题,曾在苏联看过乌兰诺娃主演的芭蕾舞剧《吉赛尔》,陪同乌兰诺娃参观北京并访问戏曲试验学校[②]。田汉对俄罗斯文学亦是情有独钟。早在21岁时田汉就发表过长篇论文《俄罗斯文学思潮之一瞥》[③](民铎,1919年第6、7期)。该文在中国俄罗斯文学研究界产生过重大影响,学界称之为由此可窥"'俄国文学思潮与现代思潮关系最切',称作者'於俄罗斯文学思潮研讨尤力'"。田汉该文中对普希金、屠格涅夫等作家及其作品都做了较为到位的评述。以俄罗斯文学为基准,田汉率先发出"努力为学术奋斗,庶真能开新中国文艺复兴之基也"[④]的呼声,并对此身体力行。1921年田汉为把俄国盲诗人柯罗先柯的生活艺术"介绍于国中有血有泪之少年",将其童话作品《狭笼》翻译并介绍给国人[⑤]。此外,他潜心研读过《列夫·托尔斯泰日记(1895—1890)》[⑥],于1936年发表根据托尔斯泰的长篇小说《复活》改编的同名"六幕社会剧"[⑦],自述改编原因为:"很少有人有托尔斯泰这样深厚切至的对于不正的憎恶感和对于不幸者的同情心","托尔斯泰的艺术,若能够多少扬弃其原始基督的封建残余,以及贵族残余特

[①] 张向华:《田汉年谱》,中国戏剧出版社,1992年,第28页。
[②] 同上。
[③] 田汉:《俄罗斯文学思潮之一瞥》,载于《民铎》,1919年第6、7期。
[④] 张向华:《田汉年谱》,中国戏剧出版社,1992年,第31页。
[⑤] 同上,第55页。
[⑥] 同上,第55页。
[⑦] 同上,第180页。

点,对我们仍是极有益的精神食粮。"①1937年2月田汉撰文《纪念俄国文坛的"大彼得"——普希金百年祭》,赞扬其文坛地位:"从他起,俄国文学才比较敏锐地反映着当时激变的俄国民众的感情……几乎没有一个俄国作家不和他有或多或少的关连。"②同年6月发表《高尔基的飞跃》一文,赞其为"受难的俄罗斯的代言人",认为"高尔基之成为伟大的革命作家",首先是因为出身于社会的底层,体验着各种苦恼的人生,目击着受难者群的呻吟和吼叫,此外还因为"有伊里奇·列宁这样一位好友不断地同侵蚀他脑子里的旧社会的残余做斗争"③。田汉对俄罗斯文学的关注与精辟评价以及对苏联人民的友谊,在一定程度上强化了俄罗斯汉学界对他的关注。如俄国学者尼克利斯卡娅曾提及"田汉似乎是唯一一位始终不渝地对苏联人民表示好感的中国作家"④。同时,田汉与俄国的种种因缘、与俄罗斯文学的互动为我们的研究提供了更为广阔的空间,有助于我们进一步认清其作品在俄的翻译与研究的学术价值。

在国内学界,截至2012年,田汉研究方面专著性综合研究出版物半百,期刊论文数目逾千,取得了较为丰硕的成果,为以后的田汉研究奠定了良好的基础。但通过梳理我们也发现一些欠缺:首先,田汉研究在国内学界的繁荣期是党为田汉同志平反后的80—90年代,此间出现了很多学术性强的田汉研究专著及文章。进入21世纪后,出版的田汉相关书籍大多偏重于介绍性质,学术研究性不足;其次,田汉及其作品的相关学术性研究或开辟先河,或添景加彩,但从研究广度和深度上,与田汉在中国现代戏剧历史上"无人可与比肩、无人可以替代的"⑤奠基人地位无疑尚不够匹配。

---

① 张向华:《田汉年谱》,中国戏剧出版社,1992年,第445页。
② 同上,第227页。
③ 同上,第232页。
④ Никольская Л.А. Тянь Хань и драматургия Китая XX века. М.,1980. C.153.
⑤ 董健:《田汉传》,北京十月文艺社,2000年,第3页。

第五章　田汉作品在俄罗斯

在俄罗斯（苏联时期），田汉之名早为俄罗斯人所知。我们认为，俄罗斯对田汉的研究虽不及鲁迅研究那般博深系统，但翻译数量、专门研究书目与学术文章数量较其他20世纪作家而言亦为可观。

1937年，俄国学者 B. 路德曼在《戏剧》期刊第五期发表了《现代中国的话剧与戏剧》① 一文，评价"田汉的戏剧更接近于对话形式的小说"，使得田汉之名首次出现在俄国出版物上。其后1938年、1939年、1940年都有相关田汉的文章见诸期刊报端。1948年，田汉于1946年在国内发表的诗作《祝苏联红军节》② 被译为俄文收录在《外贝加尔》③ 一书中出版，译者为 Л. 柯马罗夫（Л.Комаров）。

1949—1960年，新中国成立，与苏联建交并进入关系蜜月期。1949年的期刊《新世界》④、1950年的《星火》杂志、1951年出版的《为和平而斗争的世界诗人》⑤、1954年出版的《普罗之歌》⑥ 在四年时间内依次刊登了田汉最出名的代表作《义勇军进行曲》，译者都是 С. 鲍洛京和 Т. 西卡尔斯卡娅。1956年的田汉的单行本戏剧《关汉卿》⑦ 于1959年由莫斯科艺术出版社在俄出版发行，剧本对话部分译者为 О. 费什曼，诗歌部分译者为 А. 列文托恩，Л. 尼克利斯卡娅作后记。这是田汉戏剧作品在俄国的首次亮相，发行量为2000册。

60—70年代，中国处于文革时期，俄国国内此期关于田汉的研究以文章和报刊消息的形式延续，较具代表性质的有：1968年《文学报》

---

① В.Рудман.Драма и театр современного Китая. Театр . № 5. С.121—129.
② Тянь Хань.В день твоего праздника.Стихи.Забайкалье.1958. № 2. С.196—198.
③ Забайкалье.ОГИЗ.Читинское областное издательство.1948.
④ Тянь Хань.Марш добровольцев. Стихи. Пер..С.Болотин и Т.Сикорская..Новый мир.1949. № 11.с.109—111.То же-Огонек.1950. № 2. С.2.
⑤ Тянь Хань.Марш добровольцев. Стихи. Пер..С.Болотин и Т.Сикорская. Поэты мира в борьбе за мир. М.,1951. С.629—630.
⑥ Тянь Хань. Марш добровольцев. С.Болотин и Т.Сикорская. Песни простых людей.М.,1954. С.169.
⑦ Тянь Хань. Гуань Хань-цин .М., Искусство.1959.

刊登《田汉的悲剧命运》①一文,讲述田汉的政治境况。1969年的《苏联文化》报刊登了《伟大的中国爱国者》②一文夸赞田汉的气骨。1973年的《真理报》刊登塔斯社关于在莫斯科召开中苏友好协会扩大会议,以纪念中国戏剧家和戏曲活动家田汉生辰的消息。1974年《远东文学研究理论问题》刊载《中国60年代文学问题/田汉的戏剧〈谢瑶环〉》③一文,认为在60年代大跃进的背景下中国学界的主题是"人民和政府",田汉用箴言式的剧本语言表达了自己的观点。1978年《远东文学研究理论问题》刊载了《十月革命对田汉的影响》④一文,指出十月革命促进了田汉的自我觉醒,他对俄罗斯社会文化的兴趣定位了自己未来的戏剧家生活和创作。

到了80年代,俄国出现了第一本田汉及其作品研究专著——尼克利斯卡娅于1980年出版的《田汉与20世纪中国戏剧》⑤,发行量为1645册。作者尼克利斯卡娅将田汉创作分为20年代、30年代、40年代和50—60年代四个部分,第一次全面系统地对田汉生平、创作道路、革命烽火中的洗练以及田汉与现代戏剧的关系做了详尽的梳理介绍。作者笃意于阐明在中国现代戏剧发展的基本规律下田汉的总体创作历程,"通过时代展示田汉,也通过田汉展示那个时代"⑥。她还对1980年之前的田汉研究状况给予了简单概括:"田汉之名藉由1959年出版的《关汉卿》⑦俄译本为人所知。60年代在《外国文学》(1967年,第二期)和《文

---

① Трагическая судьба Тянь Ханя. Литературная газета.1968. № 26. 26 июня.С.14.
② Замечательный китайский патрист. Советская культура.1969. № 39. 26 сент.С.14.
③ Петров В.В. К проблеме литературной борьбы в Китае 60-х годов (Драма Тянь Ханя «Се Яо-Хуань»). Теоретические проблемы изучения литератур дальнего востока.М.,1974.С.51—62.
④ Никольская С.В.Влияние великой октябрьской социалистической революции на Тянь Ханя.Теоретические проблемы изучения литератур Дальнего Востока. М.,1978.С.250—251.
⑤ Никольская Л.А. Тянь Хань и драматургия Китая XX века. М.,1980.
⑥ Там же. С.66.
⑦ Тянь Хань. Гуань Хань-цин .М.:Искусство.1959.

第五章　田汉作品在俄罗斯

学报》上出现了田汉的信息,70年代在《亚非人民》《远东文学理论问题》等期刊上出现相关的专门学术评价文章。"① 至此我们认为,田汉在俄罗斯汉学界有了第一个成形的文学和生活面貌。

1990年田汉的另一部剧作《谢瑶环》被收录于《中国现代戏剧》② 一书在俄出版,发行量为15000册,其译者为 Л. 孟申科夫(多译:孟列夫),学者 B. 阿芝玛慕托娃和 H. 斯佩什涅夫为该书作后记,在后记中简要介绍了元代历史和主人公关汉卿背景,赞许田汉让其精神再现。90年代问世的田汉研究第二本专著——B. 阿芝玛慕托娃于1993年出版的《世纪背景下的田汉肖像》③,进一步丰富了田汉研究宝藏。该书发行量为500册,分四章分别介绍了中国现代戏剧的起源发展、田汉创作道路的开始、左翼戏剧协会的活动以及田汉的创作成熟年代及其悲剧命运,作者阿芝玛慕托娃特别强调了田汉在民族化接受改写外国戏剧方面的独一无二的地位。

截至目前,将田汉作为中国20世纪文学史一环列入书中给予评价的俄学者著作计10多本,其中发行量较大的有《20世纪中国知识分子》《现代中国戏剧》,而最近出版的《中国精神文化大典:文学卷》④ 对田汉给出了单独介绍,对其作品及其基本内容进行梳理并肯定其在中国近现代文学史上的重要地位。除了学术专著,从60年代起,在《远东问题研究》《外国文学》等学术性期刊上陆续发表的田汉作品相关评论文章至今有40多篇,《文学报》等发行量极大的报纸上相关评论文章近10篇。

综上所言,我们对俄罗斯田汉作品的翻译和传播情况有了数字化、具体化的了解。一切科学研究的前提是准确翔实的史料和实事求

---

① Никольская Л.А.Тянь Хань и драматургия Китая XX века.М.,1980.С.12.
② Современная китайская драма.М., Радуга.1990.С.71.
③ Аджимамудова В.С.Тянь Хань. Портрет на фоне эпохи.М.,1993.
④ Духовная культура Китая Энциклопедия в пяти томах. Т.3 М.,2008.С.15.

是的态度。我们列陈田汉作品在俄罗斯的传播与翻译的实际状况,一方面看到异国他乡学者对田汉作品研究的孜孜努力,另一方面也深知田汉研究在俄罗斯浩瀚汉学研究海洋中的微渺。然渺则渺矣,滴水藏海,对于田汉作品在俄研究状貌、特色的分析、对田汉作品俄译本的分析都将对整体汉学研究起到相应的补充作用。

第二节 田汉作品俄译本品评

通过上文对田汉作品在俄罗斯翻译出版情况的梳理,我们注意到目前俄罗斯学界对田汉作品的翻译主要集中在其戏剧作品和诗歌作品上。"唯有不同种族的艺术家,在不损害一种特殊艺术的完整性的条件下,能灌输一部分新的血液进去,世界的文化才能愈来愈丰富,愈来愈完满,愈来愈光辉灿烂。"① 田汉作品的俄译本除却承担的文化传播功效外,因为俄罗斯译者的翻译加工,已然被输入了某种新鲜血液,变得更世界化。在目前国内学界,戏剧作品的翻译,尤其是俄译工作,开展得并不充分,这方面的翻译经验和理论都相对匮乏。因而俄国译者对田汉戏剧作品、诗歌作品的翻译方法都值得我们进行认真而实事求是地考察。

我们分别择取田汉的话剧代表作《关汉卿》、戏曲代表作《谢瑶环》和诗歌歌曲代表作《义勇军进行曲》为例进行尽可能深入的翻译分析。

1.《关汉卿》译本分析

《关汉卿》的俄译本是田汉最早出现在俄国的个人作品,莫斯科艺术出版社1959年出版发行,截至目前俄学界只有这一个版本的译

---

① 傅雷:《傅雷家书》,生活·读书·新知三联书店,1984年,第146页。

第五章　田汉作品在俄罗斯

作,剧本对话部分译者为O.费什曼,唱词部分译者为A.列文托恩。费什曼是文学家、汉学家,1937年进入列宁格勒大学(今俄罗斯圣彼得堡大学)汉语教研室学习,师从著名汉学家、翻译家B.M.阿列克谢耶夫,曾翻译出版过李白、袁枚等人的诗歌及中国历史文化方面的书籍。另一位译者列文托恩,他1940年从列宁格勒大学语文系毕业,曾是苏联科学院院士、著名词汇学家、文学家日尔蒙斯基的研究生。这两位译者都可称是名门后生,其译作值得关注。

　　剧本作为戏剧文学,同所有的文学一样,首先是语言艺术,即以语言作为艺术媒介、基本材料和必要手段,藉此来塑造艺术形象,反映社会生活,表达思想感情。戏剧语言包含人物语言和情景说明两种,其中人物语言,即台词,是展现矛盾冲突、塑造人物形象的主要手段。正如老舍所言:"精彩的语言,特别是在故事性强的剧本里,能够提高格调,增加文艺韵味……格调高,固不专赖语言,但语言乏味,即难获得较高的格调。提高格调亦不端赖词藻。用得得当,极俗的词句也会有珠光宝色。"[①]两位俄国译者尽可能地从历史色彩的再现以及诗性精神的架构两方面传达原作精髓,译作中也存在些许偏差与曲解。

1.1 历史色彩的再现

　　《关汉卿》一剧的时空背景是七百多年前的中国元朝(1271—1368)。"如果戏剧译者想他的人物角色'活'过来,就必须用现代的译入语语言来翻译,其涵盖的时间跨度约为70年。如果五百年前的戏剧作品中,其人物用有些古气过时的语言说话;那么,译文中的这个人物必须用对译入语今天的语境而言属于古气的语言说话"[②]为了让读者和观众有历史感,田汉在用口语白话构建整部作品时有意识地

[①] 老舍:《老舍论剧》,中国戏剧出版社,1981年,第25页。
[②] Peter Newmark, *A Textbook of Translation*. Shanghai: Shanghai Foreign Language Education Press, 2001, p172.

使用了一些文学手段加重历史色彩的渲染，主要体现在嵌合历史词、文言词、元代戏剧专用名词和人物日常对话中。俄国译者在翻译过程中尽可能地再现了这些历史色彩。

A. 古语词的翻译

《关汉卿》一剧中的古语词多为表地名、人名和官职的名词，如大都附郭、禁子、禁婆、不花王爷、秃鲁浑、汝里·铁木耳、中书省平章阿合马、大司徒等。

以《关汉卿》第二场为例，开头"大都附郭朱帘秀的家，当时的行院所在。"费什曼将其译为："Дом Чжу Лянь-сю в окрестностях Даду, где в то время находились веселые дома"①。"附郭"意为近城郊外、周边地区，被译为 окрестность Даду，达意准确。"行院"有妓院、行帮之意，在元明时代是对戏剧演员的俗称，亦借指戏班。俄译本中的"веселые дома"很完善地带出了歌舞浮华感。第七场开头原文："中书省平章阿合马陪大司徒合礼霍孙看戏"。俄译："Ахмад, глава верховного совета при императоре, и Холихэсунь, министр финансов, смотрят представление。""中书省平章"指地元代方高级长官，大司徒一职在元代指户部尚书，掌管全国土地、赋税、户籍、军需、俸禄、粮饷，其职位相当于现在的主管财政、税收、民政、金融等部门的国务院副总理。俄译本处理为"министр финансов"（财政部长）让其权受减，但俄读者亦明白大体职能，属于现代色彩的改译。第四场戏中"汝里·铁木耳将军家里堂会"，俄译：В доме у генерала Жули-Тимура был пышный бал. 用音译方式直接翻译"汝里·铁木耳"一词。

此外，关汉卿被刘大娘称为"关大爷"，"大爷"一词用在此处一有对年长男性称呼之意，二有尊敬色彩在其中。О. 费什曼的译本将此

---

① Тянь Хань. Гуань Хань-цин . М., «Искусство». 1959. C.15. （本文《关汉卿》俄译文字皆引于此版本，后不重复加注）

第五章　田汉作品在俄罗斯

译为 Господин Гуань，基本达到了词情与词义的对等展现。第二场中女主人公朱帘秀自嘲"我们扮演的不过是'供笑献勤，奴隶之役'"，俄国学者的对应译文是：а мы, певички, «потакаем низменным вкусам публики, перед ней раболепствуем.» 从目的性翻译角度出发，俄国译者的翻译方式较好地实现了它在译入语环境中的预期功能。

　　B. 元代戏剧专有名词的翻译

　　《关汉卿》是一部围绕元代文人关汉卿创作《窦娥冤》而作的戏剧，其出场人物中有一半是戏剧界的艺人。无论是旁白描述还是人物对话，都不可避免地涉及一些极富中国文化气息和属性感的戏剧专有名词。剧本第二场女主人公出场前旁白介绍："帘秀……她得名甚早，歌喉极佳，演杂剧独步一时，驾头、花旦、软末泥无不精妙"。田汉此句化自元代夏庭芝的《青楼集》中对朱帘秀的描述：珠帘秀"驾头、花旦、软末泥等，悉造其妙"。驾头、花旦和软末泥，这三种都是元杂剧的分类名目。驾头指有皇帝出现的杂剧，花旦一词，今人亦熟，为青年娇俏女性形象，始于元代。软末泥则是指元杂剧中以文人秀士为主角，以其风流韵事、闲情雅趣为主要内容的抒情剧。俄　译："Чжу Лянь-сю рано приобрела известность благодаря своему превосходному голосу и блестящему исполнению ролей молодых героинь, в которых она затмевала всех своих соперниц." 译者用 "роли молодых героинь" 概括原文剧种 "驾头、花旦和软末泥"，用 "в которых она затмевала всех своих соперниц" 意译其 "独步一时"，求达意而不拖沓冗长，整句一气呵成。此外《关》剧中还有众多带有行话性质的文言词，如 "打（指撰写）一个新戏"，"马二去（指扮演）张驴儿"，"惩的（指如何）" 等。以第七场中剧本为例，阿合马言："新词儿背不上来？你不是有名的钻锅能手吗？" 在戏剧界有"现演现钻锅"之说，指的是实力深厚的演员能够迅速整合出新戏。俄译:"Не могла выучить новый текст？ А не ты ли славишься быстротой перевоплощения?"感情色彩、原文准确度都较好地得到了保留和传递,基本达到了形神不隔。

第一场中谢小三找关汉卿说:"一位先生请我教他唱你那支【南吕·四块玉】","南吕"是古代用三分损益法将一个八度分为十二个不完全相等的半音的一种律制,宫调之一。四块玉为属于南吕宫的曲调名。译文: Один господин попросил меня научить его петь твою песню на мелодию «Четыре куска яшмы» "那段【风流体】你还学不学呢？"译文: Тогда и другие популярные песни не надо учить？"风流体"指元明时代嘲戏风流、警戒冶荡的作品。俄国译者将这一名词化译为популярные песни以求达意。第四场中更有大段夹杂曲调名和元曲内容的对白。如关汉卿就自己作品安排向自己的朋友征询"我要把窦娥写得悲愤慷慨,她怨天恨地,发下三个誓愿,头落之后她要血溅旗枪,六月下雪,三年不雨。这样的情感【南吕】就不合适了。因此从【端正好】起,我改用了【正宫】,你看这支【滚绣球】是我比较满意的。临到最后要开刀了,再起【耍孩儿】【二煞】【一煞】……",俄译: Я хочу показать ее гнев и скорбь, ее ропот на богов, метсяпо древку флага, пусть в шестую луну выпает снег, пусть три года не будет дождя. Для этого тональность «Наньлюй» не годится, и я переделал мотив «Дуаньчжэнхао» на «Чжэнгун». Посмотри вот эту арию, мне она больше нравится. А перед самой казнью будит арии на мотив « Шуа-хар», «Эр-ша» и «И-ша»……俄国学者的翻译处理简化且流畅,对于中国的古典曲牌名在用"тональность 音乐调性"一词加以定性后一律采用音译方式处理。对于对中国传统曲艺了解较少的俄国读者,可能并不察觉有何不妥,但在中国读者看来,【南吕】是悲叹之音,【端正好】有庄重肃穆之感,【耍孩儿】有欢快嘹亮之气。这种极难在译

第五章　田汉作品在俄罗斯

文中不损害上下文节奏而完善传达的文化意韵是跨文化翻译中几乎必然流失的一环。对此俄国学者费多连科在翻译屈原《离骚》时的解决方式是在文后加注，以供单纯阅读之外的研究者深入了解剧本内涵和中国文化特性，这一方法未尝不可。

C. 人物日常口语化内容的翻译

第二场中，配角欠要俏形容现在的老百姓就像"箭穿着大雁口似地，没有一个人敢咳嗽"，译文：Сейчас народ похож на лебедя, которому стрелой пронзили клюв, и никто не смеет даже кашлянуть. 俄国学者用直译的方式翻译出了这一富有口语打趣色彩的话，倒也与人物道白的特定语境相契合。第五场关汉卿的好友王和卿打趣因担心自己也惧怕权贵而负气的关汉卿"蛤蟆虽小，肚子里的气倒不小"。译文"маленькая жаба, а от злости надулась и стала большой"，译者按照自己的理解结合本国国情略改动了后半部分，有细微差别，不影响总体感受。朱帘秀劝王和卿不计较"他那牛脾气您还不知道？"译文"Вам же знаком его упрямый характер!"俄国译者改反问句为感叹句，用"упрямый характер"来译"牛脾气"以求达意，但仍欠火候，没能忠实形象传递出他脾性的"牛"气，这句话或可译为：Вам же знакомо его ослиное упрямство!，则显得语义贴切，且用词对等与传神。王和卿指出，要想顺利演出《窦娥冤》"租玉仙楼还不是最难得，最难的是找到一个比阿合马的腰还要粗的东家，他敢包我们的戏，那就什么都好办了。"对应译文是：Снять театр проще, чем найти хозяина посильнее Ахмада, который бы решился заключить контракт на эту пьесу. Тогда все будет в порядке. 达意准确。

因《窦娥冤》被捕入狱后，关汉卿面对文人走狗叶和甫的叱骂是《关汉卿》一剧无疑是大快人心且让观众印象深刻的："狗东西，你是有眼无珠，认错了人了。我关汉卿是有名的蒸不烂、煮不熟、捶不扁、炒不爆、响珰珰的铜豌豆,你想替忽辛那赃官来收买我?我们中间竟然出现了你这样无耻的禽兽,我恨不能吃你的肉!"译文是:Собака, глаза у тебя без зрачков, в людях не разбираешься. Гуань Хань-цин, как те знаменитые бронзовые бобы, которые на пару не сваришь, в ступе не растолчешь, на огне не поджаришь. Ты пришел купить меня для этого продажного Хусина? В нашей среде появилось такое бесстыдное животное... Я презираю тебя! "有眼无珠"译为"глаза у тебя без зрачков","蒸不烂、煮不熟、捶不扁、炒不爆、响珰珰的铜豌豆"是后来亦被指称田汉的有名台词,读来颇是一气呵成,铿锵爽利,其因一在语言平实毫无做作的酸腐气,二在结尾的几个词"烂、熟、扁、爆、豆"的语音为去声、阳平、上声、去声、去声,使得这个长句中不带语气助词的句末语调全部为降语调,气势连贯。

对于一些带着中国民间特色的口语词汇,俄国译者在达意的同时融合进了本国国情。如第二场中关汉卿的老仆夸赞他救下二妞并成就二妞与其夫婿的姻缘:"按这份阴功,您也该得一位好太太,将来膝下说不定还有五男二女哩。"阴功和阴德同义,在中国传统迷信思想观念中是指在人世间所做而在阴间可以记功的好事。唐朝吴筠的《游仙》诗之五便有着"岂非阴功著,乃致白日升"的说法。俄国学者将此结合西方基督教文化,译文为 Небо должно вознаградит вас за это, послать вам хорошую жену, а может быть, и пять сыновей да двух дочек. 用"上天会给予您福报"的诠释方式来完成中国迷信色彩浓厚的原文翻译。但译文欠妥之处在于数目字的处理不够精确,原文的"五男二女"是泛指数目,而非精确数字,所以应该有相应的带有俄罗斯相关文化的数目字传达出。"Очень хорошее пожелание человеку, который за свои добрые дела достоин награды, вот кто-то и говорит, что небо за всё доброе должно послать ему

第五章　田汉作品在俄罗斯

хорошую жену да ещё(плюс), если всё благополучно сложится, пять сыновей да(и)двух дочек"的说法,大体与原文欲表达之意接近。就这一点,我们同意曹新宇的观点:"译文也可能在语言形式上与原文有很大的区别,但是却很容易为观众理解。戏剧翻译要选取的是后者。面对负载文化意蕴的因素,译者无法意译和表现形式得兼,将其内涵意义译出,传达人物台词的意图,也就足矣"[①]在两者不可兼得情况下,"两害相权取其轻,两利相权取其重"未必不是一种翻译策略。文学翻译如同文学创作本身,能将其"诗言志"传递于读者,并让读者心领神会,即便是用不同语言方式表达,其功能已告完成。

1.2 诗性精神的架构

中国是一个诗的大国,诗经楚辞,唐诗宋词,源远流长并不断更新变异构成新文学的内涵。田汉不仅是剧作家,亦是优秀的诗人,他的旧体诗极为出色,这份诗歌才能和诗性精神也融合体现在他的剧本创作中。《关》剧第八场关汉卿在狱中向朱帘秀告白明志的一曲《双飞蝶》唱词让无数观众热血沸腾,泪湿眼眶之际更觉豪气冲云霄:

将碧血、写忠烈,

作厉鬼、除逆贼,

这血儿啊,化做黄河扬子浪千叠,

长与英雄共魂魄!

强似写佳人绣户描花叶;

学士锦袍趋殿阙;

浪子朱窗弄风月;

虽留得绮词丽语满江湖,

怎及得傲干奇枝斗霜雪?

[①] 曹新宇:《论戏剧翻译的动态表演性原则》,载于2007年《中国翻译》第4期,第75页。

念我汉卿啊,
读诗书,破万册,
写杂剧,过半百,
这些年风云改变山河色,
珠帘卷处人愁绝,
都只为一曲《窦娥冤》,
俺与她双沥长弘血;
差胜那孤月自圆缺,
孤灯自明灭;
坐时节共对半窗云,
行时节相应一身铁;
各有这气比长虹壮,
哪有那泪似寒波咽!
提什么黄泉无店宿忠魂,
争说道青山有幸埋芳洁。
俺与你发不同青心同热;
生不同床死同穴;
待来年遍地杜鹃花,
看风前汉卿四姐双飞蝶。
相永好,不言别!

《关汉卿》俄译单行本诗歌部分译者 A. 列文托恩的译文如下:

"О храбрых напишем не тушью, а кровью
Обильной, как волны реки Голубой,
Мы с ними всегда, и народной любовью
Был силен принявший с тиранами бой.
Пусть пишет другой о красавицах-вдовах,
Цветы вышивающих с грустным лицом,

第五章　田汉作品在俄罗斯

О старом ученом, о сплетнях дворцовых,
О флирте красотки с веселым хлыщом.
Я знаю — найдет он игру словесами,
Леса красноречия в тонких стихах,
Но можно ль сравнить их с живыми лесами,
Где иней серебряный лег на ветвях?

Я о себе подумал, о Хань-цине,
Как много прожито, прочел я гору книг,
Писал я драмы, мне уж скоро минет
Полсотни лет, как этот срок велик!
Как много прожито, какие перемены!
Гора меняется, сместилось русло рек, —
А сколько в эти годы в мире бренном
Тоски и слез изведал человек!
Все это вылилось в «Обиду Доу Э»,
Мы с нею вместе исходили кровью,
При гаснущем светильнике во тьме
На лик луны смотрели мы с любовью.
Мы были вместе, — растворив окно,
Мы наблюдали туч седых угрозы,
Мы чувствовали, что мы с ней одно,
Мы духом твердые...
К чему же эти слезы?

Так будем же спорить о Желтых истоках, —
Где подлым приют, а для нас ничего нет, —

О судьбах загробных, о горах высоких,
Что рады, когда в них красавиц хоронят.
Наш возраст различен, но оба горели
Мы сердцем, без счета расходуя силы,
При жизни с тобой не делил я постели,
Разделим же нынче хоть холод могилы.
Когда рододендроны будущим летом
Разнежатся в солнечном теплом дыханье,
Две бабочки выпорхнут с ранним рассветом—
Мы снова с тобой и ⋯ не нужно прощанье".

  田汉的这部历史剧《关汉卿》融进了中国传统戏曲的元素——加入人物唱词。戏曲的唱词需要押韵,戏剧家兼诗人的田汉剧本的唱词每一段都是古韵与文义一并丰足的绝妙诗篇。我们不妨以分析诗歌的手法分析这段唱词。
  A. 语言层面。
  词汇是最基本的构成单位,承担着组成句子、构建全篇诗歌的任务。词汇句法一起构成诗歌外在的视像图,然后是韵律和语调层面,构成诗歌的内部元素。词汇承载的文化意象的复现和原作韵律的重演是架构原作诗性精神的关键两点。
  从语言层面的词汇角度上,除了能指功能之外,田汉的唱词如同诗歌中的词汇,具备日常词汇所没有的功能,那就是唱词词汇本身负载着一定的文化意象。而文化意象的传递又恰恰是诗歌翻译过程中举足轻重、直接影响翻译效果的一环,无等值词汇的处理便因而显得尤为重要。根据百科全书的定义,无等值词汇是"源语言在翻译语言中没有完全对应的词汇个体",但我们应认识到,这并不意味着无等值词汇就是不可译的,就注定要比那些有直接对应义项的词汇的翻译精

第五章　田汉作品在俄罗斯

准度低。成功的翻译是能够完全，或者至少是尽可能最大化的复现和传达源作唱词（诗歌）中无等值词汇的文化意象和美学功能的。

文化意象是"文学作品中所描绘的图景和表现的思想感情融合一致而形成的一种艺术境界，能使读者通过想象和联想，如身临其境，在情感上受到感染"①，其始源可以上溯到《周易·系辞》中的"圣人立象以尽意。"而文化意象一词最早见于谢天振教授1999年的专著《译介学》，笔者认为即是在意象基础上描绘了深厚的民族文化色彩，带上了一个民族特有的精神实质。那是读者吟诗后"心有戚戚焉"进而在诗歌营造出的、独立于尘世之外的情意境界中或悲或喜的本源所在。

以上的解释带有中国传统文评的模糊美学特征，我们再借用英国著名文论家、诗人艾略特（T.S.Eliot）的观点加以明晰化：诗歌作品的价值在于艺术创作的过程，在于诗人是否成功地找到个人情感的"客观对应物"。他说："艺术形式表达情感的唯一方法是寻找一个'客观对应物'；换句话，是寻找一系列实物、场景、一连串事件来表达某种特定的情感；要做到最终的形式必然是，感觉经验的外部事实一旦出现，便能立刻唤起那种情感。"②也就是诗人通过意象这个"客观对应物"传递情感。那么，翻译过程中能否还原或近似体现原诗意象便是译作能否引起同样感情反应的基础。

田汉原作二十九句，几乎每句中都镶嵌了极具中国文化古韵精髓、极富文化意象的古语词。这些无等值词汇的处理是复现文化意象的关键。译者A.列文托恩在复现词汇的文化意象上给予了我们一定的翻译参考经验：

1）"芳洁"，语出晋朝陶潜的《感士不遇赋》："虽怀琼而握兰，徒芳洁而谁亮"，有芳香洁净却怀才不遇的君子之感。其更本源的文化意象则出自屈原的《离骚》所建构的由香草美人、宓妃佚女、虬龙鸾

---

① 丁棪:《纵谈翻译中文化意象的传达》,载于《外语与翻译》,2002年2期。
② 王恩衷编译:《艾略特诗学文集》,国际文化出版公司,1989年,第13页。

凤、飘风云霓构成的飘渺圣地和那个长冠巍峨、高冠奇服、玉鸾琼佩、心志高洁的形象。田汉原句"争说道青山有幸埋芳洁"，А.列文托恩的译文："О судьбах загробных, о горах вымоких, Что рады, когда в них красавиц хоронят"，用"красавица"美人一词来译"芳洁"，较为成功地传递了原本是无等值词汇的精妙之处和文化底蕴。

2)"风月"，该词可指《南史·褚彦回传》里"初秋凉夕,风月甚美"那般的清风明月，可指《梁书·徐勉传》里所言那般的闲适之事，可指宋罗烨《醉翁谈录·小说引子》："编成风月三千卷,散与知音论古今"中诗文之意,亦更多指男女情爱之事。译者将原句"浪子朱窗弄风月"译为"О флирте коасотки с веселым хлыщом."美人儿与浪荡子的调情，意象贴切，主语颠倒，这是这位俄国译者的译文中出现的改译，不知是否是对原作理解有误，对此我们将在本章末尾对改译现象进行单独分析。

B. 韵律角度，俄语也叫节奏。

根据汉语字典的解释,诗歌是一种有固定韵律或节奏布局的文学作品，由这个定义可见韵律对诗歌而言的重要性。刘勰在《文心雕龙·声律》中说："声画妍蚩,寄吟咏滋味流于字句,气力穷于和韵。"马雅可夫斯基说："韵律是诗歌的力量之源，灵魂所在。"两位诗人都充分强调了韵的地位。汉诗词曲平衍押韵方面的典籍多得惊人，在此不可能将种种平衍格式与押韵规则进行详尽阐述。概而言之，在中国古典诗歌中,韵律一是由韵脚直接控制，二受诗歌内部节奏和旋律影响。汉字单音节现象是汉诗音象美的基础。一字一个音节，再加上平、上、去、入四个声调，中国诗人便可借此奏出或激越高亢或哀婉凄雅的乐章，在韵律使用上多采用一元式韵法。

俄语属于印欧语系，以多音节为其音象美的基础，俄语诗歌采用的韵律体系也有别于中国诗歌，一般包括格律、节奏、诗步（音步）、诗

第五章　田汉作品在俄罗斯

行和韵脚等构造。日尔蒙斯基对格律的概念如是定义："格律,这是诗中控制重音和弱音交替的理想规律。"[①]一个音节内含一个元音,重音节称为"扬",以符号"一"表示;非重读音节为"抑",以符号"∨"表示。一组音节,其中重音占有相对固定位置并在诗行中重复出现叫做诗步。一般按音节数量和重音位置来分类,如以两个音节为一个单位周期重复出现的即为双音节音步。俄国诗歌体系中有几种常见的格律模式:(两音步)抑扬格(∨－/∨－),扬抑格(－∨/－∨),(三音步)扬抑抑格(－∨∨/－∨∨),抑扬抑格(∨－∨/∨－∨)和抑抑扬格(∨∨－/∨∨－),(当然,我们所指的是格律诗而非无韵诗),该段唱词运用的是抑扬格诗律译成。诗人们通常借助这些韵律来营造诗歌的音乐感,而为满足创作需要,诗中常有破格现象,如在两音步中出现的两个轻音节连在一起的现象,即抑抑格(∨∨),或两个重音音节相连,即扬扬格(－－)。此外俄语诗采用多元韵式的押韵法,可押头韵(一行诗中两个或三个单词的首字母相押,且多为辅音),也可押尾韵(两行或两行以上诗句的最后一个单词的元音或结尾辅音相押),常用的押韵方式有毗邻韵(аабб)、交叉式(абаб)、环抱式(абба)等等。

在韵律层次上,田汉的《蝶双飞》是自创曲牌而非效古,因着在戏曲作品中所需的唱腔而斟酌韵律,顺势而行。全曲基本上做到了偶数行押韵或意义相对完整处押韵,语气明快,节奏紧凑,且韵脚大都为古入声字,仄声,音时短而力度强。正如傅骏所指,"铁血韵是仄声韵,字数很少,俗称险韵。作者却在险道走马,采花摘字,铁、咽、穴、热、洁、蝶、别用来恰到好处,绝无牵强"[②]。句式上长短交错,错落有致,真可谓,有行云流水之神,天边流彩之韵。

[①] Из статьи «О ритме», в кн. «Контекст». 1976.
[②] 傅骏:《奇韵·奇词·奇才——田汉〈关汉卿〉主题词赏析》,载于《上海戏剧》,2005年,第42页。

译者 A. 列文托恩主要使用了两种方式以最大程度地保留和传达原作的韵律情感。首先，符号的情感传递。译文中五次出现破折号，它们或解释说明下文(Я знаю —найдет он игру словесами)，或表递进(Так будем же спорить о Желтых истоках, —Где подлым приют, а для нас ничего нет, —О судьбах загробных, о горах вымоких, Что рады, когда в них красавиц хоронят)，或表延长(Две бабочки выпорхнут с ранним рассветом —Мы снова с тобой и ... не нужно прощанье)，或表转折(Гора меняется, сместилось русло рек, —А сколько в эти годы в мире бренном, Тоски и слез изведал человек!)，但全部都营造了译文如溪水沿涧流动忽疾忽缓的韵律节奏和情感波动。此外，译者还多次使用省略号，或来加长读者的心理期待及获知结果后的欣慰感(Мы снова с тобой и ... не нужно прощанье)，或起语义延长补充情绪的作用(Мы духом твердые...К чему же эти слезы?)。

C. 诗段的划分和节律的编排。

原作并未划分节段，在剧本上演时根据上演曲种和音而唱，曾编为粤剧、越剧上演，在意义层面上我们可将其划分为以下几层：用一腔热血描画忠烈，胜于风月绮丽言谈；我汉卿与帘秀一身铁骨，为《窦娥冤》入狱受难；铁骨不屈爱意相随，生不同床死同穴，化蝶永不别。译者创造性的按照语义流转将原诗划分为三个诗节，分别为12—17—12句。诗节末尾是两个疑问句和一个陈述句，形成语意上的承接婉转，同时不失诗意。

诗段划分对营造韵律起节奏上的调控作用，而每个诗行的内部节奏则是让诗歌之所以为诗的关键。此处我们以第一诗段为例对译者A. 列文托恩的译文进行图示解构：

第五章　田汉作品在俄罗斯

О храбрых напишем не тушью, а кровью	V – V / V – V / V – V / V – V	12	а
Обильной, как волны реки Голубой,	V – V / V – V / V – V / V –	11	б
Мы с ними всегда, и народной любовью	V – V / V – V / V – V / V – V	12	а
Был силен принявший с тиранами бой.	V – V / V – V / V – V / V –	11	б
Пусть пишет другой о красавицах-вдовах,	V – V / V – V / V – V / V – V	12	а
Цветы вышивающих с грустным лицом,	V – V / V – V / V – V / V –	11	б
О старом ученом, о сплетнях дворцовых,	V – V / V – V / V – V / V – V	12	а
О флирте красотки с веселым хлыщом.	V – V / V – V / V – V / V –	11	б
Я знаю —— найдет он игру словесами,	V – V / V – V / V – V / V – V	12	а
Леса красноречия в тонких стихах,	V – V / V – V / V – V / V –	11	б
Но можно ль сравнить их с живыми лесами,	V – V / V – V / V – V / V – V	12	а
Где иней серебряный лег на ветвях?	V – V / V – V / V – V / V –	11	б

  分析可知该诗为三音节音步。诗行的音节数分别是12—11—12—11,规律极为井然。诗中奇数行为四音步抑扬抑格的完整音步,而偶数行末尾则为少一轻读音节(V)的抑扬抑格短缺音步,根据张学曾的《俄语诗律浅说》,此处为辅助音节,不计入总体。全诗整齐划一,规范严格。这种规整的韵律节奏把握在中国诗歌俄译作品中极其少有。

  在翻译界,无论是俄罗斯,还是在中国,因着中俄文字上的差异,很多译者或舍韵律而用内在语调营建乐感,如阿赫玛托娃译《离骚》,几乎完全放弃了原作的韵脚押韵方式,靠自己对于俄语诗歌的掌控重建原作诗性,以《离骚》中耳熟能详的两句为例:"日月忽其不淹兮,春与秋其代序;惟草木之零落兮,恐美人之迟暮",阿赫玛托娃的译文是:"Стремительно текут светила в небе, И осенью сменяется весна. Цветы, деревья, травы увядают, И дни красавца князя сочтены."原文是工整的 abab 押韵式,阿赫玛托娃舍弃韵脚,用 И-И 隔行相和,将重音集中分布在 «и» «я», «е», «а», «ы» 这些被罗蒙诺索夫在自己的《言语导读》中指出的带有坚硬和一些悲凉色彩的音上。韵律上阿赫玛托娃借助抑扬格和抑扬抑格交错的形式以表达原作者对自己施政理想不能实现、国家社稷不稳、百姓不能安居乐业的担忧,传达失去国君信任、受谗言迫害的屈原悲凉的情绪。我们认为同样韵味十足,但此种诗性传达方式并不是每一位译者都能具备的,在品评时恐怕也需要更多的气力;也有译者为了让译文合乎本国诗歌节律或审美习惯而进行大幅删减或文字添加,如中国学者田国彬,他的《铜骑士》译文几乎许多诗段打破了原作品诗段的诗行数,甚至是诗段数量也与原诗不一致,使得其翻译在一定程度上成了译者的再创作,而原作成为再创作的基本材料[1]。比较可见,像列文托恩的《双飞蝶》译文这般保持和完美体现原作韵律神韵的实属少见:译文严格保留原作韵律外形格式,隔行重复尾韵,即押交叉韵(абаб):ю-ой-ю-ой; ах-ом-ых-ом; ами-ах-ами-ях,乐感和谐,朗朗上口。此外,如同阿赫玛托娃译作《离骚》时的音色表现手法,诗行中的重音集中分布在 «и», «я», «э», «а», «ы», «о» 上,所有这些音听上去都带有坚硬和一些悲凉的色彩。根据俄罗斯诗律理论,元音,尤其是 «а», «о», «и», «э» 开阔敞亮,适宜表达强烈壮阔的情感,同时具备鲜明的

---

[1] Ван Лие Творчество А.С.Пушкина в Китае. Вестник Московского университета. 2012.6. C.163.

第五章　田汉作品在俄罗斯

音乐效果①。这几个元音字母在列文托恩译作中出现频率较高,同时节奏、韵脚、重音都经过精心选择,原文唱词以"e"("o")为韵母而一韵到底,浑然一体,而列文托恩则将其处理为每四行一换的交叉韵,看上去似乎不如原唱词来得酣畅淋漓,但译文在铿锵有力和气势夺人上仍与原文有异曲同工之效,而且青出于蓝胜于蓝,更加重了人物的情感起伏和层层推进,其效果可谓步步精工以求传形达意,全力建构全作的诗性精神。

除却《双飞蝶》这一将诗意拔到最高端的诗歌,《关汉卿》一剧的人物对话中常常夹杂着诗歌化的句子,亦即道白韵。如文中谢小山提及的关汉卿的"那支【南吕四块玉】":"南田耕,东山卧,世态人情经历多。闲将往事思量过,贤的是他,愚的是我,争什么?"尾韵协调而成一格,且暗含两个典故:陶渊明弃官归田和谢安拒召高卧,读之颇有出世者古风和老子的淡然。俄国译者的译文是"В южном поле пашу я, веду борозду, /Отдыхать на восточную гору иду./Мне на свете немало изведать пришлось, /Сколько разных людей повидать удалось./И теперь, когда нечего делать порой, /Все сидишь, вспоминаешь о жизни былой./Что ж, мудрец — это он, /А глупец — это я, /Что ж тут спорить, тут не о чем спорить, друзья!"《正字通》载:"耕,治田也。"《说文》中按,人耕曰耕,牛耕曰犁。故而俄译本的"веду борозду"面向读者扩展解释,补原文之义是正确的。"东山卧"的"卧"字译为"Отдыхать",将闲躺舒适意带出。南吕·四块玉的曲调定格句式为:三三七、七、三三三,关汉卿将后面的三个三字句分别加字为:四四三。其格律为:×厶平,平平仄,×仄平平仄平平。×平×仄平平厶,×厶平,厶平(上),平去平(上)(其中"×"为可平可仄,加粗表示韵脚)。

---

① Ван Лие. Поэтика контраста. Газета Союза русских писателей "День литературы". Январь,2013.№1.

俄译本的韵律为抑扬格,每两或三个诗行尾韵一致:у-у-ось-ось-ой-ой-я-я,重建了原文的节奏感。

概括而言,俄国译者主要使用了直译、意译加注、转译的方式来传达原作。这些诗意盎然的句子如小玉珠镶嵌在作品中,与《双飞蝶》这一南海明珠互相应和,自成熠熠生辉之态。

1.3 译作中的偏差、改译及其他

中国文化数千年,文学古韵深厚,加之国别和文化观念的差异,使得中国文学作品的外译工作任务艰巨。正如经验丰富的翻译家 В.М.阿列克谢耶夫在《中国文化》一书中谈及中国文化翻译时所写的:"现在还没有哪个译者专家能够完全译出中国文化里蕴藏的全部情感、意境和奥秘"①。在俄国译者的《关汉卿》俄译本中,也存在一些偏差现象:

语义上的偏差主要出现在剧本对话部分译者 О.费什曼(О.Фишман)的译文中,大致分为以下几种:

A. 意义理解错误导致的偏差

禁婆。《关汉卿》第八场,"狱吏翻案件后,望望管牢房的禁子和禁婆",俄译"Начальник тюрьмы перелистывает дела, поглядывает на Тюремщика и его Жену"。禁子、禁婆是元朝监狱中看守罪犯的男性和女性。狱吏是旧时掌管讼案、刑狱的官吏。俄译本将禁婆理解为了禁子的妻子,是为小误。

B. 中俄文化差异导致的偏差

贼子。剧中谢瑶环呵斥"来俊臣,贼子!""贼子"在此处为坏蛋恶徒。关汉卿《裴度还带》第三折里有:"不想傅彬贼子,怀挟前雠,指家父三千贯赃"的说法。译文,"Лай Цзюньчэнь, ты преступник!"

---

① Алексеев. В. М. Китайская литература. М., 1978. С. 39.

第五章　田汉作品在俄罗斯

将贼子一词译成"преступник 罪人、犯人"似乎有所差异,且不足呵斥的语气,尚不如 сволочь, негодяй, подлец 等词更贴近原意和原语境。

歌妓。《唐宋词百科大辞典》中对歌妓一词的定义是"旧时以歌唱擅场的妓女"。妓女为了娱宾遣兴、侑酒佐觞的需要,除了色相外,均须有一技艺,或善歌,或善舞,或才辩,或善琵琶、三弦等等,善歌者称歌妓。《关汉卿》一剧中第二场介绍朱帘秀:"帘秀因是出名歌妓,穿得较一般华美"。俄译文是:Чжу Лянь-сю — знаменитая актриса, она одета богаче других. 俄译者用"актриса"一次来译"歌妓"一词,不知译者费什曼是否是因看重帘秀的舞台表演身份而刻意隐去了妓女之意。

改译则主要出现在唱词部分,即 A. 列文托恩的译文中。我们在前文分析了该译者借助于文化意象词以及完善的韵律格式较好地传递了田汉原作的诗性精神,同时也提及了列文托恩的改译现象。

所谓"改译"是指译者对于原作在理解的基础上进行变通处理。俄国译坛上对于"改写"原著、"创造性翻译"的传统可追溯至18世纪末19世纪初,而我国译界也有长于改译的学者,如许渊冲先生,有改韵就义、删繁就简、内蕴毕现、诗意开豁、人称换位、重心转移、跨行增益、诗题改译、诗行调整等改译手法[①]。俄国译者列文托恩对田汉的《双飞蝶》的改译主要体现在原文删减和体现内蕴上,原文:将碧血、写忠烈,/ 作厉鬼、除逆贼,/ 这血儿啊,化做黄河扬子浪千叠,长与英雄共魂魄! / 强似写佳人绣户描花叶;学士锦袍趋殿阙;浪子朱窗弄风月;/ 虽留得绮词丽语满江湖,怎及得傲干奇枝斗霜雪? 其大意为:我们用碧血来书写忠烈,写那一腔热血化为厉鬼也要除去逆贼的;这血化成黄河长江之水,永远象征着英雄的精神。写忠烈胜过写那些佳

---

① 张智中:《爱好由来落笔难,一诗千改始心安——许渊冲先生的古典诗词改译》,载于《西南交通大学学报》,2005年第4期。

人学士，浪子朱窗，否则就算能留下写绮丽词语，又怎么能比得上那些如斗雪寒梅般坚韧有力的文字？译文：

> О храбрых напишем не тушью, а кровью
> Обильной, как волны реки Голубой,
> Мы с ними всегда, и народной любовью
> Был силен принявший с тиранами бой.
> Пусть пишет другой о красавицах-вдовах,
> Цветы вышивающих с грустным лицом,
> О старом ученом, о сплетнях дворцовых,
> О флирте красотки с веселым хлыщом.
> Я знаю — найдет он игру словесами,
> Леса красноречия в тонких стихах,
> Но можно ль сравнить их с живыми лесами,
> Где иней серебряный лег на ветвях?

其大意为：用鲜血而非笔墨来书写勇士，那血多如长河之水。我们同英雄在一起、人民的爱永随其生。让别人去写那些新寡佳人、老学者、宫殿谣言，去写那些美人儿同快乐浪子的调情，我知道——他找到了言语的游戏，筑起诗化的绮丽言辞之林，但这些怎能同，同那银霜覆盖下仍生机勃勃的树林相比？与原文对比，我们可以发现，俄国译者对原文进行了较大幅度的改写，注重表现关汉卿用鲜血书写勇士的决心，宁可为此流血，不愿附庸流俗去写绮丽之谈。这种改义就韵、删繁就简、体现原作核心内蕴的特点在第二、第三段唱词里也有所体现。

概括而言，俄国译者借助直译、意译及加注、改译的方式传达了关汉卿专著的历史色彩和诗性精神，其中出现了一些意义上的偏差，但瑕不掩瑜，总体而言《关》译本对于历史文本以及诗歌作品的俄译工作有一定的翻译实践参考价值。

2.《谢瑶环》译本分析

《谢瑶环》是历史剧,被国内学界认为是田汉戏曲的重要代表作之一,因其文革期间被冠上的"大毒草"之名而一度成为研究者回避的存在。截至目前,相关研究文章不过十篇,且大多属于政治机械化的批斗性质。《谢瑶环》一剧的原文在相当长的时间内不为公众所见,中国戏剧出版社1983年出版的《田汉全集》可算得上是此剧正式以作品身份与观众见面。云南大学中文系1966年编印的一部手抄印刷版的《有关"谢瑶环"的资料》是目前可寻的登有《谢瑶环》全文的唯一单行本出版物,但在其中《谢瑶环》被加上了"编者按",指责田汉"用编造的历史故事,积极参加了对社会主义的进攻",故而刊发田汉原文并"希望大家认真读一读,参加这场讨论"。在《谢瑶环》一剧前还有两篇对该剧口诛笔伐的大批判文章,言辞犀利,咄咄逼人,让人依稀可以想见当年田汉因此剧而受的屈辱。田汉的秘书将自己"冒着生命和坐牢危险而埋藏了二十年的所谓'变天帐'——创作记"[①]献出来,写了《京剧〈谢瑶环〉改编纪实》一文,对田汉创作此剧的精神动机、创作材料和构思过程做了详尽的记录,以为之正身,而国家授予该剧的荣誉奖以及人民对《谢瑶环》的热爱为这位戏坛老者做了最好的祭奠。

目前俄国的《谢瑶环》俄译本也只有一个版本:译文被收录于《中国现代戏剧》[②]一书在俄出版,发行量为15000册。其译者为Л.孟申科夫(多译:孟列夫)。孟列夫在中国学界享名甚久,其第一部汉学研究著作是《中国古典戏曲的改革》,曾翻译出版《红楼梦》的诗词,出版《西厢记》《牡丹亭》的俄译本以及俄译唐诗等等,成果丰硕且广受认可。孟列夫对于中国文化的把握与中国精神实质的了解我们亦

---

① 黎之彦:《田汉创作侧记》,四川文艺出版社,1994年,第188页。
② Современная китайская драма. . Составл. И Послесл. В.Адимамудовой и Н. Спегшнева.М., Радуга.1990.

可在《谢瑶环》中略窥一二。

2.1 古职与文化意象

《谢瑶环》非田汉一时兴起之作。在创作该剧前,田汉接受周总理的指示,参与修改郭沫若的话剧《武则天》,加之他本人1960年完成的《文成公主》一剧,"进一步积累了一批唐代的史料和相关创作素材,特别是阅读了从唐太宗到武则天时期的政治、经济、法律、宗教、文化、军事等史料。从唐代的帝王本纪、后妃传、列传中,他又研究了各种各样的政治人物,研究了人民的生活和唐代的阶级矛盾和阶级关系。"① 这些体现在田汉剧本的人物官职命名以及人物对话内容中,使剧本包含着大量的中国古代历史文化信息,对于俄译者而言,这是实现翻译目的需要跨越的第一关。

俄国学者认为"尽管历史剧的情节取材自神话和历史,与事实可能有一定的差距,但对于没有受过教育的民众而言仍然是很好的历史课,是对于许多个世纪之前国家生活面貌的知识和印象来源"②,因而译者在翻译时对信息传达的深度和准确度要求可谓严格。首先,戏剧名《谢瑶环》被译者填补为《女巡抚谢瑶环》加大信息量,同时也反映了译者对这部剧作的创作历史的熟谙,即将原作名(碗碗腔《女巡按》)和现有名(田汉改编成《谢瑶环》)糅合而给出自己的翻译版本,这属于某种程度上的创造性翻译,我们对此持肯定态度,因为这一译法更具中国气息,能够引起异国读者更多的关注,并为其提供更多的信息量。其次,《谢瑶环》一剧中涉及大量的中国古代官职名,如"巡按""天宫尚书""左台殿中侍御史""御史中臣""羽林军将军"以及宫中太监、宫女、书吏等。

---

① 黎之彦:《田汉创作侧记》,四川文艺出版社,1994年,第165页。
② Современная китайская драма. Составл. И Послесл. В.Адимамудовой и Н. Спегшнева.М.:Радуга.1990. C.427.

第五章　田汉作品在俄罗斯

在文前人物介绍中,原文对谢瑶环的描述是"尚仪院司籍贯女官,后命改名谢仲举,任右御史台,巡按江南。"孟列夫的俄译文是:"Се Яохуань, женщина-чиновник, делопроизводитель во дворе Высочайшего распорядка, впоследствии назначена правым цензором и инспектором области Цзяннань ; В связи с назначением получаем мужское имя Се Чжунцзюй."① 中国的古代官署上有尚仪局,乃隋文帝始设,其中设女官六尚,即尚宫、尚仪、尚服、尚食、尚寝、尚工,各三人。官从九品。田汉在创作《谢瑶环》时翻阅了《唐书》《资治通鉴》《说唐》等史书②,其所言尚仪院司由来大概便是此处。俄国译者对此选择了意译以求信。官职"巡按"始于唐天宝五年(746),天子派官巡按天下风俗黜陟官吏。明永乐元年(1403)后,以一省为一道。派监察御史分赴各道巡视,考察吏治,每年以八月出巡,称巡按御史,又称按台。巡按御史品级虽低(监察御史为正七品官),但号称代天子巡狩,各省及府、州、县行政长官皆其考察对象,大事奏请皇帝裁决,小事即时处理,事权颇重。原文"巡按江南"中,"巡按"名词动词化使用,意为"任江南巡按"。"御史台"则是监察机构,设立于唐朝,掌监察之事,有左台右台之分。对于这两个官职名俄国译者如是翻译以求信:"впоследствии назначена правым цензором и инспектором области Цзяннань 受命担任右监察和江南地区的巡按",当属达意准确。

再如"徐有功左台殿中侍御史"。唐宋两代都有设"殿中侍御史",属于御史台下设台院,即执掌纠弹中央百官、参与大理寺的审判和审理皇帝交付的重大案件的监察机构的主管官。出场人物的官衔官职身份与其立场息息相关,译本翻译的准确理解与否也直接关系到

---

① Современная китайская драма. Составл. И Послесл. В.Адимамудовой и Н. Спегшнева.М.:Радуга.1990. С.3.(本文《谢瑶环》俄译文字皆引于此版本,后不重复加注)
② 黎之彦:《田汉创作侧记》,四川文艺出版社,1994年,第171页。

俄国读者接收到的信息的正确程度。译文：Сюй Югун, начальник канцелярии в Левом дворцовом Цензорате. 监督院办公厅主官，基本译出了左台殿中侍御史的职能。至于"羽林军将军"一职，羽林军是中国古代最为著名并且历史悠久的皇帝禁军，为汉武帝创设，《汉书》曰："武帝太初元年，初置建章营骑，后更名羽林骑，属光禄勋。又取从军死事之子孙，养羽林官，教以五兵，号羽林孤儿。"其名来自星宿。《正义》："羽林四十五星，三三而聚，散在垒南，天军也。"译者的译文是："генерал в войске Юйлинцзюнь"，并为Юйлинцзюнь加注"Гвардейское соединение, в котором проходили службу дети военных, павших в боях." 说明羽林军中子弟皆是阵亡军人之子，有助于俄国读者加深对中国古代文化和天子权威的了解。

俄国译者 Л. 孟列夫的译文注重求"信"达意，不仅表现在对官职的翻译上，更表现在对文化意象承载词的翻译上。原作："伍员庙内桃花发，／朦胧醉眼看吴娃。"译文："На персиках цветы раскрылись у храма У Юаня, /Я в сумерках красоток уских высматриваю, пьяный"，伍员庙为楚国名人伍子胥的祠庙，《吴郡志》上说："伍员庙，在胥口胥山之上，盖自员死后，吴人即立此庙。""吴娃"始出《文选·枚乘〈七发〉》："使先施、徵舒、阳文、段干、吴娃、闾娵、傅予之徒……嫭服而御。"李善加注："皆美女也。"对此 Л. 孟列夫在自己的译文"Я в сумерках красоток уских"中加注说明此处的美指的是"женщины области У(Цзяннани)"，不仅指出吴地美女，且给出了吴地今日的区域——江南，信达兼顾。再如第一场武则天出场时言：前者凤凰来仪，飞集明堂梧桐树上，适才朕到上阳宫去，又见朱雀数万只朝舞宫楼，真叫人高兴。译文：Недавно появилась вереница фениксов, они слетелись на утуны возле зала Собравшегося Света. Как раз в это время Мы вышли в парк при дворцах Шаньян.И еще Мы видели, как десятки тысяч

第五章　田汉作品在俄罗斯

рыжих воробьев резвились в то утро у дворцовых строений.Все это тка нас обрадовало!"凤凰来仪",出自《尚书·益稷》:"《箫韶》九成,凤凰来仪",自古被认为是吉祥的预兆。唐柳宗元《晋问》一诗:"有百兽率舞,凤凰来仪,于变时雍之美,故其人至于今和而不怒"便取此意。"明堂"一词出自《孟子·梁惠王下》:"夫明堂者,王者之堂也,"是古代帝王宣明政教的地方。凡朝会、祭祀、庆赏、选士、养老、教学等大典,都在此举行。据《吕氏春秋通诠》载,明堂中方外圆,通达四出,各有左右房……左出谓之青阳,南出谓之明堂,西出谓之总章,北出谓之玄堂。俄国译者将此词译为"зал",少了些天子之威,不影响达意。"梧桐"一词俄国译者音译为"утун",并加注"Утун—разновидность платана. 梧桐的变种"。

2.2 唱念做打与英雄精神

《谢瑶环》扎根于唐朝文化,非无土之木,亦非无源之水。田汉在历史的长河中研究古人治国兴邦的经验,寻找对今天有用的经验和精神,让秘书找出地图研究路线,准备对汉唐的历史和现实情况做实地考察。他说"周总理最近谈到现在有些地方,不能下情上达,那里有官僚主义、主观主义,有封建思想残余,所以老百姓来北京告状了。毛主席最近还说要提倡方平告状精神,我作为人民代表,下去倾听人民的要求和反映,是义不容辞的。"[①] 田汉有着关汉卿般为国为民热心肠,有着帮助他人的英雄主义精神。这种英雄主义渗透到他的选题、立意和行文中。

田汉1961年到西安访谒了昭陵和乾陵产生了"载舟之水可覆舟"的感怀,在观看了省戏曲研究院眉碗团演出的碗碗腔《女巡按》演出后加工改写了此剧。碗碗腔是陕西省地方戏曲剧种,其唱词典雅,讲

[①] 黎之彦:《田汉创作侧记》,四川文艺出版社,1994年,第168页。

求声韵和谐。句子或长短不一,或齐整划一,以上句押韵落板。田汉在改写时部分程度上保留了碗碗腔的语言风格,参阅了《唐书》《资治通鉴》《说唐》等史料,发展出自己的特色改为京剧上演,其"唱、念、坐、打",无不折射了作者支持弱者的英雄主义精神。

首先,"唱"。作为京剧、越剧等戏曲表演的剧本,唱词部分是剧本的重心点,除了揭示人物心理,更能体现主人公性格中的特点和作者田汉的英雄主义精神。唱词部分均为规则、整齐的上下句对应结构,以七字句、十字句居多,如"瑶环说话好胆大,诽谤勋戚为哪般?诽谤勋戚我怎敢?兼并不止国不安。""脱宫衣换锦袍代天巡狩,喜平日报国家壮志能酬。"第四场只由秀才龙象乾的一段独唱构成的唱词也是带着不怕恶势力和勇救妻子的英雄精神。原文:三年苦读衡山上,谁知风波起吴江,武宏贼他把父势仗,侵夺民田压一方;征发铜铁且不讲,还抢劫我妻萧慧娘!行装未卸察院往(撑伞与风雨斗),怕什么春深风雨狂!(舞伞下)但可惜的是,该场戏在俄译本缺漏了,译者在第五场戏前加注:"Картина четвертая, т.е. ария и пантомима Лун Сяняня с зонтом, опущена."指出该场戏是场以伞为辅助的舞蹈哑剧和咏叹调。

唱词本身便韵味十足,加上音乐的因素,能形成分明的层次感。孟列夫很注意保留和传递原作的形式。

七字句的唱词部分以"——瑶环说话好胆大,诽谤勋戚为哪般?"为例,其译文为:

　　—Твои слова, Яохуань,
　　　Не слишком ли дерзки?
　　Чернить заслуженных людей
　　　Как будто не с руки.

孟列夫将一对平行七字句原词处理为四行诗句、一个诗节,并注重语音层的诗歌构造。毕竟诗歌是一种将语音系统组织化了的语言,

第五章　田汉作品在俄罗斯

是语音把一种声音的质感保留在我们头脑中,并通过这种质感将音节所代表的意义保存在我们脑海里。语音的组合连环构成韵律,从而营造整体的诗歌美感。从音韵角度,дерзки 和 руки 隔行押韵,韵脚统一。诗律角度上五音步的抑扬格和抑抑格的搭配使诗人情绪的波澜起伏形成一种内在的节奏,读起来朗朗上口。这种对语音韵律的控制和选择贯穿于俄译本始终,值得我们借鉴。

十字句的唱词以第八场戏中谢瑶环对袁行健心生好感而在月下浅唱的一段为例:

到任来秉圣命把豪强严办,
一霎时正气升春满江南。
袁仁兄嫉恶如仇有胆有识,
既孝义又豪侠他是个盖世的奇男!
公务毕换罗衣园中消散,
一阵阵桃李花飘满池潭。
对明月蹙蛾眉数声长叹,
这乱愁千万端却与谁谈?

俄国译者的译文是:

Мне Государь велел отправиться сюда,
Судить властей неправые дела.
И вдруг в какой-то миг все ожило вокруг,
Весна по всей Цзяннани расцвела.
Мой старший брат Юань не переносит зла,
Отважен, образован и умен.
Он соблюдает долг, он храбр и справедлив.
Не видел свет мужей таких, как он.
Закончены дела, переоделись мы,
Решили прогуляться здесь в саду,

> Где персиков и слив опавшие цветы
> Летят, как тучи, к тихому пруду.
> Но брови сведены-под ясною луной
> Протяжно и печально я вздыхаю:
> Печалей миллион приходит вновь и вновь,
> Кому я их поведаю — не знаю.

在形式上,孟列夫保留了原作的诗歌特征,将原文8句以十字为主调的唱词,处理为16行诗句、一个诗节。从音韵角度,首起诗段完全与原作第一诗段韵脚(an-an-i-an)对等,即1、2、4句押韵,余下已基本上按汉诗习惯,即逢双一韵,韵脚统一:а-а-уг-а,а-ен-ив-он,ы-у-ы-у,ой-ю-овь-ю。诗律角度上五音步的抑扬格间杂着抑抑格使诗人情绪的波澜起伏形成一种内在的节奏,读起来朗朗上口。

其次,"念"。念词部分。在内容方面,《谢瑶环》一剧中的念词对白带古文色彩,但意义明了,使现代的观众亦能了解含义。如第十二场戏中谢瑶环被武三思私刑拷打却威武不屈,当御史来俊臣让其招认莫须有的罪名时,指其大骂。原文:"来俊臣,贼子!本院巡按江南,不满一月,事事秉承圣上旨意,并无差错,你等欲加之罪也深苦无词。只想'三木之下,何求不得'。哪知俺谢仲举偏是个不怕死的,要俺招认谋反,除非是长江倒流,太阳西出!"① 译文:"Лай Цзюньчэнь, ты преступник! Я послан инспектировать Цзяннань, прошло меньше месяца, а я уже исполнил все дела согласно замыслам Совершенномудрого и ни в чем не ошибся. Вы же хотите превратить мои действия в преступление и еще беспощадно пытаете меня. У вас на уме одно: «Поищи хорошенько-чего только не найдешь!» Где вам знать, что Се Чжунцзюй смерти

---

① 田汉:《田汉文集》10卷,中国戏剧出版社,1983年,第384页。

第五章　田汉作品在俄罗斯

не боится. Скорее река Чанцзян потечет вспять, чем я признаю за собой вину!"① 俄国译者将"事事秉承圣上旨意"译为"исполнил все дела согласно замыслам Совершенно мудрого. 按圣上旨意完成所有的事情"，略失原文"无论做什么，都秉承圣旨"之意。"你等欲加之罪也深苦无词"化自"欲加之罪何患无辞"，俄译文中略去不译。"三木之下，何求不得"中，"三木"是古刑具，枷在犯人颈、手、足三处。因是木制，故称为三木。而只有重犯（如叛逆、剧盗、杀人等）才会戴此重刑刑具，一般的轻犯只会选择其一，故也用三木借指重刑。俄国译者对此选择了意译的方式"беспощадно пытаете меня. У вас на уме одно: «Поищи хорошенько-чего только не найдешь!»"这里体现了语言的自然通俗性，在翻译过程中避免了造成交际障碍的逐字翻译方式，达意自然。

在形式方面，俄国译者尊重原文形式。田汉原作中的念词部分为正常的文本书写形式，译文中保留原样，没有加以诗歌化改写。如——（武则天）"依你之见呢？"——（武三思）"依侄臣之见，这李得才定然是唐室诸王的遗孽，若不立即剿除，定成大患。侄臣愿领精兵一万，远征江南，替姑皇效犬马之劳。"译文：—И что ты об этом думаешь? —По мнению Вашего племянника, этот Ли Дэцай, несомненно, дальний отпрыск танского правящего дома. Если его немедля не покарать, от него вскоре будут великие беды. Ваш племянник готов выступить во главе десятитысячного войска, дойти до Цзяннани и совершить для Императора труд собаки и коня. "Ваш племянник 侄臣"和"совершить для Императора труд собаки и коня"总体带出了古旧的宫廷色彩。

第三，"做打"动作的象征意义。京剧艺术中，做指舞蹈化的形体

---

① Современная китайская драма. Составл. И Послесл. В.Адимамудовой и Н. Спегшнева. М.: Радуга. 1990. С.80.

动作,打指武打和翻跌的技艺,二者相互结合,构成歌舞化的京剧表演艺术两大要素之一的"舞"。这是戏曲有别于其他戏剧下属种类的所在。演员的手、眼、身、法、步各有多种程式,髯口、翎子、甩发、水袖也各有多种技法,演员们灵活运用这些程式化的舞蹈语汇,以突出人物性格、年龄、身份上的特点,塑造出一个独特而丰满的艺术形象。

在田汉原作中这些做打动作以加括号的动词加以标示。我们从第五场开始择取一些例子加以说明。如武宏"(昂然拱拱手)谢巡按请了"①,译文"У Хун (сложив руки, сдостоинством). Приветствую инспектора Се!"②勾勒出一副狗仗人势的嘴脸。谢瑶环"既是梁王公子,坐着讲话"③,译文"Если это сын Лянского вана, он может беседовать сидя."④这是谢瑶环在事情真相水落石出前的隐忍。袁行健"(气愤)请问大人,这'公堂平似水?'"⑤,译文"(в гневе).Разрешите спросить, высокий сановник, будет ли это выглядеть так: В просутственном зале,/все тихо, как гладь реки?"展现袁行健江湖侠客的喜怒形于色与嫉恶如仇的性格。对于原文中"公堂平似水"的修辞意义俄国译者也传达得准确,中国民间有"公堂平似水,王法大如天"的对联,指法制的公平公正,俄国译者用"все тихо, как гладь реки"保留修辞,用"гладь 宽阔平静的水面"保存了原有意象,属于达意基础上的达形,具备可鉴性。

在真相查明后,谢瑶环"(大怒)唯(唱)两贼竟敢闹察院,怪不得穷百姓受尔的熬煎。俺今日誓把豪强剪! 来,将武宏、蔡少炳绑了!"⑥

---

① 田汉:《田汉文集》10卷,中国戏剧出版社,1983年,第348页。
② Современная китайская драма. Составл. И Послесл. В.Адимамудовой и Н.Спегшнева.М.,Радуга.1990.C.32.
③ 田汉:《田汉文集》10卷,中国戏剧出版社,1983年,第349页。
④ Современная китайская драма. Составл. И Послесл. В.Адимамудовой и Н.Спегшнева.М.,Радуга.1990.C.34.
⑤ 田汉:《田汉文集》10卷,中国戏剧出版社,1983年,第349页。
⑥ 同上,第356页。

第五章　田汉作品在俄罗斯

译文"Се Яохуань (в гневе). Прочь! (Поет.) Я вижу, как держат нахально себя, в суде эти два негодяя.Какие простому народу, пришлось от них муки терпеть, теперь я себя представляю. И я непреложную клятву даю, что крылья у них окарнаю""啐"表示喝斥或唾弃，多见于近代小说和戏曲。俄国译者用"прочь 滚"来表达谢瑶环为穷百姓受欺压而勃然于色、怒发冲冠之态,其唱词作态都描画了红颜玫瑰的铿锵铁骨。谢瑶环在深夜花园与自己的随从亦是好友苏鸾仙聊天,后者曾在她们出发江南前半打趣半祝福："到江南观不尽山明水秀,英豪中找一个风侣鸾俦"" Как доберемся в Цзяннань, пусть перед очами предстанут светлые горы и воды прозрачные... Сышем ли мы удальца, С кем вы составить могли бы фееиксов верных чету новобрачную"。谢瑶环真的爱上了为民除害的"英豪"袁行健,袁行健恰好也在花园中听到对话,两人心意互明,袁行健称自己为"怀靖"愿为瑶环效死,谢瑶环"(急捂着袁行健的嘴)谁要你死？（低声）只知你名行健,怎么又叫怀靖呢？"① 一个"急捂",是女子对钟情男子珍爱至极不愿其受丝毫危险的情急之举；一个"低声",是深闺女子情急之后对自己举措的掩饰和娇羞。谢瑶环展现了女子的柔情似水,羞态怡人。译文"Кто хочет, чтобы ты умер ？ (Тихо).Я знаю, что тебя зовут Синцзянь, а у тебя оказывается, есть еще другое имя -Хуайцзин!"用"тихо"欲语还休的安静取代了原本的急捂嘴动作,似有一番俄罗斯少女内心千潮涌动却矜持自制的独特情怀。

当被武三思私刑拷打、御史逼供时,谢瑶环指骂来俊臣"贼

---

① 田汉：《田汉文集》10卷,中国戏剧出版社,1983年,第369页。

子！"① 译文 "(бранит его, указывая пальцем) Лай Цзюньчэнь,..."② 满堂刑具，满身伤痕之下，谢瑶环对着奸吏的"бранит его, указывая пальцем"指鼻痛骂是将个人生死置之度外的英雄主义，也让观中心生不忍，从而激发出对恶势力的彻骨痛恨，加强和巩固了作品的总体抨击力度和效果。

　　除去孟列夫对于原作文字语言采取直译加注、意译的翻译手段来体现文化意蕴，该译者使用的"留白"的处理手段尤为引人关注。原作结尾袁行健远飘江湖，略失夫妻永伴的缱绻情深，孟列夫舍去这些关于袁行键后续的交代缀白，刻意留白，增强了谢瑶环之死的悲壮色彩和因国因民宁舍小家与爱情的英雄主义精神。这种对于原作的改编建立在俄国译者对原作作者创作意图的理解和主题思想的把握上，实现了它在译入语环境中的预期目的或功能。

3. 其他诗歌歌词作品译本分析

　　提及田汉之名，则无人不知其《义勇军进行曲》之作，该诗作在中俄两国都可谓是田汉最广为人知的作品。在俄罗斯，它被收录在1954年出版的《普罗之歌》、③1951年出版的《为和平而斗争的世界诗人》④、1950年的《星火》杂志以及1949年的期刊《新世界》⑤中，译者均为 С. 鲍洛京和 Т. 西卡尔斯卡娅。

　　起来！不愿做奴隶的人们！

　　把我们的血肉，

---

① 田汉：《田汉文集》10卷，中国戏剧出版社，1983年，第384页。
② Современная китайская драма. Составл. И Послесл. В.Адимамудовой и Н. Спегшнева.М., Радуга.1990. С.80.
③ Тянь Хань.Марш добровольцев. С.Болотин и Т.Сикорская. Песни простых людей.М., 1954. С.169.
④ Тянь Хань.Марш добровольцев. Стихи. Пер..С.Болотин и Т.Сикорская. Поэты мира в борьбе за мир. М., 1951. С.629—630.
⑤ Тянь Хань.Марш добровольцев. Стихи. Пер..С.Болотин и Т.Сикорская..Новый мир.1949.№11.с.109—111.То же-Огонек.1950.№2. С.2.

第五章　田汉作品在俄罗斯

筑成我们新的长城！
中华民族到了最危险的时候，
每个人被迫着发出最后的吼声。
起来！起来！起来！
我们万众一心，
冒着敌人的炮火，前进！
冒着敌人的炮火，前进！
前进！前进！进！

Вставай, кто рабства больше не хочет!

Великой стеной отваги, защитим мы Китай!

Пробил час тревожный!

Спасём мы родной край!

Пусть кругом,

как гром грохочет наш боевой клич:

Вставай! Вставай! Вставай!

Нас пятьсот миллионов, мы единое сердце!

Мы полные презрения к смерти!

Вперёд! Вперёд! Вперёд!

В бой!

关于田汉《义勇军进行曲》的创作时间和版本众说纷纭，最为可信的是田老的秘书黎之彦提供的信息：该词作于1935年2月田汉被捕入狱前夕。时值日本侵华，爱国电影公司——电通公司决定拍摄影片，田汉为电影创词，聂耳为之谱曲并对原作加以切合音乐旋律的润色：将田汉原本的"冒着敌人的飞机大炮前进，/前进、前进、前进！"改为"冒着敌人的炮火前进，/前进、前进、进！"[①]，对此田汉认为"是

---

① 黎之彦：《田汉创作侧记》，四川文艺出版社，1994年，第285页。

完全对的",并一度夸赞。《义勇军进行曲》被选为国歌,其特色有三:

一是激昂情绪的表达、直指人心的力量传递。国画大师徐悲鸿在听了《义勇军进行曲》发出如是喟叹:"垂死之病人,偏有强烈之呼吸。消沉之民族里,乃有田汉之呼声。其言猛烈雄壮。闻其节调,当知此人之必不死,其民族之必不亡!"① 能从一首曲词看到一个民族的铁骨与铿锵,田汉之能,不可谓不让人叹服。

二是上口传诵度。原作用词造句简单直白而不失力度,入耳的瞬时记忆度很高,韵律上其词抑扬,尾韵协调,一律以去声结尾渲染急迫情绪,诵读时便有铁马铮铮、硝烟四起中捍卫国土的亢奋与迫切。

三是文化象征意义。田汉用精炼笔触浓缩了中国百年历史,有屈辱更有抗争,有失败更有勇气。"血肉长城"的文化信念扎根进中国泱泱大国每一个平头热血百姓的心里,勃发出的是热情,是呐喊,是为国舍生之节气,是破釜沉舟捍卫国土的尊严。长城有形有疆,一个民族的向心力和爱国心永无疆域,其潜能无限。《义勇军进行曲》时为抗日所做,沿用至今,其因在于绵延的是中华千百年的爱国精神内核。

鲍洛京和西卡尔斯卡娅的《义勇军进行曲》译本连续4年一版再版,可见其受欢迎程度。

首先,译文注重达意基础上的意译,不追求完全一致的文本对照翻译而力求传达原作的精神内核。原文:冒着敌人的炮火,前进! 译文: Мы полные презрения к смерти! (我们对死亡满带着轻蔑) Вперёд! (冒着炮火向前)。俄译者直接点出战士们的这份为国战死之心,在情景表现上似乎失却了原作的画面感,却也因为直接而更生出几许一往向前的铿锵决绝。

其次,译作在选词方面保留了原作易于上口的特色,没有用生硬或华丽的词汇,朴实而直达人心。而几乎通篇诗句末尾感叹号的使用

---

① 田申:《我的父亲田汉》,辽宁人民出版社,2007年,第218页。

第五章　田汉作品在俄罗斯

保留了原作特色,振臂高呼民众觉醒去一往无前捍卫疆土的"起来！Вставай！""前进！ Вперёд！"分别重复四次和三次,民族兴亡一瞬间的紧迫之情溢于纸端笔末。当然,正如李逸津先生所指出的："俄罗斯文化与中华文化是距离较大的边缘文化,苏联汉学家所面对的读者群,不像日本、东南亚乃至北美华人社圈那样有接受中华文化的历史传统。苏联读者对中国的历史和文化往往比较陌生。"①因此该翻译中出现一些改译现象。原作:中华民族到了最危险的时候,每个人被迫着发出最后的吼声。译作: Пробил час тревожный!Спасем мы родной край!/ Пусть кругом, как гром грохочет наш боевой клич. 鲍洛金和西卡尔斯卡娅将原作中中国人民因外力而迫发出的怒吼反抗处理成了古罗马战士式号角高鸣铁马金戈的出击征伐。一为被动一为主动,这与中俄文化差异相关。中国人的主流文化是孔儒之道,文明温雅,中庸处世,在外交方面亦受此文化的泼墨浸染。俄国的历史则充斥着用力量征服世界、扩张疆土的英雄情节,主动出击是勇猛和力量的表现。这就造成了俄国译者在表达战前激扬情绪时的措辞选择。我们对此持包容态度,品评接纳其对中国文化的接受视角和可借鉴的翻译方法。

小结

В.М 阿列克谢耶夫曾如是感叹："需要极大的努力和天赋才能复现出被中国人视为超越诗歌本身的那些神秘的音符,那些不可言喻的美"②。国内外译界和学界众所周知,涉及蕴含众多文化意象的中国文学作品的翻译工作是一项非常困难的任务。在寻求完全复现原作面貌的过程中,会有一部分译作变成干涩的逐字翻译,外国读者从中获

---

① 李逸津:《两大邻邦的心灵沟通:中俄文学交流百年回顾》,黑龙江人民出版社,2010年,第59页。
② Алексеев.В.М. Китацская литература.М.,1978. С.40.

取的更多程度上是信息量,美感丧失大半;还有一部分译作变成译者的再创作,加入了本国的文化意象,语言顺畅之余似乎少了原汁原味。相关翻译理论如我们上文所提,可谓众说纷纭,至今也不能确定唯一的译本质量的评价标准。但译作对原作神韵的传达程度、诗性色彩的架构水准是在比较中可以揣摩出高下的。

饶有趣味的是,田汉戏剧作品的几位俄译者都毕业于如今的俄罗斯圣彼得堡国立大学,都师从名门,并各自进行不同领域的汉学研究。单行本戏剧《关汉卿》①中剧本对话部分译者为 O. 费什曼,歌词部分译者为 A. 列文托恩,这两人在《关汉卿》一剧得翻译上似乎后者表现得更好一些:前者经常出现误译现象,死抠字眼而失却精神;后者的歌词翻译则韵律十足,诗意盎然。再将《关汉卿》与《谢瑶环》的俄译本相比,又可见《谢瑶环》译本的翻译更为准确传神,有着大家风范,其意译得更为自如,关于剧本留白等处的处理也颇见卓越功力,甚而在某些程度上加重了原作的英雄主义色彩和悲剧精神。

这几位出自汉学名门的译者的译文与俄国学界的翻译理论是吻合的,有"创造性翻译"的倾向,他们在翻译中特别注意了几下几点:一是对戏剧对白,采用重音切合原文排布以复现原文腔调,对原文中的道白韵更是精心布置节奏,如《关汉卿》中的《正气歌》的翻译;二是擅于从文化象征意义词的本源着手翻译,如"芳洁"之于"美人";三是将原作中的唱词进行诗歌化翻译处理,复现原文的音乐感和节奏,如《双飞蝶》;四是保持原文的用词风格,或朴实或华丽,如《义勇军进行曲》;五是改义就韵,删繁就简,对原作进行留白处理,如《谢瑶环》的结尾。

总体而言,这几位俄国译者的译本完成了在译入语中的传播功能,所采用的主要方法是直译加注、意译、改译,并在其中具体采用了

---

① Тянь Хань. Гуань Хань-цин .М., Искусство.1959.

第五章　田汉作品在俄罗斯

自设诗段、留白、民族化改写等手法,较好地传递了原作的精髓。与此同时,这些译者在具体的翻译过程中出现了一些省略及意义上的偏差现象,对此我们所秉持的观点是:

首先,肯定"可译论"。站在翻译目的论角度出发,任何有目的的翻译工作都是有其受众和价值的。"拙劣的翻译和不尽如人意的翻译也都有着它们的意义,那就让我们倍加感到了语言的'未能满足的要求'"[①]。其次,赞成评判译文的标准不拘泥于与原文的完全等值,而是译文是否承载了原文的思想内容和美学特点,是否实现了它在译入语环境中的预期目的或功能。第三,反对完全意义上的逐字翻译,也反对对原文本义的肆意歪曲理解。对于上述行文中涉及的或有意为之、或由于文化国情相异导致的译作与原作间的偏差,我们认为可以参考茹科夫斯基的观点:"译者是'表达'的创造者,因为他拥有自己要采用的素材来表达,没有任何指导、没有任何其他的参考材料,'至于原著作者的表达方式呢?',译者在本国语言中是找不到的,它们应该由译者来创造。而且只有在他的头脑中充满了他所译的诗歌中诗人的理想,而且把这种理想转变为自己的想象时,他才能创造出来……"[②] 理解了原作精神后加以保留文化意象的翻译,尽力避免因理解而致的翻译偏差是所有译者奋斗的目标。随着中俄两国文化交流的加深和外语人才的成长,随着对他国译者经验的学习和掌握,我们相信中国文学作品的成功俄译与文化推介工作会有更大更全面深入的未来。

第三节　俄罗斯的田汉研究

如我们前言中所提,田汉一生作品形式纷呈,戏剧散文诗歌不一而足,但最具代表意义的是他的戏剧作品。目前学界中,一般将戏剧

---

① 王家新:《翻译文学、翻译、翻译体》,载于《当代作家评论》,2013年第2期,第134页。
② 《茹科夫斯基诗歌和散文文集》,第十卷,圣彼得堡,1901年,第854页。

分为西方古典戏剧、中国古典戏曲和现代戏剧三个不同的概念。其中，中国古典戏曲的称谓始出王国维先生，是一种把歌曲、宾白、舞蹈和表演结合在一起，具有中国民族特色的戏剧艺术形式。① 而中国现代戏剧发端于留日学生组织的春柳社，他们于1906年在日本东京演出了《茶花女》第三幕，1907年演出五幕剧《黑奴吁天录》，这是中国第一次完整的近代话剧演出②。在第一节对俄罗斯的田汉研究状况进行梳理总结的基础上，我们将本章的研究范畴锁定于俄罗斯学者的研究对象——田汉的现代戏剧作品。

1. 俄罗斯田汉作品研究的他者之见

由于国别和文化身份的差异，俄罗斯学者在翻译和研究田汉作品时，不可避免地参考中国国内学者对于田汉基本资料的梳理研究，关注中国国内学界的研究热点；与此同时，俄国学者的研究是出于自身研究目的而进行的，因而具备本民族文学研究视野，同时附带当时历史条件下的政治择取眼光，对我国研究而言属于带有补充和借鉴意义的他者之见。

具体而言，这首先体现在对田汉的基本资料研究上，俄国学者借助中国学者的史料整理对田汉进行了政治和生活视域的研究。

中国有句古话"闻音而知其人"，一个人的腔调特点能够直接反映这个人的某些性格特征，王熙凤的未见人先闻声便是一例；与此同时，"闻人而知其音"，了解一个人，便也能大致揣测他的笔触风韵。唐有李白醉酒豪歌，亦有贾岛捻须苦吟。不同的性格风貌，笔下流淌出的自是不同的风韵。国内研究者研究田汉作品，不可规避的一个问题就是田汉何许人的问题，俄国研究者亦然。

从政治视域，田汉1916年留学日本，1921年与郭沫若等人组织

---

① 童庆炳主编：《文学理论新编》，北京师范大学出版集团，2010年，第215页。
② 朱栋霖、丁帆、朱晓进主编：《中国现代文学史》，高等教育出版社，2000年，第104页。

第五章　田汉作品在俄罗斯

"创造社"宣传进步文学,1922年回国创办《南国半月刊》,积极从事新文艺运动。1930年加入"左翼作家联盟"。1932年加入中国共产党,担任过"左翼作家联盟"党委书记等职。1937年抗日战争爆发后,发起上海文化界救亡协会,在周恩来同志领导下组织剧团在各战区进行抗日宣传活动。新中国成立后田汉历任中央人民政府政务院文化教育委员会委员、文化部戏曲改进局局长、艺术事业管理局局长、中国戏剧家协会主席和党组书记、全国文联副主席等职,并被选为第一、二届全国人大代表。1968年"文革"中被迫害致死。这是史实,俄国学者书中所写皆参考中国史料而来。

　　除却政治社会身份,田汉对于俄国研究者而言,更是一个时代的代表。拉赫马宁将其定位为"共产党人田汉",并肯定了他"在中国现代戏剧史上占据着显著地位"[①]。田汉之名早期与启蒙运动、"五四"运动等时代事件密切相连,在中苏关系恶化的年代则作为文革的受迫害知识分子代表屡现报端。俄罗斯汉学家们普遍认为,田汉是"中国新戏的奠基人,经历了文明戏的兴衰"[②],"擅长宣传党的口号"[③],"作为戏剧艺术大众革命的运动领袖被载入戏剧史册"[④],"中国的现代戏剧活动从最开始就与国家的政治生活密不可分,……田汉完全展现了中国的戏剧艺术与政治的关系"[⑤]。

　　从生活视域,俄国学者对田汉的性格养成、家人对其的影响给予了关注:田汉出生于湖南省长沙县茅坪村,家境贫寒,其父离乡打工,因病早亡。田母三十五岁丧夫,膝下三儿,田汉最长。田母节衣缩食供儿读书,更将逆境中坚持自立的硬性埋进了田汉的骨髓。田母一生

---

① О.Рахманин. Из китайских блокнотов.М.,Наука.1984. C.35.
② Аджимамудова B.C.Тянь Хань. Портрет на фоне эпохи. М.,1993. C.6.
③ Там же. C.47.
④ Там же. C.47.
⑤ Никольская Л.А. К проблеме литературной и идейно-политической борьбы в Китае 60-х годов. Вестнтик московского университета. 1975.№1. C.49.

生活贫苦，却乐于助人，这也是田汉（"田老大"）慷慨帮助艺界人士的起源。田母之兄易象品格优秀，是革命民主人士，文学造诣颇佳，擅长写诗，曾与李大钊等人同在一家杂志社工作。他成为了早年田汉的精神导师之一，并提供资金，帮助田汉到日本留学①。易象之女易淑谕是田汉的第一位妻子，易淑谕温柔端庄，颇有才气，诗作精巧，帮助田汉创办南国社，体弱却坚持带病工作，早早逝世。其重病却坚持为自己的文学社会理想奋斗的精神给了田汉很大的精神鼓励。

除却亲人的品格影响，俄国学者认为田汉家乡氛围、求学经历都对其创作有深刻影响。田汉生长之地（湖南）古属楚地，是中国戏剧的故乡。正如阿芝玛慕托娃所写："当地的传统戏曲为田汉打开了一个充满幻想的世界，每逢节日或者家庭盛会上演的传统戏剧（皮影戏、傀儡戏）演员都是当地农民。田汉模仿他们的唱腔做派，多年后曾表示有些唱段'至今还能唱'。"②1910年田汉作为最优秀的学生考入长沙市师范学校，1916年经舅父易象帮助，东渡日本，在东京求学。青年田汉全身心地为国家社会的觉醒而思虑。1919年的五四运动之后，其舅父易象受迫害而死使田汉受到极大的触动，用阿芝玛慕托娃的话说，"改变中国的奴隶现状、争取民族觉醒的愿望促使田汉开始走上作家的道路，发表了《俄国革命的经济问题》《诗人与劳动问题》《关于现代文学的十封信》等等，开始对于社会问题进行自主式的思考"③，并于此期发展了与郭沫若、宗白华等革命进步人士的友谊。

论及田汉品性，俄国研究者评价其为"直性子的湖南牛"④。田汉一生爽快豪情，爱恨分明。被迫害致死前的诗篇"先烈热血洒神州，我等后辈存何求？沿着主席道路走，坚贞何惜抛我头"亦不失铿锵铁

---

① Аджимамудова В.С.Тянь Хань. Портрет на фоне эпохи. М.,1993. С.48.
② Там же. С.49.
③ Там же. С.52.
④ Там же. С.47.

第五章　田汉作品在俄罗斯

骨和对党对人民的忠诚。文学上的创新开拓、生活上的一诚以战万恶加之独特的人格魅力融合而铸就了一个历史上独一无二的田汉。

双重视野还体现在俄国学者对于中国国内田汉研究状况的梳理和品评上,如尼克利斯卡娅在自己专著《田汉与20世纪中国戏剧》的序言中提及一干中国学者的田汉研究状况并做出自己的梳理评价。

例如,这位研究家对1961年出版的陈瘦竹的《论田汉的话剧创作》做了详细点评,认为该书在丰富的材料基础上逐年展开田汉的创作道路。这位学者进而对陈瘦竹的这本田汉研究专著的行文结构与其中对田汉的创作分期都作了介绍,指出陈瘦竹定位田汉早期作品《古潭的声音》为神秘象征主义作品,认为自30年代起田汉转向无产阶级立场,开始关注劳动问题等。这位俄罗斯学者同意陈瘦竹对田汉艺术特色的定论,即"浓厚的抒情性、丰富的戏剧性和描写的生动性"。但尼克利斯卡娅同时指出了这部专著的不足:"缺乏文化社会背景,缺乏对田汉作品与中国文化传统以及现代文学进程的联系的论述。在这部专著中也并没有定义田汉在民族文化和人民生活中的地位。"[1]

另外,研究资料的获取、对于中国学者研究状况的关注有利于俄国学界加深思考,获得进一步从本民族视野加深田汉作品研究的可能性。

俄学者通常与社会环境结合进行在创作倾向方面的宏观研究,将田汉置于时间历史纵轴上并与同期作家进行比较。此中较有代表性的是尼克利斯卡娅和阿芝玛慕托娃在自己的专著中对田汉和郭沫若的历史剧进行的比较。尼克利斯卡娅发现了郭沫若与田汉的截然相反的戏剧立场以及两个人之间借用创作展开的激烈论争。在她看来,田汉是个襟怀坦白的艺术家,他从不隐瞒自己的观点,公开批判时弊。这需要一种非凡的勇气,一种坚持艺术真理和社会主义戏剧原则

---

[1] Никольская Л.А. Тянь Хань и драматургия Китая XX века. М.,1980. С.7—11.

的勇气。这位研究家对郭沫若的两部剧作《蔡文姬》(1959)和《武则天》(1960)作了归纳分析,认为两部作品凭借作者自己的想象,分别构建了君主曹操和武则天的形象,展现了曹操理想化的君主形象,用玫瑰化的笔调描写武则天。但尼克利斯卡娅一针见血地指出,郭沫若把曹操写成别人争权夺利时所利用的工具非但证明不了曹操的伟大,只能证明他的微不足道和狡诈。她认为,郭沫若一厢情愿地试图从微小卑劣中提升出理想形象,但客观情况却是适得其反。与郭沫若相比,这位俄罗斯学者认为,"田汉反对郭沫若凭空粉饰美化的方式。在田汉的戏剧中尽管他也选择了'领导者与人民'的问题,但却从另一种立场出发:首先他展现了所谓英明领导者管理下的人民生活的沉重;其次,田汉关注统治者的行为如何对人民的生活造成影响。田汉剧中的谢瑶环说'青天白日下,为救民而斗争',从其中不难看出作者本人的观点,无怪乎批评者将谢瑶环和田汉视为同一。"①阿芝玛慕托娃则说得更直接,在她看来,郭沫若的《武则天》是对国家机器和领导的颂扬,而田汉戏剧的基调则不是为君主"恢复名誉",而是预警。因对当时启蒙乌托邦思想的反驳以及真理的坚守,田汉最终付出了生命的代价。

  俄国学者的郭田二人比较实质上是对田汉创作倾向的研讨。郭沫若与田汉二人从《三叶集》开始建交,一起为新中国新文化努力,最后的文化生涯结局却迥异,这与两人的创作倾向密切相关。依我们所见,相较之郭沫若选材以及创作视角上的官本位政治化特点,田汉更折射出了一种民本位:不管是关汉卿还是谢瑶环,亦或是其他戏剧歌曲作品,都是站在人民立场的摇旗呐喊,是民本位的创作倾向。

  此外,俄国学者认为田汉是30年代初最耐人寻味的戏剧家之一。究其原因,索罗金写道,"1927—1937年间他(田汉)写了很多不同题

---

① Никольская Л.А. Тянь Хань и драматургия Китая XX века. М.,1980. С.167—179.

第五章　田汉作品在俄罗斯

材的剧本。1924—1927年革命一失败，他就重新转向抽象哲学和抽象美学题材（剧本《古谭之音》《湖上悲剧》及《名优之死》部分内容），但读者和观众很快就在他的剧本《射击》《1932年月光鸣奏曲》中看到了中国东北与日本武装干涉力量的斗争以及农村中的阶级斗争，看到了在革命中探索道路的知识分子的命运。……田汉的戏剧创作风格并不一以贯之：好像直接从生活舞台上择取有艺术价值、宣言价值的片段搬上舞台。但作家真实无伪的创作热情、他塑造的形象在思想上与中国社会进步人士的共鸣给他的戏剧带来了成功。"① 玛克则认为，1935年戏剧家田汉和年轻的音乐家聂耳创作了歌剧《扬子江风暴》，取自扬子江畔人民于抗战前夕对日抗争的现实题材。他认定，"田汉集中笔墨描写了中国人民的革命热情与坚定决心。"② 就此，在俄罗斯学者眼中，田汉的耐人寻味之处就在于作家将自身的深刻思想、渊博知识、精湛戏剧创作技巧融贯于剧本创作，并为中国历史与文学提供了一份可资借鉴的财富。

再如上文言及的，中国学者陈瘦竹的《论田汉的话剧创作》一书是俄国学者尼克利斯卡娅创作自己专著《田汉与20世纪现代戏剧》的参考书目之一。在了解中国学界对《获虎之夜》评价的基础上，她提出了自己的见解，笔者认为，其观点独到之处有三：一是剧本结构展开方式；二是用象征主义来理解人物性格设置；三是对中国文学中的人物自杀模式加以参考，并对黄大傻的自杀给出了不同于中国学者的意见。尼克利斯卡娅指出："中国文学中大多是女性角色在自身意志无法实现时自杀以示抗争，《获虎之夜》中的自杀在这种程度上具有非典型性：不是女性，而是青年男主人公'先走一步'。但只有这样才能激起对社会桎梏的最有力反对。"诚然，黄大傻不关注社会利益，使得田汉能够在他身上塑造人类的非财产、非阶级意义上的价值，他

---

① В.Сорокин.Л.Эйдлин. Китайская литература.М.,1962. С.130.
② Ма Кэ. Новая китайская опера. Народный Китай.1957.№16. С.35.

是一个新的、孤独的、悲剧性的人物形象,周围世界带着敌意对待他。他的自杀结局是悲剧性质的,但其内心并未屈服。这一建构让读者能够了解中国混乱时刻的社会趋势(时处1911年辛亥革命之后),尽管冬夜漫长,但变革终将到来。①

综上所述,俄罗斯汉学界在研究田汉作品时,关注中国学界研究所得,同时秉持自己的民族视野,对田汉的文本深入分析,对田汉的文艺观与世界观投射关注,并常常结合社会背景条件对其文艺思想加以考察。在这种背景下,我们更能理性看待俄国汉学界的研究成果。秉持"他乡有夫子"的态度,取个中真意,弥己之短。

2. 田汉研究的多重维度

俄罗斯科学院院士阿列克谢耶夫曾说:"称中国为戏剧国度并非夸大其辞,很难在世界上找到另一个国家,其人民对戏剧活动的热爱能够渗透贯穿一生。中国人,毫无争议的,是最符合戏剧要求的民族!"②中国的戏剧在被郭沫若誉为"中国人应夸耀的存在"③"戏剧界先驱者"④的田汉身上凝聚着新文学、话剧文学、戏剧运动的历史经验和教训,在这一点上,后来的曹禺(1910—1996)等戏剧家相比而言不具备如此鲜明的代表性。在这种定位下,俄国学者对田汉作品进行了艺术手法、风格、结构等多重维度的研究。

2.1 艺术手法研究

艺术手法指艺术家在艺术创造过程中为塑造艺术形象、表现审美情感时所运用的各种具体的表现手段。俄国学者在研究田汉具体作

---

① Никольская Л.А. Тянь Хань и драматургия Китая XX века. М.,1980. C.42.
② Никольская. Л.А. К проблеме литературной и идейно-политической борьбы в Китае 60-х годов. Вестнтик московского университета.1975.№2. C.51.
③ 杜方智:《星光集》,湖南文艺出版社,1995年,第124页。
④ 同上书,第125页。

品时,着重指出其心理描写、象征手法、蒙太奇手法的应用。

2.1.1 心理描写

心理描写分为直接描写和间接描写两种方式。戏剧对人物的心理描写有其受体裁所决定的特殊性,即不能像小说那样借助于作者抒写或内心剖析来展现人物心理。间接心理描写在戏剧中主要借助人物的独白、舞台动作以及在与其他人物的对话交流等"外在现象本身"(屠格涅夫语)来揭示人物的心理活动。俄国学者认为田汉擅于观察和体验人物内心的感情变化,擅于渲染气氛,让人物用自己的动作与语言表露内心。一如尼克利斯卡娅所说:"田汉作品的语言是现实主义的,词汇结构相对简单,也没有使用过多的比喻、比较等诗学手段,但是他能够很好地展现主人公的社会地位,传递人物的心理和精神面貌。"①

但仅凭这一点难以和盘托出人物的内在情绪,剧作家往往通过大段的唱腔直接描写人物心理,此类最具代表性的莫过于《关汉卿》一剧中的《双飞蝶》,通过落地有声、振聋发聩的唱词,将主人公的一腔热血和辗转柔情倾诉得淋漓尽致。

在特定的剧情语境中,独白也不失为直接描写人的心理活动的有力手段。俄国学者研究发现,在《获虎之夜》中,田汉擅于把人物投入感情的旋涡,构成人物性格自身的冲突。该剧描写的是一对青年男女的爱情追求与家长专制的悲剧冲突:表兄黄大傻与莲姑青梅竹马,萌生了真挚的恋情,由于黄家家道中落,莲姑之父魏福生决定把女儿许配给有钱人家并准备用虎皮做褥子送亲。黄大傻在山上守望莲姑的窗灯误中猎虎埋伏被击伤抬至莲姑家,莲姑悲伤大哭"我把自己许给你,黄大哥!"莲姑之父将莲姑拖进室内暴打,重伤的黄大傻拿刀自尽

---

① Никольская Л.А.Тянь Хань и драматургия Китая XX века.М.,1980. С.77.

"先走一步"。

阿芝玛慕托娃指出,该剧主角黄大傻开放、自由、浪漫、不羁的生活态度使其与周围的世界格格不入。在封建统治思想统治的山村,他被认为是怪人,是傻子,他的处世观念中充满了哀伤、孤独和不知所措[①]。田汉借助独白直接描写了主人公黄大傻的孤独无助的心理:

一个没有爹娘、没有兄弟、没有亲戚朋友的孩子,白天里还不怎样,到了晚上一人睡在庙前的戏台底下。烧起火来,只照着自己一个人的影子;唱歌,哭,只听得自己一个人的声音。我才晓得世界上顶可怕的不是豺狼虎豹,也不是鬼,是寂寞!……到了太阳落山,鸟儿归巢的时候,我就一个人来到这后山上,来看莲妹屋里的灯光……我感觉不到雨和冷,知道灯光吸了,莲妹睡了,我才回到戏台底下。

阿芝玛慕托娃指出《获虎之夜》是对于人、人的自由和幸福权力的新的人道主义视角的体现,这也是五四文学中的个人思想的反映。在这位学者看来,这折射了1911年辛亥革命失败后,农村封建关系并未彻底动摇,中国社会中弥散着悲观主义和失望。尽管革命失败,在社会上还是有了一些变化,出现了黄大傻和莲姑这样不接收传统观念和具备独立性格的人物。阿芝玛慕托娃认为田汉捕捉到了人们传统世界观上发生的从未有过的进步,描绘出反抗者孤独的思想、行动、和心理上的变化[②]。当父亲想把莲姑从受伤的黄大傻身边拖走时,田汉借助于配置人物关系冲突来实现次要人物对主要人物的心理烘托:

莲姑(抚着黄大傻的手)大哥,你好好睡。我今晚招呼你。

黄大傻(欣慰极了)啊,谢谢。

魏福生(暴怒地)不能!莲儿,快进去,这里有我招呼,不要你管。你已经是陈家里的人,你怎么好看护他?陈家听见了成什么话!

莲姑 我怎么是陈家的人了?

---

① Аджимамудова В.С. Тянь Хань. Портрет на фоне эпохи. М.,1993. С.80.
② Там же. С.81.

第五章 田汉作品在俄罗斯

魏福生 我把你许给陈家了,你就是陈家的人了。

莲姑 我把自己许给了黄大哥,我就是黄家的人了!

魏福生 什么话!你敢顶嘴?你个不懂事的东西!(见莲姑还握着黄大傻的手)你还不放手,替我滚起进去!你想要招打?

莲姑 你老人家打死我,我也不放手!

田汉在此处使用了间接心理描写的手法,即通过对人物的外在活动(如行为、语言、神态)的描写来展示人物的心理状态和思想活动。首先是动作神态。一个人的思想波动,往往能够从人物的言语神态中表现出来。语言行动是心理的外在表现形式,人物的心理通过语言行动向外界传达。剧本中,作者常常借助括号来补白人物的心理活动与情状的外现,同时通过对白等大量富有心理内涵的外在语言或动作来揭示人物的心理。莲姑"抚着黄大傻的手""还握着黄大傻的手"体现女子的爱意已决以及辛酸悲苦却勇敢为爱反抗的心理活动。这种表现方式着墨少,感染力强。其次是对话语言:"我把自己许给了黄大哥,我就是黄家的人了!","你老人家打死我,我也不放手!"读者可以从主人公莲姑与父亲的对话中感知对自由和爱情的坚持。

这种心理的间接表现方式在《丽人行》中也被多次使用,俄国学者指出田汉善于表现封建制度下已婚男女的心理。女工刘金妹出门借钱被日军奸污后欲自杀,被救后送回家:

刘金妹(战战兢兢地交给床上的病人)钱借来了,友哥。

[床上的人霍然爬起来,把接在手里的钱往地下一摔]

友生 你干嘛不逃?

刘金妹 逃了呀,逃不脱呀。

友生 干嘛不打?

刘金妹 我打不过他们呀。

友生 干嘛不咬?

刘金妹 我咬了呀,他们捂住了我的嘴。

友生 你干嘛不死？

刘金妹 我就是要寻死，这位先生把我给救下来了呀。

友生 你还有脸来见我，我可没有脸见别人了。娘，我走了！（他起身走出去，被金妹拖住，他回手一巴掌，把她打倒在地下）无耻的东西！

刘金妹 打我吧，踢我吧，友哥，打死我吧！只要你能养活我娘。（俯地大哭）

封建观念下的贞操观让一个女子受辱后痛不欲生，自尽未遂，但同时却得不到丈夫应给的安慰和保护，而丈夫的声声问责对于受难女子说来无异于第二次羞辱。"你干嘛不逃？"，"逃了"；"你干嘛不打？"，"打了"；"你干嘛不咬？""咬了"；"你干嘛不死？"；"死了"。男女主人公一句句应答，借助括号里的动作说明，将女子的绝望与痛苦心境层层推向极致，同时也将"小人物"友生没有社会地位、保护不了妻子也战胜不了封建思想的悲愤无力的心理予以多层次揭示。同时，大量的带括号的动作说明给予读者有力的视觉冲击，依次注视着人物的动作、语言、神态，从而圆满展示了人物的心理活动与状态。

2.1.2 象征手法

象征一般都用来表现某种抽象的概念或思想感情，也就是说，它是通过某一具体形象表现出一种更为深远的含意，让读者自己去意会，从而让读者获得美的享受。这是一种隐晦、含蓄而又能使读者产生体会愉悦的美感的技巧。梳理俄国作者的研究，我们发现其对于田汉的象征手法的关注集中在一下几个方面：

首先，剧本主人公名字的象征。

田汉在《湖上的悲剧》（1929年）中展现了爱情主题：女主人公是位小姐，名为素苹，在北京学堂时叫自己白薇，并与诗人杨梦梅自由相爱，却遭到父亲的反对带回南方家中禁足。素苹为了反抗封建包办婚

第五章　田汉作品在俄罗斯

姻,逃出家门跳湖自尽。但她又被人救起活了下来,之后幽居在西湖边上,以人作鬼,苦等三年;重逢时却得知诗人以为自己已死,并正在写记录这爱情悲剧的小说,遂慷慨自尽,因为她害怕自己的"复活",会使创作中的悲剧变为笑剧。

尼克利斯卡娅在专著中指出,田汉为自己的女主人公冠上了两个名字:"白薇"和"杨素苹",但如田汉借女主人公之口说的"素苹也好,白薇也好,反正都是些不详的名字。"换言之,不管女主人公来自于什么社会阶层,高也罢低也好,不管是不是受过教育,她女性的属性就决定了苦难的结果,这是社会原因造成的。田汉所选用的女主人公人物名中之字"素"除却质朴寻常之意,还有一种致哀的色彩。"白"亦有此意。男主人公杨梦梅的名字也有双重含义:沉睡的梅树以及梦想着如梅般坚韧[1]。俄国学者的这一视角很是新颖。由此我们亦联想到在被明代吕天成称之为"惊心动魄,且巧妙迭出,无境不新,真堪千古矣!"的中国古典戏曲《牡丹亭》中,男主人公名字为"柳梦梅"。《牡》剧亦是歌颂青年男女大胆追求自由爱情,坚决反对封建礼教的精神,田汉用"梦梅"之名是否有类似的考虑也未为可知。

其次,剧本中意象的象征。

按照《文学修辞学》[2]中的定义,作品中赋景状物的吉光片羽,都是艺术形象,即传统用语中的意象。所谓意象,就是客观物象经过创作主体独特的情感活动而创造出来的一种艺术形象。在比较文学中,意象的名词解释是:所谓"意象",简单说来,可以说就是主观的"意"和客观的"象"的结合,也就是融入诗人思想感情的"物象",是赋有某种特殊含义和文学意味的具体形象。

阿芝玛慕托娃认为《古潭的声音》这部爱情戏剧是田汉最完善的创作之一,他多次返工,增强修辞的精湛性。但这部剧作的舞台命运短

---

[1] Никольская Л.А. Тянь Хань и драматургия Китая XX века. М.,1980. С.49.
[2] 白春仁:《文学修辞学》,吉林教育出版社,1993年,第115页。

暂且不幸:发表后一片冷寂①。阿芝玛慕托娃认为这部剧作在形式上近乎一种独白体的小说。戏剧情节建构在主人公诗人情绪化的独白基础上,他将一位南国的舞女从尘世的诱惑中拯救到一处古潭之上的寂静小楼上安置。诗人为即将到来的会面而高兴,入室见卧榻上帐子微开,绣衾乱拥,塌下有高跟女履,以为佳人懒起,兴高采烈地告诉佳人自己带回了珍珠丝绸给"装睡的小坏蛋",半响无人作答,一掀帐子,床上无人,寻找间其母告知佳人已投古潭而去,走前的绝笔是一首诗,末句是:"古潭啊,我要听我吻着你的时候,你会发出一种什么声音。"诗人叫"女孩子啊,你们的一生就是从诱惑到诱惑的路吗?古潭啊,你那水晶的宫殿真比象牙的宫殿还要深远吗?万恶的古潭啊,我要对你复仇了。我要对你复仇了。我要听我捶碎你的时候,你会发出种什么声音?"然后纵身跳下古潭,潭内波浪拍溅声为该剧画上终止符②。

阿芝玛慕托娃指出,《古潭的声音》一剧种充满多种象征意象:露台、古潭、艺术家、美人,其语义根据上下文而有不同的意义。露台是女性想念情郎时向月亮吐露哀伤的地方,是赏雪观花、欣赏音乐和练习书法的地方。这个意象在田汉充满浪漫色彩的戏剧中被广泛使用。在田汉笔下,露台成为了一种与世隔绝、自成一体的所在。而在《古潭的声音》中,露台是一个坟墓前的祈祷室——美人夜夜在露台唱歌,说"那里有一个人张着她伟大的臂膊在招我呢。他们还唱着歌在那里欢迎我呢",露台在这里具备了双重意义,象征着高尚的美和对现实世界的脱离。③

在俄国学者看来,舞女美人在这幕剧中的形象是双重的:现实的和象征的。她称自己为"漂泊者","哪里也不曾留过我的灵魂,……我的灵魂好像时刻望着那山外的山,山外的水,世界外的世界",最后

---

① Аджимамудова В.С. Тянь Хань. Портрет на фоне эпохи. М.,1993. С.112.
② Там же. С.113.
③ Там же. С.114.

第五章　田汉作品在俄罗斯

选择腾飞到月亮的世界，投入古潭①。

"古潭"的意象是俄国学者眼中找到这部带有神秘主义色彩的戏剧谜底的钥匙，它是未知的化身，是另一个世界；佳人投入古潭时水花的轻溅是生界和无生界的划分；田汉这部戏剧原本的双重世界空间被扩充成了三个世界：短暂的、诗人将舞女从中救出的奔波尘世；露台——纯洁的艺术殿堂、艺术家的处所；以及古潭——未知的神秘世界②。

对于意象的象征意义，另一位俄国学者也有阐述。尼克利斯卡娅指出，在田汉的早期剧作中，自然描写有时是浪漫主义色彩的，有时是现实主义的，在30年代，景物描写具有了广义性和象征意义③。比如说，在田汉的早期作品中，"黑夜"给人们带来隐秘的感觉，那么现在被现代文明成果照亮了的黑夜则能引发关于对隔阻人们通向幸福道路的黑暗和社会阴暗的沉思④。

此外，田汉极好地运用了舞台装饰这种表现艺术手段来营造剧本的空间感：舞台布景描写是写实主义，但其中充满了源自深厚传统文化的象征主义元素。俄国学者认为这是现代戏剧艺术发展历程的一大步⑤。例如《南归》一剧中，舞台装饰很单调：一个小屋子和屋前的一棵桃树，却富有表现力，浅显易懂地描画了普通人民的贫困以及他们的生命力和长寿（桃是长寿的象征）；再如《丽人行》一剧中，俄国作者指出田汉很好地使用了抒情、写意和象征的手法。如"秋"一字，在中国文化韵味里便有着"硕果累累""秋风萧瑟"等多重联想⑥。我们认为，俄国学者对于田汉舞台装饰在中国现代戏剧艺术发展过程中所起作用的关注有助于对田汉历史多样性价值与地位的补充。

---

① Аджимамудова В.С. Тянь Хань. Портрет на фоне эпохи. М., 1993. С.114.
② Никольская Л.А. Тянь Хань и драматургия Китая XX века. М., 1980. С.97.
③ Там же. С.96.
④ Там же. С.73.
⑤ Там же. С.84.
⑥ Там же. С.142.

2.1.3 剧本结尾的象征意义

田汉的独幕剧《梅雨》(1931年)描写了一个叫潘顺华的工人家庭的悲惨遭遇。他因年老多病被工厂开除,只得靠做些小生意度日。他的女儿阿巧也因手指被机器轧断而失业在家。梅雨季节,潘顺华因生病不能出去做生意,无法按时交付印子钱和房租。阿巧的未婚夫文阿毛又因设法弄到一笔钱缓急而敲诈勒索被巡捕抓去。潘顺华不堪忍受艰辛困苦而没有尊严的生活,含恨挥刀砍颈欲自杀,其妻卖菜回来后央求其妻补一刀,"受了一辈子苦,临到要断气了还得这样为难吗!巧儿的妈,快,快补我一刀!""我们——我们什么时候才看到晴天啊?"其妻在哭声中安慰他;"晴天快到了",此时女儿阿巧带着工友们借来钱见其父已死,这时雨声忽止,窗外射进一丝红光,似乎预告明天是晴天。女儿抱其父哭:"不就是晴天了吗?爸爸啊!"全剧至此落幕。

俄国学者指出,全剧剧情从开始一直发生在梅雨绵绵中,就像巴金的《雨》一样,都象征性地传达了中国国内压抑窒闷的社会氛围。在剧终时雨停了,红光透进窗子,预示着冬去春来、雨过天晴的希望①。剧本象征意义的结尾引起观者对于劳动者斗争道路可能性的思考。作者明确地讨论了消极抗议和无秩序暴乱,强调只有有组织的共产主义运动才有前途②。

田汉于1936年创作独幕话剧《阿比西尼亚的母亲》,描写阿比西尼亚被法西斯侵略者占领之后阿比西尼亚人民英勇抗击意大利侵略者。俄国学者指出,田汉关注的不是某个国家民族的特殊性,而是整个的人类社会。田汉试图强调,阿比西尼亚的母亲所遭受的折磨和苦难,与中国的母亲在同样情况下所承受的并没有任何区别。战争对于全世界人民而言都是可怕的、灾难性的。剧本以母亲号召全世界热爱

---

① Никольская Л.А. Тянь Хань и драматургия Китая XX века. М.,1980. С.93.
② Там же. С.93.

和平、主持正义的人们,"让我们在痛苦的挣扎中听到全世界进步人类向法西斯反攻的炮声吧!"结尾,舞台响起正义炮声,一片红光。尼克利斯卡娅认为这一象征意义的光与炮声的结尾,预示着一个光明的未来①。

2.1.4 蒙太奇手法

蒙太奇(Montage)在法语是"剪接"的意思,把分切的镜头组接起来的手段。田汉是中国电影史上的早期发起人之一,也将电影的技巧使用到了剧作中。俄国学者敏锐地发现了这一点,指出田汉的《丽人行》一剧是勇敢的实验型作品,开辟了中国戏剧道路上的新的探寻道路。该剧的新意在于场景过渡处田汉对于现代电影艺术手段的使用②。

1946年冬到1947年春之间田汉所创作的《丽人行》取名于杜甫的同名诗《丽人行》③:"三月三日天气新,长安水边多丽人。态浓意远淑且真,肌理细腻骨肉匀。绣罗衣裳照暮春,蹙金孔雀银麒麟。……杨花雪落覆白苹,青鸟飞去衔红巾。炙手可热势绝伦,慎莫近前丞相嗔。"此诗为杜甫讽刺杨国忠兄妹骄奢淫逸所做。《杜诗详注》云:"此诗刺诸杨游宴曲江之事。……本写秦、虢冶容,乃概言丽人以隐括之,此诗家含蓄得体处"。《读杜心解》曰:"无一刺讥语,描摹处语语刺讥。无一概叹声,点逗处声声慨叹"。

《丽人行》开始是作为电影剧本构思的。在戏剧中使用电影手段成为戏剧传统结构现代化的手段之一。田汉在剧本中采用了电影蒙太奇的手法穿插剪辑片段,展现了世界永恒无止的运动状态④。剧本结构上综合了两种材料组织原则:传统戏剧特有的情节片段的相互

---

① Никольская Л.А. Тянь Хань и драматургия Китая XX века. М.,1980. C.110.
② Аджимамудова В.С. Тянь Хань. Портрет на фоне эпохи. М.,1993. C.206.
③ Никольская Л.А. Тянь Хань и драматургия КитаяXX века. М.,1980. C.110.
④ Аджимамудова В.С. Тянь Хань. Портрет на фоне эпохи. М.,1993. C.202.

独立以及电影蒙太奇艺术①。

阿芝玛慕托娃指出,田汉将该剧分为21个片段,即21场,抛弃了循序渐进式的情节发展线路,抛却了相邻片段间的内在因果联系。田汉借助该剧的独特建构放弃了营建美学整体场景,而是给观众带来了似乎正在现实进行中的生活的错觉②。全剧21场,每个场景在形式和内容上都不相同:有些场次结构完整,是修辞完善的单幕剧,而有些只做简略的草稿式速写③。按照意义平行、对比、相近的原则而建立的片段间的蒙太奇联想关系使田汉能够在剧中设置多种冲突,营造1944年上海的社会政治生活总体风貌。观众们从银行家的客厅被带到工人区的木屋,从囚室被引至印刷厂,见到了各种各样的生活形态,领略了不同社会阶层的心理和世界观④。

关于田汉作品的蒙太奇手法研究,俄国学者可谓匠心独运,给予了我们一个颇具启发性的、进行田汉作品多方位研究的视角补充。

2.2 作品结构研究

现代戏剧作品的结构指剧本题材的处理、组织和设置安排。一般包括对事件的处理,如分幕分场;戏剧冲突的组织设置,如戏的开端、进展、高潮、结局;人物关系及人物行动发展的合理安排等。戏剧结构从纵向来看,一部剧作里有的是一条线索,有的除主线之外,还有一条或两条副线;从横向来看,按照亚里士多德的说法,话剧分为头、身、尾三部分;戏曲则讲起、承、转、合部分。我国学者指出,在结构上,田汉偏重于不受时空的限制而驰骋其勃发的神思和诗情。因此,他不拘守"三一律",不采用那种要求有高度集中统一性的"闭锁式"结构方法。在他的剧本中,时间、场景变换自由,结构完全是"开放式"的。

---

① Аджимамудова В.С. Тянь Хань. Портрет на фоне эпохи. М.,1993. С.202.
② Там же.
③ Там же.
④ Там же.

第五章 田汉作品在俄罗斯

俄国学者将田汉视为中国现代戏剧的奠基人,对其作品的研究也必然包括戏剧结构研究,除去同国内学者一样的"开放式"剧本结构观念,他们还指出田汉作品结构的一些其他特点。

2.2.1 "剧中剧"

俄国学者阿芝玛慕托娃指出,田汉率先在中国戏剧中引入了"剧中剧"(театр в театре)①,并认为这个戏剧中蕴含戏剧的结构模式突出地展现在《名优之死》和《关汉卿》这两部戏剧上。

阿芝玛慕托娃认为田汉的《名优之死》达到了"五四"文学时期戏剧的最高成就。该剧男主人公著名老生刘振声为人磊落,秉持古道,注重戏德、戏品,对待艺术严肃认真,并精心培育了小凤仙这样的后起之秀。他"只想在这世界上得一两个实心的徒弟",精心唱戏,时刻不敢懈怠,"一场戏下来内衣都是湿的","咱们吃的是台上的饭,玩意儿可比性命更要紧啊。"但是小凤仙在小有名气之后却心猿意马,"不在玩意儿上用功夫,专在交际上用功夫",成了流氓绅士杨大爷的玩物。刘振声精心着戏却知音难觅贫病交加,不忍见爱徒受恶势力调戏而起争执后上台,愤火攻心,破音后被杨大爷雇佣的人喝倒彩后倒下,被抬到后台后心力交瘁含恨而亡。

阿芝玛慕托娃准确发现,田汉按照古典悲剧的灵魂构建剧本——善与恶的交战,恶占据上风。在她看来,该剧是真正意义上的具备民族性的戏剧,充满中国情调,带有鲜明的、独具一格的特点。而"剧中剧"的结构现实化了古老的隐喻:"舞台是一个小世界,世界是一个大舞台"②。在同意这位研究家的观点的同时,我们同样感觉得到剧中插入的京剧《乌龙院》《玉堂春》片段获得了双重表现意义,一则为剧中人物在前台表演的说明,二则预示、承辅着后台发生的事件,用阿芝玛

---

① Аджимамудова В.С. Тянь Хань. Портрет на фоне эпохи. М.,1993. С.112.
② Там же.

慕托娃的表述,"扩展了剧本的空间"①。

萧郁兰(努一努嘴)你听!

[内刘凤仙唱《玉堂春》中一段[二六]:"打发公子回原郡,悲悲切切转回楼门。公子立誓不再娶,玉堂春到院我誓不接人。"接着台下叫"好"之声,和许多怪声。

左宝奎(悟)哦,凤仙儿啊。

萧郁兰 可不是吗?

左宝奎(鄙笑)那种没有良心的女人,我同她谈得起劲儿?

萧郁兰(低声)怎么说她没有良心?

左宝奎 你不知道她跟刘老板的关系?

通过田汉的剧本结构设置,我们看到刘振声一手辛苦栽培出的学生刘凤仙沦为玩物,在戏中扮演妓女,表演被观众怪声叫好,在后台为正直人士所不耻。戏里戏外,台前幕后连成了一个更大的空间,凸显了演员形象。

《关汉卿》是田汉根据关汉卿创作并上演《窦娥冤》而作。尼克利斯卡娅认为剧作《关汉卿》"实现了历史真实与艺术构思的结合",且"达到了内容与形式的严格契合。"②而阿芝玛慕托娃却借助与《丽人行》对比,认为两部结构相似,均较为传统:不是欧洲戏剧常见的一幕一幕的表演,而是由舞台片段构成,演员们不间断地在开放的舞台上更替表演,时而是在关汉卿家里,时而在大街上,时而在牢狱里,在这种看似随意的结构下隐藏着田汉对于材料的悉心思考和组织编排,有助于展现作家在当时历史时代的地位和人际范围③。

(戏台上朱帘秀饰)**窦娥**(唱[一煞]):你道是天公不可期,人心

---

① Аджимамудова В.С. Тянь Хань. Портрет на фоне эпохи. М.,1993. С.112.
② Никольская Л.А. Национальная традиция и современность в драме Тянь Ханя «Гуань Хань-цин».Народы Азии и Африки,1973,№6. С.120.
③ Аджимамудова В.С. Тянь Хань. Портрет на фоне эпохи. М.,1993. С.112.

第五章　田汉作品在俄罗斯

不可怜。不知皇天也肯从人愿,做什么三年不见甘霖降,也只为东海曾经孝妇冤,如今轮到你山阳县。这都是官吏们无心正法,使百姓有口难言!

阿合马(大怒,叫):停下!不许演了!

侍卫:停下,不许演了!

阿合马:这还了得!（对郝祯)郝祯,你这差怎么当的？吓?

郝祯:昨晚照您吩咐的,让他们改。今天开演前,朱帘秀还说是改了的。可是听下来他们一个字也没改。

阿合马(奸笑):看你平时办事还不错儿,怎么都成了脓包了?啊?快把朱帘秀这臭婊子给抓来!

读者眼前呈现的是舞台上的舞台,两个舞台人物的直接对话拉近了时空感,也使朱帘秀的形象与窦娥隐性相合,暗示了朱帘秀的坚强性格和即将面对的不公遭遇。

2.2.2 "简单结构下的复杂"

尼克利斯卡娅在专著《田汉与20世纪戏剧》中用了大量笔墨来分析田汉的作品结构。在这位学者看来,田汉戏剧结构普遍简单,但"简单的戏剧结构下蕴含了所有的复杂"①。

田汉20年代戏剧作品《咖啡馆之一夜》被尼克利斯卡娅视为其艺术创作道路的开端,"较早前的《梵峨霖与蔷薇》只能算是习作,没有独立认知,与田汉以后的创作联系很少。很有可能田汉此作是根据匈牙利田园短篇小说《黄玫瑰》的情节写成。"《咖啡馆之一夜》是独幕剧,结构极其简单。该剧描写穷秀才的女儿白秋英因父母双亡贫困无依而到省城某咖啡馆做侍女,等着她的爱人——富商之子李乾卿前来相会。而李乾卿因白秋英不能继续升学就喜新厌旧与他人订婚,和

---

① Никольская Л.А. Тянь Хань и драматургия Китая XX века. М.,1980. С.39.

未婚妻到咖啡馆与白秋英偶然相见，不仅视其为陌路，甚而拿出钱来要赎回自己以前写给她的情书。白秋英悲愤不堪，将钱与她珍藏的情书付之一炬，以示对这种势利薄情少爷的鄙视与憎恶。

在这一独幕剧中，尼克利斯卡娅看出了两条结构线索，即人与社会。在《田汉与20世纪戏剧》一书中，我们看到，造访咖啡馆的饮客和咖啡馆的侍女这两者初看去各自独立，但随着人之间的相互接触而互相作用，折射社会。田汉不仅关注爱情及由此而生的种种磨难，而且将视野扩展到社会上的资本主义发展趋势。田汉将女主人公秋英塑造成经历希望破灭却能够承受的坚强性格，这一点上展现了他对人民的希望。通过该剧田汉指出新兴资产阶级并不能解决中国的个性自由问题，为了说明这一观点，田汉运用了辅助戏剧手段——情景说明，将时间标注为"1920年初冬"。冬季的严寒和夜的黑暗加强了社会蒙昧主义的黑暗色彩，而准确的时间定位让人不由得联想起此时社会的真实事件。笔者认为，这位俄罗斯学者的若干看法在本质上是将田汉的这一国内学界指为浪漫主义早期作品的剧本视为浪漫主义现实剧。

尼克利斯卡娅研究发现，田汉不仅关注社会上层阶级青年人的思想与行为转变，还特别关注社会底层青年，这一点表现在抒情戏剧《南归》（1929年）上。该剧同田汉20年代其他作品一样，情节比较简单：忠实勤劳的农村少年李正明爱慕热烈勇敢的农村少女春姑娘，春姑娘却痴恋着孤独执著漂泊不定的流浪诗人辛先生。当流浪诗人从北方故乡飘然南归时，春姑娘已被母亲许给了少年李正明，流浪诗人只得再度悄然远行，春姑娘发现后随即离家出走，追踪而去。

这部剧作的情节与陀思妥耶夫斯基小说名著《白夜》有诸多相通之处。两部作品的情节都不复杂，只是陀思妥耶夫斯基的人物的三角关系在这里掉了个个儿，不是女主人公纳斯金卡向年轻房客主动示爱，房客欣然接受这份感情，而是年轻小伙李正明爱上了女主人公春

第五章　田汉作品在俄罗斯

姑娘,春姑娘却他恋于在外漂泊的流浪诗人。两位女主人公都是为了爱的梦想而坚守与等待,等待的对象都是贫穷的同样怀揣梦想的书生,同样是久等无归时,女子都因不得已原因欲投别的男子怀抱。同样令人欣慰的是,等心上人姗姗迟归时,女子均能抽刀断水,纳斯金卡立即挣脱叙事者的手臂重回年轻房客的怀抱,而春姑娘则毅然逃离父母给她安排的与李正明的婚姻,决绝追踪自己的最初梦想,即流浪诗人。两部作品情调有别。陀思妥耶夫斯基的小说要更为感伤浪漫,抒情且故事过程意蕴绵长,而田汉则赋予作品浓厚的社会性。作品女主人公尽管拥有一个诗意浪漫的名字,但她却陷身于令人窒息的污浊现实,不得不为自己的命运与爱情做最后的挣扎。她是否能够追踪得到自己的心上人已经并不那么重要,重要的是在黑暗的现实社会里她毕竟已经觉醒,奔向自己心中的光明和未来。

俄罗斯学者阿芝玛慕托娃敏锐地发现了田汉对俄罗斯文学的忠实借鉴和自身个性的开创,她指出《南归》结尾是契诃夫式的开放[①]。我们以《新娘》为例做一比对。该文中,娜佳在婚礼前夕感受到了莫名的空虚和恐慌,在萨沙的语言点拨下她发现了自己未婚夫的平庸,即将有的生活模式让她看不到生活的希望,她对未婚夫没有爱,只有厌烦,同母亲倾诉,却毫不被理解,就如同春姑娘的爱情不被母亲理解一样。中俄两位母亲希望的都是女儿嫁给一个安稳的结婚对象过老一辈平静的生活,延续上一代的生活秩序和传统。不同的是春姑娘是为了追寻爱情而选择离开陈规笼罩的故土,而娜佳是为了寻找自我而离开日渐老朽的庄园。两剧的结尾极其类似,一边是"一种崭新、广阔、自由的生活展现在她的面前,这种生活,尽管还不甚明朗,充满了神秘,却吸引着她,呼唤她的参与。……她回到楼上房间开始收拾行装,第二天一早就告别了亲人,生气勃勃地、高高兴兴地走了,——正

---

① Аджимамудова В.С. Тянь Хань. Портрет на фоне эпохи. М.,1993. С.206.

如她打算的那样,永远离开了这座城市。"一边是"跟他去!跟他到那遥远的地方去。辛先生!辛先生!(追去)",都为读者留下了颇费思考、意味深长的"未来形象"。田汉对俄罗斯文学有着精深的研究和独特的解读,对俄罗斯经典作家的有意识或无意识接受则毫不足怪,而共产党作家田汉无疑要给自己的作品附着浓厚的政治思想性、革命性,同时决定了他对俄罗斯文学经典的思想抽取,故而也就决定了他的女主人公必然要冲破黑暗社会的羁绊,追踪光明,奔向未来,尽管这个未来是不确定的。

尼克利斯卡娅指出,在这个简单的日常剧中包含了新旧两个世界:旧世界追求长寿、富足和事业,新世界追求不清晰的、未知的未来。田汉向读者展示了以春姑娘为代表的年青一代中国女性的变化——独立见解和行为、不依赖、追求自我感觉的自由。在我们看来,就像年长一代,乃至平庸的未婚夫阻挠不住娜嘉的出走,年长一代,还有她所不爱的李正明已无法阻挠她奔向未来的意志。

综上,我们认为,俄国学者借助于作品结构关系,对于田汉作品虚构与历史现实的照应关系分析得较为到位:田汉让观众于舞台上临近和深思历史与现实,从而产生某种联想与共鸣。

2.3 作品风格研究

在《现代汉语词典》中,"风格"指一个时代、一个民族、一个流派或一个人的文艺作品所表现的主要的思想特点和艺术特点。在《写作大辞典》中,"风格"指文学作品从整体上表现出来的独特而鲜明的风貌和格调。它受作家主观因素及作品的题材、体裁、艺术手段、语言表达方式及创作的时代、民族、地域条件等客观因素的影响而产生,并在一系列作品中作为一个基本特征得以体现。在我们看来,风格的产生一是受作家的个性影响,二是与一定的社会历史文化背景相关。

俄国学者对于田汉的作品风格进行了各具特色的定位,尼克利斯卡娅的概括较为精辟:"田汉作品的浪漫现实主义风格反映了作家对于人与社会相互复杂关系的思考①。田汉到20世纪末逐渐过渡到批判现实主义,这一风格也表现出复杂的、综合的形态特点,有时候其中甚至具备某种社会主义现实主义的特征。自由不再是精神和心理上的范畴,而是社会政治性的范畴。田汉的作品中从始至终保留着公民立场的抒情风格、对启蒙思想与和平的追求,形成了独具自己特色的综合面貌。"②

2.3.1 抒情风格

抒情风格由抒情意境构成,分为:直接抒情,即在文本中作者通过语言直接表述自己的情感;间接抒情,即不直接表达或呈现情感,做到借景抒情托物言志。田汉是位感情炽热的作家,抒情风格不仅贯穿在他的诗歌、戏剧等文艺作品始终,而且连他的私人书信都带有直抒胸臆的抒情色彩。他在与郭沫若、宗白华的书信集《三叶集》中写道:"我喜欢得很,什么不舒服都消失了!……个人总是在善恶中间交战的,战得胜罪恶便为君子,便是个人;战不胜罪恶的人,便为小人:便算是个兽!"③等等,坦诚和抒情的词句也不少见。

俄国学者对田汉戏剧作品一以贯之的抒情风格给予了关注,我们便从田汉的第一部作品开始分析:

《梵峨璘与蔷薇》被俄国学者阿芝玛慕托娃称之为"浪漫主义戏剧玉石"④。她指出,田汉创作该剧的起因是对于上海一位鼓手演奏的古老旋律的印象,并由此创造出主角柳翠——北京的鼓女。该剧情节是鼓女柳翠姑娘为了支持琴师秦信芳成为民众艺术家的梦想而甘愿牺牲自己,嫁给有钱人做三姨太,幸遇绅士李简斋,无偿提供资金帮

---

① Никольская Л.А. Тянь Хань и драматургия Китая XX века. М.,1980. C.214.
② Там же. C.215.
③ 郭沫若、宗白华、田寿昌:《三叶集》,上海书店,1982年,第58页。
④ Аджимамудова В.С.Тянь Хань. Портрет на фоне эпохи.М.,1993. C.64.

助,使原本打算为艺术而献身的柳翠得以投向爱与美的怀抱。

俄国学者指出田汉重视情绪、直觉的表达,重视幻想与想象,以抒情的方式直接表达心情的渴求①。秦信芳知道心爱的姑娘要牺牲自己时,自己独自坐在窗外低头垂想:

秦信芳……我错了,我如何不阻止她,我如何要打甚么出洋的主义……(双手急蒙着脸)咳!我真要羞死了。我至今才知道世间上的东西,没有一样能换得爱的,自己的爱不能满足,世界上便没有一处满足的地方。(抬头看梧桐叶)梧桐!你两三个站在这里望着我怎么也不来慰藉我一下?你现在虽然荫浓叶茂,像人的少年时代一样,但是在我的眼中你比那黄叶萧瑟的时候更使我难过。(忽然微风一动,一片嫩叶冉冉的落了下来,信芳看了不觉感极)可怜的桐叶,中国人不同情我,你倒同情我吗?(不觉泪下,接着那片叶子吻着)桐叶!我感谢你!我感谢你!

这部田汉第一部戏剧作品终自我的直抒胸臆和触景生情相融合。我们再将视野转向田汉生前的晚期戏剧作品《谢瑶环》,俄国学者认为该剧在历史剧的底色上不乏抒情色彩:

谢瑶环忽听得堂上一声喊
来了我忠心报国的谢瑶环。
自从奉制出宫院,
誓要与三吴的百姓惩贪婪。……
自古道"忠臣不怕死",
怕什么"玉女等梯""仙人献果""凤凰展翅""猿猴戴冠"。
愁只愁江南百姓又要受苦难,
愁只愁天下纷纷难免战血丹,
愁只愁袁郎在太湖万顷烟波远,

---

① 朱栋霖、丁帆、朱晓进主编:《中国现代文学史》,高等教育出版社,2000年,第107页。

第五章　田汉作品在俄罗斯

夫妻们见面难上难！

想到此,愁无限,袁郎啊！

点点珠泪湿衣衫。

但愿得来生再相见,

俺与你同心协力挽狂澜。

谢瑶环在临上公堂、生死未卜之前的一段独唱唱出了她性格里两相糅合的女子的温婉与男儿的铿锵,正如俄国学者尼克利斯卡娅所指出的,《谢瑶环》一剧中可见席勒式的创作动机[①],其具体表现在抒情的热情、情绪化的举动、政治追求和悲剧性的感伤主义特征上[②]。田汉曾在少年时立志做"中国的席勒",追求自由,反对专制,充满诗情与本真的热情,这种追求慢慢地融化在他的精神里。田汉其子田中认为"一诚可救万恶"是对父亲一生精神的总结,席勒式的热忱抒情和嫉恶如仇一直伴随着田汉,体现在他的文学态度上。

2.3.2 浪漫现实主义风格

俄国学者指出,田汉的浪漫主义一方面体现在对于全世界历史事件的回应上,另一方面体现在对于中国现实状况的反应上。他关注"我",从封建主义的牢笼中解救个性。[③]且田汉戏剧中的浪漫主义不是单一的,而是加入了现实主义的特征[④]。田汉的浪漫主义情绪同解决具体的社会政治以及文学斗争问题直接相关,将戏剧同生活拉近到一起,形成了浪漫现实主义风格。

我们从田汉发表于1920年的四幕话剧《梵峨璘与蔷薇》说起。目前我国的国内学界并未对田汉的开山作进行一个精准的定位,一般以时间为序,认为最早发表的《梵峨璘与蔷薇》是开山作,但同时又指

---

① Никольская Л.А. Тянь Хань и драматургия Китая XX века. М.,1980. С.214.
② Там же. С.213.
③ Там же. С.214.
④ Там же.

出在这部剧作上田汉艺术不成熟,缺点众多。俄国学者尼克利斯卡娅也认为该剧自我美学特征不足,模仿的痕迹较多,不能代表田汉的本质特色,不能算是开山之作。另一位俄国学者阿芝玛慕托娃却认为"田汉独具特色地将这些人物视为艺术家、'优秀人物',他们用美的光芒照亮了社会的丑恶与残缺,治愈世界"①,并将被国内学界批评众多的感伤色彩、纯美习性转成了对社会现实的鞭笞,从而使该剧具备了浪漫主义框架下的现实意义。田汉亦自言此剧"是通过了 Realist(现实)熔炉的 Romatic(浪漫剧)"②。

《南归》的浪漫现实主义风格尤为浓厚,作家立足于现实生活,却写出了姑娘美好的心性和对真挚爱情的坚守与追踪,对流浪诗人的爱的本身和对未来"春姑娘"般的向往,赋予了普通农家女子诗意浪漫的爱的情愫。基于此,俄学者指出,像女主人公春姑娘这般将自己对某一异性的好感和感觉公开表达并不是中国人的特性。田汉满怀公民激情,勇敢地讨论尖锐而具积极性的道德与伦理学问题③。戏剧家号召终止以家庭利益为名义的自我牺牲,重新定义善与恶、个人幸福与责任④。

在俄国学者看来,尽管初看上去,剧中的每个人物追求的都只是个人幸福,事实上田汉关于爱情的浪漫主义现实剧充满社会内涵,他对幸福的道德问题、生活的意义、责任和良知投以了极大关注。他笔下人物的精神活动历程是生活状况改变的产物。

我们认为,俄国学者将田汉作品的美学价值上升到幸福、道德、生活意义等形而上的层次,对于我国学界对田汉作品的认知是一个正面的动力促进。目前我国国内学界对于《南归》的评价从早期一味的批评,如"曾作过热烈的梦幻的小资产阶级知识分子,在残酷的斗争现

---

① Аджимамудова В.С.Тянь Хань. Портрет на фоне эпохи.М.,1993. С.64.
② 田汉:《田汉剧作选·后记》,人民出版社,1955年,第428页。
③ Никольская Л.А. Тянь Хань и драматургия Китая XX века. М.,1980. С.52.
④ Там же. С.53.

第五章 田汉作品在俄罗斯

实中发现了自己力量的软弱性,既不知投身到工农大众中洗心革面,又不敢重新卷入时代潜流中磨兵砺甲;面临着'古神已死,新神未生的黄昏',带着多愁善感的弱质,他们还又会在痛苦的泪光中接受'世纪末'情绪的阴翳的笑靥……"①,发展到新的审视,总结出了"流浪者"主题以及一些从语言角度的评价,如"在《南归》中,被流浪者、春姑娘、母亲三人反复咏叹,充满梦幻色彩的流浪者的家乡,田汉以绚丽的色调、低回的情致、洒脱的语言勾画了'深灰的天,黑的森林,白的雪山'仙境般美妙,梦境般虚幻的空灵意境"②等。对此我们认为,应秉持理性唯物的视角,取他者之长,综合而观。

2.3.3 批判现实主义风格

正如尼克利斯卡娅所指出的,田汉的作品研究在中国国内有一个"转向"问题。所谓的"转向"是以1930年田汉发表《我们的自己批判》一文为始,田汉在其中列举了当时社会上对他的作品颓废感伤的批评之声并一律接受允将改正。如一署名小兵的来信中写"莫要自命清高、温柔、优美,我们饥寒所迫的大众等着你们更粗野更壮烈的艺术!"③田汉便回应自己会"有意识或无意识地改变自己的作风"④;对于"他们的戏剧都表示着小资产阶级性"⑤的批评,则回应"'离开了平民就失掉了平民',我们应该三复斯言!"⑥国内学界由此认为这是田汉由感伤的诗人转变为革命的戏剧家,卸去了唯美感伤的情绪而进入了积极的革命书写的文艺思想转变坐标和证据。也因而出现了国内

---

① 田本相:《田汉研究指南》,天津教育出版社,1990年,第99页。
② 中国田汉基金会、中国田汉研究会学术活动部编:《田汉研究·第三辑》,中国电影出版社,2001年,第246页。
③ 田汉:《我们自己的批判》,转载自柏彬选编:《中国当代文学研究资料·田汉专集》,南京:江苏人民出版社,1984年,第80页。
④ 同上书。
⑤ 同上书,第82页。
⑥ 同上书。

学界较为普遍的用时间的轴来对田汉的创作进行"一刀切"的划分，评价其由所谓的资产阶级的感伤颓废的戏剧向无产阶级立场的"普罗列塔里亚戏剧"转变。董健先生对于这篇文章的总结是"此文核心就是三个字：向左转。"①这种大方向上固化了的评论规则下，加之当时中国战争纷乱的炮火硝烟弥漫，使国内学界很长一段时期内对田汉作品文学价值和审美意义的评价，是是否为工农服务，是否反映了社会主义革命的单一性视角。而俄罗斯学者对此提出了批判现实主义角度的阐发。批判现实主义作为一种文学思潮，指以忠实地、客观地反映现实和揭发、批判社会黑暗为主要特点的文学创作。俄国学者认为田汉的作品一方面反映社会现实，另一方面着力于批判黑暗制度：

《梅雨》一剧中，连绵数月的梅雨引起了中国16个省的水灾，报纸报道了一则关于破产的街头小贩自杀的消息，促使田汉提笔创作。"那年（1931年）那连绵的'梅雨'也就是那弥漫十六省的大水灾的开端，在这梅雨中多少'小民'宛转挣扎在生死线上。当时报载法界南阳桥有做小生意的潘某因天雨赔本不能付印子钱而自杀，这段新闻就成了写这个剧本的蓝本。"②

尼克利斯卡娅指出，田汉为这部戏剧中的矛盾赋予了社会冲突的性质，加入了新的情节片段：商贩需要交税、交房租等，小商贩入不敷出，病痛缠身，反映了社会冲突的加剧，导致一部分人选择暴动，一部分人走向死亡③。人与社会的矛盾、个体的悲剧是田汉20年代的剧作中的已有内容，30年代的作品加入了社会贫富不同阶层间不可调和的矛盾冲突④。并且阿芝玛慕托娃认为，田汉揭露出剧中两种社会对立力量之间的关系是阶级斗争关系，是戏剧冲突的本质，人物性格与

---

① 董健：《田汉传》，北京十月文艺出版社，1996年版，第375页。
② Аджимамудова В.С.Тянь Хань. Портрет на фоне эпохи.М.,1993. С.80.
③ Никольская Л.А. Тянь Хань и драматургия Китая XX века. М.,1980. С.138.
④ Там же. С.139.

第五章　田汉作品在俄罗斯

社会意识密切相关,个人的精神特质则表现甚微①。

俄国学者还指出,在田汉作品的批评现实主义风格中,"有时其中具备某种社会主义现实主义的特征"②,如其后期所写的《十三陵水库畅想曲》(1958)展现了工人、妇女突击队、大学生、群众等全民动员,克服困难,积极参与修建水库的激情昂扬的图景,其中刻画了钢铁突击队队员、老红军、独臂英雄、舍身救火车的英雄等形象,展现了一种社会的宏大叙事。

我们认为俄国学者从剧作的文本实际出发而提出的批判现实主义观点胜于"一刀切"视角,胜过那种过分强调田汉作品的政治性,忽视作品细节的视角。这能够对我们的田汉研究工作给予一定的补充和启迪。

2.4 作品主题研究

主题研究是作品研究的有机组成部分,俄国学者将田汉的创作主题概括为爱情婚姻主题、政治主题、抗战主题、历史主题。

2.4.1 爱情婚姻主题。个性解放是中国"五四"运动最大的成果之一。"五四"一代知识分子普遍要求恋爱自由和婚姻自主,社会上对封建婚姻制度的批判与抗议同政治上反封建斗争有了高度的统一性。而在五四以前的中国,用李达的话说,则是"打着屋大的灯笼,寻遍了全中国的社会,竟看不见半点恋爱的影子。"③男女的结合是父母之命,媒妁之言,靠礼教来建构。于是"五四"时期引进"德先生"和"赛先生"之后,中国便掀起一场轰轰烈烈的恋爱革命。"破坏旧社会一切伪道德、恶习惯,非人道和不自然的男女结合底婚姻制度,建设新社

---

① Никольская Л.А. Тянь Хань и драматургия Китая XX века. М.,1980. C.140.
② Там же. C.215.
③ 李达:《女子解放论》,载于《解放与改造》,1919年第3期。

会平等的、自由的、真正恋爱的男女结合"①成为这一时期的呼声。爱情主题也成为当时文艺各界关注的焦点之一,田汉也不例外,对这一主题在剧中表达了极具自己特色的看法。

尼克利斯卡娅认为《获虎之夜》延续了《咖啡馆之一夜》的爱情主题。在此剧中爱情情节分为几个方面展开:长沙东乡仙姑岭边一山村猎户魏福生的家庭生活,出生于这一家庭的姑娘的命运,以及年轻人之间被家长意志拆散的爱情②。

《获虎之夜》开头时像是教化性质的日常生活剧——英雄浪漫主义的讲述中总是交杂着日常对话。莲姑的父母——一对本分的猎户夫妻,给女儿选了户好人家,一心只想给女儿多添点嫁妆以免嫁到陈家去遭妯娌们看不起,而莲姑的反抗不被父母理解:"好孩子,这样的终身大事岂是儿戏得的!人家已经下订了,你又不愿意去了。就是我肯,你爹爹肯吗?就是你爹爹肯,陈家里能答应吗?你总得懂事一点,你现在也不是七八岁的小姑娘了。放着陈家这样的人家不去,你还想到什么人家去?"上至祖母下到父母,没有任何一个人关心孩子的幸福。而敢于违抗传统,追求个人意志和愿望的人对周围的一众"野兽"而言是危险的。为了让自己的意图更易让人领会,田汉借助于老虎——图腾崇拜习俗中勇气的象征物这一形象来建构男主人公黄大傻这一人性价值观代表。莲姑在剧里说:"没想到我没有找着他,他倒先到我家来了,像受了重伤的老虎似的抬到我们家来了。"作者将守护在山上误被猎人击伤的黄大傻比做老虎,以赞其瘦弱外表下的勇气。但可惜的是真正勇敢的时刻还没有到来,主人公黄大傻便用自杀结束了一系列矛盾。鲁迅合集里的一句话也许能解释这一思想:"身死而精神不灭"。③

---

① 世衡:《恋爱革命论》,载于《中国妇女问题讨论集》第四册,上海书店,1989年,第76页。
② Никольская Л.А. Тянь Хань и драматургия Китая XX века. М.,1980. С.42.
③ 转引自: Никольская Л.А. Тянь Хань и драматургия Китая XX века. М.,1980. С.42.

第五章　田汉作品在俄罗斯

2.4.2政治主题。尼克利斯卡娅认为，到了20世纪30年代，中国国内状况恶化。社会主义斗争主题占据了田汉作品的重要地位①。事实上这一主题主要指她在自己专著中提及的政治主题：政治不仅对于文学产生影响，更直接地发生于文学其中②。阿芝玛慕托娃指出，1931—1934年是田汉作家生涯中的高产期：他创作了20多部剧本、诗歌、翻译作品以及文学评论文章。这其中至少有半数都是由于政治激情而作。没有人像他作品中那么鲜明地显露作者本人的政治倾向。艺术性成熟的情节、象征色彩的诗意、对生活观察的真实使得田汉的戏剧成为左翼戏剧中的主力军③。

田汉站在一贫如洗、备受压迫的人民一边。在其独幕剧《梅雨》（1931年）中作者明确地讨论了消极抗议和无秩序暴乱，强调只有有组织的共产主义运动才有前途。与此观点相同，我国国内学界认为《梅雨》一剧的积极性在于其否定了潘顺华的消极自杀和文阿毛对"为富不仁者"所采取的个人报复手段，为受压迫群众指出了一条"团结大伙的力量"掀翻"压在头上的石头"的正确道路。④

田汉1932年的独幕剧《战友》是一部关于淞沪战争的作品。这部剧可以被称作是政治剧，其中展现了中国年轻一代的新特点⑤。在该剧中田汉一如既往，展示让人信服的细节并指出事件的具体发生时间——一九三二年上海撤兵协定签字之后。剧本情节在一处小小的伤兵医院展开，里躺着在淞沪战争中参加抗日义勇军的伤员。男主人公大学生Ａ受伤目盲，其战友老刘断手重伤，其他伤员伤势不等。作者田汉没有用姓名来指称自己笔下的大学生们，而是用加上拉丁字母

---

① Никольская Л.А. Тянь Хань и драматургия Китая XX века. М.,1980. С.83.
② Там же. С.103.
③ Аджимамудова В.С.Тянь Хань. Портрет на фоне эпохи.М.,1993. С.134.
④ 何寅泰、李达三著：《田汉评传》，湖南人民出版社，1984年，第94页。
⑤ Никольская Л.А. Тянь Хань и драматургия Китая XX века. М.,1980. С.103.

的方式以大学生 A、B、C、D 等指代,其余角色以"兵""医"指代。剧本描写为保卫上海而英勇受伤的大学生 A 躺在病床上听到上海签订撤兵协议,悲愤交加,"我们是白牺牲了,老刘的手也白断了",但仍抱定"世界规模的阶级斗争会爆发"的信念。面对自己的"自由思想者"爱人在对面教堂嫁与别人的境况,他撕去照片,跟着外面的群众爆出"保卫大上海,保卫全中国!打倒日本帝国主义"的呼喊,压过了教堂的琴声歌海。全剧落幕。

田汉在1961年曾写道,"中国话剧艺术有一个突出特点,就是与革命民主运动紧密联系,具备革命特征"。颇有意味的是,尼克利斯卡娅将田汉这段话引进自己的专著,并认为,对于田汉本人而言,这也是其戏剧作品中政治剧的主要特点之一[①]。田汉展现了30年代中国青年一代的新特质,展现了他们团结一致,随时准备着参与到与自己的国家和人民命运息息相关的事件中去。这反映了青年一代的社会意识广度[②]。我们认为这是田汉的戏剧特色之一,就是在特定的政治历史年代态度鲜明地站到人民一边,积极抗争。

2.4.3 抗战主题。田汉的抗战主题戏剧首推《卢沟桥》。一九三七年七月七日,日军向宛平城及卢沟桥开炮,标志日本全面侵华开始。在这国难时刻,田汉认为"应该努力从事国防文学和国难文学"[③]。他只用了五天时间便以卢沟桥事变为题材创作出了四幕剧《卢沟桥》,该剧中出场人物众多,出场的达八十余人。剧中穿插进众多振奋人心的抗日歌曲。第一幕在卢沟桥畔空地上,描述的是平津学生南下宣传队的救国演说,场面宏伟。大学生炙热强烈的爱国激情在幕尾的《义勇军进行曲》中达到至高点。第二幕是在"七·七"事变当天永安河

---

① Никольская Л.А. Тянь Хань и драматургия Китая XX века. М.,1980. С.137.
② Там же. С.104.
③ 刘平:《戏剧魂——田汉评传》,中央文献出版社,1998年。

第五章　田汉作品在俄罗斯

左岸某兵营,爱国士兵英勇抗击日寇。各处阵地重机枪吐出怒火,敌人纷纷倒毙。在冲锋号中,幕布徐徐降落。第三幕以长辛店临时伤兵医院为背景,着重表现伤员要求重返前线的斗志。这一幕在豪壮的送勇士出征歌中落幕——"我们没有踌躇,我们没有彷徨;前进便是胜利,后退便是死亡。请收下这几件衣裳,请带着这一点干粮;争取伟大的胜利,在那神圣的民族战场!"第四幕正面表现卢沟桥一阵地。军民们斗志昂扬,奋勇杀敌。剧末在飞机声、大炮声中,战士们在冲锋号里疾风迅雷般前进,豪气动人心魄。

　　尼克利斯卡娅指出,田汉在《卢沟桥》中描述了分歧巨大的社会两级。一方面是爱国的勇敢进步人士,他们同人民站在一起,艰难追寻出路。田汉用浓墨重彩来勾画这些人物形象,让他们站在舞台上。另一方面是手握权力却与敌人妥协的卖国贼。田汉不给他们登上舞台的脸面,而将他们放在台后,放在台词间一提而过。"这种处理表达了剧作家的人民立场"①。阿芝玛穆托娃则认为田汉试图表现出中国人民民族性格中英雄主义的精神觉醒,展示中国在列强侵略下的悲惨境遇。该剧塑造了理想化的人民群体形象,勇敢坚定,在战争时刻表现出大无畏的勇气和精神魅力②。俄国学者对于"人民"的关注展示了他们对于田汉这部作品精神实质的把握。

　　剧本《丽人行》,则被俄国学者定性为"一方面是直接的抗日主题戏剧,另一方面是田汉创作迈向下一步的桥梁"③。俄国学者不仅注意到该戏剧名取自杜甫诗歌,而且还指出田汉同杜甫一样,从准确的事实观察出发,将具体的生活场景处理成着哲理化的戏剧,追寻言外之意。田汉首先想要展示现代"丽人们"的社会状况④。该剧以激起国人

---

① Никольская Л.А. Тянь Хань и драматургия Китая ХХ века. М.,1980. С.114.
② Аджимамудова В.С.Тянь Хань. Портрет на фоне эпохи.М.,1993. С.134.
③ Никольская Л.А. Тянь Хань и драматургия Китая ХХ века. М.,1980. С.147.
④ Там же.

公愤的"沈崇案"和上海"摊贩案"为素材。该剧主题是反映日本帝国主义投降前夕中国人民的生活,以及国家和世界事件在每个人命运中的体现,从而揭露美军罪行和国民党反动派的黑暗统治[①]:日伪统治时期,女工刘金妹因工厂倒闭,失业在家,被迫卖淫。知识妇女梁若英,有一定正义感又经不住寂寞和痛苦折磨,离开从事革命的丈夫与银行家王仲原同居,终遭遗弃。新女性李新群勇敢机智,帮助刘金妹,引导梁若英,生活现实使三个女性走到一起,迎接新的斗争生活。

2.4.4 历史主题。田汉在中国文学史上的地位与其历史剧密切相关,这一主题也自然引起俄国学者的关注,其中《关汉卿》和《谢瑶环》是俄国学者关注最多的两部历史剧作。除却剧本本身文学价值,当然也与当时的俄中政治背景密不可分。

田汉的历史剧《关汉卿》是中国国内学界公认的巅峰之作。其主人公元朝文人关汉卿机藉《窦娥冤》扬名,居"元曲四大家"之首。《窦娥冤》被称为中国十大古典悲剧之一,同时也是元杂剧四大悲剧之一,王国维先生赞其"剧中虽有恶人交媾其间,而其蹈汤赴火者,仍出于其主人翁之意志,既列于世界大悲剧中,亦无愧色也"[②]。在妇女地位低如尘芥的封建社会,关汉卿描画了善良无辜的寡妇被屈斩而天地变色的奇迹,勇敢地直面权贵,舍生为义节。对其气节史书无详载,但其精神借助一曲《窦娥冤》让后代尽闻。

田汉,因自身亦属"梨园领袖,杂剧班头"[③]而对关汉卿其人其志拥有更强的通感,以关汉卿创作《窦娥冤》为中心绵延思绪、拓展框架,塑造了一系列栩栩如生的人物形象:同情民众、憎恨丑恶、不畏权贵、大义凛然的古代文人关汉卿,深明大义、勇于自我牺牲、敢爱敢恨

---

① Никольская Л.А. Тянь Хань и драматургия Китая XX века. М.,1980. C.147.
② 王国维:《宋元戏曲史》,上海古籍出版社,1998年,第121页。
③ 语出自贾仲明《录鬼簿》"驱梨园领袖,总编修师首,捻杂剧班头"。

第五章　田汉作品在俄罗斯

的朱帘秀,嫉恶如仇的赛帘秀,诙谐风趣、爱憎分明的王和卿,仗义坚强的王著以及反面人物、淫威邪恶的阿合马,狠毒卑鄙的叶和甫等。田汉借古代侠肝义胆、不畏强权、不惜以命去搏一个人道的艺术家的所作所为来呼唤中国普通民众的热血赤胆,用历史剧构建了一个让中国观众深省自身力量、自窥民族脊梁的舞台。

1959年莫斯科艺术出版社发行的《关汉卿》单行本①。扉页和末页上对田汉生平做了简介,强调并印证了《关汉卿》一剧所取得的舞台成就。除却中国国内的好评如潮,田汉的《关汉卿》亦受到国际社会首肯:日本三个著名剧团"俳优座""民艺"和"文学座"在日本大阪、神户、京都和东京等地联合演出《关汉卿》,看戏看电视和听实况录音的观众和听众总计超过一千万人,购书的人络绎不绝。在美帝国主义占领下的日本观众从历史上中国元代社会生活里照见了自己的形象。人们流着眼泪看戏,有的观众激愤地表示:"……我要像关汉卿那样活下去!"②两剧的国际反响印证了田汉所言:"一出现实主义的戏,一出具有深刻时代思想的戏,它的作用和影响,甚至可以超越时代、超越国度、能够产生难以想象的国际影响。"③

尼克利斯卡娅于1973年田汉75周年诞辰之际撰文《田汉历史剧〈关汉卿〉中的民族传统和现代性》④以示悼念。该文指出:中国戏剧有这样的传统:在复杂的社会历史条件下,当无法与人民直接交流时,进步的剧作家便注目历史与往朝文学,在历史情节基础上构建剧本,用过去的事件将现代事件精心伪装起来。这位俄罗斯研究家追踪了中国戏剧发展的历史,认为,从20世纪40年代末到50年代初,中国戏剧(话剧)基本上没有历史题材剧,直到中华人民共和国成立后这

---

① Тянь Хань. Гуань Хань-цин.М.,Искусство.1959.
② 黎之彦:《田汉创作侧记》,四川文艺出版社,1994年,第92页。
③ 同上。
④ Никольская Л.А. Национальная традиция и современность в драме Тянь Ханя «Гуань Хань-цин».---Народы Азии и Африки,1973,№6, С.118—124.

一情况有所变化。戏曲界和话剧界开始找寻新的创作道路。1958年历史剧重新出现。田汉、夏衍等自由主义作家自主性地使用了历史剧这一创作体裁。到1961年,在首都舞台上演的剧目里,有252场历史剧,而只有6部外国剧和14场关于"三面红旗"[①]主题的现代剧。

尼克利斯卡娅指出,田汉的《关汉卿》是此期出现的首部历史剧。她同样对该剧的反响给予了笔墨,指出剧本在杂志上刊载并同时在北京人民艺术剧院上演,同年发行单行本,并很快被译为俄语和日语。[②]

在尼克利斯卡娅看来,田汉在研究历史资料,阅读《马可波罗游记》等记载的基础上,以关汉卿本人的创作为首要信息源,描画出了关汉卿真实可信的历史概貌,展现了关汉卿一生中最耀眼的时刻:创作巅峰剧作,即历史悲剧《窦娥冤》。她认为,田汉发现了这一主题的史诗性,在此基础上并对其进行了艺术择取,并延续了关汉卿建立的戏曲民族传统。尼克利斯卡娅在文中概述了元朝"人分四等、汉人最末"以及"七匠、八娼、九儒、十丐"的历史背景。她介绍了《关汉卿》一剧的基本情节冲突以及田汉对关汉卿、朱帘秀等主要角色的把握和刻画,并指出,田汉戏剧的结构更接近传统,剧本不是由典型的欧洲戏剧幕次构成,而是由舞台片段构成。

关汉卿的诗鼓舞着田汉,而剧作《关汉卿》也印证了田汉的顽强与勇气。田汉追求人民社会地位和精神上的解放,这种追求借剧中关汉卿之口体现出来。此外,社会与艺术家这个话题总是获得田汉的格外关注。田汉自己曾说他总是格外关注剧本的精神内涵及其与生活的联系,在创作历史剧时也是如此。"由此可揣摩出田汉对盲目追

[①] 指1958年中共中央提出的社会主义建设总路线、"大跃进"和人民公社,在1960年5月以前曾被称作"三个法宝",五月以后又称为"三面红旗"。

[②] Никольская Л.А. Национальная традиция и современность в драме Тянь Ханя «Гуань Хань-цин». Народы Азии и Африки, 1973, №6. C.119.

第五章　田汉作品在俄罗斯

随毛泽东晚年错误这一现象的批判态度"①。只有那些对民族遗产以及国内社会状况有深入了解的人才能够完全领悟他的戏剧。他的戏剧观与当时的历史学官方观点不合。因田汉在作家、艺人、艺术家及戏剧工作者中享有的威望,《关汉卿》刚问世时并未受到批判,到"文革"时期则被猛烈抨击。该剧的意义很难估量:田汉借助丰厚的历史政治文化内容和崇高的艺术形式坚持了艺术的思想性。他讲述了国内的艰难状况并号召人民捍卫已取得的民主成果,并因此获罪被称为"反革命武装分子头目"。上述内容亦被收录进1980年出版的《田汉与20世纪中国戏剧》一书中。

依笔者拙见,阿芝玛慕托娃在《世纪背景下的田汉肖像》一书中对《关汉卿》的介绍更接近于一种田汉原著内容的概括翻译和传播,她指出该剧是田汉的巅峰作。书中记述了田汉于1957年首次在苏联舞台上看到了纯粹意义上的欧洲戏剧,这是俄国专著中首次提及田汉在苏联的文艺观摩活动。阿芝玛慕托娃介绍了田汉创作该剧的原因是纪念关汉卿诞辰,描述了因史料缺少而出现的创作难度,认为田汉出于"文似人"、其文反映其人的观点而选择围绕《窦娥冤》构建整部剧作,"田汉不仅讲述了关汉卿创作《窦娥冤》的前后时间,更分析了艺术目标、艺术家使命以及自我坚守"②。阿芝玛慕托娃分幕简单介绍了剧本内容、主要人物形象的塑造,并引用了不少翻译自中国学者对田汉评价的引言如郭沫若评价田汉的话:"我一口气把您的《关汉卿》读了,写得很成功。关汉卿有知,他一定会感激您。特别是朱帘秀,她如生在今天,她一定会自告奋勇,来自演自的"③等给予剧作首肯。

两位俄国学者在研究过程中都注意到了中国当时社会历史条件

---

① Никольская Л.А. Национальная традиция и современность в драме Тянь Ханя «Гуань Хань-цин». Народы Азии и Африки,1973,№6. С.123.
② Аджимамудова В.С. Тянь Хань. Портрет на фоне эпохи. М.,1993. С.216.
③ 黎之彦:《田汉创作侧记》,四川文艺出版社,1994年,第92页。

的变迁、意识形态的斗争、革命运动的发展等等，并在此社会背景下对田汉的文学作品做出了自己的解读。对于对田汉及《关汉卿》一无所知的读者，阿芝玛慕托娃的专著会起到很好的文学介绍和信息传播作用；对于了解关汉卿和田汉基本生平的读者，尼克利斯卡娅的专著显得更具学术参考价值。

1961年出版的《谢瑶环》是田汉人生的悲剧起始点。剧作共十三场，改编自碗碗腔《女巡按》。谢瑶环是大唐武后时期清官女御史，她秉公办事，惩治腐败，为民请命，却得罪权贵，被武三思假传圣旨，含冤打入天牢，为使瑶环屈招，用尽各种酷刑。谢瑶环大义凛然，不肯就范，惨死在酷刑之下。布衣的质朴加上官场的历练，女子的温婉糅合上男儿的铿锵，花前月下的柔情融合进为民请命的热情，田汉用笔构建出了中国舞台上少有的女子英雄形象。因该剧中有"水能载舟，亦能覆舟""为民请命""天下恐多事"等言论[①]被批为"社会主义大毒草"。

尼克利斯卡娅在专著《田汉与20世纪中国戏剧》以及1975年的莫斯科大学学报上撰文[②]指出：正如《戏剧报》所言，"中国的现代戏剧活动从最开始就与国家的政治生活密不可分"[③]，田汉完全展现了中国的戏剧艺术与政治的关系。文革期间，先是剧本《谢瑶环》在1966年被归类为"黑毒草"，随后田汉的所有创作都被归为此类。《谢瑶环》的构思不是田汉原创，作者取材于中国古代文学情节来反映自己秘而不宣的想法。1961年，田汉在西安观看了很多民族戏曲演出，其中讲述12世纪武则天统治时期的《女巡按》引起田汉兴趣，紧张工作了两个月后，完成剧本，成功地用自己独到的方式将现代戏剧与传统相结合。他的处理方式十分文艺化，并证明不能仅靠老路子来传递

---

① 云南大学中文系编印：《有关谢瑶环的资料》，1966年，第34—87页。
② Никольская Л.А. К проблеме литературной и идейно-политической борьбы в Китае 60-х годов. Вестнтик московского университета. 1975.№1. C.49—58.
③ Там же. С.49.

第五章　田汉作品在俄罗斯

现代内容。作者使用古语词或多或少是受当时书刊检查所迫,同时也是为了面向最广大的观众。

剧本《谢瑶环》是对当时国内状况的鲜明反映。尼克利斯卡娅认为:"只有将它放置到50年代末60年代初借助文学开展的关于现代性问题的复杂斗争中才能理解。当时民众为'大跃进'所苦:饥荒肆虐,收集家用的锅去炼钢……所有这些让我们想到对领导者个人盲目崇拜导致的后果。当时很多人看到、知道并思考是什么导致全力建设社会主义的国家处于了目前的不利局面。很明显,这是当时领导人及其周围的人对如何发展所做决策存在偏差的结果。但是在当时严格的社会思想状态约束下对毛泽东晚年错误的反对只能以一种寓喻的方式进行,比如用'统治者与人民'主题的历史故事,苦难人民因君主统治无方而死。剧作家们试图借助历史题材折射现代社会事件,寻找能证明人民力量的历史事件以鼓励他们与困难斗争"①。

田汉从不对自己或别人隐瞒自己的观点,展现了非凡的勇气和毅力去坚守艺术的真理和社会主义戏剧原则。对领导者本人田汉并没有过多关注,他只批评其行为造成的后果。在《谢瑶环》一剧中田汉批判的主要对象是"新贵",女皇的亲戚们在全国各地占据高位,巧取豪夺。不难猜测田汉是在讽刺那些靠盲从"毛泽东晚年错误"谋取个人利益的追名逐利者。其次,田汉关注领导者的行为如何对人民的生活造成影响。剧中的谢瑶环说"青天白日下,要为拯救人民而斗争"②,从中不难看出作者本人的观点,无怪乎批评者将谢瑶环和田汉视为同一。田汉被打为反党反毛,禁出版遭解职,1966年被捕后音讯全无。

阿芝玛慕托娃在《世纪背景下的田汉肖像》以及收录有《谢瑶环》一剧的《现代中国戏剧》后序中指出:"戏剧用统一的文化密码来

---

① Никольская Л.А.К проблеме литературной и идейно-политической борьбы в Китае 60-х годов. Вестнтик московского университета. 1975.№1. C.51.
② Там же. C.54.

拉近并压缩不同的时代，连接过去和未来，展现鲜活的、从不中断的传统文化纽带。田汉利用二手文学资料创作新的作品，试图不仅回答迫切的政治性问题，还回答全人类永恒问题。对作者而言最主要的是自己实事求是、无所畏惧地为人民服务，相信人民，这是田汉世界观中的重要一角。"①

这位学者非常到位地指出，田汉写的不是经过文艺加工的历史，而是准确地传达出唐朝的精神状况和社会现实，再现真实的武则天等历史人物生平。田汉将自己的作品当作对现实的修正，以儒家训诫的精神去面对领导者，提醒他们自己面对民众应尽的职责以及人民的强大力量。《谢瑶环》的舞台成就极大。田汉作为经验丰富的戏剧家、构筑尖锐复杂情节的大师，长于运用诗学、戏剧程式以及古典戏剧因素。他将日常事件引入舞台并缩减其中的非戏剧性生活化因素以便于观众掌握全貌，而情节延缓等戏剧手段则加强了高潮时的情绪停顿效果。剧本的旁白和对话带有很强的文学暗喻性，隐蔽性的引文能够使读者产生广泛的历史文化联想，并因由其揭露性的指向而具备独特的魅力。观众进而能够体会到该剧与郭沫若《武则天》剧中君主形象的内在争论，《武则天》是对国家机器和领导的颂扬，而田汉戏剧的基调则不是为君主"恢复名誉"，而是预警。因其对当时启蒙乌托邦思想的反驳以及展现真理，田汉最终付出了生命的代价。②

在国内学界，《谢瑶环》因其文革时期的"大毒草"之名而一度成为研究者回避的存在。截至目前，相关研究文章不过十篇，且大多属于政治机械化的批斗性质。俄国学者不受中国政局影响，旁观者清，对于田汉给予了极大的同情，他们所得出的某些结论对于今日学者亦有着清水之镜的作用。对尼克利斯卡娅的研究我们应秉持理性的观

---

① Современная китайская драма. М.1990.В.Аджимамудова, Н.Саешнев. Послесловие. С.427.
② Там же. С.430—433.

第五章 田汉作品在俄罗斯

点,一方面,其田汉文艺研究观对我们有补充价值,另一方面,应能分辨由于政治因素而发的谬误之说。田汉的秘书黎之彦先生记录了田汉创作《谢瑶环》的直接意图:"毛主席、周总理和一些学者认为,历史上古人励精图治的精神、进谏和纳谏的精神、告状精神、与民同甘苦共忧乐的作风等等,还是值得发扬的。这和我们提倡的奋发图强、批评和自我批评、实事求是的精神和调查研究、关心人民疾苦的党的传统作风,在精神上是一脉相承的。……我们写历史剧,就要贯注这种精神和感情。"[①]"在历史的长河中研究古人治国兴邦的经验,寻找对今天有用的精神。"[②]笔者认为,这些言论可在某种程度上证实田汉的爱党爱国之心,粉碎一些无中生有之说。剧中当谢瑶环之夫说"众口铄金",担心武则天听信一面之词时,谢瑶环唱:"忠而见疑古有之,美人香草屈原词。为妻但作当为事,斧钺在前不皱眉"[③],这某种程度上或许亦能代表田汉被反对派打压时的心境。我们认为,俄国学者置身中国国门外,对此给予的这些第三者角度的关切和评价,对于《谢瑶环》这一作品价值的当代重建具有重要参考价值。

综上所述,在俄罗斯田汉作品研究的双重视野下,我们对俄国学者田汉作品研究进行了作品手法、风格、主题、结构四个维度的分析。俄国学者对田汉作品的直接心理描写和间接描写手法,对心理描写背后揭示的社会现实给予阐发,这种文本细读基础上的心理描写手法分析模式是我们有所欠缺的。俄国学者对剧本主人公名字、文学意象词以及剧本结尾的象征意义联系中国文化背景进行分析,独出心裁地提出田汉将电影的蒙太奇手法引入戏剧,使舞台充满现实感。此外俄国学者指出,田汉的剧本结构具备简单下的复杂,发展出了"剧中剧"的

---

① 黎之彦:《田汉创作侧记》,四川文艺出版社,1994年,第166页。
② 同上书,第166页。
③ 云南大学中文系编印:《有关谢瑶环的资料》,1966年,第73页。

解构，开阔了舞台空间。而俄国作者对于田汉作品风格的定位也对我国的研究有较好的补充意义。目前国内学界普遍认为田汉的早期作品是感伤浪漫主义，在30年代之后走上现实主义，并且评价视角一度偏向于社会主义现实主义的"一刀切"，在80年代后出现了对于田汉作品的多角度研读。俄国学者则指出田汉作品一以贯之的抒情风格、浪漫现实主义风格和批判现实主义风格，并且指出后者具备某种社会主义现实主义的特点。这一观点为国内学者的研究提供了另一个角度的参考。此外，俄国学者还对田汉作品的几个主题都进行了分类研究，包括爱情婚姻、政治、抗战、历史主题等，其研究覆盖广度较为全面，且其观点中不乏新颖独到之处。我们将在下一节进一步结合中国的田汉研究状貌，对俄国作者的田汉作品研究进行再研究，以期深入阐释俄国学者所进行的田汉研究工作的文化及社会意义。

第四节　对俄罗斯田汉研究的思考

在前文对田汉《关汉卿》《谢瑶环》及主要诗歌作品俄译本的分析、对田汉作品在俄罗斯的研究状貌进行书写后，我们从田汉作品在俄研究特色、俄中田汉研究差异、田汉在俄研究的不足几方面提出自己的思考：

1. 田汉作品在俄研究的特色

俄罗斯汉学界的田汉作品研究迄今已有约八十年，虽不似鲁迅研究般波澜壮阔，却似清谷幽兰静静成长。俄国学者的田汉研究有自己独到之处：

1.1 俄国学者将田汉作品融入中国现代戏剧发展的大洪流中进行考察，并且重视将其同外国、中国其他作家的作品进行对比分析。

在与俄国作者作品的比较中，以尼克利斯卡娅为例，她认为《扬

第五章　田汉作品在俄罗斯

子江的暴风雨》这部剧本所揭示的社会冲突的思想性、剧本的传播度及其政治积极意义与苏联作家 С. 特列季雅科夫的《怒吼吧,中国!》相近。这并非偶然,而是合乎规律——这两部剧本的创作主题是中国那一时期的典型性主题。不同之处仅在于 С. 特列季雅科夫讲述的是20年代扬子江上游的反对帝国主义的"万县事变",而田汉描写的就像是这一事件在30年代的接续发展,并在剧本中有意识地借助人物对话强调了这两个事件之间的继承性。尼克利斯卡娅认为田汉反映了本国人民的革命意识,描述了世界革命的民族化进程,是无产阶级文学的伟大代表[①]。再如阿芝玛慕托娃指出,《名优之死》一剧中演员在舞台上倒地濒死这个情节俄国作者认为与波德莱尔的《演员之死》相近。我们认为,俄国学者将田汉作品置于他国作品的比较维度下,综合评价,有利于我们视野的开阔和进一步了解当时的历史背景、作者创作心理。

　　将田汉作品与中国其他作者比较,我们以俄国学者对田汉的改编戏剧研究为例做说明。俄国学者认为"鲁迅与现代文学"对研究中国文学进程而言是极重要的问题,对田汉的改编戏剧《阿Q正传》(1937)尤为关注。而目前在国内学界,田汉的这部改编戏剧知之者仍为寡数。鲁迅原作中,阿Q是未庄的雇农,一贫如洗,但靠着"精神胜利法"的麻醉而怡然自得。辛亥革命爆发后,他也开始神往于革命,但却遭假洋鬼子斥骂。不久,因赵秀才诬告,阿Q被当作抢劫犯枪毙。小说揭示了贫苦农民的落后和愚昧,表达了作者鲁迅"改造国民性"的思想观点。俄国学者指出田汉在自己的改编戏剧里扩展和加深了农村生活全景,在第三场戏中展现了女性性格中最黑暗的一面。同时他们评价该剧本是对鲁迅原作的天才的、趣味的解读,认为田汉与鲁迅在公民性和艺术主张上是相近的,但就同一个题材给出了不同的结论:

---

① Никольская Л.А. Тянь Хань и драматургия Китая XX века. М.,1980. С.99.

鲁迅认为国民劣根性不好根除,过二三十年还是这样;田汉则认为过二十年会出现真正的革命者,他坚信这一点,并试图通过自己的剧本让观众也相信这一点。而这种对未来的希望是当时那个沉重的年代所需要的①。我们认为,俄国学者对于田汉和鲁迅的艺术主张比较讨论本身就是对田汉文学地位与艺术成就的某种肯定,其比较所得的结论对于田汉研究与鲁迅研究都有一定的补充意义。

1.2 俄国学者注重在田汉作品中对中国文化意象、民族基调的追寻。

1)文化意象方面。《古潭的声音》一剧中,俄国学者将投入古潭与中国的道教、佛教的精神实质进行关联,指出古潭象征着佛教和道家的精髓,是一种空旷②;《秋声赋》一剧中,俄国学者对于《秋声赋》本身给予了关注,强调了"草木无情,有时飘零。人为动物,惟物之灵。百忧感其心,万物劳其形,有动于中,必摇其精。而况思其力之所不及,忧其智之所不能,宜其渥然丹者为槁木,黟然黑者为星星。奈何以非金石之质,欲与草木而争荣?念谁为之戕贼,亦何恨乎秋声!"等内容在剧中的穿插及所起的秋风萧瑟的气氛烘托所用③;俄国学者还指出,1946年冬到1947年春之间田汉所创作的《丽人行》剧名取名于杜甫的同名诗《丽人行》④:"三月三日天气新,长安水边多丽人。态浓意远淑且真,肌理细腻骨肉匀。绣罗衣裳照暮春,蹙金孔雀银麒麟……"再如《获虎之夜》黄大傻以自杀抗争,俄国学者对此展开了中国文学史上典型性自杀模式的阐述,指出这一情节处理似乎具备一定的从屈原自沉汨罗而亡、传名后世的中国文学传统性⑤。

2)民族基调方面。俄国学者指出《洪水》一剧中,田汉对外在的

---

① Никольская Л.А. Тянь Хань и драматургия Китая XX века. М.,1980. С.136.
② Аджимамудова В.С.Тянь Хань. Портрет на фоне эпохи. М.,1993. С.112.
③ Никольская Л.А. Тянь Хань и драматургия Китая XX века. М.,1980. С.142.
④ Там же.
⑤ Там же. С.46.

第五章　田汉作品在俄罗斯

物化的具体世界、周围环境的细节描写,对主人公的心理描写,剧中的民谣等等,都是从人民生活中采撷而来,具备浓厚的民族特色。剧本的思维、结构都渗透着浓厚的民族基调①:被洪水包围的屋顶上,大女儿唱歌安慰年幼的弟弟:"月亮光光,出在东方;照见弟弟,照见俺娘;弟弟有奶吃,俺娘泪汪汪……"中国的现代话剧有"欧式"的对话形式、结构,同时具备特有的、来源于民族古代文化根基的特色②。

1.3 俄国学者的研究渗透进了本民族的文化阐释视角。

例如《丽人行》的结尾,黄浦江边正欲轻生的女工刘金妹被第二次救起后完成了真正意义上的觉醒,俄国学者认为,田汉将剧终地点选择在江边不是偶然的,这象征着劳动者们在水中完成了"洗礼"③。洗礼是基督教的一个很重要的仪式,表示洗净原有的罪恶,接受耶稣基督为救主,来更新自己的生命。俄国作者将刘金妹的自杀后新生看做是在江中受礼,让俄国文化浸染者们很自然地联想到罗斯受洗礼这个对于俄国文化精神起了转折性影响的事件。这个解读具备浓厚的异域文化气息。

再如,俄国学者指出田汉的作品具备西方话剧的现实主义体系和中国戏曲的规范化体系互相渗透的复杂性。话剧应建立真实的形象,比如哈姆雷特是丹麦王子,娜拉是现代女性;而戏曲中,所有的皇帝都穿着一样的衣服,演员的动作姿态象征意义浓厚。田汉的美学追求里传统戏曲的审美成分较多,他在尽力保持传统戏剧精粹的同时吸取欧洲戏剧艺术精华④。俄国学者的描述中明显带有对中国戏曲文化美学的兴趣和他者眼光。国内学者的解读与之相反,言谈中对西方戏剧文化给予田汉的影响更为偏重,可能布洛的审美距离说可以解释这一现象。

---

① Аджимамудова В.С. Тянь Хань. Портрет на фоне эпохи. М.,1993. С.149.
② Никольская Л.А. Тянь Хань и драматургия Китая XX века. М.,1980. С.78.
③ Там же. С.153.
④ Аджимамудова В.С. Тянь Хань. Портрет на фоне эпохи. М.,1993. С.7.

1.4 俄罗斯学者对田汉的独特历史定位。

俄国学者在自己的研究中将田汉置于中国戏剧发展的大背景中考察,对中国戏剧自1919年以来的萌芽、发展情况进行勾勒,从而体现田汉在此中所起的作用和相应地位。除去中俄学界公认的田汉"中国现代戏剧奠基人"的历史定位,俄国学者还做出了一些国内学界尚未提及的独特定位,除去在前文中我们提到的"第一位宣传劳动者主题的作家""伟大的无产阶级作家",还有两个重要的定位:

1)国际文学奠基人。田汉于1936年创作独幕话剧《阿比西尼亚的母亲》,描写阿比西尼亚被法西斯侵略者占领之后阿比西尼亚人民英勇抗击意大利侵略者。俄国学者指出,田汉关注的不是某个国家民族的特殊性,而是整个的人类社会。田汉试图强调,阿比西尼亚的母亲所遭受的折磨和苦难,与中国的母亲在同样情况下所承受的并没有任何区别。战争对于全世界人民而言都是可怕的、灾难性的。俄国学者站在历史主义的视角,指出全球性思维对于中国此期的剧作家而言是一个全新而不寻常的新事物。由于当时中国国内矛盾极为尖锐,很少有中国人关注世界他国人民的苦难。跳出一国局限性,而关注世界周遭事件,田汉可谓是中国国际文学(интернациональная литература)的奠基人①。

2)中国化改编外国戏剧的开创者。尼克利斯卡娅认为,如果不提及田汉的改编戏剧,那么田汉的创作图景就是不完整的。将小说改编为戏曲是中国文化中常见之态,田汉选择了外国文学中的题材,改编了托尔斯泰的小说《复活》(1933年)——俄国学者认为田汉将独属于自己的特色融入该剧。首先,从原作取舍上,田汉有意识地加强了几位波兰爱国青年的形象,着力歌颂他们崇高的爱国主义精神和为反抗俄国占领者而不屈斗争的高贵品质。此外,田汉舍去了托尔斯泰

---

① Никольская Л.А. Тянь Хань и драматургия Китая XX века. М.,1980. С.110.

第五章　田汉作品在俄罗斯

在小说中"要宽恕一切人"的说法以着力强调革命性。其次，从艺术风格上，田汉改编的《复活》中多处穿插了音乐和歌曲①，并将一贯的抒情色彩融入到人物对话中，如第一幕中玛斯洛娃对聂赫留朵夫叙说自己当年被他抛弃的凄楚境遇时，大段台词拌和着追忆、吐冤、谴责、痛恨，交织成一个情感的网，让观众落入那个回忆的场景中去②。另一位学者阿芝玛慕托娃更是强调指出，田汉是中国化改写外国戏剧的开创者③。

综上，我们认为，俄国学者将田汉作品融入中国现代戏剧发展的大洪流中进行考察，并且重视将其同外国、中国其他作家的作品进行对比分析的方式开阔了我们的视野，也对田汉作品的历史价值有一个比照的衡量尺度。在作品中对中国文化意象、民族基调的追寻让我们进一步认识到在异国学者的眼中，田汉的作品是打上中国标牌、代表中国传统文化形象的。俄罗斯学者对田汉的独特历史定位则进一步丰富了我们的田汉研究宝藏。

2. 俄中田汉作品研究的差异

关注他者的目的是为了从另外一个角度更好地认识自己，取长补短，综合而观。俄中田汉研究在本体规模上具有先天差异，这点毋庸置疑。在任何一个国家，对本国作家的资料收集和作品研究都肯定比外国学界更丰富些，中国学界对于田汉的作品研究涵盖面更广。我们比较的目的在于更全面深刻、具体而微地理解和把握田汉及其作品。俄中田汉研究除却本体规模上的先天差异，还有一些研究方法上的相异之处：

首先，研究视角的差异。从宏观看，俄国学者的研究视角更为宏

---

① Никольская Л.А. Тянь Хань и драматургия Китая XX века. М.,1980. С.110.
② Там же. С.115.
③ Аджимамудова В.С.Тянь Хань. Портрет на фоне эпохи. М.,1993. С.7.

阔,20世纪80年代便已将田汉纳入世界范围进行研究,中国学者的田汉研究专著将视线集中在本国;从微观作品分析来看,中国学界偏重信息的采集和梳理,具备研究的人本化趋势,很多研究专著都从田汉自小身世启文,认为其母、其舅、其妻对田汉的创作有深刻影响。俄国学者一则时常结合社会背景并对田汉同时代作家的大致作品创作倾向进行简介,在中国现代戏剧的发展洪流里定位田汉的个人风格;二则关注了田汉的翻译作品,认为田汉是中国新文学语言形成过程的重要参与者,指出他的翻译活动对于语言和文学发展而言具有同其原著相同的重要意义[1];三则俄国学者对于田汉剧本语言的结构、语义和修辞手段的细处分析等值得关注。此外,在田汉改编的戏剧研究方面,俄罗斯学者将之自然地视为田汉的创作组成部分,并分析其反映的田汉创作美学及思路,这点值得我们借鉴。

其次,批评理论的差异。俄罗斯汉学在苏联时期的研究由于本民族有着悠久的现实主义文学批评传统,加之受苏联时期社会主义现实主义文学理论的影响,偏重于社会历史的研究方法。尽管其本国文学存在"政治功能的强大作用造成了现实主义在面对现实上的狭隘与机械"[2]现象,但俄国学者在批评研究田汉作品时,从文本实际出发,注重作品对社会现实生活的反映,注重研究作家与人民群众、与民间文学联系的功能[3],还是较为客观全面的。而从1926年第一篇田汉作品文论开始,中国学界对田汉的批评便过于强调其社会思想意义和政治功能,这一基调由于文革的历史影响而愈发明显,甚至在1979年田汉被平反后也延续了这样的基调。俄罗斯学界相比较而言更公正且学术化地将作家作品与社会历史结合,同时关注作品艺术思想意义上

---

[1] Никольская Л.А. Тянь Хань и драматургия китая XX века. М.,1980.С.114. С.76.
[2] 张建华:《守望经典——后苏联俄罗斯现实主义文学谈》,载于《俄罗斯文艺》,2011年1月,第12页。
[3] 李逸津:《两大邻帮的心灵沟通——中俄文学交流百年回顾》,黑龙江人民出版社,2010年,第58页。

的评价与赏析。

第三,研究方法的差异。中国学界目前主要使用传记研究方法积累田汉研究的基本资料数据库,使用比较研究方法将田汉和同时代的其他戏剧家如曹禺、郭沫若等进行比较。俄国学界主要使用西方理论批评方法和平行比较研究方法,用一些时为新颖的西方文艺理论,如观众接受心理学等指导研究,将田汉和同时代的其他戏剧家比较,得出一些对我们而言颇具特色的结论。俄国学者对田汉作品文本的细读和分析尤其值得我们关注。比如《湖上的悲剧》中对女主人公名字象征意义的探寻,《获虎之夜》中以虎象征男主人公内心灵魂以及"火屋"等极具地方民俗风格词汇的使用等等。

在对自我认识清晰的基础上参看他者的理论和视角观照能够让我们对于田汉作品在俄研究的规模、性质、特色、优点有一个更广筹的领会,同时也激发出适应于我国田汉研究特色的新思考。

3. 田汉作品在俄研究的不足

在认识到俄罗斯田汉作品研究的特色、了解中俄研究差异的同时,我们也意识到田汉在俄研究存在的某些不足。

首先,俄国学者的研究范围还止于田汉的现代戏剧作品、部分诗歌,目前还没有对田汉的小说、散文等作品的研究问世。在这一点上,国内学界中已有对田汉的散文如《我的母亲》等的分析解读。我们知道,任何一项科学研究开展的前提都是相应的材料积累,田汉一度在国内文坛其名默默,近年来有一个初步的兴起状态,俄国学者对于田汉的资料不完全、研究不全面也与此间接相关。

其次,俄国学者的研究结论有某些因中俄政治交往背景而发的因素。俄罗斯学者在涉及田汉50—60年代作品时,因为当时中苏交恶的历史背景,言谈中往往带有敌对的语调。比如我们在第二章中提及的对于《谢瑶环》一剧的研究,俄国学者多次在其中强调田汉对于政权和党的看法,并用"毛主义"来指代毛泽东思想,事实上这与田汉本意并不相符。我们对此应秉持唯物、客观、理性的原则,一分为二地看待,取其精华。

再次,俄国学者的研究过程中,存在着因文化差异以及历史知识不充足而产生的偏差。一方面体现在俄译本中,如禁婆等词的理解谬误,以及某些流失的文化意象;一方面体现在田汉相关研究专著中,如尼克利斯卡娅将元朝年代误作为12世纪。对此我们认为学无止境,亦无绝对完美的学者,但其远隔千里,对他国文学的求索和作品研究过程本身就是对于后来者的学术贡献。

最后,俄国汉学界目前还缺乏对于田汉的后续有力的研究。对于田汉研究的两部专著成书时间都是苏联后期,其文学研究主力也主要集中于莫斯科大学和彼得堡大学东方学研究所。从进入21世纪以来,还没有关于田汉的专著问世。当然,并非田汉研究如此,正如汉学家罗季奥诺夫所指出的"90年代初苏联解体和俄罗斯严重的经济危机使其对中国文学的研究陷入停顿[①]",这是俄罗斯汉学界新世纪以来面临的状况之一。"当今以俄罗斯为主要代表的独联体国家对中国现当代文学的研究……正在积极辐射到新的汉学中心,吸引着新的生力军,拓展着研究的范围[②]",我们期待关于田汉更进一步、更全面的研究专著问世。

把握特色、看到差异、了解不足、持有希望,这就是我们对于目前的俄罗斯田汉作品研究所持的态度。

小结

田汉,俄罗斯学者视野中伟大的无产阶级文学家、中国现代戏剧

[①] 李逸津:《两大邻邦的心灵沟通:中俄文学交流百年回顾》,黑龙江人民出版社,2010年,第231页。
[②] 阿·罗季奥诺夫:《苏联地区的中国现当代文学研究》,载于《俄罗斯文艺》,2013年第2期。

第五章　田汉作品在俄罗斯

奠基人、中国国际文学奠基人、中国化改编外国戏剧的开创者、中国文学史上第一位宣传劳动者主题的作家。俄国学者认为其在中国文学史以及戏剧领域占有极其重要的地位,对田汉作品进行了比较全面和深刻的研究,提出了一些独到的看法,并且从其性格为人等方面给予了田汉很高评价。在国内对于田汉研究日渐兴盛的背景下,对俄国学界的田汉作品翻译与传播情况进行梳理了解,有助于我们以国际视野客观考量田汉的文学地位和艺术价值,有助于我们以他人为镜,取长补短。

笔者认为,俄罗斯汉学界的田汉作品研究有自己独到的双重视野和多重维度:在对田汉资料和中国国内学者观点的了解基础上,从其民族视野出发,发现田汉在作品中的心理描写手法、象征手法和蒙太奇手法,提出了田汉作品结构的"剧中剧"特色和在简单结构在蕴含复杂社会内容的能力,指出了田汉作品具备抒情风格、浪漫现实主义风格和批判现实主义风格,并将田汉的作品主题划分为爱情婚姻主题、政治主题、抗战主题和历史主题。此外,俄国译者对于田汉戏剧作品的翻译兼具文化意象的传递和本土化的创作型改编,其处理技巧对于我们将中国文化向世界范围的文化推介活动亦具有实践层面上的参考作用。

在对田汉目前的研究状貌进行梳理并尽可能给出一个全面的观照后,我们结合最新研究现状略述几方面的研究趋势,抛砖引玉,希望能为对田汉作品研究这一课题感兴趣的研究者提供一点可能的走向参考:

一是对田汉作品俄译文本的细读与比较研究。田汉戏剧作品的一个非常引人注目的特点是语言的诗化和腔调韵律的连贯顺滑,且语言与时代背景、人物身份相契合。我们可以通过细读俄译文本找出一些可用的诗话戏剧语言翻译方法,努力进行田汉作品的进一步俄译推介。

二是田汉民族化改编处理外国戏剧的艺术方法。新世纪之前的田汉研究多集中于田汉的戏曲改造工作,针对田汉对外国戏剧改编的文评很少。2010年湖南师范大学冯娟的硕士论文《论田汉译著的本土文化特色》对田汉翻译的三部英文戏剧《莎乐美》《哈姆雷特》和《罗密欧与朱丽叶》进行了本土文化、文化特色、方言特色三个角度的分析,丰富了此类研究成果;2012年朱佳宁的《试论田汉改编戏剧中的创造性叛逆》将田汉戏剧改编这个较陈旧的话题加以现代化阐释,从文学形式戏剧化、主题内容集中化和形象塑造革命化三个角度进行了分析,不乏翔实的数据,文章不长但颇有风格,亦可为后来的研究提供一点借鉴意义。

三是除却话剧戏曲方面的成就,田汉还是著名的诗人、散文家、文艺批评家,著有诗集《田汉诗选》《歌中苏拥抱》,散文《田汉散文集》《母亲的话》等,应扩大研究范畴,多角度挖掘田汉的美学文学价值。这方面的研究国内已有少量存在,但很可惜数量少且多是内容浅表的小型介绍文章,像李振明的《田汉诗词解析》这类对田汉诗词加以语言注释,并进行深层解析的专业性学术研究书籍还属凤毛麟角,这一领域尚有广阔的挖掘空间。2012年李遇春的《田汉旧体诗词创作流变论——兼他与南社的诗缘》一文指出田汉的旧体诗词创作直接承续了近现代南社的诗歌传统,且具宋元和明清易代之际遗民诗特色。建国后田汉的旧体诗词创作转向以"仕人之诗"为核心的"新台阁体"以及保持中国传统士人气节的"士人之诗",是田汉诗歌研究领域的新论。

四是田汉关于外国文学的文论研究。田汉对外国文学的评论文章很多,涉及英国、德国、日本等国。俄国学者对这些文论给予了关注,俄语学习者可以择取田汉以酣畅笔墨写下的对俄罗斯文学、苏联戏剧电影和音乐的接触和感受做二次文化推介活动,尝试将田汉相关于俄罗斯文学评价的文章译为俄文在俄罗斯发表,向俄国读者介绍20世纪中国学者的视角,传播20世纪学者对俄国文学的评价声音。

五是田汉戏剧批评研究。田汉作为优秀的戏剧工作者,身后留下了大量的戏剧批评文章,内容涉及创作方法、文艺思想等诸多方面。这些都可以丰富我国的戏剧宝藏,为后人提供经验参考,也可以从另一个角度更深层次地展现田汉的文艺创作美学。2011年雷晓红的《田汉戏剧批评研究》通过对田汉戏剧批评三个时期的批评现状进行剖析,指出批评话语和政治话语应保持适度的距离,尽量避免戏剧批评的失语现象。这篇文章是田汉戏剧批评研究的一个从话语角度进行的侧角分枝研究,还有诸多文艺美学、语言学等的切入点可为一试,丰富研究层次。

六是避免"一刀切"的方式,避免用田汉30年代混杂着社会政治压力的《我们自己的批判》作为田汉"转向"的铁证,而完全割裂开田汉各个年代作品的时间与美学联系。俄国学者的客观分析,结合社会历史角度的文本美学探索值得我们借鉴。2010年吉林大学杨宗蓉的博士论文《田汉戏剧的唯美倾向研究》针对田汉创作中唯美特性的传承、生活层面上对爱的唯美追求展开论述,是带有创新眼光的尝试。此外我们还可考虑将田汉的戏剧创作放置于中国现代戏剧诞生与发展维度上对其与先人后者作品间的关系和互文性加以考察,以更客观地分析田汉作品的文学特性。

我国的田汉研究似有深厚根基的老树,等待着浇灌和阳光以勃出新绿。我们希望,这篇关于俄罗斯田汉及其作品研究的浅显章节能似涓水,带来一丝滋润,为促成新的绿意做出一份努力;我们更希望,越来越多的中外学者能对田汉研究加以关注,让这位戏剧戏曲诗歌散文兼通的多面才子能够拥有与才华相匹配的文学地位。

后 记

历时六个寒暑的《中国现代文学作家在俄罗斯》的教育部社科规划项目(课题原名称为"俄罗斯20世纪中国作家翻译与研究")终于顺利结项并出版。此时此刻,心中五味杂陈,感触颇多。说实话,自立项至今,一种不安与担忧始终拂之不去。踌躇满志地申报课题,但项目获批后,具体操作起来,才觉得此课题很难兑现申报者最初的学术期待。首先是项目原题目太大,似难驾驭,和罗季奥诺夫等多位俄罗斯汉学家多次商讨,罗季奥诺夫给出的建议是,这种题目最起码要写出十八个作家,他给我列出了具体作家的名单,而且认为每一个作家的研究都可以独立成书,当时只觉得心里沉甸甸的,只觉得,非系列丛书则难能达到课题预期目标,可是如此浩繁的工程,我实在是难以扛得动,而且若照此下去,也没这么多时间。再加上自己在该领域非科班出身,且无甚涉足,怕是啃不动,也咽不下。雪上加霜的是,原课题组成员发生了一次大变更,各位先生或眼疾原因,或因研究方向改变,或因工作改变等种种原因离开课题组,一度真是到了"山穷水尽"之境,无奈中我带着我的博士生们把这课题扛了起来,将此课题化整为零,作为弟子们的博士学位论文的命题,由王靓写田汉,李春雨写老舍,王玉珠写茅盾,而后汇拢。万幸,是弟子们给我们的项目带来了"柳暗花明",这一变更倒是催生出了一篇篇优秀的博士论文。弟子们均字数超量且质量上乘完成各自论文,每位同学都有阶段性成果或在国际会议上宣读,或在国际会议文集发表,或在国内外知名刊物登出,并产生了一定的学术影响。其中,李春雨的学位论文在全国匿名评审中获得全优,遂被推举为校级优秀博士论文,作为导师对此十分欣慰。相比之下,作为导师,因教学、翻译与应急科研任务以及其他千头万绪的公私杂事,我很难全身心放在这一个课题上,待最终干完自己的"份额"时,才感觉行笔匆匆,诸多不尽如人意之处,尚不及我的弟子们来得透彻。但是结项日期已过,总不能立了项却因不能完成而撤项,于是日夜奋战,近乎放弃了所有休息时间,终于在较短的时间把这份不尽如人意的考卷忐忑交上,在此期待专家学者与读者予以指教和批评,以期更加完善。意外收获是,这个项目的获批,还有已完成答辩的弟子们的出色表现,吸引了后来的学生也纷纷要求加入研究中国文学在俄罗斯的翻译与研究的队伍,且不在意这个题目已经告一段落。他们预定了题目《阿列克谢耶夫的汉学思想研究》(博士命题)、《托洛普采夫的王蒙研究》(硕士命题),但愿后来者青出于蓝胜于蓝,后来的弟子干得比师兄师姐们更出色,同时也期待完善我们新的学科方向。

话说回来,结项匆匆,但是为申报这个项目所做的前期工作却可谓漫长,已经有着6年的多次跃跃欲试。2004年1月22日(正是我国的大年初一),当时我正在普希金俄语学院访学,应邀参加在奥廖尔省屠格涅夫庄园斯帕斯科耶—卢托维诺沃召开的全俄屠格涅夫学术研讨会,并宣读报告"巴金与俄罗斯文学"。这个报告竟受到了意料不到的欢迎,更没想到的是与巴金、与屠格涅夫庄园斯帕斯科耶—卢托维诺沃庄园会有一段不解的情缘。庄园图书馆管理员拉丽莎告诉我,49年前,也就是1955年10月8日,巴金也曾参加在这里举办的屠格涅夫学术例会,尽管本人没有到场,却递交了一篇题为"伟大而有力的影响"的书面报告,由当时在列宁格勒大学留学的余绍裔代为宣读。说着,拉丽莎便将巴金当年写给会议的那封信的光盘递交到我手上,而且还带着我在庄园图书馆查看还有没有我感兴趣的有关巴金的图书

后 记

资料——没想到拉丽莎对我的到来已经做了有关巴金材料的准备,可能是她在此之前见到我报的报告题目了。在庄园热心学者的帮助下,我于会议结束后直奔70公里外的省城奥廖尔,去屠格涅夫图书馆,果真在1955年10月202期的《奥廖尔真理报》上查到了对巴金参加会议的报道,该版面还登载有巴金与余绍裔的短篇文章。我还查到了极具学术价值的收录有巴金文章《屠格涅夫创作在中国》的文集《屠格涅夫(1818—1883—1958)文章与资料》(1960,奥廖尔图书出版社)。

这次参会的第三重收获,也是最大的收获是与安德烈·玛迪逊的相识与相处,并得益于他的帮助,我与俄罗斯两个帝都的大汉学家都建立了亲密的个人友谊和频繁的学术交往,为我本课题的申报鸣响了前奏。记得我当时走下斯帕斯科耶—卢托维诺沃屠格涅夫会议主席台,刚落座,一个戴着黑色瓜皮帽,穿着长袍子的人走到我跟前,猛一看,像极了列夫·托尔斯泰,唯一不同的是他比托尔斯泰穿得既脏又破。他告诉我他在莫斯科托尔斯泰博物馆工作,他对我的报告很感兴趣,要找我聊聊。离开庄园回莫斯科那天,我因与那里的同行们交流迟迟才得以出门,没想到安德烈冒着大雪在我回莫斯科的必经路口等我了近两个小时,接下来便有了与他在莫斯科的交往。这是一个全身心且无条件爱着中国与中国文化的人,而且特别热爱毛泽东时代的中国,以那个时代为参照尽意指责脱离社会主义轨道的俄罗斯。而后他多次邀请我去他家做客,餐厅里,昏黄的灯光下,跟我谈老子、墨子、中国古代文化,白天则带着我去莫斯科东方学研究所,参加各种汉学活动,介绍我与李福清、沃斯克列先斯基认识。听说我要去圣彼得堡查资料,他给了我详细的阿列克谢耶夫的女儿班科夫斯卡娅的住家地址,叮嘱我无论如何要去拜访她。正因为有了他的先前介绍,我受到了第二代俄罗斯汉学家夫妇的盛情款待,跟他们一起聊中国的李明滨、阎国栋。听说我对巴金作品在俄罗斯的研究情况感兴趣,他们随即打电话给圣彼得堡大学东方学系主任谢列布里亚科夫,吩咐他介绍我去拜访彼得罗夫夫人娜塔莉娅，并约好了我和圣彼得堡大学东方学系同行见面的时间。由此我结识了这所大学的两代汉学研究精英，除了谢列布里亚科夫，还有当代著名的老舍研究家罗季奥诺夫和他的专事张贤亮研究的夫人阿克萨娜女士。最难忘的是，罗季奥诺夫放下手头的紧张工作，帮助我查找巴金作品在俄罗斯的研究资料，一再推荐我去读奥尔格·朗的研究专著《巴金和他的著作》，同时推荐我去圣彼得堡东方学研究所再去查找俄罗斯巴金研究的补遗资料。为此，我与孟列夫一起就餐于他的办公室，吃的是他夫人做的馅饼，听他告诉我中国社科院的张捷最爱吃他夫人做的这种馅饼。看着我不辞辛苦楼上楼下地查找巴金研究资料，孟列夫一脸认真地跟他的同事说："《红楼梦》研究去日本查资料，这巴金研究也得到俄罗斯来查资料。"按汉学家朋友们给我指定的时间，我如约拜访彼得罗夫的遗孀娜塔莉娅，当她得知我的来意，十分激动，悄悄把彼得罗夫与巴金的一切相关资料都给了我去复印。之所以说"悄悄"，是因为圣彼得堡国家图书馆早就把这些材料收为国有，不让对外，我在拜访娜塔莉娅之前就已经在国家图书馆手稿部吃了闭门羹，感觉相关人员也已经叮嘱了娜塔莉娅，资料对我有所保留。应女主人恳请，我坐在彼得罗夫的书桌旁为她整理彼得罗夫的遗稿和与其交往的中国名人录，听她讲述彼得罗夫与巴金"酷似兄弟的长相"和胜似兄弟的情谊，讲到动情处，主客都是热泪盈眶。

　　世事沧桑，十二年过去了，孟列夫、李福清、班科夫斯卡娅、谢列布里亚科夫相继离世，最让我自责与痛心的是玛迪逊的离去，我前不久还在微信群里发感慨：亲爱的安德烈，失去你，是我一生的痛。我回国后他一直与我通信，为我写诗，赠我书籍，我也得知他调到了"东方文学"出版社，正在整理出版阿列克谢耶夫的文集。没多久安德烈径直来到中国徐州参加学术会议，而后在北京小住。我因他在奥廖尔穿得邋遢破烂，再则因为我的个人生活也遇到了瓶颈之窘，我没同意他住在我的小家里，没心情好好招待他，同时也没招待好他随后而来的女

后 记

儿。此后不久便接他来信告知他的夫人已经离世,他变卖了莫斯科的住宅,独自一人去了沃洛格达。再过一段时间就是他的朋友来信,告知他在沃洛格达自杀的凶信。我十分震惊,几天后他的朋友写信来让我参加一本纪念他的文集编写,我竟然神差鬼使地婉拒了,之后查网上,才知道这是一位真正的大诗人,莫斯科"东方文学"出版社的编审。回想起他对中国的深厚感情,对我的点点深情与历历关心,心中十分悲痛,觉得十分对他不住。唉,一定程度上说,正是带着对逝者的缅怀,对健在的俄罗斯朋友的感激,也不负汉学家们对我的殷殷期望和我本人的夙愿,我申报了2010年的教育部项目,故而也就有了今天的课题结项。遗憾的是,由于本人力量与所给时间有限,我没能完全实现俄罗斯汉学家们,其实也是我本人的良好愿望,没能对俄罗斯20世纪中国作家的翻译与研究予以全貌展示,几经权衡,把目光只锁定在鲁迅、茅盾、老舍、巴金、田汉五位现代中国作家身上。待以后有时间,我,或是我带着博士弟子也许会努力把罗季奥诺夫给我推荐的十八位中国现当代作家在俄罗斯翻译与研究一一做一遍,同时也把现有的现代作家研究规模还原本貌。因为我的弟子们几乎都是朝着一部专著去写博士论文的,只是因为我申报的是现有课题只框约在一部专著中,每个弟子只得按我的要求抽出6万字来构筑这共一本书。若有时间,应该纳入此研究重点的现代作家还有郭沫若、曹禺、郁达夫、艾青、丁玲等。

本专著五个作家中,有三位作家其章节是由课题担纲人所指导的优秀博士论文精华之呈现,依次为王玉珠撰写的"茅盾作品在俄罗斯"、李春雨的"老舍作品在俄罗斯"、王靓的"田汉作品在俄罗斯",其余文字为王立业所写,其中鲁迅部分的一节"鲁迅作品翻译风格与比较"由李春雨执笔。本专著旨在全面与新意地研究俄罗斯对中国现代文学作家的翻译与研究。三位博士撰写人中有两位留学圣彼得堡大学东方学系,幸承当代著名俄罗斯汉学家罗季奥诺夫的悉心指导,可谓得俄罗斯汉学家们的真传,加之他们学术上勤奋钻研,刻苦学习，搜得了大量丰富前沿的学术资料，并将其生成科学研究。三位博士生彰显了外国语大学的俄语专长，同时兼具过硬的汉语功底，经三年的苦心打磨，终于奉献出了一部部优秀的博士论文。由他们博士大论汇聚成的学术专著，将是我国俄罗斯中国现代文学研究之研究的一部有分量之大作。

临近收尾，还想说的是，2011—2012年本课题担纲者去莫斯科大学访学半年，主要用来搜集本课题资料，但因为时间和精力问题，很多在俄罗斯辛勤查得的资料都没能用上。我敢说，有的作家资料我可能搜集掌握得比俄罗斯汉学家都要丰富全面，但是没能物尽其用，十分不安。为此，在这里，向所有对本课题予以帮助、寄予厚望的国内外朋友、同行和弟子致谢致歉。

本课题自始至终都得到著名汉学家、圣彼得堡大学东方学系副主任罗季奥诺夫的竭诚帮助，在此予以特别致谢。同时国内学者李明滨先生、李逸津先生和阎国栋先生都对本课题的立项与各位弟子的博士论文答辩，以及本课题的完成投注了关心和支持，在此一并鸣谢。

在此，最要感谢的是北京大学出版社，这是一个充满正能量，"特别能战斗"，为中国文化的海外传播作出诸多重要贡献的优秀团队，尤其要感谢的是外语部主任张冰编审——一位身体力行，在此领域取得卓著成就的学者，是她将本课题纳入该社出版计划，更为荣幸的是，经出版社推荐申报，该课题获批2017年北京市社会科学理论著作出版基金。没有出版社的努力，没有李哲等编辑的辛勤劳动，这本书很难如期摆在读者面前。

谨以此作结。

王立业

2016年6月26日于西三环北路二号教学楼429室